Shirlee Busbee

Magnolienküsse

Roman

Aus dem Amerikanischen
von Inge Wehrmann

GOLDMANN VERLAG

Originaltitel: Love A Dark, Rider
Originalverlag: Avon Books, New York

Umwelthinweis:
Alle bedruckten Materialien dieses Taschenbuchs
sind chlorfrei und umweltschonend.
Das Papier enthält Recycling-Anteile.

Der Goldmann Verlag
ist ein Unternehmen der Verlagsgruppe Bertelsmann

Deutsche Erstveröffentlichung Februar 1996

Umschlaggestaltung: Design Team München
Umschlagillustration: Pellegrino/Schlück, Garbsen
Satz: Uhl + Massopust, Aalen
Druck: Elsnerdruck, Berlin
Verlagsnummer: 43216
Lektorat: Silvia Kuttny
Redaktion: Antje Hohenstein
Herstellung: Sebastian Strohmaier
Made in Germany
ISBN 3-442-43216-2

3 5 7 9 10 8 6 4 2

Prolog

Twinings

April 1860

I

In jener Nacht, in der ihr Vater Matthew Rawlings bei einer Saloonschießerei getötet wurde, träumte Sara zum ersten Mal von dem schwarzen Reiter. Nach dem Tumult hatte man sie in die billige Pension gebracht, wo Matthew sie am Tag zuvor eingemietet hatte. Eine ganze Weile lag sie auf ihrer unbequemen Liege und starrte blicklos an die Decke. Vor Trauer wie gelähmt, konnte sie keinen klaren Gedanken fassen; ihre Augen brannten, und sie lag reglos in der Dunkelheit, unfähig, das Unglück zu fassen, das so plötzlich über sie hereingebrochen war. Irgendwann mußte sie eingeschlafen sein, und dann, in der Stunde der tiefsten Verzweiflung, kam der schwarze Reiter zu ihr…

Die Umgebung blieb verschwommen, aber obwohl Sara nie sagen konnte, wo sie war, so wußte sie doch, daß sie in großer Gefahr schwebte, daß sie sterben würde. In dem Traum wußte sie nie, auf welche Weise es geschehen würde, nur daß sie sterben würde, wenn ihr nicht bald jemand zur Hilfe kam. Sie fürchtete sich in diesem Traum nie vor dem Tod, aber sie spürte ein tiefes Bedauern, eine große Traurigkeit. Wenn sie irgend etwas anders gemacht hätte, sich anders entschieden hätte, dann hätte vielleicht ein langes glückliches Leben vor ihr gelegen und nicht dieser einsame Tod. Und in diesem Moment völliger Hoffnungslosigkeit erschien er! Am verlassenen, öden Horizont tauchte urplötzlich auf einer leichten Erhebung ein dunkler Reiter auf. Sein Gesicht blieb immer im Schatten eines schwarzen breitkrempigen Hutes, den er tief in die Stirn gezogen hatte. Mit seinem großen, schlanken Körper beherrschte er mühelos sein Pferd. Kein einziges Mal konnte sie seine Gesichtszüge erkennen, und dennoch spürte sie mit jeder Faser ihres Herzens, daß sie ihn liebte und daß sie ihm verdankte, daß sie nicht sterben mußte – ihr geliebter schwarzer Reiter würde sie retten.

Für Sara blieb die Zeit stehen, während der schwarze Reiter bewegungslos auf dem sanften Hügel verweilte und mit scharfen Augen verzweifelt die Gegend nach ihr absuchte. Doch dann fiel sein durchdringender Blick plötzlich auf sie, und wild schnaubend preschte sein Pferd los. Im nächsten Augenblick war er schon bei ihr und zog sie zu sich in den Sattel. Mit starken Armen preßte er sie an seine Brust, so daß sie seinen Herzschlag spürte. Mit heißen Lippen hauchte er ach so süße Küsse auf ihr Gesicht, und mit heiserer Stimme murmelte er die Worte, nach denen sie sich so sehr sehnte. In dieser glücklichen Sekunde, vollkommen geborgen in seinen Armen, wußte sie, daß sie für immer in Sicherheit und nie wieder einsam sein würde… denn der schwarze Reiter liebte sie…

Durch das schmutzige, regennasse Fenster ihrer tristen Dachkammer blickte Sara auf den kleinen Friedhof und den kahlen Erdhügel über dem Grab ihres Vaters, der nun schon seit zwei Monaten tot war. Matthew Rawlings' letzte Ruhestätte entsprach zwar ganz und gar nicht Saras Vorstellungen, aber in den siebzehn Jahren ihres Lebens war ihr sonst auch nichts anderes übriggeblieben, als sich in ihr Schicksal, das heißt in die Entscheidungen ihres Vaters, zu fügen. Und obwohl ihr Vater sie, sein einziges Kind, geliebt hatte, war sie wahrhaftig nicht auf Rosen gebettet gewesen!

Ihre Gedanken verrannen genauso öde wie die Regenschleier über der texanischen Landschaft vor ihren Augen, und Sara wandte sich vom Fenster ab. Ihr Vater war tot, und sie war seither darauf angewiesen, daß Mrs. Sanders, die Pensionswirtin, bei der sie sich vor seinem Tod einquartiert hatten, ihr gnädig gestimmt blieb. Aber langsam mußte sie weiterdenken. Sara hatte nie sonderlich über ihre Zukunft nachgegrübelt, denn während der vergangenen vier Jahre war ihr Denken fast ausschließlich von der Sorge um die nächste Mahlzeit und um ein Nachtquartier beherrscht worden. Aber es hatte auch andere Zeiten gegeben, dachte sie wehmütig, als sie sich vorsichtig auf ihre wacklige Liege setzte.

Ja, es hatte auch andere Zeiten gegeben. Sara konnte sich noch vage an ihre Mutter erinnern, die wunderschöne, süß duftende Rosemary, die gestorben war, als sie selbst gerade erst drei Jahre alt gewesen war. Damals war sie zu klein gewesen, um zu verstehen, was der Tod seiner angebeteten Frau für ihren Vater bedeutete. Aus dem freundlichen, nüchternen, hart arbeitenden Plantagenbesitzer wurde ein leichtsinniger Spieler, der zuviel trank und zuviel riskierte. Sie konnte sich kaum noch an eine Zeit erinnern, wo ihr Vater noch nicht so tollkühn und betrunken war wie an seinem Todestag. Viel tiefer eingeprägt waren ihr die Erinnerungen an ihr früheres Zuhause, das stattliche Haus und die Plantage Mockingbird Hill in der Nähe von Natchez im Staate Mississippi.

Während Sara ihren Blick durch die winzige Kammer mit dem schäbigen Mobiliar schweifen ließ, spielte ein ironisches Lächeln um ihre Lippe. Wie völlig anders ihre Umgebung heute aussah! War es wirklich erst vier Jahre her, daß ihr Vater schließlich alles verspielt hatte, was sie besaßen? Ja, es waren kaum mehr als vier Jahre vergangen seit jener schrecklichen Nacht, als er heimkam, ihren seidenen Bettvorhang zur Seite zog und ihr erklärte, daß sie fortmüßten. Daß er *alles* – das elegante Haus mit dem exquisiten Mobiliar, die riesigen Baumwollfelder, die vielen Sklaven, die Ställe mit den wertvollen Rassepferden – beim Aufdecken einer einzigen Karte verloren hatte.

Nach dem ersten Schock hatte Sara versucht, die niederschmetternden Veränderungen ihrer Lebensumstände zum

Abenteuer zu erklären. Aber im Laufe der Zeit lernte sie durch bittere Erfahrungen, daß es nicht besonders abenteuerlich ist, von früheren Freundinnen geschnitten zu werden, sein unbequemes Bett mit Flöhen und Ungeziefer zu teilen und die Abende mit schmutzigen, zotige Reden führenden Schurken in verräucherten, nach Bier stinkenden Saloons zu verbringen, während der Vater am Kartentisch versucht, sein verlorenes Vermögen zurückzugewinnen.

Wie ein Lauffeuer hatte sich sein beschämender Bankrott unter seinen Freunden herumgesprochen, und obwohl es einige gab, die Mitleid hatten und ihm Unterstützung anboten, ließen ihn die meisten fallen. Sein Stolz und sein Starrsinn ließen nicht zu, daß er die Hilfe seiner Freunde annahm, und so blieb ihm nichts anderes übrig, als zu spielen. Mit seinen Gewinnen konnte er sich und Sara mehr schlecht als recht über Wasser halten.

Lange hielten sie es in der Umgebung von Natchez nicht aus. Zu groß war die Schande. Sie bestiegen einen Mississippidampfer und vagabundierten durchs Land. Nirgends blieben sie länger, denn Matthew war ständig auf der Suche nach dem nächsten Gewinn, der ihm sein Vermögen zurückbringen würde, und Sara mußte ihm wohl oder übel folgen.

Sie paßte sich an – hatte gar keine andere Wahl –, aber an eines konnte sie sich nie gewöhnen... Wenn ihr Vater am Spieltisch besonders großes Pech gehabt hatte, mußten sie sich heimlich mitten in der Nacht wie Diebe fortschleichen, verfolgt von wütenden Gläubigern. Bald begann auch sie zum Lebensunterhalt beizutragen, indem sie in den Pensionen, in denen sie abstiegen, in der Küche und beim Saubermachen half. Es war zwar weit entfernt von dem sorglosen Leben, das sie einst geführt hatte, aber zumindest konnte sie sich von den Spielhallen und den verrufenen Saloons fernhalten, in denen sich ihr Vater herumtrieb. Außerdem entging sie den zunehmend lüsternen und anzüglichen Blicken der anderen Kartenspieler.

Saras hübsches Gesicht und ihr heranreifender Körper hatte sie denn auch nach Texas getrieben. Eines Tages war es Matthew aufgegangen, daß sein geliebtes Töchterchen kein kleines Mädchen mehr war und daß ihre schlanke, leicht gerundete Figur und ihr fein geschnittenes Gesicht ihnen früher oder später unangenehme Komplikationen einbringen könnten. Es war bereits zu einigen widerwärtigen Zwischenfällen gekommen, und nur sein rechtzeitiges Auftauchen hatte Schlimmeres verhindert. Wochenlang hatte er dieses Problem gewälzt, bis ihm die Erleuchtung kam: Um Saras willen beschloß er, seinen verdammten Stolz zu überwinden und seinem einzigen Verwandten, Sam Cantrell, einem entfernten Cousin, zu schreiben. Sam war immer ein freundlicher, nachsichtiger Mensch gewesen. Als Kinder, bevor Sam mit seinem Vater Andy vor nunmehr vierzig Jahren nach Texas in Stephen Austins neue Kolonie gezogen war, hatten sie sich sehr nahegestanden. Seit damals hatten sie nur sehr wenig Kontakt miteinander gehabt, aber Matthew hoffte, daß Sam ihm und seiner Tochter vielleicht helfen würde.

Gespannt hatten sie auf eine Antwort gewartet, und als Sam Cantrells Brief, in dem er seinem Cousin und dessen Tochter seine Unterstützung zusicherte, endlich eintraf, hatte Matthew Sara in die Arme genommen und vor Rührung geweint. Augenblicklich machten sie sich auf den Weg nach San Felipe, Texas, in dessen Nähe Cantrells Plantage Magnolia Grove lag.

Sie nahmen nicht den direkten Weg. Für Matthew gab es nur eine Art, zu Geld zu kommen, und so erspielte er sich auf Umwegen die Fahrt nach San Felipe. Er hatte nie besonders viel Glück, aber als sie diese kleine, namenlose texanische Ansiedlung am Sabinefluß erreichten, hatte es ihn vollends verlassen. Sie hatten zuerst das Zimmer bezogen, in dem Sara jetzt saß. Da sie keine Miete zahlen konnte, sollte Sara für Mrs. Sanders putzen und kochen. Nachdem dies geklärt war, begab Matthew sich sofort in den kleinen, schäbigen Saloon auf der anderen Straßenseite. Dort traf er andere Kartenspieler und hoffte, die kleine Summe, die er auf die Seite gelegt hatte, hier zu vergößern. Er hatte großes Glück an jenem ersten Abend. So viel Glück, daß er beschloß, eine weitere Nacht zu bleiben, da er eine Glückssträhne witterte.

An seinem zweiten Abend, der nun zwei Monate zurücklag, kehrte das Glück Matthew Rawlings zum letzten Mal den Rücken. Er verlor alles, und wütend und betrunken, wie er war, beschimpfte er den Gewinner als Falschspieler. Pistolen wurden gezogen, es fielen Schüsse, und im nächsten Moment lag Matthew Rawlings leblos auf dem Fußboden.

Sara erhob sich von ihrer Liege und ging im Zimmer rastlos auf und ab. Sie hatte ihren Vater geliebt und um ihn getrauert, gleichzeitig aber mußte sie sich zwingen, nicht darüber zu hadern, daß sich ein stärkerer, charakterfesterer Mann vom Tod seiner Frau, wie sehr er sie auch geliebt haben mochte, nicht so aus der Bahn hätte werfen lassen wie Matthew Rawlings. Immer wenn diese Gedanken sich ihr aufdrängten, wurde sie von Schuldgefühlen gequält. Gleichzeitig war sie jedoch wütend, daß ihr Vater so tief in seiner Trauer versunken war und sich so wenig um sie gekümmert hatte, daß sie nun allein und mittellos auf die Gnade fremder Leute angewiesen war.

Plötzlich schlug sie die Hände vors Gesicht. Was sollte sie nur tun? Vor Wochen schon hatte sie Sam Cantrell brieflich von Matthews Tod unterrichtet, und noch immer hatte sie keine Antwort bekommen. Ob er sich anders besonnen hatte? War sie am Ende doch auf sich selbst gestellt, ohne jeden Besitz bis auf das, was sie auf dem Leibe trug? Was sollte bloß aus ihr werden?

»Sara! Sara, komm sofort herunter! Es gibt Arbeit für dich!«

Mrs. Sanders' unwirsches Gebrüll störte Sara aus ihren

trüben Gedanken an ihre Zukunft auf. Hastig wischte sie die Tränen fort und eilte nach unten.

Ihre Wirtin war eine stattliche Erscheinung: So groß wie die meisten Männer und fast dreimal so schwer wie die zarte Sara. Sie war seit einigen Jahren Witwe und führte die Pension, während ihre beiden grobschlächtigen Söhne den Saloon, in dem Matthew erschossen worden war, und die Schmiede neben der Pension betrieben. Mrs. Sanders war kein Unmensch, aber außerordentlich praktisch veranlagt. Zwar hatte sie Sara in ihrer Not nicht im Stich gelassen und sich dadurch gleichzeitig eine fleißige Arbeitskraft gesichert, aber sie würde keinesfalls dulden, daß Sara für immer in der Sanders-Familie blieb. Es war ihr nämlich keineswegs entgangen, daß ihr älterer Sohn Nate in den letzte Wochen ständig um Sara herumscharwenzelte.

Mit ihrer Freundlichkeit war es seither nicht mehr weit her, und als Sara die blank geputzte Küche betrat, blickte die alte Frau sie mit kalten Augen an und polterte los: »Da bist du ja endlich! Du gehst jetzt zuerst die Schweine füttern, und dann sieh zu, daß wir genug Holz haben, bevor wir anfangen zu kochen.«

Nate Sanders saß mit einer Tasse Kaffee am Küchentisch. Auf die barschen Worte seiner Mutter hin sagte er eifrig: »Ich helfe dir, Sara. Ich kann Holz hacken, während du die Schweine fütterst.«

Mrs. Sanders preßte ihre schmalen Lippen zusammen. »Nein, das tust du nicht!« erklärte sie bestimmt. »Ich lasse sie nicht aus reiner Barmherzigkeit in einem schönen Zimmer wohnen und an unserem Tisch mitessen – sie muß sich ihren Unterhalt verdienen. Da du offenbar nichts Besseres zu tun hast, kannst du mir übrigens ein paar Säcke Mais und Bohnen aus dem Laden holen. Und du, mach dich an die Arbeit, Sara!«

Ihr billiger roter Flanellunterrock und das einfache Wollkleid flogen, so schnell floh Sara aus der Küche. Einerseits wollte sie ihre Herrin nicht verärgern, andererseits wollte sie Nate Sanders aus dem Weg gehen. Allzuoft hatte sie in letzter Zeit bemerkt, wie er ihren kleinen Busen und ihre schlanke Taille anstarrte, und der Blick seiner haselnußbraunen Augen gefiel ihr ganz und gar nicht. Ohne sich um den strömenden Regen zu kümmern, ergriff sie den schweren Eimer mit den Essensresten, der auf der hinteren Veranda stand, und eilte damit zum Schweinestall.

Sara war nicht besonders groß. Sie war jetzt beinahe siebzehn Jahre und nur ein wenig größer als die meisten Mädchen ihres Alters, aber sie war so schmal und zartgliedrig, daß sie viel größer und zerbrechlicher wirkte, als sie tatsächlich war. Ihr langes honigblondes Haar hatte sie an diesem Tag geflochten und ordentlich aufgesteckt. Obwohl ihr grünes Kleid abgetragen war und obwohl sie jetzt im Stall arbeitete, strahlte sie eine gewisse Vornehmheit aus.

Auch der Gentleman, der gerade sein Pferd in den Stall hinter der Pension geführt hatte, schien dies zu empfinden. Schweigend sah er zu, wie sie sich abmühte, den schweren Eimer über den Zaun zu hieven. Auf der anderen Seite, vor dem Holztrog, grunzten und quiekten etwa ein Dutzend mittelgroße Schweine und drängten sich durch den Schlamm auf sie zu. Nur der stabile Holztrog und der Zaun verhinderten, daß sie niedergetrampelt wurde. Mit großer Mühe gelang es Sara schließlich, den Eimer auszuschütten. Die Küchenabfälle fielen in den Trog, und die Schweine veranstalteten einen Riesenlärm, als sie sich vordrängten, um an die fettesten Brocken zu kommen.

Der Regen hatte etwas nachgelassen, aber Sara war bereits bis auf die Haut durchnäßt, und erst als sie sich umdrehte und zurück ins Haus laufen wollte, sah sie den hochgewachsenen Fremden bei den Ställen stehen. An dem eleganten Schnitt und feinen Stoff seines Mantels und an den büffelledernen Reithandschuhen erkannte sie sofort, daß dort wirklich ein Gentleman stand. Unter der breiten Krempe seines flachen Hutes konnte Sara glattrasierte Wangen und einen gepflegten graumelierten Schnurrbart erkennen. Er war ein gutaussehender Mann mit ebenmäßigen, markanten Gesichtszügen, ungefähr etwa Mitte Vierzig, im Alter ihres Vaters. Ganz offensichtlich handelte es sich nicht um einen schmuddeligen Fremden, der bei dem Regenwetter eine kurze Verschnaufspause einlegen wollte, und Saras Herz begann hoffnungsvoll zu schlagen. War es möglich?

Während sie ihn in ängstlicher Erwartung anstarrte, lächelte der Mann und kam auf sie zu. »Ich hätte dich überall erkannt, mein liebes Kind!« sagte er warmherzig. »Selbst unter diesen widrigen Umständen ist deine Ähnlichkeit mit Matthew unverkennbar.« Mit seinen bernsteinfarbenen Augen sah er sie liebevoll an. »Du mußt Sara sein, und ich bin Samuel Cantrell, der Cousin deines Vaters.«

Obwohl sie verzweifelt darum kämpfte, Fassung zu bewahren, füllten sich Saras Augen mit Tränen. Die Strapazen der letzten Monate waren einfach zuviel für sie gewesen. Eine Sekunde später fand sie sich in Sam Cantrells tröstenden Armen wieder und schluchzte haltlos an seiner Brust.

»Ist ja gut, mein Kind!« tröstete er sie sanft und strich ihr über das regennasse Haar. »Du bist jetzt in Sicherheit und brauchst dich nicht mehr zu sorgen. Meine Frau Margaret und ich haben uns lange über deine unglückliche Lage unterhalten und beschlossen, daß du bei uns auf Magnolia leben sollst, als unsere liebe kleine Cousine. Margaret erwartet unser erstes Kind und wird eine Menge Hilfe brauchen. Wir können uns gegenseitig helfen, denn du wirst meiner Frau eine gute Freundin sein und ihr und dem Baby beistehen. Glaube mir, mein Kind, du brauchst dich nie wieder um deine Zukunft zu grämen – wir kümmern uns um dich. Es ist das, was Matthew wollte, und da er selbst leider nicht mehr für dich sorgen kann, wird es mir eine Freude sein, diese Aufgabe an seiner Statt zu übernehmen. Jetzt komm, laß uns deine Tränen abwischen.«

Während sie Sams wundervollen Worten lauschte, mußte Sara immer lauter schluchzen, denn sie konnte kaum glauben, daß ihr einsames, entbehrungsreiches Leben jetzt tatsächlich ein Ende haben sollte. Tapfer schluckte sie und wischte sich die Augen: »Es… es tut mir so leid! Ich bin sonst nicht so eine Heulsuse!«

Sam lächelte ihr zu und streichelte ihre Schulter. »In den letzten paar Monaten mußtest du auf deinen jungen Schultern eine schwere Last tragen. Es ist nur natürlich, daß du jetzt weinst. Aber all deine Befürchtungen werden bald der Vergangenheit angehören, deshalb könntest du mir jetzt ruhig ein Lächeln schenken.«

Saras hübscher Mund verzog sich zitternd zu einem Lächeln. Ihre smaragdgrünen Augen, umrahmt von tränennassen, schwarzen Wimpern, glänzten sanft, während sie in Sams gütiges Gesicht blickte. »Sie sind so freundlich«, brach sie schließlich heraus. »Ich werde mich gern um das Baby kümmern, und ich verspreche Ihnen, daß ich Ihnen nie zur Last fallen werde. Ich werde alles tun, damit Sie Ihre Großzügigkeit mir gegenüber niemals bereuen.«

»Oh, dessen bin ich mir ganz sicher, mein Kind. Aber komm jetzt, du mußt unbedingt ins Trockene.«

Als ihr ihre Umgebung und der Regen plötzlich wieder bewußt wurden, lachte Sara beschämt. »O Sir! Es tut mir leid! Kommen Sie schnell. Mrs. Sanders hat heißen Kaffee auf dem Herd, und im Haus ist es warm.«

Mrs. Sanders war hocherfreut, daß die Probleme, die sich durchs Saras Aufenthalt in der Pension hätten ergeben können, durch Sam Cantrells Ankunft gelöst wurden. Mit einem Blick hatte sie Sam taxiert und ihn der Klasse der reichen Plantagenbesitzer zugeordnet. Von da an las sie ihm jeden Wunch von den Augen ab, und das erst recht nachdem er das beste Zimmer für die Nacht verlangt und versprochen hatte, vor der Abreise alle Kosten zu übernehmen, die Sara und Matthew verursacht hatten.

Erstaunt beobachtete Sara, wie Mrs. Sanders um Sam herumtanzte. Seinen tropfnassen Mantel hängte sie sofort zum Trocknen auf, dann wies sie ihm in ihrem besten Zimmer einen bequemen Sessel am Feuer zu, und kurz darauf schlürfte Sam Whiskey aus ihren privaten Beständen. Sie strahlte ihn an und hauchte: »Lieber Sir! Sie können sich ja nicht vorstellen, wie ich mich freue, daß Sie gekommen sind, um sich dieses armen Mädchens anzunehmen.« Verschwommen lächelte sie Sara zu, die ihnen in den Salon gefolgt war, und fuhr fort: »Natürlich werde ich sie schrecklich vermissen. In den vergangenen Wochen hatte ich sie so liebgewonnen, daß sie für mich beinahe zu einer Tochter wurde.«

Ungläubig starrte Sara Mrs. Sanders an und konnte kaum fassen, was sie da hörte! Mrs. Sanders hatte sie wie eine Tochter behandelt? Allein bei dieser Vorstellung hätte sie am liebsten laut losgelacht, aber sie nahm sich zusammen und lauschte der Geschichte, die die Wirtin Sam auftischte – einer Geschichte, die mit der Wirklichkeit wenig gemein hatte!

Jedoch erst am nächsten Morgen, als sie und Sam die Pension bereits verlassen hatten und fortschritten, konnte Sara ihm die Wahrheit berichten. Mit ernster Miene erklärte sie: »Sir! Sie hätten ihr für meinen Aufenthalt nichts bezahlen müssen. Es war abgemacht, daß ich für Kost und Logis für sie arbeiten sollte. Ich schuldete ihr nichts weiter für meinen Unterhalt, und auf gar keinen Fall hätten Sie zwei Monatsmieten für eines der besseren Zimmer bezahlen dürfen – *mein* Zimmer war unter dem Dach!«

Sam lächelte sie an. »Ich habe Mrs. Sanders sehr schnell durchschaut, mein Kind. Es war jedoch einfacher, den Betrag zu zahlen, den sie forderte. Das hat uns Ärger erspart, und wir konnten schnell aufbrechen.«

Mit leicht gerunzelter Stirn sah Sara in Sams gütiges Gesicht. Sie ahnte, daß Sam immer den einfacheren Weg wählen und jede Konfrontation vermeiden würde, selbst wenn es ihm zum Nachteil gereichte. Plötzlich fühlte sie sich schuldig. Wie konnte sie es wagen, diesen wunderbaren Mann zu kritisieren! In der kurzen Zeit ihrer Bekanntschaft hatte Sam sie mit unvergleichlicher Güte behandelt; sie trug ein neues rosa Kleid und einen dunkelgrünen Umhang, dazu einen Strohhut mit kirschrotem Seidenband und besaß auf einmal noch verschiedene andere Dinge, von denen Sam behauptete, daß sie sie nötig brauche. Dies alles hatte er heute morgen für sie erstanden. Selbst das Pferd, das sie ritt, hatte er gekauft: eine kastanienbraune, lammfromme Stute. Obwohl sie von all diesen neuen Besitztümern begeistert war, fühlte sie sich ein wenig unbehaglich.

Ängstlich blickte sie zu ihm hinüber und fragte: »Glauben Sie wirklich, daß Ihre Frau nichts dagegen hat, daß Sie so viel Geld für mich ausgegeben haben?«

»Aber liebes Kind! Mach dir darüber keine Gedanken! Margaret hat bestimmt keinerlei Einwände. Sie ist eine gütige junge Frau, und ich bin sicher, daß ihr beide euch gut versteht.« Mit einem leichten Blitzen in seinen bernsteinbraunen Augen fügte Sam fröhlich hinzu: »Ich bin ein wohlhabender Mann. Wenn allerdings Abraham Lincoln im November zum Präsidenten gewählt wird und es keine Sklaven mehr geben soll, dann bin ich natürlich nicht mehr ganz so wohlhabend! Aber lassen wir das, die Summe, die ich heute morgen für dich ausgegeben habe, würde nicht mal annähernd für ein einziges von Margarets Kleidern reichen.«

Einigermaßen erleichtert erklärte Sara ernst: »Ich verspreche, daß ich sehr hart für Sie arbeiten werde, Sir. Ich *schwöre*, daß ich Ihnen und Ihrer Frau niemals zur Last fallen will!«

»Sara, Sara! Du bist ja nicht zu bremsen! Mein Kind, ich hole dich doch nicht als Dienerin in unser Haus! Du bist die Tochter eines Cousins, an den ich nur die besten Erinnerungen habe. Wenn du auch nicht als Tochter in mein Haus kommst, so doch als geachtetes, angesehenes Mitglied meiner Familie.«

Saras Kehle wurde eng, und ihre Augen füllten sich mit Tränen. Sie wandte das Gesicht ab, um ihre Gefühle zu verbergen. Mit belegter Sime stammelte sie: »Danke. Ich werde mir Mühe geben, mich Ihrer Freundlichkeit wert zu erweisen.«

Sara und Sam brauchten für den Ritt nach Magnolia Grove fast drei Wochen. In dieser Zeit lernten sie sich recht gut kennen. Zuerst hatte Sara sich geschämt, weil sie zusammen mit einem Mann unterwegs war, der nicht ihr Vater war. Aber Sam erklärte ihr: »Ich bin jetzt dein Vormund, Sara. Dein Vater hat dich mir anvertraut, also bist du meine Pflegetochter. Außerdem«, setzte er mit verschmitztem Lächeln hinzu, »bin ich fast fünfundvierzig Jahre alt. Noch ein paar Jahre, und ich könnte dein Großvater sein! Willst du mich nicht als Vater sehen?«

Sara lächelte ihn dankbar an: »Ich werde es versuchen, und ich glaube, es wird mir nicht schwerfallen.«

Sam tätschelte ihr freundschaftlich die Schulter, und sie ritten weiter. Mit jedem Tag wuchs ihre Vertrautheit. Sam erfuhr von den glücklichen Tagen auf Mockingbird Hill und der schrecklichen Zeit, nachdem Matthew sein Vermögen verloren hatte, während Sara mit großen Augen der tragischen Geschichte von Sams erster Frau lauschte, der wunderschönen Madelina Alvarez, Mutter seines einzigen lebenden Kindes, seines nun siebenundzwanzigjährigen Sohnes Yancy. Ein wehmütiges Lächeln umspielte Sams Lippen, als er sich erinnerte: » Wir waren so verliebt und so jung, etwa so alt wie du jetzt. Da unsere Väter von unserer Hochzeit nichts wissen wollten, liefen wir heimlich fort und heirateten trotzdem. Aber bis auf eine kurze Spanne von Tagen waren wir niemals richtig glücklich...« Er seufzte und blickte verloren in die Ferne. »Ihr Vater, Don Armando, war ein stolzer, spanischer Aristokrat. Mein Vater war ebenso stolz. Er war stolz darauf, als einer der ersten Siedler Stephen Austins Ruf nach Texas gefolgt zu sein. Don Armando war außer sich, daß sein einziges Kind, Erbin riesiger Ländereien, mit einem ›Gringo‹ verheiratet war, und Andy war außer sich, daß sein einziges Kind sein Herz an eine Mexikanerin verloren hatte, obwohl die Alvarez-Familie ihren Stammbaum bis zu den spanischen Conquistadoren zurückverfolgen kann.« Sam lächelte gequält. »Keine sehr angenehme Situation, aber irgendwann hatte Don Armando seinen Groll wegen unserer Ehe begraben, und als Yancy geboren wurde, vergab er uns. Aber mein Vater Andy blieb unversöhnlich. Er hat nicht einmal Yancy als seinen Enkelsohn anerkannt. Er haßte Madelina und konnte unsere Ehe nie akzeptieren. So machte er sowohl Madelina als auch Yancy das Leben schwer. Ich hätte versuchen müssen, die Situation zu ändern, das gebe ich zu, aber ich... nun, ich war einfach nicht stark genug, mich ihm gegenüber zu behaupten.«

Sara blickte in sein sanftes, gutaussehendes Gesicht, und plötzlich wurde ihr klar, daß Sam Cantrell zwar ein gütiger, großzügiger Mann war, aber gleichzeitig auch schwach. Ihr erster Eindruck schien sich zu bestätigen: Er würde immer den leichtesten Weg wählen. Die tiefe Zuneigung, die sie mittlerweile für ihn empfand, wurde dadurch nicht beeinträchtigt, aber der Gedanke, daß er offensichtlich jeglichen Schwierigkeiten aus dem Weg ging, verunsicherte sie. Angenommen, Margaret wollte sie nicht auf Magnolia Grove haben? Würde Sam seiner Frau die Stirn bieten?

Auf ihrem langen Ritt nach Süden gab es nur wenige Gasthöfe, deshalb übernachteten sie meist im Freien. Es war April, und die Nächte dufteten nach Frühling, und wenn sie nach dem Essen gemütlich am Feuer saßen, erzählte Sam von seiner Familie und Magnolia Grove. Als sie zum letzten Mal ihr Lager aufschlugen, war Sara schon recht vertraut mit Magnolia Grove und seinen Bewohnern. Eine Sache verwirrte sie allerdings schon länger, und an diesem Abend nahm sie sich ein Herz und fragte vorsichtig danach: »Sie sprechen fast nie von Ihrem Sohn Yancy. Lebt er denn nicht auch auf Magnolia Grove?«

Sams Gesicht bekam einen merkwürdigen Ausdruck, den Sara nicht deuten konnte. Schuld? Reue? Trauer? Vielleicht erschienen alle drei Gefühle auf einmal. Sam mied Saras Blick und machte sich am Feuer zu schaffen. Erst nach einigen Minuten des Schweigens antwortete er: »Yancy und ich standen uns nie sonderlich nahe. Da Andy meine Ehe mit Madelina nicht tolerieren konnte, lebte Yancy in den ersten Jahren die meiste Zeit mit seiner Mutter bei Don Armando auf der Rancho del Sol, und ich war nicht viel mit ihm zusammen. Als Yancy sieben Jahre alt war, wurde Don Armando von einem Bullen zu Tode getrampelt. Danach konnte Madelina das Leben auf der Hacienda nicht länger ertragen, deshalb zogen sie dann doch wieder zu mir.« Sam starrte traurig in die Ferne. »Yancy hatte sehr an Armando gehangen und war nach seinem Tod völlig verzweifelt. Und Andy, sein anderer Großvater, konnte Yancys Anblick nicht ertragen.« Sams Gesicht wurde unsagbar traurig, und mit zitternder Stimme fuhr er fort: »Ein knappes Jahr später erkrankte Madelina an dem tödlichen Fieber und starb. Yancy war vollkommen verwirrt. Er verstand einfach nicht, warum er nicht auf der Rancho del Sol leben konnte und warum seine Mutter ihn verlassen hatte. Es gelang ihm nie, sich auf Magnolia Grove einzufügen, da er an den ungezwungenen spanischen Haushalt auf der Hacienda gewöhnt war. Außerdem wurde er von Andy ständig angeschrien und geohrfeigt. Es muß schrecklich für ihn gewesen sein.«

Sara konnte sich nicht länger beherrschen und platzte heraus: »Aber warum haben Sie ihm nicht …« Als ihr klarwurde, daß sie kurz davor war, Sam Vorhaltungen zu machen, wurde sie feuerrot und schaute betreten zu Boden.

»Du hast recht«, erwiderte Sam. »Ich habe meinem Sohn nicht genügend beigestanden. Aber ich war mit der Bewirtschaftung der Plantage beschäftigt – wir bauen Baumwolle an. Ich habe einfach angenommen, daß Andy sich mit der Zeit an den Jungen gewöhnen würde. Aber Andy hat sich nie an ihn gewöhnt. Als Yancy älter wurde, warf er mir zu Recht vor, daß ich nie eingeschritten bin.«

»Aber nach dem Tod Ihres Vaters waren Sie doch mit Yancy allein. Ist Ihr Verhältnis da nicht besser geworden?« fragte Sara leise.

Sam schüttelte den Kopf. »Es blieb uns beiden nicht viel Zeit. Mein Vater starb, kurz bevor Yancy siebzehn wurde, und im Jahr darauf, vor fast zehn Jahren, ging er an die Ostküste, um in Harvard zu studieren. Erst nach über vier Jahren kehrte er zurück, und dann ...«

»Ja? Was war dann?«

Unglücklich und schuldbewußt murmelte Sam: »Da war Margaret ...« Er blickte über das Feuer hinweg in Saras angespanntes Gesicht. Einen Moment lang zögerte er, bevor er schroff sagte: »Margaret Small und ihre verwitwete Schwester Ann Brown sind mit Yancy von der Ostküste nach Magnolia Grove gekommen... Margaret war damals gerade zwanzig und Yancys zukünftige Braut, seine Verlobte. Und Gott möge mir vergeben – ich habe sie ihm weggenommen und sie selbst geheiratet!«

2

Sara sah Sam mit großen Augen an. »Sie haben die Verlobte Ihres Sohnes geheiratet?« stieß sie schockiert hervor.

Sam konnte ihren Blick nicht ertragen. Mit belegter Stimme murmelte er: »Du kannst es sicherlich nicht verstehen – niemand kann es verstehen. Ich war einsam, und Margaret war, *sie ist* eine wunderschöne, liebliche junge Frau. Yancy machte sie unglücklich; er hatte beschlossen, nach der Hochzeit auf der Rancho del Sol zu leben, und die arme Margaret hat die Hacienda gehaßt.« Sam sah Sara wieder ins Gesicht, und seine Augen flehten um Verständnis. »Margaret hat eine erlesene Erziehung genossen. Sie wuchs in Connecticut auf und hatte keine Vorstellung von Texas – von diesem riesigen, wilden Land – und Rancho del Sol …« Sam verzog verächtlich den Mund. »Die Hacienda ist über vierzehn Jahre lang kaum bewirtschaftet worden, seit Don Armandos Tod. Alles war mittlerweile heruntergekommen und sehr reparaturbedürftig. Außerdem liegt sie in einer wilden, gefährlichen Gegend, weit entfernt von anderen Ansiedlungen, inmitten einer riesigen Steppe, wo es nichts als wilde Langhornrinder und Klapperschlangen gibt. So etwas wie diese Hacienda hatte Margaret noch nie zuvor gesehen. Sie hatte angenommen, daß sie in Magnolia Grove leben würden. In mein Zuhause hatte sie sich auf den ersten Blick verliebt, gestand sie mir später. Außerdem gleicht das Gebiet um San Felipe der Landschaft ein bißchen mehr, an die sie gewöhnt war. Alles ist zivilisiert, es gibt wunderschöne Anwesen, Baumwollfelder und üppige, fast tropische Wälder.« Sam schnitt eine Grimasse. »Rancho del Sol ist fast das genaue Gegenteil. Die Gegend um die Hacienda war viel zu unwegsam und fremdartig für ein empfindsames Mädchen wie Margaret – sie wäre mit diesem isolierten, rauhen Leben in der Wildnis einfach nicht fertig geworden.«

Sara blickte gequält drein. »Aber wenn sie Ihren Sohn doch geliebt hat?«

Sam seufzte. »Es war nicht allein die Hacienda. Seit sie mit Yancy nach Magnolia Grove gekommen war, hatte ich Margaret sehr liebgewonnen – ich dachte, meine Gefühle seien rein väterlich und würden einfach einem Mädchen gelten, das mein Sohn bald heiraten wollte. Und auch ihr liebevolles Verhalten mir gegenüber erklärte ich mir zunächst damit, daß sie in mir ihren zukünftigen Schwiegervater sah.« Müde rieb sich Sam die Wangen und fuhr betrübt fort: »Ich spürte, daß irgend etwas nicht stimmte, als wir alle von unserem ersten Besuch auf del Sol zurückkehrten. Eines Abends stellte ich sie zur Rede. Zögernd und unter Tränen sagte sie, daß Yancy sich verändert habe und nicht mehr derselbe junge Mann sei, in den sie sich an der Ostküste verliebt hatte. Sie fürchtete sich davor, einen Mann zu heiraten, den sie nicht mehr liebte. Ihr Geständnis bewegte mich zutiefst, und ich versuchte sie zu trösten, denn ich glaubte, daß Margaret wie jede Braut vor der Hochzeit nervös war. Ich zog sie ein bißchen auf und überzeugte sie, daß ihr Rancho del Sol bestimmt viel besser gefallen würde, wenn Yancy die geplanten Verbesserungen durchgeführt hätte. Sie stimmte mir zwar zu, aber die Dinge standen nicht gut zwischen den beiden, das war offensichtlich.« Sam stieß einen tiefen Seufzer aus. »Leider nahm sich Yancy keine Zeit für ihre Befürchtungen. Er war von der Idee besessen, Rancho del Sol wiederaufzubauen, und obwohl Margaret ihn anflehte zu bleiben, ritt er nach einer Woche zurück zur Hacienda, weil er die Arbeiten überwachen wollte. Margaret und Ann ließ er in meiner Obhut auf Magnolia Grove zurück.«

Yancy Cantrells damaliges Verhalten gefiel Sara nicht sonderlich. Wenn man Sams Worten Glauben schenkte, hatte er anscheinend kalt und gefühllos auf Margarets verständliche Vorbehalte reagiert. Aber das entschuldigte trotzdem nicht…

Obwohl sie es kaum erwarten konnte, den Rest von Sams Geschichte zu erfahren, fühlte sich Sara unbehaglich. Sie mochte ihn gern und fühlte sich ihm sehr verbunden – all diese Dinge waren lange her und gingen sie nichts an. Offensichtlich war es auch für Sam schmerzlich, darüber zu reden, und er tat ihr leid. Verständnisvoll schlug sie vor: »Sie müssen nicht mehr erzählen, wenn Sie nicht wollen.«

Sam lächelte bitter. »Am liebsten würde ich nie wieder darüber sprechen. Aber wenn du in meinem Haus leben und Margarets Verhalten verstehen willst, dann mußt du wissen, was geschehen ist. Außerdem«, fügte er grimmig hinzu,

»wenn ich dir jetzt von dem Skandal erzähle, dann wird dir bestimmt irgendein wohlmeinendes Klatschmaul mit den saftigsten Einzelheiten aufwarten – nur zu deinem eigenen Besten versteht sich!«

Sam sah sie übers Feuer hinweg an und schüttelte angewidert den Kopf. »Ich fürchte, diese Geschichte hat keinem von uns zur Ehre gereicht – Margaret und ich müssen durch tadellosen Lebenswandel dafür sorgen, daß der Skandal in Vergessenheit gerät. Ich hatte nicht die Absicht, mich in sie zu verlieben, genauso wenig, wie sie sich in mich verlieben wollte – es ist einfach geschehen. Im September ist es sechs Jahre her, daß wir geheiratet haben.« Sam seufzte und fügte bedrückt hinzu: »Yancy erfuhr erst, was geschehen war, als er zwei Monate nach unserer Hochzeit nach Magnolia Grove zurückkehrte. Ich war zu feige gewesen, ihm zu schreiben. Ich wollte ihm die Ereignisse in einem Brief nicht mitteilen, das erschien mir zu grausam ... Vielleicht hatte ich unrecht, vielleicht wäre es besser gewesen, ihm sofort Bescheid zu geben. Wie dem auch sei, er kam also zurück und wollte seine Braut abholen. Solange ich lebe, werde ich niemals seinen Blick vergessen, als er erfuhr, daß *seine* Braut *meine* Frau geworden war!« Sam sah furchtbar aus, Verzweiflung stand in seinen Augen. »Er hat mir noch immer nicht vergeben, und ich kann es ihm nicht einmal verdenken.«

Obwohl sie wußte, daß Sam sich nicht richtig verhalten hatte und daß es für sein Handeln keine Entschuldigung gab, verspürte Sara großes Mitgefühl mit ihm. Sein schönes Gesicht war von Reue gezeichnet, und obwohl er Margaret offensichtlich liebte, schien er sein gestörtes Verhältnis zu dem einzigen Sohn von Herzen zu bedauern. Während Sam grübelnd dasaß und in die Flammen starrte, sagte Sara sanft: »Und haben Sie ihn seit damals wiedergesehen oder von ihm gehört?«

Sam lächelte mechanisch. »Selten. Im vergangenen Jahr hat er einige zögernde Versuche gemacht, Frieden mit mir zu schließen. Aber nicht mit Margaret – manchmal habe ich das Gefühl, er verachtet sie mehr als mich. Ich konnte ihn überreden, daß er mich manchmal besucht. Zweimal war ich in del Sol und habe versucht, die Kluft zwischen uns zu überwinden.«

Sara lächelte ihm ermutigend zu und murmelte: »Mit der Zeit wird Ihr Verhältnis zu ihm vielleicht wieder besser.« Doch dann kamen ihr neue Bedenken: »Weiß er, daß Margaret ein Kind bekommt?«

Sam nickte. »Zuerst mochte ich es ihm gar nicht schreiben, aber er sollte nicht wieder das Gefühl haben müssen, daß ich ihm etwas verbergen will. Er hat es recht gut aufgenommen und mir nur viel Glück zu meiner späten Vaterschaft gewünscht.« Ein wenig unbefangener fügte Sam hinzu: »In meinem Alter sollte man wohl eher Großvater werden als Vater!«

Sara sah ihn an und protestierte voller Überzeugung: »Aber Sir! Sie sehen wirklich sehr gut aus für Ihr Alter.«

Sam mußte herzlich lachen und musterte sie liebevoll. »Du bist wirklich eine reizende junge Dame, Sara Rawlings. Ich hoffe, du wirst auf Magnolia Grove glücklich sein – trotz all des früheren Ungemachs.«

»Oh, das hoffe ich auch!« rief Sara.

Der erste Anblick des eindrucksvollen Herrenhauses am Spätnachmittag des darauffolgenden Tages erfüllte sie dann auch mit Entzücken. Es kam ihr vor wie ein Traum, daß dieses wunderschöne Haus mit der breiten Veranda und den dorischen Säulen ihr neues Zuhause sein sollte. Der Ritt durch die lange Eichenallee beschwor lebhafte Erinnerungen an Mockingbird Hill herauf, und Saras Herz wurde schwer. Viele Dinge erinnerten sie an ihre verlorene Heimat – die großen Baumwollfelder, die Eichen und Magnolien und der wilde Wein und das Geißblatt, die überall wucherten. Wenn nur Margaret wirklich so gütig und gastfreundlich war, wie Sam sie beschrieben hatte …

Plötzlich wurde Sara unruhig. Sie blickte auf ihr mitgenommenes rosafarbenes Baumwollkleid hinunter. Aus ihrem aufgesteckten Haar hatten sich einige blonde Locken gelöst. Nervös rückte sie ihren Strohhut zurecht und stieg bangen Hezens vom Pferd. Wie Sam reichte sie die Zügel einem der schwarzen Jungen, die herbeigelaufen kamen. Mit flauem Gefühl im Magen stieg sie die breite Treppe zur Veranda hinauf, wo Sam die große dunkelgrüne Flügeltür mit kunstvollen Schnitzereien und hübschen Glasfenstern öffnete und sie ins Haus führte.

Das Innere des Hauses war ebenso beeindruckend wie die Fassade. Zuerst traten sie in die geräumige Eingangshalle, deren Fußboden mit weißem und roséfarbenem Marmor gefliest war. Von der Decke hing ein riesiger Kristallkronleuchter herab, und eine breite, geschwungene Treppe führte in den ersten Stock. Wo sie auch hinsah, entdeckte Sara Zeichen des Wohlstands, und dabei mußte sie immer wieder an ihr altes Zuhause denken – ähnlich hatte Mockingbird Hill ausgesehen.

Kaum hatten sie das Haus betreten, hörte Sara auch schon laute, wütende Stimmen. Offensichtlich war in einem der Räume, die an die Eingangshalle grenzten, ein heftiger Streit im Gange.

Irritiert runzelte Sam die Stirn, dann lächelte er Sara jedoch aufmunternd zu. Plötzlich wurde eine Tür zu seiner Rechten aufgestoßen, und es ließ sich kaum sagen, wer überraschter war, der große junge Mann, der mit finsterer Miene wie angewurzelt in der Tür stehen blieb, oder Sam und Sara.

Trotz seines unfreundlichen Gesichtsausdrucks war der junge Mann zweifellos der bestaussehendste Mann, den Sara in ihrem jungen Leben bisher gesehen hatte. Er trug ein langärmeliges weißes Hemd, dazu enge schwarze Hosen, die seine langen muskulösen Beine wie eine zweite Haut umschlossen, und um die Taille hatte er lässig eine scharlachrote Seidenschärpe geschlungen. Aber es war sein auffallendes Gesicht, das Sara so fesselte, daß sie ihren Blick kaum abwenden konnte. Gutaussehend und gefährlich, dachte sie, und ihr schwindelte, als sie in seine glänzenden, bernsteinbraunen Augen sah. Dann wanderte ihr Blick zu seinem verwegenen Mund mit der vollen Unterlippe, der Entschlossenheit, aber auch Sinnlichkeit ahnen ließ. Lockiges, schwarzes Haar umrahmte sein markantes Gesicht, dessen Haut dunkel schimmerte und sein spanisches Blut verriet. Und er hatte dieselbe hochmütige, leicht gebogene Nase, die man oft auf den Portraits der spanischen Conquistadoren sah. Er hatte kaum Ähnlichkeit mit Sam, bis auf jene bernsteinbraunen Augen unter den dichten Brauen, aber offensichtlich besaßen er und Sam denselben muskulösen Körperbau. Der Mann war vielleicht ein bißchen größer als sein Vater und hatte breitere Schultern, aber Sara zweifelte nicht daran, daß sie Sams Sohn, Yancy Cantrell, gegenüberstand.

Yancy hatte sich als erster wieder gefaßt und sagte mit süffisantem Lächeln: »Wenn ich dich das nächste Mal besuchen komme, werde ich mich vorher vergewissern, daß du zu Hause bist! Es ist wirklich ein Glück, daß du endlich heimkehrst, *mi padre* – noch ein Tag länger in der Gesellschaft deiner charmanten Frau, und ich wäre vielleicht zum Mörder geworden!«

Bestürzt erwiderte Sam: »Yancy! Willst du etwa sagen, daß ihr, du und Margaret, euch schon wieder gestritten habt? In ihrem Zustand...«

Yancys Lächeln wurde noch süffisanter. »Eines könnt Ihr mir glauben, Sir, auch in ihrem ›Zustand‹ ist Margaret zu *allem* fähig!« Als hätte er Sara, die etwas hinter Sam stand, erst jetzt entdeckt, fragte der junge Mann, während er sie von oben bis unten musterte: »Und wen haben wir hier? Hast du mal wieder etwas gutzumachen?«

»Hör sofort damit auf!« befahl Sam in scharfem Ton. »Sara ist noch ein Kind und mit Sicherheit keine angemessene Gegnerin für dich. Ihr Vater ist vor kurzem gestorben. Er war ein entfernter Cousin von mir, sie ist also meine Pflegetochter. Und du wirst sie anständig und respektvoll behandeln, so wie es einem Mitglied meiner Familie gebührt.«

»Oh! *Deine* Familie verdient Respekt, nicht wahr?«

Plötzlich ertönte hinter Yancy die Stimme einer Frau. »Wer ist da? Mit wem redest du?«

Yancy machte eine übertriebene Verbeugung und trat in die Einhangshalle. »Nun, kein anderer als dein verehrter Ehemann und seine Pflegetochter. Ich glaube, so hat er sie genannt.«

»Sam? Sam ist zurück?« kam die atemlose Antwort, und eine Sekunde später erschien ein Traum aus blonden Locken und strahlendblauen Augen, gehüllt in eine Wolke aus hellblauer Seide und feiner Spitze, in der Tür. Margarets Schwangerschaft fiel noch nicht allzusehr auf, denn sie trug der Mode entsprechend einen Reifrock mit vielen Petticoats und ein eng geschnürtes Mieder. Ihre leicht gerundete Taille und ihr Busen, der sehr üppig schien, ließen jedoch keinen Zweifel an ihrem Zustand. Margaret Cantrell war der Inbegriff weiblicher Schönheit.

Sam hatte nicht übertrieben, als er sagte, daß Maragaret wunderschön war. Ihre großen, strahlenden Augen wurden von langen, dichten Wimpern umrahmt. Sie hatte ein zierliches Näschen, ihre vollen roten Lippen waren hübsch geschwungen, und ihr üppiger Körper strahlte Sinnlichkeit aus. Es überraschte Sara nicht, daß Yancy und Sam sich in sie verliebt hatten. Bewundernd und hoffnungsvoll starrte sie Margaret an und war sich ihrer fehlenden weiblichen Reize und ihres verschmutzten Baumwollkleides schmerzlich bewußt. Diese Frau war Sams Ehefrau, und wenn Margaret sie nicht mochte...

Als sie von Margarets stahlblauen, kalten Augen gemustert wurdc, sank Saras Mut. Verdrießlich verzog die junge Frau den Mund und sagte gereizt: »Du hast sie also tatsächlich mitgebracht?«

Sam wollte sie beschwichtigen, wurde aber von Yancy unterbrochen. »Wenn eine Frau guter Hoffnung ist, erwachen all ihre sanften, mütterlichen Gefühle, so sagt man jedenfalls. Bei dir ist das offensichtlich nicht der Fall, liebe Stiefmama.«

Margaret ballte ihre Hände zu Fäusten, und ihre Augen sprühten Blitze. »Ich kann deinen Anblick keine Sekunde mehr ertragen!« schrie sie. »Geh zurück auf deine elende Ranch, zu deinen Schlangen und Rindviechern! Ich will dich in meinem Haus nie wieder sehen!«

»*Noch* gehört Magnolia Grove dir nicht, meine liebste Stiefmama – trotz all deiner Intrigen!« erwiderte Yancy zornig. In seinen bernsteinbraunen Augen loderte ein bösartiges Funkeln.

»*Yancy! Margaret!* Hört sofort damit auf!« fuhr Sam dazwischen. Er blickte sich gehetzt um und sah, daß der Butler, ein großer distinguierter Mulatte in weinroter Livree, in der Eingangshalle erschienen war. Sam sah die beiden Streitenden an: »Dies ist nicht der Ort für derartige Diskussionen! Wir wollen uns in die Bibliothek zurückziehen.« Mit einem Blick auf den schweigenden Butler fügte Sam lächelnd hinzu: »Hallo, Bartholomew! Wie du siehst, bin ich zurück. Sagst du bitte Tansy Bescheid, sie möchte uns doch zum Abendessen Kartoffelklöße servieren. Oh, und würdest du dafür sorgen, daß das Rosenzimmer für meine Pflegetochter, Miss Sara Rawlings, fertiggemacht wird? Sie wird von nun an bei uns wohnen, und ich wünsche, daß sie von der Dienerschaft mit aller Höflichkeit behandelt wird.«

»Zu Ihren Diensten, Sir. Ich werde alles Nötige anordnen.« Bartholomew verbeugte sich und verschwand.

Sam wandte sich wieder an Margaret und Yancy: »Kommt jetzt bitte in die Bibliothek!«

Sara hatte gedacht, daß sie Bartholomew folgen sollte. Das wäre ihr auch lieber gewesen, aber Sam nahm ihre Hand, und sie schlossen sich den beiden anderen an. »Es tut mir leid, daß ich dir keinen freundlicheren Empfang bereiten konnte«, murmelte er. »Aber so weißt du wenigstens von Anfang an, in was du hier hineingeraten bist!«

Sara hatte keine andere Wahl, als Sam zu folgen, und es beschlich sie das ungute Gefühl, daß Sam nicht zum ersten Mal einen Streit zwischen Yancy und Margaret schlichten mußte.

Die Bibliothek war ein angenehmer, großer Raum, dessen Wände Bücherregale bedeckten und vor dessen hohen Fenstern rote Damastvorhänge hingen. Während er auf den massiven Kirschholztisch in der Mitte des Zimmers zusteuerte, ließ Sam Saras Hand los, und sie konnte sich in eine Ecke zurückziehen. Insgeheim hoffte sie, daß Yancy und Margaret inzwischen wieder Vernunft angenommen hätten.

Saras Hoffnungen erfüllte sich nicht. Sam hatte kaum am Tisch Platz genommen, als Margaret herausplatzte: »Wirf ihn hinaus! Ich bin deine Frau, die Mutter deines ungeborenen Kindes, und ich sage dir, daß ich seinen Anblick in meinem Heim keine Sekunde länger ertragen kann!«

»Es wäre gar nicht *dein* Heim, wenn ich mich seinerzeit nicht auf so verhängnisvolle Weise in deinem Charakter getäuscht hätte!« konterte Yancy.

»Oh, wie kannst du nur so etwas Gemeines sagen!« Mit Tränen in den Augen sah Margaret beschwörend zu Sam herüber. »Willst du einfach nur dastehen und ihn so mit mir reden lassen? Ich dachte, du liebst mich!«

Während er seinem Sohn einen warnenden Blick zuwarf, versuchte Sam sie zu beschwichtigen: »Aber natürlich liebe ich dich, Margaret! Zügele doch bitte deine Empörung, meine Liebe – Yancy meint es doch nicht so. Er ist nur wütend.«

»Oh, ich meine jedes Wort so, wie ich es gesagt habe«, erwiderte Yancy unbeirrt.

Nach der häßlichen Szene, bei der sie soeben unfreiwillig Zeugin geworden war, spürte Sara tiefes Mitgefühl mit Sam.

Er stand zwischen zwei erbitterten Gegnern und liebte doch beide aus tiefstem Herzen.

Ohne auf Yancys Bemerkung einzugehen, sah Margaret hinter ihrem Spitztaschentuch zu ihrem Ehemann auf und murmelte: »Oh, Sam! Du weißt doch, wie unglücklich er mich mit seinen Gemeinheiten macht. Und in meinem Zustand...«

»Wie dramatisch, Stiefmama!« warf Yancy spöttisch ein. »Hast du jemals in Erwägung gezogen, zum Theater zu gehen? Ich meine, bevor du einen reichen Mann geheiratet hast?«

Über ihr Taschentuch hinweg blitzte ihn Margaret wütend an, aber bevor sie noch etwas erwidern konnte, winkte Sam ab: »Bitte! Könntet ihr eure Streitigkeiten nicht für ein paar Minuten begraben?«

Yancy zögerte und Sara hatte den Eindruck, daß er jetzt auch bemerkte, wie erschöpft Sam nach der langen, anstrengenden Reise aussah. »*Dios!* Wie du ihr glauben kannst, obwohl sie die Tatsachen immer zu ihren Gunsten verdreht, ist mir ein Rätsel!«

»Und verdrehe ich etwa die Tatsachen, wenn ich erzähle, daß du mir erst vor fünf Minuten gedroht hast, mich umzubringen?« fragte Margaret sanft und lächelte triumphierend.

Verschreckt starrte Sam seinen Sohn an. »Hast du das wirklich gesagt?«

Yancy verzog höhnisch den Mund. »*Si!* Ich habe ihr gesagt, daß weder sie noch eines ihrer Bälger jemals auch nur einen Quadratzentimeter Alvarezland besitzen wird – eher würde ich sie erwürgen!«

Obwohl er besorgt um das Wohlergehen seiner Frau war, blickte Sam nun verwirrt drein. »Aber was soll das heißen? Margaret hat doch keinerlei Ansprüche auf dein Land?«

Mit schmeichelnder Stimme mischte Margaret sich ein: »Aber Sam, Liebling, hast du denn Casa Paloma vergessen? Die tausend Morgen, die Don Armando dir und Madelina zu Yancys Geburt geschenkt hat?«

Sam war offensichtlich befremdet. »Natürlich habe ich das nicht vergessen! Aber was hat Casa Paloma mit dir zu tun? Und was hat Casa Paloma damit zu tun, daß Yancy dich angeblich umbringen will?«

»Ach Liebster! Du *hast* es also vergessen, nicht wahr?« sagte Margaret traurig. »Oder hast du dich nur über mich lustiggemacht?« Auf ihrem Gesicht lag ein Ausdruck tapferer Ergebenheit.« Ich muß mich wohl damit abfinden – mein Kind wird immer hinter Madelinas Kind zurückstehen ...«

Margarets Worte schienen Sam noch mehr zu beunruhigen und zu verwirren, während Yancys Miene sich verfinsterte.

Es folgte eine unbehagliche Stille, und die Spannung im Raum wurde fast unerträglich. Sara fuhr zusammen, als Yancy schließlich seiner Empörung Luft machte und mit geballter Faust auf den wertvollen Tisch seines Vaters schlug. »*Por Dios!* Ich weigere mich, mir dieses Spielchen auch nur eine Sekunde länger anzusehen. Sie führt dich doch an der Nase herum wie einen zahmen Ochsen! Hast du ihr nun versprochen, daß ihr Kind Casa Paloma bekommt, oder nicht?«

Wie gelähmt starrte Sam in die gespannten Gesichter von Margaret und Yancy. »Ich habe es nie direkt versprochen ...«, murmelte er matt. »Ich habe vielleicht meine Hoffnung ausgedrückt, daß ihr, du und mein ungeborenes Kind, vielleicht eines Tages ... friedlich unter einem Dach leben würdet.« Entschuldigend blickte er zu Margaret hinüber. »Aber, meine Liebe, wie konntest du nur annehmen, daß ich damit gemeint habe ... Für mich stand es immer fest, daß Yancy eines Tages Casa Paloma erben wird – seit Generationen ist es in Besitz von Madelinas Familie.«

Margarets blaue Augen füllten sich mit Tränen, und ihre Stimme klang traurig und vorwurfsvoll, als sie zu Sam sagte: »Ich verstehe. Yancys Wünsche haben für dich eben immer Vorrang! Es ist dir gleich, wenn meinem Kind das Geburtsrecht verweigert wird und wenn ich in meinem Zustand ständig diesen furchtbaren Konfrontationen ausgesetzt bin!«

Sam war offensichtlich hin- und hergerissen. Zuerst warf er Yancy einen verzweifelten Blick zu, dann sah er seine Frau hilflos an. »Margaret, meine Liebe, du darfst dich nicht so quälen. Es ist nicht gut für dich, das weißt du doch.«

Margaret schluchzte laut auf, und Sam setzte schnell hinzu: »Wenn es dir so viel bedeutet, mein Schatz, werden wir später in aller Ruhe noch einmal darüber reden. Vielleicht finden wir ja einen Kompromiß.«

Margaret lief um den Tisch und legte die Arme um Sams Hals. »Oh, Liebster, ich wußte, du würdest es mir nicht abschlagen!« Sie küßte ihn auf die Wange. »Was bin ich nur für eine schlechte Ehefrau, mein Liebling! Du mußt von der Reise völlig erschöpft sein, und ich habe nichts Besseres zu tun, als mich mit deinem überaus reizbaren Sohn herumzustreiten. Du kannst jetzt mit Yancy alles besprechen, und ich gehe nach oben und sorge dafür, daß man dir ein heißes Bad einläßt.«

Bevor Sam sie bitten konnte, Sara mitzunehmen, hatte Margaret die Bibliothek auch schon verlassen. Wieder herrschte angespanntes Schweigen. Dann stieß Yancy zwischen zusammengebissenen Zähnen hervor: »Da gibt es *nichts* zu besprechen! Du kannst ihr und ihrem Kind meinetwegen alles von Magnolia Grove hinterlassen, was du besitzt – dein Geld, deine Sklaven, die Plantage, das Haus – alles, nur nicht Casa Paloma.« Er hielt inne und versuchte seine Wut zu unterdrücken. Als er fortfuhr, klang seine Stimme gefährlich ruhig. »Casa Paloma ist Alvarezland – wie du verdammt gut weißt. Es liegt mitten in dem Gebiet der Rancho Del Sol. Ich lasse niemals zu, daß sie oder ihr Balg auch nur einen Quadratzentimeter davon bekommt.« Seine bernsteinbraunen Augen blitzten böse, als er sich zu seinem Vater hinüberbeugte und leise zischte: »Eher werde ich sie töten!«

3

Ohne Sams schockierten Protest zu beachten, stapfte Yancy entschlossen aus der Bibliothek und knallte die Tür hinter sich zu. Eine ganze Weile blieb Sam schweigend stehen, dann sah er Sara an und sagte wehmütig: »Willkommen auf Magnolia Grove, meine Liebe. Wir haben uns soeben von der schlechtesten Seite gezeigt. Ich hoffe, dir ist dein neues Zuhause nicht jetzt schon zuwider.«

»Sie sind sehr, sehr *dramatisch*, nicht wahr?« murmelte Sara unsicher.

Sam lachte amüsiert auf. »Ja, so kann man es wohl auch ausdrücken! Aber jetzt komm – wir wollen sehen, ob Bartholomew dein Zimmer zu deiner Zufriedenheit hergerichtet hat.«

Das Zimmer war so schön, wie Sara es sich nur wünschen konnte, und wieder wurde sie an Mockingbird Hill erinnert. Dieser Raum war natürlich anders als ihr Zimmer in ihrem früheren Heim, aber er war mindestens genauso geräumig und ebenso prächtig ausgestattet. Die Wände waren mit blaßrosa Seide bespant, lindgrüne, durchscheinende Vorhänge zierten die Fenster. Auf dem Fußboden lag ein hübscher beige-grün-rosé gemusterter Axminsterteppich. An einer Wand stand ein dunkler Mahagonischrank, daneben ein marmorner Waschtisch. An einer anderen Wand hing ein Spiegel mit vergoldetem Rahmen über einem zierlichen Frisiertisch mit kunstvollen Intarsienarbeiten, vor dem ein samtbezogener Hocker stand. Das Zimmer wurde von einem riesigen Himmelbett mit zarten rosé Bettvorhängen beherrscht.

Sara strahlte Sam mit freudigem Gesicht an. »Oh, Mr. Cantrell! Es ist wunderschön!«

Sam lächelte mild. »Vielen Dank, meine Liebe! Und mach dir keine Gedanken über deine Garderobe – wir werden den Schrank hier ganz schnell mit neuen, modischen Kleidern und anderem Schnickschnack füllen. Gewöhn dich in der Zwischenzeit an dein neues Zimmer, und mach dich frisch. In einer halben Stunde kommt Bartholomew und begleitet dich ins Speisezimmer.«

Es war jedoch nicht Bartholomew, der Sara an diesem Abend ins Speisezimmer begleitete. Als sie ein energisches Klopfen hörte, öffnete Sara die Tür und stand einer exquisit gekleideten Frau gegenüber, die niemand anderes sein konnte als Margarets Schwester Ann.

Ann war fünf Jahre älter als Margaret und wirkte wie eine blassere Ausgabe ihrer Schwester. Ihr Haar glänzte nicht ganz so golden, und das Blau ihrer Augen war blasser, ihre Figur war etwas weniger üppig, und ihre Gesichtszüge wiesen nicht jene unglaubliche Schönheit auf, die Margaret besaß. Zweifellos war sie jedoch eine attraktive Frau, und wenn Margaret nicht dabei war, konnte sie jede andere ausstechen.

Ann stand im Flur und trat mit ihren seidenbeschuhten Füßen ungeduldig auf der Stelle. Der tiefe Ausschnitt ihres Kleides enthüllte wohlgeformte Schultern und ein perfektes Dekolleté. Ihr Abendkleid war aus feiner, rubinroter Seide. Unzählige Meter des wertvollen Stoffes bauschten sich über ihrem Reifrock, und ihr blondes Haar war nach der neuesten Mode frisiert. Mit ihren blauen Augen blickte sie fast ebenso kalt drein wie zuvor Margaret.

Geringschätzig taxierte Ann Saras schlanke Gestalt. »Hier haben wir also Sams letztes gutes Werk. Er ist wirklich der weichherzigste Mann, den ich jemals getroffen habe! Es ist nur gut, daß er Margaret hat und sie die *meisten* Leute davon abhält, ihn schamlos auszunutzen!«

Obwohl sie sich schäbig und ärmlich fühlte, sah Sara trotzig in Anns Gesicht und fragte: »Aber leben *Sie* denn nicht auch hier? Sind Sie denn nicht ebenfalls von Mr. Cantrell abhängig?«

Ann lächelte leicht. »Die Zeiten sind glücklicherweise

vorbei! Ich habe vor vier Jahren geheiratet, einen Mann, der *bedeutend* wohlhabender ist als unser armer Sam – mein Ehemann, Mr. Shelldrake, und ich sind nur zum Abendessen hergekommen. Aber seit unserer Ankunft hat es furchtbar angefangen zu regnen. Deshalb kann es sein, daß wir gezwungen sind, die Nacht hier zu verbringen.«

Irgendwie überstand Sara diesen ersten Abend. Sie mußte es hinnehmen, von den beiden Schwestern praktisch ignoriert zu werden. Mr. Shelldrake war etwa Mitte dreißig, hatte aschblondes Haar und sah recht gut aus. Auf seine gutmütige derbe Art ermutigte er Sara, aus sich herauszugehen. Auch Sam tat alles, damit sie sich zu Hause fühlte, und selbst der Butler Bartholomew schien ihr freundlich gesonnen zu sein. Während er in vollendeter Eleganz schweigend das Essen servierte, sah er Sara mit seinen sanften braunen Augen wohlwollend an. Einmal zwinkerte er ihr sogar aufmunternd zu, was Margaret leider nicht entgangen war.

Margaret preßte die Lippen zusammen, und ohne zu warten, bis Bartholomew das Zimmer verlassen hatte, sagte sie abrupt zu Sam: »Darling, ich habe mir gedacht, daß wir einen englischen Butler einstellen sollten.«

Auf Sams erstaunten Blick hin fuhr sie leichthin fort: »Ich finde, Bartholomew gibt sich wirklich große Mühe, und ich weiß, daß er ein Bankert deines Vaters ist und daß du ihm gegenüber eine gewisse familiäre Verpflichtung empfindest. Aber er hat einfach nicht den *Schliff*, den man sich bei einem Butler wünscht. Ich meine, dein armer, irregeleiteter Vater hat ihn zwar in England zur Schule geschickt und ausbilden lassen, trotzdem ist er eben kein *richtiger* Engländer, nicht wahr?«

Bartholomew erstarrte, und Sara konnte sehen, wie ihm das Blut in die dunklen Wangen schoß. Es tat ihr leid, daß er Margarets haarsträubende Beleidigungen hinnehmen mußte. Wie grausam diese Frau doch war!

Leise und mit gequältem Lächeln erwiderte Sam: »Margaret, ich glaube, dies ist wohl kaum die richtige Zeit für solche Diskussionen.«

Margaret schnitt eine Grimasse. »Oh, Sam, Darling! Wie spießig du doch sein kannst. Also gut, reden wir später darüber. Aber ich denke wirklich, du solltest ihm andere Aufgaben zuweisen – da ist tatsächlich eine gewisse Ähnlichkeit. Außerdem erinnert seine Anwesenheit ständig daran, daß dein Vater diese beklagenswerte Schwäche für hübsche Sklavinnen hatte. Selbst wenn er sozusagen dein Halbbruder ist, könntest du nicht eine andere Beschäftigung für ihn finden? Er könnte doch vielleicht auf den Feldern arbeiten. Schließlich ist er nichts weiter als ein Sklave.«

Sam blickte gequält zu Bartholomew hinüber und murmelte: »Margaret, bitte!«

»Also gut, dann eben nicht! Wir wollen jetzt nicht mehr darüber sprechen. Aber Sam, Liebster, wo ich doch *so* gern einen richtigen englischen Butler hätte!«

Es folgte eine kurze, unbehagliche Stille, und dann begannen Ann und Margaret ein Gespräch über die neuen Kleider, die sie sich aus New York schicken lassen wollten.

Für Sara schien die Mahlzeit kein Ende zu nehmen, aber sie war dennoch erleichtert, daß der reizbare Yancy nicht mit am Tisch saß. Wenn Margarets unverhohlene Feindseligkeit und Anns Gleichgültigkeit nicht gewesen wären, hätte sie sich vielleicht sogar amüsiert. Sam und Thomas Shelldrake war sehr daran gelegen, daß sie sich wohl fühlte, aber obwohl Margaret und Ann klug genug waren, nichts allzu offensichtlich Verletzendes zu sagen oder zu tun, so kam es Sara doch äußerst unwahrscheinlich vor, daß sie auf Magnolia Grove bleiben durfte – wie freundlich Sam sie auch behandeln mochte.

Margaret sah an diesem Abend besonders reizend aus. Sie trug ein Kleid aus strahlendblauer Seide, und ihre edlen Gesichtszüge wurden eingerahmt von einer blonden Lockenpracht. Sara konnte gut verstehen, daß die Männer von ihr bezaubert waren. Während sie fröhlich mit Sam und Thomas Shelldrake schäkerte und mit ihrer Schwester schwatzte, schenkte sie Sara, die stumm dasaß, keinerlei Beachtung. Die Kaltherzigkeit der Hausherrin machte Sara immer verzagter. Wie sehr hatte sie gehofft, daß sich zwischen ihr und Margaret ein ebenso gutes Verhältnis entwickeln würde, wie sie es zu Sam hatte. Aber es sollte nicht sein. Margaret wollte sie nicht hierhaben; mit jedem Wort, mit jedem Blick, mit ihrem ganzen Verhalten machte sie Sara dies auf grausame Weise klar.

Da ihr klar war, daß sie von Margaret nur widerwillig am Tisch geduldet wurde und daß es keinen Sinn hatte, wehmütig davon zu träumen, wie schön ihr Leben in diesem Haus hätte sein können, erhob sich Sara bei einer Gesprächspause und sagte höflich: »Wenn Sie alle nichts dagegen haben, würde ich mich jetzt gern in mein Zimmer zurückziehen. Wollen Sie mich bitte entschuldigen?«

»Aber nein!« protestierte Thomas Shelldrake. »Laufen Sie doch nicht so schnell davon, mein Kind! Es ist doch noch viel zu früh.« Er lächelte sie an, wobei sich an seinen Augen Lachfältchen zeigten. »Ann und ich wohnen nur ein paar Meilen von hier entfernt, trotzdem sind wir nicht oft auf Magnolia Grove – bleiben Sie noch ein bißchen, damit wir Sie besser kennenlernen können.«

»Wenn sie zu Bett gehen will, müssen wir sie gehen lassen«, erwiderte Margaret hastig und warf ihrem Schwager einen unfreundlichen Blick zu. »Was weiß sie schließlich schon über Erwachsenengespräche?« Sie sah Sara wenig herzlich an und fügte hinzu: »Wie ich hörte, hat Bartholomew dir versehentlich das Rosenzimmer gegeben. Heute nacht darfst du dort schlafen, aber morgen suchen wir dir ein passendes Quartier im zweiten Stockwerk. Jetzt lauf, und amüsier dich.«

Sara konnte sich gut vorstellen, was Margaret unter einem »passenden« Quartier verstand, und fühlte sich noch mehr abgelehnt, aber obwohl ihr die Tränen in die Augen stiegen, lächelte sie tapfer. Als sie den Raum verlassen wollte, sagte Sam ruhig: »Die Wahl des Zimmers war kein Versehen. *Ich* habe es für sie ausgewählt.«

Margaret setzte ein ungehaltenes Gesicht auf. »Oh, Darling! Du willst doch nicht etwa meinen Haushalt durcheinanderbringen! Du *weißt* doch, daß das Zimmer neu gestaltet werden sollte?«

Sam lächelte unsicher. »Nein, das wußte ich nicht.« Er sah Sara warmherzig an. »Keine Sorge, meine Liebe. Wir finden ein schönes Zimmer für dich – du sollst nicht unters Dach verbannt werden.«

Hastig murmelte Sara ihren Dank, verabschiedete sich von den anderen und floh aus dem Speisezimmer. Am Tisch hatte sie Margarets und Anns gemeines Verhalten tapfer ertragen, aber jetzt konnte sie die Tränen nicht länger zurückhalten. So sah sie Yancy erst, als sie auf der Treppe mit ihm zusammenstieß. Sie spürte seine muskulöse Brust an ihrer Wange und seine starken Hände, die sich um ihre Oberarme schlossen.

Yancys Fluch hing noch in der Luft, als er plötzlich diese junge, zarte Frau in den Armen hielt. Verschreckt blickte Sara in sein dunkles markantes Gesicht empor, während ihr der Atem beim Anblick seiner bernsteinbraunen Augen stockte.

Wie gebannt von seinem glühenden Blick, konnte sie ihre Augen nicht von seinem Gesicht abwenden, und während sie wie erstarrt am Fuße der Treppe standen, nahm sie ihn plötzlich wahr, wie sie noch nie einen Mann wahrgenommen hatte. Sein Körper war fest, und er roch nach Leder und Tabak. In den Minuten, die sie so dastanden, spürte sie, wie sich in ihr ganz neue, überwältigende Gefühle entfalteten.

Einen langen, atemlosen Moment lang starrte Yancy hinab in ihre tränenfeuchten Augen, in deren Tiefen er zu ertrinken glaubte. Sie lag so weich und sanft in seinen Armen, und während er in ihr verstörtes Gesicht blickte, wurde ihm plötzlich mit Schrecken klar, daß er in seinem ganzen Leben noch keine so bezaubernde, verführerische Frau gesehen hatte. Da er den Grund für ihre Traurigkeit leicht erraten konnte, wurde sein Blick sanfter. »Wie ich sehe, hat Margaret dir schon ihre Krallen gezeigt.«

Seine Nähe war ihr auf unerträgliche Weise bewußt, und auf der Haut spürte sie ein merkwürdiges Prickeln. Verwirrt antwortete sie: »Ja. Ich meine nein.«

Ein gewinnendes Lächeln spielte auf einmal um seinen faszinierenden Mund. »Was denn nun? Ja oder nein?« machte er sich über sie lustig.

Sara holte tief Luft und wünschte, er würde sie loslassen, wünschte, daß seine Nähe nicht so eine erstaunliche Wirkung auf sie ausüben könnte. »Ihre Stiefmutter ist sehr freundlich zu mir gewesen«, erwiderte sie schließlich höflich.

Yancy mußte herzlich lachen. »Margaret? Das kannst du nicht ernst meinen!«

Es faszinierte sie, wie anders sein Gesicht aussah, wenn er lachte. Ihr gefiel dieses belustigte Blitzen seiner bernsteinbraunen Augen, dieses attraktive Grübchen auf der Wange, dieses gutmütige Lächeln.

Als sein Blick auf die Tränen auf ihren blassen Wangen fiel, verstummte Yancys Lachen, und er fragte mit ernster Stimme: »Wenn es nicht Margaret war, wer war es dann? Wer hat dich zum Weinen gebracht? Soll ich dafür sorgen, daß er es bereut?«

Langsam schüttelte Sara den Kopf. Ihre Augen hingen an seinem dunklen Gesicht. Als sie den veränderten Ausdruck in seinen goldenen Augen sah, ging ihr Atem plötzlich schneller. Sie mußte etwas tun, um diesen merkwürdigen Zauber zu brechen, aber sie konnte es nicht; sie vermochte sich nicht von der Stelle zu rühren, ohne sich bewußt zu sein, daß sie unwiderstehlich war, daß ihre tränenfeuchten, smaragdgrünen Augen im Schein des Kronleuchters geheimnisvoll leuchteten und daß ihre vollen sinnlichen Lippen jeden Mann mit Verlangen erfüllen mußten.

Aber Yancy nahm ihre Schönheit deutlich wahr, und er murmelte mit belegter Stimme: »Nun, *chica*, da es anscheinend keine Schurken gibt, die ich für dich töten könnte, werde ich deine Tränen vielleicht einfach wegküsen müssen...«

Sara erstarrte, als seine Lippen sanft ihre Wangen berührten; ihr Atem schien auszusetzen, während er ihr Gesicht mit warmen, zärtlichen Küssen bedeckte und seine Lippen unweigerlich weiter hinunter bis zu ihrem einladenden, weichen Mund glitten. Als seine Lippen schließlich die ihren bedeckten, begann es in ihrem Kopf zu rauschen, und sie glaubte, ohnmächtig zu werden, und konnte sich nichts Aufregenderes vorstellen, als von Yancy Cantrell geküßt zu werden.

Sara konnte sich später nicht daran erinnern, wie sie die Arme um seinen Hals gelegt und sich an ihn gepreßt hatte. Es schien einfach die natürlichste Sache der Welt zu sein, den Mund, *querida*... laß mich... laß mich...« Von nie geahnten Gefühlen überwältigt, kam es ihr gar nicht in den Sinn, sich ihm zu widersetzen, und sie öffnete willig die Lippen. Yancys heiße, forschende Zunge glitt in ihren Mund und ließ sie erschaudern und löste eine wahre Explosion von Gefühlen aus, bis sie in seinen Armen schwankte.

Wie lange sie in ihrer leidenschaftlichen Umarmung verharrt hatten, wußten sie nicht, bis plötzlich hinter ihnen höhnisches Gelächter ertönte und sie auseinanderfahren ließ.

»Ach du liebe Güte!« rief Margaret böswillig. »Als ich dir vorschlug, dich zu amüsieren, meinte ich damit nicht, daß du sofort deine Wirkung auf Yancy Cantrell erproben sollst.«

Von mächtigen Gefühlen überwältigt, die sie vor Yancys Kuß nie für möglich gehalten hätte, stand Sara einfach nur da und starrte Margaret ins Gesicht. Sie nahm kaum wahr, daß Yancy sich vor sie stellte, um sie vor Margarets bösartigem Blick zu schützen.

Noch ganz benommen, hörte sie Yancy sagen: »Laß sie in Ruhe, Margaret! Sie ist ein unschuldiges Mädchen. Laß deine Wut an jemandem aus, der es, was Gewicht und Bösartigkeit anbelangt, mit dir aufnehmen kann.«

Margarets wunderschöne Augen verengten sich zu Schlitzen. »Du liebe Güte! Du willst doch wohl nicht behaupten, daß du dich auch von ihrer angeblichen Unschuld täuschen läßt.« Sie lächelte falsch. »Ihr Cantrell-Männer! Wie edel ihr doch seid, immer bereit, den Schwachen zu helfen! Du bist ein weichherziger Dummkopf, genau wie dein Vater!«

»Ich glaube, du hast jetzt genug gesagt«, unterbrach Yancy sie.

Margarets Augen blitzten herausfordernd. Sie trat näher heran und sagte: »Und wenn ich anderer Meinung bin? Was willst du dann machen?«

Sara war mittlerweile wieder in die Realität zurückgekehrt und spürte, wie angespannt Yancy war. Sie fürchtete, daß er sich zu einer gewalttätigen Handlung hinreißen lassen könnte. Als er bedrohlich nahe an Margaret herantrat, konnte Sara nicht anders, als sich einzumischen. Sie hielt seinen Arm umklammert und sagte: »Tu es nicht! Laß dich nicht provozieren!«

»Du liebe Güte!« sagte Margaret verächtlich. »Ich habe vor Yancy keine Angst! Und was dich anbelangt, ich dachte, ich hätte dir gesagt, daß du *verschwinden* sollst!«

Sara zögerte und mochte Yancy in dieser unangenehmen Situation nicht mit Margaret alleinlassen, aber sie hatte keine andere Wahl. Langsam ging sie die Treppe hinauf, aber sie konnte noch hören, wie die beiden im Flur miteinander stritten.

»Deine Intrigen hinterlassen langsam Spuren, liebe Stiefmama!« säuselte Yancy. »Bist du neidisch auf Saras Unschuld und Jugend? Fürchtest du, mein Vater könnte sich von ihrem Charme angezogen fühlen?«

»Was soll das heißen, du Bastard? Dein Vater betet mich an! Er würde alles für mich tun!« Margaret lächelte verschlagen. »Er würde mir selbst Casa Paloma geben...«

»Zum Teufel!« stieß Yancy wütend hervor. »Ich bringe dich wirklich um!«

Er hatte Margaret am Arm gepackt und begann sie zu schütteln. Margaret lachte nur und schnurrte: »In Wahrheit haßt du mich gar nicht, du willst mich immer noch – deshalb kannst du deine Hände nicht von mir lassen.«

»Du machst dir etwas vor. Seit Jahren habe ich nur einen Wunsch. Ich will meine Hände um deinen Hals legen und dich erwürgen!«

Margaret kam ihm noch näher. Ihr Gesicht war nur wenige Zentimeter von seinem entfernt. »Du lügst! Du willst mich immer noch!«

Yancy murmelte einen groben Fluch und stieß sie von sich, dann eilte er in den hinteren Teil des Hauses, wobei er um ein Haar einen jungen Mann, der ihm in dem Gang entgegenkam, umgerannt hätte. Beim Anblick des anderen Mannes schimpfte Margaret: »Hyrum! Was machst du um diese Zeit hier?«

Von ihrem Aussichtspunkt in einem schattigen Winkel oben an der Treppe konnte Sara den Neuankömmling beobachten. Er mochte etwa dreißig Jahre alt sein und trug einen gepflegten braunen Anzug. Er sah recht gut aus mit seinem blonden, welligen Haar und seinen ebenmäßigen Gesichtszügen. Er sah Margaret an. »Ich habe heute lange gearbeitet. Es gibt einige Dinge, die ich mit Mr. Cantrell besprechen muß. Er ist ja wohl zurück, und da wollte ich gern, daß er vor morgen früh über alles informiert ist.«

»Oh! Sie haben gearbeitet. Wie langweilig!«

Er lächelte ein wenig. »Nun ja. Ich bin sein Verwalter, für diese Arbeit bezahlt mich Ihr Mann nun einmal.«

Mit einer vertraulichen Geste strich Margaret über das Revers seiner Jacke. »Wie außerordentlich öde! Vergessen Sie denn niemals Ihre Pflichten?« Sie lächelte verführerisch und streifte leicht seinen Körper. Dabei ließ sie die Finger hinaufgleiten und tätschelte neckend seine Wange. Dann murmelte sie: »Lieber, reizender, edler Hyrum, wenn Sie doch nur einmal Ihre Skrupel überwinden und vergessen könnten, daß ich Sams Frau bin, dann würde ich Sie sicher viel interessanter finden... und Sie könnten Ihre Abende mit mir verbringen...« Sie hauchte einen Kuß auf seine Lippen und fügt heiser hinzu: »Und wir könnten etwas viel Aufregenderes tun, als über öden Geschäftspapieren zu brüten!«

Keiner der beiden ahnte, daß sie von Sara beobachtet wurden, die sich bemühte, ihr Entsetzen über Margarets Dreistigkeit nicht laut werden zu lassen.

Hyrum preßte die Lippen zusammen. »Und was würde Ihr Ehemann wohl dazu sagen?« fragte er steif.

Plötzlich hatte Margaret einen gemeinen Zug um den Mund. »Oh, welche Schande! Aber wie kommt es, daß Sie sich von Anns Ehemann nicht davon abhalten lassen, sie ständig anzuschmachten?«

Errötend erwiderte Hyrum: »Sie ziehen die freundlichen Gefühle Ihrer Schwester aufs gemeinste in den Schmutz! Ich habe eine hohe Meinung von Mrs. Shelldrake – Gott sei Dank ist sie ganz anders als Sie!«

Margaret lachte. »Sie ist mir ähnlicher, als ihr euch alle vorstellen könnt! Und Sie sind ein Dummkopf.«

»Vielleicht. Wenn es sonst nichts gibt, Madam, möchte ich mich jetzt gern verabschieden. Wenn Sie mich jetzt bitte entschuldigen würden?«

»Aber angenommen, ich würde Sie nicht entschuldigen?« schnurrte Margaret. »Angenommen ich würde Sie bitten, mich auf einem Spaziergang durch den Garten zu begleiten?«

»Wenn das Ihr Wunsch ist, wird es mir eine Freude sein, Ihnen Gesellschaft zu leisten«, erwiderte Hyrum förmlich.

»Sie fallen wohl nie aus der Rolle des höflichen Angestellten?« beklagte sich Margaret ein wenig verärgert. »Ich frage mich, was Sam wohl dazu sagen würde, wenn ich ihm erzähle, daß Sie mir verwerfliche Angebote gemacht haben?«

»Das ist eine verdammte Lüge!«

»Ja, das stimmt. Aber ich frage mich, wem von uns Sam wohl eher glauben würde.«

Hyrum ballte die Fäuste. »Yancy hat recht, wenn er Sie eine Hexe nennt! Kein Wunder, daß er Sie haßt!«

»Ich an Ihrer Stelle würde nicht so unhöflich sein, es sei denn, Sie wollen Ihre gutbezahlte Anstellung auf Magnolia Grove verlieren!« Margaret lächelte böse. »Ich könnte ja auch beschließen, daß mein Mann einen anderen Aufseher einstellt... wer weiß.«

Mit gepreßter Stimme stotterte Hyrum: »Eines Tages gehen Sie zu weit – und ich hoffe, ich bin in der Nähe, wenn es soweit ist! Es ist ein Wunder, daß noch niemand versucht hat, Sie zur Raison zu bringen! Am liebsten würde ich es selbst tun!«

Plötzlich war Margaret ihre Spielchen leid und erklärte gebieterisch: »Ach, gehen Sie schon! Ihre Drohungen jagen mir keine Angst ein – sie sind genauso langweilig wie Sie selbst!«

Hyrum unterdrückte seine Wut, verbeugte sich und sagte: »Wie Sie wünschen, Madam.«

Mit kaltem Blick sah Margaret ihm nach, wie er durch die Eingangstür verschwand, dann lächelte sie zufrieden und wandte sich dem Gang zu, durch den Yancy die Halle verlassen hatte.

Erst als niemand mehr zu sehen war, wagte Sara, in ihr Zimmer zu schleichen. Ihre Gedanken wirbelten in ihrem Kopf herum, während sie sich auszog und unter das warme, weiche Federbett kroch. Lange warf sie sich schlaflos hin und her, und nach einiger Zeit beschloß sie, noch ein bißchen frische Luft zu schnappen. Sie öffnete die Glastür und trat auf den kleinen Balkon vor ihr Zimmer. Sie genoß die milde Nachtluft, die nach Magnolien duftete, und ihre innere Unruhe ließ ein wenig nach. Als sie zurück ins Bett gehen wollte, hörte sie plötzlich Stimmen.

Sie erkannte sofort Ann und Margaret. Da sie eigentlich schon mehr über die Herrin von Magnolia Grove erfahren hatte, als ihr lieb war, wollte sie sich schnell in ihr Zimmer zurückziehen. Aber bevor sie die Tür hinter sich geschlossen hatte, hörte sie Ann deutlich sagen: »Tom glaubt, das Kind, das du erwartest, könnte von ihm stammen.« Zutiefst schockiert blieb Sara stehen.

Eine Sekunde später hörte sie Margarets perlendes Lachen. »Aber, meine Liebe! Wie bist du nur dahintergekommen? Wurde er plötzlich von Schuldgefühlen gequält und hat dir alles gestanden?«

»Ja, er hat mir von eurer Affäre erzählt – schon vor Wochen. Ich muß zugeben, daß es mich verletzt hat. Aber er hat mir geschworen, daß es vorbei ist. Er war ganz durcheinander, nachdem du ihm gesagt hattest, er könnte der Vater deines Kindes sein. Ich habe ihm versprechen müssen, mit dir darüber zu reden«, sagte Ann mit brüchiger Stimme.

»Bist du etwa neidisch?« schnurrte Margaret. »Du möchtest wohl selbst gern schwanger sein?«

»Ist es sein Kind?« wiederholte Ann.

Obwohl sie sich schämte, blieb Sara dennoch auf dem Balkon stehen und hatte Margarets bösartiges Lächeln plötzlich bildlich vor Augen. »Es wäre möglich, aber wer weiß...«

»Manchmal bete ich direkt, daß Yancy dich wirklich umbringt!« zischte Ann wütend. »Und manchmal würde ich ihm die Arbeit am liebsten ersparen!«

»Ach, Ann, laß uns doch nicht streiten! Ich weiß, wie wütend du warst, als ich dir Sam vor der Nase weggeschnappt habe, aber jetzt hast du doch Tom, und er ist jünger und weitaus reicher als Sam, und er sieht ebenso gut aus. Was die andere Sache anbelangt, so liebst du Tom doch gar nicht, sondern hast ihn nur seines Geldes wegen geheiratet. Warum bist du also böse auf mich?«

»Weil er mein Ehemann ist! Und alles, was mit ihm geschieht, betrifft auch mich und meine gesellschaftliche Stellung. Es kümmert mich nicht, daß ihr eine Affäre hattet – das ist vorbei. Er ist längst nicht mehr vernarrt in dich und hat deinen wahren Charakter durchschaut. Deine Schwangerschaft beunruhigt ihn jedoch; er fürchtet, es könnte wirklich sein Kind sein und Sam könnte dahinter kommen.« Ann hielt inne, und Sara konnte sich vorstellen, wie sie während des Gesprächs nach Fassung rang. »Wenn es herauskommt, daß du Toms Kind erwartest, wäre alles ruiniert. Wie du weißt, hat man ihn als nächsten Richter für Austin County nominiert, und wenn sich Gerüchte über eure Affäre und seine mögliche Vaterschaft deines Kindes verbreiten würden, wäre er ruiniert. Für dieses Richteramt wird er alles tun, und ich warne dich, verdirb es ihm nicht!«

»Du liebe Güte! Wie diese Unterhaltung mich langweilt! Laß uns endlich zurück zu den Herren gehen.«

All die häßlichen Worte dieses Gesprächs hallten in Saras Kopf wider, als sie zurück in ihr Zimmer ging. Das hat man davon, wenn man lauscht, dachte sie mißmutig und legte sich wieder ins Bett. Sie bemühte sich, ruhig zu atmen, und wollte nicht länger an Sams zweifellos bösartige Frau denken. Nach einer Weile lächelte sie schläfrig, denn sie sah Yancys dunkles Gesicht vor sich, das sie alles andere vergessen machte. Kurz darauf schlief sie tief und fest.

Wie immer wachte Sara am nächsten Morgen früh auf. Sie blieb noch ein paar Minuten liegen und genoß ihr weiches, bequemes Bett, aber dann kamen ihr die Ereignisse des letzten Tages in den Sinn, und sie stand seufzend auf. Mach es dir nicht zu bequem, Mädchen, dachte sie resigniert. Margaret wird schon dafür sorgen, daß du diesen Luxus nicht lange genießen darfst.

Zu ihrer Freude entdeckte sie, daß irgend jemand ein silbernes Tablett mit dampfendem Kaffee und warmen Rosinenbrötchen neben ihr Bett gestellt hatte. Nachdem sie sich gewaschen und angekleidet hatte, biß Sara in eines der goldbraunen Brötchen und schenkte sich eine Tasse Kaffee ein. Entschlossen versuchte sie, alle Gedanken an den gestrigen Tag zu verdrängen. Nach dem Frühstück sah sie noch einmal in den Spiegel, strich den Stoff ihres von der Reise verschmutzten Baumwollkleides glatt, legte noch einmal Hand an ihr aufgestecktes Haar und verließ das Zimmer.

Das Haus war vollkommen still, als Sara die Treppe hinunterging. In der Eingangshalle blieb sie unschlüssig stehen. Auf keinen Fall wollte sie Margaret über den Weg laufen, der ihre Anwesenheit im Hause ein Dorn im Auge war, und so beschloß sie, einen Spaziergang durch den Garten zu machen.

Es war ein wunderschöner Aprilmorgen, und die Sonne stand bereits golden am strahlendblauen Himmel. Ziellos wanderte Sara durch die Gartenanlage. In einiger Entfernung vom Hause entdeckte sie einen romantischen Pavillon und schritt auf ihn zu.

Sie bemühte sich krampfhaft, nicht an die traumatischen Ereignisse des gestrigen Tages zu denken, und war entschlossen, diesen kurzen glücklichen Augenblick zu genießen. Als sie in die Nähe des weiß vergitterten Pavillons kam, versuchte sie sich einzureden, daß es keinen Grund gab, allzu schwarz zu sehen. Vielleicht würde doch noch alles gut werden – vielleicht hatte sich Margarets Sinn ja während der Nacht gewandelt…

Sie betrat den sonnendurchfluteten Pavillon. Ein schmiedeeiserner weißer Tisch stand in der Mitte des achteckigen Raumes. An den Wänden befanden sich breite bequeme Bänke, die mit bunten Kissen bedeckt waren. Freudig überrascht schaute Sara sich um. Auf der anderen Seite des Tisches lag ein blauseidenes Bündel auf dem Fußboden, das Sara zunächst für ein heruntergefallenes Kissen hielt.

Als sie in der Absicht, das Kissen aufzuheben, um den Tisch ging, erstarrte sie plötzlich und konnte kaum glauben, was sie dort sah. Es war kein Kissen, das auf dem Boden lag – was dort lag, hatte blonde Locken und eine Haut wie Porzellan …

Vor Entsetzen wie gelähmt, starrte Sara benommen auf den Körper vor ihren Füßen. Es gab keinen Zweifel, es war Margaret Cantrells lebloser Körper, der dort lag. Margaret mit den strahlendblauen Augen … Immer noch trug sie das elegante blaue Seidenkleid vom letzten Abend, aber in ihrem Herzen steckte ein kunstvoll verzierter spanischer Dolch …

Erster Teil

Zeit des Umsturzes

April 1867

4

Wieder so ein regnerischer Aprilmorgen, dachte Sara grüblerisch, während sie im Rosenzimmer am Fenster stand, und wieder blicke ich auf das Grab eines geliebten Mannes...

Ein wehmütiger Ausdruck lag auf ihrem Gesicht, während sie auf einen kleinen Hügel in der Hähe des Hauses sah. Dort war der Familienfriedhof, und dort war Sam Cantrell zwischen seinen beiden so verschiedenen Ehefrauen Madelina und Margaret beerdigt worden. Sara war sich immer noch unsicher, ob sie das Richtige getan hatte, ihn dort zu begraben. Obwohl mittlerweile sieben Jahre seit Margarets Tod verstrichen waren, war Ann ihrer toten Schwester zumindest nach außen hin so ergeben wie eh und je und hatte darauf bestanden, daß Sam genau diesen Platz zu seiner letzten Ruhestätte gewählt hatte. Aber Sara war sich nicht so sicher. Während der schrecklichen Tage und Monate nach Margarets Ermordung mußte ihm doch klargeworden sein, daß sie nicht die liebevolle Ehefrau war, für die er sie so gern gehalten hätte. In den darauffolgenden Jahren hatte Sam zwar nie etwas Abfälliges über Margaret geäußert, aber Sara fragte sich oft, was er wohl im tiefsten Inneren gedacht hatte.

Ihre Gedanken wanderten zurück zu jenem furchtbaren Morgen vor sieben Jahren, an dem sie voller Entsetzen auf Margarets Leiche gestarrt hatte. Sie konnte später nicht mehr sagen, wie lange sie dort mit rasendem Herzen gestanden hatte, aber irgendwann hatte sie den Pavillon verlassen und war ins Haus gestolpert...

Atemlos, verängstigt und schockiert platzte Sara zur Eingangstür herein und erschreckte Sam, der gerade die Halle durchquerte. Er sah ihr verstörtes Gesicht und fragte sie alarmiert: »Was ist passiert, meine Kleine? Was hat dir solche Angst eingejagt?«

»Margaret ist tot!« schrie sie hysterisch, unfähig, das schreckliche Geschehen in schonendere Worte zu fassen. »Sie ist tot, sagte ich – ich habe sie gesehen! Sie liegt ermordet im Pavillon!«

Sam stand wie versteinert auf dem kunstvollen Marmorfußboden der Eingangshalle, und Sara konnte nur mit Mühe ein Schluchzen unterdrücken. Sie rannte auf ihn zu, packte ihn am Arm und schüttelte ihn. »Haben Sie mich nicht gehört? Sie ist tot! Jemand hat sie ermordet!«

»Wer wurde ermordet?« fragte Yancy leichthin, der beim Betreten der Halle Saras letzte Worte aufgeschnappt hatte. Ohne den Ernst der Lage zu erkennen, fügte er sarkastisch hinzu: »Darf ich hoffen, daß meine reizende Stiefmama das Opfer ist?«

Mittlerweile war Sara wieder etwas zur Besinnung gekommen und starrte ungläubig in sein gutaussehendes Gesicht, den silbernen Dolch in Margarets Brust deutlich vor Augen. »Ja!« erwiderte sie in scharfem Ton. »Es ist Ihre Stiefmama – Margaret ist erstochen worden – mit einem *spanischen* Dolch!«

Yancys Lässigkeit war wie weggeblasen. *»Por Dios!* Du meinst es ernst! Wo?«

»Im Pavillon hinter dem Hause.«

Sara hatte kaum ausgesprochen, als Yancy auch schon an ihr vorbei zur Tür stürmen wollte. Erst jetzt bemerkte er Sam, der immer noch wie versteinert dastand. Schnell trat er neben seinen Vater und legte ihm die Hand auf die Schulter. »Vater, es tut mir leid. Es muß schrecklich für dich sein.« Als Sam nicht reagierte, trat Yancy noch dichter neben ihn und fragte besorgt: »Ist alles in Ordnung mit dir?«

Sam schüttelte sich ein wenig, aber sein Versuch, ein mutiges Lächeln aufzusetzen, scheiterte kläglich. Benommen murmelte er: »Ja sicher, es ist alles in Ordnung – es ist nur so ein solcher Schock. Margaret tot! Ermordet! Ich kann es nicht fassen!«

Yancy preßte die Lippen zusammen. Offensichtlich konnte er sich gut vorstellen, daß jemand Margaret ermordet hatte. Aber seine Stimme klang sanft, als er zu seinem Vater sagte: »Bleib hier. Ich will mit eigenen Augen sehen, ob es wahr ist.«

Voller Entrüstung rief Sara: »Es ist wahr! Ich habe sie gesehen!«

Sam tätschelte abwesend ihren Arm. »Ich glaube dir, mein Kind. Yancy wollte deine Worte nicht anzweifeln.« Er faßte sich ein wenig, zwang sich, ruhiger zu atmen, und nahm die Schultern zurück. Mit fester Stimme sagte er zu Yancy: »Ich begleite dich.«

Ihre Blicke trafen sich über Saras Kopf. »Ich denke, du solltest auch mitkommen, Sara«, fügte Sam hinzu. »Ich möchte nicht das ganze Haus alarmieren, bevor ich es nicht selbst gesehen habe.«

Widerstrebend folgte Sara den beiden Männern, denn sie hatte keinerlei Verlangen, zurück zum Pavillon zu gehen. Aber im Haus mochte sie auch nicht bleiben.

Als die beiden Männer den Pavillon betraten, befahl Yancy ihr schroff, sie solle draußen warten. Sein Befehl war jedoch völlig überflüssig, denn allein der Gedanke an Margarets leblosen Körper jagte Sara kalte Schauer über den Rükken.

Es schien Sara, als würden die beiden Männer unwahrscheinlich lange im Pavillon bleiben. Von draußen konnte sie das undeutliche Gemurmel ihrer Stimmen hören, und sie fragte sich, was sie denn so lange zu besprechen hatten. Endlich kamen sie mit verschlossenen Gesichtern heraus.

Mit gequältem Lächeln kam Sam auf sie zu und legte liebevoll die Hand auf ihren Arm. »Sara«, begann er vorsichtig, »bist du sicher, daß du einen Dolch gesehen hast?«

Sara sah ihn ungläubig an. »Natürlich habe ich einen Dolch gesehen! Er steckte in ihrer Brust.« Vorwurfsvoll blickte sie in Yancys Richtung. »Ein spanischer Dolch! Ich lüge doch nicht!« Plötzlich wurde sie argwöhnisch. »Warum fragen Sie? Haben Sie ihn nicht gesehen?«

Sam schüttelte langsam den Kopf. »Es stimmt, was du gesagt hast – Margaret ist tot, und wie es aussieht, wurde sie erstochen, aber eine Waffe war nicht zu finden... Yancy und ich haben keinen spanischen Dolch gefunden.«

»Aber er war da, sage ich Ihnen! Ich habe ihn gesehen!«

»Ich bin sicher, du hast gedacht, du hättest einen Dolch gesehen, aber in diesem furchtbaren Moment...« Sam hielt inne. »Vielleicht hast du dich geirrt?«

Wie vom Donner gerührt, starrte Sara in sein ernstes Gesicht und konnte kaum glauben, was sie da hörte. Sams Blick war verschreckt und traurig, aber da war auch etwas Flehentliches in seinen Augen. Plötzlich spürte Sara ein dumpfes Gefühl in der Brust, und ihr kam ein furchtbarer Gedanke. Sam wollte, daß sie log! Er wollte, daß sie vorgab, keinen Dolch gesehen zu haben! Dafür konnte es nur einen einzigen Grund geben, dachte sie. Yancy! Sam wußte oder vermutete, daß Yancy Margaret getötet hatte, und wollte trotz seiner Trauer seinen Sohn retten.

Sara riskierte einen schnellen, aufgebrachten Blick in Yancys versteinertes Gesicht. Er stand dicht neben seinem Vater und hatte die Arme vor der Brust verschränkt. Hatte er sie nicht erst gestern abend in seinen Armen gehalten und sie voller Leidenschaft geküßt? Aber auch andere Erinnerungen kamen ihr in den Sinn, Erinnerungen an Yancy und Margaret, an seine zweimalige Drohung, seine Stiefmutter zu töten; häßliche Erinnerungen an den Streit zwischen Margaret und Hyrum; und die Erinnerung an die unerfreuliche Unterhaltung zwischen Margaret und Ann, die sie auf dem Balkon mitgehört hatte... Es gab so viele Leute, die Grund hatten, Margaret zu hassen und zu fürchten, und zweifellos war Margaret eine verderbte Frau gewesen, aber hatte sie es verdient, ermordet zu werden?

Sara biß sich auf die Lippen und senkte den blonden Kopf. Was sollte sie tun? Sollte sie darauf beharren, den Dolch gesehen zu haben? Einen kurzen Moment lang überlegte sie, ob sie sich nicht vielleicht wirklich geirrt hatte, daß sie sich in ihrem ersten Schrecken den Dolch tatsächlich nur eingebildet hatte. Aber ich habe ihn mir nicht eingebildet, dachte sie verzweifelt. Ich habe ihn gesehen!

Wieder blickte sie in Sams unglückliches Gesicht, und das Herz tat ihr weh. Er war so ein guter Mensch. Konnte sie ihn so verletzen? Sara kannte die Antwort bereits und blickte wieder zu Boden. »Wenn ihr keinen Dolch gesehen habt, muß ich es mir wohl eingebildet haben«, murmelte sie.

Sam atmete erleichtert auf. »Mein liebes Kind! Das muß furchtbar für dich gewesen sein – kein Wunder, daß du dir etwas eingebildet hast.«

Sara konnte ihm nicht ins Gesicht sehen, weil sie fürchtete, ihr Entschluß, Yancy und dadurch auch Sam zu helfen, könnte ins Wanken geraten. »Ja«, erwiderte sie dumpf. »Es war furchtbar, und ich würde lieber nicht mehr davon sprechen, wenn es Ihnen nichts ausmacht?«

»Ja, natürlich!« lenkte Sam hastig ein und umklammerte ihre Schulter noch fester. Seine Stimme klang ein wenig flehentlich, als er hinzufügte: »Und wenn die Polizei oder sonst irgend jemand fragt, wirst du den Dolch, den du zu sehen glaubtest, nicht erwähnen, nicht wahr?«

Ihre smaragdgrünen Augen blickten ablehnend in Yancys dunkles, verschlossenes Gesicht. »Natürlich nicht«, erwiderte sie tonlos. »Ich werde niemandem von dem spanischen Dolch erzählen.«

Als sie Bartholomew ihren Namen rufen hörte, wurde Sara aus ihren unangenehmen Erinnerungen gerissen. Sie warf einen letzten Blick auf die drei Gräber unter dem großen Nußbaum und rief: »Ich bin hier, Bartholomew. Ich habe mich nur ein wenig ausgeruht.«

Mit leicht gerunzelter Stirn erwartete Bartholomew Sara an der Treppe. Bei seinem Anblick wurde sie, wie so oft, von Zuneigung erfüllt. Lächelnd mußte sie daran denken, wie rücksichtsvoll er sie immer behandelt hatte, selbst in jenen ersten grauenhaften Tagen nach Margarets Ermordung. Damals und danach in all den schrecklichen Kriegsjahren war er ihr ein richtiger Freund gewesen.

Bartholomew hatte sich in den vergangenen sieben Jahren kaum verändert. Seine kaffeebraune Haut war ebenso glatt wie an dem Tag, als Sara nach Magnolia Grove gekommen war. Nur seine Schläfen waren mittlerweile ein wenig silbrig geworden und verrieten, wieviel Zeit inzwischen verstrichen war. Und was hatte sich in den vergangenen Jahren nicht alles verändert, dachte Sara wehmütig, als sie ihm die lange geschwungene Treppe hinunter folgte.

Wo man auch hinsah, erkannte man Narben, die die Jahre hinterlassen hatten. Magnolia Grove war immer noch beeindruckend, aber alles Wertvolle hatte man zu Geld gemacht, um die Rebellen zu unterstützen. Der Marmorfußboden der einst so großartigen Eingangshalle war herausgerissen und verkauft worden; die Kristallkronleuchter, die wertvollen Teppiche und Möbel, das Porzellan und Silberbesteck, alles war verschwunden. Auch äußerlich hatte sich das Haus verändert. Die dunkelgrüne Farbe der Eingangstür war abgeblättert und von der gnadenlosen texanischen Sonne ausgeblichen. Der Rasen und die Gartenanlagen waren ungepflegt; die Ställe, in denen einstmals so wertvolle Tiere gestanden hatten, waren größtenteils leer. Die riesigen Baumwollfelder lagen brach, da es keine Sklaven für die Feldarbeit mehr gab und weil man weder für Saatgut noch für Arbeitslöhne Geld hatte. Auf die wenigen freien Sklaven, die bereit waren, weiterhin für ihre ehemaligen

Herren zu arbeiten, war kein Verlaß. Wenn sie einen Tag oder eine Woche gearbeitet hatten, verschwanden sie mit dem Lohn in der Tasche und hinterließen halb abgeerntete Felder.

Nicht nur in Texas standen die Dinge so schlecht; im ganzen Süden bot sich dasselbe Bild – zerstörte Häuser und brachliegende Plantagen und kaum Hoffnung, das Verlorene zurückzugewinnen. Der Bürgerkrieg hatte die einst so machtvolle Aristokratie der Plantagenbesitzer zerschlagen. Obwohl Texas nicht so sehr unter den Verwüstungen der Nordstaatenarmee zu leiden hatte wie die anderen konföderierten Staaten, so war es doch ebenso verarmt und geschlagen wie der ganze übrige Süden. In Texas hatte es zwar keine großen Schlachten und Kämpfe gegeben, und den Einwohnern war es weitgehend erspart geblieben, daß ihre Häuser ausgeraubt und niedergebrannt wurden, aber das war nur ein schwacher Trost. Ohne Bedenken hatten die Texaner ihr ganzes Kapital hingegeben, um die Konföderation zu unterstützen. Die große Mehrheit der Bevölkerung hatte entschlossen auf der Seite der Rebellen gestanden und der Konföderation mehr Soldaten und mehr Geld geopfert als irgendein anderer Staat im Süden, bis auf Virginia. Und nun mußten die Texaner für ihren Fanatismus bitter bezahlen.

Besiegt, bankrott und gedemütigt mußte Texas die Schande ertragen, weiterhin unter Kriegsrecht gestellt zu sein, und seine Bewohner mußten es hinnehmen, daß sich die verhaßten blauuniformierten Unionssoldaten überall herumtrieben. Die Anordnungen und Befehle der Unionsarmee waren den texanischen Gesetzen übergeordnet, denn Texas war erobertes Gebiet und wurde vom Kongreß der Vereinigten Staaten, von Präsident Johnson und von den Unionstruppen auch so behandelt.

Während sie zusammen mit Bartholomew die Treppe hinunterging, fragte sich Sara wieder einmal, ob man den Süden genauso grausam gedemütigt hätte, wenn Präsident Lincoln nicht von John Wilkes Booth ermordet worden wäre, wie es zwei Jahre zuvor im Fortheater geschehen war. Das würde ein ewiges Rätsel bleiben, dachte sie wehmütig.

Bartholomew unterbrach jedoch ihre Grübeleien. »Der Anwalt ist wieder da. Er möchte Sie sprechen.«

Sara verbannte die nutzlosen Spekulationen aus ihrem Denken und fragte: »Hat er gesagt, was er will? Glaubst du, er hat Yancy endlich ausfindig gemacht?«

Bartholomew schüttelte den Kopf und verzog die breiten Lippen zu einem spöttischen Lächeln. »Seit wann verschwendet Mr. Sams Anwalt denn seine Zeit, indem er mit einem schwarzen Emporkömmling diskutiert?«

Sara preßte die Lippen zusammen. »Ist er etwa grob geworden?«

»Nicht mehr als sonst.«

»Eines will ich dir sagen«, begann Sara zu schelten, »Mr. Henderson wäre bestimmt nicht so barsch, wenn du ihn nicht immer so von oben herab behandeln würdest!« Sie drohte Bartholomew mit dem Zeigefinger. »Du machst das mit Absicht, ich weiß das. Du plusterst dich auf und rümpfst bei seinem Anblick die Nase, und dann sprichst du mit einem so übertriebenen britischen Akzent, daß es einem Earl zur Ehre gereichen würde!«

Sie hatten das Ende der Treppe erreicht, und Bartholomew grinste sie an. »Kapier nich wassie wolln!« nuschelte mit gekonnter Verstellung. »Bin nur armer Nigger! Wollte nich hochnäsig sein!«

»Ach, hör schon auf, mich zu provozieren!« sagte Sara barsch. »In welchen Raum hast du ihn geführt?«

Bartholomew schnitt eine Grimasse. »In den einzigen Raum, der noch präsentabel ist«, erklärte er, jetzt wieder in seinem normalen Tonfall. »In Mr. Sams Büro.«

Die Tür zur Bibliothek wurde aufgerissen, und Sara und Bartholomew starrten in Ann Shelldrakes verärgertes Gesicht.

Die Jahre hatten bei ihr nicht allzu viele Spuren hinterlassen, ihr Haar war noch genauso blond, ihre Augen noch ebenso strahlend, und ihre Porzellanhaut war mit achtunddreißig noch genauso straff wie vor sieben Jahren. Ihr schwarzes Seidenkleid entsprach zwar nicht mehr der Mode und war ein wenig abgetragen, aber man konnte sehen, daß es einmal ein elegantes, teueres Kleid gewesen war.

Sara konnte sich gut an dieses Kleid erinnern – Ann hatte es für Margarets Beerdigung gekauft und es während des Trauerjahres für ihre Schwester getragen. Heute trug Ann das schwarze Kleid für Sam Cantrell, jenen gutherzigen, großzügigen Mann, der sie und ihren Mann in seinem Haus aufgenommen und sein bescheidenes Auskommen mit ihnen geteilt hatte, als sie ihre Plantage im vergangenen Jahr wegen Steuerschulden hatten verlassen müssen. Es gab aber auch einen besonderen Grund für Sams Großzügigkeit gegenüber Tom Shelldrake. Seit Beginn des Krieges war Toms linker Arm verkrüppelt, denn er hatte eine Kugel abgefangen, die für Sam bestimmt war. Sam war davon überzeugt, daß Tom ihm das Leben gerettet hatte, und es gab nichts, was er seinem Freund abgeschlagen hätte – selbst wenn er die Anwesenheit von Toms unverschämter Frau ertragen mußte. Während sie großes Mitleid mit Tom hatte, konnte Sara Anns arrogante Art nicht ausstehen und hegte ihr gegenüber tiefes Mißtrauen. Trotzdem hatte sie es noch nicht übers Herz gebracht, die beiden fortzuschicken – noch nicht!

Während sie Bartholomew einen wütenden Blick zuwarf, zischte Ann: »Wo warst du? Ich habe dir doch gesagt, daß Mr. Tom und ich Kaffee wollten.«

Bartholomew setzte ein hochmütiges Gesicht auf. »Ich fürchte, Sie haben vergessen, daß ich von Sara bezahlt werde, nicht von Ihnen!«

Ann verdrehte die Augen und klagte: »O Gott! Seit dem Krieg ist nichts mehr so wie früher! Wo man auch hinkommt, muß man sich über unverschämtes Personal aufregen, selbst im eigenen Haus!«

Bartholomew und Sara tauschten einen vielsagenden Blick. Als Sara sah, wie Bartholomews dunkle Augen verschmitzt blitzten, konnte sie nur mit Mühe ein Lachen unterdrücken. Sie zwang sich, ein gefaßtes Gesicht zu wahren und Ann abzulenken. »Wußtest du, daß Mr. Henderson gekommen ist? Er wartet in Sams Büro auf mich.«

Anns Gesichtsausdruck änderte sich schlagartig. »Hat er Yancy gefunden?« wollte sie wissen. »Glaubst du, daß wir endlich Sams Nachlaß regeln können? Dieses Haus bedarf dringend einiger Verbesserungen.«

Bartholomew schnaubte verächtlich, aber Sara unterbrach den unhöflichen Kommentar, der ihm auf der Zunge lag, und sagte betont freundlich: »Bartholomew, würdest du bitte für Mrs. Shelldrake und ihren Mann ein Tablett mit Erfrischungen herrichten und auch Mr. Henderson und mir eines bringen?«

Bartholomew schnitt eine Grimasse. An Saras Tonfall erkannte er, daß sie keine weiteren bissigen Bemerkungen gegenüber Mrs. Shelldrake dulden würde. Da er sich bewußt war, daß Ann ihn beobachtete, machte er vor Sara eine tiefe, ehrerbietige Verbeugung. »Wie Sie wünschen, Madam. Ich werde mich augenblicklich darum kümmern.«

Zähneknirschend blickte Ann ihm nach. »Ich wünschte, Margaret hätte ihn auf die Felder geschickt, bevor sie starb! Vielleicht hätte ihn die Peitsche des Aufsehers Respekt vor seinen Herren gelehrt!«

»Das bezweifle ich!« erwiderte Sara trocken. »Ob als Butler oder als Feldarbeiter, Bartholomew ist nun mal ein stolzer, intelligenter Mann. Und wenn es deiner Schwester wider Erwarten gelungen wäre, Sam davon zu überzeugen, Bartholomew auf die Baumwollfelder zu schicken, dann wäre er sicherlich nach sechs Monaten Aufseher geworden und nicht Hyrum Burnell! Wenn du mich jetzt bitte entschuldigen würdest, ich kann Mr. Henderson nicht länger warten lassen.«

Mr. Henderson, ein stämmiger Herr von Mitte Fünfzig, ging ungeduldig auf dem abgenutzten Teppich in Sams ehemaligem Büro hin und her. Den eleganten, mit Schnitzereien verzierten Walnußtisch hatte man für die Sache der Konföderierten geopfert und ihn durch einen alten zerkratzten Eichentisch ersetzt. Mr. Henderson runzelte mißmutig die Stirn, als dann aber Sara eintrat und auf ihn zukam, hellte sich seine Miene zu einem wohlwollenden Lächeln auf.

Vieles an Sara brachte Männer zum Lächeln. Mit ihren vierundzwanzig Jahren war sie zu einer wahren Schönheit erblüht. Wie Ann trug auch sie ein ehemals elegantes Kleid aus schwarzer Seide, das ebenfalls aus Anlaß von Margarets Tod gekauft worden war und nun als Trauerkleidung für den verstorbenen Sam Cantrell diente; mehr aber hatten die beiden Frauen nicht gemeinsam. Während Ann durch das schwarze Kleid etwas matronenhaft aussah, wirkte Sara in schwarz noch jünger und zerbrechlicher, und ihr samtiger Teint noch heller als sonst. Ihre honigblonden aufgesteckten Haarflechten bildeten einen hellen, goldig schimmernden Kontrast zu dem dunklen Stoff. Die geschwungenen Brauen und die langen Wimpern, die die leuchtendgrünen Augen einrahmten, waren ebenso schwarz wie das Kleid. Ein unschuldiges und dennoch betörendes Lächeln, ein Lächeln, das schon so manchen Mann mitten ins Herz getroffen hatte, kräuselte ihre vollen sinnlichen Lippen, als sie ihn mit freundlicher Stimme begrüßte: »Mr. Henderson! Ich hoffe, ich habe Sie nicht allzu lange warten lassen!«

Viel zu nah trat er an sie heran, umklammerte ihre schmale Hand und tätschelte sie begeistert. »Wenn ein Mann auf so eine hübsche Frau, wie Sie es sind, wartet, dann verliert die Zeit ihre Bedeutung«, säuselte er galant.

»Aber Mr. Henderson! Wie nett Sie das sagen!« murmelte Sara und senkte bescheiden den Blick. »Mrs. Henderson kann sich wirklich glücklich schätzen, einen solchen Ehemann zu haben – und das nach all den Jahren.« Süßlich fügte sie hinzu: »Seit wie vielen Jahren sind Sie nun schon mit Ihrer bezaubernden Frau verheiratet?«

Der Griff seiner Hand lockerte sich, und der Anwalt murmelte mechanisch: »Ach, es sind schon fast dreißig Jahre.« Er hörte auf zu lächeln.

Sara trat unmerklich einen Schritt zurück und fragte: »Hat Ihr Besuch einen besonderen Grund?«

Mr. Henderson lächelte wieder. »Sie werden es nicht glauben, meine Liebe!« rief er fröhlich. »Ich habe gute Neuigkeiten für Sie – ich habe soeben eine Nachricht von meinem Kundschafter erhalten. Er konnte Yancy in Fort Cobb am Washita Fluß ausfindig machen. Das ist Indianergebiet. Als er vom Tode seines Vaters erfuhr, quittierte er sofort seinen Dienst bei der Unionsarmee und ist jetzt auf dem Weg hierher. Schon in den nächsten Tagen könnte er eintreffen.«

Es kostete Sara große Mühe, jetzt noch weiterzulächeln. Es war geschehen, was sie wollte, worauf sie alle gewartet hatten – aber nun, da Yancys Rückkehr unmittelbar bevorstand, war sie plötzlich voller Zweifel und hatte Angst.

Nachdem sie Margarets Leiche gefunden hatte, waren die wildesten Spekulationen über den möglichen Mörder im Umlauf. Yancy Cantrell war für die meisten der Hauptverdächtige. Alle wußten, daß er seine Stiefmutter gehaßt hatte, und seine Morddrohungen waren ein offenes Geheimnis, aber darüber hinaus gab es keine Beweise. Die Behörden hätten ihm liebend gern den Mord an Margaret angehängt, aber Yancy hatte zu seinem Glück ein hervorragendes, wenn auch höchst fragliches Alibi – er hatte die Mordnacht mit seinem Vater in der Bibliothek verbracht und geschäftliche Dinge besprochen – Sam war bereit zu beschwören, daß sie sich erst in der Morgendämmerung getrennt hatten. Niemand glaubte wirklich an Sams Geschichte, doch alle hielten es für ganz natürlich, daß er seinen Sohn schützen wollte. Aber da Margaret viele Feinde hatte und sehr unbeliebt war, während Sam in der Gemeinde große Achtung genoß und die meisten Leute Yancy noch als verwirrten, mutterlosen kleinen Jungen in Erinnerung hatten, mochte niemand die Sache verfolgen. Außerdem gab es eine Menge Leute, die ein Motiv gehabt hätten, Margaret Cantrell umzubringen. Yancy mochte zwar der Hauptverdächtige sein, aber das Alibi seines Vaters und die Tatsache, daß es bis auf Anspielungen und Tratsch keine handfesten Beweise für seine Schuld gab, zwangen die Behörden, nach anderen Verdächtigen zu suchen. Der Butler Bartholomew Anderson wurde in die Mangel genommen, außerdem auch der Aufseher Hyrum Burnell. Es hatte auch die haarsträubende skandalöse Theorie gegeben, daß Ann Shelldrake oder ihr Ehemann Thomas die schreckliche Tat auf dem Gewissen haben könnten. Selbst Sam wurde von einigen verdächtigt, Margaret erstochen zu haben! Und sogar Sara wurde schließlich nicht verschont und als mögliche Täterin gehandelt. In schlaflosen Nächten hatte sie sich davor gefürchtet, am nächsten Morgen des Mordes angeklagt zu werden!

Margaret Cantrells Tod hatte im Gebiet um San Felipe eine Welle von Klatsch und bösartigen Spekulationen ausgelöst. Auch als die Behörden die Ermittlungen ergebnislos einstellten, stand die Familie weiterhin in schlechtem Ruf. Es dauerte Monate, bis das schlimmste Gerede verstummt war und der Sheriff und seine Leute damit aufhörten, auf Magnolia Grove herumzuschnüffeln und nach Beweismitteln zu suchen.

Yancy war nach der Beerdigung seiner Stiefmutter nicht länger dort geblieben. Schon in den Tagen vor der Beerdigung hatten die Spannungen zwischen Vater und Sohn immer stärker zugenommen. Einmal war Sara unabsichtlich ins Zimmer geplatzt, als die beiden einen schlimmen Streit hatten. Sam wollte unbedingt, daß Yancy blieb, während er entschlossen war, Magnolia Grove zu verlassen. Seine Abreise zur Rancho del Sol am Tag nach der Beerdigung hatte den Klatsch und die Verdächtigungen dann noch weiter angefacht.

An die schlimme Zeit nach Margarets Tod erinnerte Sara sich mit Schrecken. Im Laufe der Jahre hatte sie Yancy immer mehr die alleinige Schuld an der Tragödie gegeben. An den meisten Tagen war sie fest davon überzeugt, daß er Margaret getötet hatte. Seinen Vater hatte er sicherlich gezwungen, für ihn zu lügen. Feige hatte er sie zu seiner Komplizin gemacht, indem er ihre Liebe zu Sam ausnutzte und sie zwang, den spanischen Dolch zu verschweigen! Und nachdem er all dies vollbracht hatte, war er kaltherzig davongeritten und hatte nie wieder einen Fuß auf Magnolia Grove gesetzt.

Und jetzt, dachte Sara empört, sollte sie Sams Besitz mit jenem Mann teilen, der an ihrem ersten Abend auf Magnolia Grove versucht hatte, sie zu verführen – wie sonst hätte sie jenen schockierenden Zwischenfall auf der Treppe mitsamt ihrer keineswegs züchtigen Erwiderung seines Kusses erklären können? Ohne Zweifel war Yancy Cantrell ein kaltherziger Schurke, der nach Margarets Tod seinen Vater einfach im Stich gelassen hatte. Der ihn vollkommen ignoriert hatte. Nicht einmal auf Sams flehentliche Briefe, die er ihm kurz vor seinem Tode geschrieben hatte, hatte Yancy reagiert.

Sara erhob von sich aus zwar nicht den geringsten Anspruch auf das Vermögen seines Vaters, aber sie empfand es als äußerst empörend, daß Sams gesamte irdische Besitztümer zwischen ihr und diesem unbeherrschten Schuft aufgeteilt werden sollten, diesem Schuft, der aller Wahrscheinlichkeit nach seine Stiefmutter umgebracht und seinen Vater im Stich gelassen hatte. Und als wäre dies noch nicht genug gewesen, hatte er auch noch seine Heimat verraten und war in die Unionsarmee eingetreten!

Aber es waren nicht diese Sünden, weswegen Sara Yancys Heimkehr fürchtete. Was sie mit reiner Panik erfüllte, war Yancys zweifellos mörderische Reaktion, wenn er erfuhr, daß sie nun seine Stiefmutter war, die Witwe seines Vaters, und daß dieser ihr Casa Paloma hinterlassen hatte.

5

Trotz ihrer aufgewühlten Gefühle überstand Sara auch diesen Tag. Sie gab sich sehr viel Mühe, nicht an Yancys Ankunft zu denken. Eigentlich mochte sie überhaupt nicht an ihn denken, was sich aber als äußerst schwierig erwies, da Ann ständig von ihm redete und sich ausmalte, welche Veränderungen sich nach seiner Ankunft auf Magnolia Grove ergeben könnten.

Als sie sich an diesem Abend zu Bett legte, hatte Sara rasende Kopfschmerzen. Schlaflos warf sie sich im Bett hin und her, während der Schmerz in ihren Schläfen ihr fast die Tränen in die Augen trieb.

Wach lag sie da und versuchte, an etwas Angenehmeres zu denken als an die Katastrophe, zu der es bei Yancys Rückkehr kommen konnte. Ausdruckslos starrte sie zur Decke und grübelte über die Irrungen des Schicksals nach.

Ein ironisches Lächeln trat auf ihre Lippen. Wie anders war doch alles geworden, als sie es sich bei ihrem ersten Zusammentreffen mit Sam Cantrell vorgestellt hatte! Wer hätte ahnen können, daß seine Frau ermordet wurde? Wer hätte vorhersehen können, daß fast genau ein Jahr danach das Feuer auf Fort Sumter in South Carolina eröffnet wurde, woraufhin der ganze Süden unter den zerstörerischen Folgen des Bürgerkriegs zu leiden hatte? Oder daß Sam, der ihr Wohlergehen, während er für den Süden kämpfte, sicher stellen wollte, sie gegen ihre Überzeugung dazu überredet hatte, ihn zu heiraten? Wie hätte sie ahnen sollen, daß er als ruinierter, sterbender Mann aus dem Krieg zurückkehren würde?

Selbst jetzt, sechs Jahre danach, konnte sie es kaum fassen, daß sie sich von Sam hatte überreden lassen, ihn zu heiraten. Sie hatte ihn nicht auf diese Weise geliebt, und er hatte von Anfang an erklärt, daß er nichts weiter als eine Vernunftehe beabsichtige, die er niemals zu vollziehen gedenke. Die Ehe sollte einzig und allein ihrer finanziellen Absicherung dienen, falls ihm etwas zustoßen werde. Nach dem Krieg wollte er sie annullieren lassen.

Mit achtzehn hatte Sara den Kopf voller mädchenhafter Träumereien, die, wie sie sich eingestehen mußte, von Bildern von Yancy Cantrell beherrscht wurden. Damals wäre ihr nie in den Sinn gekommen, ausgerechnet den Vater des Mannes zu heiraten, dem ihre geheimsten Gedanken galten. Aber sie war Sam so unendlich dankbar für all die Freundlichkeit, die er ihr erwiesen hatte, daß sie schließlich seinem Drängen nach einer Vernunftehe nachgab.

Am darauffolgenden Nachmittag heirateten Sam und Sara mit der mißbilligenden Ann und Thomas Shelldrake als Trauzeugen. Zwei Tage später machte er sich auf den Weg nach Virginia, und seine Braut sah ihn erst nach fast vier Jahren wieder, als er schwer verwundet zum Sterben nach Hause kam.

Da sie keinen Schlaf finden konnte, stand Sara wieder auf und trat hinaus auf den Balkon. Sie lächelte bitter. Vor sieben Jahren hatte sie ebenfalls auf diesem Balkon gestanden und jene abstoßende Unterhaltung zwischen Margaret und Ann mitangehört. Immer noch fragte sie sich manchmal, ob sie sich vielleicht irrte, wenn sie Yancy für Margarets Mörder hielt. Ann und Thomas Shelldrake hätten ein ebenso gutes Motiv gehabt!

Angeekelt versuchte sie die Gedanken zu verscheuchen. Sie dachte daran, in welchem Zustand Sam vor zwei Jahren aus dem Krieg heimgekehrt war. Er war nach Hause gekommen, um zu sterben. Das war ihr in dem Moment klargeworden, als man ihn von dem wackligem Fuhrwerk ins Haus schleppte.

Sara empfand es als Ironie des Schicksals, daß Sam all die Kriegsjahre unverletzt überstanden hatte, um sich am Sayler's Creek in einer der letzten Schlachten des Bürgerkriegs furchtbare Verwundungen zuzuziehen. Sein Pferd war unter ihm erschossen worden, und er hatte zahlreiche Wunden davongetragen. Wegen seiner schweren Verletzungen mußten ihm beide Beine oberhalb der Knie amputiert werden. Außerdem steckten in seinem Körper zahlreiche Schrapnellsplitter, die nicht entfernt werden konnten. So war er bei seiner Heimkehr nach Magnolia Grove nur mehr ein jämmerlicher Schatten seiner selbst. Aber erst nach achtzehn Monaten erlag er schließlich seinen schweren Verletzungen. Er hatte die Annullierung ihrer Ehe nie erwähnt, und Sara mochte die Sache nicht ansprechen, weil sie ihm die kurze Zeit, die ihm noch blieb, nicht vergällen wollte.

Saras Augen füllten sich mit Tränen. Er war so galant gewesen, so voller Leben trotz seines Zustands, und obwohl er nun schon seit sechs Monaten tot war, konnte sie immer noch kaum fassen, daß sie ihn verloren hatte.

Sie preßte die Lippen zusammen. Sam war so durch und durch anständig gewesen. Er hätte wirklich etwas Besseres verdient gehabt als eine Frau wie Margaret und einen Sohn wie Yancy! Sie hatte nie eine hohe Meinung von Yancy Cantrell gehabt, aber sein Verhalten in jenen Monaten, in denen sein Vater dem Tod entgegenging, war absolut verwerflich!

Zumindest hätte er einen von Sams Briefen beantworten können, dachte Sara voller Bitterkeit. Aber er tat es nicht. Zuerst hatte Sam ihn entschuldigt und gemutmaßt, daß die Briefe ihn vielleicht nicht erreicht hatten. Zähneknirschend mußte Sara einräumen, daß dies der Fall sein konnte. Zu Anfang hatten sie die Briefe zur Rancho del Sol geschickt, da sie nicht wußten, daß Yancy nicht mehr dort war, weil er in die Unionsarmee eingetreten war. Sam hatte daraufhin an die Armee geschrieben und darum gebeten, seinen Sohn ausfindig zu machen. Aber er erhielt keine Antwort. Erst seit Mr. Hendersons Besuch kannte sie Yancys Aufenthaltsort. Und wenn Mr. Henderson keinen Kundschafter mit der Suche beauftragt hätte, würde Yancy wahrscheinlich immer noch nicht wissen, daß Sam gestorben ist und daß ich seine Stiefmutter bin, dachte Sara nervös.

Die Kopfschmerzen wurden wieder schlimmer, und sie verließ den Balkon und ging zurück in ihr Zimmer. Sie zog einen grünen Samtmorgenmantel über und beschloß, nach unten zu gehen. Im Dunkeln fand sie mühelos den Weg in Sams Arbeitszimmer. Dort schloß sie die Tür hinter sich und zündete eine Lampe an. In der untersten Schreibtischlade fand sie die Flasche Brandy, die Sam aus rein medizinischen Gründen dort aufbewahrte, wie er ihr immer augenzwinkernd vesichert hatte. Sara lächelte gequält. Durch Sam hatte sie die entspannende Wirkung von Brandy kennengelernt. Daher kam es ihr angemessen vor, daß sie ihn in Sams Arbeitszimmer trank, wo sie vor seinem Tod noch so viele glückliche ruhige Stunden verbracht hatten. Sie nahm sich eines der dickwandigen Gläser aus der Lade und schüttete sich einen ordentlichen Schluck der bernsteinfarbenen Flüssigkeit ein. Dann lehnte sie sich in Sams schwarzem Ledersessel zurück und nippte an ihrem Drink.

Die Minuten verstrichten, und sie spürte, wie ihr vom Brandy langsam wärmer wurde. Die innere Anspannung, die sie seit der Nachricht von Yancys Heimkehr quälte, löste sich ein wenig, dennoch war ihr durchaus bewußt, daß ihn die Situation nicht gerade entzücken würde.

Trotz all seiner Fehler hielt Sara Yancy Cantrell nicht für besonders gewinnsüchtig. Wahrscheinlich war es ihm egal, daß Sam ihr Magnolia Grove zur Hälfte hinterlassen und ihr eine beträchtliche Summe überschrieben hatte, die er vor

Ausbruch des Krieges auf ein New Yorker Konto eingezahlt hatte. Mit Casa Paloma dagegen hatte es etwas anderes auf sich. Casa Paloma war seit Generationen Alvarezland, und Yancy hatte sehr deutlich klargemacht, daß er alles dafür tun würde, daß es Alvarezland blieb. Er würde außer sich vor Wut sein, wenn er erfuhr, welche Bedingungen an dieses Erbe geknüpft waren. Aus Gründen, die nur er selbst kannte, hatte Sam ihr Casa Paloma nicht im eigentlichen Sinne vererbt. Zu Lebzeiten konnte sie nach Belieben mit Casa Paloma verfahren. Als rechtmäßige Eigentümerin hatte er jedoch ihre Leibeserben eingesetzt – ihre Kinder!

Sara nahm einen großen Schluck Brandy. Ihre Kinder! Was hatte Sam sich nur dabei gedacht? Sie lachte hysterisch auf. Sie war verheiratet gewesen und war jetzt Witwe, aber sie war niemals eine richtige Ehefrau gewesen und hatte niemals die Voraussetzungen erfüllt, ein Kind zu empfangen. Und Sam hatte Casa Paloma ihren Kindern vererbt! Es war verrückt!

Zumindest eine Sache hatte Sam mit seinem fragwürdigen Testament sichergestellt: Sie brauchte sich nicht ernsthaft darum zu sorgen, daß Yancy sie wegen Casa Paloma umbringen würde, denn wenn sie ohne Nachkommen starb, würden Bartholomew und Tansy die Ranch erben. Yancy hatte keine Chance, Casa Paloma an sich zu bringen, es sei denn, er würde einen Doppelmord begehen. Aber natürlich gab es noch eine andere Möglichkeit…

Yancy würde Casa Paloma nie wieder in seinen Besitz bringen können, es sei denn… Sie mußte schlucken. Casa Paloma würde für jeden verloren sein, in dessen Adern Alvarezblut floß, es sei denn, sie würde sein Kind gebären!

Gütiger Himmel! Hatte Sam deswegen dieses unverständliche Testament ersonnen? Hatte er gehofft, daß sie Yancy heiraten und seine Kinder bekommen würde? Daß Yancy, um Casa Paloma zu behalten, dafür sorgen würde, daß all ihre Kinder von ihm stammten? Aber das würde niemals funktionieren, dachte sie fieberhaft. Yancy war vielleicht längst verheiratet – oder was wäre, wenn sie sich verliebte und einen anderen heiratete?

Ein anderer, noch beunruhigenderer Gedanke kam ihr in den Sinn. Im Zusammenhang mit Kindern hatte sie immer an eine Ehe gedacht, aber man mußte schließlich nicht verheiratet sein, um Kinder zu bekommen. Sie nahm noch einen Schluck Brandy, während ihr die schrecklichsten Gedanken durch den Kopf schossen. Angenommen, Yancy würde sie entführen und so lange gefangen halten, bis er sein schändliches Vorhaben erfüllt hatte?

Bei der Vorstellung, seine Gefangene zu sein, durchzuckte sie ein seltsamer Schauder. Er würde mit ihr und ihrem Körper machen können, was er wollte... Bei der Erinnerung daran, wie sich Yancys heiße Lippen auf ihrem Mund angefühlt hatten, verspürte sie ein merkwürdiges Kribbeln. Als wären seither erst wenige Sekunden vergangen, konnte sie sich an seinen Geschmack auf ihrer Zunge erinnern, an das Gefühl, als ihre Brüste an seinen mächtigen Brustkorb gepreßt wurden, und an all die wilden Empfindungen, die sie damals aufgewühlt hatten. Schockiert und beschämt mußte sie sich eingestehen, daß sie die Vorstellung, daß ihr Yancy Cantrell seine Zärtlichkeiten aufzwingen könnte, nicht ganz so abstoßend und widerwärtig fand, wie es sich geziemt hätte.

Ihre Hand zitterte leicht, als sie das leere Glas abstellte. Mit grimmigem Blick starrte sie es an. Es war der Brandy. Es war der Alkohol, der ihr all diese verrückten Dinge in den Sinn brachte. Sam hatte niemals beabsichtigt, daß sie und Yancy zusammen Kinder haben sollten. Nicht ein einziges Mal hatte er eine Andeutung in diese Richtung gemacht. Er hatte sie schließlich geheiratet! Ihre Augen verengten sich zu zwei Schlitzen. Und unter gar keinen Umständen würde sie sich jemals als Zuchtstute benutzen lassen – und mochte der Deckhengst noch so attraktiv sein. Beim Gedanken an

Yancys verführerische Küsse zitterte sie. Zumindest hoffte sie, daß sie niemals schwach werden würde!

Eine ganze Weile saß Sara im sanften Schein der Lampe und zwang sich zur Ruhe. Sie mochte nicht länger über die Folgen von Sams kompliziertem Testament und Yancys bevorstehende Rückkehr nachdenken. Probleme praktischerer Natur kamen ihr in den Sinn, denn sie war überzeugt, daß sie Magnolia Grove in nicht allzu ferner Zukunft verlassen würde.

Der Grund war, daß sie davon ausging, daß Yancy seine Hälfte der Plantage verkaufen würde, da sie weder den Wunsch noch die Mittel hatte, ihn auszuzahlen. Deshalb wollte sie mit den anderen Bewohnern bald nach Casa Paloma übersiedeln. Ihr kleines festes Kinn wirkte entschlossen. Solange sie lebte, hatte sie Anspruch auf Casa Paloma, und mit dem Geld aus New York plus ihrer Hälfte vom Verkauf von Magnolia Grove würde sie ein angenehmes, wenn auch nicht luxuriöses Leben auf Casa Paloma führen können. Dort wollte sie Rinder und Pferde züchten.

Sara bedauerte es nicht, Magnolia Grove zu verlassen. Sie hatte dort nur wenige glückliche Augenblicke erlebt, und nach Sams Tod gab es nichts mehr, was sie dort hielt. Sie wollte die Vergangenheit hinter sich lassen und nicht ständig an all die tragischen Vorfälle erinnert werden. Daher freute sie sich schon auf den Umzug nach Casa Paloma. Die Aussicht auf eine neue unbekannte Umgebung und die aufregenden Abenteuer, die sie dort erwarteten, ließen ihr Herz schneller schlagen.

Sie hatte schon eine ganze Weile gedankenverloren in Sams Arbeitszimmer gesessen. Das Haus war vollkommen still, aber plötzlich schrak sie zusammen, denn sie vernahm leise Schritte im Flur...

Sara lauschte wie erstarrt. Das Herz schlug ihr bis zum Halse, während die Schritte näher kamen und vor der Tür zum Arbeitszimmer innehielten. Mit weit aufgerissenen

Augen starrte sie wie gebannt auf den Kristalltürknauf, der sich langsam drehte.

Unbewußt umklammerte sie das schwere Brandyglas. Es taugte zwar nicht viel als Waffe, aber wenn sie gut genug zielte...

Die Tür öffnete sich, und im Halbdunkel war eine große männliche Gestalt auszumachen. Vage konnte Sara einen breitkrempigen Hut und einen schmutzigen Mantel über breiten Schultern erkennen, als sie auch schon ihr Glas gegen den Eindringling schleuderte. Schnell ergriff sie die halbvolle Brandyflasche und ein zweites Glas, damit sie notfalls weitere Wurfgeschosse einsetzen konnte. Es kam ihr überhaupt nicht in den Sinn, um Hilfe zu rufen.

Sara hatte gut gezielt. Der Mann stieß einen wilden Fluch aus, als das Glas seine Wange streifte. Mit klopfendem Herzen und wild entschlossen, sich nicht geschlagen zu geben, stand Sara hinter dem Tisch und wartete auf seine Reaktion. Aber ehe sie reagieren konnte, blickte sie auch schon in den Lauf eines Revolvers.

»Fallen lassen«, sagte er ruhig, »oder ich muß dir eine Kugel durch dein hübsches Fell jagen.«

Der vertraute Klang seiner tiefen Stimme machte Sara ganz benommen, und sie gehorchte wortlos. Als Glas und Flasche sicher auf dem Tisch standen, hob er, ohne sie aus den Augen zu lassen, das andere Glas vom Boden auf, versetzte der Tür einen Tritt, daß sie ins Schloß fiel, und kam auf sie zu. Nur der Tisch war noch zwischen ihnen. Er stellte das Glas ab und freute sich über den unerwarteten erotischen Augenschmaus, der ihm geboten wurde.

Im Lampenlicht schimmerte ihr blondes Haar noch goldener als sonst und fiel in sanften Wellen über ihre Schultern hinab. Am liebsten hätte er die honigblonden Strähnen gestreichelt, um zu sehen, ob sie sich so seidig anfühlten, wie sie aussahen. Ihre weit geöffneten Augen waren von einem unvergleichlichen Grün, und die dunklen Wimpern und

Brauen bildeten einen interessanten Kontrast zu ihrer hellen Haut. Aber es war vor allem ihr Mund, ihr hübsch geschwungener, verführerisch roter Mund, der ihn am meisten faszinierte. Es kostete ihn einige Mühe, der Versuchung ihrer Lippen zu widerstehen. Bewundernd starrte er auf ihre schlanke Figur, die sich deutlich unter dem grünen Morgenmantel abzeichnete, und er fragte sich, was sie wohl darunter tragen mochte…

Schweigend standen sie da und betrachteten einander. Als hätte er genug gesehen, stecke Yancy schließlich seine Pistole zurück in das Halfter und setzte sich in einen der abgewetzten Ledersessel vor dem Schreibtisch. Er schob seinen Hut zurück und legte ungezwungen die Füße auf eine Ecke des Schreibtisches.

»Ich hatte zwar nicht erwartet, daß du dich über meine Heimkehr freust…«, sagte Yancy spöttisch. »Aber, liebe kleine Stiefmama, war es wirklich nötig, mir einen derart gewalttätigen Empfang zu bereiten?«

Seine Worte brachen den Zauber, durch den sie reglos dagesessen hatte. Sie schämte sich wegen ihrer Reaktion auf seine Rückkehr, schämte sich, weil ihr Herz wie wild schlug und ihr Magen vor Aufregung verrückt spielte. Wütend funkelte sie ihn an und entgegnete in scharfem Ton: »Wenn du nicht wie ein Dieb durchs Haus geschlichen wärst, dann hätte ich nicht so reagiert. Du hast mir angst gemacht!«

Er berührte seinen Wangenknochen, wo ihn das Glas gestreift hatte, und im Schein der Lampe konnte sie ein wenig verschmiertes Blut sehen. »Ich habe dir angst gemacht!« murmelte er ungläubig. »Lady, ich kann nicht gerade behaupten, daß du mir keinen Schreck eingejagt hättest! Außerdem habe ich es gar nicht nötig, mich wie ein Dieb einzuschleichen – du hast wohl vergessen, daß dieses Haus einmal mein Zuhause war. Da ich so spät eingetroffen bin, wollte ich nicht das ganze Haus durch meine Ankunft aufwecken. Wenn dies also der Lohn für meine Rücksichtnahme sein soll, kann ich dir versichern, daß ich diesen Fehler bestimmt nicht noch einmal machen werde.«

Gekränkt schnitt Sara eine Grimasse und murmelte: »Ich entschuldige mich. Aber du hast mir angst gemacht, und ich habe reagiert, bevor ich wußte, daß du es bist. Es tut mir leid.«

»Ich frage mich, ob es dir wirklich leid tut. Du wirst mir verzeihen, wenn ich da gewisse Zweifel hege.«

Sie preßte die Lippen zusammen, ließ sich aber von ihm nicht provozieren, sondern fragte ruhig: »Kann ich dir etwas anbieten? Bist du hungrig?«

Sein Blick glitt an ihrem schlanken Körper hinunter, und Saras Puls begann zu rasen, aber dann schüttelte er den Kopf und lächelte träge. »Ich bin wirklich hungrig, aber ich glaube, ich kann meinen Appetit noch eine Weile bezähmen.« Er hielt inne und stellte mit Befriedigung fest, daß sie errötete. »Aber jetzt könnte ich einen Schluck von dem Brandy gebrauchen, den du mir an den Kopf schleudern wolltest.«

Sara ärgerte sich, daß sie ihm die Flasche nicht doch an den Kopf geworfen hatte, und goß ihm einen ordentlichen Schluck in das zweite Glas. Er reichte ihr ihr eigenes Glas, das sie nach ihm geworfen hatte. »Gieß dir selbst was ein – ich trinke nicht gern allein.«

Sie wagte ihm nicht zu widersprechen, sondern nahm unsicher wieder Platz und sah ihn an.

Die Jahre hatten ihn verändert. Yancy Cantrell war immer ein gutaussehender Mann gewesen, aber jetzt war noch etwas anderes hinzugekommen. Es war, als hätten die Jahre ihn härter gemacht, als sei alles Sanfte an ihm getilgt worden. In seinem Gesicht war ein Zug von Grausamkeit, der vorher nicht dagewesen war, ein grausamer Zug, durch den seine hohen starken Wangenknochen und sein kräftiges Kinn noch mehr betont wurden, und Sara mußte daran denken, daß sie aller Wahrscheinlichkeit nach mit Margarets

Mörder allein war. Sie begann zu zittern, aber obwohl sie allen Grund gehabt hätte, aus dem Zimmer zu fliehen, fühlte sie sich von seinem dunklen, spanischen Gesicht magisch angezogen. Sein Mund wirkte noch ein wenig härter als zuvor, und seine aristokratische Nase verlieh seinen Zügen etwas Hochmütiges. Aber es war in erster Linie sein offener Zynismus, der Sara unsicher auf ihrem Stuhl herumrutschen ließ.

Aus Verlegenheit nahm sie einen großen Schluck Brandy und verschluckte sich prompt. Das Gesicht puterrot, schaute sie zu ihm hinüber. Er starrte sie an, und etwas in seinem Blick warnte sie und machte sie sehr nervös. »Was ist los?« fragte sie barsch, denn sie konnte seinen Blick nicht länger ertragen. »Warum starrst du mich so an?«

Er zuckte die Achseln und nahm einen Schluck Brandy. »Du bist erwachsen geworden. In meiner Erinnerung habe ich immer nur deine großen, grünen Augen und deinen sanften Mund gesehen, der viel zu selten lächelte.«

Daß er sich überhaupt an sie erinnert hatte, freute Sara mehr, als sie sich eingestehen mochte. Als wollte sie dieses Gefühl zerstreuen, fauchte sie: »In den vergangenen Jahren hatte ich nicht oft Grund zum Lächeln.«

»So würde ich das aber nicht sehen«, erwiderte er leichthin. »Schließlich bist du doch nicht schlecht gefahren!«

Sara hatte geglaubt, daß ihr zynische Kommentare zu ihrer Ehe mit Sam nichts mehr ausmachen würden, aber Yancys Worte verletzten sie. »Und was genau willst du damit sagen?« fragte sie gereizt.

Er lächelte böse. »Nun, bei unserer letzten Begegnung warst du ein kleines Waisenkind, das mein Vater vor einem traurigen Schicksal bewahren wollte, und jetzt bist du Herrin auf Magnolia Grove. Eine beachtliche Verbesserung deiner sozialen und finanziellen Lage, findest du nicht auch?«

Plötzlich hatte Sara wieder rasende Kopfschmerzen und fragte bissig: »Ich glaube nicht, daß es dir zukommt, über mich zu urteilen.« Sie erhob sich und schritt majestätisch um den Tisch. »Da du dich hier im Haus so gut auskennst, kannst du es dir bestimmt selbst bequem machen. Wenn du mich bitte jetzt entschuldigen willst, werde ich gehen – für uns gibt es sowieso nicht mehr viel zu bereden!«

Sie wollte zur Tür gehen, aber Yancy sprang auf und hielt sie am Arm fest. Dann wirbelte er sie herum, so daß sie ihm in die Augen sehen mußte. Seine Augen blitzten wütend, als er sagte: »Wag es nicht noch einmal, mich sitzenzulassen! Außerdem bestimme ich, ob wir noch etwas zu bereden haben!«

Mit klopfendem Herzen blickte Sara in sein hartes dunkles Gesicht. Sie standen so nah zusammen, daß sie den Geruch nach Pferden und Leder auf seiner Haut riechen konnte, und sie fühlte, wie seine Wärme auf ihren Körper ausstrahlte.

Während sie wie gebannt reglos dastanden und ihr schlanker Körper seine muskulösen Glieder streifte, redete sie sich ein, daß es Furcht war, die ihr Herz rasen ließ, daß es Furcht war, die ihre Beine zittern machte, aber in ihrem Herzen wußte sie, daß sie sich selbst belog... und daß Yancy sie spürte, wie sie ihn spürte. Mit großen Augen sah sie, wie die Wut aus seinem Gesicht schwand, und beim Anblick seiner sinnlichen Unterlippe wurde ihr Mund trocken.

Sara machte einen halbherzigen Versuch zu entkommen, aber Yancy zog sie in seine Arme. Seine Lippen waren ganz nah an ihrem Mund, als er murmelte: »Ach, zum Teufel, *chica,* am besten wir bringen es sofort hinter uns – Gott weiß, wie oft ich davon geträumt habe.« Und dann küßte er sie.

Es war wie beim ersten Mal, als er sie geküßt hatte, nur noch heftiger und überwältigender, als hätten die dazwischenliegenden Jahre ihre Gefühle intensiviert und vertieft. Sie spürte seinen Mund hart und warm auf ihren Lippen, und sein muskulöser Körper preßte sich gegen sie und ließ ihr keine Chance, Widerstand zu leisten. Er nahm sich einfach, was er wollte. Seine Lippen glitten hungrig über ihren Mund,

und ein tiefes Stöhnen entrang sich seiner Kehle, als seine Zunge in die süße, feuchte Hitze ihres Mundes eindrang. Sara wurde von flammender Erregung erfaßt und ließ ihm hilflos seinen Willen. Die unglaublich faszinierenden Gefühle, die er mit seiner forschenden Zunge in ihr auslöste, machten sie schwindelig. Sie schwankte in seinen Armen, und er umklammerte sie noch fester, preßte sie noch enger an seinen muskulösen Körper und versuchte nicht, das Ausmaß seiner Erregung vor ihr zu verbergen. Sie legte die Arme um seinen Hals. Ungeduldig stieß sie seinen Hut weg, denn sie sehnte sich danach, seine dunklen Locken zu berühren. Zärtlich streichelte sie sein schwarzes Haar, während sich ihr schlanker Körper immer heftiger an ihn drängte. Seine Lippen glitten von ihrem Mund hinunter zum Hals, und Sara brachte gerade noch genügend Vernunft auf, um einen leisen Protestschrei auszustoßen, als sie spürte, wie sein Mund noch tiefer glitt und er versuchte, den Stoff ihres Morgenmantels beiseite zu schieben.

Er murmelte etwas Unverständliches und küßte sie noch einmal. Es waren wilde, fast gewaltsame Küsse, die das Feuer in ihrem Bauch noch stärker entfachten. Immer wieder küßte er sie, und erst als sein Mund wieder nach unten gleiten wollte und sie spürte, wie seine Hände sich fester um ihre Hüften schlossen, erlangte sie ihre volle Zurechnungsfähigkeit zurück. Mit einem Seufzer, der fast wie ein Aufschluchzen klang, riß sie sich von ihm los und schoß wie von Furien gejagt aus dem Zimmer.

6

In dieser Nacht träumte Sara zum ersten Mal seit Jahren wieder vom schwarzen Reiter. Im Traum war alles so wie früher, wieder fühlte sie sich von einer schrecklichen Gefahr bedroht. Aber als sie die Silhouette des schwarzen Reiters am

Horizont entdeckte, hatte sie das quälende Gefühl des Wiedererkennens. Selbst im Schlaf war sie sich bewußt, daß ihr etwas an ihm bekannt vorkam…

Beim Aufwachen schlug ihr das Herz bis zum Halse. Einen Moment lang lag sie verwirrt da, dann verzog sie angeekelt den Mund. Wundervoll! Sie hatte sich nicht nur letzte Nacht selbst erniedrigt und sich von Yancy küssen lassen, sondern versuchte auch noch, ihn in ihre Träume einzubeziehen. Was für ein Wahnsinn!

Danach war an Schlaf nicht mehr zu denken, und mit schmerzenden Augen beobachtete sie, wie das erste rosagoldene Licht der Dämmerung in ihr Zimmer drang. Den Rest der Nacht verbrachte sie zusammengekauert auf einem verblichenen rosafarbenen Sessel neben dem Balkon und starrte blicklos vor sich hin.

Immer wieder sah sie die Szene in Sams Arbeitszimmer vor sich, und sie fragte sich ängstlich, was für ein unzüchtiges, haltloses Geschöpf sie doch war. Wie um alles in der Welt hatte sie es Yancy nur erlauben können, sie auf diese Weise zu küssen? Schlimmer noch, wie hatte sie bloß Gefallen daran finden können?

Müde rieb sie sich die Augen. Gütiger Himmel! Wie sollte sie ihm bloß gegenübertreten? Durch ihr gestriges Verhalten war sie sicherlich nicht in seiner Achtung gestiegen. Wenn sie ihm zeigen wollte, daß sie nichts weiter war als eine billige Kokotte, die sich dem erstbesten Mann in die Arme warf, dann hätte sie keine wirksamere Methode wählen können! Sie redete sich zwar ein, daß er um nichts besser war, schließlich hatte er angefangen, sie zu küssen, aber dieser Gedanke vermochte sie nicht zu beruhigen. Was war nur mit ihr los? Sie hielt ihn für den Mörder seiner ehemaligen Stiefmutter – und ihr fiel nichts Besseres ein, als in seinen Armen dahinzuschmelzen!

Sie machte sich die größten Vorwürfe und war wütend auf ihn, weil er in der Lage war, jegliche Vernunft, über die sie sonst verfügte, einfach auszuschalten. Irgendwann stand sie auf und bereitete sich mißmutig auf den Tag vor. Ein leises Klopfen an der Tür ließ sie aufschrecken. Es war Tansy, die eine Kanne warmes Wasser bringen wollte.

»Oh! Sie sind schon wach – ich dachte, Sie würden noch schlafen. Es ist noch so früh«, murmelte Tansy mit ihrer sanften, schleppenden Stimme, während sie durchs Zimmer ging und die Kanne auf einen hölzernen Waschtisch stellte.

Wie Bartholomew war Tansy Mulattin. Ihre Haut hatte die Farbe von dunklem Honig, und ihre Augen waren haselnußbraun. Sie war eine auffallend schöne Frau, eine vollendete Mischung der schwarzen und der weißen Rasse. Sie war groß und hatte einen geschmeidigen Körper. Sara beneidete sie insgeheim um ihre anmutigen Bewegungen und ihre sanften Rundungen. Tansy hatte keine Ahnung, wer ihr Vater war. Vor zwanzig Jahren, als sie vierzehn war, war sie zusammen mit ihrer Mutter vom alten Andy Cantrell auf einer Reise nach New Orleans gekauft worden. Bartholomew war damals einundzwanzig. Von Anfang an fühlten sich die beiden voneinander angezogen, und niemand war überrascht, als er nach drei Jahren um die Erlaubnis bat, Tansy zur Frau nehmen zu dürfen. Sie waren ein glückliches Paar, obwohl es ihnen nicht vergönnt war, Kinder zu bekommen.

Sam hatte Bartholomew und Tansy lange bevor er in den Krieg zog die Freiheit gegeben, und Sara war ihnen unsagbar dankbar, daß sie auf Magnolia Grove geblieben waren. Sie hatte immer ein gutes Verhältnis zu den beiden gehabt, und in jenen ersten schwierigen Monaten, nachdem Sam in General Lees Armee eingetreten war, hatte sie nicht gewußt, was sie ohne Bartholomew und Tansy hätte tun sollen. Über fast alles, was sich auf Magnolia Grove zutrug, wußte das treue Paar Bescheid, und Sara hatte keine Geheimnisse vor ihnen – sie behandelten sie wie eine geliebte jüngere Schwester, schalten sie aus und verhätschelten sie, je nach Situation.

Da es keinen Sinn hatte, sich zu verstellen, fragte Sara: »Weißt du schon, daß Yancy letzte Nacht zurückgekehrt ist?«

Tansy lächelte und zeigte ihre gleichmäßigen, weißen Zähne. »Und ob ich das weiß! Er sitzt gerade bei mir in der Küche und schlägt sich den Bauch mit Brötchen und Kaffee voll, während mein werter Ehemann andächtig seinen Worten lauscht!« Tansys Worte klangen sehr liebevoll, und Sara spürte ein dumpfes Gefühl im Magen.

Bartholomew und Tansy waren immer ihre treuesten Verbündeten gewesen. Auch nach dem Krieg hatte sie oft das Gefühl gehabt, mit den beiden gegen den Rest der Welt anzukämpfen. Durch Yancys Anwesenheit würde sich all dies zweifellos ändern.

Tansy sah, wie Sara eine Grimasse schnitt und spürte, daß sie offensichtlich nicht glücklich über die neue Situation war. Als Sara das Wasser in eine Schüssel goß und sich das Gesicht wusch, fragte Tansy schließlich stirnrunzelnd: »Aber warum sehen Sie denn jetzt aus, als hätten Sie in eine Zitrone gebissen? Sind Sie denn nicht glücklich, daß der junge Master nach Hause gekommen ist?«

»Er ist nicht dein Master!« grummelte Sara. »Du bist frei, hast du das vergessen?«

Tansy lachte. »So ist das mit alten Gewohnheiten, man kann sie schwer ablegen. Ich nehme an, für uns bleibt er immer der junge Master, selbst wenn wir alle alt und grau sind. Aber Sie haben mir immer noch nicht geantwortet. Sind Sie nicht glücklich, daß er zurück ist?«

Nachdem sie ihre Morgentoilette beendet hatte, wandte Sara ihre Aufmerksamkeit ihrer dürftigen Garderobe zu. Es gab tatsächlich nicht viel Auswahl – das Trauerjahr war noch nicht vorbei. Seufzend wählte sie ein schwarzes Kleid, das sich kaum von jenem unterschied, das sie am Tag zuvor getragen hatte.

Sie legte das Kleid aufs Bett und blickte zu Tansy hinüber.

»Stört es dich denn nicht, daß er wahrscheinlich Margaret auf dem Gewissen hat? Oder daß er Sam auf dem Sterbebett im Stich gelassen hat?«

Jetzt machte Tansy ein verkniffenes Gesicht. »Dieses Flittchen hat den Tod verdient! Sie sagen, er hat Master Sam im Stich gelassen – sie haben sich nie nahegestanden, und woher wollen Sie wissen, daß er Master Sams Briefe überhaupt bekommen hat? Vielleicht gibt es ja einen Grund, daß er nicht geantwortet hat – haben Sie darüber schon nachgedacht?«

Sara hatte sich tatsächich oft gefragt, ob Yancy Sams Briefe überhaupt erhalten hatte, aber sie war nicht in der Stimmung, ihn zu entschuldigen. Störrisch sagte sie: »Das mag sein, aber warum ist er dann nicht vor dem Krieg gekommen, um seinen Vater zu besuchen? Und es geht nicht darum, ob Margaret den Tod verdient hat oder nicht – es stand Yancy nicht zu, diese Entscheidung zu treffen.«

Die Arme in die Hüften gestemmt, ein kämpferisches Funkeln in den haselnußbraunen Augen, starrte Tansy sie vom anderen Ende des Zimmers aus an. »Sind Sie so sicher, daß er sie getötet hat? Er war nicht der einzige, der sie gehaßt hat. Ich zum Beispiel konnte sie auch nie sonderlich gut leiden! Genausowenig wie mindestens ein Dutzend anderer Leute, die ich Ihnen gerne aufzählen kann.«

Sara konnte nicht mit ihr streiten. Alles, was Tansy gesagt hatte, stimmte, und obwohl Sara fast sicher war, daß Yancy der Schuldige war, hatte sie aus unerfindlichen Gründen immer gewisse Zweifel gehegt. Darüber wollte sie jedoch keinesfalls mit Tansy diskutieren, denn es war offensichtlich, auf wessen Seite sie stand, dachte Sara mißmutig.

Um das Thema zu wechseln, fragte sie: »Würdest du Peggy mit einem Tablett nach oben schicken? Ich glaube, ich will heute lieber in meinem Zimmer frühstücken.«

Tansy machte ein besorgtes Gesicht. »Haben Sie sich letzte Nacht mit Master Yancy gestritten? Er sagte, daß er

Sie schon gesehen hat. Was ist zwischen Ihnen beiden letzte Nacht geschehen, daß Sie sich wie ein verschrecktes Karnickel in Ihrem Zimmer verstecken?«

Auf Saras Wangen hatten sich zwei kreisrunde rote Flecken gebildet, und in scharfem Ton sagte sie: »Nichts ist passiert! Und ich verstecke mich nicht!«

Tansy grinste. »Wenn Sie sich nicht verstecken wollen, schlage ich vor, Sie kommen wie immer in die Küche und frühstücken mit uns!«

Sara seufzte verbittert. Niemals würde sie dahinterkommen, wie Tansy und Bartholomew sie immer wieder dazu bringen konnten, daß sie fast immer tat, was sie von ihr erwarteten. Sie warf Tansy einen finsteren Blick zu, aber Tansy zwinkerte ihr nur kurz zu und ging zur Tür.

Über die Schulter hinweg knurrte sie dabei zum Abschied: »Jetzt ziehen Sie sich schon an, und dann kommen Sie wie immer nach unten. Es gibt keinen Grund, die beleidigte Leberwurst zu spielen.«

Wider Willen mußte Sara lachen. »Mach, daß du wegkommst! Ich komme sofort nach unten.«

Als Sara etwa zwanzig Minuten später die Treppe hinunterging, war ihr nicht mehr nach Lachen zumute. Langsam ging sie in Richtung Küche, die sich in einem separaten Gebäude hinter dem Haupthaus befand. Die Aussicht, Yancy in ein paar Minuten wiederzusehen, ließ ihre Handflächen feucht werden und ihr Herz schnell und unregelmäßig schlagen, und ihr wäre wohler gewesen, wenn es die leidenschaftlichen Augenblicke in seinen Armen nie gegeben hätte.

Auf dem kurzen Weg vom Haus zur Küche zupfte sie eine verirrte Haarsträhne zurecht, die sich aus ihren aufgestecken Flechten gelöst hatte, und blieb dann vor der Küchentür stehen und holte tief Luft. Sie würde sich nicht von ihm aus der Fassung bringen lassen! Das hier war ihr Zuhause, und sie war die Herrin auf Magnolia Grove! Mit einem entschlossenen Lächeln auf den Lippen stieß sie die Tür auf und trat ein.

Zu ihrer großen Enttäuschung waren nur Tansy und Peggy in der Küche. Umsonst hatte sie sich für eine Konfrontation mit Yancy gewappnet. Mißmutig ging sie zum blankgescheuerten Küchentisch und nahm ihren Stammplatz ein.

Seit dem Tag, als Sam für die Konföderierten in den Krieg gezogen war, hatte Sara nicht mehr in dem pompösen Speisezimmer essen mögen und hatte den behaglicheren Morgensalon vorgezogen. Als der Krieg sich immer länger dahinschleppte, war sie schließlich in der Küche gelandet.

Bartholomew war zutiefst entsetzt gewesen, als er sie beim ersten Mal am Küchentisch bei einem gemütlichen Plausch mit Tansy erwischte, aber nach und nach hatte er sich daran gewöhnt. Auf Magnolia Grove war von dem einstigen strengen Reglement kaum noch etwas zu spüren, und sie lebten in einer ziemlich lockeren Gemeinschaft.

Sara schnitt eine Grimasse. Natürlich hatten die Dinge sich nach Sams Heimkehr wieder geändert, und das erst recht, nachdem die Shelldrakes ins Haus gezogen waren. Ann Shelldrake empfand es als Zumutung, ihre Mahlzeiten wie das gemeine Volk in der Küche einzunehmen. Sie hatte Sam so lange bearbeitet, bis er von seinen mageren Mitteln einen anständigen Tisch mit passenden Stühlen erstand und im Speisezimmer aufstellen ließ. Dort nahmen die Shelldrakes ihre Mahlzeiten ein, während Sara, außer beim Abendessen, weiterhin in der Küche saß. Sie fühlte sich dort wohler und entging Anns ständigen Nörgeleien.

Nachdenklich schlürfte Sara den starken, heißen Kaffee, den Peggy ihr gebracht hatte. Offensichtlich würden sich die Dinge wieder einmal ändern, und sie war sich nicht sicher, daß ihr die Veränderungen auch gefallen würden.

»Soll ich Ihnen Eier und Schinken braten?« fragte Peggy, die vor dem großen gußeisernen Ofen stand.

Peggy war Tansys sechzehnjährige Halbschwester. Sie war

genauso groß und schlank und hübsch, aber ihre Haut war schokoladenbraun, und ihre Augen waren schwarz wie die Nacht. Ihre Mutter war vor zwei Jahren gestorben, und Tansy bemutterte sie seitdem ohne Gnade. Aber Peggy war ein fröhliches, liebenswertes Mädchen und ertrug das gluckenhafte Verhalten ihrer Halbschwester meist mit einem Lächeln. Sara mochte sie sehr und war ihr dankbar, daß auch sie auf Magnolia Grove geblieben war. Sobald sie frei waren, hatten sich alle anderen Sklaven davongemacht, um anderswo ihr Glück zu suchen. Nur ein altes, fast schon gebrechliches Ehepaar war geblieben und half bei der Gartenarbeit.

Sara lächelte Peggy an und sagte: »Nein danke, du brauchst mir nichts zu kochen. Ich möchte nur Kaffee.«

Peggy schenkte sich selbst eine Tasse Kaffee ein und setzte sich zu Sara an den Tisch. »Dieser Mr. Yancy, ist er nicht ein gutaussehender Gentleman? Ich glaube, so einen gutaussehenden Mann hab' ich noch nie gesehen.«

Tansy schnaufte verächtlich und blickte von dem Brotteig auf, den sie gerade knetete. »Schlag dir bloß solche Gedanken aus dem Kopf! Ich will nicht, daß du dir irgendwelche Schwachheiten einbildest!«

Peggy machte ein mürrisches Gesicht und murmelte: »Und ich will nicht, daß du mir ständig sagst, was ich zu tun und zu lassen habe!«

Sara wollte gerade den Streit abwenden, der sich zwischen den beiden anbahnte, als die Küchentür aufflog und Yancy und Bartholomew hereinkamen. Yancy hatte eine aufregende und dynamische Ausstrahlung, und Sara fand es ungerecht, daß er so kraftstrotzend und lebhaft wirkte, während sie selbst eine schlaflose Nacht verbracht hatte. Offensichtlich hatte er ganz hervorragend geschlafen! Zu seinem lose sitzenden weißen Hemd trug er Wildlederhosen und Stiefel. Sein welliges schwarzes Haar fiel ihm fast bis auf die breiten Schultern. Außerdem war er viel attraktiver, als es gut für ihn war, dachte sie gereizt. Sie brauchte ihn nur anzusehen, und schon war jeder klare Gedanke unmöglich, und ihr Herz spielte verrückt.

Verwirrt trank sie hastig einen Schluck Kaffee, aber sie hatte vergessen, wie heiß er war und verbrannte sich die Zunge. Yancy hatte es offenbar bemerkt, wie sie an seinem Grinsen zu erkennen glaubte. Ihr Mund brannte, und ihr Inneres war in Aufruhr, als sie die Tasse mit einem lauten Knall auf den Tisch setzte.

»Guten Morgen«, sagte sie betont höflich. »Hast du gut geschlafen?«

Yancy schenkte sich Kaffee ein und nahm ihr gegenüber Platz. »Interessiert dich das wirklich?« fragte er ungehobelt über den Tassenrand hinweg.

Sara spürte, wie sie errötete. Bemüht, die Fassung zu wahren, erklärte sie: »Ich versuche nur, höflich zu sein!«

Yancy lächelte, aber seine Augen blieben kalt. »Ich denke, wir beide brauchen uns nicht länger um Formalitäten zu scheren, was meinst du?«

Im Hinblick auf die interessierten Zuschauer machte Sara einen letzten Versuch. »Das mag sein, aber warum sollten wir unfreundlich zueinander sein?«

Yancy zog erstaunt eine Braue hoch. »Du bezeichnest also dein gestriges Verhalten als unfreundlich? Interessant!«

»Was zum Teufel hast du denn erwartet?« platzte sie erbost heraus. »Jahrelang bist du verschwunden; als dein Vater im Sterben lag, flehte er dich an, doch nach Hause zu kommen, aber das hast du nicht für nötig gehalten! Dann tauchst du ohne jede Vorwarnung mitten in der Nacht hier auf und meinst, ich müßte aus lauter Dankbarkeit vor dir auf die Knie fallen!«

Yancys Mundwinkel zuckte, und Sara stellte zornig fest, daß er sich offensichtlich über sie amüsierte. »Wag es nicht, dich über mich lustig zu machen!« zischte sie durch die Zähne.

Yancy nahm noch einen Schluck Kaffee, bevor er demütig sagte: »Du gehst aber ganz schön ran, liebe Stiefmama! Und wie böse du werden kannst!« Er schaute zu Bartholomew hinüber. »Du hast mir gar nicht gesagt, daß sie so eine spitze Zunge hat! Was ist bloß aus dem süßen, unschuldigen Waisenmädchen geworden, das mein Vater mit nach Hause gebracht hat?«

Am liebsten hätte Sara ihm ihre Tasse mitsamt dem heißen Kaffee an den Kopf geschleudert. Statt dessen aber erhob sie sich und sagte herablassend: »Da wir wohl oder übel miteinander auskommen müssen, solange du hier auf Magnolia Grove bist, schlage ich vor, daß wir unsere kleine Diskussion in Sams Arbeitszimmer fortsetzen, sobald du deinen Kaffee ausgetrunken hast.«

Um Yancys volle Lippen spielte ein sinnliches Lächeln, und seine Augen blitzten schelmisch. »Glaub mir, *chica,* nichts täte ich lieber, als da weiterzumachen, wo wir in Sams Arbeitszimmer aufgehört haben.«

Sara wurde feuerrot, da sie wußte, daß er auf die vergangene Nacht anspielte. Zur Hölle mit ihm! Hocherhobenen Hauptes sagte sie: »Gut! Ich erwarte dich dort in ein paar Minuten.«

Sie wollte gerade königlich aus der Küche schreiten, als der ehemalige Aufseher Hyrum Burnell hereinkam.

Hyrum war mit Sam in den Krieg gezogen und hatte tapfer an seiner Seite gekämpft, aber anders als Sam war er unverletzt nach Hause gekommen. Auf Magnolia Grove gab es für ihn zwar nichts mehr zu beaufsichtigen, aber eine Menge Arbeit, und Sam hatte ihn trotz der veränderten Umstände weiter beschäftigt. Nach Sams Tod war Sara seinem Wunsch nachgekommen und hatte Hyrum behalten, denn seine Hilfe war auf der Plantage unentbehrlich. Er war äußerst loyal und hatte sie immer mit Höflichkeit und Anstand behandelt. Obwohl sie ihn auf Distanz hielt, hatte sie seit einiger Zeit den Verdacht, daß er sich in sie verliebt hatte.

Trotz dieser Vorbehalte hatte Sara beschlossen, ihn mit nach Casa Paloma zu nehmen – schließlich brauchte sie für ihre neuen Pläne jede Hilfe, die sie bekommen konnte. Warum also nicht Hyrum? Er hatte sich stets als fleißig und verläßlich erwiesen, und solange er ihr nicht zu nahe kam, wollte sie nicht auf seine Arbeitskraft verzichten.

Hyrum nickte Yancy kurz zu. Offensichtlich wußte er bereits von dessen Rückkehr und schien nicht besonders froh darüber zu sein. Er wandte sich an Sara und zog höflich den Hut. »Guten Morgen, Missus. Ich wollte Ihnen nur sagen, daß der alte Noah und ich heute den Mais einsäen wollen. Wenn wir damit fertig sind, sollen wir dann das nördlichere Feld pflügen?«

Während Hyrum sprach, war Yancy aufgestanden. Lässig stellte er sich direkt hinter Sara und legte ihr zu ihrer Überraschung vertraulich die Hand auf die Schulter. Es war eine besitzergreifende Geste, und sie hatte das ungute Gefühl, als wolle er Hyrum eine primitive, männliche Botschaft übermitteln. Yancy nahm ihre Antwort vorweg und sagte zu Hyrum: »Mein Gedächtnis scheint mir einen Streich zu spielen, Hyrum. Ich könnte schwören, daß ich dich heute früh ausdrücklich angewiesen habe, die Speicher zu entrümpeln. Oder irre ich mich da vielleicht?«

Kampflustig erwiderte Hyrum: »Ich erhalte meine Anweisungen immer von Mistress Sara – nicht von Ihresgleichen!«

Yancy hielt Saras Schulter mit eisernem Griff umklammert, so daß sie ihm nicht entkommen konnte. Die anderen schienen gespannt darauf zu warten, wie sie mit dieser Konfrontation fertig werden würde. Obwohl sie Yancy verfluchte, weil er sie in eine so peinliche Situation gebracht hatte, zwang sich Sara zur Ruhe und sagte zu Hyrum: »Da Yancy Ihnen bereits Anweisungen für den heutigen Tag gegeben hat, schlage ich vor, Sie tun, was er gesagt hat.« Dann stieß sie Yancys Hand fort, drehte sich zu ihm um und sagte:

»Und dir wäre ich sehr dankbar, wenn du in Zukunft zuerst mit mir sprichst, bevor du meinen Angestellten irgendwelche Anweisungen gibst!«

Yancy sah ihr lange ins Gesicht, dann packte er sie am Oberarm und säuselte: »Ich denke, es wird Zeit für unsere private Diskussion unter vier Augen!«

Ohne eine Antwort abzuwarten, zog er sie hinter sich her aus der Küche. In angespanntem Schweigen legten sie die kurze Entfernung zum Haupthaus zurück. Sobald sie das Haus betreten hatten und außer Sichtweite waren, riß sich Sara aus Yancys Umklammerung und eilte in Richtung Arbeitszimmer, wobei sie fieberhaft überlegte, womit sie ihn am wirkungsvollsten beleidigen könnte.

Sie setzte sich hinter den Schreibtisch und funkelte Yancy böse an, als er unbekümmert auf einen der Sessel vor dem Tisch zusteuerte. Wie in der Nacht machte er es sich bequem und legte die Füße auf den Tisch. Müßig holte er ein schwarzes Zigarillo hervor, zündete es umständlich an und machte ein paar Züge.

„Wahrscheinlich muß ich jetzt noch dankbar sein«, sagte er schließlich, »daß du meine Anordnungen nicht aus reinem Starrsinn unterwandert hast!«

»Starrsinn!« schrie Sara wütend. »Wie kannst du es wagen! Falls du es vergessen hast, laß dir noch einmal gesagt sein, daß ich in den vergangenen sechs Jahren Magnolia Grove die meiste Zeit ganz allein verwaltet habe! Hyrum Burnell ist mein Angetellter! Wir mögen vielleicht gezwungen sein, Sams Besitz unter uns zu teilen, aber ich lasse es nicht zu, daß du hier hereinmarschierst, meinen Haushalt durcheinanderbringst und meine Leute herumkommandierst! Hast du das verstanden?«

Völlig unbeeindruckt sah er sie über den Schreibtisch hinweg an. Der Ausdruck seiner bernsteinbraunen Augen war schwer zu deuten. »Bevor wir unsere kleine Unterhaltung fortsetzen, möchte ich dich bitten, doch so gut zu sein und mir die genauen Bestimmungen in Sams Testament zu erläutern! Ich weiß nicht mehr, als mir Henderson in seinem viel zu kurzen Brief mitgeteilt hat: Sam ist gestorben, du bist seine Witwe, und ich bin einer der Haupterben seines Vermögens.« Er preßte die Lippen zusammen. »Außerdem kannst du mir vielleicht erklären, warum die Shelldrakes hier wohnen. Soweit ich weiß, war Tom Shelldrake ein reicher Mann, viel reicher als Sam, wenn ich mich recht entsinne.«

Sara bekam plötzlich einen trockenen Mund, als ihr klarwurde, daß Yancy die Bestimmungen in Sams Testament nicht kannte. Ihre Wut mischte sich mit Furcht, und sie starrte ihn unsicher an. Aber sie wollte sich auf keinen Fall einschüchtern lassen und fragte hinterhältig: »Hat Bartholomew es dir nicht gesagt? Da ihr beiden offensichtlich über mich gesprochen habt, bin ich erstaunt, daß er dir nichts über Tom und Ann erzählt hat.«

»In dem Moment habe ich mich nicht für die Shelldrakes interessiert«, antwortete er in scharfem Ton. »Du hast mich interessiert!«

Bei seinen Worten wurde Sara bang ums Herz, und sie versuchte, ein gewisses Schwindelgefühl zu ignorieren. »Ich verstehe nicht, wieso«, stammelte sie.

»Verstehst du das wirklich nicht, meine Süße?« säuselte Yancy höhnisch. »Kannst du dir nicht vorstellen, daß ich mich für die junge Frau interessiere, die mein Vater geheiratet hat? Eine Frau, die beinahe jung genug war, seine Enkeltochter zu sein? Ein scheinbar unschuldiges, mittelloses Waisenkind, das schamlos die Umstände ausgenutzt hat? Hast du denn nicht erwartet, daß ich mich ein klein wenig für dieses Mädchen interessieren würde?« Mit jedem Wort klang seine Stimme verletzender, und seine Augen hatten sich zu zwei Schlitzen verengt, während er sie durch den Zigarillorauch fixierte. Ihr betretenes Schweigen schien ihn noch mehr zu erzürnen. Er stand auf und warf das Zigarillo in den Aschenbecher, stützte sich mit beiden Händen auf den Schreibtisch, beugte sich vor und starrte ihr direkt in die Augen. »Konntest du dir nicht denken, daß ich mich für diese gerissene Frau interessiere, die sich ins Haus meines Vaters eingeschlichen hat und die klug genug war, sich einen großen Teil seines Vermögens zu sichern? Eine Frau, die Witwe meines eigenen Vaters, die sich erst letzte Nacht von mir hat küssen und streicheln lassen? Nenne mir einen Grund, warum ich nicht so viel wie möglich über so ein opportunistisches, hinterlistiges Biest in Erfahrung bringen sollte!«

Regungslos sah Sara ihn an. Ihre Augen wirkten in ihrem bleichen Gesicht besonders groß und grün. Das schwarze Kleid ließ sie sehr jung und verletzlich aussehen. Seine wütenden, verächtlichen Worte hatten sie tief verletzt, doch sie hatte sich denken können, daß Yancy ihre Ehe mit Sam auf diese Weise interpretieren würde. Aber sie hatte nicht erwartet, daß ihr seine Worte so weh tun würden. Viele Leute nahmen an, daß sie Sam nur wegen seines Vermögens geheiratet hatte, und sie hatte die vielsagenden Blicke und die bösartigen Anspielungen mit Fassung ertragen. Aber das hier war weitaus schmerzlicher als alles, was sie sich in ihren schlimmsten Träumen ausgemalt hatte!

Voller Entsetzen spürte sie, wie ihr die Tränen in die Augen stiegen. Aber er sollte auf keinen Fall merken, wie sehr seine Worte sie verletzt hatten. Sie biß die Zähne zusammen und erklärte unbeirrt: »Du hättest mich fragen können – ich hätte dir alles erklären können. Du hättest nicht herumschnüffeln und meine Dienstboten ausfragen müssen!«

»Ich habe nicht herumgeschnüffelt«, zischte er. »Anscheinend hast du vergessen, daß ich hier aufgewachsen bin, während du nur die letzten sechs Jahre hier verbracht hast. Was das Ausfragen deiner Dienerschaft anbelangt ...« Er hielt inne und stieß einen leisen Fluch aus. Dann warf er ihr einen haßerfüllten Blick zu und fuhr fort: »Bartholomew ist mein

Onkel, zum Teufel noch mal! Selbst wenn seine Mutter schwarz war und er unehelich geboren wurde!« Er verzog den Mund. »Außerdem fließt nicht nur dasselbe Blut in unseren Adern, sondern wir haben dasselbe Schicksal. Beide werden wir als Bastarde angesehen, und du kannst mir glauben, mein Schatz, das führt zu einer Verbundenheit, die nur wenige Menschen nachvollziehen können!«

Fast war es ihr, als hätte er den Spieß herumgedreht, als wäre sie plötzlich im Unrecht und müßte sich verteidigen. »Das mag stimmen, aber du hattest kein Recht, Hyrum Anweisungen zu geben – oder unbegründete Andeutungen über mich zu machen.«

»Habe ich das getan?« erwiderte er sanft und ließ sich zu Saras Erleichterung wieder in den Sessel fallen.

»Ja, das hast du!« erwiderte sie barsch.

»Dann schlage ich vor, du sagst mir, in welchen Punkten ich mich geirrt habe... Bist du nicht fast zu jung, um Sams Ehefrau gewesen zu sein? Und irre ich mich etwa, wenn ich sage, daß du keine Familie und kein Geld hattest, als er dich nach Magnolia Grove brachte? Habe ich mich da geirrt?« Yancys Worte trafen sie wie Geschosse. Mit stechendem Blick fuhr er fort: »Und hast du ihn etwa nicht geheiratet? Und hast du nicht etwa einen Großteil seines Vermögens geerbt? Sag es mir Sara, wo habe ich mich geirrt?«

»Das sind die nackten Tatsachen«, sagte sie angespannt. »Aber es war anders, als du glaubst! Ich habe Sam geliebt! Ich wollte sein verfluchtes Geld nicht! Er war gut zu mir, er hat für mich gesorgt und mich beschützt, und ich hätte ihm niemals weh getan oder ihn ausgenutzt! Ich habe ihn geliebt!«

Sein dunkles Gesicht nahm einen Ausdruck an, der Sara atemlos und gleichzeitig ängstlich machte. »Du hast ihn geliebt!« fauchte er voller Empörung. »Du hast ihn geliebt! Verdammt, wenn du ihn so sehr geliebt hast, wenn du eine trauernde kleine Witwe bist, dann sag mir, warum du in meinen

Armen in Leidenschaft erglühst, sobald ich dich berühre! Sag es mir!«

Sara schluckte, der Verlauf des Gesprächs hatte sie aufgewühlt. Selbst wenn sie es gewollt hätte, hätte sie weder ihm, noch sich selbst, noch sonst jemandem erklären können, warum er solche Gefühle in ihr weckte, und so sagte sie das erstbeste, das ihr in den Sinn kam. »Es war der Brandy!« Als sie sein spöttisches Lächeln sah, stammelte sie: »U-u-und es war mitten in der Nacht! Du hast mich erschreckt!«

Seine goldbraunen Augen begannen zu glühen. Er sprang auf und stand auch schon neben ihr. Dann packte er sie an den Oberarmen und zog sie an sich. »Wir werden ja sehen, ob das wahr ist, *chica*. Du hast keinen Brandy getrunken, es ist hellichter Tag, und du kannst nicht sagen, daß du mich nicht erwartet hättest.«

Sara nahm den nicht unangenehmen Geruch von Tabak und Kaffee wahr, bevor er seine Lippen auf ihren Mund preßte, und in diesem Moment kam er ihr vor wie der betörendste Duft der Welt. Die Berührung seiner heißen Lippen, mit denen er sie genüßlich küßte, war anders als die vorherigen Küsse, aber die Wirkung war dieselbe: Sie spürte, wie ihr Atem plötzlich schneller wurde und wie ihr armes, dummes Herz anfing zu rasen und ihr Blut durch die Adern jagte. Sein Griff wurde fester, und er zog sie näher an sich, während er sie noch heftiger küßte und seine Zunge in ihren Mund vorstieß. Als ihre Zungen sich berührten, seufzte sie vor Glück und Begehren tief auf. Sara fühlte, wie sie davonglitt, wie sich alles um sie herum zu drehen begann und sie die Kontrolle verlor, als sie sein tiefes, kehliges Stöhnen hörte, während er ihren Kopf mit den Händen umschloß und gierig die Süße ihres Mundes erforschte.

Während die erregendsten Gefühle über sie hereinbrachen, wurde ihr plötzlich vage bewußt, daß sie ihm augenblicklich Einhalt gebieten mußte, denn sonst würde in wenigen Sekunden alles zu spät sein... Dann würde er den Beweis haben, daß alles, was er über sie gesagt hatte, der Wahrheit entsprach ... Dieser Gedanke wurde plötzlich übermächtig, und mit einem Seufzer riß sie den Mund von seinen Lippen los und stieß seine Hände fort. Ihre Lippen waren von seinem Kuß feuerrot und geschwollen, und sie sah ihn voller Verzweiflung an. Sein Atem ging ein wenig schwer, und seine Augen waren voller Begehren, das so schnell zwischen ihnen entflammt war.

Eine halbe Ewigkeit standen sie einfach nur da und starrten sich an. Dann verzog er den Mund zu einem höhnischen Lächeln. »Nun, wie es aussieht, haben wir soeben bewiesen, daß du gelogen hast, nicht wahr, mein Schatz?«

Sara gab ihm eine schallende Ohrfeige. Es war wie ein Reflex. Seine Worte hatten sie so in Rage gebracht, daß sie einfach nicht anders konnte.

Erschrocken und zufrieden starrte sie auf seine Wange, wo sich die Spur ihrer Hand auf seiner dunklen Haut feuerrot abzeichnete. Aber sein Blick ließ sie vorsichtig ein paar Schritte zurückweichen. »Du hast es verdient!« murmelte sie. »Seit du gekommen bist, hattest du nichts Besseres zu tun, als mich die ganze Zeit zu beleidigen und zu demütigen.«

Nachdenklich strich er sich über die Wange, wo ihn ihre Ohrfeige getroffen hatte. Zu ihrer Überraschung nickte er langsam. »So könnte mein Benehmen wohl interpretiert werden«, sagte er trocken. Als wollte er sie noch mehr verwirren, setzte er sich wieder genauso hin wie zuvor. Als wäre es niemals zu einem leidenschaftlichen Kuß gekommen, verschränkte er die Arme vor der Brust und sagte in ruhigem Ton: »Erzähl mir von den Shelldrakes. Warum leben sie hier?«

Durch die plötzliche Änderung seines Verhaltens verunsichert, ging Sara zurück zum Schreibtisch, wo sie einige Papiere hin und her schob, während sie versuchte, sich zu sammeln. »Es war der Krieg«, sagte sie schließlich. »Obwohl es nicht nur daran lag. Wie die meisten Texaner hat Tom die Konföderierten voll unterstützt und sein letztes Hemd für die Kriegskasse gegeben – dazu kamen noch ein paar unkluge Investitionen. Als Lee sich schließlich in Appomatox geschlagen geben mußte, stand Tom fast völlig mittellos da.« Sara blickte auf und sah Yancy an. »Er wurde verwundet, wußtest du das? Er hat Sam das Leben gerettet, indem er das seine aufs Spiel gesetzt hat. Er kann den linken Arm praktisch nicht mehr bewegen, und konnte sich nur schlecht mit seiner Behinderung abfinden.« Ihr Blick verfinsterte sich, denn ihr kam Sams zerschundener, verstümmelter Körper in den Sinn. Lieber Gott! Wenn Sam doch auch nur einen verkrüppelten Arm davongetragen hätte…

Plötzlich wurde die Tür des Arbeitszimmers aufgestoßen, und Ann Shelldrake trat ein. »Weiß er es schon? Hast du es ihm gesagt?«

Langsam blickte Yancy von der einen Frau zur anderen. Während Sara schuldbewußt dreinblickte, lächelte Ann bösartig. Seine Augen verengten sich zu Schlitzen, und mit kalter, tödlicher Stimme fragte er: »Was? Was hat sie mir noch nicht gesagt?«

Ann lächelte befriedigt. »Ach, nichts weiter, als daß Sam Casa Paloma ihr hinterlassen hat!«

7

In Sams Arbeitszimmer wurde es gefährlich still. Yancy fixierte Sara ohne jede Spur von Freundlichkeit und fragte sie schießlich mit eisiger Stimme: »Würdest du endlich so gütig sein, mir zu erklären, wovon zum Teufel sie da spricht?«

»Oh, du brauchst Sara deswegen nicht so anzufahren«, sagte Ann leichthin und machte es sich neben Yancy bequem. »Sie redet nicht gern darüber, aber bis auf ein paar kleine Hinterlassenschaften für Bartholomew und Tansy und ein paar andere bekommt sie alles ... natürlich außer deiner Hälfte von Magnolia Grove.« Verschlagen blickte sie in Saras Richtung. »Dafür, daß sie ein kleines Nichts war, als sie hierherkam, steht sie heute recht gut da, findest du nicht auch?«

Ohne Sara aus den Augen zu lassen, stimmte Yancy ihr zu. »O ja, ich würde sagen, sie steht verdammt gut da! Aber sag mir eines, steht es wörtlich im Testament, daß Casa Paloma ihr gehören soll?«

»Aber sicher!« säuselte Ann. »Aber natürlich gibt es da einige ganz bestimmte Bedingungen.« Sie lächelte vielsagend. »Soll ich dir sagen, welche Bedingungen es sind?«

Seit Ann das Zimmer betreten hatte, war Sara wie gelähmt gewesen, aber jetzt erwachte sie wieder zu neuem Leben. »Das reicht jetzt, Ann! Yancy kann jederzeit den vollen Wortlaut des Testaments von Mr. Henderson erfahren.«

Sie zwang sich, in Yancys kalte Augen zu sehen, und fuhr fort: »Da dich der Inhalt des Testaments anscheinend so brennend interessiert, schlage ich vor, du reitest heute nachmittag nach San Felipe und stattest Mr. Henderson einen Besuch ab. Er wird dir alles erklären.«

Yancy grinste sie teuflisch an. »Aber ich möchte viel lieber, daß Ann es mir erklärt. Schließlich sitzt sie hier und kann es kaum erwarten, mir alles zu erzählen.«

Verzweifelt wünschte Sara, sie hätte mehr Zeit gehabt, um sich auf diesen Augenblick vorzubereiten. Sie verfluchte Ann, weil sie einfach so hereingeplatzt war, und wünschte sich ganz weit weg. Schließlich erklärte sie betont ruhig: »Du brauchst Ann nicht die Zeit zu stehlen. Ich kann dich genausogut über den Inhalt von Sams Testament informieren.«

»Aber meine Liebe«, sagte Ann schmeichlerisch, »es wäre mir eine Freude!«

Sara preßte die Lippen zusammen. »Das glaube ich dir aufs Wort, aber da diese Sache dich wirklich nicht das geringste angeht, würde ich es sehr begrüßen, wenn du uns jetzt allein ließest, damit wir unsere Unterhaltung unter vier Augen fortsetzen können.«

Ann machte einen Schmollmund, aber sie sagte weiter nichts dazu. Als sie sich schließlich in vollendeter Anmut erhob, raschelten ihre Unterröcke. »Nun, wenn du darauf bestehst, meine Liebe, dann bleibt mir wohl keine andere Wahl.« Während sie Yancy einen herausfordernden Blick zuwarf, murmelte sie: »Wir beide können es uns später noch miteinander gemütlich machen. Ich habe dir so viel zu erzählen!«

Sara hätte vor Ärger über das dreiste Verhalten der älteren Frau am liebsten mit dem Fuß aufgestampft, und nicht zum ersten Mal überlegte sie, ob sie Ann und ihrem Ehemann nicht ernsthaft nahelegen sollte, sich eine andere Bleibe zu suchen. Ann hatte viel zu viel Ähnlichkeit mit Margaret. Während sie ihr nachblickte, wie sie selbstzufrieden aus dem Zimmer schritt, wurde es Sara schmerzlich bewußt, daß es ein großer Fehler war, den Shelldrakes, wenn auch lediglich stillschweigend, zu gestatten, daß sie sie zur Casa Paloma begleiteten. Jetzt mußte sie so schnell wie möglich alles tun, um diesen Schaden, den sie sich leichtsinnigerweise selbst zugefügt hatte, wiedergutzumachen. Aber dieses Problem mußte zunächst warten. Zunächst mußte sie sich einer weitaus schwierigeren Situation stellen. Sie nahm die zierlichen Schultern zurück und sah Yancy gefaßt an.

Der hatte Ann ebenfalls nachgeschaut, und erst als die Tür hinter ihr ins Schloß fiel, wandte er sich wieder Sara zu. Mit undurchschaubarem Gesicht sagte er: »Erzähl weiter, wie sind die Shelldrakes hierhergekommen?«

Sara war froh, nicht sofort über das unvermeidliche Thema sprechen zu müssen, und zuckte die Achseln. »Du kennst deinen Vater – Tom war ein guter Freund von ihm. Als er seine Plantage verlor, war es für Sam eine Selbstverständlichkeit, ihnen Unterschlupf zu gewähren, besonders da Tom schwer verwundet wurde, während er deinen Vater im Krieg vor einem Angriff schützte.«

»Gut und schön, er gewährte ihnen also Unterschlupf. Aber ich glaube nicht, selbst wenn ich die manchmal lächerliche Großzügigkeit meines Vaters bedenke, daß er vorhatte, sie zeit ihres Lebens auszuhalten«, bemerkte Yancy trocken.

»Wahrscheinlich nicht«, stimmte Sara ihm zu. »Wahrscheinlich hätte er Tom irgendwie ermöglicht, wieder auf eigenen Beinen zu stehen, aber ...«

»Aber Sam starb«, sagte Yancy kalt. »Und du hast alles geerbt.«

»Nicht alles«, erwiderte Sara finster. »*Dir* hat er die Hälfte von Magnolia Grove hinterlassen.«

»Magnolia Grove bedeutet mir einen Dreck! Ich interessiere mich keinen Deut für Sams verdammten Besitz! Mir liegt einzig und allein etwas an der Casa Paloma! Und das weißt du auch!« Er lachte bitter auf. »Teufel noch mal, das weiß doch jeder – weswegen hätte ich Margaret sonst umbringen sollen, wenn nicht, um zu verhindern, daß sie es bekommt!« Seine Gesichtszüge waren wie versteinert, und seine Augen blitzten böse, als er mit schneidender Stimme fortfuhr: »Und wenn ich nicht wollte, daß sie es bekommt, dann kannst du verdammt sicher sein, daß ich auch dich nicht mitten auf meinem Land dulden werde! Jetzt sag mir eines: Wie kann ich dich dazu bringen, die Casa Paloma aufzugeben?« Er beugte sich vor und starrte ihr entschlossen ins Gesicht. »Ich werde jeden Anspruch auf Magnolia Grove aufgeben, wenn du mir die Casa Paloma überläßt.« Als Sara daraufhin nur regungslos dasaß, versuchte er eine andere Taktik und fuhr mit sanfterer Stimme fort: »Die Ranch ist Alvarezland, schon seit Ewigkeiten. Sara, mein Urgroßvater hat dieses Land besiedelt. Dir aber bedeutet es doch nichts. Es ist wildes, gefährliches Land, nichts für eine Frau wie du – du hättest gar keine Verwendung dafür. Ich bitte dich – nein, ich flehe dich an – bitte, sei vernünftig. Ich werde dir meine Hälfte von Magnolia Grove dafür überschreiben. Ich denke, das ist ein mehr als faires Geschäft, wenn man den Zustand der Casa Paloma bedenkt.« Er wartete ein paar Sekunden, und als Sara immer noch nichts sagte, preßte er die Lippen zusammen und herrschte sie an: *»Por dios!* Wenn dir das immer noch nicht reicht, dann zahle ich dir einen guten Preis dafür – in Gold. Das wird deine Habgier dann wohl endlich befriedigen!«

Noch während er sprach, schüttelte Sara den Kopf. »Es ist nicht an mir, es dir zu geben.«

Seine Augen verengten sich zu Schlitzen. »Ach, und was willst du damit sagen? Entweder hat er sie dir vererbt oder nicht. Was denn nun?«

Sara holte tief Luft: »Sam hat sie meinen Kindern vermacht – und falls ich keine Kinder bekommen sollte, geht sie in den Besitz von Bartholomew und Tansy über.«

Auf eine Explosion gefaßt, starrte sie ihn trotzig über den Tisch hinweg an. Er blickte verdutzt drein und lehnte sich langsam in seinen Sessel zurück. Dann rieb er sich die Stirn, als hätte man ihm einen Schlag vor den Kopf versetzt. »Deine Kinder!« murmelte er. »Die Casa Paloma soll *deinen* Kindern gehören?«

Zumindest machte er keine Anstalten, ihr an die Kehle zu springen, dachte Sara erleichtert und sagte: »Ich war ebenso überrascht wie du, als Mr. Henderson mir das Testament vorgelesen hat.« Sie biß sich auf die Lippen und wartete auf eine Antwort, aber er schwieg.

Reglos saß er da, und voller Unbehagen wurde sich Sara bewußt, daß er sich gerade die möglichen Folgen von Sams Testament vor Augen führte. Wie mochte es wohl sein, ein Kind von ihm zu erwarten? Um diese beschämende Vorstellung aus ihren Gedanken zu tilgen, erklärte sie hastig: »Es tut mir leid, daß dies ein solcher Schock für dich ist – auch für mich war es ein Schock, als ich davon erfuhr.« Nervös räusperte sie sich und fügte hinzu: »Ich denke, ich lasse dich jetzt besser allein. Du wirst sicher vieles zu bedenken haben.«

Er hob den Kopf, und der Ausdruck in seinen Augen ließ ihr das Blut in den Adern stocken. »*Válgame Dios!*« murmelte er mit gepreßter Stimme. »Hinter deiner engelsgleichen Fassade bist du sogar noch gerissener als Margaret! Sie war mit dem zufrieden, was sie meinem Vater abluchsen konnte. Aber du, du willst alles, stimmt's?«

Daß er sie in einem Atemzug mit Margaret nannte, machte sie wütend. Gleichzeitig war sie von seiner Aussage verwirrt. »Wieso sagst du, ich sei ›noch gerissener als Margaret‹?«

»Ich meine nur, daß du Sam äußerst geschickt manipuliert haben mußt, damit er eine solche Klausel in sein Testament setzen ließ! Und er muß absolut vernarrt in dich gewesen sein, daß er sich überhaupt vorstellen konnte, daß du meine Kinder gebären würdest! Wenn du meine Frau wärst, würde ich den Gedanken, daß du einem anderen Mann Kinder schenken könntest, nicht ertragen – auch nicht auf dem Sterbebett.« Yancy lachte, aber es war ein häßliches, freudloses Lachen. »Irgend etwas muß dran sein an deinem zauberhaften Gesicht, daß sich normale Männer wie Trottel aufführen! Auch mich hast du beinahe an der Nase herumgeführt, wußtest du das?«

Sara schüttelte den Kopf. Sie konnte kaum fassen, was er da sagte. Seine Deutung der Fakten schockierte sie zu sehr, als daß sie sich verteidigen konnte. Sie war wie Margaret? Sie hatte Sam manipuliert?

Entsetzt und verängstigt stand sie da, unfähig sich zu bewegen. Schon war er aufgestanden und kam auf sie zu. Beleidigend ließ er seinen abschätzenden Blick an ihrem schlanken Körper hinabgleiten.

»Ich bezweifle, daß ich ausgerechnet dich als Mutter für meine Kinder ausgewählt hätte«, sagte er ironisch. »Aber dank deiner selbstsüchtigen Einmischung hat Sam meine

Wahlmöglichkeiten erheblich eingeschränkt.« Der Zorn, der bei seinen Worten mitschwang, machte Sara angst, aber noch immer war sie unfähig, sich zu bewegen. Hilflos ließ sie es sich gefallen, daß er sie hart am Arm packte und sie herumriß.

Sein Atem war warm und rauchig, als er die Lippen mit erstaunlicher Sanftheit über ihr Gesicht gleiten ließ. »Soll ich dir sagen, was an der ganzen Situation wirklich ironisch ist, *amiga?*« fragte er merkwürdig gequält. Sein Zorn war noch nicht verraucht, aber er wurde durch stärkere Gefühle gedämpft. »Der größte Witz bei der ganzen Sache ist, daß du mich bezaubert hast wie noch keine andere Frau, nicht einmal Margaret. Ich konnte die Erinnerung an deine großen, grünen Augen und an deinen süßen Mund einfach nicht aus meinen Gedanken vertreiben. Als ich von hier fortging, trug ich dein bezauberndes Bild im Herzen. Deinetwegen bin ich sogar fast zurückgekehrt, aber ich dachte, du seiest zu jung und unschuldig für mich.« Seine Hände legten sich um ihren Hals. »Kannst du dir vorstellen, was ich fühlte, als ich erfuhr, daß du Sam geheiratet hast? Als mir klarwurde, daß ich dich völlig falsch eingeschätzt hatte? Die Enttäuschung? Die Wut über meine eigene Dummheit? Ahnst du, wie bitter enttäuscht ich war, daß die bezaubernde Maske, derer du dich so mühelos bedienst, nichts als Lüge war und daß du mich dazu gebracht hast, dich anders zu sehen, als du wirklich bist?« Kaum merklich verstärkte sich der Druck seiner Hände um ihren Hals, und sie spürte Furcht. »Ich hätte dich umbringen können! Du erschienst mir so aufrichtig, so süß und sanft... du hast Träume und Wünsche in mir ausgelöst, die ich längst vergessen hatte, und dennoch bist du tief im Inneren... tief im Inneren bist du in jeder Beziehung genauso korrupt und berechnend wie Margaret vorgegangen!«

Während er sprach, hatte er ununterbrochen auf ihren Mund gestarrt. Jetzt stieß er einen wilden Fluch aus, und wie aus einem inneren Zwang heraus begann er halb zärtlich, halb brutal an ihrer Unterlippe zu knabbern. Dann blickte er ihr höhnisch ins Gesicht. »Ich schäme mich, es zuzugeben«, murmelte er, »aber selbst als ich dich für ebenso gerissen und schlecht wie Margaret hielt, wollte ich dich dennoch! Obwohl ich dich gehaßt und verflucht habe!« Er lächelte kalt. »Und jetzt erfahre ich, daß du uns durch deine kaltblütigen Machenschaften in einen unheiligen Bund zwingen willst – meine Kinder, von dir geboren, für das Land meiner Vorfahren.« Er küßte sie heftig, hielt ihr Gesicht umklammert und bemächtigte sich brutal ihres Mundes.

Die Berührung seiner Lippen ließen Sara wieder aus ihrer Bewegungslosigkeit hochfahren, und voller Verzweiflung versuchte sie, seinem besitzergreifenden Kuß ein Ende zu bereiten. Trotz ihrer Abwehr hielt er sie noch mehrere Sekunden lang fest, während er sich mit Lippen und Zunge nahm, was er wollte. Erst als sie seine Handgelenke umklammerte und mit aller Kraft versuchte, sich zu befreien, hielt er inne und starrte in ihre entsetzten, wütenden, grünen Augen.

»Du gibst mir die Schuld für etwas, was ich nicht getan habe, und unterstellst mir häßliche, bösartige Motive, die ich nie im Sinn hatte!« rief Sara entrüstet. Ihre Lippen brannten von seinem brutalen Kuß.

»Tue ich das?« fragte er schroff. »Irgendwie kann ich das nicht glauben! Die Tatsachen sind klar: Du hast Sam geheiratet, um an seinen Besitz zu kommen. Aber damit warst du noch nicht zufrieden. Deshalb hast du eine Intrige geschmiedet, um mich zu einem Bund mit dir zu zwingen ... und durch mich kommst du an all den Wohlstand und die Ländereien der Rancho del Sol, nicht zu vergessen die Silberminen in Mexiko.« Er lachte rauh. »Ich nehme an, daß ich heute ein viel besserer Fang wäre als Sam. Selbst Margaret hätte sich vielleicht verlocken lassen, wenn man den Zustand von Magnolia Grove betrachtet! Was dich anbelangt ...« Er warf ihr einen verächtlichen, feindseligen Blick zu. »Mit einer schier unglaublichen Gerissenheit hast du einen Weg gefunden, um mit deinen habgierigen kleine Pfoten alles an dich zu reißen – warum hätte dir Sam sonst wohl die Casa Paloma auf diese Weise hinterlassen?«

Sara starrte ihn an, sichtlich erschüttert und entsetzt, daß er ihr eine derartige Schlechtigkeit zutraute – daß er die Tatsachen so sehr verdrehte, bis am Ende nur noch etwas Häßliches, Widerwärtiges übrigblieb. Unglücklich begann sie zu sprechen: »Du verstehst nicht...«

»Was verstehe ich nicht? Daß du einen Vorteil für dich gesehen hast und die Gelegenheit beim Schopf gepackt hast?« fragte er grimmig.

»Aber so war es überhaupt nicht!« erwiderte sie in scharfem Ton.

»Dann kannst du es mir ja vielleicht erklären – warum um alles in der Welt hat Sam diese lächerlichen Bedingungen daran geknüpft, daß du die Casa Paloma erbst?«

»Ich weiß es nicht!« schrie Sara verzweifelt und riß sich von ihm los. »Ich habe keine Ahnung, was ihm in diesen letzten Tagen durch den Kopf ging! Er lag im Sterben! Da habe ich ihn doch nicht mit dem Inhalt seines Testaments belästigt! Bevor Mr. Henderson es mir vorgelesen hat, hatte ich keine Ahnung, welche Verfügungen es enthielt.«

Yancy rümpfte verächtlich die Nase. »Ich bin mir sicher, du hast hübsch erstaunt ausgesehen, als du von deinem glücklichen Schicksal erfuhrst. Margaret hätte wahrscheinlich auch keine bessere Vorstellung zustande gekriegt!«

»Stell mich bloß nicht auf eine Stufe mit Margaret!« zischte Sara böse. »Und da dir offensichtlich so viel daran liegt, meine Ehre in den Schmutz zu ziehen, frage ich dich, was ist denn mit deiner Ehre? Du magst mir noch so ekelhafte Motive unterstellen, aber zumindest habe ich niemanden umgebracht!«

Die Atmosphäre war voller Spannung, und Sara fürchtete plötzlich, daß sie zu weit gegangen war. Aber dann entspannte sich Yancy ein wenig, verschränkte die Arme vor der

Brust und sah sie schelmisch an. »Glaubst du wirklich, daß ich Margaret umgebracht habe?« fragte er barsch.

Seine Reaktion überraschte sie, und während ihr Ärger ein wenig verflog, sah sie ihn unsicher an. Yancy war immer der Hauptverdächtige gewesen, und dann war da die Sache mit dem spanischen Dolch... Er sah eigentlich nicht aus wie ein Mörder, dachte sie trotzdem und staunte, wie widersprüchlich sie dachte. Ihre Beschuldigung amüsierte ihn offensichtlich, statt ihn zu verägern oder zu beleidigen, und das verunsicherte sie. »Hast du es etwa nicht getan?« fragte sie schließlich.

Er grinste noch breiter und antwortete: »Kannst du dir eigentlich vorstellen, daß du die erste bist, die mich von Angesicht zu Angesicht beschuldigt und es dann noch wagt, mich zu fragen, ob ich diese verwerfliche Tat begangen habe?«

Sara blickte prüfend in seine bernsteinbraunen Augen. »Du hattest das beste Motiv – den meisten Nutzen durch Margarets Tod.«

»Tatächlich? Oder war ich einfach der Naheliegendste? *Por Dios!* Ist dir denn nie in den Sinn gekommen, daß irgend jemand meinen offenen Haß ihr gegenüber und unseren letzten Streit ausgenutzt haben könnte, um seine eigenen Spuren zu verwischen?«

Wie leichtsinnig, eine solche Unterhaltung mit jemandem zu führen, der vielleicht den einen Mord begangen hatte, dachte Sara plötzlich. Und noch etwas anderes erstaunte sie: Wenn sie wirklich glaubte, daß Yancy Margaret ermordet hatte warum fürchtete sie sich dann nicht vor ihm? Natürlich jagte er ihr bisweilen Angst ein, aber nicht bei dem Gedanken an Margarets Tod; sie fürchtete sich vor ihm, weil er diese Anziehungskraft auf sie besaß, nicht weil sie Angst davor hatte, daß er sie umbringen würde! Wenn sie ihn tatsächlich für einen Mörder hielt, warum fühlte sie niemals , daß ihr körperliche Gewalt von ihm drohte? Warum hatte sie nicht einmal in diesem Moment Angst um ihr Leben? Beunruhigt durch ihre Gedankengänge murmelte sie: »Aber da war der Dolch. Ich habe ihn gesehen! Es war ein spanischer Dolch!«

»Und natürlich bin ich der einzige Mensch auf der Welt, der einen spanischen Dolch besitzt!«

Sein sarkastischer Tonfall ließ Sara erröten, und sie wich vor ihm zurück. Die Vorstellung, daß sie sich all diese Jahre geirrt haben könnte, verwirrte sie. Wenn es nach ihrem Instinkt ging, hatte Yancy Margaret wahrscheinlich tatsächlich nicht getötet. Sie schob diese beunruhigenden Gedanken an einen längst vergangenen Mord beiseite und kam wieder auf das naheliegende Thema zu sprechen. Hocherhobenen Hauptes, die Hände in die Hüften gestemmt, sah sie ihn höhnisch an und sagte kalt: »Es tut mir leid, daß dir das Testament deines Vaters nicht gefällt, aber ich kann leider nichts daran ändern. Es tut mir auch leid, daß du meine Ehe mit Sam in einem derart schlechten, verächtlichen Licht siehst, denn die Wahrheit sah ganz anders aus.« Sie holte tief Luft und fuhr fort: »Mr. Henderson deutete an, daß es sehr schwierig werden könnte, einen Käufer für Magnolia Grove zu finden. Sollte das der Fall sein – ich bete, daß es nicht so ist –, dann wirst du dich wohl oder übel noch eine Weile mit meiner widerwärtigen Gegenwart abfinden müssen.« Sie hielt inne und warf ihm einen düsterten Blick zu. »Natürlich könntest du auch einfach die notwendigen Papiere unterzeichnen und in ein paar Tagen abreisen.«

Er stand immer noch genauso da wie zuvor und schenkte ihr ein Lächeln, das ihr ganz und gar nicht gefiel. »Aber *chica,* ich fürchte du hast die Casa Paloma vergessen …«

Sara hatte plötzlich ein merkwürdiges Gefühl im Magen, aber sie erwiderte unbeirrt: »Ich habe die Casa Paloma nicht vergessen. Wenn der Verkauf von Magnolia Grove abgeschlossen ist, und ich hoffe, daß Mr. Henderson sich geirrt hat, was die schlechten Verkaufschancen angeht, dann beabsichtige ich, dorthin überzusiedeln. Und selbst wenn sich monatelang kein Käufer findet, plane ich, dort einzuziehen, sobald die Nachlaßangelegenheiten geklärt sind.« Sie sah ihn herausfordernd an. »Jetzt, wo du hier bist, dürfte das ja nicht allzu lange dauern! Ich hoffe sehr, daß ich Ende Juni in meinem neuen Zuhause auf Casa Paloma leben werden.«

Er preßte die Lippen zusammen, aber zu ihrer Überraschung folgte kein Zornesausbruch. »Und was«, fragte er trocken, »gedenkst du dort zu tun? Es wird eine Menge Geld kosten, das Haus in einen halbwegs bewohnbaren Zustand zu versetzen, denn du darfst nicht vergessen, daß es über dreißig Jahre leergestanden hat; wahrscheinlich geht das ganze Geld, das du für deine Hälfte von Magnolia Grove erhältst, dabei drauf. Wovon willst du leben, wenn du dein ganzes Kapital verschleudert hast?«

»Ich werde es nicht verschleudern! Aber selbst wenn ich das ganze Geld von Magnolia Grove für die Renovierung brauche, so habe ich doch immer noch das Geld, das Sam auf einem New Yorker Konto deponiert hat. Es ist eine ansehnliche Summe. Von dem Geld kann ich leben und die wichtigsten Reparaturen am Haus bezahlen. Sobald Magnolia Grove verkauft ist, werde ich beginnen ...« Sie hielt abrupt inne, denn plötzlich wurde ihr klar, daß es für sie keinen Grund dafür gab, Yancy all ihre Pläne auf die Nase zu binden.

»Beginnen womit?« fragte er neugierig.

»Ach nichts«, sagte sie eilig. »Außerdem glaube ich, daß diese Unterhaltung jetzt lange genug gedauert hat!« Sie lächelte verbittert. »Du wirst dich hier zweifellos ganz zu Hause fühlen, aber ich möchte so wenig wie möglich mit dir zu tun haben. Das Haus ist so groß, daß wir uns, wenn wir uns bemühen, aus dem Weg gehen können! Wir haben uns nichts mehr zu sagen!«

»Aber da irrst du dich gewaltig, mein Schatz«, erwiderte er kühl. »Solange du im Besitz der Casa Paloma bist, werde ich nicht von deiner Seite weichen.« Mit funkelnden Augen fügte er heiser hinzu: »Und da du es in dieser Weise arrangiert hast, werde ich dafür sorgen, daß alle Kinder, die du bekommen wirst, meine Kinder sind! Und das, mein Täubchen, bedeutet, daß ich nicht nur immer an deiner Seite sein werde, sondern auch, daß ich fest entschlossen bin, dich in mein Bett zu holen! Sicherlich werden wir wunderschöne Kinder bekommen!«

Wie versteinert stand Sara da und starrte ihn an. In ihrem Inneren tobte ein Kampf zwischen zornigen und erregenden Gefühlen. Die Wut gewann die Oberhand. Ihre Augen funkelten böse vor Empörung, und sie zischte: »Wie kannst du es wagen? Glaubst du tatsächlich, daß ich mich wie ein dummes Schaf deinen haarsträubenden Plänen fügen werde?«

»Was meinst du?« fragte er unschuldig. »Glaubst du nicht, daß wir wunderschöne Kinder bekommen werden? Meinst du etwa, es werden häßliche Entchen?«

»Ob sie hübsch oder häßlich werden, ist nicht die Frage! Die Frage ist, ob es überhaupt irgendwelche Kinder geben wird!«

Yancy blickte beleidigt drein. »Du willst also keine süßen, kleinen Babys mit mir machen?«

Sara unterdrückte einen äußerst undamenhaften Fluch und funkelte ihn wütend an. Er kam lächelnd auf sie zu und strich ihr fast zärtlich über die Wange. Dann hauchte er ihr einen neckenden Kuß auf den Mund. »Glaub mir, *chica,* nichts würde mir besser gefallen als der Versuch, ein Kind mit dir zu machen … ehrlich gesagt freue ich mich schon darauf!«

»Ich würde mich nicht allzu sehr darauf freuen«, sagte Sara katzenfreundlich. »Das Leben kann voller unerwarteter Enttäuschungen stecken – selbst für jemanden wie dich!«

Yancy grinste sie an. »Glaubst du das wirklich?« fragte er.

»Ich würde alles darauf wetten, was ich besitze!«

»Also wir werden abwarten, was die Zukunft für uns

bringt«, murmelte er, während er davonging. »Nicht wahr, mein Schatz?«

Nachdem er fort war, brauchte Sara mehrere Minuten, um sich zu fassen. Während sie sich in einen Sessel fallen ließ, sagte sie sich, daß sie nie zuvor einen eingebildeteren, irritierenderen Mann getroffen hatte.

Ein paar Minuten saß sie so da, und die schwärzesten Gedanken durchfuhren sie. Finster grübelte sie über Yancy Cantrells arrogante, verächtliche Unterstellungen nach und wünschte, daß ihm zur Strafe ein schlimmes Schicksal beschieden sein möge. Irgendwann war ihre ärgste Wut verraucht, und erst dann dachte sie an den bittersüßen Moment, als er ihr gestanden hatte, daß er die Erinnerung an sie mitgenommen hatte... daß er sogar in Erwägung gezogen hatte, ihretwegen zurückzukehren... Eine Sekunde lang ließ sie sich in einen warmen, verschwommenen Traum gleiten; sie war wieder siebzehn, und Yancy hielt sie beschützend in seinen starken Armen, während er seinem Pferd die Sporen gab und sie zur Rancho del Sol davonstoben...

Sie schüttelte sich und schnitt eine Grimasse. Solche dummen Jungmädchenträumereien hatte sie doch schon längst aufgegeben – oder hätte sie aufgeben sollen! Märchen! Jegliche liebevollen Gefühle, die Yancy für sie gehegt haben mochte, waren durch ihre Ehe mit Sam und durch sein unmögliches Testament ohnehin zerstört worden.

Widerwillig zwang sie sich, an die unmittelbare Zukunft zu denken – die nächsten Tage, zusammen mit Yancy unter einem Dach, versprachen teuflisch zu werden. Er hatte ihr auf den Kopf zugesagt, daß er sie haßte und sie zur Hölle wünschte, und er würde seine Meinung über sie wohl kaum allzu bald ändern.

Trotz seiner haßerfüllten Haltung ihr gegenüber fiel es ihm jedoch offensichtlich ungeheuer schwer, seine Finger von ihr zu lassen. Als sie darüber nachdachte, ging ihr auf, daß er jede Gelgenheit nutzte, sie zu umarmen. Er behauptete zwar, daß er sie hasse, mußte sich aber gleichzeitig von ihr angezogen fühlen... Sie lächelte betrübt. Selbst wenn er sich körperlich von ihr angezogen fühlte, so bedeutete das nicht, daß er sonst irgend etwas an ihr mochte.

Sara seufzte. Wie es auch sein mochte, sie konnte nicht den ganzen Tag hier sitzen bleiben und unerfüllbaren Träumen nachhängen. Es gab eine Menge zu tun!

Nur mit Mühe gelang es ihr in den folgenden Stunden, ihre quälenden Gedanken an Yancy Cantrell beiseite zu schieben. Irgendwann knurrte ihr jedoch der Magen, und zu ihrer Überraschung stellte sie fest, daß es bereits früher Nachmittag war. Erleichtert schob sie Sams Papiere beiseite, die sie inzwischen geordnet hatte, und schickte sich an, das Arbeitszimmer zu verlassen. Sie stand schon an der Tür, als diese sich öffnete.

Zu Saras Überraschung standen Yancy und Mr. Henderson in der Tür. Mr. Henderson strahlte sie an und sagte: »Guten Tag, meine Liebe! Ich hoffe Sie werden mir verzeihen, wenn ich unangemeldet bei Ihnen hereinplatze, aber Yancy hat mich vorhin aufgesucht und hat eine wunderbare Lösung unseres Problems vorgeschlagen. Er hat darauf bestanden, daß ich sie Ihnen mitteile.«

Sara bedeutete den beiden Männern, sie sollten eintreten. Wie immer ließ sich Yancy lässig auf seinen Stammplatz fallen. Mr. Henderson dagegen wartete, bis Sara sich hinter den Schreibtisch gesetzt hatte, rieb sich dann erfreut die Hände und sagte: »Wir haben einen Preis für Magnolia Grove ausgehandelt, einen Preis, den Sie mehr als angemessen finden werden – und Yancy ist bereit, Ihnen Ihre Hälfte sofort auszubezahlen. Wir haben also endlich einen Käufer, und in wenigen Tagen werden der Verkauf und die Regelung von Sams Nachlaß unter Dach und Fach sein. Ist das nicht wunderbar?«

Es war tatsächlich eine wunderbare Nachricht, aber gleichzeitig war Sara schrecklich verunsichert. Warum tat

Yancy das? Sie sah ihn an, aber sein Gesichtsausdruck war undurchschaubar.

Da sie spürte, daß man eine Antwort von ihr erwartete, sagte sie schließlich zögernd: »Das ist wirlich eine gute Nachricht, Mr. Henderson. Ich hatte nur nicht erwartet ...« Wieder blickte sie nervös zu Yancy hinüber. »Du wirst deinen Besitz sofort übernehmen wollen, aber ich werde ein paar Wochen brauchen, das Haus zu räumen.«

Yancy nickte. »Selbstverständlich, dafür habe ich volles Verständnis. Wir können abreisen, sobald du fertig bist.«

»Wir?« fragte Sara zweifelnd.

»Aber ja!« sagte Mr. Henderson fröhlich. »Das ist das beste daran – Sie werden auf der Rancho del Sol wohnen, bis die Reparaturen auf Paloma beendet sind! Yancy hat mir alles erklärt, als wir hierher geritten sind!«

8

Nur mit äußerster Mühe gelang es Sara, die Form zu wahren. Mit wachsender Wut mußte sie sich Mr. Hendersons unschuldiges Geplapper anhören, wie wunderbar es doch sei, daß Yancy zurückgekommen sei und eine so großzügige Lösung der Probleme angeboten habe. Ohne die spannungsgeladene Atmosphäre zu spüren, schwatzte Mr. Henderson munter drauflos und erging sich immer wieder in Ausrufen über die geniale Lösung der Probleme und wie glücklich sich Sara schätzen müsse, Yancys Gastfreundschaft in Anspruch nehmen zu dürfen. Es müsse sie doch ungeheuer beruhigen, endlich wieder einen Mann zu haben, der sie beschützte. Ach, alles habe sich ganz hervorragend entwickelt! Zähneknirschend ertrug Sara Hendersons Tiraden, während sie die ganze Zeit Yancys amüsierte Blicke auf sich gerichtet spürte. Schließlich hatte sie genug und forderte Mr. Henderson sanft aber bestimmt zum Gehen auf.

Yancy erhob sich, um den Anwalt zur Tür zu bringen, und Sara sagte herrisch: »Würdest du bitte noch einmal hierherkommen,wenn du Mr. Henderson hinausbegleitet hast?« Ihre Augen blitzten wütend, und gegen ihren Willen nahm ihre Stimme einen scharfen Tonfall an, als sie hinzufügte: »Schließlich haben wir doch noch so viel zu besprechen!«

Yancy lächelte sie amüsiert an. »Vielleicht später, *chica* – da wir so bald wie möglich nach del Sol aufbrechen wollen, habe ich noch viele Dinge zu regeln.«

Da Mr. Henderson noch dastand und sie wohlwollend anblickte, verschluckte Sara die zornigen Worte, die ihr auf der Zunge lagen, und murmelte mit gepreßter Stimme: »Ich halte es für das beste, wenn wir uns zuerst unterhalten.«

In diesem Moment hörten sie Schritte im Flur, und dann kam auch schon Ann ins Zimmer gerauscht. »Oh, Mr. Henderson! Sie sind es! Peggy hat gesagt, daß jemand zu Besuch gekommen ist, aber sie wußte nicht, wer.« Sie schenkte dem Anwalt ein strahlendes Lächeln und schnurrte: »Haben Sie Neuigkeiten für uns?«

Natürlich benutzte Mr. Henderson die Gelegenheit, um sich erneut in Lobeshymnen auf Yancys großzügiges Angebot zu ergehen. Kaum hatte er seinen Bericht beendet, als Ann ausrief: »Aber das ist ja wunderbar! Seit Jahren schon wollte ich einmal nach del Sol! Bei unserem letzten Besuch dort war die Ranch ja in einem schrecklichen Zustand!« Sie warf Yancy einen einschmeichelnden Blick zu. »Sam sprach so oft von all den Verbesserungen, die du in den letzten Jahren durchgeführt hast. Wie großzügig von dir, daß du uns alle dort beherbergen willst, bis die Casa Paloma bewohnbar gemacht ist. Mein Mann und ich wissen gar nicht, wie wir dir für deine Hilfe danken sollen! Wir haben uns alle vor dem Umzug gefürchtet, da wir ja nicht wissen, was uns dort erwartet.«

Yancy machte ein verdutztes Gesicht, aber bevor er Ann darauf hinweisen konnte, daß seine Einladung die Shelldrakes nicht mit einschloß, plapperte Ann auch schon munter weiter. »Ach, ich denke, dieser Umzug wird Tom so guttun und neue Lebensgeister in ihm wecken. Sobald er sich nicht mehr um die Zukunft sorgen muß, wird es ihm viel bessergehen, da bin ich mir ganz sicher. Du bist so gut zu uns, Yancy – Sam wäre stolz auf dich! Es ist einfach rührend, wie unsere Familien sich gegenseitig helfen!« Sie hauchte Yancy einen flüchtigen Kuß auf die Wange und murmelte: »Ihr müßt mich jetzt entschuldigen – aber ich muß Tom die aufregenden Neuigkeiten sofort mitteilen!«

Mit raschelnden Unterröcken eilte sie auch schon davon. Wie vom Donner gerührt, starrte Yancy ihr nach. Erst als Mr. Henderson ihm kräftig die Hand schüttelte und ihn in den höchsten Tönen lobte, daß er sich so vorbildlich um seine Familienangehörigen kümmere, kehrte Yancy wieder in die Wirklichkeit zurück und warf Sara einen unglücklichen Blick zu. Plötzlich tat er ihr leid, schließlich wußte sie nur allzu gut, wie geschickt Ann ihren eigenen Vorteil auszuspielen wußte. Daher nahm sie selbst den redseligen Mr. Henderson am Arm und führte ihn zur Eingangstür.

Nachdem sie den Anwalt verabschiedet hatte, kam Sara langsam zu Yancy zurück. Amüsiert lächelnd sagte sie schalkhaft: »Vielleicht weißt du nun, wieso die Shelldrakes immer noch auf Magnolia Grove wohnen!«

Für den Augenblick war die Feindseligkeit zwischen ihnen verschwunden, und Yancy grinste kopfschüttelnd: »Sie ist Margaret wirklich erstaunlich ähnlich. Immer bekommt sie ihren Willen!«

»Das kann man wohl sagen«, erwiderte Sara trocken.

In diesem Augenblick erschien Bartholomew an der Tür und musterte Sara strafend: »Also, hier sind Sie! Ich habe überall nach Ihnen gesucht! Die Mittagszeit ist längst vorbei, und Tansy sagt, Sie sollen sofort kommen und etwas von der guten Hühnersuppe essen, die sie extra für Sie gekocht hat!«

Sara war an Bartholomews leicht herrischen Ton gewöhnt, aber in diesem Moment fand sie ihn reichlich unpassend. Sie wurde ein wenig rot und fühlte sich, als sei sie zwölf Jahre alt. »Mr. Henderson hat mich aufgehalten. Ich komme sofort«, erwiderte sie gehorsam. Sie sah Yancy an und ärgerte sich über sein spöttisches Grinsen. »Und was dich anbelangt«, sagte sie grimmig, »freu dich nicht zu früh über deinen cleveren Plan! Wenn ich gegessen habe, erwarte ich dich in Sams Arbeitszimmer. Wir haben immer noch eine Menge zu besprechen.«

Nachdenklich rieb sich Yancy das Kinn. »Nun, wie ich dir schon sagte, mein Schatz – ich fürchte, ich habe heute nachmittag noch zu tun.« Er lächelte sie freundlich an. »Aber keine Sorge, wir finden schon noch Zeit zum Reden.« Damit drehte er sich um und ging davon.

Sara blickte ihm fassungslos nach. Sie war sich nicht sicher, wie er es geschafft hatte, aber in weniger als vierundzwanzig Stunden hatte er ihr die Kontrolle über ihr Leben genommen! Irgendwie mußte sie sich wehren, und zwar sofort! Furcht und Wut schwangen in ihrer Stimme mit, als sie ihm nachrief: »Wag es nicht, mich einfach stehen zu lassen! Ich habe noch mit dir zu reden! Und ich muß dich daran erinnern, daß Magnolia Grove noch nicht dir gehört – denn schließlich muß ich dem Verkauf noch zustimmen!«

Yancy hatte sich umgedreht und sah sie an. »Willst du damit sagen, daß du mein Angebot ablehnen wirst?« fragte er drohend.

»Nein, das nicht! Ich werde dein Angebot annehmen, ich bin froh, Magnolia Grove endlich loszuwerden«, sagte sie kalt. »Aber es kommt nicht in Frage, daß ich auf del Sol lebe!«

In seinem Blick war etwas Gefährliches, als er einen Schritt auf sie zukam, und Sara spürte Angst. Erst Bartholomews diskretes Hüsteln ließ Yancy innehalten. »Ich denke, die Diskussion sollte an einem privateren Ort fortgeführt werden ... wenn Sara gegessen hat«, sagte Bartholomew, indem er Yancy einen vielsagenden Blick zuwarf, worauf der sichtlich ruhiger wurde und gleichgültig die Achseln zuckte.

Diesmal war Sara froh über Bartholomews väterliches Einschreiten. Hocherhobenen Hauptes rauschte sie an Yancy vorbei und sagte leichthin: »Wenn ich es mir recht überlege, gibt es nichts mehr zu besprechen. Ich werden nicht nach del Sol gehen, das ist mein letztes Wort!«

Yancy packte sie am Arm und wirbelte sie herum. »Ich hatte gehofft, wir könnten die Sache wie vernünftige Leute regeln, aber du läßt mir wohl keine andere Wahl, *chica!*«

Obwohl sie innerlich zitterte, sagte Sara hochmütig: »Du meinst, wir sollen alles machen, wie du es willst, und solange ich mich willenlos füge, bist du zufrieden!« Ihr kleiner Busen wogte vor Aufregung. »Ich gehe nicht nach del Sol – ich ziehe in die Casa Paloma, und du kannst mich nicht daran hindern!«

Seine Lippen wurden ganz schmal, und er hatte offensichtlich Mühe, nicht zu explodieren. »Ich warne dich, Liebste, reize mich nicht bis zum Äußersten, du würdest es bitter bereuen!«

Er stieß ihren Arm fort und eilte durch den Flur davon. Nach diesem Wortgefecht war Sara offensichtlich etwas mitgenommen und zupfte nervös an ihrem Kleid herum.

»Wissen Sie«, begann Bartholomew redselig, »Yancy ist daran gewöhnt, die Dinge nach seinem Willen zu arrangieren. Manchmal tut er etwas, ohne über die Konsequenzen nachzudenken. Aber wenn man auf diplomatische Weise mit ihm redet, dann wird er meiner Erfahrung nach noch einmal über die Sache nachdenken.« Er sah Sara vielsagend an. »Wenn man ihn dagegen reizt und herausfordert, so wie Sie es eben getan haben, dann wird er um so störrischer an seinem Entschluß festhalten.«

»Dann hat er eben Pech gehabt!« erwiderte Sara. »Ich werde es nicht zulassen, daß er hier hereinplatzt und mein

Leben auf den Kopf stellt, wie es ihm paßt! Ich verstehe ohnehin nicht, warum er mich nach del Sol schleppen will. Schließlich verabscheut er mich ganz offensichtlich. Er hat die Einladung jedenfalls nicht aus Nächstenliebe ausgesprochen, da kann er sagen, was er will! Wenn es dir nichts ausmacht, gehe ich jetzt in die Küche und esse, was Tansy für mich vorbereitet hat.«

Die Nachricht von Yancys Angebot hatte sich im Haus wie ein Lauffeuer verbreitet. Während Sara ihre Hühnersuppe aß, mußte sie sich das aufgeregte Geplapper von Peggy, Tansy, Noah und seiner Frau Mercy anhören, die sich in aller Ausführlichkeit über die Neuigkeit ausließen. Sara kochte vor Wut, behielt ihre Gedanken jedoch für sich; sie wollte zuerst die Sache mit Yancy bereinigen. Erst dann sollten die anderen erfahren, daß sie um keinen Preis nach del Sol gehen würde! Das Essen blieb ihr im Halse stecken, und nachdem sie den schlimmsten Hunger gestillt hatte, stieß sie den halbvollen Teller fort und floh aus der Küche, ohne auf Tansys Geschimpfe zu achten.

Da sie weder Tom noch Ann in die Arme laufen wollte, ging sie nicht zurück ins Haus, sondern beschloß, einen Spaziergang zu machen. Sie wählte einen Weg, der an einem kleinen Bach entlangführte. Dort war es angenehm kühl, denn Eichen und Magnolienbäume bildeten ein dichtes Laubdach und boten Schutz vor der heißen Aprilsonne. Sie atmete tief durch, schlenderte ziellos am Bach entlang und grübelte über die Geschehnisse des Morgens nach.

Sara war so in ihre Gedanken vertieft, daß sie gar nicht merkte, wie weit sie gegangen war, bis ein leises, bedrohliches Rascheln in den Brombeerbüschen sie aufschreckte. Obwohl es zu jener Zeit im Südosten von Texas zahlreiche Plantagen gab, war ein Großteil des Landes noch Wildnis. Unsicher blickte sie sich um. Die Bäume standen sehr dicht, und der Waldboden war mit einem Dickicht aus Geißblatt, wildem Wein und Brombeerranken bedeckt. Plötzlich schossen Sara Gedanken an Klapperschlangen, Bären und Pumas durch den Kopf, und sie beschloß, sofort umzukehren.

Wieder raschelte es, diesmal klang es näher, und ein kalter Schauer lief ihr den Rücken hinab. Sie machte kehrt und lief eilig zurück und hatte schon fast begonnen zu rennen, als sie plötzlich Hyrum hinter einer Kurve auf sich zukommen sah. Erleichtert blieb sie stehen. Mit finsterer Miene eilte er auf sie zu und fragte barsch: »Ist es wahr? Yancy zahlt Sie aus, und Sie ziehen nach del Sol?«

Sara war so froh, ihn zu sehen, daß sie an seinem Benehmen keinerlei Anstoß nahm. »Nein, ich gehe nicht nach del Sol! Das ist nur eine dumme Idee von Yancy – und wie dumm sie ist, das wird er bald sehen!«

Hyrums gutgeschnittene Gesichtszüge entspannten sich ein wenig. »Mein Anliegen ist leider ganz egoistisch – aber ich habe schon gefürchtet, Sie würden mich fortschicken.«

»Machen Sie sich keine Sorgen Hyrum! Ich habe Ihnen doch versprochen, daß ich Sie mitnehme, wenn wir in die Casa Paloma ziehen.« Sie lächelte ihn an. »Sie wollten mich doch bei der Pferdezucht beraten. Ich brauche Sie als Aufseher!«

»Wenn Yancy es Ihnen erlaubt«, sagte er bitter. »Er haßt mich und wird nicht eher Ruhe geben, als bis er mich los ist.«

Sara seufzte. Sie war nicht in Stimmung, Hyrums Befürchtungen zu zerstreuen, und mochte nicht über Yancy Cantrell diskutieren. »Es braucht Sie nicht zu kümmern, was Yancy denkt«, sagte sie leichthin. »Nicht Yancy wird die Ranch führen, sondern ich werde es tun!«

»Wieder kann ich nur sagen: Wenn er Sie läßt! Er hat geschworen, Margaret eher zu töten, als ihr die Casa Paloma zu überlassen.« Plötzlich ergriff Hyrum Saras Hand und hielt sie fest umklammert. Voller Inbrunst sah er sie an und murmelte: »Sie wissen doch, was mit Margaret passiert ist – er hat sie umgebracht! Meinen Sie wirklich, daß er Ihnen die

Casa Paloma widerstandslos überläßt? Und wenn es ihm gelingt, Sie nach del Sol zu schaffen, was meinen Sie, was wird dann wohl aus Ihnen?« Der Griff seiner Hand verursachte ihr beinahe schon Schmerzen. »Sie dürfen ihm nicht trauen, wie charmant und freundlich er sich auch verhalten mag. Ich möchte nicht, daß er Ihnen weh tut und... und...« Damit fiel er zu Saras Entsetzen vor ihr auf die Knie und begann wie ein Wahnsinniger ihre Hand zu küssen. »Sara! Sara! Ich muß Ihnen sagen, was ich für Sie empfinde!« rief er leidenschaftlich und sah zu ihr auf. »Ich habe versucht, meine Gefühle zu verbergen – ich weiß, es ist noch zu früh nach Sams Tod, aber durch Yancys Anwesenheit bin ich gezwungen, mich Ihnen jetzt schon zu offenbaren!« Er holte tief Luft und sprach hastig weiter: »Ich habe Sie schon immer geliebt – praktisch vom ersten Augenblick an – heiraten Sie mich! Ich werde mich zwischen Sie und Yancy Cantrell stellen!«

»Oh, Hyrum!« sagte Sara gequält, während sie versuchte, ihre Hand zu befreien. Am liebsten hätte sie sich einfach in Luft aufgelöst. »Oh, nein... Oh, bitte, Sie wissen ja nicht, was Sie sagen! Sie sind durcheinander, aber wenn Sie noch einmal über alles nachdenken, wird Ihnen klar...«

Aber Hyrum ließ sich durch nichts aufhalten, auch nicht durch die abweisende Haltung seiner Angebeteten. Er erhob sich und legte seine Arme um Sara. »Ich weiß ja, ich kann nicht erwarten, daß du mich genausosehr liebst wie ich dich, aber Sara, Darling, bitte gib mir doch eine Chance!«

Heftig preßte er seine Lippen auf ihren Mund und löste die unangenehmsten, beschämendsten Gefühle in ihr aus, die sie je gespürt hatte. Seine Versuche, sie zu küssen, ließen sie vor Ablehnung erschaudern. Sie wollte und brauchte Hyrums Hilfe, um ihre Pläne für die Casa Paloma zu verwirklichen, aber nicht zu diesem Preis! Sie wollte seine Gefühle nicht verletzen, aber sie mochte sich auch nicht länger seinen unwillkommenen Annäherungsversuchen aussetzen! So versuchte sie, sich ihm zu entwinden, drehte das Gesicht zur Seite, so daß seine suchenden Lippen nur ihre Wange streiften. Sie tat alles, um sich so elegant wie möglich aus seiner Umarmung zu befreien.

Auf Yancy, der aus derselben Richtung wie zuvor Hyrum auf das eng umschlungene Paar zukam, machte die Situation jedoch einen ganz anderen Eindruck. Mit einem wilden Schrei stürzte er auf die beiden los und riß sie auseinander. Mit einem mächtigen Schlag schickt er Hyrum zu Boden. Er packte Sara hart am Handgelenk, und in der anderen Hand hielt er plötzlich einen Revolver, dessen langen bläulichen Lauf er auf den erschrockenen jungen Mann richtete.

Hyrum funkelte Yancy böse an und stand langsam wieder auf. Die Fäuste geballt, murmelte er grimmig: »Warum fragen wir nicht Sara, ob sie sich nicht vielleicht gern von mir anfassen läßt?«

Einen schrecklichen Moment lang fürchtete Sara, Yancy würde Hyrum niederschießen, und um die Tragödie abzuwenden, fuhr sie in scharfem Ton dazwischen: »Hört auf – alle beide! Ihr führt euch ja auf wie zwei wildgewordene Hunde, die um einen Knochen streiten!« Sie sah Hyrum an und fuhr mit ruhigerer Stimme fort: »Es ist gut. Ich werde allein mit der Situation fertig.« Sie lächelte tapfer. »Bitte machen Sie keinen Ärger, Hyrum, und gehen Sie jetzt nach Hause.«

Nicht zuletzt wegen des noch immer auf ihn gerichteten Revolvers blieb Hyrum keine andere Wahl, als sich zu verabschieden. »Wir reden später weiter.«

»Das bezweifle ich!« wies ihn Yancy scharf zurecht.

»Wir werden ja sehen!« erwiderte Hyrum herausfordernd. »Vielleicht würdest du deinen Revolver ja gern fallen lassen. Dann könnten wir sehen, wie mutig du wirklich bist!«

»Hyrum! Bitte!« rief Sara ängstlich. »Gehen Sie jetzt endlich!«

Ohne Yancy zu beachten, sah Hyrum zu Sara hinüber.

»Nur weil Sie mich darum bitten!« sagte er sanft und wandte sich zum Gehen.

Sara sah ihm nach, während sie von Yancy mit eisernem Griff festgehalten wurde. Sie beneidete ihn um seine Freiheit. Irgendwie zweifelte sie daran, so leicht davonzukommen. Aber was war denn so schlimm an ihrem Verhalten, daß Yancy so verärgert war? Sie fühlte sich ungerecht behandelt, denn es ging Yancy nichts an, ob sie sich von Hyrum küssen ließ oder nicht, und er hatte kein Recht, so über sie herzufallen. Immer zorniger wurde sie, bis sie sich endlich von ihm losreißen konnte. Unbewußt rieb sie sich das Handgelenk, das von Yancys brutalem Griff schmerzte. Ihre grünen Augen blitzten vor Wut, als sie fragte: »Was zum Teufel bildest du dir eigentlich ein? Wie kannst du es wagen, Hyrum so zu behandeln?«

Mit grimmigem Blick musterte Yancy sie und ließ sie einen Schritt zurückweichen. Seine Ausstrahlung war so gefährlich und grausam, daß sie sich einen Moment lang fragte, ob ihr Instinkt sie nicht doch getäuscht hatte und sie um ihr Leben fürchten mußte.

Als hätte er ihre Gedanken erraten, steckte Yancy den Revolver wieder in das Halfter. Seine schlimmste Wut schien verraucht. »Du solltest mehr Angst um dich selbst haben als um Hyrum!«

»Warum?« konterte Sara tapfer. »Ich habe nichts Falsches getan! Aber du! Du hast uns überrumpelt und hast Hyrum bedroht. Wie würdest du dein Verhalten erklären?«

Yancy packte sie am Arm und führte sie zurück zum Haus. »Man könnte sagen, ich habe meine Interessen vertreten.«

»Deine Interessen vertreten!« schrie Sara außer sich. »Und was willst du damit sagen?«

Yancy warf ihr einen amüsierten Blick zu. »Ich denke, du weißt ganz genau, was ich damit sagen will.« Und damit nahm er sie zu ihrer Überraschung in die Arme und küßte sie.

Es war ein brutaler, besitzergreifender Kuß. Wie bei ihren anderen Begegnungen wurde sie von einer Woge der Erregung ergriffen. Wie anders war es doch, als Hyrum versucht hatte, sie zu küssen, dachte sie. Yancys Mund war warm und fordernd. Er knabberte leicht an ihrer Unterlippe und drängte sie, den Mund zu öffnen, damit er seine hungrige Entdeckungsreise fortsetzen konnte. Er verstand sich meisterhaft auf das, was er tat, aber Sara wehrte sich hartnäckig gegen das tückische Begehren, das ihre Sinne berauschte. Mit aller Kraft stieß sie ihn von sich und fragte barsch: »Soll das deine Antwort auf alles sein? Ein Kuß?«

»Kannst du dir eine bessere Antwort vorstellen?« erwiderte er grinsend.

Sein spöttischer Ton machte sie wütend. »Du glaubst wohl...«, wollte sie ihn zurechtweisen.

Aber Yancys Lippen schnitten ihr das Wort ab, und obwohl sie sich wehrte, küßte er sie stürmisch und seufzte befriedigt auf. Irgendwann ließ er von ihr ab und sah sie an. Welche Gefühle aus seinem Blick sprachen, war schwer zu deuten. »Du gehörst mir!« grummelte er wild. »Vergiß das nicht, wenn Hyrum oder sonst jemand das nächste Mal versucht, dich zu berühren! Ich mag es nicht, wenn meine Lady sich mit anderen Männern amüsiert!«

Saras hübsches Gesicht wurde dunkelrot vor Empörung. »Ich bin nicht dein Eigentum! Und es ist mir vollkommen schleierhaft, wie du auf die lächerliche Idee kommst, daß du irgendein Anrecht auf mich oder meine Gefühle hast!«

Wieder einmal schlug Yancys Stimmung schlagartig um, und er wirkte plötzlich ganz entspannt. »Nun, mein Schätzchen, hast du es vergessen? Sam hat in seinem Testament festgeschrieben, daß wir ein Baby machen sollen, oder zwei, oder drei! Ich denke, dadurch kommt mir ein gewisses ›Vorzugsrecht‹ zu, meinst du nicht auch? Ich kann doch nicht einfach dastehen und zusehen, wie ein anderer Mann dich mir vor der Nase wegschnappt!«

»Ach, hör schon auf damit!« sagte Sara verzweifelt. »Warum hast du dich nur so auf die Casa Paloma versteift? Die Ranch gehört dir nicht, finde dich damit ab! Deine Vorfahren mögen das Land vielleicht vor Generationen besiedelt haben, aber es ist nichts weiter als Land, und ich habe nicht vor, deine Zuchtstute zu werden, nur damit du deinen Ehrgeiz befriedigen kannst!« Sie blickte wütend zu ihm auf, ohne daß ihr bewußt war, wie verlockend sie mit ihren etwas zerzausten, blonden Locken und ihrer empörten Miene aussah.

In Yancys Augen war ein rätselhafter Glanz, als er die widerstrebende Sara wieder an sich zog. Mit beleidigender Lässigkeit überwand er ihren Widerstand und hauchte ihr einen aufreizenden Kuß auf die Lippen. »Bist du so sicher, *amiga*, daß es mir nur um das Land geht?« Verwirrt blickte sie zu ihm auf. Dann küßte er sie und hätte mit seinem kundigen Mund um ein Haar ihren Verstand eingelullt. Aber Sara befreite sich mit wilder Entschlossenheit aus seinen Armen. »Was willst du damit sagen? Wenn es dir nicht um das Land geht, warum bist du dann so... so...« Ihr fehlten die Worte, und sie blickte ihn finster an.

Er ließ seine Hand über ihre Wange gleiten und murmelte: »Du bist eine kluge Frau... wenn du lange genug darüber nachdenkst, wirst du die Antwort schon finden, da bin ich mir ganz sicher.«

Er war schon ein paar Schritte fort von ihr, aber sie wollte es genau wissen. »Yancy Cantrell, du kommst augenblicklich hierher zurück!« befahl sie gebieterisch. »Laß mich nicht einfach stehen! Ich habe noch mit dir zu reden!«

Yancy sah sich um, ein aalglattes, herausforderndes Lächeln auf den Lippen. »Aber Liebste, ich habe alles gesagt, was ich zu diesem Thema zu sagen habe!«

Das war zuviel. Sara stieß einen wilden Wutschrei aus, den man dem zierlichen Mädchen gar nicht zugetraut hätte, nahm ihre schwarzen Seidenröcke hoch und rannte ihm nach. Als sie ihn eingeholt hatte, begann sie wie wild mit den Fäusten auf seinen breiten, muskulösen Rücken einzutrommeln. »Was bist du doch für ein feuriges Wildkätzchen!« sagte er spöttisch und bewundernd zugleich. In seine Augen trat ein sanfter Schimmer, der Sara plötzlich den Atem nahm.

Sein Lachen verstummte, und sie standen wie gelähmt da und starrten sich an. Vielleicht wären sie für immer so stehengeblieben, aber da war plötzlich Tom Shelldrakes Stimme, die den zerbrechlichen Zauber dieses Moments zerstörte.

»Oh, Yancy! Yancy! Ich muß mit dir sprechen!« rief Tom laut.

Yancy ließ Sara los und sah Tom entgegen. Er hatte Tom Shelldrake seit seiner Ankunft noch nicht gesehen und konnte seinen Schock beim Anblick des alten Bekannten kaum verhehlen.

Die Jahre hatten Tom Shelldrake sehr zugesetzt. Als gebrochener Mann war er aus dem Krieg zurückgekehrt. Es lag nicht nur an den schlimmen Verwundungen, die er erlitten hatte, sondern auch an all den schrecklichen Kriegserlebnissen. Seine Nerven waren ruiniert, und sein jungenhafter Charme war dahin. Er sah weitaus älter aus als zweiundvierzig. Von seinem einst so kräftigen, lohfarbenen Haar waren nur einige wenige dünne Strähnen übriggeblieben. Den einst so strahlenden, humorvollen Augen fehlte jeder Glanz und jede Lebendigkeit. Sein Körper war zusammengesunken, wie der eines alten Mannes. Er hatte keinerlei Ähnlichkeit mit dem jovialen, fröhlichen, gutaussehenden Mann, den Yancy vor dem Krieg gekannt hatte. Seinen nutzlosen linken Arm trug er in einer schwarzen Schlinge. Obwohl Yancy Tom früher nie sonderlich gemocht hatte, empfand er tiefes Mitgefühl für ihn. Tom Shelldrake hatte alles verloren – sein Vermögen, sein Heim und seine Gesundheit –, und Yancy schämte sich, daß er so schlecht über die Shelldrakes gesprochen hatte.

Yancy ging auf Tom zu und schenkte ihm ein warmherziges Lächeln. Unsicher gab er ihm die Hand und sagte: »Wie schön, daß wir uns wiedersehen, Tom!«

Toms braune Augen blitzten ein wenig, und mit einer Spur seiner früheren Herzlichkeit ergriff er Yancys Hand und schüttelte sie enthusiastisch. »Ja, das ist schön! Das ist wirklich schön! Und ich möchte dir für deine Großzügigkeit danken! Ann hat mir von deiner überaus freundlichen Einladung erzählt. Ich muß zugeben, daß ich wegen des Umzugs in die Casa Paloma gewisse Zweifel gehegt habe, aber da du nun die Sache in die Hand genommen hast, kann ich wieder ruhig schlafen.«

Hin- und hergerissen zwischen Zorn und Resignation blickte Sara den beiden Männern nach, wie sie nebeneinander auf das Haus zugingen. Sie lächelte grüblerisch. Vorläufig hatte es wohl wirklich keinen Sinn, den Streit mit Yancy fortzusetzen. Sie mußte wohl oder übel ihre Zunge im Zaum halten, bis sie ihm unter vier Augen erklären konnte – wenn nötig mit einem Knüppel in der Hand –, daß sie nicht mit nach del Sol gehen würde und daß sie sich von ihm nicht die Kontrolle über ihr Leben entreißen lassen würde. Und wenn er die Shelldrakes mitnehmen wollte, sollte es ihr nur recht sein! Plötzlich mußte sie kichern. Yancy tat ihr beinahe leid – wahrscheinlich ärgerte er sich immer noch über Anns gewiefte Tricksereien. Aber Sara bezweifelte, daß er die erzwungene Einladung zurückziehen würde, nachdem er Tom Shelldrake gesehen hatte.

Ihr Mitleid für Yancy war jedoch nur von kurzer Dauer. Nur wenige Minuten, nachdem die beiden Männer in Richtung der Stallungen verschwunden waren, kehrte Sara ins Haus zurück, wo sie ein großes Tohuwabohu erwartete. Bartholomew, Tansy und Peggy waren damit beschäftigt, die wenigen verbliebenen Gemälde von den Wänden zu nehmen, und in der Eingangshalle türmten sich Einrichtungsgegenstände und Haushaltsgerätschaften.

»Was macht ihr da?« fragte sie erstaunt, als sie die drei Dienstboten geschäftig hin- und herlaufen sah.

Bartholomew antwortete ihr, während er einen Spiegel mit Goldrahmen aus dem Salon herausschleppte: »Oh, wir stellen alles bereit, was eingepackt werden soll. Yancy hat angeordnet, daß wir gegen Ende der Woche abreisen werden und nur die wichtigsten Sachen mitnehmen sollen.« Er lächelte Sara freundlich zu. »Ich denke, ich weiß, an welchen Dingen Ihnen am meisten liegt.«

»Ich fürchte, es handelt sich hier um einen großen Irrtum«, sagte Sara entspannt. »Yancy mag vielleicht Ende der Woche abreisen, und natürlich darf er seine Hälfte der Sachen mitnehmen, aber alles andere bleibt hier – bei mir!« Als sie die entsetzten Gesichter der Dienstboten sah, fügte sie mit etwas sanfterer Stimme hinzu: »Wenn ihr mit ihm gehen wollt, dürft ihr das natürlich tun – aber ich persönlich habe keineswegs die Absicht, ihn zu begleiten! Und niemand kann mich dazu zwingen!«

Sara fühlte sich völlig aus dem Gleis geworfen und ging zurück in ihr Schlafzimmer. Aber auch dort fand sie nur wenig Trost. Da sie vor ihrem nächsten Treffen mit Yancy ihre innere Ruhe wiederfinden mußte, zwang sie sich, nicht an das letzte beunruhigende Zusammensein zu denken. Er war arrogant, anmaßend und herrisch und seiner selbst nur allzu sicher. Sie durfte es nicht wagen, an ihn zu denken, wenn sie die Situation auch nur halbwegs im Griff behalten wollte.

Daher ignorierte sie auch ihren knurrenden Magen und legte sich ohne Abendessen ins Bett. Ihr grauste vor einer Konfrontation mit den anderen, die dank Yancys Überzeugungskraft mittlerweile sicherlich alle davon ausgingen, daß sie Ende der Woche nach del Sol übersiedeln würden. Sollten sie doch verdammt noch mal alle gehen, dachte sie grimmig und starrte an die Decke. Sie würde nicht gehen!

Trotz der Aufregung schlief sie aber sofort ein. Wie lange sie geschlafen hatte, wußte Sara später nicht, aber plötzlich war sie hellwach, denn sie spürte, daß jemand in ihrem Zimmer war! Das Herz schlug ihr bis zum Halse, und ihre Augen versuchten die Dunkelheit zu durchdringen.

Ein dunkler Schatten glitt auf ihr Bett zu. Als sie den Mund öffnete, um zu schreien, legte sich eine Hand auf ihre Lippen. Eine warme, zärtliche Stimme murmelte ihr ins Ohr: »Oh, Liebste, ich mache das hier nur ungern. Aber da du auf keinen Fall mit nach del Sol kommen willst, bleibt mir keine andere Wahl, als dich zu entführen!«

Yancy! dachte sie und war außer sich. Ihre Furcht war verschwunden, und sie verspürte nichts als Wut. Sie schlug wild um sich, aber er lachte nur leise, wickelte sie in ihre Decke und warf sie über seine Schulter. Durch die Decke wurden ihre Hilfeschreie gedämpft. Beschwichtigend tätschelte er ihr das Hinterteil und sagte: »Keine Angst, *chica,* ich habe nicht die Absicht, der Mutter meiner Kinder weh zu tun! Jetzt hör schon auf mit dem Gestrampel – der Ritt nach del Sol wird dir dann viel besser gefallen! Und mach dir keine Sorgen um die anderen – sie werden uns bald folgen. Aber jetzt«, sagte er leise lachend, »werden wir beide ganz allein unter den Sternen dahinreiten …«

Zweiter Teil

Irrwege des Herzens

9

Sara konnte Yancys Dreistigkeit kaum fassen. Selbst als er ihren zappelnden, in die Decke gewickelten Körper wie einen Sack Getreide auf den Rücken eines Pferdes schnürte, glaubte sie noch nicht wirklich, daß er die Sache tatsächlich durchziehen würde. Er würde es nicht wagen, redete sie sich starrsinnig ein. Er wollte ihr nur Angst einjagen. Aber als sich das Pferd wenige Minuten später in Bewegung setzte, wurde ihr das volle Ausmaß ihrer Misere klar. Er entführte sie tatsächlich! Er wollte sie wirklich nach del Sol verschleppen!

Sie stieß einen gedämpften Wutschrei aus und schlug wie ein gefangenes Tier wild um sich. Außer sich vor Zorn verfluchte sie Yancy und wünschte ihm ein schlimmes Schicksal an den Hals, während sie verzweifelt an den Stricken zerrte, mit denen er sie an das Pferd gefesselt hatte.

Trotz ihrer würdelosen Lage wurde ihr schnell klar, daß er das Ganze gut geplant hatte. Den Geräuschen nach zu urteilen, mußten es drei Pferde sein – Yancys Hengst, das Biest, auf das er sie geschnürt hatte, und ein weiteres. Ein Lastpferd? Oder war noch jemand an dieser nächtlichen Entführung beteiligt? Wenn auf dem dritten Pferd ein Reiter saß, dann verhielt sich der äußerst still, sagte sich Sara bedrückt. Yancy schien sich offensichtlich keine Sorgen zu machen, daß jemand Alarm schlagen oder sie verfolgen würde, denn er pfiff leise vor sich hin und wirkte ganz ruhig. *Ich muß fliehen,* dachte sie außer sich vor Wut. Sie hatte keine Zeit zu verlieren! Mit jeder Meile entfernte sie sich weiter von der Sicherheit ihres Heims.

Durch ihre wilden Befreiungsversuche begann das Pferd

nervös herumzutänzeln. Sara grinste schadenfroh. Gut! Jetzt mußte sich Yancy mit einer störrischen Frau *und* einem Pferd herumärgern! Als das Pferd immer unruhiger wurde, brachte Yancy es schließlich zum Stehen, und Sara schöpfte ein wenig Hoffnung. Vielleicht hatte Yancy ja eingesehen, daß sie all den Ärger gar nicht wert war.

Ihre Hoffnung war jedoch unbegründet. Sie bekam mit, wie Yancy sein Pferd auf gleiche Höhe brachte. Kurze Zeit später versetzte er ihr einen schmerzhaften Schlag aufs Hinterteil

»Ich weiß, du bist wütend, mein Schatz«, sagte er spöttisch. »Aber du mußt dich wohl beruhigen, oder ich muß etwas tun, das dir noch viel weniger gefallen wird als das hier!«

Als Antwort ertönte nur ein wütendes Brummen, woraufhin er amüsiert lachte. »Ich weiß, ich weiß, im Moment bist du wirklich zornig, aber das ist alles deine eigene Schuld, *chica*!« Seine Worte ließen Sara hörbar mit den Zähnen knirschen. »Und denk daran, du hast mir einfach keine andere Wahl gelassen. Was hätte ich denn sonst tun sollen? Wie hätte ich dich sonst nach del Sol bringen sollen?«

Wieder bekam er nur ein gedämpftes, zorniges Grummeln als Antwort. Yancy lächelte im sanften Mondlicht. »Na ja, du mußt eben noch ein bißchen warten, bis du mich in die Finger bekommst. Jetzt beruhige dich, und mach mir keinen Ärger, dann wird die ganze Sache viel einfacher für uns alle.« Er hielt inne und fügte ernst hinzu: »Und ich möchte nicht noch einmal deinetwegen anhalten müssen, Sara. Ich werde sehr unangenehm, wenn du weiterhin Ärger machst.«

Das war eine Drohung, und seufzend zwang sich Sara zur Ruhe. Im Augenblick hatte er nun einmal die Oberhand, und sie war gezwungen, sich zu fügen. Im Augenblick. Sie gab sich nur sehr ungern geschlagen, aber sie hörte auf, um sich zu schlagen, und suchte statt dessen nach einer halbwegs bequemen Lage für die weitere Reise.

Leider war der Ritt jedoch alles andere als bequem. Offensichtlich wollte Yancy vor Tagesanbruch so weit wie möglich kommen und hielt die Pferde zu einem flotten Tempo an.

Zuerst war es nicht so schlimm, aber als sie mehrere Stunden so dahingeritten waren, fühlte sich Sara, als hätte man sie verprügelt und die Treppen hinuntergeworfen. Alle Knochen taten ihr weh, und sie war sicher, daß sie mit blauen Flecken übersät war. Aber andere, noch dringlichere Probleme machten ihr Sorgen, und sie rutschte unruhig hin und her. Es hatte keinen Sinn, und da sie wußte, daß sie es nicht viel länger aushalten konnte, rief sie so laut, wie sie konnte, nach Yancy, in der Hoffnung das Hufegeklapper trotz der Decken zu übertönen.

Zu ihrer Erleichterung brachte er die Pferde Sekunden später zum Stehen. Er stieg ab, band sie geschickt los und hob sie vom Pferd. Sie war nicht sehr sicher auf den Beinen und schwankte bedenklich, als er sie unsanft von den Decken befreite.

»Ich habe es dir gesagt«, zischte er grimmig. »Wenn du dich nicht ruhig verhältst, dann mache ich etwas, das dir noch viel weniger gefallen wird!«

Sara schnappte gierig nach der frischen Luft und stieß schnell hervor: »Du hast nicht verstanden! Ich muß..., ich muß...« Zu beschämt, ihm ihr Bedürfnis mitzuteilen, sah sie ihn flehentlich an.

Yancy verstand sie sofort. »Es tut mir leid, *chica*. Ich hätte schon früher anhalten sollen.« Er sah sie forschend an und sagte ruhig: »Wir haben zwei Möglichkeiten. Entweder gibst du mir dein Ehrenwort, daß du nicht versuchst, wegzulaufen, und ich achte deine Privatsphäre ... oder ich komme mit. Was ist dir lieber?«

Rot vor Scham stotterte Sara atemlos: »Ich schwöre, daß ich nicht weglaufe!« Und ohne auf seine Antwort zu warten, stürzte sie in die Büsche.

Yancy wartete geduldig, und als sie ein paar Minuten später zurückkam, fragte er freundlich: »Fühlst du dich jetzt besser?«

Saras Gesicht war noch ein wenig röter geworden. Sie nickte nur kurz und ging gehorsam zu ihrem Pferd. Als Yancy wieder mit der Decke und den Stricken auf sie zukam, zuckte sie zusammen, hatte jedoch offensichtlich nicht vor, sich zur Wehr zu setzen.

Saras dichtes Haar hing ihr wild um die Schultern. Unter dem dünnen Musselinnachthemd zeichnete sich ihr schlanker Körper deutlich ab. So hilflos und resigniert stand sie im bleichen Mondlicht da, daß es Yancy wider Willen das Herz zuschnürte. »Wenn du versprichst, keinen Ärger zu machen, werde ich dich nicht wieder fesseln«, sagte er schroff.

Sie schaute dankbar zu ihm auf, und während er sich selbst einen Trottel schalt, hob er sie sanft in den Sattel. Grimmig blickte er zu ihr hoch und murmelte: »Ein Geräusch, eine Bewegung, die mir nicht gefällt, und wir machen es wieder so wie vorher, verstanden?«

Mit ihren großen, grünen Augen sah sie ihn an und nickte. Sie wagte kaum zu glauben, daß sie der erstickenden Decke und den Fesseln entgehen könnte. Yancy murmelte etwas Unverständliches und machte sich daran, die Steigbügel auf die richtige Länge zu bringen.

Daß ihre Kleidung zum Reiten gänzlich ungeeignet war, wurde ihnen schlagartig klar, als Yancy ihre nackten Füße berührte. Er runzelte die Stirn. Seufzend ging er hinüber zu dem Lastpferd und machte sich an einer der Satteltaschen zu schaffen.

Als er wieder neben ihrem Pferd stand, sagte er trocken: »Am besten steigst du jetzt ab und ziehst dies hier an. Ich möchte nicht so bald wieder anhalten, und in deinem Aufzug wirst du sofort auffallen, wenn uns jemand entgegenkommt.«

Er reichte ihr ihre Reitstiefel, einen Strohhut, ein abgetragenes Baumwollhemd und eine Knabenkniebundhose. Ihr

Verdacht, daß er zumindest einen Komplizen auf Magnolia Grove gehabt haben mußte, verhärtete sich. Sie riß ihm die Kleidungsstücke aus der Hand und wandte ihm den Rücken zu. Während sie die Hose und die Stiefel anzog, behielt sie das Nachthemd an. Sie mußte es jedoch ablegen, wenn sie das Baumwollhemd anziehen wollte. Zögernd blickte sie über die Schulter und sah, wie Yancy sie amüsiert beobachtete. Dann murmelte sie etwas, das alles andere als damenhaft war, und drehte sich wieder um. Sie holte tief Luft, streifte schnell das Nachthemd hinunter und schlüpfte in das Baumwollhemd.

Yancy erhaschte einen kurzen, aufreizenden Blick auf ihre weißen, sanft gerundeten Schultern, ihren geraden Rücken und ihre schlanke Taille, bevor das Hemd Saras Reize wieder verbarg. Ausgiebig betrachtete er ihr hübsch gerundetes Hinterteil, das in der Knickerhose gut zur Geltung kam. Sie wirbelte herum und war sich bewußt, daß er sie die ganze Zeit unverhohlen angestarrt hatte. Mit eisiger Stimme fauchte sie: »Ich hoffe, du hast dich gut amüsiert!«

Er grinste und reichte ihr den weichen Strohhut. »Das habe ich, mein Schatz, das habe ich in der Tat!«

Zu zornig, um zu antworten, setzte sie den Hut auf und saß auf. Ohne einen bestimmten Plan trat sie dem Pferd kräftig in die Flanken, woraufhin das Tier in einen flotten Trab verfiel. Sie hörte Yancys erschrockenen Ausruf, als er zu seinem eigenen Pferd lief. Sofort erkannte Sara, daß dies ihre Chance zur Flucht war. Yancy würde einen Moment brauchen, bis er wieder im Sattel war. Vielleicht konnte sie sich in der Zwischenzeit aus dem Staube machen. Und wenn ihr Pferd schneller war als seines... Aufgeregt trieb sie ihr Pferd noch mehr an, bis es richtig lospreschte. Sara lachte laut auf, sie würde es ihm schon zeigen! Aber schnell wurde ihr klar, daß sie keinen guten Moment für ihre Flucht gewählt hatte – sie hatte keine Ahnung, wo sie sich befand oder in welcher Richtung sie auf Sicherheit hoffen konnte, und anscheinend hatte Yancy das schnellere Pferd, denn er war ihr schon dicht auf den Fersen, und die donnernden Hufe seines Hengstes waren schon deutlich zu hören. Jeden Moment würde er sie eingeholt haben. Und sie hatte ihm ihr Wort gegeben, keinen Ärger mehr zu machen. Nach dieser kleinen Kapriole würde er sie zweifellos wieder verschnüren und aufs Pferd binden. Ohne nachzudenken, riß sie an den Zügeln. Das Pferd bäumte sich wild auf und versuchte sie abzuwerfen, aber sie klammerte sich tapfer fest. Es dauerte einige angstvolle Augenblicke, bis sie das aufgebrachte Tier wieder unter Kontrolle hatte.

Yancy war inzwischen auf einer Höhe mit ihr und riß ihr die Zügel aus der Hand. »Und was zum Teufel sollte *das* jetzt?« schrie er zornig und verbarg die Angst, die er um sie gehabt hatte, als er sie so klein und hilflos auf dem sich aufbäumenden Tier kauern sah.

Ihr Herzschlag hatte sich wieder beruhigt, und sie war froh, der Gefahr entronnen zu sein. Mit entwaffnender Ernsthaftigkeit sagte sie zu ihm: »Ich hatte vergessen – ich habe dir ja mein Wort gegeben, daß ich nicht versuchen werde zu fliehen.«

Verblüfft starrte Yancy sie an. Sie war überzeugt, daß er sie wieder fesseln würde, aber er sagte nur mit schneidender Stimme: »Vergiß es bloß nicht noch einmal!«

Glücklicherweise war das Packpferd den anderen gefolgt, und Yancy konnte es leicht wieder einfangen, so daß sie ihre Reise bald ungehindert fortsetzen konnten.

Sara war immer noch alles andere als glücklich, aber sie war froh, aufrecht auf dem Pferd zu sitzen, statt hilflos und in Decken gewickelt über dem Pferderücken zu hängen. Außerdem war sie froh, passender gekleidet zu sein, obwohl es merkwürdig war, keine Unterwäsche zu tragen. Für ihren kleinen Busen und ihre schmale Taille brauchte sie zwar kein Korsett und ersparte es sich auch oft – aber kein Schlüpfer und kein Unterhemd! Das war wirklich ein seltsames Gefühl, beinahe dekadent, und sie spürte sehr deutlich, wie sich ihre Brüste unter dem Baumwollhemd hoben und senkten und wie eng sich die Knickerbockerhose um ihr Gesäß und ihre Schenkel spannte. So intensiv fühlte sie ihren Körper sonst nicht.

Der Mond war verschwunden, und es begann bereits zu dämmern. Sara blickte sich neugierig um. Nach dem ersten Glühen der Sonne zu urteilen, mußten sie in südwestlicher Richtung reiten. Obwohl sie wußte, daß sie sich nicht mehr als fünfzehn Meilen von Magnolia Grove entfernt haben konnten, kam ihr ringsum nichts mehr bekannt vor. Es war, als hätten sie die Zivilisation hinter sich gelassen und eine Wildnis betreten. Die Landschaft war ähnlich wie das unkultivierte Land in der Nähe von Magnolia Grove: Eichen, Magnolien und Pecannußbäume, darunter Weinranken und üppige Büsche wechselten sich mit Grasflächen ab, die mit bunten Frühlingsblumen übersät waren. Unter anderen Umständen hätte sie den Ritt sehr genossen.

Als die Sonne höher stieg und gnadenlos vom strahlendblauen Himmel brannte, war Sara froh über ihren breitkrempigen Hut und ihre lockere, bequeme Kleidung. Es war ein heißer, schwüler Tag, aber Yancy ritt unbeirrt weiter nach Südwesten. Irgendwann reichte er ihr ein dickes Käsebrot und seine Feldflasche. Sie hielten nur an, damit die Pferde an einem der kleinen Bäche ihren Durst löschen konnten. Sie trafen keine anderen Reiter oder Pferdegespanne, und Sara konnte nirgendwo Anzeichen einer menschlichen Siedlung entdecken. Sie verzog den Mund. Warum hatte sie Yancy versprechen sollen, daß sie keinen Fluchtversuch unternehmen würde? Sie hätte ohnehin nicht gewußt, wohin sie reiten mußte.

Erst am frühen Nachmittag machte Yancy eine Pause. Da Sara es nicht gewohnt war, lange im Sattel zu sitzen, taten ihr alle Knochen weh, und die Hitze machte ihr schwer zu schaffen. Es war ein merkwürdiges Gefühl, nach all den

Stunden auf dem Pferderücken wieder festen Boden unter den Füßen zu haben.

Yancy hatte eine sehr angenehme Stelle für ihre Rast ausgesucht. In der Nähe war das fröhliche Glucksen eines Baches zu hören. Es gab jede Menge Gras für die Pferde, und der Schatten unter großen Eichen lud zum Ausruhen ein. Die Luft war erfüllt vom Summen unzähliger Insekten. Durch den Mangel an Schlaf und das Abenteuer ihrer Entführung völlig erschöpft, ließ sich Sara ins weiche Gras fallen und entspannte sich zum ersten Mal wieder, seit Yancy sie in der Nacht geweckt hatte.

Als sie erleichtert die Augen schloß, war sie gleich darauf eingeschlafen. Es kam ihr vor, als hätte sie nur eine Minute geschlafen, als sie Yancys Hand auf ihrer Schulter spürte. Aber sie mußte mehrere Stunden geschlafen haben, denn die Sonne stand bereits tief am Horizont. Arglos lag sie da und blickte schläfrig zu ihm auf. Er lag auf den Ellbogen gestützt neben ihr im Gras. Sie bemerkte die kurzen schwarzen Stoppeln auf seinem Gesicht und die winzigen Erschöpfungsfältchen um seine goldbraunen Augen. Unschuldig wie ein soeben erwachtes Kätzchen räkelte sie sich und war sich nicht bewußt, wie verführerisch sie aussah. Ihre Augen waren wie smaragdgrüne Seen, und ihr honigblondes Haar lockte sich bezaubernd um ihr Gesicht.

Noch nie zuvor hatte Yancy so ein zauberhaftes Mädchen gesehen, und bevor er länger darüber nachdachte, streichelte er auch schon ihre Wange, und seine Lippen senkten sich sanft auf ihren Mund. Viele Male küßte er sie, jedesmal ein wenig länger und heftiger.

Er bereitete ihnen beiden eine süße Qual, während seine Hand ihr Gesicht sanft liebkoste und er seine Lippen langsam und berauschend über ihren Mund gleiten ließ. Von Yancys langsamen, sinnlichen Küssen verzaubert, flammte Begehren in Sara auf. All ihre erotischen Sinne wurden zum Leben erweckt, als er sie mit seinen kundigen Lippen umschmeichelte. Diesmal war es nicht jene plötzliche explosive Leidenschaft, die sonst von seinen Küssen ausgelöst wurde. Statt dessen begann sie langsam, ihren Körper mehr und mehr zu spüren. Da war dieses sanfte Ziehen in ihren Brüsten und in ihrem Bauch, und ein Gefühl von Wärme zwischen ihren Beinen, das langsam jede Faser ihres Körpers erfüllte.

Unwillkürlich legten sich ihre Arme um seinen Hals, und ihre schlanken Finger begannen mit seinem Haar zu spielen. Einen endlosen Moment lang war sie selig – sie ließ seine kräftigen schwarzen Locken durch ihre Finger gleiten und genoß die sanften Zärtlichkeiten seiner Lippen. Aber die verzehrende Wärme durchströmte sie in immer kürzeren Abständen, und plötzlich verspürte sie Ungeduld und wollte, daß er sie richtig küßte, wollte seine harten Lippen spüren und ihn schmecken, seine Zunge in ihrem Mund...

Sie rutschte rastlos hin und her, krallte ihre Finger in seine schwarzen Locken, stöhnte leise auf, als er sie wieder küßte und ihr immer noch versagte, wonach sie verlangte. Als er den Kopf heben wollte, hielt sie ihn diesmal fest und konnte es selbst kaum fassen, daß sie atemlos bat: »Küß mich, Yancy! Küß mich *richtig*!«

Yancy stöhnte leise auf und preßte ihr seine Lippen auf den Mund. Jetzt war nichts Sanftes mehr an seinem Kuß. Forsch stieß er seine Zunge in ihren heißen, willigen Mund. Voller Leidenschaft küßte er sie, während er den Oberkörper langsam senkte, bis er halb auf ihr lag.

Sara genoß es, wie sich sein Oberkörper auf ihre Brüste preßte, das Gefühl, wie er seine Zunge über ihre gleiten ließ und dadurch ein glühendes Feuer in ihrem Inneren entfachte. Ihr heftiges Begehren nach ihm war so unmerklich, so langsam gewachsen, daß sie die Veränderungen in ihrem Körper gar nicht richtig wahrnahm. Wild jagte ihr Blut durch die Adern, und die Natur forderte ihr Recht. Sie war zu unschuldig, um zu wissen, wie übermächtig die Begierde werden konnte. Yancy hatte sie mit seinen berauschenden Küssen vollkommen willenlos gemacht, so daß sie jetzt zu einem hilflosen Opfer ihrer eigenen leidenschaftlichen fleischlichen Begierde wurde.

Vergessen war alles, was zwischen ihnen stand. Für sie zählte nur dieser Moment, dieser süße, erregende Augenblick auf dem kühlen, weichen Gras, der kühle Halbschatten der Eichen und Yancys harter Körper, der sich feurig an sie preßte. Die beschämende Erklärung in Sams Testament und Yancys furchtbare Schlußfolgerung, selbst seine haarsträubende Entführungsaktion, alles das war vergessen; da war nur die Hitze seines Körpers, die süße Rücksichtslosigkeit seiner Küsse und sein Geschmack auf ihrer Zunge...

Selbst als seine Finger auf ihre Brust glitten und sanft an ihrer harten Brustwarze zupften, wurde der Zauber nicht gebrochen. Daß sein Bein zwischen ihre Schenkel glitt, erschien ihr nur natürlich, und sie seufzte vor Wonne, als seine Lippen abwärts glitten und sich heiß und feucht um ihre Brustwarzen schlossen.

Keines klaren Gedankens mehr fähig, war Sara der Wildheit ihres Körpers ausgeliefert, der nur ein Ziel zu kennen schien, und sie war unfähig, sich dem zu widersetzen, was mit ihr geschah. Verschwommen nahm sie wahr, daß Yancys Atem immer heftiger ging und seine Bewegungen immer intensiver wurden, was auf wunderbare Weise zu ihrer eigenen Erregung beitrug.

Als er sich an ihrem kurzen Hemd zu schaffen machte und es ihr schließlich vom Körper riß, war sie keineswegs alarmiert, und als er sein eigenes Hemd abstreifte und seinen mächtigen Brustkorb auf ihren Busen preßte, seufzte sie nur dankbar und reckte sich ihm entgegen. Sara fand das Kratzen seiner kräftigen schwarzen Brusthaare äußerst aufregend und intensivierte das erregende Gefühl in ihren Brustwarzen, indem sie sich in unschuldiger Selbstvergessenheit an seiner Brust rieb.

Damit brachte sie Yancy fast um den Verstand. Er murmelte einen Fluch, rollte sich plötzlich zur Seite und riß sich die restlichen Kleider vom Leibe. Fasziniert starrte Sara auf seinen nackten Körper und konnte den Blick nicht von all seiner männlichen Schönheit abwenden. Yancy war tatsächlich gut gebaut, mit breiten Schultern, mächtigem Brustkorb und schmalen Hüften, langen und muskulösen Beinen. Aber es waren nicht diese körperlichen Vorzüge, die Saras Aufmerksamkeit erregten; es war der Anblick seiner erregten Männlichkeit. Yancy war wirklich gut gebaut ... überall, aber da sie nie zuvor einen erregten, nackten Mann gesehen hatte, konnte Sara nicht einschätzen, wie großzügig die Natur ihn ausgestattet hatte. Sie konnte ihn nur anstarren, während eine merkwürdige Erregung Besitz von ihr ergriff, eine Mischung aus Furcht und süßer Vorfreude.

Es kam ihr immer noch nicht in den Sinn, was zwischen ihnen geschah, Einhalt zu gebieten – es erschien ihr unvermeidlich, die logische Folge der ungeheuren Anziehung, die sie aufeinander ausübten, seit er sie vor all den Jahren im Treppenhaus von Magnolia Grove geküßt hatte. Jeder Traum, jeder bittersüße Gedanke an ihn hatte auf diesen Moment hingeführt, und ein leichtes Zittern ließ sie wohlig erschauern, als ihr klarwurde, daß er seinen harten Körper jeden Moment an sie pressen würde, daß sie wirklich ihm gehören und daß ihr Leben nie wieder wie früher sein würde ...

Und doch tat sie nichts, um das zu verhindern; sie konnte nichts tun. Ihr Körper war für ihn entflammt, jede Faser ihres Wesens trieb sie in seine Arme. Als er sich wieder neben ihr ausstreckte, hieß sie ihn ohne jedes Widerstreben willkommen. Sie legte ihm die Arme um den Hals und erwiderte voller Leidenschaft seinen heißen Kuß. Selbst als er ihr die restlichen Kleider herunterriß, schämte sie sich nicht – sie wollte, daß er sie sah, sie wollte, daß er ihren nackten Körper betrachtete, wollte sehen, wie seine goldbraunen Augen vor Begehren dunkler wurden ...

Während er bewundernd auf ihren schlanken, wunderschönen Körper starrte, fühlte Yancy plötzlich einen Kloß im Hals, und trotz seines wilden Begehrens fühlte er eine seltsame Zärtlichkeit. Sara war zauberhaft, wie sie dort in unschuldiger Selbstvergessenheit im Gras lag. Ihre Haut war fast so weiß wie der feinste Alabaster, ihre Brustwarzen waren steil aufgerichtet und hatten die Farbe fast reifer Erdbeeren, und das seidige Haar zwischen ihren Schenkeln bildete ein flaumiges Dreieck honigblonder Löckchen. Sie hatte einen zierlichen Körperbau, ihre Brüste waren klein und fest und hübsch gerundet. Die Taille war schlank, und die Hüften waren sanft geschwungen und schmal, und die Beine... Yancys Blick schweifte bewundernd über die langen, schlanken Beine, und er stellte sich vor, zwischen diesen schlanken weißen Schenkeln zu versinken...

Seufzend zog er sie an sich und küßte sie stürmisch, seine Zunge drängte sich in ihren Mund und nahm ihn in Besitz, wie er bald Besitz von ihrem Körper nehmen würde. Aber es reichte ihm nicht, sie zu küssen, er wollte sie überall schmecken, ihren Geruch kennenlernen, ihre Haut und ihr ganzes Wesen. Seine Lippen hinterließen eine feurige Spur auf ihrer Haut, als sie zu ihren Brüsten hinunterglitten und sie mit hungrigen Zärtlichkeiten bedeckten, während seine Hände ihren schlanken Körper liebkosten und erforschten. Seine Bewegungen wurden immer rastloser, an keiner Stelle verweilte er lange, sondern war immer wieder auf der Suche nach neuen Reizen. Sie erregte ihn und bereitete ihm Wonnen wie noch keine Frau zuvor, und er schmeichelte ihr unablässig: »Ah, *mi amiga,* du bist so *precioso,* so weich...« Zärtlich knabberte er mit den Zähnen an ihren aufgerichteten Brustwarzen und murmelte: »Du schmeckst nach Nektar... ich würde dich am liebsten aufessen, dich in mich aufnehmen, damit ich dich niemals verliere...« Wieder küßte er sie mit verzehrender Leidenschaft.

Sara erwiderte seinen Kuß, genoß sein unverhohlenes Begehren, drängte sich ihm willenlos entgegen und streichelte seine breiten Schultern und die muskulösen Arme. Er preßte sich leidenschaftlich an sie, und die Hitze seines Körper schien sie verbrennen zu wollen. Die Berührung seiner Hände ließ sie erzittern und löste eine unbekannte Sehnsucht in ihr aus. Ungeduldig glitten seine Hände ihren Körper hinab, öffneten ihre Schenkel und berührten das honiggoldene Haar.

Eine Mischung aus Furcht und Wonne durchfuhr Sara, als er sie dort zärtlich streichelte. Er küßte sie heftig, während seine Finger mit ihr herumspielten und unglaubliche Gefühle in ihr wachriefen. Willenlos wand sie sich unter seinem raffinierten Streicheln, bis der süße Schmerz des Begehrens schier unerträglich wurde. Ihre Reaktion erfüllte ihn mit tiefer Zufriedenheit, und er ließ seinen Mund wieder zu ihren steil aufgerichteten Brustwarzen gleiten, die er mit seinem Mund bearbeitete, um das Feuer ihrer Leidenschaft noch stärker zu entfachen.

Saras Leidenschaft war voll entflammt, und verzweifelt sehnte sich ihr Körper nach der Entladung all der sinnlichen Gefühle, die in ihrem Inneren tobten. Ihre Küsse wurden fordernder und wilder. Als Yancys vorwitziger Finger immer tiefer in die feuchte Hitze zwischen ihren Schenkeln vordrang, stieß Sara einen leisen Wonneschrei aus und stemmte sich wild diesem frechen Eindringling entgegen.

»O Gott! O Gott!« rief sie außer sich. »Ich kann es nicht länger ertragen! Was machst du nur mit mir?«

»Ich mache Liebe mit dir, *mi amiga*«, sagte Yancy mit belegter Stimme und küßte Sara leicht, ohne das aufreizende Spiel seines Fingers zu unterbrechen. »Ich bereite deinen Körper auf meinen vor! Du sollst dasselbe Verlangen spüren, das in mir brennt...« Wieder beugte er sich über ihre Brüste und begann gierig daran zu saugen. »Du bist so wunderschön«, murmelte er. »So warm und begehrenswert, so...« Er seufzte, unfähig, seine Gefühle in Worte zu kleiden. Dann küßte er sie wieder und wieder und schmeckte erneut ihre Süße.

Sie war ganz erfüllt von ihm. Ihr ganzer Körper schien zu vibrieren von dem heißen Verlangen, das alle anderen Gefühle verdrängt hatte. Wollüstig warf sie sich hin und her und genoß seine Zärtlichkeiten, während sein verspielter Finger ihr die größten Wonnen verschaffte. Immer leidenschaftlicher glitten ihre Hände über seine breiten Schultern und seine behaarte Brust. Immer tiefer wagte sie sich vor...

Als sie ihn schließlich berührte, seine Hitze und Größe spürte, stöhnte Yancy laut auf. »Genug!« murmelte er. »Genug! Ich kann es auch nicht länger aushalten! Du machst mich wahnsinnig, Sweetheart!« Mit festem Griff preßte er ihre Schenkel auseinander und glitt langsam zwischen ihre Beine.

Sara schnappte nach Luft und starrte ihm mit großen Augen ins Gesicht. Das war es, was sie wollte, das war es, wonach sich ihr Körper verzehrte, und dennoch ließ eine Mischung aus Furcht und Erregung sie erzittern, als er sich voller Entschlossenheit anschickte, in die verborgene Hitze zwischen ihren Schenkeln vorzustoßen. Unwillkürlich schreckte sie zurück und stieß ihn ein wenig von sich. Als hätte er ihre Angst gespürt, ließ Yancy seine Hand zwischen ihre Körper gleiten, streichelte sie sanft und ließ sie alle Befürchtungen vergessen.

Trotz seines brennenden Verlangens nahm Yancy sie ganz sanft. Es war da etwas an Sara, was ihn zurückhielt. Eine innere Stimme befahl ihm, sein wildes Begehren unter Kontrolle zu behalten. Und so nahm er ganz langsam und zärtlich Besitz von ihrem Körper, so daß dieses erste Zusammensein für beide unvergeßlich wurde.

Mit einer Zärtlichkeit, die er sich niemals zugetraut hätte, umschmeichelte er ihren Körper, damit er sich für ihn öffnete. Behutsam drang er in sie ein. Der Druck, den ihre heiße, enge Scheide auf sein geschwollenes Glied ausübte, ließ ihn mit den Zähnen knirschen, während er gegen den Drang ankämpfte, mit einem gewaltsamen Stoß ganz in sie einzudringen. Mit geschlossenen Augen und zurückgelehntem Kopf konzentrierte er sich darauf, was er tat, und genoß jeden einzelnen erregenden Augenblick, aber als ihre Jungfräulichkeit ihm plötzlich einen Widerstand bot, riß er die Augen auf und starrte sie ungläubig an.

Sara fühlte, wie ihr Körper sich weitete, um ihn ganz in sich aufzunehmen. Sie zitterte und spürte eine tiefe Zärtlichkeit für ihn. Mit sanftem, verträumtem Blick, die Brüste gegen seine Brust gepreßt, die Arme um seinen Hals gelegt, ließ sie ihn willig eindringen, und der plötzliche Schmerz überraschte auch sie.

Einen Augenblick lang sahen sie sich wortlos in die Augen, dann wurde sein Blick plötzlich wild und triumphierend. Er grinste siegesbewußt und preßte seinen Mund hart auf ihre Lippen. Und dann durchbrach er unerbittlich die Barriere und nahm vollständig von ihr Besitz.

Yancy war jetzt ganz tief in Sara und genoß seinen Sieg. Er zwang sich, ganz ruhig dazuliegen, und schob alle Fragen beiseite, die durch seinen Kopf wirbelten. Nichts sollte ihm die Erinnerung an diese selige Vereinigung vergällen. Schließlich konnte er jedoch nicht länger reglos daliegen. Um den Akt zu vollenden, mußte er sich bewegen. Aus Rücksicht auf sie hielt er sich zurück und gestattete sich nur langsame, verhaltene Stöße, wodurch er auch ihrer beider Wonnen intensivierte.

Yancy hatte sie so sanft und unerwartet mit solcher Zärtlichkeit genommen, daß Saras Schmerz schnell vergessen war. Willig ließ sie ihn von sich Besitz ergreifen, genoß die Kraft seines Körpers und das Gefühl, wie er die Brust an ihren Busen preßte, wie seine Hände sich um ihre Hüften schlossen, während er wieder und wieder in sie vorstieß. Sie spürte ihn so intensiv, genoß den Geschmack seiner Haut, den Moschusduft seines Körpers, genoß all die furchteinflößenden wunderbaren Dinge, die er mit ihr tat, daß es eine Überraschung für sie war, als sein Körper sich plötzlich anspannte und er voll quälender Leidenschaft ihren Namen ausrief und sie selbst von einer warmen wonnigen Woge davongetragen wurde.

Erstaunt riß Sara die Augen auf, das leichte Vibrieren ihres Körpers erregte ihre ganze Aufmerksamkeit, und sie nahm kaum wahr, daß Yancy von ihr herunterglitt und sich neben sie legte. Von ihm genommen zu werden, war das Erregendste, was sie jemals erlebt hatte, das Gefühl, wie er mit tiefen Stößen in sie eindrang, war unglaublich, aber das andere... Ein befriedigtes Lächeln kräuselte ihre Lippen. Dieses andere Gefühl, dachte sie verträumt, während sie sich wie ein sattes, kleines Kätzchen räkelte, dieses andere Gefühl war ein Segen!

Als sie sich bewegte, wandte Yancy sich ihr wieder zu. Er stützte sich auf den Ellbogen und starrte auf sie hinunter. Sein dunkles Gesicht war vollkommen ausdruckslos, und alle Spuren der Leidenschaft waren daraus verschwunden. »Und würdest du jetzt wohl bitte die Güte haben, mir zu erklären, was für eine gottverdammte Ehe das da war, die du mit meinem Vater geführt hast?« fragte er barsch.

10

Saras glückselige Gefühle waren bei diesen Worten auf einmal verschwunden, und die Wirklichkeit traf sie wie ein Blitz. Die Erinnerung an all das Mißtrauen und die Feindschaft, die zwischen ihnen war, kam ihr nur allzu deutlich wieder in den Sinn, und die Erkenntnis, daß sie die Feindschaft zu Yancy so schnell vergessen hatte, verursachte ihr Übelkeit. Er mißtraute ihr und unterstellte ihr die niedrigsten Beweggründe für die Heirat mit seinem Vater. Außerdem hatte er sie entführt, und es schauderte sie bei dem Gedanken, daß es sich bei dem Liebesakt wohl um ein eiskalt kalkuliertes Manöver gehandelt hatte. Er hatte ja bereits geschworen, daß er der Vater ihrer Kinder sein würde. Was für sie eine unvergeßliche, wunderbare Erfahrung war, war für Yancy nur Mittel zum Zweck gewesen.

Zutiefst beschämt setzte sie sich auf und griff nach dem kurzen Baumwollhemd, das neben ihr im Gras lag. Mit zitternden Fingern preßte sie es vor ihren Busen, obwohl ihr bewußt war, daß es ihre Blöße nur unzureichend bedeckte.

Yancy verzog den Mund zu einem spöttischen Grinsen. »Für Schamhaftigkeit ist es wohl ein bißchen zu spät, meinst du nicht auch?«

Rot vor Scham murmelte sie etwas Unverständliches vor sich hin und suchte verzweifelt nach ihrer Hose.

Yancy störte es offensichtlich nicht im geringsten, daß sie nackt war. Er riß ihr das kurze Baumwollhemd aus den Händen und knurrte: »*Por Dios*! Erzähl mir von eurer Ehe! Warum warst du noch Jungfrau? Was für einen bösen Zauber hast du angewandt, um meinen Vater von deinem Bett fernzuhalten?«

Sara blickte flehend auf das Kleidungsstück in Yancys Hand und murmelte: »Das hatten wir doch so abgemacht. Kann ich jetzt bitte meine Kleider bekommen?«

Yancy stieß einen groben Fluch aus. »Nein! Was zum Teufel soll das für eine Erklärung sein? Ihr habt es so abgemacht? Wie hast du meinen Vater dazu gekriegt, einer so unnatürlichen Regelung zuzustimmen?«

»*Er* wollte es so!« stieß sie erregt hervor und versuchte vergeblich, ihm das Hemd aus der Hand zu zerren.

»Er wollte es so!« rief er ungläubig. »Du lügst! Mein Vater war ein gesunder, starker Mann, als du ihn geheiratet hast, es gab für ihn keinen Grund, auf den Vollzug der Ehe zu verzichten!«

Es wurde Sara klar, daß sie ihm eine zufriedenstellende Erklärung über ihre merkwürdige Ehe mit Sam liefern mußte, wenn sie ihre Kleider zurückhaben wollte. Seufzend erzählte sie: »Dein Vater und ich liebten uns, aber nicht so, wie du denkst – so war es nie! Vom ersten Augenblick an hat Sam mich wie seine Tochter behandelt – andere Gefühle waren dabei nie im Spiel – und ich ...« Sara konnte nicht weitersprechen. Ihre Augen füllten sich mit Tränen, als sie sich daran erinnerte, wie warmherzig und gut Sam zu ihr gewesen war und wie sehr sie ihn vermißte. Sie senkte den Blick und fuhr mit heiserer Stimme fort: »Im Laufe der Jahre habe ich ihn immer mehr als Vater gesehen.« Sie lächelte wehmütig. »Er sorgte sich jedenfalls viel mehr um mich, als Matthew es je getan hat.« Tapfer blickte sie in Yancys grimmiges Gesicht. »Du magst denken, was du willst, aber meine Liebe zu ihm war immer nur die Liebe einer Tochter zu ihrem Vater.«

Yancy schnaubte verächtlich. »Und jetzt willst du mir wohl auch noch weismachen, daß er dich wegen seiner väterlichen Gefühle geheiratet hat!«

»Ja, so war es!« rief Sara zornig. »Er wollte sichergehen, daß ich versorgt war, falls ihm im Krieg etwas zustieß. Eigentlich wollte er mich adoptieren, aber dazu blieb keine Zeit mehr. Also heirateten wir schnell, bevor er in den Krieg zog.» Sara senkte den Kopf, denn sie konnte die Verachtung in Yancys Blick nicht länger ertragen. Mit leiser Stimme fuhr sie fort: »Von Anfang an war es eine reine Zweckehe, und keiner von uns hatte vor, mehr daraus werden zu lassen. Die Ehe wurde nur geschlossen, damit Sam Magnolia Grove ruhigen Herzens verlassen konnte, denn er wollte sicher sein, daß im Falle seines Todes meine Zukunft gesichert war. Er hat mich angefleht, ihn zu heiraten! Die Vorstellung schockierte mich zunächst, und ich weigerte mich, bis mir schließlich klarwurde, daß sein Seelenfrieden von meiner Zustimmung abhing. Wir wollten die Ehe nach dem Krieg annullieren lassen, aber als es soweit war, lag Sam schon im Sterben ...« Sara mußte schlucken, bevor sie fortfahren konnte. »Die Ehe diente einzig und allein zu meiner Sicherheit und beweist, was für ein guter, großzügiger Mann dein Vater war – seine Motive, mich zu heiraten, waren vollkommen selbstlos!«

Yancy warf ihr einen Blick voller Verachtung zu. »Eine wahrhaft anrührende Geschichte, aber ich fürchte, ich kann sie dir nicht abnehmen.«

»Du glaubst mir also nicht! Und wie ist es *deiner* Meinung nach gewesen?« zischte sie wütend.

Yancys Lippen wurden schmal, und er beugte sich zu ihr vor. »Ich gehe davon aus, daß *du* diejenige warst, die die Ehe vorgeschlagen hat!« sagte er leise, und seine Stimme hatte einen gefährlichen Unterton. »Ich nehme an, du hast dich um deine eigene Zukunft gesorgt, und du wolltest sichergehen, daß du versorgt warst, falls deinem edlen Beschützer etwas zustoßen sollte!«

»Das stimmt einfach nicht!« rief Sara entrüstet. »Du kennst mich doch kaum, wie kannst du mir dann derart häßliche Motive unterstellen?«

Yancy lachte bitter auf. »Du hast vergessen, daß ich schon früher mit deinesgleichen zu tun hatte. Um ein Haar hätte ich eine wie dich geheiratet. Margaret hat zwar nicht die hilflose Unschuld vom Lande gespielt, aber sie wußte ganz genau, was sie tat!«

»Ich bin nicht wie Margaret!« sagte Sara grimmig. »Ich habe deinen Vater geliebt! Ich wollte, daß Sam glücklich war. Ich wollte ihm den Seelenfrieden geben, den er brauchte, um mich allein auf Magnolia Grove zurücklassen zu können.«

»Oh, und natürlich ist dir dabei nie in den Sinn gekommen, wie nützlich eine Heirat mit ihm für dich war!«

Erschrocken sah Sara ihn an. Sie hatte damals natürlich darüber nachgedacht, was es für sie bedeuten würde, Sams Witwe zu sein. Sie wäre eine gemeine Lügnerin, wenn sie behaupten würde, daß sie nicht auch an ihre eigene Zukunft gedacht hatte, als sie einwilligte, Sam zu heiraten. Aber ihre eigene Zukunft war wahrhaftig nicht ihr Hauptbeweggrund gewesen, erinnerte sie sich gequält. Es wäre ihr *niemals* in den Sinn gekommen, Sam zu heiraten, wenn er sie nicht dazu gedrängt hätte! Sie hatte nichts Unrechtes getan! »Ja, mir war bewußt, daß eine Heirat mit deinem Vater meine Zukunft absichern würde«, gab sie zu. »Nur eine Närrin hätte das nicht begriffen. Besonders, nachdem Sam mir das so genau erklärt hatte!«

Yancy sah sie haßerfüllt an. »Ich werde dir etwas sagen: Du stellst Margaret in den Schatten! Sie hätte niemals ihre Sünden zugegeben, aber du legst eine so entwaffnende Offenheit an den Tag, daß sich die meisten Leute sicher von dir täuschen lassen!«

»Aber du erkennst offenbar jede Täuschung!«

Er ließ den Blick über ihren nackten Körper schweifen. »Oh, nein. Aber ich lasse mich nicht von Ihnen hinters Licht führen, Lady! Wie ich schon sagte, Margaret hat mich gelehrt, wie gerissen und hinterhältig eine Frau sein kann – selbst ein süßes, kleines Weibsbild wie du!«

Saras Unterlippe begann zu zittern, und nur mit Mühe konnte sie die Tränen zurückhalten, die ihr bei seinen gemeinen Worten in die Augen gestiegen waren. »Da du dir anscheinend längst eine Meinung über mich gebildet hast, sehe ich keinen Sinn darin, weiter über dieses Thema zu sprechen«, sagte sie betont ruhig. »Aber sag mir eines: Wenn ich so eine verachtenswerte Kreatur bin und Margaret in nichts nachstehe, wie kannst du dann wollen, daß ich die Mutter deiner Kinder werde?« Mit ihren klaren, grünen Augen sah sie ihm direkt ins Gesicht. »Das war doch der Zweck dessen, was wir gerade getan haben, oder irre ich mich da?« Verzweifelt bemühte sie sich, die Beherrschung zu wahren. »Gehörte das nicht zu deinem Plan? War das nicht der Grund für die Entführung? Du wolltest sichergehen, daß ich *dein* Kind empfange! Damit in den Adern des zukünftigen

Besitzers der Casa Paloma Alvarezblut fließt!« Ihre Stimme begann zu zittern. »Aus kaltblütigen Motiven hast du mich verführt – da hat dein Plan wirklich ganz hervorragend funktioniert –, und dann wagst du es, mir Gerissenheit vorzuwerfen! Ich kann keinen Unterschied sehen zwischen deinen Motiven und den Motiven, die du mir unterstellst!«

Yancy packte sie an der Schulter. »Verdammt! Keinen Plan! Ich wollte dich nur nach del Sol bringen!«

»Oh! Willst du mir sagen, daß das, was passiert ist, nur ein Unfall war? Daß du mich nicht schwängern wolltest?«

»*Demonio*! Ich wollte doch nicht –« Er stockte und blickte sie finster an. »Ich wollte doch nur eine Rast machen. Du warst seit Mitternacht im Sattel, und als wir an diese Stelle hier kamen, dachte ich, daß dir ein Moment Ruhe guttun würde, bevor wir weiterreiten.«

»Ach, so war das also!« flötete sie. »Du hattest also nicht die Absicht, mich zu verführen? Die Idee, mit mir zu schlafen, ist dir also gar nicht in den Sinn gekommen?«

Er fluchte und stieß sie zurück ins Gras. Sein dunkles, gutgeschnittenes Gesicht kam ihr gefährlich nah, und seine Lippen waren dicht vor ihrem Mund. »Du kleine Hexe!« murmelte er. »Seit unserem Kuß in Sams Arbeitszimmer konnte ich an *nichts* anderes denken, als mit dir zu schlafen!«

Er küßte sie brutal, als sei er wütend. Sara wußte jedoch nicht, ob er auf sie oder auf sich selbst wütend war. Sie wußte nur, daß es gefährlich war, sich von ihm küssen zu lassen, daß sie ihn nicht gewähren lassen durfte. Sie sträubte sich, aber er war viel größer als sie und wild entschlossen. Sie konnte sich ihm nicht entwinden, denn er preßte sie mit seinem muskulösen Körper ins Gras. Seine Lippen waren fordernd, und brutal stieß er seine Zunge in ihren Mund.

Benommen versuchte Sara sich zu wehren, denn sie wollte ihn aufhalten, bevor es zu spät war. Endlich gelang es ihr, den Ellbogen zwischen ihre Körper zu zwängen und den Mund wegzudrehen.

»Hör auf damit!« rief sie voller Verzweiflung mit erstickter Stimme. »Du machst alles nur noch schlimmer!«

Beide atmeten schwer, dann sahen sie sich lange an. Yancys Begierde war verraucht, und ein Ausdruck der Verbitterung zeigte sich auf seinem Gesicht. »Auch das hier habe ich nicht gewollt ... ich ...« Wut und Verwunderung schwang in seinen Worten mit, als er fortfuhr: »In deiner Nähe kann ich nur daran denken, wie süß dein Mund schmecken würde, wie gern ich in dir versinken würde ... wie glatt und heiß du dich anfühlen würdest und wie eng, und welche Wonnen du mir verschaffen kannst.« Er hielt inne und sah sie eindringlich an. »Du mußt mir glauben, Sara. Ich wollte nicht, daß es passiert.« Weil er aber auch nicht unehrlich sein wollte, räumte er ein: »Zumindest nicht jetzt. Nicht hier und nicht so. Ich wollte dir wirklich nur eine Rast gönnen. Als ich dich geweckt habe, wollte ich dir nur sagen, daß wir weiter müssen. Ich hatte nie vor, dich zu küssen ...« Er schluckte und starrte auf ihren weichen Mund. »Es ist einfach passiert ... ich habe es nicht geplant. Du warst so süß, so unwiderstehlich – ich wollte dich nur einmal küssen, aber ...« Fast wie unter Zwang streifte er ihre Lippen. »Aber als ich angefangen hatte, dich zu küssen, konnte ich nicht mehr aufhören ... ich wollte dich.« Wieder küßte er sie langsam. Dann murmelte er mit belegter Stimme: »Ich will dich jetzt wieder ...«

Sein Kuß war wie Schwarze Magie, aber wenn sie nicht sofort flüchtete, dann würde es kein Entrinnen mehr geben! Mit letzter Kraft wand Sara sich aus seiner Umarmung und sprang auf. Ängstlich vermied sie, ihn anzusehen, um nicht doch noch der Versuchung zu erliegen, die er für sie darstellte. Zitternd sammelte sie ihre verstreuten Kleider auf und rannte blindlings zu dem kleinen Flüßchen, das am Rande ihres Ruheplatzes dahinplätscherte. Sie legte die Kleider ab und stürzte sich ins Wasser. Glücklicherweise war der Bach tiefer, als er aussah. Das sonnengewärmte Wasser reichte ihr fast bis an die Hüften. Sie hatte das dringende Bedürfnis, alle Spuren ihrer Vereinigung abzuwaschen, als könne sie das Erlebnis dadurch ungeschehen machen. Immer wieder tauchte sie unter und schrubbte verzweifelt über ihre Haut, als könnte sie so jede Erinnerung an ihre Leidenschaft auslöschen.

Sara merkte nicht einmal, daß sie weinte. Es war Yancy, der es ihr sagte, nachdem er ebenfalls ins Wasser gestiegen war und sie zärtlich in die Arme gezogen hatte: »*Preciosa*! Weine nicht! Ich wollte doch nie –« Er stieß einen leisen Fluch aus und murmelte: »Es tut mir so leid. Ich schwöre, daß ich dich nicht mehr anrühren werde. Ich will es zumindest versuchen – wenn du bloß nicht so verflucht reizvoll wärst!«

Sie blickte zu ihm auf. »Dann laß mich gehen«, sagte sie heiser. »Bring mich zurück nach Magnolia Grove.«

Er schloß die Arme fester um sie, und seine Züge verhärteten sich. »Nein. Darum darfst du mich nicht bitten!«

Wütend stieß Sara ihn von sich und watete aus dem Wasser, ohne sich um ihre Nacktheit zu kümmern. Eilig streifte sie sich die Kleider über und schenkte Yancy, der sich ebenfalls wieder anzog, keine Beachtung.

Yancy beobachtete besorgt den verbissenen Ausdruck auf ihrem hübschen Gesicht. *Por Dios*! Was zum Teufel sollte er bloß mit ihr anfangen. Es hätte nicht so enden dürfen! Ihr Anblick machte ihn wütend und gleichzeitig schuldbewußt. Er hatte nicht mit ihr schlafen wollen ... jedenfalls nicht so bald, und es hatte nichts damit zu tun, daß er sie wegen Sams Testament schwängern wollte!

Sara war schon zu den Pferden gegangen. Yancy folgte ihr und räusperte sich. »Ich habe ein Feuer gemacht und Kaffee gekocht. Es gibt auch noch ein paar Brote. Du solltest etwas essen und Kaffee trinken, bevor wir uns auf den Weg machen.«

Sara warf ihm einen wütenden Blick zu. »Versuch bloß nicht, dich bei mir einzuschmeicheln!«

Nur mit Mühe wahrte Yancy die Beherrschung. »Ich will mich nicht einschmeicheln, ich bin nur vernünftig! Bis zum Sonnenuntergang bleiben uns nur noch wenige Stunden, und ich habe vor, auch im Dunkeln weiterzureiten.

Meinetwegen brauchst du nicht zu essen – aber ich warne dich, *chica*, du wirst verdammt hungrig werden, bis wir unser nächstes Lager aufschlagen.«

Am liebsten hätte Sara sein Angebot ausgeschlagen, aber ihr knurrte bereits der Magen, und sie stapfte zum Feuer. Schweigend tranken sie den kochendheißen Kaffee und aßen die Brote, die Yancy mitgenommen hatte.

Erst als sie aufgesessen waren, richtete er wieder das Wort an sie. Ihre Pferde standen nebeneinander, und er hielt die Zügel des Packpferdes in der Hand. Stolz thronte sie mit abgewandtem Gesicht im Sattel. »Sara, ich kann nicht ungeschehen machen, was passiert ist«, sagte er mit sanfter Stimme. »Ich glaube, das möchte ich auch gar nicht. Aber du mußt mir glauben, daß ich es nicht geplant hatte.«

»Ich habe dich gebeten, mir zu glauben, was meine Ehe mit Sam anbelangt, aber du hast es nicht getan. Also, jetzt revanchiere ich mich bei dir.« Sie warf ihm einen feurigen Blick zu und zischte böse: *»Ich glaube dir nicht!«* Wieder wandte sie das Gesicht ab und starrte in die Ferne.

Lange blickte Yancy auf ihr klassisches Profil, das wirkte, als wäre es in Stein gemeißelt. Erschrocken spürte er, wie sich ihm das Herz zusammenkrampfte. Er preßte die Lippen zusammen. *Christo*! Er würde sich doch nicht noch einmal von einem hübschen Gesicht täuschen lassen! Diesmal sollten seine Gefühle ihm keinen Streich spielen – schon einmal hatte er entsetzlich gelitten, das sollte ihm nie wieder passieren –, und wenn der Köder auch noch so verführerisch war! Margaret hatte ihm so viele Qualen bereitet, daß er für den Rest seines Lebens genug davon hatte. Mochte Sara auch noch so zauberhaft sein und noch so hilflos und verwundbar wirken, mochte er sie noch so begehrenswert finden, er würde dennoch niemals wieder in diese Falle gehen! Nie und nimmer!

»Ach, denk doch, was du willst«, sagte er barsch.

In unbehaglichem Schweigen ritten sie dahin. Auch vorher hatten sie nur wenig miteinander gesprochen, aber jetzt fiel kein einziges Wort mehr. Die Rast hatte viel länger gedauert, als Yancy geplant hatte. Nun legte er ein forsches Tempo vor, denn er steuerte einen ganz bestimmten Lagerplatz für die Nacht an.

Da Sara keine besonders trainierte Reiterin war, spürte sie bald jeden Knochen im Leibe. Als die Sonne unterging und es langsam dunkel wurde, fühlte sie sich hundeelend, hungrig, erschöpft und zerschunden, aber sie ließ sich nichts anmerken. Eher wollte sie sterben, als Yancy um eine Rast zu bitten, schwor sie sich. Dennoch entwich ihr ein dankbarer Seufzer, als er endlich die Pferde zügelte und erklärte: »Das hier wird unser Lager für die Nacht.«

In der Dunkelheit konnte Sara nicht allzu viel von der Gegend erkennen, aber es mußte sich um einen ähnlichen Rastplatz wie der vorige handeln, denn sie hörte das schwache Glucksen eines Baches und konnte die dunklen Umrisse von Bäumen ausmachen. Ungeschickt saß sie ab und stieß Yancys Hand weg, als er ihr Hilfe anbot. Durch zusammengebissene Zähne zischte sie: »Faß mich nicht an!«

Yancy seufzte bedauernd und wandte sich ab. Er band die Pferde an und befreite sie von den Sätteln. Sara starrte ihn die ganze Zeit haßerfüllt an, bis er sich umsah und sagte: »Wenn du schon nicht helfen willst, dann setz dich gefälligst irgendwo hin, und steh mir nicht im Weg!«

Obwohl sie normalerweise sehr hilfsbereit war, warf sie jetzt trotzig ihren Kopf zurück und entgegnete in scharfem Ton: »Da ich gegen meinen Willen hier festgehalten werde, kannst du wohl nicht ernsthaft verlangen, daß ich dir bei irgend etwas helfe!«

»O ja, mein Schatz«, sagte er in beißendem Tonfall, »ich

weiß sehr wohl, daß ich von dir keinerlei vernünftige Handlung zu erwarten habe!«

»Wir verstehen uns also. Wie schön!«

Die Feindseligkeit zwischen ihnen blieb, und nachdem sie eine weitere Mahlzeit aus Butterbroten und Kaffee hinunter gewürgt hatte, war Sara froh, sich schlafen legen zu können. Zuvor hatte Yancy ihren Sattel und ein paar Decken in die Nähe des Feuers gelegt und gesagt: »Madam, Ihr Bett, bitteschön!«

Auf den ersten Blick wirkte das Lager nicht besonders einladend, aber nach allem, was sie durchgemacht hatte, seit sie zum letzten Mal in einem richtigen Bett geschlafen hatte, fand Sara es bequemer, als sie erwartet hatte. Sie legte den Kopf auf den Sattel, kuschelte sich in die Decken und war sofort eingeschlafen.

Yancy dagegen blieb am Feuer sitzen und starrte auf Saras schlafende Gestalt. Sie wurde wirklich ein Problem für ihn. Wie ungeheuer leichtfertig hatte er die Entführung nach del Sol geplant, um Sara vor ihrer eigenen Dummheit zu schützen, wie er sich einredete. Ihr Plan, auf der alten Ranch zu leben, war einfach lächerlich – das ganze verdammte Anwesen war einsturzgefährdet, und die Reparaturarbeiten würden ihr gesamtes Erbe verschlingen. Er preßte die Lippen zusammen. Nicht, daß es ihn sonderlich kümmerte. Aber ihr Plan war einfach nicht durchführbar. Und dann war da noch die Klausel in Sams Testament.

Por Dios! Was zum Teufel hatte sich Sam nur dabei gedacht, als er diese merkwürdige Klausel in sein Testament aufgenommen hatte? Obwohl Yancy glaubte, daß Sara die treibende Kraft gewesen war, Sam eine solche Klausel in den Kopf zu setzen, so konnte er sich einfach nicht vorstellen, daß sein Vater so vernarrt in sie gewesen war, daß er ihre Intrigen nicht durchschaut hatte. Hatte er denn nichts aus seiner Ehe mit Margaret gelernt? Außerdem hatte Sam ganz genau gewußt, wieviel seinem Sohn an dem Anwesen lag.

Yancy lächelte bitter. Teufel noch mal! Er hatte Margaret gedroht, sie zu töten, falls sie ihre gierigen Pfoten nicht von Casa Paloma ließ – was hatte Sam denn erwartet, wie er sich Sara gegenüber verhalten würde? Er hätte doch wissen müssen, daß Yancy alles in seiner Macht Stehende tun würde, um Casa Paloma wieder in Alvarezbesitz zu bringen.

Während er den letzten Schluck Kaffee aus seiner Blechtasse trank, erstarrte Yancy. Aber natürlich! Dieser gerissene alte Bastard! Selbst aus dem Grab heraus versuchte er noch, Einfluß zu nehmen. Er verzog den Mund. Und diesmal hatte Sam einen fast unwiderstehlichen Köder in die Falle gelegt – Sara!

Yancy runzelte die Stirn und schleuderte die leere Tasse ins Gras. Hatte Sam gewußt, wie attraktiv er Sara fand? Hatte sein Vater diese verdammte Klausel ersonnen, damit er in der Falle saß?

Yancy schüttelte nachdenklich den Kopf. Obwohl er und sein Vater vollkommen unterschiedlich waren, hätte er ihm niemals solche hinterhältigen Winkelzüge zugetraut. Sam war ein gütiger, großzügiger Mann gewesen, was für Saras Darstellung der Situation sprach, aber sein Vater hatte auch einen schwachen Willen und war leicht zu beeinflussen gewesen, und Yancy konnte sich einfach nicht vorstellen, daß er bewußt einen Plan ausgeklügelt hatte, um seine Witwe und seinen Sohn zusammenzubringen. Aber vielleicht hatte Sara ja doch die Wahrheit gesagt… Yancy schöpfte plötzlich Hoffnung, aber dann mußte er wieder an Margaret und ihren Verrat denken. Nein! Er würde sich nie wieder hinters Licht führen lassen! Nie wieder würde er beim Anblick eines hübschen Gesichtes und eines verführerischen Lächelns den Kopf verlieren! Nie wieder!

In dieser Sache gab es anscheinend keine befriedigende Lösung, gestand er sich schließlich widerwillig ein – selbst wenn er Sara an allem die Schuld gab, brachte ihn das nicht weiter. Grummelnd und fluchend legte er sich neben sie auf den Boden. Mit der Zeit würde die Wahrheit schon noch ans Licht kommen. Morgen war auch noch ein Tag, und irgendwann würde er das Rätsel um Sara Cantrell schon lösen.

Instinktiv legte er sich dicht hinter sie und schmiegte sich an ihren Rücken. Auf diese Weise würde er gleich bemerken, wenn sie versuchen sollte, ihm zu entkommen, redete er sich ein. Er hatte einen sehr leichten Schlaf und wäre bei der geringsten Bewegung erwacht. Außerdem hörten die Pferde nur auf sein Kommando, eine Vorsichtsmaßnahme gegen Indianer, die hervorragende Pferdediebe waren, und als weitere Vorsichtsmaßnahme hatte er schließlich noch ihre Stiefel versteckt! Selbst wenn sie sich ihm unbemerkt entwinden konnte, würde sie ohne Pferd und barfuß nicht weit kommen. Er lächelte über seine Klugheit und schlief ein.

11

Am darauffolgenden Morgen lächelte Yancy nicht mehr, und besonders klug kam er sich auch nicht mehr vor. Er hatte gut geschlafen, und es hatte keine widrigen Zwischenfälle gegeben. Sara schlief noch tief und fest an seiner Seite, als er beim ersten Sonnenstrahl erwachte. Trotz der erholsamen Nacht war sich Yancy schmerzlich bewußt, daß keines seiner Probleme gelöst war.

Später erinnerte sich Sara nur ungern an die Reise zur Rancho del Sol. Sie sprachen nur das Nötigste und schwiegen die meiste Zeit. Obwohl Yancy es ziemlich eilig hatte, war der Ritt nicht besonders gefährlich oder mühsam, aber das war Sara nur lieb, denn durch die wechselnde Landschaft wurde sie abgelenkt vom Anblick ihres arroganten, widerwärtigen Entführers! Am Anfang hielt Sara sich fern, wenn Yancy das Lager für die Nacht aufschlug, aber irgendwann bekam sie dann doch ein schlechtes Gewissen und ging ihm zur Hand. Nach etwa zehn Tagen waren sie ein eingespieltes Team und hatten in wenigen Minuten ein bequemes Lager aufgeschlagen.

Trotz ihrer unterschwelligen Feindseligkeit gab es auch einige erfreuliche Momente auf dieser Reise. Die Landschaft, die sie überquerten, war von beinahe tropischer Üppigkeit, und als sie sich nach den ersten paar Tagen an ihr Pferd gewöhnt hatte, genoß Sara den Ritt. Sie hatte die Sorgen und Nöte, die ihr allzu früh aufgebürdet worden waren, hinter sich gelassen, und trotz all der zu erwartenden Schwierigkeiten stieg ihre Stimmung mit jeder Meile, die sie hinter sich brachten. Seltsamerweise konnte sie es kaum erwarten, del Sol und das umliegende Buschland zu sehen.

Nach den vielen Stunden im Sattel freute sie sich jeden Abend auf das Camp. Da es wenig Ablenkung gab, sann sie vor dem Einschlafen lange über die Irrungen und Wirrungen ihres Schicksals nach. Nach einer schnellen Mahlzeit aus Maisfladen, die in der heißen Asche des Lagerfeuers gebacken wurden, und gebratenem Wild mußte Sara oft an ähnliche Nächte mit ihrem Vater denken. Glückliche Stunden kamen ihr in den Sinn, und sie lächelte versonnen vor sich hin. Manchmal starrte sie jedoch in die züngelnden Flammen und fragte sich, was wohl aus ihr geworden wäre, wenn Matthew nicht ihr Heim beim Kartenspiel verloren hätte oder wenn er sein Leben nicht auf so leichtsinnige Weise aufs Spiel gesetzt hätte. Dann schüttelte sie sich und versuchte, die trüben Gedanken zu vertreiben.

Während sie weiterritten, änderten sich nach und nach Landschaft und Vegetation. Die Erde wurde trockener, und der üppige Pflanzenwuchs mit den großen Bäumen, wuchernden Weinranken und blühenden Wildblumen wurde allmählich von einer sehr viel offeneren Landschaft mit kargen Böden abgelöst. Endlos streckte sich vor ihnen der Horizont. Die Luft wurde heißer und trockener, je weiter sie ritten, aber Sara gewöhnte sich schnell an die Hitze und die mörderisch brennende Sonne.

Mitte Mai erreichten sie riesige Prärien und ritten durch hüfthohes Gras, vorbei an dornigen Akazien, riesigen Feigenkakteen und Mesquitenbäumen. In der Nähe von Flüssen und Bächen war die Pflanzenwelt üppig. Dort wuchsen Pappeln und Weiden, und Sara war fasziniert von der Vielfalt der Tierwelt. Riesige Herden von Wildpferden und langhornigen Rindern donnerten über die Prärie, außerdem gab es Scharen von Kaninchen, Truthähnen, Wachteln, Rehen und Antilopen. In der Nacht hörten sie das klagende Heulen der Kojoten und Wölfe. Bisweilen wurden sie sogar vom Fauchen einer Wildkatze aufgeschreckt.

Sara hatte die ganze Zeit versucht, so wenig wie möglich mit Yancy zu reden, aber eines Abends konnte sie ihre Neugierde nicht länger zurückhalten und fragte nach dem Essen ganz plötzlich: »Wie weit ist es jetzt noch nach del Sol?«

Yancy lächelte. »Schon vor zwei Tagen haben wir Alvarezland betreten.« Ohne ihren erstaunten Gesichtsaudruck zu beachten, fuhr er fort: »Wie es aussieht, werden wir schon morgen nacht wieder in ordentlichen Betten schlafen.«

Trotz aller Vorbehalte konnte Sara es kaum erwarten, endlich zur Rancho del Sol zu kommen. Am Spätnachmittag des folgenden Tages entdeckte sie von einer kleinen Anhöhe aus einen kleinen schwarzen Fleck am Horizont. Sie blickte zu Yancy hinüber und fragte aufgeregt: »Ist das da del Sol?«

Yanc nickte bedächtig. »*Sí*, das ist mein Zuhause.« Er hielt inne, und der Blick seiner bernsteinbraunen Augen ruhte lange auf ihrem hübschen Gesicht. Sara kam es vor, als sei er merkwürdig gehemmt – fast schüchtern, dachte sie überrascht... als hätte er ein wenig Angst vor ihrer Reaktion auf del Sol. Die Stille wurde immer unbehaglicher, bis er schließlich sagte: »Ich hoffe, du wirst hier glücklich sein.«

Er trieb sein Pferd an, und sie setzten sich wieder in Bewegung. Gehorsam folgte Sara ihm, und gemeinsam ritten sie auf den Ort zu, der im Moment nicht mehr als ein Punkt am Horizont war. Sara wunderte sich über Yancys merkwürdiges Benehmen. Es dauerte einige Zeit, bis ihr der Grund für Yancys gehemmtes Verhalten klarwurde – *Margaret*!

Auf einmal konnte Sara Yancys Reserviertheit verstehen. Margaret hatte del Sol verabscheut, und die Vorstellung, dort leben zu müssen, hatte sie wahrscheinlich in Sams Arme getrieben. Es war nur natürlich, daß Yancy sich vor Saras Reaktion fürchtete.

Ein sanftes Lächeln trat auf ihre Lippen. Sie sträubte sich zwar dagegen, aber seine Unsicherheit stimmte sie auf einmal ein wenig milder.

Während sie auf del Sol zuritten, erkannte Sara, daß der schwarze Punkt am Horizont aus mehreren Gebäuden bestand. Yancys Zuhause war nicht nur ein Haus, sondern ein ganzes Dorf. Und sein Anblick war atemberaubend: Das Grasland wurde nur hier und da durch Gebüsch und Bäume entlang der Bäche und Flüsse durchbrochen, aber ringsum zog sich endlos die Prärie dahin. Del Sol stand auf einer sanften Anhöhe in der Nähe eines der blauen, klaren Flüsse. Sara staunte über die vielen mächtigen Bäume und das frische grüne Gras. Vor der mächtigen Hacienda stand eine Reihe bescheidenerer Gebäude, kleine *Jacales* und die Scheunen, eine leuchtendweiße Kirche und weitere Häuser. Es gab Weiden und Ackerland, Orangenbäume und Weinstöcke. Während sie zwischen den Gebäuden dahinritten, drängelten sich Hühner, Schweine und Ziegen vor den Hufen ihrer Pferde.

Es waren fast zu viele neue Eindrücke, die auf Sara einströmten – das blendende Weiß der Gebäude, der Duft von Orangenblüten in der Luft, die aufgeregten Schreie der Kinder und die Rinder- und Pferdeherden, die in der Nähe grasten, aufmerksam bewacht von sonnenverbrannten Reitern auf kräftigen Mustangponys. Ein schmaler, staubiger Weg wand sich bis hinauf zur Hacienda mit ihren wuchtigen schützenden Mauern, die in der Sonne wie frisch gefallener

Schnee glänzten. Plötzlich schwand Saras Begeisterung für ihre neue Umgebung dahin. Schließlich würde del Sol für sie wie ein Gefängnis sein.

Kaum hatten sie die ersten Gebäude erreicht, als sie von einer Horde dunkelhäutiger, halbnackter Kinder umschwärmt wurden. Frauen mit braunen Augen und grellbunten Tüchern und Männer mit Sombreros und weiten weißen Hosen lachten ihnen zu. Die warme Nachmittagsluft war erfüllt von fröhlichem Lärm.

»Ah, Señor Yancy, Ihr seid zurückgekommen!«

»El Patrón! Beeilt euch, El Patrón ist wieder da!«

»Señor! Señor Yancy, wie lange haben wir schon auf Euch gewartet!«

»Oh, Señor! Wie schön, daß Ihr wieder bei uns seid!«

Sie kamen nur langsam voran, denn Yancy blieb häufig stehen, um mit den Leuten zu reden. Kleine Kinder wurden ihm eifrig entgegengehalten, und Sara war beeindruckt, wieviel Liebe und Zuneigung ihm von seinen Leuten erwiesen wurde. Offensichtlich war er äußerst beliebt und wurde von diesen Menschen wie ein Gott verehrt. Sara schnaubte verächtlich. Kein Wunder, daß er so ein überheblicher, unverschämter Teufel war!

Schließlich ließen sie die Dorfbewohner hinter sich, und Yancy und Sara ritten durch die großen schmiedeeisernen Tore der Hacienda. Sara hatte schon etwas ziemlich Großartiges erwartet, aber was sie jetzt sah, verschlug ihr den Atem.

Eine andere Welt, eine Welt von Würde und Wohlstand, eine Welt, wie sie einem spanischen Grande aus der alten Welt vertraut sein mußte, lag hinter den meterdicken Mauern. Die Hacienda war riesig und umfaßte nicht nur zahlreiche Gebäude, sondern auch Wiesen mit Orangen- und Olivenbäumen. In einiger Entferung entdeckte Sara einen kleinen Fluß. Aber direkt vor ihr gab es einen riesigen Hof mit einem kunstvollen Springbrunnen in der Mitte. Dahinter lag das stattliche Hauptgebäude. Das zweigeschossige, hell ockerfarbene Haus wirkte größer, als es tatsächlich war. Breite schattige Bogengänge und zierliche Balkone säumten das mit duftenden Clematis und Rosen bewachsene Gebäude, während der Säulengang, der sich über die gesamte Vorderseite des Hauses erstreckte, vom Jasmin gesäumt wurde. Sara fand das alles ganz bezaubernd.

Wie zuvor im Dorf wurden sie auch hier plötzlich von einer Menge aufgeregter braunäugiger, dunkelhäutiger Mexikaner umringt, die sich offenbar ungeheuer über Yancys Rückkehr freuten. Es dauerte einige Zeit, bis Yancy überhaupt absitzen und zu Sara gehen konnte. Sie spürte viele neugierige Blicke auf sich gerichtet und fragte sich, was Yancy ihnen wohl über sie erzählen würde. Wie jeder, der eine gewisse Zeit in Texas gelebt hatte, verstand sie zwar ein wenig Spanisch, konnte jedoch der Unterhaltung nicht vollständig folgen. Als Yancy die Hände um ihre Taille legte und sie sanft aus dem Sattel hob, konnte sie aber deutlich das Wort *novia* heraushören, was soviel wie Braut oder Verlobte bedeutete.

Sie hörte Freudenschreie und Gratulationen, und immer noch lächelnd zischte sie: »Ich bin nicht deine *novia*! Wie konntest du mich nur als deine Verlobte vorstellen?«

Yancy zog sie noch näher an sich und murmelte lässig: »Aber das bist du doch, meine Süße! Hast du etwa gedacht, ich würde zulassen, daß meine Kinder nicht meinen Namen tragen?«

Ihr Lächeln war nur noch eine Maske, und aus ihren Augen sprühte grünes Feuer. »Ich bin nicht schwanger! Und ich lasse mich nicht wegen meiner Fähigkeiten als Zuchtstute ehelichen!«

Seine Umarmung wurde beinahe schmerzhaft, und zur Freude der Zuschauer küßte er sie heftig auf den Mund. Dann flüsterte er: »Ist dir jemals in den Sinn gekommen, mein kleines Täubchen, daß mir deine ›Fähigkeiten als Zuchtstute‹ vielleicht vollkommen einerlei sein könnten?«

Sara sah erstaunt zu ihm auf, und er lachte und küßte sie noch einmal, was bei den Zuschauern erneut großen Beifall fand. Ohne Sara Zeit zum Ausruhen zu lassen, stellte er ihr die Umstehenden vor. Viele der Hausdiener waren Nachkommen der Gefolgsleute, die der Alvarezfamilie vor vielen Generationen von Spanien nach Mexiko und dann nach Texas gefolgt waren. Sara lächelte und nickte, nickte und lächelte und fragte sich, ob sie jemals all die Namen behalten würde. Nicht, daß dies eine Rolle spielte, dachte sie stur; lange würde sie hier ja nicht bleiben! Irgendwann zerstreute sich die Menge, und eine dunkelhäutige, schöne junge Frau führte sie ins Haus und geleitete sie zu einem geräumigen Zimmer.

Auf dem Weg dorthin erhielt Sara den ersten Eindruck von den großen, luftigen Räumen. Auf den kühlen Bodenfliesen lagen wertvolle, farbenfrohe Teppiche. Die Ausstattung der Räume bestand aus schlichten mexikanischen Möbeln, elegant gemischt mit gediegeneren, reich verzierten spanischen Stücken. Auf der Rückseite des Hauses befand sich ebenfalls ein Springbrunnen, eine fast exakte Nachbildung des Brunnens auf der Vorderseite. Insgesamt hatte das Gebäude die Form eines Hufeisens, drei Flügel, die einen kleinen Innenhof umschlossen, der durch die breiten offenen Bogengänge eine heimelige, intime Atmosphäre ausstrahlte. Auch hier waren die Balkongitter im ersten Stock mit Clematis und Rosen berankt, und der betörende Duft von Rosen und Jasmin mischte sich mit dem schwachen Duft der Orangenblüten.

Unter anderen Umständen hätte Sara das alles sehr genossen. Aber sie war nicht aus freien Stücken hier, das mußte sie sich immer wieder ins Gedächtnis rufen – das hier war kein *Besuch*! Am liebsten hätte sie das breite Bett, das von einem Moskitonetz geschützt wurde, sofort ausprobiert, aber ihre hübsche Begleiterin sagte: »Ich spreche ein bißchen Englisch, deshalb hat Senor Yancy gesagt, ich soll Eure Zofe sein. Er meinte, die Senorita ist müde und will vielleicht ein Bad. Soll ich alles vorbereiten lassen?«

»Oh, das wäre wundervoll!« sagte Sara hocherfreut. Sie lächelte entwaffnend. »Es tut mir leid, aber ich fürchte, ich habe deinen Namen vergessen.«

Die Frau kicherte. »Das überrascht mich nicht! Mein Name ist Marie Chavez, ich bin mit Senor Yancys oberstem Viehtreiber verheiratet. Meine *madre* ist Dolores Fernandez, die Haushälterin, und mein *padre* ist Juan, der Buchhalter des Patrón. Sie haben sie vor ein paar Minuten kennengelernt, nur Esteban, mein Mann, war nicht dabei.«

Sara schüttelte bedauernd den Kopf. »Bedaure, aber ich kann mich nicht an alle erinnern.«

Maria lächelte. »Kein Sorge, Senorita, Ihr habt Euer Leben lang Zeit, unsere Namen zu lernen und unsere Familien kennenzulernen. Wenn Ihr mich jetzt entschuldigen wollt, dann kümmere ich mich um Euer Bad.«

Erst als Maria das Zimmer verlassen hatte, wurde Sara bewußt, daß sie Maria nicht korrigiert hatte, als sie »Senorita« zu ihr gesagt hatte, und sie fragte sich, ob Yancy sie wohl als Witwe seines Vaters vorgestellt hatte. Irgendwie hatte sie daran großen Zweifel!

Das Bad war herrlich. Wochenlang hatte sie sich nur hastig in kalten Bächen waschen können, und jetzt genoß sie es, sich im warmen, nach Jasmin duftenden Wasser zu entspannen und sich mit parfümierter Seife zu waschen.

Maria hatte ihr einen Krug Sangria gebracht. Die Mischung aus Wein und Früchten schmeckte köstlich. Nur in ein großes weißes Badetuch gehüllt, legte sich Sara in das weiche Bett und vergaß einen Moment lang all ihre Sorgen. Bevor sie sich versah, war sie auch schon eingeschlafen.

Es dämmerte bereits, als Yancy in ihr Zimmer kam und sie immer noch schlafend vorfand. In der Zwischenzeit hatte er ebenfalls gebadet und sich umgekleidet. Aber zum Ausruhen war er noch nicht gekommen. Die Ranch war während der Kriegsjahre von seinen verantwortungsvollen Leuten geleitet worden, und jetzt mußte er sich über all die Veränderungen und Begebenheiten informieren, die sich während seiner langen Abwesenheit ergeben hatten. Nur ein einziges Mal, direkt nach der Lees Niederlage am Appomatoxfluß, war er zurückgekommen. Dieser Besuch war jedoch nur sehr kurz gewesen und hatte nur dazu gedient, seine Leute wissen zu lassen, daß er noch am Leben war und daß er so bald wie möglich seinen Dienst quittieren und zu ihnen zurückkehren würde. Die Berichte seiner Männer hatten ihn länger als erwartet in Anspruch genommen und ihm war klargeworden, daß das Leben auf der Ranch wahrscheinlich auch ohne ihn bis in alle Ewigkeiten seinen gemächlichen Gang gegangen wäre. Aber all das würde sich nun ändern.

El Patrón war endlich zurück, und er hatte große Pläne für die Zukunft.

Und nicht wenige seiner Pläne betrafen dieses zauberhafte zarte Wesen, das so schutzlos vor ihm lag. Seine Miene verriet sowohl Bewunderung als auch Sorge, während er auf ihren schlanken Körper starrte. Die wohlgeformten Beine, die unter dem Handtuch hervorschauten, hatten es ihm besonders angetan. Was zum Teufel sollte er mit ihr machen. Er mußte lächeln. Oh, er wußte schon, was er mit ihr machen wollte! Aber vorher mußte er sie dazu bringen, in seine Pläne einzuwilligen!

Nicht zum Spaß hatte er sie seinen Leuten als seine Verlobte vorgestellt – schon vor Wochen hatte er beschlossen, Sara zu heiraten, wie sehr er ihr auch mißtraute und ihre Geldgier verabscheute. Schon vor seinem Wiedersehen mit ihr war er zu dem Schluß gekommen, daß eine Heirat längst überfällig war und daß er sich noch vor Ende des Jahres eine Braut suchen wollte. Für seinen Entschluß gab es drei logische und praktische Gründe: Im kommenden Februar wurde er fünfunddreißig, er besaß riesige Ländereien und war außerordentlich wohlhabend... und er hatte keinen Erben.

Es wurde Zeit, sich Gedanken um die nächste Generation zu machen. Und es war nun einmal so, daß man eine Ehefrau brauchte, um rechtmäßige Erben zu bekommen.

Das lenkte seine Gedanken wieder zu Sara. Mit einem Blick, der beinahe etwas wie Zärtlichkeit ausdrückte, betrachtete er sie, ihre sanft gerundeten Wangen, ihren verführerischen Mund und die sinnliche Versuchung, die von ihrem halbnackten Körper ausging. Aber es war nicht nur dieser äußerliche Zauber, der sie so anziehend für ihn machte, obwohl sie durch Intrigen an sein Vermögen kommen wollte. Es stimmte, Sams Testament hatte sicherlich seine Wirkung auf ihn, aber selbst für die Casa Paloma hätte er sich nicht an eine Frau gebunden, die er haßte und die ihn nicht erregte.

Er lächelte leicht. Zweifellos erregte Sara ihn. Auch jetzt fühlte er, wie sein Körper sich vor Begehren anspannte, und am liebsten hätte er sich hinuntergebeugt und sie wachgeküßt, aber er beherrschte sich.

Merkwürdigerweise war er erleichtert, daß sie nicht schwanger war und daß ihre süße Vereinigung unter den Eichen keine Folgen hatte. Aus Gründen, die er sich selbst nicht eingestehen mochte, sollte sie nicht glauben, daß er sie verführt hatte, weil er die Klausel in Sams Testament erfüllen wollte. Aus denselben und unerklärlichen Gründen sollte Sara verstehen, daß sein Wunsch, sie zu heiraten, nichts mit Sams verdammten Testament zu tun hatte.

Und dennoch machten die Verfügungen in Sams Testament Sara natürlich zur bevorzugten Kandidatin. Und bei einer emotionslosen Betrachtung der Tatsachen konnte es ihm vollkommen gleichgültig sein, was Sara über seine Gründe für eine Ehe mit ihr dachte. Sein Gesicht bekam einen harten Zug. Wenn man bedachte, welche Ränke sie geschmiedet hatte, um ihn in diese Lage zu bringen, dann sollte es sie eigentlich über alle Maßen freuen, daß ihr Plan tatsächlich funktionierte.

Es war dieser harte Zug auf seinem dunklen Gesicht, den Sara beim Aufwachen zuerst sah. Erschreckt fuhr sie auf und zerrte das heruntergerutschte Handtuch vor ihren nackten Körper. »Was machst du hier?« fragte sie atemlos, ohne sich bewußt zu sein, wie verführerisch sie aussah mit ihren blonden Locken, die sich über ihre bloßen Schultern ergossen, und den langen Beinen, die unter dem Handtuch hervorschauten.

»Begrüßt ein Mädchen so ihren *novio*?« spöttelte Yancy. In seinen Augen war ein teuflisches Blitzen.

»Du bist nicht mein *novio*!« kreischte Sara. Vor Wut war sie rot angelaufen. »Du hast mich von Magnolia Grove entführt, und im Moment mag ich dir ausgeliefert sein, aber ich werde unter gar keinen Umständen jemals in eine Heirat mit dir einwilligen. Du kannst mich nicht zwingen!«

Sobald sie die Worte ausgesprochen hatte, wußte sie schon, daß sie einen Fehler gemacht hatte. Seine Lässigkeit war verschwunden. Böse funkelte er sie an und riß sie in seine Arme.

Brutal küßte er sie. »Du verrückte kleine Närrin – ich kann dich zwingen, alles zu tun, was ich will«, knurrte er. »Du hast wohl vergessen, daß du dich auf meinem Herrschaftsgebiet befindest. Im Dorf gibt es einen Priester, der von mir bezahlt wird, und überall hier sind meine Leute. Glaubst du ernsthaft, daß ich meinen Priester nicht dazu bringen könnte, uns zu trauen – daß ich dein Einverständnis brauche, um unsere Heirat zu vollziehen?« Er lachte und klang etwas weniger ärgerlich. Sein brutaler Griff lockerte sich, und er sagte leichthin: »Ich werde verdammt noch mal tun und lassen, was ich will, meine Süße, und du kannst mich nicht daran hindern! Vergiß das bloß nicht! Wenn du mich zu sehr reizt, wirst du vielleicht den Tag verfluchen, an dem du mir begegnet bist!«

Seine Worte machten ihr angst, aber das wollte sie ihn auf gar keinen Fall spüren lassen. Streitlustig hob sie den Kopf und sagte grimmig: »Den Tag, an dem ich dir begegnet bin, verfluche ich schon längst, wovor soll ich mich also noch fürchten!«

Yancy starrte sie lange an, dann begann er merkwürdig zu lächeln. Er zog sie wieder an sich und hauchte ihr einen Kuß auf den Mund. »Also habe ich auch keinen Grund, nicht das zu tun, was ich will!«

Bevor Sara seine Absicht überhaupt ahnte, hatte er sich auch schon auf sie geworfen. Gierig preßte er seine Lippen auf ihren Mund.

Wutentbrannt versuchte sie sich zu wehren, doch schon ihr Handtuch bot keinerlei Schutz vor Yancys forschen Händen. Mühelos schob er es beiseite, und als seine Lippen hinunter zu ihren Brüsten glitten, stöhnte sie vor Wonne und gleichzeitig vor Wut über seine Keckheit. Wild entschlossen, seinem Drängen nicht nachzugeben, versuchte sie die lustvollen Gefühle, die ihren Körper durchströmten, zu ignorieren. Als seine Hand immer tiefer rutschte und sie ahnte, worauf er aus war, vergaß sie fast, warum sie sich gegen ihn zur Wehr setzen wollte...

Seine suchenden Finger fanden die glitschige, feuchte Hitze zwischen ihren Schenkeln, und Saras ganzer Körper begann zu summen von dem heftigen Begehren, das plötzlich in ihr aufflammte. Wie leicht wäre es, sich einfach in seinen Armen zu verlieren, sich von ihm verführen zu lassen, so leicht...

Kurz bevor ihr letzter Widerstand gebrochen war, erhob sich Yancy und streifte hastig seine Kleider ab. Doch das war nicht besonders klug, denn Sara erkannte während dieser kurzen Unterbrechung, wie nah sie daran war, sich erneut von ihm überrumpeln zu lassen.

Fast hätte sie zu lange gezögert, denn erst, als Yancys nackter Körper neben ihr in die Kissen sank, rollte sie von ihm weg, um sich in Sicherheit zu bringen. Aber Yancy wollte sich nicht von seinem Vorhaben abbringen lassen. Obwohl Sara mit den Fäusten auf seine Brust einschlug, zog er sie wieder an sich. Sara preßte eine Hand zwischen ihre Körper, aber sie mußte sich von ihm küssen lassen. Als er endlich den Kopf hob, sah sie ihn außer sich vor Zorn an.

»Laß mich los!« zischte sie. Ihre Augen blitzten vor Wut. Bevor er etwas erwidern konnte, öffnete sich plötzlich die Tür.

Erschrocken blickte Sara auf und sah Maria mit einem Tablett wie angewurzelt in der Tür stehen. Beide Frauen waren zutiefst beschämt. Maria wendete sofort den Blick ab, stellte das Tablett mit frischer Sangria und duftendem Kuchen auf einen Tisch und verschwand, ohne ein Wort zu sagen.

Saras Wangen waren feuerrot, aber Yancy... Yancy rekelte sich neben ihr auf dem Bett und lachte laut auf. Sara rappelte sich auf und hielt sich das Handtuch schützend vor ihren nackten Körper. Wütend funkelte sie ihn an.

»Ich finde das überhaupt nicht lustig!« sagte sie gepreßt.

Yancy gringste nur. »Warum denn nicht, meine Süße? Was mich anbelangt, hätte es, ehrlich gesagt, nicht besser laufen können!« Er lachte schadenfroh. »Jetzt versuch doch mal irgend jemanden zu erklären, daß du nicht meine *novia* bist!«

12

Nachdem Yancy mit einem selbstgefälligen Grinsen das Zimmer verlassen hatte, blieb Sara noch lange Zeit auf dem zerwühlten Bett liegen und starrte blicklos auf das Moskitonetz an der Decke. Die schwärzesten Gedanken schossen ihr durch den Kopf.

Weil es keinen Sinn hatte, einfach so dazuliegen, stand sie irgendwann auf. Als erstes brauchte sie etwas Anständiges anzuziehen. Ihr Blick fiel auf den Haufen verschmutzter Kleidungsstücke neben der Zinnbadewanne. Sie wußte, daß sich in den Satteltaschen noch ein paar andere Sachen befanden. Tansy hatte Yancy wohl unterstützt und sie herausgesucht. Im Moment mußte sich Sara anscheinend aber mit dem schäbigen Baumwollhemd und den abgetragenen Knickerbockerhosen zufriedengeben. Sie zog sich das Handtuch noch enger um den Körper und ging zögernd auf den Kleiderhaufen zu.

Bevor sie die verschmutzten Sachen überziehen mußte, klopfte es glücklicherweise an der Tür. Auf Saras Antwort hin wurde die schwere, eisenbeschlagene Mahagonitür aufgestoßen. Maria stand davor und hielt die schweren, ledernen Satteltaschen in der Hand. Ohne Sara anzusehen, marschierte sie ins Zimmer und legte die Gepäckstücke aufs Bett. Ihre warmherzige Freundlichkeit war wie weggeblasen. »Senor Yancy hat gesagt, daß Ihr diese Dinge braucht«, sagte sie steif. »Soll ich sie auspacken und in den Schrank hängen?«

Sara errötete. Zu beschämend war die Erinnerung an Marias schockiertes Gesicht, als sie sie in Yancys Armen überrascht hatte. Offensichtlich war auch Maria noch sehr beschämt wegen der unmoralischen Szene, deren Zeugin sie geworden war. In Marias Augen war Saras Ruf ruiniert, für sie war sie eine Gefallene.

Sara seufzte. Das alles hatte sie Yancy zu verdanken. »Danke, daß du mir die Sachen gebracht hast«, sagte sie ruhig. »Aber du brauchst mir nicht beim Auspacken zu helfen – ich kann es selbst tun.« Sie versuchte ein Lächeln und fügte hinzu: »Wie du siehst, sind es nicht sehr viele Sachen.«

Maria ging auf die freundlichen Worte nicht ein, sondern nickte nur und sagte kalt: »Wenn Ihr mich nicht mehr braucht, dann gehe ich jetzt.« Steif schritt sie auf die Tür zu. Dort zögerte sie und erklärte, ohne sich noch einmal umzudrehen: »Neben dem Bett ist eine Schnur. Wenn Ihr mich braucht, müßt Ihr daran ziehen, dann klingelt in der Küche eine Glocke.«

Am liebsten hätte Sara die Schnur dazu hergenommen, Yancy zu erwürgen, aber sie sagte nur bedrückt: »Danke, Maria. Du bist eine große Hilfe für mich.«

Deprimiert ging sie dann zu der staubigen Satteltasche hinüber, brachte sie zum Bett und begann auszupacken. Tansy hatte wirklich an alles gedacht. Zwei Kleider, ein Morgenrock, drei Musselinschlüpfer, zwei bestickte Unterhemden und ein Korsett. Nachdem Sara Unterwäsche, einen grünen Samtrock und eine weiße Musselinbluse angezogen hatte, hängte sie die übrigen Kleidungsstücke in den geräumigen Schrank, der eine ganze Wand des Schlafzimmers einnahm. Sie war außer sich über Tansys Verrat, aber sie mußte zugeben, daß sie wirklich nichts vergessen hatte – sogar an den seidenen Hausmantel und ihr Lieblingsnachthemd hatte sie gedacht.

Angemessen gekleidet, mit Unterwäsche, Petticoat und Hemd, mit ordentlich aufgesteckten, blonden Zöpfen, fühlte Sara sich ein wenig besser und wagte es, ihr Zimmer zu verlassen. Wenn sich herumgesprochen hatte, was zwischen ihr und Yancy geschehen war, würde sich die gesamte Dienerschaft ihr gegenüber ähnlich wie Maria verhalten, fürchtete sie. Sara war bei weitem nicht so gefaßt, wie sie aussah, als sie den breiten Bogengang zum Haupthaus der Hacienda entlangging. Innerlich zitterte sie, und die Vorstellung, die Zielscheibe allgemeiner Verachtung darzustellen, machte sie ganz krank. Zu ihrer großen Erleichterung hatte Maria offenbar den Mund gehalten, denn die beiden Diener, die ihr entgegenkamen, lächelten sie freundlich an und grüßten sie schüchtern.

Es war bereits dunkel, aber die Arkaden waren von Laternen erleuchtet. Der Innenhof sah im Schein der Laternen noch schöner aus als bei Tageslicht. Sara wurde vom Plätschern des Springbrunnens angezogen und freute sich über die glitzernden Goldfische, die träge durchs Wasser schwammen.

Sara war von allem, was sie von del Sol bisher gesehen hatte, ganz bezaubert: von den dunkeläugigen, freundlichen Menschen bis zum wunderschönen, einladenden Innenhof.

Stirnrunzelnd fragte sie sich, warum Margaret bloß solch einen Widerwillen gegen die Hacienda hatte. Natürlich hatte sie noch nicht die ganze Ranch gesehen, aber ganz offensichtlich stellte sie eine überraschend luxuriöse und elegante Oase inmitten der texanischen Wildnis dar. Und selbst, wenn bei ihrem ersten und einzigen Besuch alles ein wenig heruntergekommen war, wieso hatte Margaret sich nicht vorstellen können, wie schön alles nach den Reparaturen und Renovierungen werden würde? War sie denn blind gewesen? Oder hatte sie den schlechten Zustand der Hacienda zum Vorwand genommen, sich in Sams Arme zu werfen? Das war eine beunruhigende Vorstellung, und Sara verscheuchte den Gedanken. Warum sollte sie unnütze Spekulationen über die Beweggründe einer Frau anstellen, die längst tot war? Und wieder dachte Sara daran, daß Margaret ermordet worden war.

Denn während sie auf dem ruhigen, sanft erleuchteten Innenhof stand, beschlich sie plötzlich wieder ein unbehagliches Gefühl. Hatte Yancy Margaret getötet? Befand sie sich in der Gewalt eines Mörders? Wieder sagte ihr der Instinkt, daß es Unsinn war, so etwas zu denken. Aber eines wußte sie: Solange der Mord an Margaret nicht aufgeklärt war, würde sie wie jeder andere, der mit Margaret zu tun gehabt hatte, immer wieder von Verdächtigungen und Angst heimgesucht werden.

Verzweifelt versuchte sie an etwas anderes zu denken. Sie warf einen letzten Blick auf die glitzernden Fische und machte sich weiter auf den Weg zum Vorderhaus der Hacienda. Nachdem sie den geräumigen Hauptsaal betreten hatte, blieb Sara zunächst jedoch stehen, denn sie wußte nicht, in welche Richtung sie gehen mußte. Doch dann hörte sie Männerstimmen und erspähte Yancy, der auf sie zukam. Mit einem langärmeligen weißen Hemd, den gutsitzenden schwarzen Hosen und Stiefeln sah er atemberaubend aus. In seiner Begleitung war ein kleiner, rundlicher älterer Herr, der

Mühe hatte, mit ihm Schritt zu halten. Gekleidet war er wie ein Priester.

Saras Mut sank. *Ein Priester*! Ihr kam ein furchtbarer Gedanke. Wenn Yancy nun dem Priester von ihren intimen Stunden erzählt hatte? Beim Gedanken an die moralische Entrüstung des Geistlichen wäre sie am liebsten fortgelaufen. Aber schließlich hatte *sie* nichts Unrechtes getan, rief sie sich zur Vernunft und zwang sich, höflich zu lächeln und zu bleiben, wo sie war.

In Yancys Augen entdeckte sie ein amüsiertes Blitzen, als er auf sie zuschlenderte und murmelte: »Oh, da bist du ja, meine Liebe! Das hier ist Padre Quintero. Da dies der erste Abend in deinem neuen Zuhause ist, habe ich ihn zum Essen eingeladen, und er kann es kaum erwarten, die Frau kennenzulernen, die ich heiraten werde.«

Am liebsten hätte Sara die Wahrheit laut herausgeschrien, aber sie hatte nicht den Mut dazu. Statt dessen gefror ihr Lächeln zu einer Maske, und sie nickte dem kleinen Priester höflich zu, verwirrt und erleichtert, daß Padre Quintero ihr keine Strafpredigt hielt.

Nach der Begrüßung ließen sie sich in bequemen Ledersesseln nieder. Padre Quintero beugte sich vor und täschelte Sara augenzwinkernd die Hand. »Yancy hat mir Ihre Situation bereits erklärt«, murmelte er sanft. »Es hat mich natürlich ein wenig verletzt, daß er es für nötig hielt, sich in San Felipe vom Friedensrichter trauen zu lassen. Aber deshalb freue ich mich jetzt um so mehr, daß er doch noch das Richtige tut und Sie hier in der Kirche von del Sol in Anwesenheit all seiner Leute noch einmal heiratet.«

Wie sie es geschafft hatte, den lächelnden, kleinen Priester nicht wie eine Schwachsinnige mit offenem Munde anzustarren, konnte Sara später nicht mehr sagen. Nachdem sie das, was sie soeben gehört hatte, halbwegs verstanden hatte, warf sie Yancy einen vernichtenden Blick zu. Was war er nur für ein skrupelloser Teufel! Dem Priester zu sagen, daß sie schon verheiratet waren! Allerdings mußte sie zugeben, daß er sich damit eine clevere Lüge ausgedacht hatte, durch die ihr guter Ruf bei seinen Leuten gerettet war. Womöglich sollte sie ihm noch dankbar dafür sein! Bedauerlicherweise war sie das nicht – nicht im geringsten! Sie zwang sich zu einem strahlenden Lächeln und sah zu Padre Quintero hinüber. »Oh, in dieser Beziehung können Sie sich wirklich auf meinen *Ehemann* verlassen«, sagte sie und verschluckte sich beinahe bei diesem Wort. »Er tut immer, was *er* für das Richtige hält!«

Yancy schenkte ihr ein engelhaftes Lächeln, und einen Moment lang war Sara so wütend, daß sie tatsächlich rote Pünktchen vor ihren Augen tanzen sah. Immer wieder brachte er sie in Rage, aber irgendwann hatte sie den Abend überstanden, obwohl Yancy sie durch sein unverschämtes Benehmen und seine provozierenden Anspielungen schier wahnsinnig gemacht hatte.

Sie war daher ungeheuer erleichtert, als sie dem schwatzhaften kleinen Priester endlich gute Nacht sagen und in ihr Zimmer fliehen konnte. Aber selbst dort fand sie keinen Trost. Maria wartete schon auf sie. Sie sah ungeheuer schuldbewußt aus, und kaum war Sara zur Tür hereingekommen, da rief Maria auch schon: »Oh, Senora, vergebt mir! Ich wußte doch nicht, daß Ihr und Senor Yancy schon verheiratet seid!« Mit ihren traurigen, dunklen Augen bot sie ein Bild des Jammers. Atemlos fuhr sie fort: »Ich habe mich unmöglich benommen. Als Senor Yancy mir das mit Eurer Heirat in San Felipe dann erklärt hat, wurde mir aber alles klar.« Maria ließ den Kopf hängen. »Ich hätte bei Euch nicht einfach hereinplatzen dürfen, und es war nicht recht, daß ich so gemein zu Euch war. Ich schäme mich so! Könnt Ihr mir vergeben?«

Um Marias unnötigen Entschuldigungstiraden ein Ende zu setzen, sagte Sara schnell: »Ach, ich bitte dich, darüber brauchen wir doch gar nicht zu sprechen! Du hast nichts Unrechtes getan. Wir wollen die Sache vergessen!«

Marias Züge entspannten sich sichtlich. Lächelnd sagte sie: »Oh, Senora! Ihr seid so gütig! Kein Wunder, daß Senor Yancy Euch so sehr liebt!« Schüchtern fügte sie hinzu: »Ich wußte, es muß eine Erklärung geben. Senor Yancy ist so ein *guter* Mensch – er würde niemals etwas Unrechtes tun!«

Mit zusammengebissenen Zähnen murmelte Sara: »Oh, ja! Senor Yancy ist wirklich ein Ausbund an Rechtschaffenheit! Wenn du mich jetzt bitte entschuldigen möchtest, ich würde mich gern schlafen legen.«

Maria senkte verschlagen den Blick. »Oh, ich habe schon verstanden – der Senor möchte so schnell wie möglich zu seiner Braut kommen. Ich lasse Euch sofort allein und störe Euch nicht vor morgen vormittag – spät am Vormittag!«

Erst als die Tür hinter Marias üppiger Figur ins Schloß gefallen war, konnte Sara ihrer Wut Luft machen. Sie stieß recht undamenhafte Flüche aus, warf sich aufs Bett und hämmerte mit den Fäusten auf die Matratze ein. Daß sie ihrem Peiniger endlich lauthals die schrecklichsten Dinge an den Hals wünschen konnte, machte den aufgestauten Zorn ein wenig erträglicher. Schließlich ging es ihr etwas besser – außerdem fiel ihr ohnehin nichts ein, was schrecklich genug für ihn gewesen wäre!

Die nächsten Tage verbrachte Sara in einem Wechselbad der Gefühle. Ständig schwankte sie zwischen Wut und Verzweiflung hin und her. Nachdem sie eine knappe Woche auf del Sol verbracht hatte, war ihr eines klar: Sie mußte fliehen! Yancy hatte in allen Punkten recht. Padre Quintero tat voller Eifer alles, was der junge Herr der Rancho del Sol sagte, und alle Bewohner waren jederzeit bereit, ihr Leben für ihren Patrón zu lassen. Niemand würde auch nur einen Finger krümmen, um ihn von seinem Vorhaben abzuhalten, ja, man würde sie schon für verrückt halten, wenn sie nur etwas gegen ihn sagte. Niemand würde ihr glauben, daß der verehrte

Senor Yancy sie belogen hatte! Nicht alle konnten sich unter einer richterlichen Trauung in San Felipe etwas vorstellen, aber alle waren ganz entzückt von der Vorstellung, ihren Patrón noch einmal in der Dorfkirche heiraten zu sehen. Die Hochzeitsvorbereitungen liefen bereits auf Hochtouren.

Zu Saras wachsendem Entsetzen schien alles genau nach Yancys Plan zu laufen, obwohl sie immer wieder gesagt hatte, daß sie lieber sterben würde, als ihn zu heiraten. Ihre Schwüre, niemals seine Frau zu werden, hatten ihn nicht davon abgehalten, das Hochzeitsdatum auf Mittwoch, den fünften Juni, festzusetzen – einen Tag, der beängstigend schnell herannahte.

Jeden Morgen wurde ihr immer schmerzlicher bewußt, daß sie ihrer Hochzeit wieder um vierundzwanzig Stunden nähergekommen war und es nicht in ihrer Macht stand, die Ehe mit Yancy zu verhindern. Es sei denn, dachte sie grimmig, es gab keine Braut für den Bräutigam …

Da ihr Entschluß feststand und ihr klar war, daß die Zeit gegen sie arbeitete, begann Sara, konkrete Fluchtpläne zu schmieden. Glücklicherweise konnte sie sich auf der Hacienda frei bewegen. Sie hatte keine Zeit zu verlieren, und zwei Tage nach ihrem Entschluß hatte sie schon eine ganze Reihe von Dingen gesammelt, die sie für ihre gefährliche Reise brauchen würde, und sie sorgfältig versteckt. Es war nicht schwer gewesen, Wasser und Proviant beiseite zu schaffen. Sie hatte sich sogar ein Messer und eine alte spanische Pistole mit Munition besorgt. Auch die passende Kleidung war zur Hand – die Knickerbockerhose, Stiefel und die kurzen Baumwollhemden, die sie auf dem Ritt nach del Sol getragen hatte, würden für ihre Rückkehr nach Magnolia Grove voll ausreichen.

Allein in ihrem bequemen Federbett, den Bauch gefüllt mit köstlichen Speisen, das fast fertige, liebevoll genähte, mit Perlen bestickte Hochzeitskleid aus feinem weißem Satin auf einem Bügel am Schrank, den Kopf voller Erinnerungen an Yancys atemberaubende Verführungskünste, fragte sie sich manchmal, ob sie verrückt war. Sie wollte vor etwas weglaufen, wovon die meisten Frauen träumten – vor einem gutaussehenden, wohlhabenden Mann, der ihrem Körper ungeahnte Wonnen verschaffen konnte und ihr Herz schneller schlagen ließ und der wild entschlossen war, sie zu heiraten. Was war so schrecklich daran, fragte sie sich traurig.

Sara hatte keine Erkärung dafür. Sie wußte nur, daß es mit Sams Testament zusammenhing und mit Yancys bösartigen Unterstellungen, was ihre Ehe mit Sam anbelangte. Außerdem konnte sie nicht akzeptieren, daß er ihr für ihre eigene Zukunft jede Entscheidungsfreiheit absprach! Aber das war noch nicht alles! Nicht ein einziges Mal hatte er in ihrem Beisein das Wort »Liebe« erwähnt …

Eine Träne lief ihre Wange hinunter. Er liebte sie nicht, das war offensichtlich. Er wollte sie; er begehrte ihren Körper, und es hatte ihm großen Spaß gemacht, mit ihr zu schlafen, aber er hatte nie angedeutet, daß seine Handlungen von einem tieferen Gefühl geleitet wurden. Zum Teufel mit ihm – er hatte nur einige logische, praktische und äußerst passende Gründe für ihre Verbindung genannt. Über Liebe hatte er kein einziges Wort gesagt.

Zu Saras Erleichterung hatte er, seit sie in del Sol waren, noch keinen weiteren Versuch gemacht, mit ihr zu schlafen. Ihre Erleichterung war jedoch mit einem gewissen Bedauern gemischt, denn nicht ein einziges Mal war er ihr zu nahe gekommen. Statt dessen behandelte er sie aufgesetzt höflich und erwies ihr übertriebenen Respekt. Sie hätte mit Fäusten auf ihn losgehen mögen. Wenn er sie küßte, was er bei jeder sich bietenden Gelegenheit tat, dann waren es züchtige, sanfte Küßchen, die für sie beunruhigend unbefriedigend blieben. Nachdem sie sich ihm einmal hingegeben hatte, waren in ihrem Körper Begierden geweckt worden, von denen sie vorher nichts geahnt hatte. In letzter Zeit hatte sie sich nachts öfters schlaflos im Bett hin- und hergeworfen und sich nach seinen Berührungen gesehnt. Wenn er sie bisweilen amüsiert ansah, kam ihr der unangenehme Verdacht, daß er genau wußte, wie unbefriedigend seine plötzliche Zurückhaltung für sie war.

Sie mußte einfach fliehen! In dieser Nacht sollte es geschehen. Sie hatte alles arrangiert, so gut sie konnte.

Lange nach Mitternacht stand sie leise auf und schlüpfte schnell in ihre frisch gewaschene Reitkleidung, die Knickerbockerhose und das kurze Baumwollhemd, und stahl sich aus ihrem Zimmer. Auf Zehenspitzen schlich sie zu jenem Versteck, wo sie ihre Reiseausrüstung aufbewahrte. Sie hievte die Satteltaschen, die zu ihrem Glück in ihrem Zimmer geblieben waren, auf ihre schmalen Schultern und stapfte bis zu den Palisaden. Dort hatte man ihr einen kleinen Stall gezeigt, in dem sich immer ein paar Pferde befanden, falls Gefahr im Verzug war. Zu ihrer Freude war auch Locuela dort, jene Stute, die sie auf dem Weg nach del Sol geritten hatte.

Sara redete beruhigend auf das Tier ein, sattelte es und befestigte die Satteltasche. Mit klopfendem Herzen, Locuelas Zügel in der Hand, trat sie bald darauf aus dem Stall. Nicht weit entfernt befand sich ein vergittertes Tor in der Palisadenwand. Dorthin führte sie das Tier.

Als sie vorsichtig das Tor aufstieß, quietschte es ein wenig, und Sara blieb fast das Herz stehen, aber im nächsten Moment war sie mit dem Pferd auch schon auf der anderen Seite der Palisaden. Ohne zu zögern, saß sie auf und ritt davon.

Sie machte einen großen Bogen um das Dorf. Ihre Nerven waren zum Zerreißen gespannt, und ihre Augen versuchten die Dunkelheit zu durchdringen. Angestrengt lauschte sie auf mögliche Verfolger. Einmal bellte ein Hund, und Sara erschrak so sehr, daß sie hart an den Zügeln riß, woraufhin Locuela laut schnaubte.

Irgendwann waren sie außer Hörweite, aber da sie die Gegend nicht gut kannte und die Nacht stockfinster war, ließ sie Locuela im Schritt gehen. Immer wieder sah sie zu den Sternen auf und betete, daß sie sich nicht in der Richtung geirrt hatte.

Nachdem ein paar Stunden vergangen waren und sie del Sol ein gutes Stück hinter sich gelassen hatte, wurde der Himmel allmählich heller, und Sara spürte plötzlich ein wildes Triumphgefühl. Mit einem übermütigenSchrei hieb sie Locuela in die Flanken und trieb sie zu einem flotten Galopp an. Sie hatte es geschafft! Sie hatte sich aus Yancys Gewalt befreit und war jetzt auf dem Weg nach Hause!

An diesem Tag kam sie gut voran. Die Hitze war längst nicht so unerträglich wie am Tag zuvor, und Locuela war frisch und willig, deshalb sah Sara keinen Grund, die Geschwindigkeit zu senken. Ihre Flucht würde sicherlich bald entdeckt werden, aber sie verließ sich darauf, daß Maria immer erst kurz vor Mittag in ihr Zimmer kam. Niemand, wahrscheinlich nicht einmal Yancy, würde sich sorgen, wenn sie dann dort nicht mehr war. Alle würden vermuten, daß sie sich irgendwo auf der Hacienda aufhielt, und es würden noch viele Stunden vergehen, bis alle erkannt hatten, daß sie geflohen war. Wenn sie großes Glück hatte, würde ihre Flucht vielleicht erst am frühen Abend wirklich auffallen. Das Fehlen von Locuela würde dem Stallburschen sicherlich nicht entgehen, aber er würde hoffentlich annehmen, daß einer der Viehtreiber die Stute genommen hätte. Wenn allerdings Yancy erfuhr, zu welchem Zeitpunkt Locuela verschwunden war, würde ihm augenblicklich klar sein, was passiert war.

Die plötzliche Angst, wieder Yancys Gefangene zu werden, brachte Sara dazu, daß sie die Stute in halsbrecherischem Galopp dahinrasen ließ. Schließlich nahm sie jedoch Vernunft an und drosselte das Tempo, denn sie wollte schließlich nicht, daß das Tier vor Erschöpfung zusammenbrach.

In der Nacht schlug sie ihr Lager in der Nähe eines Chaparralgebüsches am Rande eines träge dahinfließenden Baches auf. Sie war sehr zufrieden mit sich und schlief mit einem Lächeln auf den Lippen am Lagerfeuer ein.

Locuelas lautes, aufgeregtes Schnauben riß sie aus ihren Träumen, und einen Moment lang wußte sie nicht, wo sie war. Die Stute tänzelte nervös vor dem Akazienbusch herum, an dem Sara sie festgemacht hatte, und das klagende, beängstigend nahe Geheul eines Wolfes zerriß die Stille der Nacht. Während Locuela weiter rastlos herumtänzelte und schnaubte, wurde aus dem Geheul des einzelnen Wolfs ein ganzer Chor, und Sara lief ein kalter Schauer über den Rücken. Das Feuer war fast vollständig heruntergebrannt. Hastig raffte sie ein paar trockene Äste zusammen und warf sie in die glühende Asche. Es dauerte aber ein paar Sekunden, bis das Feuer wieder aufflammte. In der Dunkelheit konnte sie nun ganz in der Nähe mehrere rotglühende Augenpaare ausmachen. *Lobos*! Wölfe!

Yancy hatte sie auf der Reise nach del Sol vor ihnen gewarnt. Die Lobos waren sehr große Wölfe, und da es in dieser Gegend jede Menge Wild gab, hatte sich ihre Zahl stark vergrößert. Sie waren tapfere, unerbittliche Jäger, die ohne Schwierigkeiten Pferde oder Langhornrinder reißen konnten. Vor Menschen zeigten sie keine Angst, aber normalerweise stellten sie auch keine Gefahr dar. Sara hatte kaum mit einem Angriff zu rechnen, aber trotzdem mußte sie schlucken. Solange sie selbst nicht als Beute auserkoren war… Offensichtlich hatten sie Locuelas Witterung in die Nase bekommen.

Es war einer der zermürbendsten Augenblicke in Saras Leben. Sie war in einer endlosen Wildnis allein, nur mit einer alten spanischen Pistole bewaffnet und umgeben von einem Rudel großer räuberischer Bestien, die ihr Pferd zum Abendessen verspeisen wollten – und ohne Locuela hatte sie keine Chance.

Ein besonders großer, schwarzer Wolf schoß plötzlich aus der Dunkelheit hervor. Locuela stieß ein verzweifeltes Wiehern aus, stellte sich auf die Hinterhufe, riß sich los und stob davon. Die Wölfe folgten ihr auf den Fersen.

Sara konnte nichts tun. Das Pferd war weg. Der Klang der Hufe war kaum noch zu hören. Und bald würde Locuela ihren gnadenlosen Verfolgern zum Opfer fallen. Voller Angst und Entsetzen legte Sara noch mehr Holz auf das Feuer und kauerte sich dicht daneben. Ihre Ausrüstung zog sie ganz nah zu sich heran, als ginge von den toten Gegenständen eine schützende Wirkung aus. Sie verscheuchte die Gedanken an Locuelas Schicksal, ihr eigenes mochte sie sich schon gar nicht ausmalen...

Die Nacht schien kein Ende zu nehmen. Sie döste voller Unbehagen am Feuer vor sich hin. Mit einer Hand hielt sie die Pistole umklammert, mit der anderen die schwere Satteltasche. Jetzt war sie wirklich auf sich allein gestellt.

Als die Morgendämmerung sich mit leichtem rosafarbenem Schimmer am Himmel ankündigte, erwachte sie aus ihrem unruhigen, wenig erholsamen Schlummer. Sie blickte auf den leeren, endlosen Horizont, und ihr Mut sank. Auch bei Tageslicht sah ihre Lage nicht besser aus.

Nachdem sie ihren Kaffee ausgetrunken hatte, packte sie ihr Kochgeschirr ein und füllte ihre Feldflasche am Bach. Es kam ihr nicht in den Sinn, jetzt aufzugeben. Sie hatte zwar kein Pferd mehr, aber zwei gesunde, starke Beine und ein paar Vorräte. Den Sattel mußte sie natürlich zurücklassen. Sie warf die Satteltasche über ihre eine Schulter und die Pferdedecke über die andere. Ohne sich noch einmal umzusehen, trottete sie los und schlug die Richtung ein, in der sie Magnolia Grove vermutete.

Sie kam zügig voran. Nur ab und zu ruhte sie kurz an einem der wenigen schattigen Plätze aus, die das Chaparralgebüsch bot. Sara war von einer unbeirrbaren Entschlossenheit, und den Gedanken an ein Mißlingen ihres Plans gestattete sie sich erst gar nicht. Statt dessen stellte sie sich vor, wie überrascht alle sein würden, wenn sie nach Magnolia Grove zurückkehrte.

Dieser Gedanke brachte zwar eine gewisse Zuversicht mit sich, aber er konnte nicht verhindern, daß ihre Essens- und Wasservorräte zur Neige gingen. Seit die Wölfe Locuela in die Flucht geschlagen hatten, war Sara an keiner Wasserstelle mehr vorbeigekommen. Während des Tages brannte die Sonne gnadenlos auf ihren schlanken Körper nieder, aber die Nächte waren viel schlimmer. Da wurde sie vom Geheul der Wölfe wachgehalten und fand nicht die Erholung, derer sie so dringend bedurfte. Und es kam ihr vor, als hätten die Wölfe ihre Fährte aufgenommen und als käme ihr Heulen jede Nacht näher...

Sie war so müde. So durstig. Und langsam hielt sie sich selbst für verrückt. Hatte sie tatsächlich geglaubt, sie könnte den Weg zurück nach Magnolia Grove allein finden? Und was war denn überhaupt so fürchterlich an dem Gedanken, mit einem so aufregenden Mann wie Yancy Cantrell verheiratet zu sein? Wäre es nicht viel besser gewesen, seine Frau zu werden, als hier draußen mutterseelenallein zu sterben, wo man nicht einmal ihre Knochen finden würde?

Wassermangel und Erschöpfung führten dazu, daß Sara bald eine traurige Spur von Gegenständen hinter sich ließ, da sie ihre Last erleichtern mußte. Etwa am fünften Tag ließ ihre Konzentration nach, und sie merkte kaum, wie sie die Satteltaschen fallen ließ. Auch ihre Orientierung wurde immer schlechter, und sie spürte, daß irgend etwas nicht stimmte. Kurz bevor es dunkel wurde, kam sie an einer auffälligen, verkrüppelten Eiche vorbei, und ihr wurde klar, daß sie am Morgen schon einmal an dieser Stelle gewesen war. Damit hatten sich ihre schlimmsten Befürchtungen bestätigt – sie war im Kreis gegangen! Sie sank zu Boden, kauerte sich an den Stamm eines Baumes und ließ den Tränen, die sie so tapfer zurückgehalten hatte, freien Lauf.

Sie weinte die bittersten Tränen, aber irgendwann raffte sie sich wieder auf und zog sich hoch. Sie mußte weitergehen. Wenn sie hier sitzen blieb, würde sie am Fuße der verfluchten Eiche den Tod finden, aber wenn sie weiterging, konnte sie hoffen, endlich auf Wasser zu stoßen. Stolpernd setzte Sara sich in Bewegung. Sie hatte immer noch ihr Messer und die Pistole, und sie würde Wasser finden! Kämpferisch straffte sie sich und machte sich tapfer auf den Weg, wild entschlossen, sich nicht geschlagen zu geben.

Sie durchstreifte dichtes Chaparralbuschwerk, und da es bereits dunkel wurde, sah sie sich nach einem Lagerplatz für die Nacht um. Das plötzliche nahe Heulen eines Wolfes ließ sie zusammenfahren.

Sie ließ das Brennholz fallen, das sie bereits für ihr Lagerfeuer gesammelt hatte, und sah sich mit klopfendem Herzen um. Sie konnte nichts sehen, aber wieder hörte sie das Geräusch, diesmal klang es noch näher. Wie angewurzelt stand sie da und hörte ein weiteres Heulen als Antwort. Sie schluckte. Oh, Gott! Oh, Gott! Nur das nicht!

Aber die Minuten verstrichen, und das furchterregende Geheul der Wölfe schien von überall her zu kommen. Offenbar sollte ihr Gebet nicht erhört werden. Die großen *lobos* hatten ihre Beute gefunden – sie selbst!

13

Starr vor Angst stand Sara reglos da, und das Echo des Wolfgeheuls hallte in ihren Ohren wider. Vielleicht war ihre Furcht ja unbegründet, redete sie sich ein, vielleicht hatte eine andere Beute die Aufmerksamkeit der Bestien erregt. Die unheimlichen, jammervollen Schreie verhallten, und sie spürte eine Welle der Erleichterung.

Sie lachte nervös und bückte sich nach dem heruntergefallenen Brennholz. Direkt hinter ihr ertönte ein aufgeregtes Gekläffe, und Sara schreckte entsetzt hoch. Die Geräusche waren deutlich näher gekommen und sie wußte, daß sie sich etwas vorgemacht hatte. Die Wölfe waren hinter ihr her.

Verzweifelt suchte sie nach einem sicheren Fluchtpunkt, aber um sie herum war nichts weiter als das niedrige, stachelige Gestrüpp der Chaparrals. Keines der Gewächse war hoch genug, um sie vor einem Angriff der Wölfe zu schützen, und ihr Herz krampfte sich in Panik zusammen. Sie hatte noch die Pistole, aber was sollte sie machen, wenn sie keine Munition mehr hatte? Sollte sie sich mit dem Messer wehren?

Ein plötzliches, lautes Geheul ganz in ihrer Nähe ließ sie herumfahren. Sie hatten sie umzingelt, aber erst der Anblick eines langen, mageren, sehnigen Körpers, der lautlos durchs Gebüsch glitt, löste die Starre, die ihre Glieder erfaßt hatte.

Sie mußte flüchten. Sofort! Entschlossen setzte sie sich in Bewegung – sie durfte keine Schwäche zeigen.

Verzweifelt suchte sie nach einem Ausweg. Plötzlich fiel ihr die hohle Eiche wieder ein. Wenn sie doch nur die Eiche erreichen könnte... In der Dunkelheit machte sie zwei besonders grimmige Verfolger aus, und ihre Kehle schnürte sich zusammen. Sie mußte zu der Eiche gelangen! Die Höhlung des Baumes würde ihr den einzigen Schutz bieten, der im Umkreis von vielen Meilen zu finden war.

Wie lange war es her, seit sie an dem Baum vorbeigekommen war? Sie beschleunigte ihre Schritte und hörte zu ihrem Schrecken direkt hinter sich ein lautes Rascheln im Gebüsch. Die Wölfe versuchten nicht länger, sich zu verbergen, und Sara konnte deutlich ihr Hecheln und ihr aufgeregtes Gekläffe hören, so dicht waren sie ihr auf den Fersen.

Verzweifelt blickte sie sich um. Wo war der verdammte Baum? Einer der größeren Wölfe war bedenklich nah gekommen, und sie umklammerte die Pistole noch fester und entsicherte sie. Zu ihrer Linken hörte sie ein gedämpftes Bellen, und voller Entsetzen machte sie drei oder vier Tiere aus, die mit ihr auf gleicher Höhe waren.

Von drei Seiten aus hatte das Rudel sie nun eingekreist, bald würde der Leitwolf angreifen. Ohne jede Vorwarnung tauchte vor ihr plötzlich ein riesiger starker Wolf auf. Seine Augen leuchteten gelb, und Sara sah seine furchterregenden weißen Fangzähne blitzen. Instinktiv richtete sie die Pistole auf ihn und feuerte. Glücklicherweise hatte sie gut gezielt, und der Wolf brach jaulend vor ihren Füßen zusammen. Der Anblick seines zuckenden Körpers und das plötzliche vielstimmige Geheul brachten sie vollkommen aus der Fassung, und sie rannte so schnell, wie sie nur konnte.

Sie wußte nicht, wie lange sie nun schon so dahinrannte. Die Angst vor dem schrecklichen Schicksal, das ihr bevorstand, falls sie langsamer wurde oder stolperte, verlieh ihr fast übermenschliche Kräfte.

Plötzlich schoß ein Wolf aus dem Gebüsch und hätte sie fast zu Fall gebracht, aber wieder drückte sie die Pistole ab, und das große Tier wand sich vor Schmerzen und blieb zurück.

Für kurze Zeit unterbrachen die Wölfe ihre Verfolgungsjagd, und Sara hoffte, daß sie sie mit ihren Schüssen vielleicht in die Flucht geschlagen hatte. Aber nur allzu schnell hatten ihre Verfolger wieder ihre Fährte aufgenommen.

Ihre Beine wurden schwer wie Blei, und ihr Atem ging so keuchend, daß sie fürchtete, hinzufallen und nie wieder aufzustehen. In diesem Augenblick tauchte vor ihr die verwitterte hohle Eiche auf, die vom Mondlicht silbern beschienen wurde. Aus Angst und Erleichterung wurde sie fast hysterisch, und sie rannte noch schneller, ohne zu merken, daß sie gleichzeitig lachte und weinte.

Ihre grimmigen Verfolger ließen ihr kaum Zeit, auf den verkrüppelten Baum zu klettern und in die Höhlung zu kriechen, deren enge Öffnung sich etwa in eineinhalb Meter Höhe über dem Boden befand. Sie betete inständig, daß in dem Loch keine weitere Gefahr auf sie lauern möge, und ließ sich durch die enge Öffnung gleiten. Im selben Moment warfen sich auch schon die mutigsten Wölfe des Rudels gegen den Baum und sprangen daran hoch.

Die Baumhöhle war eng, und Sara war froh, daß sie überhaupt die Arme heben konnte, um auf die unerbittlichen Wölfe, die bereits ihre Krallen am Eingang ihres Verstecks wetzten, zu schießen. Für den Augenblick war sie einigermaßen sicher, aber nun begann sie so stark zu zittern, daß sie kaum die Pistole festhalten konnte.

Die Wölfe schlichen um den Baum herum. Von ihrem Fluchtpunkt aus konnte sie ihr beängstigendes Heulen und Kläffen und das Scharren ihrer Krallen hören. Sie griffen sie nicht ununterbrochen an. Manchmal war es lange Zeit still, und Sara hoffte, daß sie vielleicht aufgegeben hatten, doch dann starteten sie einen neuen Angriff.

Die Nacht wurde endlos. Zwischen den einzelnen Angriffen fiel sie erschöpft in einen leichten Schlaf und wurde sofort wieder wach, wenn die Wölfe zurückkamen.

Als der Himmel von der Morgendämmerung in violettes Licht getaucht wurde, erwachte Sara zum letzten Mal aus ihrem unruhigen Schlummer. Seit dem letzten Angriff der Wölfe mußte einige Zeit vergangen sein, und sie lauschte angestrengt. Von den Wölfen war nichts mehr zu hören, und nachdem sie noch ein bißchen gewartet hatte, wagte sie einen Blick aus ihrem engen Versteck heraus.

Am Fuße des Baumes lagen drei tote Wölfe, die sie in der Nacht erschossen haben mußte, aber von den anderen war weit und breit nichts zu sehen. Sie wagte kaum zu glauben, daß ihre Qualen überstanden waren, und blickte sich weiter vorsichtig um und lauschte. Aber sie hörte nichts als fröhliches Vogelgezwitscher und das Summen von Insekten.

Aber immer noch hatte zu viel Angst, ihr Versteck zu verlassen. Erst als die Sonne hoch am Himmel stand, krabbelte sie aus ihrer schützenden Höhle.

Sie hatte die Nacht überlebt, aber es würde wieder Nacht werden, und mit der Nacht würden die Wölfe kommen...

Diese verkrüppelte hohle Eiche war der einzige sichere Ort, sobald es dunkel wurde, und sie wagte es nicht, sich weit von ihr zu entfernen. Aber wenn sie nicht bald Wasser fand, konnte sie genausogut einfach sitzen bleiben und auf die Rückkehr der Wölfe warten – sie würde so oder so sterben!

Wohin sie auch schaute, sie sah nichts als Grasland und Chaparral. Oh, Gott! Wie hatte sie nur so dumm sein können!

Wütend auf sich selbst, erhob sie sich schließlich. Sie konnte nicht einfach sitzen bleiben und untätig bleiben! Ihr Blick fiel auf die toten Wölfe am Boden. Schon wegen des Gestanks und der Aasfressser, die nicht lange auf sich warten lassen würden, konnte sie nicht wagen, die Kadaver einfach liegen zu lassen. So überwand sie ihren Widerwillen und schleifte sie so weit wie möglich von der Eiche fort.

Danach sah sich Sara noch einmal prüfend um. Obwohl sie ihre Chancen, Wasser und etwas Eßbares zu finden, nur sehr gering einschätzte, durfte sie nichts unversucht lassen. Sie würde sich auf keinen Fall kampflos ihrem Schicksal ergeben, schwor sie sich.

Vor der Abenddämmerung wollte sie auf alle Fälle zu der hohlen Eiche zurückkehren, es sei denn, sie fand einen anderen sicheren Platz. Was sie tun würde, wenn sie weder Wasser noch etwas zu essen finden würde, wagte sie sich gar nicht auszumalen.

Doch sie fand an diesem Morgen wirklich nichts. Schlimmer noch, sie mußte erkennen, daß ihr Körper seine Grenzen erreicht hatte. Also konnte sie sich nicht so weit von der sicheren hohlen Eiche entfernen, wie sie geplant hatte. Nach knapp zwei Stunden stolperte sie keuchend zurück. Als die Sonne bald darauf ihren höchsten Punkt erreicht hatte, brach sie im spärlichen Schatten des Baums zusammen und gab schließlich auf. Sie würde sterben. Mit letzter Kraft rappelte sie sich hoch und lehnte sich an den Baumstamm. Ihr Blick suchte den Horizont ab. Die Landschaft wirkte flach und gleichförmig, aber sie wußte, daß dieser Eindruck täuschte. Überall gab es kleine Einschnitte und Erhebungen, aber sie waren aus der Entfernung nicht auszumachen und verschwanden in einem Meer aus Gras und Chaparralgestrüpp.

Müde blickte sie in die Richtung, in der sie del Sol vermutete und fragte sich, was Yancy wohl in diesem Augenblick machte. Sie lächelte schwach. Wahrscheinlich verfluchte er sie. Jetzt hatte er keine Chance mehr, die Casa Paloma zurückzugewinnen. Die Ranch würde nun in Tansys und Bartholomews Besitz übergehen, und Sara hoffte, daß sie dort ein langes, glückliches Leben führen könnten – wie sie es für sich selbst geplant hatte.

Sie seufzte. Es spielte keine Rolle mehr. Nichts spielte noch irgendeine Rolle. Die Augen fielen ihr immer wieder zu, und sie runzelte die Stirn. Was war das? Da drüben auf dieser sanften Erhebung? Eine Silhouette? War es wieder ihr alter Traum? Würde sie den schwarzen Reiter aus ihrem Traum ein letztes Mal sehen?

Sie setzte sich gerade hin, und ihre Schläfrigkeit war plötzlich wie weggeblasen. Es war eine Silhouette! Es gab keinen Zweifel, dort war der Umriß eincs Pferdes mit Reiter... Es war ein großer, dunkler Reiter, und ein breitkrempiger schwarzer Hut warf einen Schatten auf sein Gesicht, während er sich suchend umsah. Plötzlich sah Sara noch ein zweites Pferd. Ein Packpferd? Irgendwie kam ihr das Tier bekannt vor – *Locuela*?

Wenn sie sein Gesicht auch nicht erkennen konnte, wußte sie doch, wer der schwarze Reiter war. Er strahlte eine solche Arroganz und Entschlossenheit aus, wie er im Sattel saß und sein feuriges Pferd mühelos im Zaum hielt; sein großer, starker Körper wirkte so kraftvoll und stark, daß es sich nur um einen handeln konnte – Yancy Cantrell!

Sie lächelte freudlos. Natürlich hatte er sie gesucht. Sie

war zu wichtig für ihn. Vielmehr waren ihre *Kinder* wichtig für ihn – lebenswichtig. Ohne sie würde er jeden Anspruch auf die Casa Paloma verlieren.

Sara versuchte nicht, seine Aufmerksamkeit zu erregen. Schicksalsergeben wartete sie einfach ab, denn sie war zu erschöpft, sich überhaupt zu regen. Yancy hatte ihr bis hierhier nachgespürt, also würde er sie jetzt auch ohne ihre Hilfe bald entdecken.

Sie spürte eine tiefe Dankbarkeit, daß er sie gefunden hatte – welche Gründe ihn auch geleitet haben mochten. Denn weil er überhaupt nach ihr gesucht hatte, würde sie nicht hier sterben müssen. Yancy hatte ihr das Leben gerettet! Das würde sie niemals vergessen, was immer die Zukunft auch bringen mochte. *Yancy hatte ihr das Leben gerettet.*

Langsam kam er auf sie zu geritten. Manchmal blieb er stehen und prüfte den Boden auf Spuren. Als er etwa noch fünfhundert Meter von ihr entfernt war, blickte er instinktiv auf und entdeckte ihre schlanke Gestalt unter der verkrüppelten Eiche.

Sein Hengst stob plötzlich los, und die kleine Fuchsstute hatte Mühe, ihm zu folgen. Als ihn nur noch ein paar Meter von ihr trennten, riß Yancy an den Zügeln, und der Hengst bäumte sich auf und schnaubte laut. Noch bevor er ganz zum Stehen kam, hatte Yancy sich schon aus dem Sattel geschwungen und war an Saras Seite.

Der Hut verdeckte sein Gesicht, aber Sara spürte vage, wie seine Hände zitterten und wie er nach Luft schnappte, als ihre Blicke sich trafen. Er war tief bewegt, das sah sie an seinen bernsteinbraunen Augen, und dann lag sie auch schon in seinen Armen, und er küßte ihre schweißnasse Stirn.

Lange Zeit hielt Yancy sie so im Arm und konnte kaum fassen, daß er sie gefunden hatte und daß sie noch am Leben war. Er hatte schon viele schreckliche Dinge gesehen, Angriffe von Indianern, Schlachtfelder und Tod, aber nichts hatte ihn so entsetzt wie Saras Verschwinden! Erst als sie

»Durst« krächzte, konnte er sich von ihr trennen und seine Feldflasche holen.

Zärtlich wie eine Mutter führte er ihr die Tasse an die Lippen und erlaubte ihr, erst einmal einen kleinen Schluck zu trinken. Obwohl sie um mehr bettelte, schüttelte er den Kopf. »Nein, mein Liebling«, sagte er mit rauher Stimme. »Zuviel wäre genauso schlecht für dich wie zu wenig. In ein paar Minuten kannst du mehr bekommen.« Er goß die Tasse nochmals voll und tauchte sein rotes Halstuch in das Wasser. Vorsichtig wusch er ihr Gesicht und ließ ihr das kühle Wasser den Hals hinunterlaufen. Es war himmlisch. Mit geschlossenen Augen fragte sie träge: »Wie hast du mich gefunden?«

Yancys Gesichtsausdruck wurde hart. Beim Anblick ihres geschwächten Körpers fragte er sich, was er wohl mit ihr gemacht hätte, wenn sie nicht halbtot gewesen wäre. Wahrscheinlich hätte er sie bis zur Besinnungslosigkeit verprügelt! Aber er vergaß seine Wut schnell wieder, denn ihr zerschundener Körper und ihr erschöpftes Gesicht ließen ihn ahnen, was sie durchgemacht hatte. »Dadurch, daß du in die falsche Richtung gezogen bist, hast du es mir nicht gerade leichter gemacht«, sagte er heiser.

Sara riß die Augen auf. »In die falsche Richtung?« krächzte sie. »Bin ich denn nicht in Richtung San Felipe geritten?«

Yancy schüttelte den Kopf und lächelte grimmig. »Wenn du weitergegangen wärst, dann wärst du irgendwann in Mexiko gelandet! Und da ich mir ganz sicher war, daß du nach Magnolia Grove fliehen wolltest, habe ich gar nicht erst nach Spuren gesucht. Ich habe einfach mein schnellstes Pferd genommen und bin dir nachgeritten. Erst zwei Tage später ging mir auf, daß ich mich wohl geirrt haben mußte, und ich kehrte um. Du kannst dir vorstellen, daß ich dir in dem Moment nicht gerade freundlich gesonnen war! Von der Hacienda aus organisierte ich sofort eine Suchaktion in alle Richtungen, und am Nachmittag stießen wir dann auf deine

Spur. Am folgenden Morgen kam dann Locuela fröhlich nach Hause getrottet … das war ein ziemlich schlimmer Augenblick.« Yancy preßte die Lippen zusammen und blickte finster drein. »Offensichtlich war sie dir irgendwie fortgelaufen, denn die Zügel waren gerissen, und offensichtlich war sie lange gerannt.«

»Wölfe«, murmelte Sara. »Sie bekam Angst und riß sich los. Ich dachte, sie hätten sie getötet.«

»Da kennst du Locuela schlecht – sie ist ein zähes, altes Luder. Und schlau. Selbst in einem Sandsturm findet sie zurück nach del Sol. Und sie findet immer Wasser. Aus diesem Grund nehme ich sie auch meistens mit. Und deshalb habe ich mich um dich gesorgt, als sie allein zurückkam.«

Einen Moment lang war es still, und Sara fielen die Augen zu. Yancy blieb an ihrer Seite und blickte in ihr erschöpftes Gesicht. Nach einer Weile fragte sie: »Glaubst du, ich kann jetzt noch ein bißchen trinken?«

Yancy reichte ihr einen Becher voll Wasser und sagte sanft: »Trink langsam, *chica* – ich habe noch mehr davon.«

Sara lächelte müde und zwang sich, nur kleine Schlückchen zu nehmen. Es war ein herrliches Gefühl, als das Wasser durch ihren ausgetrockneten Hals lief. So kühl, so erfrischend. Mit geschlossenen Augen lag sie da und genoß das kühle Naß auf ihrer Zunge.

Sara und Yancy sprachen nicht viel an diesem langen, heißen Nachmittag. Immer wieder flößte er ihr kleine Mengen Wasser ein und benetzte ihr Gesicht, Hals und Arme. Das laute Knurren ihres Magens ließ ihn lächeln, und er reichte ihr ein Stück Dörrfleisch. Das Rindfleisch war zäh und erinnerte an eine Schuhsohle, aber für Sara war es das Köstlichste, was sie je gegessen hatte.

Als die schlimmste Hitze vorbei war, sagte Yancy: »Ein paar Meilen entfernt ist ein kleines Wasserloch mit einem Pappelwäldchen. Das wird ein guter Platz für unser Nachtlager sein.«

Es war wirklich ein guter Platz, mit viel klarem Wasser, schützenden Bäumen und reichlich Feuerholz. Für den Weg dorthin hatte Yancy sie auf sein Pferd gehoben und sie sicher in den Armen gehalten; Locuela war mit den Vorräten und der Ausrüstung hinterhergetrottet. Es war nur ein kurzer Ritt bis zum Lagerplatz. Dort angekommen, breitete Yancy eine Decke für Sara aus und gab ihr seinen Sattel als Kopfstütze. Sara legte sich nieder und sah teilnahmslos zu, wie er das Lager vorbereitete.

Sie war so müde, und ihr schlimmster Durst war gelöscht, aber sie hatte furchtbaren Hunger. »Kann ich noch ein Stück Dörrfleisch haben?« fragte sie schließlich flehend.

Yancy wollte gerade Feuer machen und blickte jetzt zu ihr herüber. Zum ersten Mal grinste er, wobei seine weißen Zähne aufblitzten. »Es geht dir offensichtlich schon ein bißchen besser, wenn du nur noch ans Essen denkst!«

»Ich denke nicht *nur* ans Essen! Ein heißes Bad wäre jetzt himmlisch, und ich sehne mich nach einem weichen Bett, aber im Augenblick ist mir das Essen nun mal wichtiger!«

Ein Schatten glitt über Yancys Gesicht. »Und doch bist du von all diesen Dingen davongerannt, nicht wahr?«

Sie war so dankbar gewesen, ihn zu sehen, so froh, daß sie nicht am Fuße der hohlen Eiche sterben mußte, und er war so gütig und sanft zu ihr gewesen, daß sie einen Moment lang alles vergessen hatte, was zwischen ihnen stand. Mit gesenktem Blick biß sie sich auf die Lippe. »Ja, das habe ich getan.«

Yancy spürte Wut in sich aufsteigen und sah in eine andere Richtung. Doch statt der zornigen Worte, die ihm auf der Zunge lagen, sagte er nüchtern: »Laß uns später darüber reden. Jetzt muß ich mich sputen und uns schnell einen frischen Braten schießen, bevor es dunkel wird.«

Sie war froh, daß er das Thema gewechselt hatte. Unsicher sah sie zu, wie er sein Gewehr nahm und aufs Pferd stieg. Plötzlich hatte sie schreckliche Angst, verlassen zu werden, und hätte ihn fast zurückgerufen, als er davonritt. Sie wußte, daß er zurückkommen würde; Locuela war sicher an einem kräftigen Pappelstamm festgebunden, und direkt neben ihr lagen die Vorräte; in der Nähe gab es Wasser und ein Feuer, und dennoch jagte es Sara furchtbare Angst ein, allein zu bleiben. Allzu deutlich erinnerte sie sich an die schrecklichen Ereignisse der vergangenen Nacht, und daher brach sie hilflos in Tränen aus, als sie ihn aus den Augen verlor.

Es gab nichts, wovor sie Angst haben mußte, redete sie sich ein. Sie war in Sicherheit. Yancy würde sie nicht im Stich lassen, sondern würde zurückkommen. Sie brauchte keine Angst zu haben.

Trotzdem fuhr sie bei dem kleinsten Geräusch zusammen. Etwa eine halbe Stunde später hörte sie einen Schuß und war unsagbar erleichtert, als er kurz danach mit einem erbeuteten Reh zum Lager zurückkehrte.

Als er das Fleisch gebraten hatte, nahm sich Sara Yancys Rat zu Herzen und zwang sich, nicht zuviel und zu schnell zu essen. Kurze Zeit später schlief sie satt und zufrieden neben dem Feuer ein. In der Nacht wurde sie vom Geheul einzelner Wölfe geweckt, aber der Anblick des flackernden Feuers und die Gegenwart von Yancy, der sich dicht neben sie gelegt hatte, beruhigten sie sofort. Sie kuschelte sich an seinen warmen Körper und schlief schnell wieder ein.

Für die Rückkehr nach del Sol brauchten sie nur zwei Tage. Sara mußte erkennen, daß sie die meiste Zeit im Kreis gegangen war. Schweigend ritten sie zusammen auf Yancys Pferd dahin, und sie fühlte sich in seinen starken Armen sicher und geborgen.

Ihre sichere Rückkehr nach del Sol wurde von den Dorf- und Haciendabewohnern mit so einer ausgelassenen Freude begrüßt, daß Sara tief gerührt war und sich schuldig fühlte. Sie hatte zwar nichts Unrechtes getan, aber dennoch …

In der Hacienda hatte Yancy sie auf ihr Zimmer getragen und sie dann den Frauen überlassen. Maria, Dolores und die anderen Hausdienerinnen taten ihr Bestes, sie zu verwöhnen und zu pflegen. Als erstes flößten sie ihr eine köstliche Hühnerbrühe ein, und dann konnte sich Sara nicht dagegen wehren, daß Maria sie badete wie ein Kind und ihr die Haut mit heilendem Öl einrieb. Unter sanftem Schimpfen brachte Maria sie schließlich ins Bett und ließ sie allein.

Sara schlief tief und fest in dieser Nacht. Sie merkte nicht einmal, daß Yancy zu ihr ins Zimmer kam, eine Kerze anzündete und auf sie herabblickte. Lange Zeit starrte er sie an, bewunderte die seidigen, blonden Locken auf dem weißen Kissen, die langen geschwungenen Wimpern und den süßen, verführerischen Mund. Sein Gesicht verriet, wie nachdenklich er geworden war. Schließlich seufzte er tief auf und küßte sie unendlich sanft auf die Stirn, bevor er leise das Zimmer verließ.

Da Sara einen starken, gesunden Körper hatte, erholte sie sich schnell. Schon nach einer Woche waren alle Spuren der schrecklichen Qualen, die sie durchgestanden hatte, verschwunden. Von allen wurde sie mit außerordentlicher Freundlichkeit behandelt, sogar von Yancy, wie sie erstaunt feststellen mußte. Aber sie fragte sich ständig, wann sie zur Rechenschaft gezogen werden würde. Bisher hatte ihr niemand auch nur den leisesten Vorwurf gemacht, wodurch Sara sich immer schuldbewußter fühlte. Alle waren einfach glücklich über ihre sichere Heimkehr – Yancy hatte sogar eine kleine Geschichte erfunden, um zu erklären, was passiert war. Und kein Mensch, nicht einmal der pummelige Padre Quintero schien an Yancys Erklärung, sie habe beim Ausritt die Orientierung verloren, zu zweifeln …

Am Tage sonnte sich Sara in der Wärme und Güte der Bewohner von del Sol, und nachts warf sie sich schlaflos in ihrem großen, einsamen Bett hin und her und dachte voller Dankbarkeit an Yancy, der ihr nicht nur das Leben gerettet hatte, sondern ihr darüber hinaus peinliche Erklärungen für ihr törichtes Verhalten ersparte. Diese gefährliche Mischung aus Dankbarkeit und Schuldbewußtsein brachte Sara schließlich zu dem Entschluß, Yancy doch zu heiraten. Sie schuldete es ihm. Wie ein Blitz schoß ihr ein noch zwingenderer Grund, den schwarzen Reiter ihrer Träume zu heiraten, durch den Kopf – *sie liebte ihn*! Schon seit Wochen war sie in ihn verliebt! Es spielte keine Rolle, daß er sie nicht liebte – in ihrer ersten Euphorie war sie davon überzeugt, daß ihre Liebe für sie beide ausreichen müßte. Sie würde ihm eine gute Frau sein, und eines Tages würde er sie vielleicht auch lieben... Plötzlich sah sie ihre Zukunft in einem rosigen Licht. *Sie liebte Yancy Cantrell*! Und sie war entschlossen, ihn zu heiraten!

Es war ihr nicht entgangen, daß der vorgesehene Hochzeitstermin verstrichen war, ohne daß Yancy einen neuen Termin festgesetzt hätte. Es war ihr ebenfalls nicht entgangen, daß er sich ihr gegenüber äußerst vorsichtig und zurückhaltend verhielt und sie häufig prüfend ansah. Aber er war so gütig in diesen Tagen! So lieb! Wie hatte sie nur so dumm sein können, vor diesem Mann davonzulaufen, nach dem sich ihr Herz so sehr sehnte?

Vielleicht fürchtete Yancy ja auch, sie könnte wieder törichte Fluchtpläne schmieden, wenn er ein neues Datum für die Hochzeit festsetzte. Diese Sorge konnte er für immer vergessen, schwor sie und nahm sich vor, am nächsten Morgen zu ihm zu gehen und ihm zu sagen, daß sie ihn heiraten und ihm ein Kind für die Casa Paloma schenken würde.

Dritter Teil

Täuschung des Herzen

14

Im schützenden Mantel der Dunkelheit war die Entscheidung leicht gewesen, Yancy zu heiraten, aber beim nüchternen Tageslicht war es längst nicht so einfach, den Plan in die Tat umzusetzen, und Sara schob den nächsten Schritt hinaus, solange sie konnte. Nachdem sie den halben Morgen damit verbracht hatte, etwas Passendes zum Anziehen auszuwählen, entschied sie sich schließlich für ein mit Rosen besticktes Baumwollkleid. Dann experimentierte sie endlos mit ihrem Haar herum, nur um es wieder in gewohnter Weise aufzustecken. Sie warf einen letzten prüfenden Blick in den Spiegel, atmete tief durch und ging resolut auf die Tür zu.

Als sie von Maria erfuhr, daß Senor Yancy erst gegen Abend zur Hacienda zurückkehren würde, war sie unsagbar enttäuscht. Er war mit Marias Ehemann Esteban auf die weiter entfernten Weiden hinausgeritten, um das Kastrieren einiger kürzlich eingefangener Bullen zu beaufsichtigen.

Rastlos wanderte Sara auf der Hacienda umher und wartete sehnsüchtig auf Yancys Rückkehr. Gleichzeitig fürchtete sie sich auch davor. Während die Stunden dahinschlichen, fragte sie sich immer wieder, ob ihre Entscheidung richtig war. Aber sie verwarf den Zweifel. Selbstverständlich tat sie das Richtige. Es war sozusagen ihre moralische Verpflichtung, nachdem Yancy so gut zu ihr gewesen war.

Es dämmerte bereits, als er an diesem Abend zurückkehrte. Sara saß schon einige Zeit wartend am Rand des Goldfischteichs. Sie bekam einen trockenen Mund, wischte sich nervös die Hände an ihrem Kleid ab und stand auf.

Er sah müde und schmutzig aus, Hose und Stiefel waren

mit feinem texanischem Staub bedeckt, und sein weißes Hemd war verschwitzt und schmutzig. Aber Saras törichtes, kleines Herz hüpfte bei seinem Anblick vor Freude. Mit einem einfachen schwarzen Sombrero in der Hand kam er auf sie zu und sagte ruhig: »Maria sagte, du willst mich sprechen.«

Ein wenig anders hatte Sara sich das schon vorgestellt, aber bevor sie den Mut verlor, platzte sie heraus: »Willst du mich immer noch heiraten?«

Seine Augen strahlten, und er antwortete leise: »Mehr als alles auf der Welt.«

Sara schluckte. Na ja, es war kein Wunder, daß er das sagte – er wollte die Casa Paloma; warum empfand sie bloß diese törichte Freude, wenn er solche Dinge sagte? Ohne ihn anzusehen, stammelte sie atemlos: »Ich weiß... es gibt nur einen Grund, warum du mich heiraten willst... du willst nur ein Kind mit mir machen, äh, haben.« Dann zwang sie sich, in sein geliebtes Gesicht zu sehen, und machte ein entwaffnendes Geständnis. »Ich habe mich sehr dumm benommen! Es macht nichts, wenn wir nicht aus Liebe heiraten – es gibt viele Ehen, die nicht aus Liebe geschlossen wurden! Ich bin dir so furchtbar dankbar, daß du mir das Leben gerettet hast, und... und selbst wenn wir uns nicht lieben, kann ich dir eine gute und pflichtgetreue Ehefrau sein. Ich werde dir eine gewissenhafte und gehorsame Frau sein – das schwöre ich dir!«

»Ich verstehe«, murmelte Yancy langsam und ließ sie nicht aus den Augen. »Du bist mir dankbar, und weil du mir dankbar bist, willigst du ein, mich zu heiraten und mein Kind zur Welt zu bringen?«

Sara nickte. Ihre wunderschönen, smaragdgrünen klaren Augen blickten unschuldig drein. Sie war froh, daß er sie verstanden hatte. Sie brauchten diese Offenheit. Zwischen ihnen würde es keine Mißverständnisse geben.

»Und du glaubst, daß es das ist, was ich mir wünsche?«

fragte er hinterhältig. »Eine gehorsame, *pflichtgetreue* Ehefrau?«

Er gab seinen Worten einen häßlichen, unangenehmen Klang, und Sara wurde es unbehaglich zumute. Auch sein Gesichtsausdruck war nicht sonderlich ermutigend, und ihr war, als hätte er alle Mühe, einen Wutanfall zu unterdrücken.

»Willst du mich denn nicht heiraten?« fragte sie traurig.

Yancy stieß einen leisen Fluch aus, warf seinen Sombrero auf den Boden und zerrte sie brutal in seine Arme. Er küßte sie rücksichtslos, bis ihr die Lippen weh taten. Schmerzhaft preßte er die Fingernägel in die weiche Haut ihrer Oberarme.

Sara versuchte sich zu wehren. Aber seine Reaktion machte ihr angst und verwirrte sie. Mit den Fäusten trommelte sie verzweifelt auf seinen breiten Brustkasten ein. Vergeblich versuchte sie, den Mund wegzudrehen.

So plötzlich wie der Kuß begonnen hatte, war er auch wieder zu Ende. Brutal stieß er sie von sich und warf ihr einen merkwürdigen Blick zu. »Besonders pflichtgetreu warst du gerade nicht!« sagte er kalt.

Sara schluckte. Sie zwang sich, daran zu denken, daß er ihr das Leben gerettet hatte. Außerdem hatte sie ihm soeben versprochen, ihm eine gehorsame Ehefrau zu sein. »Es tut mir leid«, murmelte sie. »Ich wollte nicht ... ich ... Du hast mich überrumpelt – beim nächsten Mal gebe ich mir mehr Mühe.«

Leise vor sich hin fluchend, hob Yancy den Sombrero auf und sagte gepreßt: »Ich fürchte, daß du dir bedeutend mehr Mühe geben mußt, wenn du erst meine Frau bist!« Er warf ihr einen feindseligen Blick zu, und als er fortfuhr, klangen seine Worte eiskalt. »Bist du sicher, daß du dich aus lauter *Dankbarkeit* mit meinen Forderungen abfinden wirst?«

Sara konnte nicht verstehen, warum er plötzlich so wütend und brutal war, aber sie war entschlossen, bei ihrer Entscheidung zu bleiben, und nickte gehorsam mit dem Kopf.

»Ich weiß, welche Forderungen du an mich hast, und ich ... ich verspreche, daß ich mich nie wieder so anstellen werde, wenn du mich küssen oder sonstwas mit mir machen willst.«

Ihre Worte hatten ihn beruhigen sollen, aber offensichtlich erzürnten sie ihn noch mehr, und seine Augen blitzten vor Wut. »Lieber Gott! Erspar mir das! Aber da du offenbar entschlossen bist, dich aufzuopfern, werde ich mit Padre Quintero einen neuen Termin für die Hochzeit arrangieren. In der Zwischenzeit möchte ich, daß du über eines nachdenkst, Sara – Unterwürfigkeit und Willfährigkeit kann ich mir kaufen, dazu brauch' ich nicht zu heiraten!«

Er machte auf dem Absatz kehrt und ließ Sara verwirrt stehen. Sie hatte getan, was er wollte – sie hatte zugestimmt, ihn zu heiraten. Warum war er so wütend darüber? Er bekam alles, was er wollte; sogar seinem Bedürfnis nach einem Kind für die Casa Paloma wollte sie Rechnung tragen. Warum war er dann bloß so wütend?

Diese Frage sollte sich Sara in den folgenden Wochen immer wieder stellen. Der Hochzeitstermin war auf den sechsundzwanzigsten Juni festgesetzt worden, und je näher der Tag rückte, desto gereizter wurde Yancy. Sara erwähnte einmal beiläufig, daß Bartholomew und die anderen Bewohner von Magnolia Grove vielleicht noch rechtzeitig zur Hochzeit eintreffen könnten, woraufhin ihr Yancy fast den Kopf abriß. Wie ein gereizter Tiger lief er auf der Hacienda herum und verhielt sich Sara gegenüber beleidigend und gemein. Manchmal hätte sie ihn am liebsten geohrfeigt oder ihm ein paar passende Antworten gegeben, und ihre dankbare, demütige Haltung geriet bedenklich ins Wanken. Man konnte fast glauben, daß er absichtlich einen Wutanfall provozieren wollte.

Yancy wurde nach und nach so übellaunig, daß sogar die Hausangestellten ihn zweifelnd ansahen. Wie sie aus Maria herausbekam, mußten nicht nur die Hausdiener seine Wut ausbaden. Esteban hatte beklagt, daß er sich auch auf der Ranch wie ein rasender Stier aufführe.

Glücklicherweise bekam Sara ihn nur selten zu Gesicht; schon im Morgengrauen stand er auf und verließ die Hacienda. Erst spät abends kehrte er zurück, und sein schmales, dunkles Gesicht war von Erschöpfung gezeichnet. Ihr kam er vor, als würde er sich über ihre bevorstehende Hochzeit ganz und gar nicht freuen!

Nach einer Weile fürchtete Sara die Abende, an denen er früher zurückkehrte. Meist trug er eine engsitzende schwarze Hose und ein scharlachrotes Hemd und thronte majestätisch auf einem der Ledersessel im Salon. Er trank dann immer Unmengen an Brandy und starrte Sara grimmig an. Gut sah er aus, wie er dort herumlümmelte. Seine schwarzen Locken schimmerten im Kerzenlicht, und mit den feingeschnittenen Gesichtszügen, den hohen Wangenknochen und der leicht gebogenen Nase konnte er seine spanische Herkunft nicht verleugnen. An diesen zermürbenden Abenden sprach er nur selten mit Sara, und wenn, dann nur, um sie zu provozieren und aus der Fassung zu bringen. Schließlich stellte sie sich die bange Frage, ob all ihre zukünftigen gemeinsamen Abende wohl so aussehen würden.Was war nur aus dem aufregenden Mann geworden, der sie bis zur Besinnungslosigkeit geküßt hatte und mit einem einzigen Blick seiner dunklen Augen ihr Blut in Wallung bringen konnte?

Es war eine Qual, den ganzen Abend von Yancys bernsteinbraunen Augen fixiert zu werden, und Sara war froh, als Maria ihr eine Näharbeit herrichtete. Während sie sich auf ordentliche Stiche konzentrierte, konnte sie Yancys nervtötende Anwesenheit bis zu einem gewissen Grade ignorieren, und wenn er etwas besonders Provozierendes zu ihr sagte, konnte sie ihrem Ärger ein wenig Luft machen, indem sie sich vorstellte, mit ihrer emsigen Nadel in die empfindlichsten Stellen seines Körpers zu stechen.

Es war zwar nicht so befriedigend wie eine einfache Ohrfeige, aber sie konnte ihre Wut dadurch in Kontrolle halten. Wenn sie sich jedoch vorstellte, daß sie ein Leben lang ihre Gefühle verbergen sollte, sowohl ihre Liebe zu ihm als auch die Wut, in die er sie versetzen konnte, dann wurde ihr bang ums Herz.

An einem warmen Juniabend, drei Tage vor der Hochzeit, hielten sie sich auf der beleuchtenden Veranda auf der Rückseite des Hauses auf. Sara saß auf dem Rand des Springbrunnens und beobachtete die hin und her schießenden Goldfische, während Yancy halb versteckt im Schatten saß.

Ohne es zu wissen, bot Sara einen zauberhaften Anblick. Mit einem zartrosa Seidenband hatte sie ihr Haar zu einem lockeren Knoten zusammengebunden. An ihrem Kleid in derselben Farbe wie das Haarband, ließ das eng anliegende Mieder die Schultern frei und den Ansatz ihres jungen festen Busens ahnen. In besseren Tagen hatte es Sara auf Magnolia Grove als Ballkleid gedient, es schmeichelte ihrer zierlichen Figur, betonte die schmale Taille und fiel in Spitzenrüschen bis auf den Boden.

Yancy schlürfte seinen Brandy und betrachtete sie unter gesenkten Lidern. Auch an diesem Abend trug er engsitzende schwarze Hosen, die am Saum mit goldenen Stickereien verziert waren. Um seine schlanke Hüfte hatte er eine scharlachrote Schärpe geschlungen. Das feine weiße Batisthemd war nur zur Hälfte zugeknöpft und gab den Blick auf seine muskulöse, dicht behaarte Brust frei.

Den ganzen Abend hatte Sara krampfhaft versucht, nicht auf diese männliche haarige Muskelpracht zu starren. Dennoch kam ihr immer wieder in den Sinn, was für ein erregendes Gefühl es gewesen war, Yancys breiten, kraftstrotzenden Brustkasten zu berühren und darunter begraben zu werden. In drei Tagen würden sie heiraten, und trotz aller Befürchtungen sehnte sich ihr leidenschaftlicher Körper danach, von Yancy berührt zu werden.

Schüchtern wagte sie einen Blick in seine Richtung. Versonnen verweilten ihre Augen auf seinen langen muskulösen Beinen, und ihr wurde die sinnliche Ausstrahlung seines großen, harten Körpers bewußt. Schon in wenigen Tagen, dachte sie atemlos, würde er in all seiner nackten Herrlichkeit Besitz von ihrem Körper ergreifen und ihr ungeahnte Wonnen verschaffen. Zu ihrem Entsetzen wurden plötzlich ihre Brustwarzen hart und traten deutlich unter dem blaßrosa Seidenstoff des Kleides hervor.

Nervös sprang sie auf und hatte nur noch das Ziel, so schnell wie möglich aus seiner beunruhigenden Gegenwart zu fliehen. Ohne ihn anzusehen, stieß sie hervor: »Es ist spät. Ich möchte zu Bett gehen.«

Sein Gesicht lag im Schatten. »Willst du denn schon wieder fliehen, meine Süße?« fragte er neckend.

Erschrocken sah Sara ihn an. »Was willst du damit sagen? Warum sollte ich fliehen wollen?«

»Ach nein? Es scheint mir, als ob du ständig vor mir davonläufst, seit du aus lauter *Dankbarkeit* in eine Ehe mit mir eingewilligt hast.«

Während sie ihn mit offenem Mund anstarrte, erhob er sich und leerte sein Brandyglas. Mit einer blitzschnellen Bewegung schleuderte er das wertvolle Kristallglas an einen Pfeiler des Bogengangs. Er beachtete das Klirren des zerberstenden Glases jedoch gar nicht, sondern trat näher an Sara heran. Flüchtig berührte er sie am Kinn und bog ihren Kopf nach hinten, so daß sie gezwungen war, ihm in die Augen zu sehen. »Und was wirst du am Mittwoch abend machen, nachdem wir uns vor Padre Quintero das Ehegelöbnis gegeben haben? Willst du dann wieder fliehen?«

Sara fühlte sich verwirrt und unbehaglich. »Ich habe versprochen, dir eine gute Ehefrau zu sein...«, sagte sie und errötete. »In *jeder* Beziehung.«

»Ach ja, das hatte ich fast vergessen«, säuselte er. »In letzter Zeit habe ich mich immer wieder gefragt, wie du Sam in diese platonische Ehe lotsen konntest. Wie schüchtern und sittsam du in letzter Zeit warst! Wie nachsichtig! Sanft und demütig wie eine Nonne! Aber vergiß nicht, daß ich längst weiß, wie leidenschaftlich du sein kannst! Ich kenne dein Feuer, ein Feuer, in dem jeder Mann bis in alle Ewigkeit brennen möchte. War es bei meinem Vater auch so? Hast du ihm vor der Hochzeit den Himmel versprochen, nur um ihn in der Hölle schmoren zu lassen, sobald du den Ring am Finger hattest?«

Der angestaute Ärger der vergangenen Wochen stieg plötzlich in Sara auf, und sie riß sich von ihm los. Ihr Busen wogte vor Wut, sie funkelte ihn böse an und versetzte ihm zu beider Überraschung eine schallende Ohrfeige. »Hör auf!« zischte sie. »Du hast die Grenze meiner Geduld soeben überschritten, und ich werde keine Sekunde länger hier stehen und es zulassen, daß du mich und deinen Vater beleidigst!«

Grinsend sah er ihr ins Gesicht, und seine Augen blitzten belustigt. »Oh, endlich zeigt die kleine Wildkatze ihre Krallen! In letzter Zeit habe ich mich schon gefragt, wohin sie verschwunden waren. Ich fürchtete schon, deine *Dankbarkeit* hätte dich gezähmt!«

»Reite doch nicht auf meiner *Dankbarkeit* herum!« schrie Sara und stemmte die Hände in die Hüften. »Sie hängt mir zum Halse heraus! Fang nicht noch einmal davon an, sonst weiß ich nicht, was ich tue!«

Zu Saras Überraschung grinste Yancy nur breit, und bevor sie wußte, wie ihr geschah, hielt er sie auch schon in den Armen. Mit eisernem Griff preßte er sie an sich und küßte sie voller Leidenschaft, wobei er mit der Zunge tief in ihren Mund stieß. Als er schließlich ihren Mund wieder freigab, murmelte er: »Na endlich, du kleine Kratzbürste! Ich hatte dich schon vermißt!«

Sein unverschämtes Verhalten versetzte Sara noch mehr in Rage. »Du hast eine verdammt merkwürdige Art, das zu zeigen!« schrie sie und befreite sich aus seiner Umklammerung. »In den letzten Wochen hast du dich aufgeführt wie ein wildgewordener Hammel! Aber mir reicht's jetzt! Ich habe dir die Wahrheit gesagt über meine Ehe mit Sam, und wenn du mir nicht glaubst, dann ist das dein Problem – aber du wirst deinen Vater und mich nicht noch einmal beleidigen! Hast du mich verstanden?« In schneidendem Tonfall fügte sie hinzu: »Es gibt mir übrigens wirklich zu denken, daß du ausgerechnet mich heiraten willst, wo du mich doch offenbar für die berechnendste, widerwärtigste Kreatur der ganzen Welt hältst!«

Yancy schnitt eine Grimasse. Sara hatte seinen wunden Punkt getroffen. Er hatte sich in letzter Zeit tatsächlich unmöglich benommen. Reuevoll sagte er: »Ich war wohl wirklich unerträglich. Schuld daran war aber nur dein Eheversprechen aus Dankbarkeit. Kein Mann möchte aus *Dankbarkeit* geheiratet werden, das kannst du mir glauben!«

Er gab dem Wort einen unsagbar häßlichen Klang, und Sara schaute ihn verwundert an. Obwohl ihr Ärger ein wenig verraucht war, mußte sie noch einmal über ihre Ehe mit Sam sprechen. »Und meine Ehe mit deinem Vater? Was ist damit?«

Yancy seufzte. »Du gibst aber auch keinen Millimeter nach?« Auf Saras heftiges Kopfschütteln hin fuhr er barsch fort: »Deine Ehe mit Sam war ein gutes Mittel zum Zweck.«

Saras Augen verengten sich zu zwei Schlitzen. »Was willst du damit sagen?«

Er grinste amüsiert. »Na ja, ich denke schon seit Wochen, daß du die Wahrheit gesagt hast.«

Er gab ihr keine Gelegenheit, etwas zu erwidern. Statt dessen wirbelte er sie herum und gab ihr einen spielerischen Klaps auf den Po. »Für heute abend haben wir genug Geständnisse gehört! Ab ins Bett mit dir, *chica*! Ich hoffe, du wirst gut schlafen – du mußt für die Hochzeitsnacht Kräfte sammeln!«

Obwohl sie nicht mehr genau wußte, worüber sie sich eigentlich ärgerte, war Sara entschlossen, den Streit fortzusetzen, aber Yancy ließ sie einfach stehen und schlenderte davon. Lange konnte sie hören, wie er fröhlich vor sich hin pfiff.

Erstaunlicherweise schlief Sara in dieser Nacht wirklich gut, obwohl in ihren Träumen ein gewisser schwarzhaariger Teufel mit spöttischen, bernsteinbraunen Augen ihr Blut in Wallung brachte. Beim Aufwachen spürte sie einen herzhaften Appetit, und ihre smaragdgrünen Augen blitzten unternehmungslustig. Mit Yancy zu streiten war wirklich stimulierend!

Vor ihr lag ein langer Tag, aber zum ersten Mal seit ihrer Rückkehr auf die Hacienda freute sie sich auf den Abend und auf ein weiteres Scharmützel mit ihrem zukünftigen Ehemann. Ihr Gang war schwungvoller, und sie mußte ständig lächeln, obwohl sie sich nicht erklären konnte, warum. Als Maria ihr eine Kanne mit Limonade und einige gefüllte Tacos brachte, summte Sara tatsächlich froh vor sich hin. Maria stellte das Tablett auf den Tisch, stemmte die Hände in die Hüften und sagte augenzwinkernd: »Was gestern nur geschehen ist? Ich hätte gern Mäuschen gespielt!«

Sara blickte zu ihr auf, und Maria grinste. »Senor Yancy war in den letzten Wochen wie ein wütender Stier. Aber heute morgen ist er lächelnd und pfeifend davongeritten. Und ihr sitzt hier und lächelt töricht vor Euch hin! Da kann man sich doch an fünf Fingern ausrechnen, was passiert ist!«

Sara wurde feuerrot und goß sich ein Glas Limonade ein. »Nun, ich habe keine Ahnung, wovon du sprichst – *nichts* ist passiert!« sagte sie munter.

Maria schüttelte lachend den Kopf und wollte zurück in die Küche gehen, als sie im Dorf ein lautes Hallo hörten. Sie sahen sich überrascht an und rannten wie auf Kommando zum Eingangstor der Hacienda. Sara raffte Petticoat und Röcke hoch und stürmte die breiten Stufen vom Haus zum Hof hinunter, vorbei am Springbrunnen und durch das schmiedeeiserne Tor, das an diesem heißen Junitag offenstand. Die Rufe, die sie hörten, waren fröhlich und aufgeregt.

Dolores und Juan hatten sich zu Sara und Maria gesellt, und zu viert liefen sie durch das Tor und starrten staunend auf die Prozession, die sich die kurvige Dorfstraße hochwand.

Es waren sechs Reiter, die drei schwerbeladene Wagen verschiedener Größe eskortierten. Sara erkannte Yancy auf seinem Lieblingshengst und noch ein paar Viehtreiber der Hacienda. Erst allmählich wurde ihr klar, daß der große, schwarze Mann auf dem braunen Wallach niemand anders als Bartholomew war! Die Bewohner von Magnolia Grove. Nicht nur Bartholomew, Tansy und die anderen drei Diener, sondern auch Ann und Thomas Shelldrake und ein griesgrämig dreinblickender Hyrum Burnell waren gekommen. Aber Sara hatte zunächst nur Augen für Bartholomew und Tansy. Bartholomew war kaum abgesessen, als sie sich ihm auch schon in die Arme warf. Erst in diesem Augenblick wurde ihr klar, wie sehr sie ihn vermißt hatte.

Bartholomew lächelte ihr zu und sagte spöttisch: »Soll das heißen, Sie vergeben uns unsere Beteiligung an der Entführung?«

»Das werde ich euch niemals verzeihen!« schimpfte Sara lachend. »Das war ein ganz gemeiner Trick von euch ... Oh, Bartholomew! Ich habe dich so vermißt!«

»Was fällt Ihnen ein, meinen Mann zu belästigen, junge Dame?« fragte Tansy streng von ihrem Wagen herunter. Amüsiert fuhr sie fort: »Was sind das nur für Zeiten? Kaum paßt man mal nicht auf, und schon sieht man, wie der eigene Mann von einem frechen, jungen Ding umarmt und geküßt wird!«

Yancy war abgesessen, und nachdem er Tansy vom Wagen geholfen hatte, zwinkerte er Sara zu und sagte: »Wegen dem frechen, jungen Ding brauchst du dir nicht mehr lange Sorgen zu machen. Wir werden in zwei Tagen heiraten, und wenn sie erst meine Frau ist, wird sie sich bestimmt nicht länger fremden Herren an den Hals werfen!«

Die Wagen standen im Halbkreis vor dem Eingang der Hacienda. Sara sah, wie Hyrum die Lippen zusammenkniff, aber sonst zeigt er keine Reaktion auf Yancys Ankündigung. Ganz anders dagegen Ann Shelldrake.

»*Heiraten*!« rief sie empört. Ihre blauen Augen blitzten böse auf. Wie eine Königin thronte sie im zweiten Wagen an der Seite des alten Noah, der den Wagen lenkte. Sie durchbohrte Yancy förmlich mit ihrem Blick und fuhr fort: »Du wirst sie doch nicht tatsächlich heiraten wollen!«

Lässig zog Yancy Sara an sich und legte ihr besitzergreifend den Arm um die schlanke Taille. Er warf Ann einen erstaunten Blick zu und erklärte nachdrücklich: »Ja, das habe ich vor, und ich verstehe nicht, was es dich angeht!«

Ann wurde rot vor Zorn, aber sie erinnerte sich plötzlich daran, daß sie Yancys Gast war – wenn auch nicht gerade ein willkommener Gast – und sie hielt sich zurück. Sie zwang sich zu einem beschwichtigenden Lächeln und sagte: »Verzeih mir bitte! Ich war nur so überrascht, da ich deine Ansicht über die Ehe kenne.« Verschlagen murmelte sie: »Merkwürdig, aber ich habe noch nie gehört, daß jemand seine eigene Stiefmutter heiratet!«

»Ich denke, es wird vieles geben, wovon du mit deiner beschränkten Weltsicht noch nie gehört hast!« wies Yancy sie zurecht.

»Ach, du liebe Güte! Ich habe dich verärgert! Es tut mir so leid – das war nicht meine Absicht!« Ann lächelte kokett. »Ich kann einfach nicht den Mund halten! Komm, laß uns das Ganze vergessen, und hilf mir jetzt bitte von diesem schrecklichen Wagen herunter.«

Yancy warf ihr einen vernichtenden Blick zu. Dann sagte er über die Schulter hinweg: »Hyrum, wo du dich schon selbst eingeladen hast, kannst du dich auch nützlich machen und Mrs. Shelldrake vom Wagen helfen.«

Ohne Anns beleidigte Miene zu beachten, zog Yancy Sara mit sich und ging zum letzten Wagen, auf dem Tom Shelldrake und Peggy saßen. »Herzlich willkommen, Sir«, sagte Yancy zu Tom. »Ich hoffe, die Reise war nicht zu beschwerlich für Sie.«

Tom Shelldrake sah erschöpft und müde aus und rieb seinen schmerzenden Arm. Er lächelte schwach und murmelte: »Nicht allzu beschwerlich, mein Sohn, aber ich muß zugeben, daß ich mich darauf freue, endlich wieder in einem ordentlichen Bett zu schlafen!«

Yancy grinste. »Es wird mir ein Vergnügen sein, dafür zu sorgen, daß Sie das weichste Bett auf der Hacienda bekommen! Darf ich Ihnen herunterhelfen?«

Schwerfällig und ungeschickt kletterte Tom vom Wagen und war offensichtlich dankbar für Yancys Hilfe. Sara sah ihren zukünftigen Ehemann forschend an. Wie widersprüchlich er war! Er war hart, arrogant, unverschämt, und doch konnte er auch gütig und unsagbar zärtlich und umsichtig sein. So war er wohl auch zu seinem Vater gewesen. Es tat ihr weh, wenn sie daran dachte, was Sam und Yancy alles versäumt hatten.

Es war ein geschäftiger Nachmittag, und Sara war angenehm müde, als die letzten Sachen aus Magnolia Grove im Lagerhaus neben den Ställen verstaut waren. Ann und Tom hatten sich in die schönen Zimmer zurückgezogen, die Yancy ihnen zugewiesen hatte. Offensichtlich machte es Ann großen Spaß, Leute zum Herumkommandieren zu haben, denn den ganzen Nachmittag über liefen Diener mit den verschiedensten Aufträgen hin und her.

Bartholomew, Tansy und Peggy bezogen ein kleines Lehmhaus am Rande der Hacienda. Stirnrunzelnd sah Sara zu, wie fröhlich Tansy herumlief und ihre Sachen einräumte. Sie schien sich wirklich gut auszukennen, und schließlich fragte Sara: »Warst du schon einmal hier?«

Tansy sah sie verwundert an. »Aber natürlich! Dies war

immer Bartholomews Quartier, wenn Master Sam auf del Sol war. Bartholomew kennt Yancy von Geburt an, und Master Sam hat ihn oft mit Yancy hiergelassen, wenn er nach Magnolia Grove mußte. Del Sol ist uns fast so vertraut wie Magnolia Grove – für uns waren die Hacienda und die Ranch immer unser wahres Zuhause.«

Trotz der Ankunft der Bewohner von Magnolia Grove wurde es ein stiller Abend – die Shelldrakes blieben in ihren Zimmern, und die anderen waren damit beschäftigt, sich einzurichten. Sara wußte, daß Noah und seine Frau Mercy ein kleines Häuschen im Dorf bekommen hatten, und sie fragte sich, wo Yancy wohl Hyrum einquartiert hatte. Hyrum war ein guter Mann. Wenn man ihm eine Chance gab, würde er auf del Sol hart arbeiten, da war sie sich ganz sicher. Hoffentlich würde Yancy seine unfaire, ablehnende Haltung aufgeben und erkennen, daß der frühere Aufseher von Magnolia Grove ein Gewinn für die Ranch sein konnte, und ihn genauso höflich und fair behandeln wie seine anderen Untergebenen.

Sara bekam an diesem Abend weder Yancy noch einen von den anderen zu Gesicht, aber sie spürte, daß sich durch deren Ankunft auf der Hacienda einiges ändern würde. Außerdem waren es nur noch zwei Tage bis zu ihrer Hochzeit ...

Am nächsten Morgen spürte sie beim Aufwachen plötzlich eine gewisse Niedergeschlagenheit. Sie freute sich zwar sehr über die Ankunft Bartholomews und Tansys und der anderen Diener von Magnolia Grove, aber die Anwesenheit der Shelldrakes und Hyrums war ihr nicht sonderlich angenehm. Die drei erinnerten sie zu sehr an die schreckliche Zeit nach Margarets Ermordung und die schlimmen Tage nach Sams Tod. Das war merkwürdig, denn auch Bartholomew und die anderen Diener waren in dieser Zeit bei ihr gewesen, doch nur Tom, Ann und Hyrum erinnerten sie ständig an jene düsteren Tage.

Sie verscheuchte diese unerfreulichen Gedanken und

schwang sich aus dem Bett. Wer sie eine halbe Stunde später sah, wäre nie darauf gekommen, daß sie an diesem Morgen mißgestimmt erwacht war, denn sie lächelte sanft und strahlte heitere Gelassenheit aus.

Nachdem sie auf ihrem Zimmer gefrühstückt hatte, brannte sie darauf, ihre persönlichen Dinge aus Magnolia Grove in Augenschein zu nehmen. Die wenigen Kleider, die Tansy für sie eingepackt hatte, war sie mittlerweile gründlich leid, und sie freute sich darauf, an diesem Abend etwas anderes zu tragen als das blaßrosa Seidenkleid. Als Maria auf ihr Läuten hin erschien, sagte Sara fröhlich: »Im gestrigen Trubel hat man wohl vergessen, meine Koffer und Truhen auf mein Zimmer zu bringen. Weißt du vielleicht, wohin die Sachen nach dem Abladen gekommen sind?«

Maria wirkte überrascht. »*Sí*! Senor Yancy hat alles in seine Zimmer bringen lassen.« Mit einem schelmischen Lächeln fügte sie hinzu: »Nach dem morgigen Tag sind seine Räume ohnehin auch Eure – wo sollten Eure Sachen denn sonst hin?«

Sara ärgerte sich, daß sie errötete, und mied Marias belustigten Blick. Mit aufgesetzter Lässigkeit lächelte sie: »Aber natürlich, hat man alles dorthin gebracht! Wie dumm von mir!« Sie stand auf und blieb an der Tür stehen. »Könntest du mir bitte zeigen, wo Yancys Zimmer sind?« fragte sie schüchtern.

Maria lachte warmherzig. »Kommt schon, *chica*. Sie sind am anderen Ende des Korridors.«

Yancys Wohnbereich bestand aus zwei wertvoll möblierten riesigen Schlafräumen, die an ein zauberhaftes Wohnzimmer grenzten. Außerdem gab es noch zwei große Ankleideräume. Sara fühlte sich durch die Größe und die vornehme Ausstattung der Zimmer zunächst etwas eingeschüchtert. Zu ihrer Freude entdeckte sie im kleineren der beiden Schlafzimmer ihre drei Reisetruhen. Sie verbrachte mit Maria einen angenehmen Vormittag damit, ihre Kleider in den geräumigen Mahagonischrank einzuordnen, der die gesamte Wand des einen Ankleidezimmers einnahm. Einige persönliche Dinge, die silbernen Haarbürsten und Kämme, die Sam ihr zum achtzehnten Geburtstag geschenkt hatte, und zwei hübsche Kristallflakons plazierte sie auf dem Frisiertisch. Sie besaß wenig Schmuck – die meisten teureren Schmuckstücke hatte sie der Kriegskasse opfern müssen –, aber sie hatte ein paar kleinere Erinnerungsstücke, die sie in eine kleine Schublade einer Kommode legte.

Maria beobachtete sie stirnrunzelnd. »Habt Ihr kein Schmuckkästchen?« fragte sie schließlich.

Sara lächelte. »Nein, aber das macht nichts. Ich habe ohnehin nicht viel Schmuck.«

Maria war unzufrieden. Für sie mußte alles seine Ordnung haben, und es schien ihr äußerst unpassend, daß die zukünftige Herrin der Hacienda ihren Schmuck einfach lose in eine Schublade packte wie ein einfaches Bauernmädchen. Auf einmal kam ihre eine Idee. »Oh, wartet einen Augenblick!« rief sie fröhlich. »Ich weiß, was wir machen! In Senor Yancys Kleiderschrank ist eine geschnitzte Schatulle. Da paßt alles ganz wundervoll hinein!«

Sofort rannte sie in Yancys Zimmer und kam nach wenigen Minuten mit einer reich verzierten dunklen Holzschachtel zurück. Als sie die Schachtel schüttelte, rappelte irgend etwas darin. »Ich weiß nicht, was er hier drin hat, aber er hat sicher nichts dagegen, wenn wir es herausnehmen und woanders hinlegen«, sagte sie.

Maria stellte sich neben Sara, öffnete die Schatulle und ließ ihren Inhalt auf die blauseidene Bettdecke fallen. In der Schachtel, die Maria aus Yancys Schrank geholt hatte, lag nur ein einziger Gegenstand. Sara schnappte nach Luft, als sie den reichverzierten Dolch in der Morgensonne aufblitzen sah. Sie erkannte ihn augenblicklich wieder. Als sie den Dolch zum letzten Mal gesehen hatte, hatte er in Margaret Cantrells Brust gesteckt.

15

Während Sara verstört auf den silbernen Dolch starrte, der so unschuldig auf der blauen Bettdecke lag, hörte sie hinter sich plötzlich ein Geräusch. Sie wirbelte herum und sah Yancy in der Tür zum Salon stehen. Maria, die nichts von Saras Anspannung ahnte, sagte lächelnd zu ihm: »Oh, Senor, gut, daß Ihr gekommen seid. Gerade habe ich Eurer *novia* gesagt, daß sie diese Schatulle für ihren Schmuck nehmen darf. Jetzt könnt Ihr auch noch persönlich Eure Einwilligung geben.«

Yancys Gesicht zeigte keinerlei Reaktion, als er sagte: »*Gracias*, Maria, das werde ich tun. Würdest du uns jetzt ein paar Minuten allein lassen. Ich habe noch ein paar Dinge mit meiner *novia* zu besprechen.«

Ohne die Spannung zwischen den beiden zu spüren, lächelte Maria vielsagend und eilte aus dem Zimmer. Schweigend starrten sich Yancy und Sara über das breite Bett hinweg an. Saras smaragdgrüne Augen waren voller Vorwürfe; Yancys Blick war geheimnisvoll und wachsam.

Sara mochte die Gedanken nicht, die ihr durch den Kopf schossen. Sie hatte sich immer wieder gesagt, daß Yancy Margaret nicht ermordet hatte. Selbst in diesem Moment sträubte sich ihr Herz gegen den Verdacht. Waren die Dinge nicht oft anders, als sie aussahen? Es mußte eine Erklärung geben! Der Mann, den sie aus tiefstem Herzen liebte und heiraten wollte, konnte einfach keinen kaltblütigen Mord begangen haben! Und dennoch war Yancy immer der Hauptverdächtige gewesen, und wenn sie ihr Herz aus dem Spiel ließ und nüchtern allein die Fakten betrachtete, war ihr klar, daß ein Mörder viele Gesichter haben konnte. Hinter einem charmanten Gesicht konnte sich womöglich eine tiefschwarze Seele verbergen. Und manchmal konnte das Böse vielleicht auch die Gestalt eines großen, breitschultrigen, amüsanten, verführerischen Mannes annehmen...

Ohne den vorwurfsvollen Blick ihrer grünen Augen von ihm zu wenden, fragte Sara steif: »Ist es derselbe Dolch?«

Yancy lächelte rätselhaft und ging lässig auf sie zu. »Willst du das wirklich wissen?« fragte er aufreizend unbeteiligt. »Hast du nicht längst entschieden, daß es der Dolch ist, mit dem Margaret ermordet wurde, und daß ich es war, der ihn ihr in die Brust gestoßen hat?«

Unglücklich fragte sich Sara, wie sich ihr Verhältnis so schnell hatte ändern können. Noch vor fünf Minuten war sie glücklich gewesen und hatte sich tatsächlich auf ihre bevorstehende Hochzeit gefreut. Zuversichtlich hatte sie in die Zukunft geblickt und geglaubt, alle Schwierigkeiten meistern zu können. Und jetzt ... Sara schluckte. Und jetzt starrten sie einander an wie die erbittertsten Feinde.

Sie antwortete nicht, aber ihr ausdrucksvolles Gesicht spiegelte den inneren Aufruhr in ihrem Herzen wider. Ihr Schweigen machte Yancy noch wütender, und er zerrte sie an sich. »Verdammt noch mal!« fluchte er leise. »Was meinst du? Entweder habe ich Margaret getötet, oder ich habe es nicht getan! Wer bin ich, Sara? Der Mann, den du heiraten willst, oder ein Mörder?« Als sie ihn voller verzweifelter Verwirrung ansah, fluchte er nochmals und schleuderte sie von sich.

Sara fiel gegen das Bett, und der Schock über seine Gewalttätigkeit lockerte ihre Zunge: Mit Tränen in den Augen schrie sie leidenschaftlich: »Du bist nicht fair! Alle Beweise haben immer gegen dich gesprochen! Du hast den Mord nicht einmal *abgestritten*! Nicht ein einziges Mal! Und jetzt sehe ich, daß du im Besitz der Waffe bist, mit der sie getötet wurde. Eine Waffe, die ich mit eigenen Augen gesehen habe und die es nach deiner und Sams Aussage gar nicht gegeben hat – und nach alldem erwartest du von mir, daß ich dir blind vertraue? Warum sollte ich?«

Die Hände in seine schlanken Hüften gestemmt, sah er sie traurig an. »Ja, warum solltest du?«

Er machte auf dem Absatz kehrt und verließ das Zimmer. An der Tür blickte er sich noch einmal um und sah sie mit tränennassen Wangen neben dem Bett kauern. Sie wirkte so jung und schutzlos, so verführerisch und begehrenswert. Sein Herz krampfte sich zusammen, und er sagte ruhig: »Das hier wird nichts ändern. Wir werden immer noch am Mittwoch heiraten – selbst wenn ich dich in Fesseln legen und dich kratzend und beißend vor Padre Quintero schleifen muß.« Damit ließ er sie allein.

Sara sank auf die blaue Bettdecke nieder. Lange Zeit starrte sie auf den silbernen Dolch, als könne sie so das Geheimnis seiner tödlichen Schönheit enträtseln.

Konnte sie sich nicht geirrt haben? Oder konnte sich ihr Herz irren? Hatte Yancy Margaret getötet?

Stundenlang dachte sie über all das nach, was vor so vielen Jahren geschehen war. Ihr war, als seien erst Stunden vergangen, und sie konnte sich an alles erinnern, was sie an ihrem ersten Abend auf Magnolia Grove gesehen und gehört hatte. Das Haus war damals voller Menschen gewesen, denen Margarets Tod nur recht gewesen wäre: die Shelldrakes, Hyrum, sogar Bartholomew! Auch Sam hätte Grund gehabt, Margaret zu töten. Yancy war also nicht der einzige, der als mutmaßlicher Mörder in Betracht kam – nur der wahrscheinlichste!

Sara seufzte. Es war Zeitverschwendung, über Margarets Mörder nachzugrübeln. Sie ging dabei nur der einzigen Frage aus dem Weg, die wirklich zählte und auf die sie ein für allemal eine Antwort finden mußte: Glaubte sie, daß Yancy Margaret getötet hatte?

Sara konnte auf diese Frage nicht ehrlich antworten. Sie liebte ihn. Sie *wollte* ihn nicht für einen kaltblütigen Mörder halten. Aber es war möglich, daß er einer war, räumte sie unglücklich ein. Möglicherweise hatte er Margaret ermordet. Er war von der Casa Paloma ganz besessen – schließlich hatte er sie entführt und war entschlossen, sie zu heiraten, damit sie sein Kind für die Ranch bekam! War ein solches Verhalten nicht ein Indiz dafür, daß er vor nichts zurückschrecken würde, um zu bekommen, was er wollte, daß er selbst einen Mord nicht scheute?

Sara verzog schmerzlich den Mund. Es gab nur zwei Dinge, die sie sicher wußte: *Sie liebte* Yancy Cantrell, und sie hatte sich nie vor ihm gefürchtet. Nicht ein einziges Mal hatte sie das Gefühl gehabt, daß von *ihm* eine Gefahr für ihr Leben ausgehen könnte. Ob er Margaret nun getötet hatte oder nicht, spielte für sie beide keine Rolle, dachte sie grimmig.

Es war ihr bewußt, daß sie mit dieser Erklärung einfach den Kopf in den Sand steckte. Sie hoffte insgeheim, das Problem werde sich schon von allein lösen, aber sie wußte nicht, was sie sonst hätte tun sollen. Schließlich erhob sie sich und nahm zögernd den Dolch in die Hand, ging damit in Yancys Zimmer und legte ihn auf den schweren, mit Schnitzereien verzierten Schreibtisch. Danach verließ sie schnell seine Suite.

Die schattigen Bogengänge lagen verlassen da, denn es war die Zeit der Siesta, und Sara war froh, daß niemand zu sehen war. Besonders Yancy wäre sie nicht gerne in die Arme gelaufen. So schnell sie konnte, eilte sie in ihr Zimmer und warf die Tür hinter sich ins Schloß, schloß erleichtert die Augen und lehnte sich an die schwere Eichentür. Hier fühlte sie sich ein wenig sicherer.

»*Sara*! Wo kommst du denn jetzt her? Du hast mich erschreckt, mein Kind!« rief Ann laut.

Gequält öffnete die junge Frau die Augen. Ihre Ohren hatten sie nicht getäuscht – Ann Shelldrake war in ihrem Zimmer!

In ein hellblaues Seidengewand gekleidet, die blonden Locken mit einem weißen Band zurückgenommen, stand Ann am Ende von Saras Bett. Sie wirkte fast ein wenig schuldbewußt, dachte Sara. Als wäre sie bei etwas Verbotenem überrascht worden.

Sara runzelte die Stirn. »Was tust du in meinem Zimmer?« fragte sie. »Hast du mich gesucht?«

Ann hatte ihre Fassung wiedererlangt und schritt hoheitsvoll auf sie zu. »Ja, meine Liebe, ich habe dich gesucht.« Sie lächelte süßlich. »Ich hoffte, dich allein anzutreffen – wir *müssen* uns über eure lächerlichen Heiratspläne unterhalten! Es darf einfach nicht geschehen! Ich verbiete es!«

»Du verbietest es?« wiederholte Sara. »Wie könntes du es verbieten? Und warum?«

Ann stieß ein rauhes Lachen aus. »Nun ja, ich kann es nicht wirklich verbieten, aber denk doch mal nach, liebstes Kind! Du kannst ihn doch nicht allen Ernstes heiraten wollen! Er ist ein Mörder!«

»Ist er das?« fragte Sara säuerlich. »Niemand konnte das je beweisen.«

Anns Gesichtsaudruck verhärtete sich. »Bist du etwa so vernarrt in ihn, daß du ihn für *unschuldig* hältst?«

Ann hatte mit ihrer Frage Saras wunden Punkt getroffen, aber Sara wollte mit ihr nicht über ihre Zweifel reden. »Ich glaube nicht, daß dich das etwas angeht«, sagte sie kalt.

»Hör mir zu, du kleine Närrin!« zischte Ann. »Heirate Yancy Cantrell, und du wirst es ein Leben lang bereuen.«

»Das mag sein«, räumte Sara ein. »Aber es ist meine Entscheidung!«

»Ach, ich weiß nicht, warum ich mich mit dir herumärgere?« sagte Ann ungeduldig. »Offensichtlich läßt du dich nicht davon abbringen, dein Leben zu ruinieren!«

Sara lächelte traurig, trat von der Tür weg und sagte ruhig: »Das mag sein. Wir müssen abwarten und sehen, was daraus wird. Wenn du mich bitte entschuldigen möchtest, ich würde jetzt gern allein sein. Und ich würde es sehr begrüßen, wenn du dich nicht noch einmal ungebeten hereinschleichen würdest.«

»Oh! Wie sind wir doch hochmütig geworden, Madam. Und dabei hast du den Ring noch nicht einmal am Finger!«

»Hör auf damit, Ann. Am Mittwoch werde ich Yancy heiraten, und nichts und niemand kann mich davon abhalten. Und jetzt laß mich bitte endlich allein!«

»Das werden wir schon sehen, ob du am Mittwoch Yancy heiratest! Wart's nur ab!«

Wütend rauschte Ann aus dem Zimmer und knallte die Tür hinter sich zu.

Erschöpft rieb sich Sara die Stirn und setzte sich auf einen hochlehnigen Sessel. Sie fragte sich, wie sie Anns Wutanfälle und Intrigen all die Jahre hatte ertragen können.

Es war merkwürdig, aber der Streit mit Ann hatte ein paar Dinge ins rechte Licht gerückt. Sie würde Yancy am Mittwoch heiraten, und ihre Entscheidung hatte nichts mit seinen Drohungen zu tun. Sie liebte ihn und wollte ihn heiraten, und ihr wurde klar, daß sie Ann die Wahrheit gesagt hatte – durch nichts und niemanden würde sie sich von ihrem Entschluß abbringen lassen!

Der Tag vor der Hochzeit war wie die Ruhe vor dem großen Sturm. Sara hatte mit den Vorbereitungen nichts zu tun; Yancy, Maria und die anderen kümmerten sich um alles bis in die kleinsten Details. Sara spürte das aufgeregte Treiben, das die ganze Hacienda erfüllte, aber es berührte sie nicht. Bartholomew und die anderen Diener aus Magnolia Grove waren offensichtlich in die Vorbereitungen für den großen Tag eingespannt worden. Ihr wunderschönes Hochzeitskleid war fertig und hing am Schrank, und Maria und Tansy stritten sich darum, wer sie für die Feier ankleiden und frisieren sollte.

Sara hatte Yancy seit ihrem Streit wegen des Dolches nicht mehr gesehen – er schien sie zu meiden, und sie wußte nicht, ob sie darüber froh oder traurig war. Immer wenn sie Ann traf, grüßte sie diese nur knapp und ignorierte Sara weitgehend.

Am Tag vor der Hochzeit schien die Zeit stillzustehen.

Endlos zogen sich die Minuten dahin, und als am späten Nachmittag die größte Hitze vorbei war, hatte Sara das Alleinsein gründlich satt und beschloß, einen Spaziergang zum Stall zu machen, um Locuela einen Besuch abzustatten. Sie setzte einen breitkrempigen Strohhut auf, holte sich ein paar Äpfel aus der Küche und machte sich auf.

Seit ihrem gemeinsamen Abenteuer hatte Sara eine besondere Vorliebe für die kleine Fuchsstute, und ihre Freude war groß, als Yancy ihr sagte, daß sie Locuela als ihr Eigentum betrachten dürfe. Schon oft hatte sie die Stute besucht, und das Tier hatte schnell gelernt, daß sie von Sara immer einen besonderen Leckerbissen erhielt. Auch heute hatte Locuela offenbar bereits ihre Witterung aufgenommen, denn sie wieherte vergnügt, noch bevor ihre Besitzerin den Stall betrat. Lächelnd ging Sara zu ihrer Box und gab ihr die Äpfel. Sie verbrachte einige vergnügliche Minuten mit der Stute, streichelte sie und flüsterte ihr allerlei Unsinn ins Ohr.

Schließlich gab sie ihr einen letzten Klaps und wollte sich auf den Rückweg zur Hacienda machen. Aber sie hatte erst zwei Schritte zur Stalltür gemacht, als Hyrum plötzlich vor ihr stand. Seit seiner Ankunft hatten sie noch nicht miteinander gesprochen; Sara hatte ihn seitdem nicht einmal zu Gesicht bekommen, und Yancy hatte nur ziemlich säuerlich angedeutet, daß er Hyrum auf del Sol eine Chance geben wolle, da er so lange im Dienst seines Vaters gestanden habe.

Sara lächelte Hyrum an und sagte freundlich: »Hyrum! Wie schön, Sie zu sehen! Ich hoffe, Sie haben sich gut eingelebt und fühlen sich wohl auf del Sol.«

Hyrum ignorierte ihre freundliche Begrüßung. »Wollen Sie ihn morgen wirklich heiraten?«

»Ja, natürlich werde ich das«, sagte Sara kühl.

»Wie können Sie nur, nach allem, was er getan hat?« fragte Hyrum hitzig. »Wie können Sie es über sich bringen, einen kaltblütigen Mörder zu heiraten?«

Sara seufzte. Sie war es wirklich leid, daß jeder sie davon abbringen wollte, Yancy zu heiraten. Und noch mehr hatte sie es satt, wenn man ihn einen Mörder nannte! Sie sah Hyrum streng an und fragte: »Sind Sie sich so sicher, daß er Margaret getötet hat? Ihr Motiv war ebenso zwingend wie seines.«

Er wirkte plötzlich unsicher. »Was wollen Sie damit sagen?«

»Ach, ich habe nur ein Gespräch zwischen Ihnen und Margaret mitgehört, und ich weiß, daß sie damit gedroht hat, Sam werde Sie auf ihren Wunsch hin feuern und einen anderen Aufseher einstellen. Sie wollte Sam sagen, daß sie von Ihnen belästigt werde.«

Hyrum war wie vom Donner gerührt. »Sie wissen davon?«

Sara nickte. »Damit hätten Sie also ein gutes Motiv.«

»Aber ich habe sie nicht getötet!« rief Hyrum leidenschaftlich. »Ich habe sie verachtet, aber ich hätte ihr niemals etwas angetan! Außerdem war es Yancy, der geschworen hat, sie eher zu töten, als ihr die Casa Paloma zu überlassen.«

»Das ist richtig«, räumte Sara ein. »Aber haben Sie einen Beweis, daß er es tatsächlich getan hat?«

»Jeder weiß, daß er es war! Jeder!« Da Sara von diesem Argument nicht sonderlich beeindruckt schien, fügte er boshaft hinzu: »Und jeder weiß, daß er Sie nur aus einem einzigen Grund heiraten will – um die Casa Paloma in seine gierigen Finger zu bekommen!« Als Sara nicht antwortete, sondern abwartete und ihn traurig ansah, zog Hyrum sie plötzlich in sein Arme. »Sara, komm zur Vernunft, bevor es zu spät ist! Wirf dein Leben doch nicht fort!« rief er. »Heirate ihn morgen, und du wirst es für den Rest deines Lebens bereuen!«

Sanft entwand sie sich seiner Umarmung und sagte würdevoll: »Ich schätze Ihre Besorgnis. Und ich weiß, Ihnen ist nur an meinem Besten gelegen, deshalb werde ich darüber hinwegsehen, daß Sie soeben den Mann, den ich heiraten werde, verleumdet haben – einen Mann, der Sie aufgenommen hat und der Ihnen die Chance geben will, Ihre Fähigkeiten unter Beweis zu stellen. Warum geben Sie ihm nicht dieselbe Chance?«

Hyrum starrte sie an, als hätte sie den Verstand verloren. »Was hat er mit Ihnen gemacht? Warum machen Sie das? Was ist denn aus Ihren Plänen für die Casa Paloma geworden?«

Sara hatte keine Antworten für ihn und wandte sich ab, denn sie konnte und wollte sich ihm nicht offenbaren. Dann legte Hyrum ihr wieder die Hand auf die Schulter und riß sie herum. Seine ebenmäßigen Gesichtszüge nahmen einen häßlichen Rotton an, seine blaßblauen Augen verengten sich zu Schlitzen, und er sagte verächtlich: »Und ich dachte, Sie wären anders! Sie sind genau wie Margaret – solange ein Vermögen dabei herausspringt, würden Sie sich an den Leibhaftigen verkaufen!«

»Ich finde«, sagte Sara gepreßt, »Sie haben mehr als genug gesagt! Sie haben kein Recht, mich oder Yancy zu verurteilen! Und jetzt lassen Sie mich gehen, bevor ich etwas sage, was uns beiden leid tun würde!«

Mit angeekeltem Blick gab Hyrum ihren Arm frei. »Denken Sie darüber nach, Sara. Sie können mir verbieten, Dinge zu sagen, die Sie nicht hören wollen, Sie können sogar vor mir davonlaufen – aber wenn Sie Yancy Cantrell morgen heiraten, dann können Sie nie mehr vor *ihm* davonlaufen!«

Durch die unangenehme Auseinandersetzung ziemlich aus der Fassung gebracht, verließ Sara hastig den Stall. Sie hatte sich entschlossen, Yancy zu heiraten, aber sie mußte zugeben, daß derart aggressive Einwände gegen ihre Entscheidung äußerst nervenaufreibend waren, besonders wenn ihr ihre eigenen Zweifel in den Sinn kamen. Auf keinen Fall wollte sie die Richtigkeit ihres Entschlusses in Frage stellen, aber einfach war das bei Gott nicht!

Als sie den Innenhof erreichte, war sie noch ziemlich erregt und außer Atem. Am liebsten wollte sie jetzt eine Weile allein an einem kühlen, schattigen Platz sitzen und ihre Fassung wiedergewinnen, bevor sie irgend jemandem in die Arme lief.

Tom Shelldrake, der seinen verkrüppelten Arm wie immer in einer Schlinge trug, saß am Springbrunnen und beobachtete die glitzernden Fische, als Sara den Innenhof betrat. Am liebsten hätte sie laut aufgestöhnt. Sie hätte gute Gründe gehabt, Tom abzulehnen, aber sie mochte ihn trotzdem. Er war so aufrichtig dankbar für Sams Hilfe nach dem Krieg, und während er manchmal genauso arrogant und herrisch wie Ann sein konnte, so war er doch im Grunde ein guter Mensch – trotz seiner beklagenswerten Affäre mit Sams Ehefrau. Anfangs hatte sich Sara gefragt, wie Tom sich jemals auf eine Liaison mit der Frau seines besten Freundes einlassen konnte, aber längst war sie zu dem Schluß gekommen, daß er wahrscheinlich eher ein Opfer von Margarets Winkelzügen war als ein Schürzenjäger. Er und Sam waren beide in gewisser Weise schwach, besonders was Margaret anbelangte, aber Sara konnte nie vergessen, wie freundlich er ihr an ihrem ersten Abend auf Magnolia Grove begegnet war. In der schrecklichen Zeit nach Sams Tod war er ihr ein großer Trost gewesen. So setzte sie ein Lächeln auf und schlenderte zu ihm hinüber.

»Sie sind wirklich hübsch, nicht wahr?« sagte sie zur Begrüßung.

Tom blickte auf und lächelte. »Das sind sie in der Tat, aber nicht annähernd so bezaubernd wie du, meine Liebe!«

Sara nahm lachend neben ihm Platz. »Wie galant Sie wieder sind, Sir!«

»Ach, Sara, es ist so schön, dich lachen zu hören – viel zu selten hattest du in deinem jungen Leben Grund dazu!«

Sara lächelte sanft. Ihr fiel auf, wie erschöpft Tom wirkte. »Ach, machen Sie sich um mich keine Sorgen! Ich hatte schon mein Anteil Freude!«

In diesem Moment tauchte Maria auf. Auf einem großen Silbertablett brachte sie einen Krug Sangria, Gläser und eine Schale mit knusprigem Gebäck. Als sie Sara sah, rief sie: »Oh, ich wußte nicht, daß Ihr dem Senor Gesellschaft leistet! Soll ich Euch auch eine Schale *bonuelos* bringen?«

Sara schüttelte den Kopf. »Nein danke, das ist nicht nötig. Aber ich nehme gern ein Glas Sangria.«

Nachdem Maria eingeschenkt hatte und gegangen war, saßen Tom und Sare eine Weile in vertraulichem Schweigen da, nippten an ihrer Sangria und schauten den Fischen zu. Es war eine sehr friedliche Szene, und während sie mit Tom auf dem breiten Rand des Springbrunnens saß, spürte Sara, wie sich die innere Anspannung, die sie nach der bitteren Auseinandersetzung mit Hyrum ergriffen hatte, langsam von ihr abfiel.

Die Hitze des Tages wurde schwächer, aber noch war das einschläfernde Summen von Tausenden von Insekten zu hören, und Sara sagte sich wieder einmal, daß dies einer der schönsten Augenblicke des Tages war. Bald würden sich die kühlen Schatten der Dämmerung herabsenken, gefolgt vom sternenfunkelnden schwarzen Mantel der Nacht, aber diese kurze Zeit zwischen Tag und Dämmerung fand Sara immer besonders friedlich. Sie nahm noch einen Schluck Sangria und seufzte zufrieden auf.

Tom sah sie an. »Ein Seufzer? Ein glücklicher oder ein trauriger?«

Sara lächelte. »Weder noch – nur ein zufriedener.«

»Bist du zufrieden, meine Liebe?« fragte Tom eindringlich. »Hast du keine Vorbehalte, wenn du an die Bedeutung des morgigen Tages denkst?«

Sara schnitt eine Grimasse. »Aber natürlich habe ich Vorbehalte – hatten Sie die etwa nicht vor Ihrer Hochzeit mit Ann? Hat nicht jeder am Vorabend einer so wichtigen Entscheidung gewisse Zweifel und fragte sich, ob er vielleicht einen Fehler macht?«

»In deinem Fall, denke ich, gibt es mehr Grund zu grübeln als bei anderen!«

Sara sah ihm direkt in die Augen. »Wegen des Mordes? Wollen Sie darauf hinaus? Auf den Mord an Margaret?«

Tom verzog das Gesicht. »Ich weiß, es geht mich nichts an«, sagte er langsam, »und ich will mich auch nicht einmischen. Aber du mußt doch sicherlich gewisse Zweifel hegen, ob es ein weiser Entschluß ist, einen Mann zu heiraten, der unter Mordanklage steht!«

Sara blickte in die Ferne und wünschte, er hätte nicht wieder Margarets Tod zur Sprache gebracht. Langsam machte es sie ausgesprochen wütend, daß offensichtlich alle von Yancys Schuld ausgingen. Aber in Toms Worten schwang eine so sanfte Ernsthaftigkeit mit, eine derartige Besorgnis, daß Sara einen Moment lang schwach wurde und zugab: »Manchmal frage ich mich schon, ob ich eine Närrin bin, und manchmal …« Sie sprach nicht weiter und nahm einen Schluck Sangria. Dann fixierte sie ihn mit ihren klaren, smaragdgrünen Augen und fragte plötzlich: »Glauben Sie, daß er Margaret getötet hat?«

Shelldrake war es offensichtlich unbehaglich zumute. »Sara, ich …« Er stieß einen tiefen Seufzer aus und sagte aufrichtig: »Ja, ich fürchte, ich glaube es – sein gewalttätiges Naturell ist allgemein bekannt. Und er *verabscheute* Margaret aus tiefstem Herzen. Er hatte einen zwingenden Grund, sie zu ermorden, und jeder wußte, daß er ihr wiederholt gedroht hatte, sie zu töten. Niemand anders außer Yancy kommt als Mörder in Frage.«

Sara war seinem Blick nicht ausgewichen und erwiderte leise: »Aber das stimmt nicht. Alle außer Sam haben Margaret gehaßt. Es gibt eine Menge Leute, die einen ebenso guten Grund gehabt hätten wie Yancy, sie zu töten … sogar Sie hätten einen Grund gehabt.«

»Was zum Teufel willst du damit sagen?« fragte Tom in scharfem Ton. Das Blut war ihm ins Gesicht gestiegen.

Gequält verzog Sara den Mund. Sie hätte viel darum gegeben, nicht die alten schmerzlichen Wunden aufreißen zu müssen – vor allem wollte sie diesen Mann, den sie sehr schätzte, nicht beleidigen oder verletzen –, aber ihr blieb keine andere Wahl. Sie holte tief Luft und sagte offen: »Ich habe nur am Abend vor Margarets Tod ein Gespräch zwischen ihr und Ann mitgehört, und ich weiß von Ihrer Affäre mit Margaret... und daß das Kind, mit dem sie schwanger war, möglicherweise von Ihnen stammte! Nach den Worten Ihrer Frau sorgten Sie sich, daß die Affäre herauskommen könnte, was jede Chance für das Richteramt ruiniert hätte. Manche könnten vielleicht sagen, daß Sie und Ann gute Gründe hatten, Margaret den Tod zu wünschen. Ich will Sie und Ann auch nicht beschuldigen«, sagte Sara leidenschaftlich. »Aber wenn der Verdacht sogar auf jemanden wie Sie fallen kann, dann müssen Sie wohl zugeben, daß es außer Yancy alle möglichen Leute gibt, die Margaret genug gehaßt haben, um sie zu töten. Selbst Bartholomew hatte ein Motiv; Hyrum hatte einen Grund, und man kann sogar drüber streiten, ob Sam ihr vielleicht auch den Tod wünschte, falls er von ihrer Affäre mit Ihnen erfahren hat. Oh, verstehen Sie denn nicht, was ich sagen will? *Jeder* hätte sie umbringen können – nicht *nur* Yancy!«

»Oh, ja, ich verstehe vollkommen!« sagte Tom steif, und sein sonst so freundliches Gesicht wirkte kalt. Er erhob sich und blickte bedauernd auf sie hinunter. »Du bist eine selbstsüchtige, undankbare, gedankenlose junge Frau. So entschlossen bist du, das Cantrellvermögen zu heiraten, daß du alle und jeden bezichtigst, nur um dir selbst zu beweisen, daß dein Verlobter unschuldig ist!«

»Aber das stimmt doch gar nicht!« rief Sara außer sich. »Ich wollte doch nur zeigen, daß es auch *andere* gibt, die Margaret vielleicht getötet haben könnten!«

»Ja, das habe ich verstanden!« Tom machte auf dem Absatz kehrt und stolzierte wütend davon.

Bestürzt sah Sara ihm nach und fragte sich, wie es ihr nur gelungen war, sich einen Mann, der ihr in den vergangenen Jahren ein guter Freund gewesen war, zum Feind zu machen. Vielleicht hat er recht, dachte sie verloren; vielleicht wollte sie ja tatsächlich jemand anderem die Schuld an Margarets Ermordung in die Schuhe schieben.

Niedergeschlagen und verunsichert verließ sie schließlich ihren Platz am Springbrunnen und machte einen Spaziergang. Es dämmerte bereits und im schwindenden Licht war nicht mehr viel zu sehen, aber die düsteren Schatten der herannahenden Nacht entsprachen genau ihrer Stimmung. Ziellos wanderte sie eine Weile umher, als es jedoch immer dunkler wurde, beschloß sie, sich auf den Rückweg zu machen.

Plötzlich konnte sie einen leichten Tabakgeruch ausmachen. Sie sah sich um und entdeckte die glimmende Spitze eines Zigarillos. Nur schemenhaft konnte sie an der Außenwand der Hacienda eine männliche Gestalt ausmachen, aber daraus, wie ihr Puls sich beschleunigte und ihr Herz schneller schlug, schloß sie, wer sie da in der Dunkelheit beobachtete. Sie versuchte, ihre aufgewühlten Gefühle zu beschwichtigen, und ging zu ihm hinüber. »Spionierst du mir nach?« fragte sie trocken. »Hast du Angst, ich würde wieder fortlaufen?«

Yancy sog an seinem Zigarillo und schnippte es dann fort. Lässig stand er da und lehnte sich gegen die weiße Wand. Als Sara näher kam, zog er sie langsam in seine Arme. Im schwachen Licht des aufsteigenden Mondes betrachtete er ihr wunderschönes Gesicht und fragte: »Würdest du das tun? Weglaufen, meine ich?«

Er war nur wenige Zentimeter von ihrem Mund entfernt, und ihr war fast schwindelig vor Begehren. Sie machte auch gar keinen Versuch, sich ihm zu entwinden, sondern sah ihm nachdenklich in die Augen. »Nein, ich werde nicht weglaufen. Das eine Mal hat mir vollkommen gereicht, vielen Dank!«

Seine Lippen zuckten ein wenig, dann sagte er trocken: »*Querida*, das war nicht gerade die Antwort, die ich hören wollte ... und das weißt du auch!« Aufreizend streifte er mit den Lippen ihren Mund. »Da du den Wink offensichtlich nicht verstanden hast, muß ich die Frage direkter stellen. Willst du mich morgen heiraten?«

Sara nickte langsam und sah ihn unverwandt an. »Kann ich denn überhaupt an etwas anderes denken?«

»Nein«, hauchte er, »nein, das kannst du nicht!« Dann küßte er sie. Der Kuß war von einer solchen Süße, von einer solchen mühsam gezügelten Leidenschaft, daß sich die Welt um Sara herum zu drehen begann und sie in seinen Armen erbebte. Als er eine Ewigkeit später den Kopf wieder hob, konnte sie nur benommen zu seinem dunklen Gesicht aufsehen. Ihre Lippen waren leicht geöffnet, und in ihren Augen lag ein sanfter Schimmer. Er lächelte: »Jetzt geh schnell ins Bett, meine Süße. Morgen nacht wirst du nicht allzu viel Schlaf bekommen – das kann ich dir versichern!«

Langsam schlenderte Sara zurück zu den Gebäuden. In ihrem Zimmer bemerkte sie neben dem Bett eine Lampe, die einer der Diener für sie hingestellt haben mußte. Mit romantisch verklärtem Blick begann sie langsam, sich auszuziehen. Sie zog ihr Lieblingsnachthemd aus weichem Musselin an, löste ihr Haar und bürstete verträumt ihre honigblonden Locken. Morgen war ihr Hochzeitstag. Morgen abend um dieselbe Zeit würde sie Yancys Frau sein ...

Sie lächelte noch immer, als sie schließlich die Bürste weglegte und zum Bett ging. Sie wollte gerade die Lampe ausblasen und sich niederlegen, als sie aus irgendeinem Grund einen zweiten Blick auf die glatte Decke warf. Sie runzelte die Stirn. Etwas war merkwürdig – die Decke war gar nicht glatt. Genau in der Mitte war ein leichter Huckel, etwas Rundes, das sich ab und zu wellenförmig zu bewegen schien.

Saras frohe Stimmung war wie weggeblasen, und ihr Mund

wurde plötzlich trocken. Mit zitternden Fingern ergriff sie einen Zipfel der Decke und zog sie weg.

Instinktiv sprang sie beim Anblick dessen, was dort zusammengerollt in ihrem Bett lag, zurück: In tödlichen Windungen, den flachen, dreieckigen Kopf auf Sara gerichtet, lag dort eine *Klapperschlange*!

Voller Entsetzen schnappte die junge Frau nach Luft und stolperte noch ein paar Schritte zurück. Erst dann achtete sie auf das warnende Rasseln des vibrierenden Schlangenschwanzes. Das große Tier war angriffsbereit. Einen Augenblick lang war Sara wie gelähmt und starrte gebannt auf die todbringende Kreatur. Doch dann wurde ihr plötzlich klar, was geschehen war. Irgend jemand hatte absichtlich eine Klapperschlange in ihrem Bett versteckt!

16

Starr vor Schreck stand Sara da und blickte auf die Schlange. Ihre Gedanken überschlugen sich. War sie wirklich außerhalb der Reichweite der Giftzähne? Voller Bestürzung stellte sie fest, daß sie nur ein guter Meter von der Schlange trennte. Yancy hatte ihr einmal erklärt, daß Klapperschlangen zwei Drittel ihrer Körperlänge zum Angriff hervorschnellen lassen können. Aber sie wußte gar nicht, wie lang sie überhaupt wurden. Einen Meter fünfzig? Zwei Meter? Viel wichtiger aber war, wie lang *diese* Klapperschlange war.

Bis auf ihre ständig hin- und herschnellende, gespaltene Zunge regte sich die Schlange nicht. Sie war eng zusammengerollt und hielt den Kopf dicht an den Körper gepreßt. Ihre schwarzen Augen starrten unablässig auf ihr Opfer.

Vorsichtig trat Sara noch einen Schritt zurück. Als die Schlange keine Reaktion zeigte, machte sie noch einen Schritt. Schließlich fühlte sie sich ein wenig sicherer und konnte sich nach einer Waffe umsehen. Es gab keine. Sie überlegte nervös, ob sie sich zur Tür hinaus stehlen und um Hilfe rufen sollte, aber die Vorstellung, die Schlange könnte vom Bett gleiten und sich während ihrer Abwesenheit irgendwo in ihrem Zimmer verstecken, war ihr einfach unerträglich. Nein. Sie würde dieses verdammte Biest nicht aus den Augen lassen, bis es tot war!

Ihre Panik hatte sich ein wenig gelegt, aber sie spürte ein leichtes Zittern und das schnelle Schlagen ihres Herzens. Ihre Furcht war größer, als sie es sich eingestehen mochte. Wieder sah sie sich im Zimmer nach einer Waffe um. Ihr Blick fiel auf das schwere, dunkle Kruzifix an der Wand. Sie schaute zurück auf die Schlange. Dann wieder zum Kruzifix.

Konnte sie das Kruzifix wie eine Axt benutzen? War es lang genug? Wieder nahm sie die Schlange in Augenschein. Sie mußte schlucken. Vorsichtig näherte sie sich der Wand, langte nach oben und griff nach dem Kruzifix. Es war ein schweres Holzkreuz, etwa einen halben Meter breit und einen Meter lang. Der Körper Christi war wunderschön geschnitzt.

Sie umfaßte das Kruzifix am unteren Ende und nahm es vorsichtig von der Wand. Dabei stellte sie zufrieden fest, daß es sehr schwer war. Mit dem Kreuz in der Hand machte sie einen vorsichtigen Schritt in Richtung Bett, wobei sie die Schlange im Auge behielt. Das Tier bewegte sich ein bißchen und hob den Kopf ein ganz klein wenig an, als würde es die Gefahr ahnen. Sara blickte auf das Kruzifix, das sie wie einen Schlagstock umklammert hielt, und konnte gerade noch ein hysterisches Lachen unterdrücken. Die meisten Menschen beteten zu Christus für irgendeine rätselhafte, wunderbare Veränderung in ihrem Leben, aber heute nacht sollte Christus in Saras Leben eine äußerst aktive, tatkräftige Rolle übernehmen!

Sie holte noch einmal tief Luft, festigte ihren Griff, machte einen entschiedenen Schritt nach vorn und schlug gleichzeitig auf die Schlange ein. Die Schlange stürzte sich zischend auf das Kruzifix, und ohne es zu merken, stieß Sara einen schrillen Angstschrei aus und wich ein wenig zurück; dann ging sie mit zusammengebissenen Zähnen noch einmal auf die Schlange los und schlug ein zweites Mal zu. Diesmal hatte sie getroffen.

Nach einer Ewigkeit, die in Wahrheit nur einen kurzen Augenblick dauerte, war die Schlange tot. Zitternd ließ Sara das Kruzifix fallen und stolperte rückwärts vom Bett weg. Eine Hand vor dem Mund und mit vor Schreck geweiteten Augen entfernte sie sich noch ein Stück weiter von ihrem Bett.

Plötzlich öffnete sich hinter ihr die Tür, und fröhlich lächelnd kam Maria mit einem Tablett ins Zimmer. »Ah, *bueno!* Ihr seid noch nicht zu Bett gegangen. Ich dachte, Ihr freut Euch vielleicht über eine Tasse Kakao, bevor Ihr Euch hinlegt.«

Maria sah Saras verstörtes Gesicht, und ihr Lächeln verschwand. Dann erblickte sie die Schlange auf dem Bett. Das Tablett fiel mit einem lauten Knall zu Boden, und sie stieß einen Schrei aus, der sicherlich fast bis Mexiko zu hören war. »*Ay! Ay! Cáspita!* Was ist hier passiert? Seid Ihr verletzt? Die Schlange hat Euch doch wohl nicht gebissen!?«

Maria hatte noch nicht ganz ausgeredet, als Yancy mit einer Pistole in der Hand durch die Tür kam. Mit einem Blick hatte er die Situation eingeschätzt, dann war er auch schon am anderen Ende des Zimmers und schloß Saras zitternden Körper fest in seine Arme. Den Mund sanft an ihre Schläfe gepreßt, fragte er eindringlich: »Hat sie dich gebissen?«

An seine warme Brust gelehnt, schüttelte Sara heftig den Kopf und begann erneut zu zittern. Das Gefühl von Yancys starken Armen um ihren Körper war unbeschreiblich. Jetzt, wo alles vorbei war und sie sich in Sicherheit befand, brach sie plötzlich in Tränen aus und wurde von heftigen Schluchzern geschüttelt.

Wortlos hob Yancy sie auf und trug sie aus dem Zimmer.

Als er an Maria vorbeikam, sagte er knapp: »Beseitige das Ding, und schick Esteban augenblicklich zu mir.« Sein Blick fiel auf die zerbrochene Tasse und den verschütteten Kakao. »Du kannst ihr ein neues Tablett vorbereiten. Bring es zu mir, zusammen mit ihren restlichen Kleidern – sie soll *nie* wieder hier schlafen!«

Sara schützend in seinen Armen haltend, eilte Yancy schnell zu seinen Räumen. Mit dem Fuß stieß er die Tür auf, durchquerte das hell erleuchtete Schlafzimmer und legte Sara mit zärtlicher Behutsamkeit auf sein breites Bett. Als er sich wieder erheben wollte, schlang sie ihm die Arme noch fester um den Hals und flüsterte: »Laß mich nicht allein – noch nicht.«

Yancy lächelte sie zärtlich an. Dann legte er die Pistole, die er immer noch in der Hand hielt, beiseite und streckte sich neben ihr aus. Er küßte sie aufs Ohr und murmelte: »Du weißt ja, daß Estaban und Maria in ein paar Minuten hier sein werden? Ich möchte nichts anfangen, was ich dann nicht zu Ende bringen könnte...«

Sie hatte sich mittlerweile ein wenig von ihrer Panik erholt und funkelte ihn böse an. »*Deshalb* wollte ich nicht, daß du bleibst!«

Er grinste noch mehr, ein amüsiertes Blitzen in den bernsteinbraunen Augen. »Das habe ich auch nicht angenommen... aber du denkst doch schon nicht mehr daran, was eben geschehen ist, oder?«

Sara sah ihn überrascht an. Sie dachte tatsächlich nicht mehr daran. Und sie wollte auch nie wieder daran erinnert werden, dachte sie schaudernd. Dann küßte Yancy sie auf den Mund und ließ seine Zunge gierig zwischen ihre Lippen gleiten. Mit einer Lüsternheit, die sie selbst schockierte, erwiderte sie seinen Kuß. Und er stöhnte laut auf, preßte sie noch enger an sich und stieß mit der Zunge noch tiefer in ihren Mund vor.

Unter Aufbietung all seiner Willenskraft löste er sich

schließlich von ihren bebenden Lippen, starrte auf ihr Gesicht hinunter und sagte mit belegter Stimme: »Wenn du morgen nacht meinen Kuß genauso zärtlich erwiderst, dann werden wir erleben, daß es wirklich einen Himmel auf Erden gibt!«

Er stand auf, nahm seine Pistole und steckte sie sorgfältig in das Halfter, das über einer Stuhllehne hing, als schon ein lautes Klopfen an der Tür ertönte. Yancy rief Esteban Chavez herein, dessen dunkles, gutgeschnittenes Gesicht Besorgnis ausdrückte.

»Senor! Maria hat mir berichtet, was passiert ist. Wie konnte nur so etwas Schreckliches geschehen?«

Yancy zuckte die Achseln, deutete warnend in Saras Richtung und murmelte: »Wir wollen draußen darüber reden, sobald Maria kommt – ich möchte sie noch nicht allein lassen.«

Ein paar Minuten später kam Maria mit einem frischen Tablett. Über dem Arm hatte sie ein paar Kleidungsstücke – da die Hochzeit kurz bevorstand, hatte man Saras Sachen bis auf wenige Dinge bereits in ihr neues Zimmer gebracht. Wie eine Glucke stürzte Maria auf das Bett zu, ohne die beiden Männer sonderlich zu beachten.

Da er Sara nun in guten Händen wußte, gab Yancy Esteban ein Zeichen, und die beiden gingen zur Tür. Bevor sie den Raum verließen, drehte Yancy sich noch einmal um und sagte zu Maria: »Laß sie nicht aus den Augen! Wir sind in ein paar Minuten zurück!« Nachdem er die Tür sorgfältig geschlossen hatte, warf er einen prüfenden Blick auf den leeren Hof und die verlassenen Bogengänge. Zufrieden, daß niemand zu sehen war, bot Yancy Esteban ein Zigarillo an. Schweigend rauchten sie ein paar Züge, dann sagte Esteban leise: »Eine merkwürdige Sache, Senor, die Schlange im Zimmer Eurer Verlobten!«

Yancy nickte mit halbgeschlossenen Augen. »Verdammt merkwürdig! *Por Dios!* Auf diesem Grundstück ist keine

Klapperschlange mehr gesichtet worden, seit ich ein kleiner Junge war. Davor wurde manchmal eine gesehen, die sich auf dem Hofpflaster gewärmt hat, aber *niemals* in einem der Gebäude, geschweige denn in einem Bett!«

Esteban blickte auf Yancys bestürztes Gesicht. »Glaubt Ihr«, fragte er vorsichtig, »daß jemand Eurer *novia* Gewalt antun wollte? Daß es mit Absicht gemacht wurde?«

Yancy warf ihm einen wilden, zornigen Blick zu. »Ja, ich glaube, es geschah mit Absicht«, knurrte er so wütend, daß Esteban heilfroh war, daß er nichts mit der bösartigen Tat zu tun hatte. »Und ich möchte wetten, daß sich der Schuldige ganz in der Nähe befindet!«

Esteban sah ihn fragend an. »Glaubt Ihr, es war einer von den Gringos?«

Yancy schleuderte seinen halb gerauchten Zigarillo fort. »Wer sonst?« fauchte er. »Sara ist schon seit Wochen hier, und nichts dergleichen ist vorgefallen. *Sie* sind nicht einmal drei Tage hier, und schon findet meine *novia* eine Klapperschlange in ihrem Bett! Würdest du da nicht auch ein klein wenig argwöhnisch werden?«

Esteban nickte. »*Sí!* Aber wer von denen? Und wie wollt Ihr dem Bösewicht auf die Schliche kommen? Sie werden wohl kaum die Wahrheit sagen, wenn wir sie einfach fragen!«

»Ich weiß. Aber ich möchte, daß du die Diener ausfragst. Finde heraus, ob jemand einen von den Gringos heute abend in der Nähe von Saras Zimmer gesehen hat. Bringe bitte möglichst auch in Erfahrung, wer die Klapperschlange gefangen hat – Hyrum käme dafür am ehesten in Frage, da er Zugang zur gesamten Ranch hat.« Yancy runzelte die Stirn. »Die Shelldrakes waren *anscheinend* die ganze Zeit innerhalb der Hacienda, und ich kann mir nicht vorstellen, daß sich Senora Shelldrake mit einer Schlange herumschlägt, obwohl ich mir *gut* vorstellen kann, daß sie ein solches Komplott ersonnen hat. Senor Shelldrake hat einen verkrüppelten Arm, und für ihn wäre es sehr gefährlich, eine Klapperschlange zu fangen. Aber trotzdem kann ich bis jetzt keinen von ihnen ausschließen.« Er sah seinen obersten Viehtreiber grimmig an. »Noch etwas – nimm ein paar von deinen vertrauenswürdigsten Männern und laß sie meine *novia* bewachen. Sie sollen es möglichst unauffällig tun, *mi amigo*!«

Esteban nickte, und sie unterhielten sich noch eine Weile leise miteinander. Dann warf Esteban den Zigarillo weg und verschwand in der Dunkelheit der Nacht.

Noch einmal blickte Yancy sich argwöhnisch um, als aber nichts Verdächtiges zu entdecken war, wandte er sich um und ging zu seinen Gemächern. Maria saß auf einem Stuhl neben dem Bett, wo Sara bequem an einem Berg von Kissen lehnte und heißen, süßen Kakao schlürfte. In ihren wunderschönen Augen war noch die soeben überstandene Panik zu ahnen. Sie trug ein sauberes Nachthemd, und ihr Gesicht war offensichtlich gründlich geschrubbt worden. Das Haar hatte sie mit einem grünen Seidenband zurückgenommen. Alles in allem hatten die durchlebten Qualen fast keine Spuren hinterlassen. Und sie sah genauso aus, wie er sie sich so oft vorgestellt hatte, dachte Yancy plötzlich und spürte, wie sein Herz schneller schlug. Ein sinnliches Lächeln flog über seine Lippen. Nun, ein bißchen anders hatte er sich alles schon ausgemalt; in seinen Träumen war sie meist vollkommen nackt, und ihre Zofe saß nicht an ihrer Seite und schwatzte munter über all die Leckereien, die für die Hochzeit gekocht und gebacken wurden!

Offensichtlich versuchte Maria mit allen Mitteln, Sara von dem, was geschehen war, abzulenken. Und sie machte ihre Sache sehr gut, denn die junge Frau wirkte entspannt und lächelte sogar ein wenig. Yancy bemerkte jedoch, daß sie auf der Bettdecke lag. Über den Beinen hatte sie nur ein Laken. Wahrscheinlich würde es sehr lange dauern, bis sie wieder ins Bett gehen konnte, ohne daß ihr die Klapperschlange in den Sinn kam. Irgend jemand würde dafür büßen müssen, was er Sara angetan hatte, dachte Yancy voller Ingrimm.

Keiner seiner Gedanken spiegelte sich jedoch in seinem Gesicht wider, als er auf die beiden Frauen zuging. Maria sprang sofort auf und sagte: »Falls Ihr mich nicht mehr brauchen solltet, möchte ich jetzt gerne gehen – *mi madre* und ich wollen noch etwas mehr *fruta de horno* backen, bevor wir uns schlafen legen.« Yancy war froh und dankbar, daß Maria die Schlange nicht mehr erwähnte und auch nicht fragte, worüber er und Esteban draußen gesprochen hatten.

Nachdem ihre Dienerin gegangen war, waren die beiden ein wenig verlegen, aber dann stellte Sara ihre Tasse weg, schlang die Arme um die Knie und bemühte sich um einen heiteren Tonfall. »Passiert das oft hier auf del Sol? Daß Klapperschlangen in die Betten kriechen?«

Yancy verzog das Gesicht. Er hätte es vorgezogen, nicht über das Geschehene zu sprechen – zumindest nicht sofort. Denn Sara wirkte einigermaßen heiter, und er wollte, daß es so blieb. Er wollte einfach, daß sie sich sicher und glücklich fühlte und daß sie die verfluchte Schlange vergaß! Und was die Schuldigen anbelangte … Seine Lippen verzogen sich zu einem garstigen Lächeln. Sie würden schon am eigenen Leibe erfahren, wie grausam und herzlos ein Mann Rache nimmt, in dessen Adern das Blut der Conquistadoren fließt!

Für Saras Seelenfrieden war es jedoch wichtig, ein paar offene Worte über das Geschehene zu sprechen. Yancy setzte sich auf den Stuhl, auf dem zuvor Maria gesessen hatte, und streckte seine langen Beine aus. »Nein, so etwas passiert eigentlich nie«, sagte er. »Und es hätte auch nicht passieren dürfen!«

Sara erschauderte ein wenig und flüsterte: »Jemand hat versucht, mich zu töten, nicht wahr? Wenn ich die Schlange nicht gesehen hätte, bevor ich ins Bett ging …« Sie mußte schlucken. »Dann hätte sie mich gebissen, vielleicht mehrmals, bevor ich überhaupt gemerkt hätte, was los war. Ich hätte *sterben* können!«

Yancy stieß einen wilden Fluch aus, stand auf und legte sich neben Sara aufs Bett. Als sei es das Natürlichste der Welt, kuschelte sie sich in seine Arme. »Ich glaube, daran besteht kein Zweifel! Die Frage ist nur, wer es getan hat und warum?«

Während sie die Wange an seine Brust schmiegte und dabei nervös an seinen Hemdenknöpfen spielte, murmelte Sara: »Glücklicherweise versuchst du nicht, mich davon zu überzeugen, daß ich Gespenster sehe.«

Über ihren Kopf hinweg sagte Yancy trocken: »Das wäre ziemlich schwierig gewesen, wo ich derart zwingenden Beweisen gegenüberstand! Es sei denn, du willst nur mehr Aufmerksamkeit und hast die Schlange selbst dorthin gelegt?«

Bei seinen Worten fuhr sie auf, den Mund vor Zorn halb geöffnet, und funkelte ihn böse an. Als Yancy auf ihre hübsch geschwungenen, verführerischen Lippen blickte, vergaß er alles andere und wollte sie nur noch küssen und ihren warmen, weichen Mund spüren und einfach fühlen, daß sie wirklich sicher und gesund in seinen Armen lag. Er fluchte leise, schloß sie fester in seine Arme und preßte seine Lippen auf ihren Mund. Sie schmolz in seiner Umarmung dahin, legte ihm die Arme um den Hals und öffnete willig den Mund für die ungeduldige Entdeckungsreise seiner Zunge.

Die Gefahr, in der Sara geschwebt hatte, war für beide ein Schock gewesen, und als sie sich nun in den Armen lagen, verspürten sie den ursprünglichen Trieb, die Erleichterung, daß sie beide am Leben waren, zu feiern. Sie küßten sich mit wilder Leidenschaft und rissen sich gegenseitig die Kleider vom Leibe, bis sie endlich nackt und ineinander verschlungen dalagen. Diesmal war es keine sanfte Verführung, kein zärtlicher Liebesakt. Yancys Hände erforschten beinahe grob ihren Körper, seine Küsse waren heftig und fordernd, und Sara zitterte vor Erregung, als sie die unterdrückte Heftigkeit seiner Zärtlichkeiten spürte. Sie klammerte sich in seinen schwarzen Locken fest, und als er begann, ihre harten Brustwarzen mit den Zähnen zu bearbeiten, stöhnte sie lustvoll auf und öffnete bereitwillig die Schenkel.

Das Vorspiel war kurz, vor Verlangen halb verrückt, konnten beide die Vereinigung ihrer Körper kaum noch erwarten. Seine Finger erforschten schnell ihren Körper, und er fand schnell heraus, daß sie feucht und bereit war. Er umfaßte ihre Hüften und zog sie an sich. Im nächsten Moment war er auch schon tief in die enge, feuchte Grotte vorgestoßen.

Er kam über sie wie ein Sturm. Seine Finger gruben sich tief in das zarte Fleisch an ihren Hüften, als er heftig in sie eindrang. Das Bedürfnis, sich in ihr zu verströmen, wurde übermächtig. Während seine Lust unerbittlich auf den Höhepunkt zusteuerte, wurden seine Stöße immer härter und schneller.

Sara fand diesen wilden, heftigen Liebesakt schockierend erregend. Es bereitete ihr ungeahnten Genuß, sich völlig von ihm beherrschen zulassen, und bei jedem Stoß gruben sich ihre Fingernägel tiefer in seinen breiten Rücken. Ihn so zu spüren, ganz erfüllt von ihm zu sein, sich von ihm besitzen zu lassen, das ließ sie unter ihm erbeben! So groß wurde ihre Begierde, daß sie sich nur noch verzweifelt danach sehnte, endlich den Höhepunkt der Wonnen zu erreichen.

Immer schneller wurden ihre Bewegungen und bald bebte Saras Körper bei den ersten ekstatischen Zuckungen. Yancys Hände legten sich noch fester um ihre Hüften, und ein primitiver Freudenschrei entrang sich seiner Kehle, als er sich in sie ergoß.

Danach lagen sie noch lange zusammen. Yancy konnte einfach nicht von Sara lassen, und sie spielte verträumt mit seinen langen, schwarzen Locken. Sie küßten sich sanft, die wilde, fast primitive Lust ihres Liebesaktes war verschwunden. Erst eine ganze Weile später glitt Yancy langsam von ihrem Körper, aber er blieb bei ihr; er zog sie dicht an sich heran, und irgendwann schliefen sie ein, ohne einen weiteren Gedanken an die Klapperschlange und die Gefahr zu verschwenden.

Als Sara erwachte, lag sie allein in Yancys Bett. Sie wurde ein wenig rot, als ihr der heftige Liebesakt der vergangenen Nacht in den Sinn kam. Dann trat jenes geheimnisvolle Lächeln auf ihre Lippen, jenes Lächeln, das seit Menschengedenken unzählige Männer zur Raserei getrieben hat.

Behaglich räkelte sie sich im Bett herum und spürte den süßen Schmerz, den Yancy ihr bei seinem feurigen Liebesakt zugefügt hatte. Verträumt blickte sie zur Decke. Heute war ihr Hochzeitstag. Noch heute abend würde sie den Mann heiraten, den sie liebte.

Leise vor sich hin summend, läutete sie nach Maria. Zuerst Frühstück oder *desayuno*, wie Maria immer sagte, und dann ein langes, entspannendes Bad!

Eine halbe Stunde später ließ sich Sara glücklich in die Badewanne gleiten. Das Wasser war heiß und duftete nach Rosen. Maria hatte einen Paravent vor die Wanne gestellt, und Sara hörte sie auf der anderen Seite fröhlich daherschwatzen, während sie die Sachen herauslegte, die Sara für den großen Tag brauchte. Keine von beiden erwähnte den gestrigen Zwischenfall, der um ein Haar tragisch geendet hätte. Als Sara dann doch wieder die schreckliche Schlange in den Sinn kam, verscheuchte sie entschlossen den Gedanken daran. Heute war ihr Hochzeitstag! Und den würde sie sich durch nichts und niemanden verderben lassen!

Gerade in diesem Augenblick wurde die Tür der Suite aufgerissen, und Ann eilte herein. »Wo ist sie?« rief sie erregt. »Geht es ihr gut? Ich habe gerade erst von der schrecklichen Sache erfahren!«

Sara seufzte. Am liebsten hätte sie Ann abgewiesen, aber sie stieg aus der Wanne, schlang sich ein großes Badetuch um den Körper und rief möglichst gleichmütig: »Ich bin hier, Ann. Und wie du siehst, ist mir nichts geschehen. Ich hatte gestern nacht schreckliche Angst, und es war eine schlimme Erfahrung, aber es geht mir gut.«

»Ach, du armes Ding!« rief Ann und blickte mitleidig drein. »Was für eine schreckliche Sache! Stell dir vor, du hättest die Schlange nicht gesehen! Wer weiß, was dann passiert wäre!«

Sara hoffte auf Anns gesunden Menschenverstand, der ihr raten würde, das Thema schnell fallenzulassen. Sie setzte sich auf einen samtbezogenen Schemel vor der Frisierkommode und murmelte: »Es ist vorbei! Und ich würde am liebsten nicht mehr darüber sprechen.« Im Spiegel über der Frisierkommode trafen sich die Blicke der beiden Frauen. »Heute ist mein Hochzeitstag. Ich möchte ihn mir nicht durch häßliche Erinnerungen verderben lassen.«

Ann blickte ungläubig und bestürzt drein. »Aber Sara, du kannst doch unmöglich bei deiner Entscheidung bleiben! Nach allem, was geschehen ist!«

»Genau das meinte ich! Es war eine unglückselige Erfahrung, die ich nicht noch einmal durchmachen möchte, aber es hat sich dadurch nichts geändert!«

Ann blickte ungeduldig zu Maria hinüber, die Saras Hochzeitskleid gerade liebevoll auf dem Bett ausbreitete. »Laß uns allein!« sagte sie barsch. »Ich möchte mich unter vier Augen mit deiner Herrin unterhalten!«

Maria sah Sara an. Auf deren leichtes Nicken hin verließ sie den Raum. Ann stand jetzt direkt hinter Sara und legte ihr die Hände auf die Schultern. »Ich weiß, daß ich dir oft auf die Nerven gegangen bin – ich bin arrogant und anspruchsvoll. Auch das weiß ich. Aber du mußt mir glauben, wenn ich dir jetzt sage, daß mir nur an deinem Wohlergehen liegt. Ich mag dich sehr gern, und ich möchte nicht, daß man dir weh tut. Du *kannst* diesen Mann nicht heiraten! Nicht nach dem, was gestern nacht geschehen ist!«

»Wovon redest du überhaupt? Was sollte sich durch den gestrigen Zwischenfall geändert haben?«

Ann zögerte ein wenig. Dann holte sie tief Luft und fixierte Saras Spiegelbild. »Sara, Sara!« sagte sie sanft. »Verstehst du denn nicht, was passiert ist? Siehst du denn nicht die Gefahr, in der du schwebst? Ist dir noch nicht aufgegangen, daß du letzte Nacht hättest sterben können? Und wenn du gestorben wärst, dann wäre Yancy heute nicht gezwungen, dich zu heiraten, um an die Casa Paloma zu kommen!«

Ungeduldig strich Sara mit der Bürste über die honigblonden Locken und kämpfte darum, sich von Anns häßlichen Worten nicht ihre glückselige Stimmung verderben zu lassen. Sie wich dem Blick der älteren Frau aus und fragte sich, warum Ann bloß immer so gern Unfrieden stiftete und warum sie immer die Fakten verdrehte und alles in den Schmutz zog. Die beste Art, mit ihr fertig zu werden, war, sie einfach zu ignorieren. Das hatte Sara aus bitterer Erfahrung gelernt. Aber jetzt fiel es ihr schwer, denn Anns Bemerkung, daß Yancy nicht gezwungen wäre, sie zu heiraten, hatte einen unangenehmen Nachgeschmack hinterlassen. Verärgert rief sie: »Hast du vergessen, daß nicht Yancy, sondern Tansy und Bartholomew das Land bekommen, falls ich ohne Nachkommen sterben sollte!«

»Nein, das habe ich nicht vergessen«, erwiderte Ann sanft. »Aber verstehst du denn nicht, daß auch Tansy und Bartholomew deshalb einen guten Grund haben, deinen Tod herbeizuwünschen?«

Sara runzelte die Stirn. Darüber hatte sie noch nicht nachgedacht, aber die Vorstellung war einfach absurd! Bartholomew und Tansy würden ihr niemals ein Leid zufügen! Aber plötzlich beschlichen sie Zweifel. Wären sie am Ende doch dazu fähig? Wenn sie kinderlos verstarb, ging die Casa Paloma schließlich in ihren Besitz über. Doch dann schüttelte sie abwehrend den Kopf und verwarf den häßlichen Gedanken sofort wieder. Sie hätte wissen sollen, daß Ann nach der gestrigen Szene alles tun würde, um ihre Gedanken zu vergiften. Ann verstand sich meisterhaft darauf, Zweifel zu säen und sie so lange zu hegen und zu pflegen, bis sie erreicht hatte, was sie wollte. Aber diesmal wollte Sara ihr einen Strich durch die Rechnung machen! »Was meinst du denn nun, Ann?« fragte sie barsch. »Zuerst hast du angedeutet, daß Yancy meinen Tod will; und jetzt verdächtigst du Bartholomew und Tansy.« Trocken fügte sie hinzu: »Oder vielleicht denkst du ja, alle drei hätten ein Komplott gegen mich geschmiedet. Meinst du das?«

Ann verstärkte den Druck auf ihre Schultern. »Ist diese Vorstellung denn tatsächlich so unwahrscheinlich?« fragte sie mit einer solchen Eindringlichkeit, daß Sara zusammenschrak. »Bartholomew ist Yancys Onkel, oder hast du das vergessen? Yancy ist so sehr an der Casa Paloma gelegen, weil es mitten auf dem Land von del Sol liegt. Wenn du ohne Nachkommen sterben würdest, wer könnte ihn daran hindern, Bartholomew und Tansy auszuzahlen? Wenn du tot wärst, könnte Yancy trotzdem Paloma bekommen, aber er wäre nicht an eine Frau gebunden, die er niemals wollte! Bartholomew und Tansy bekämen eine hübsche Summe, und sie wären nicht an einen heruntergekommenen wertlosen Dreckhaufen in der Wildnis gebunden! Glaubst du etwa, daß Bartholomew sich die Gelegenheit entgehen lassen würde, ein Vermögen zu machen, nachdem er fast sein ganzes Leben lang in Sklaverei verbracht hat? Selbst wenn er Cantrellblut in den Adern hat, oder vielleicht gerade deswegen, ist es sehr unwahrscheinlich, daß er diese Chance nicht ergreift. Auch Tansy könnte sich wahrscheinlich etwas Besseres vorstellen, als in der Küche zu arbeiten und dich zu bedienen. Jeder weiß, daß Yancy und Bartholomew sich sehr nahestehen. Sie *könnten* es zusammen geplant haben!« Anns Augen füllten sich mit Tränen. »Oh, Sara, siehst du denn nicht, daß ich nur versuche, dir zu helfen? Sieh mich doch nur ein einziges Mal nicht als deine Feindin, und mach dir klar, daß ich dir helfen will!«

»Yancy würde niemals...«, brachte Sara heraus, während

sich die Gedanken in ihrem Kopf überschlugen. Nicht was die ältere Frau sagte, sondern wie sie es sagte, ließ Sara aufhorchen. Ann war anscheinend aufrichtig besorgt, und darüber hinaus ergaben ihre Worte auf erschreckende Weise einen Sinn. Aber Sara wollte den Gedanken nicht zulassen, daß sie vielleicht die Wahrheit sagte. Verzweifelt klammerte sie sich an das einzige, woran sie aus tiefstem Herzen glaubte, und murmelte: »Yancy würde mir nichts antun!«

Sanft drehte Ann Sara herum, ergriff ihre schlaffen Hände und begann eindringlich auf sie einzureden. »Hör mir zu! Du bist noch so jung und unschuldig, du hast ja keine Ahnung, wie schlecht die Menschen sein können. Im Moment siehst du nur Yancys gutaussehendes Gesicht und seinen Charme. Aber in Wahrheit ist er der hinterhältigste Schurke, den man sich nur vorstellen kann. Du mußt mir glauben!«

»Warum tust du das?« fragte Sara trübsinnig. Ihre Fröhlichkeit vom Morgen war nun endgültig dahin. Sie wollte nicht über Anns Worte nachdenken. Nicht eine Sekunde lang wollte sie den schlimmen Vermutungen, die Ann ihr nahegelegt hatte, Glauben schenken. Sie traute Ann nicht; sie vertraute Bartholomew und Tansy, und doch... Schließlich fragte sie verzweifelt: »Was erhoffst du dir eigentlich von all deinen Lügen?«

»Nichts! Ich möchte einfach, daß du darüber nachdenkst, was du tust! Sage die Hochzeit ab. Binde dich nicht an einen Mann, der vielleicht schon eine Frau auf dem Gewissen hat.«

»Wenn das, was du sagst, auch nur das kleinste Körnchen Wahrheit enthält, würde dann nicht gerade durch unsere Heirat meine Sicherheit gewährleistet?« fragte sie gequält. »Wenn ich seine Frau werde, könnte er doch sicher sein, daß sein Kind die Casa Paloma erben wird. Er müßte mich doch gar nicht töten, um das zu erreichen!«

Ann lächelte bedauernd. »Und was wäre danach? Was wäre nach der Geburt eines Kindes? Yancy würde dich dann nicht mehr brauchen! Du hättest deinen Zweck erfüllt. Und

Bartholomew und Tansy? Glaubst du, sie stehen ruhig da und erlauben dir, ein Kind auszutragen, das ihre Chance ruiniert, jemals in den Besitz der Casa Paloma zu kommen? Denk nach, Sara! Sie haben kein bißchen Geld – sie könnten nichts mit der Ranch anfangen, als sie zu verkaufen. Das Land ist für sie wertlos... aber sie könnten diese nutzlosen paar Morgen an Yancy verkaufen und damit ein kleines Vermögen machen!«

Sara war traurig und zugleich wütend auf sich selbst, weil sie Anns häßlichen Worten nicht nur Aufmerksamkeit schenkte, sondern sich von ihnen auch verunsichern ließ. Sanft entzog sie Ann ihre Hände und sagte matt: »Laß es gut sein, Ann. Ich halte keinen von ihnen zu derart verschrobenen, bösartigen Ideen fähig! Und ich werde Yancy heute heiraten.«

Ann erhob sich. »Ich verstehe«, sagte sie langsam. »Offensichtlich kann ich dich wirklich nicht davon überzeugen, daß du einen schweren Fehler machst.«

Sara lächelte schwach. »Nein, ich fürchte nicht. Du mußt einfach wissen, daß ich ihn liebe...«

»Und hat er ebenfalls gesagt, daß er dich liebt?« fragte Ann eindringlich. »Liebt er dich auch?«

Saras verschrecktes Gesicht verriet Ann mehr als tausend Worte. »Da siehst du es! Du weißt, daß er dich nicht liebt, und dennoch besteht er auf dieser Hochzeit. Nur weil wir großes Glück hatten, sind wir noch rechtzeitig vor der Trauung angekommen. Kommt dir das nicht merkwürdig vor? Daß er es so eilig hat, dir seinen Ring an den Finger zu stecken, daß er nicht einmal bis zu unserer Ankunft warten mochte.« Ann hatte einen wehmütigen Zug um den Mund, als sie fortfuhr. »Ich gebe ja zu, daß ich keine besonders mütterliche Frau bin, aber ich habe in den vergangenen Jahren mein Möglichstes versucht, mich dir gegenüber wie eine Schwester zu verhalten. Wir haben schwere Zeiten durchgemacht, du und ich...« Ann seufzte. »Ich möchte einfach nicht, daß du einen Fehler machst, den du für den Rest deines Lebens bereuen würdest.«

Anns so gefühlvolle, ernste Worte berührten Sara tief, und sie lächelte ein wenig. »Ich weiß deine Besorgnis wirklich zu schätzen, aber ich meine, deine Sorge ist unbegründet. Yancy liebt mich vielleicht nicht, aber er ist gut zu mir. Er war sehr gut zu mir.«

Ann nickte nachdenklich. »Das glaube ich dir, mein Kind. Warum sollte er auch nicht gut zu dir sein? Schließlich gibst du ihm genau das, was er haben will – Casa Paloma! Aber ich frage mich, ob du dich seinen Plänen genauso demütig fügen würdest, wenn du wüßtest, daß da noch eine andere Frau mit im Spiel ist... daß er dich nicht liebt, weil er sein Herz längst einer anderen geschenkt hat.«

Saras Mund wurde trocken, und ihr war, als würde ihr das Herz zerschnitten. »Wovon redest du? Es gibt keine andere Frau!«

Traurig schüttelte Ann den Kopf. »Oh, doch! Hast du dich nie gefragt, warum Yancy mich so bereitwillig nach del Sol eingeladen hat?«

Benommen schüttelte Sara den Kopf. Ann sollte Yancys Geliebte sein! Das war eine gemeine Lüge! Das war bestimmt wieder ein hinterhältiger Winkelzug von Ann! Es konnte nicht sein! Ann und Yancy waren kein Liebespaar! Sie hatten sich nie geliebt! Niemals würde Yancy eine Geliebte in das Haus bringen, das er mit seiner zukünftigen Frau teilen wollte! Das konnte nicht sein!

»Das ist nicht wahr!« schrie Sara mit bebender Stimme. »Du lügst. Ich weiß es.«

»Aber ich lüge nicht«, erwiderte Ann ernst. »Soll ich es dir beweisen?«

17

Nachdem Ann gegangen war, stand Sara beschämt da und fragte sich, wie sie Anns Plan hatte zustimmen können, daß die ihr beweisen würde, daß Yancy tatsächlich ihr Liebhaber war. Sara fühlte sich wie eine Verräterin, und das Herz tat ihr unsagbar weh. Traurig starrte sie auf ihr bleiches Spiegelbild.

Sie wollte kein einziges Wort von dem glauben, was Ann gesagt hatte – über Yancy, über Bartholomew und über Tansy. Sie mochte nicht darüber spekulieren, ob sich die drei vielleicht tatsächlich gegen sie verbündet hatten. Im Grunde ihres Herzens war sie sicher, daß Ann gelogen hatte, um die Dinge zu ihrem Vorteil zu verdrehen.

Normalerweise wußte sie, worauf Ann aus war, aber diesmal fand Sara keine befriedigende Erklärung für diese haarsträubenden Lügen. Ob sie Yancy nun heiratete oder nicht, an Anns Situation würde das nichts ändern – sie würde immer noch von Yancys Wohlwollen abhängig sein. Und obwohl vielleicht zu fragen war, ob Ann lieber in Yancys als in Saras Schuld stehen wollte, hielt Sara dies nicht für einen ausreichenden Grund für derartige Unterstellungen. Außerdem hätte Ann nichts gewonnen, wenn Sara ohne Nachkommen starb und Bartholomew und Tansy die Casa Paloma erben und an Yancy verkaufen würden.

Unglücklich stand Sara auf und zog ein gelbes Baumwollkleid an. Beim Anblick ihres perlenbestickten Hochzeitskleides aus feinem, blaßrosé Musselinstoff stiegen ihr die Tränen in die Augen. Wie glücklich sie noch vor wenigen Minuten gewesen war! Bevor Ann in ihr Zimmer gekommen war...

Die kleine Bronzeuhr auf dem Kaminsims in Yancys Zimmer schlug zur vollen Stunde, und Saras Gesichtszüge erstarrten. Der Zeitpunkt, auf den sie sich mit Ann geeinigt hatte, war gekommen. Schweren Herzens verließ Sara das Schlafzimmer und machte sich bedrückt auf den Weg in deren Gemächer.

Wenn Ann die Wahrheit gesagt hatte – und Sara betete verzweifelt, daß sie gelogen hatte – wußte sie, was sie dort zu erwarten hatte. Aber obwohl sie vorbereitet war, bekam Sara einen Schock, als sie die Tür öffnete und Yancy und Ann bei einer leidenschaftlichen Umarmung überraschte. Yancy hatte die Arme um Anns Taille gelegt, und Anns Finger spielten mit seinen schwarzen Locken, während sie sich heftig küßten. Starr vor Entsetzen stieß Sara einen leisen Schrei aus.

Als er diesen leisen, verzweifelten Schrei hörte, ließ Yancy wie von der Tarantel gestochen von Ann ab, stieß sie brutal von sich und starrte in Saras entsetzte, vorwurfsvolle, grüne Augen. Sein dunkles Gesicht war undurchdringlich, während Saras Gefühle sich allzu deutlich in ihrem hübschen Antlitz widerspiegelten.

»Ach, herrje!« rief Ann. »Ich habe dich gar nicht erwartet… es tut mir so leid, daß du uns so sehen mußtest, mein Kind, aber es gibt wirklich eine ganz einfache Erklärung für das, was du gerade gesehen hast. Glaub mir, Sara, es ist alles ganz harmlos. Yancy hat mir gerade versprochen, daß Tom und ich ein kleines Haus im Dorf für uns allein bekommen, und ich habe mich nur bei ihm bedankt.«

Yancy und Sara schenkten ihr keine Beachtung. Fassungslos sah Sara ihn an, dann stöhnte sie verzweifelt auf und lief mit wehenden Röcken aus dem Zimmer. Yancy blieb noch eine Weile wie angewurzelt stehen und sah ihr nach, dann wandte er sich langsam um und fixierte Ann mit grimmigem Blick.

»Das hast du ja ganz hervorragend geplant. Ich muß dir gratulieren«, sagte er drohend.

Ann setzte eine erstaunte Miene auf. »Ich fürchte, ich weiß nicht, wovon du sprichst. Was meinst du denn? Ich habe Sara doch erklärt, was passiert ist. Oder nicht? Wieso gibst du dann mir die Schuld, wenn sie die Situation falsch versteht? Ich habe dir doch wirklich nur für deine Großzügigkeit gedankt!«

Yancy lächelte böse. »Eines kannst du mir glauben, in diesem Moment hege ich dir gegenüber keine großzügigen Gefühle. Am liebsten würde ich dich erwürgen oder dir zumindest befehlen, deine Sachen zu packen und von meinem Grund und Boden und aus meinem Leben zu verschwinden!«

Angesichts seines Wutausbruchs schien sich Ann plötzlich ein wenig unbehaglich zu fühlen. Hastig sagte sie: »Es ist zu dumm, daß Sara die Sache falsch einschätzt, aber es war nicht meine Schuld! Und mir derart zu drohen, das ist einfach unmenschlich! Wohin sollten der arme Tom und ich denn gehen, wenn du uns hinauswirfst? Wenn du uns im Stich läßt, wüßten wir nicht wohin! Die Reise hierher war sehr ermüdend für Tom – er ist nicht besonders kräftig. Es wäre überaus grausam von dir, all unsere Hoffnungen zunichte zu machen!«

»Merkwürdig, aber ich kann mich nicht erinnern, daß ich Toms Namen genannt habe, als ich sagte, ich wollte dich hinauswerfen!« sagte Yancy kalt.

Ann senkte sittsam den Blick und murmelte: »Aber glaubst du denn allen Ernstes, daß Tom es dir erlauben würde, seiner Frau das Wohnrecht zu verweigern, ohne mein Schicksal mit mir zu teilen?«

Sie hatte ihn da, wo sie ihn haben wollte, und Yancy wußte es. »Ich habe dich immer für ›die Gute‹ gehalten«, sagte er grimmig. »Ich habe immer geglaubt, daß nur Margaret eine böswillige Hexe ist. Aber offensichtlich habe ich mich geirrt.«

»Oh, Yancy! Du glaubst doch wohl nicht ernsthaft, daß ich das Ganze absichtlich arrangiert habe? Das kannst du doch nicht glauben!«

»Ich glaube, daß du ein gerissenes Luder bist, und ich würde alles darauf verwetten, daß du Sara lauter Lügen erzählt hast und daß die kleine Szene, die wir soeben gespielt haben, von dir genau geplant war!«

»Aber das ist einfach nicht wahr!« schrie Ann verärgert und blickte schnell zur Tür, wo sie Saras gelbes Kleid erspäht hatte. »Ich mag Sara sehr – ich würde ihr *niemals* weh tun!«

»Ach, das würdest du nicht?« Er lachte bitter. »Für deinen eigenen Vorteil würdest du alles tun, und es ist dir dann auch ganz einerlei, ob irgend jemand dabei Schaden erleidet!«

Ohne zu wissen, daß Sara zurückgekehrt war, um sie zur Rede zu stellen, trat Yancy näher an Ann heran. Er stand mit dem Rücken zur Tür und packte Ann an den Schultern. »Ich will dir noch etwas sagen, meine liebe, süße Ann«, murmelte er. «Laß Sara in Ruhe! Und wenn du möchtest, daß ich weiterhin nett zu dir bin, dann tu, was ich dir sage. Wenn du noch ein einziges Mal zu ihr gehst, um ihr irgend etwas zu erklären, dann breche ich dir das Genick – oder ich werfe dich hinaus, und auf Toms Wohlergehen pfeife ich dann auch!«

Das triumphierende Blitzen in Anns Augen hätte ihn warnen sollen, aber erst, als Sara entsetzt nach Luft schnappte, fuhr er herum. Aber er sah nur noch, wie sie mit fliegenden Röcken davonlief. Ann warf er noch einen vernichtenden Blick zu, und dann eilte er seiner fliehenden Braut nach.

Yancy hatte keine Ahnung, wohin Sara gerannt sein könnte. Erst nach einer Weile entdeckte er sie im Pferdestall, die Arme um Locuelas Hals gelegt und das Gesicht in ihrer Mähne vergraben. Ihr leises Weinen schnitt ihm ins Herz, und in diesem Moment hatte er nicht übel Lust, Ann tatsächlich zu erwürgen. Instinktiv hatte er geahnt, wo er Sara suchen mußte, aber jetzt, wo er sie gefunden hatte, wußte er nicht recht, was er machen sollte. Langsam und zögernd näherte er sich ihr, blieb hilflos hinter ihr stehen und blickte auf ihre honigblonden Flechten hinab. Nach allem, was Sara gesehen und gehört hatte, würde sie ihm wohl kaum Glauben schenken, wenn er alles abstritt. Wieder verfluchte er Ann und ihre teuflischen Machenschaften. Aber was sie auch getan haben mochte, es änderte nichts, dachte er verbittert; sie würden heiraten.

Sanft legte Yancy die Hand auf Saras Schulter und sagte: »Komm schon, Sara. Komm, wir gehen zurück zur Hacienda. Maria wird sich um dich kümmern.«

»Faß mich nicht an!« schrie Sara, wirbelte herum und stieß seine Hand fort. »Geh weg! Ich will dich niemals wiedersehen!«

Yancys Züge verhärteten sich. »Das dürfte sich ziemlich schwierig gestalten, findest du nicht auch? Schließlich werden wir in ein paar Stunden getraut.«

»Ich werde dich niemals heiraten, und wenn du der einzige Mann auf der Welt wärst!« schrie sie voller Verachtung.

Wütend packte Yancy sie an den Schultern und schüttelte sie ein wenig. »Du verdammte kleine Närrin!« knurrte er. »Warum bin ich bloß so verflucht darauf versessen, dich zu heiraten! Aber eines sage ich dir, süße Sara, du *wirst* mich heiraten! Ann ist eine ebenso hinterhältige, berechnende Hexe wie ihre Schwester, aber eines werde ich auf keinen Fall tun: mein Leben von ihr ruinieren lassen! Es ist mir verdammt noch mal gleichgültig, was du jetzt von mir denkst – mir geht es einzig und allein darum, daß du dich in zwei Stunden mit mir vor Padre Quintero stellst und dein Jawort gibst! Mit Ann und ihren kleinen Intrigen werden wir uns später befassen!«

»Ich werde dich nicht heiraten! Ich werde es *nicht* tun! Ich hasse dich!« rief Sara außer sich. Ihre Wangen waren gerötet, und ihre Augen standen voller Tränen.

Yancy stieß einen derben Fluch aus. Mit seinen bernsteinbraunen Augen funkelte er sie böse an. »Du magst mich vielleicht hassen, *amiga*, aber dein wunderschöner Körper haßt mich ganz und gar nicht! Nicht, wenn ich an letzte

Nacht denke, und bevor du mein respektables Angebot ausschlägst, denk über folgendes nach: Vielleicht bist du bereits von mir schwanger.« Warnend fügte er hinzu: »Und, Sara, du schläfst von heute an in meinem Bett und in meinen Armen – ob wir nun verheiratet sind oder nicht! Wenn du lieber nur meine Mätresse sein möchtest und meine Bastarde gebären willst, statt meine Frau zu sein, dann ist das deine Entscheidung – aber du *wirst* das Bett mit mir teilen – und wenn ich dich daran festketten muß!«

Sara glaubte ihm. Sie sah wilde Entschlossenheit in seinen Augen und einen Zug um den Mund, der verriet, daß er darüber nicht mehr sprechen wollte. Er meinte es ernst.

Falls manche Leute sich sagten, daß die Braut außergewöhnlich blaß war und der Bräutigam ausgesprochen griesgrämig wirkte, waren sie doch viel zu höflich, diesen Gedanken auch zu äußern. An diesem warmen, sonnigen Nachmittag des sechsundzwanzigsten Juni im Jahr des Herrn 1867, in Anwesenheit der gesamten Einwohnerschaft von del Sol, gaben sich Yancy Cantrell und Sara Cantrell, geborene Rawlings, das Jawort. Obwohl es ihnen offenbar an Begeisterung mangelte, spielte das junge Paar seine Rolle ganz hervorragend. Lächelnd nahmen sie vor der Kirche die Gratulationen entgegen. Die ausgelassenen Gäste sorgten für Stimmung und ließen beinahe vergessen, daß bei den Neuvermählten keine rechte Freude aufzukommen schien. Die Luft war erfüllt von Gelächter, Gitarrenklängen und einzelnen Kanonenschüssen.

Auf der Hacienda hatte man auf dem vorderen Hof riesige Tische mit allerlei Köstlichkeiten aufgebaut – riesige Platten mit gegrilltem Truthahn, dampfende *carnitas*, ganze Berge von warmen Tortillas, Schüsseln mit feuriger *salsa de chipotle*, Teller mit sahnigem *pastel de nuez* und gefüllten *fruta de horno*. Wein und Tequila sowie dunkles, starkes Bier, das auf der Hacienda gebraut wurde, flossen in großen

Mengen. Als es dunkel wurde, erstrahlten die Hacienda und der vordere Hof im Schein unzähliger Laternen und Kerzen, und die ausschweifende Feier schien kein Ende nehmen zu wollen. Nachdem sich die Braut zurückgezogen hatte, blieb der Bräutigam noch einige Zeit bei den Feiernden, trank noch so manches Glas Tequila und ließ sich gratulieren. Die kühle Nachtluft war erfüllt vom rhythmischen Spiel der Gitarren und dem Klang der Kastagnetten.

Sara war nun allein in ihren neuen Gemächern. Lachend und schwatzend hatte Maria sie zu den Zimmern begleitet, die sie von nun an mit Yancy teilen würde. Da Maria so schnell wie möglich auf die Feier zurückkehren wollte und außerdem sicher war, daß der frischgebackene Bräutigam seiner Braut auf den Fersen folgen würde, hatte sie Sara schnell aus dem Hochzeitskleid geholfen und sie in ein hauchdünnes, spitzenbesetztes Musselinnachthemd gekleidet, das mit blaßgelben Rosenblüten bestickt war. Zum Nachthemd gehörte ein passender Morgenmantel, den Sara gleichmütig überstreifte.

Verschmitzt lächelnd führte die Mexikanerin die junge Frau durch Yancys Zimmer zu einer breiten Flügeltür, die nicht, wie Sara gedacht hatte, in ein weiteres Zimmer, sondern in einen ganz privaten Innenhof führte, der von hohen, mit Jasmin und Rosen berankten Wänden umschlossen wurde. Der Duft von Orangenblüten, Rosen und Jasmin erfüllte die Nachtluft. Saras Blick fiel auf einen schmiedeeisernen Tisch in der Mitte des Hofes und einen Servierwagen mit mehreren zugedeckten Schüsseln und Tellern. Auf dem Tisch stand eine Schale mit riesigen weißen Rosen neben einem silbernen Leuchter mit mehreren Kerzen, die alles in ein sanftes Licht tauchten. Der Tisch war liebevoll gedeckt mit wertvollen Kristallgläsern, feinem Porzellan und schimmerndem Silberbesteck. Während sie all dies betrachtete, spürte Sara plötzlich einen Kloß im Hals.

Alles war so ungeheuer romantisch, die leisen Gitarrenklänge, der Kerzenschein, der Duft der Blumen, und verzweifelt wünschte sie sich die frohe erwartungsvolle Stimmung zurück, mit der sie den Tag begonnen hatte. Ihr Hochzeitstag. Der Kloß in ihrem Hals schien immer größer zu werden, und sie hatte Mühe, die Tränen zurückzuhalten.

»Gefällt es Euch nicht, Senora?« fragte Maria gespannt. Saras Schweigen schien sie zu beunruhigen. »*Mi madre* und ich haben alles für Euch und Senor Yancy vorbereitet. Wir wollten Euch überraschen.«

Sara räusperte sich und sagte: »Es ist eine wundervolle Überraschung, Maria! Ich bin sicher, daß mein M-m-mann das auch finden wird!«

Maria kicherte. »Ich denke, Senor Yancy wird es nicht einmal bemerken! Wo doch eine so hübsche Braut auf ihn wartet! Und jetzt muß ich gehen, bevor er mich hier bei Euch findet!«

Damit war Maria verschwunden, und Sara war allein mit ihren traurigen Gedanken. Warum nur war alles so gekommen, fragte sie sich voller Bitterkeit. Es war, als hätte sie ein Hindernis nach dem anderen überwinden müssen, seit sie Yancy Cantrell zum ersten Mal begegnet war. Immer wieder hatte sie sein Benehmen entschuldigt und sich eingeredet, daß diejenigen unrecht hatten, die ihn anklagten, aber es fiel ihr sehr schwer, zu glauben, daß Ann den morgendlichen Zwischenfall wirklich nur inszeniert hatte, um sie zu verunsichern. Ann war listenreich und verschlagen, aber...

Niedergeschlagen und verstört von all den schmerzlichen Gedanken wandte Sara sich zum Gehen. Sie wollte ihr eigenes Bett aufsuchen. Doch sie hatte Yancys Zimmer erst zur Hälfte durchquert, als die Außentür ihrer Suite aufgestoßen wurde. Mit vor Schreck halb geöffneten Lippen und einigen gelockten blonden Haarsträhnen über der einen Brust stand sie vor der dunklen Silhouette ihres frischgebackenen Ehemannes.

Bei Yancys Anblick hätte das Herz jeder Frau schneller geschlagen, wie er so dastand und Sara mit seinen Blicken verschlang. Sein Haar war ein wenig zerzaust, und eine Locke hing ihm in die Stirn. In seinen bernsteinbraunen Augen war ein Glitzern, das Saras ungehorsames Herz gegen ihren Willen in Wallung brachte. Er trug immer noch seine Hochzeitsgewänder, und er sah viel zu gut und kraftstrotzend aus in seiner kurzen schwarzen Samtjacke und den schwarzen *calzoneras*, dachte sie voller Bitterkeit. Die Außennaht der *calzoneras* war reich verziert mit goldener Spitze und goldenen Glöckchen. Unterhalb der Knie wurde sie ein wenig weiter, aber ansonsten saß sie wie eine zweite Haut, wodurch Yancys makellose Gestalt gut zur Geltung gebracht wurde. Sein Gesicht wirkte über dem schneeweißen Rüschenhemd besonders dunkel, und die rote Schärpe verlieh ihm eine attraktive, fast barbarische Ausstrahlung.

Um seinen hochmütigen Mund lag ein verwegener Zug, und das Glitzern in seinen goldbraunen Augen schien sich noch zu verstärken, als er mit der ihm eigenen animalischen Anmut auf Sara zuschlenderte. Die kleinen goldenen Glöckchen an seinen *calzoneras* klingelten leise bei jedem seiner Schritte, und als er schließlich vor ihr stand, war die Stille im Zimmer fast unerträglich.

Wie erschlagen von der Sinnlichkeit, die sein großer, muskulöser Körper ausstrahlte, vermied Sara es, ihn anzusehen. Statt dessen schaute sie über seine linke Schulter hinweg. Sie haßte ihn, und sie haßte ihn um so mehr, weil ihr Inneres durch seinen bloßen Anblick bereits in Aufruhr versetzt wurde.

Sara konzentrierte sich so sehr darauf, ihn nicht anzusehen, daß sie zusammenschrak, als er ihr Kinn etwas anhob, so daß sie gezwungen war, ihm in die Augen zu schauen. Die wilde Leidenschaft in seinen Augen ließ sie erröten, und beschämt fühlte sie, daß ihre Brustwarzen bereits hart wurden.

Lässig betrachtete er sie. »Und womit habe ich meine

junge Braut gleich zu Beginn unserer Ehe verärgert?« fragte er spöttisch.

Saras Augen blitzten gefährlich auf. »Ich wollte dich nicht heiraten!« sagte sie gepreßt. »Du hast mir diese Ehe aufgezwungen, aber erwarte nicht, daß ich darüber glücklich bin!«

Er preßte die Lippen zusammen, und seine joviale Stimmung war dahin. Sein Griff wurde fester, und er sagte: »Tut mir leid, daß du es so siehst, meine Süße, aber solange du in meinem Bett bist, wird zumindest einer von uns seinen Spaß haben!«

»Du elender Bastard!« In ihrem überschäumenden Zorn versetzte sie ihm eine schallende Ohrfeige. »Ich hasse dich! Ich *will* nicht in dein Bett!«

Entsetzt über ihre gewalttätige Reaktion, funkelte Sara ihn böse an. Der Ausdruck auf seinem dunklen, gutaussehenden Gesicht machte ihr angst, und sie machte einen erfolglosen Versuch, sich von ihm zu befreien.

Es nutzte ihr nichts! Kaum hatte sie sich von ihm losgerissen, als er sie schon wieder packte und ihr seinen Arm um die schlanke Taille legte. Im nächsten Augenblick hatte er sie auch schon an sich gepreßt, und zu ihrem Schrecken spürte sie sofort seine harte Männlichkeit.

Yancys Augen glitzerten wie Gold, als er mit männlich wissendem Blick auf sie hinuntersah. »Aber liebe, süße Sara, hast du etwa auch nur einen Moment lang daran gezweifelt, daß ich, seit wir aus der verdammten Kirche gekommen sind, an nichts anderes gedacht habe als an den Vollzug unserer Ehe? Weißt du denn nicht, daß ich schon seit Wochen von unserer Hochzeitsnacht geträumt habe?« Er lächelte grimmig. »Und nach allem, was ich durchgemacht habe, um dich zu meiner Frau zu machen, willst du mir jetzt deine Reize verwehren?«

Erneut versuchte Sara, sich aus seiner Umarmung zu befreien. »Ich *will* dich nicht!« schrie sie atemlos. »Ich hasse dich! Laß mich gehen!«

Yancy lachte, aber sein Lachen klang bitter. »Ich fürchte, das ist unmöglich – du bist meine *Frau*! Du behauptest, du willst mich nicht...« Er lächelte kalt. »Glaub mir, *chica,* wenn ich erst mit dir fertig bin, dann wirst du mich schon wollen!«

Verzweifelt versuchte sie, vor seinem unerbittlichen, höhnischen Versprechen zu fliehen. Es hatte keinen Sinn. Mit eisernem Griff hielt er ihre Taille umklammert, mit der anderen hielt er ihren Kopf fest. Dann preßte er den Mund auf ihre Lippen.

Sein Atem roch nach Tabak und Tequila, als Yancy sie mit gierigem Verlangen küßte. Er war blind für ihre verzweifelten Befreiungsversuche, und mit Lippen und Zunge nahm er sich, was er wollte, konzentrierte sich einzig und allein auf diesen Kuß und erforschte ihren süßen Mund. Sie zu riechen und zu schmecken, beides berauschte ihn unermeßlich.

Sara wehrte sich erbittert gegen die heimtückischen Gefühlsausbrüche, die er in ihr entfachte. Sie wollte nicht dieses warme, gierige Verlangen spüren, das tief im Bauch begann und sich dann über den ganzen Körper ausbreitete. Sie wollte nicht fühlen, wie ihr Herz schneller schlug und ihr Puls anfing zu rasen und wie ihre Brüste schwer wurden und sich nach der Berührung seines Mundes sehnten. Keines dieser Gefühle sollte sich ihrer bemächtigen; sie wollte auf keinen Fall vergessen, daß sie ihn haßte, aber es war so unendlich schwer, wenn sie gegen seinen männlichen, starken Körper gepreßt wurde und ihr schwaches Fleisch sich nach seiner Berührung sehnte, während sein hungriger Mund ihre Lippen küßte. Die Erinnerung an seine Liebeskunst, das Wissen, daß er ihr die höchsten Wonnen verschaffen konnte, all das stand im Widerstreit mit den kühlen Schlußfolgerungen, die ihr Kopf gezogen hatte.

Sie drohte in seinen Küssen zu ertrinken, und ihr junger Körper reagierte heftig auf seine fleischliche Begierde, aber unter Aufbietung all ihrer Kräfte schaffte sie es schließlich doch, sich seinem eisernen Griff zu entwinden. Mit keuchendem Atem, die Augen dunkel von ungewolltem Begehren, starrte sie ihn aus sicherer Entfernung vom anderen Ende des Zimmers aus an.

Als sei er gerade aus einem tiefen Schlummer erwacht, starrte Yancy zurück und ließ ihr vor Leidenschaft gerötetes Gesicht keine Sekunde aus den Augen. Lange Zeit blickten sie sich wortlos an. Dann seufzte Yancy leise und begann zu Saras Entsetzen, sich langsam zu entkleiden. Mit anmutigen Bewegungen zog er die Stiefel aus, warf die kurze Jacke beiseite, knöpfte sein weißes Rüschenhemd auf und zog es aus der scharlachroten Schärpe und den *calzoneras*. Wie ein schwarzhaariger Bandit stand er da und wandte seinen Blick keine Sekunde lang von seiner Frau. Schon nach einer kleinen Weile schlug ihr das Herz bis zum Halse.

»Bist du dir sicher, daß es so sein muß?« fragte er.

Sara nickte, obwohl sie nicht recht wußte, was er meinte.

Wieder seufzte er leise, und eh sie wußte, wie ihr geschah, war er auch schon neben ihr. Sie stieß einen ängstlichen Schrei aus und versuchte, in ihr eigenes Zimmer zu fliehen. Aber Yancy ließ ihr keine Chance, packte sie mit seinen kräftigen Armen und warf ihren zappelnden Körper über die Schulter.

Mit den Fäusten hämmerte Sara wie wild auf seinen breiten Rücken ein, während er sie schnell zum Bett hinüber trug. Vollkommen unbeeindruckt von ihren Schlägen, warf er sie auf die weichen Kissen. Angst und ein verrücktes, erregendes Gefühl raubten ihr einen Moment lang den Atem, als er sein Hemd abstreifte; dann, als er sich mit seiner roten Schärpe in der Hand neben ihr aufs Bett fallen ließ, kam sie wieder zur Besinnung und riß sich von ihm los.

Fluchend fing er sie wieder ein, und sie lieferten sich einen kurzen, heftigen Kampf, der ein Ende fand, als Yancy die rote Schärpe nahm und Saras Handgelenke damit an das Kopfende des Bettes fesselte. Beider Atem ging schwer und keuchend, Yancys Haar war noch zerzauster als zuvor, und seine nackte, dicht behaarte Brust hob und senkte sich heftig, als er triumphierend auf ihr saß. Saras Nachthemd war verrutscht und zerknautscht, ihre langen, wohlgeformten Beine waren nackt, ihr Busen hob und senkte sich, während sie außer sich vor Wut in sein dunkles Gesicht starrte.

Yancy konnte den Blick kaum von ihren sich hebenden und senkenden Brüsten wenden, und Sara war sich ihrer wehrlosen Lage nur allzu bewußt. Gegen ihren Willen war sie fasziniert von seiner potenten Männlichkeit, die sich drohend über ihrem Körper aufrichtete. Sie hätte es niemals zugegeben, aber der Kampf mit Yancy hatte sie seltsamerweise erregt, und das Gefühl, ihm hilflos ausgeliefert zu sein, ließ sie wohlig erschauern. Selbst das Gefühl der seidenen Fesseln an ihren Handgelenken war nicht beängstigend, sondern erregend. Sie fragte sich, wie sie zu einer so verderbten Frau hatte werden können. Es ist alles *seine* Schuld, dachte sie hysterisch; durch ihn bin ich so geworden, und deshalb hasse ich ihn. Ich hasse ihn! Ich hasse ihn aus tiefstem Herzen!

Als ahnte er ihren inneren Kampf, lächelte Yancy verschlagen und senkte seinen Körper langsam auf sie herab. Neckend streifte er mit den Lippen ihren Mund und murmelte: »Und jetzt, meine ach so süße Ehefrau, werde ich dir beweisen, daß du nicht weißt, wovon du redest, wenn du sagst, du willst mich nicht!«

Er erstickte ihren Protest mit einem endlosen Kuß. Er küßte sie mit verhaltener Heftigkeit und hoffte auf die Erwiderung seines Kusses. Aber Sara ignorierte beharrlich die provozierenden Schmeicheleien seiner Zunge und wehrte sich immer noch gegen die in ihr aufsteigende Leidenschaft. Und dann, als Yancy schon fast aufgeben wollte, wurde ihr Mund plötzlich weich, und ihre Zunge erwiderte seine Schmeicheleien.

Ein Beben ging durch seinen Körper, begehrlich und triumphierend zugleich. Sie gehörte ihm! Sie war seine Frau.

Seine Geliebte. Und noch bevor diese Nacht zu Ende war, würde sie es auch wissen!

Er machte keinerlei Anstalten, ihre Fesseln zu lösen, sondern setzte seinen leidenschaftlichen Kuß fort. Zärtlich schlossen sich seine Hände um ihr Gesicht, während er seinen Körper auf sie preßte. Hilflos schmolz Sara dahin. Verzweifelt suchte sie seine Lippen, wenn er aufhörte, sie zu küssen und statt dessen an ihrem Ohrläppchen knabberte. Aber immer wieder verlockte ihn ihr süßer Mund. Wieder und wieder küßte er sie und ließ seine Zunge tief zwischen ihre betörenden Lippen gleiten.

Es reichte Yancy nicht, sie nur zu küssen, und langsam zog er sie noch näher an sich. Er stöhnte leise, als sie ihm ihren Körper entgegenhob. Sara war so benommen von seinen Zärtlichkeiten und ihrer Begierde, daß sie sich nicht länger gegen seine überwältigende Nähe wehrte. Sie hatte vergessen, warum sie sich unbedingt gegen ihn wehren wollte; sie wußte in diesem Moment nur, daß sie sich nach ihm verzehrte – ihre Lippen hungerten nach seinem Kuß, und ihre Haut sehnte sich nach seinen Berührungen; ihr Körper wartete gierig darauf, von ihm in Besitz genommen zu werden.

Plötzlich richtete sich Yancy ein wenig auf und starrte hinab auf den zarten, bestickten Stoff ihres Nachthemds, der verbarg, was er um jeden Preis sehen und fühlen wollte. Seine Hände schlossen sich unerbittlich um den Halsausschnitt, und eine Sekunde später hatte er ihr das Nachthemd vom Leibe gerissen. Befriedigt lächelnd schob er die zerrissenen Stoffetzen beiseite und starrte benommen auf die verführerische, weiße Haut, die sich seinem Blick zuvor entzogen hatte.

Endlich lag Saras schlanker Körper in all seiner nackten Pracht vor ihm, und ihm wurde plötzlich klar, wie sehr er diesen Augenblick herbeigesehnt hatte. Mit unbeschreiblicher Zärtlichkeit begann er an einer der rosafarbenen, harten Brustwarzen zu knabbern. Als er die harte Knospe tiefer in seinen Mund saugte, war es ihm, als hätte er in seinem ganzen Leben nichts Köstlicheres geschmeckt.

Immer noch ein wenig schockiert über das zerrissene Nachthemd, lag Sara leise seufzend da und genoß die Wonnen, die er ihr mit Zähnen und Zunge bereitete. Als er begann, an ihren geschwollenen Brustwarzen zu saugen, zerrte sie wild an ihren Fesseln, denn sie wollte ihn streicheln, wollte ihn genauso erregen, wie er sie erregte.

Das sehnsuchtsvolle Ziehen im Bauch hatte mittlerweile ihren ganzen Körper erfaßt, und sie verzehrte sich nach Erfüllung. Sie war wie entflammt, und ihr Körper verriet feucht und pulsierend, wie sehr er sich nach dem Eindringen seines harten Schaftes sehnte.

Aber Yancy schien es mit der Vereinigung ihrer Körper nicht besonders eilig zu haben. Immer wieder küßte er sie und entfachte das Feuer, das in ihnen brannte, immer stärker, während seine Hände zärtlich die sanften Kurven ihres Körpers erforschten. Sie zu berühren, das allein versetzte ihn in Ekstase, und das Gefühl ihrer seidigen Haut unter seinen Händen trieb ihn, sie überall zu liebkosen und zu streicheln.

Yancys endlose Zärtlichkeiten bereiteten Sara die süßesten Qualen. Während er ihren Körper mit seinen erfahrenen Händen liebkoste, wurde ihr der starke Wunsch, ihn zu berühren und zu streicheln verwehrt. Sie konnte nichts weiter tun, als seine Küsse zu erwidern, und war seinen erregenden, forschenden Zärtlichkeiten hilflos ausgeliefert, weil die seidenen Fesseln sie daran hinderten, ihre Hände auf seinen Körper zu legen.

Als seine Lippen mit unerträglicher Langsamkeit ihren Körper hinabglitten, kurz zwischen ihren Brüsten verweilten und dann bis hinunter zu ihrem flachen Bauch wanderten, schnappte Sara erstaunt nach Luft und erstarrte. Yancy schien das nicht zu bemerken, denn er ließ sich nicht beirren und ließ seine Zunge über ihren Unterleib streichen. Dann umfaßte er plötzlich ihre Schenkel, und obwohl Sara sich verzweifelt dagegen sträubte, preßte er ihre Beine auseinander. Sein schwerer, starker Körper lag jetzt zwischen ihren Beinen, er beugte den Kopf hinunter und ließ die Lippen in die dichten, seidigen Löckchen ihrer Scham sinken.

Sara stieß einen erstaunten und gleichzeitig lustvollen Schrei aus, als Yancys Mund sie schließlich zwischen ihren Schenkeln berührte und sie mit heißen Lippen und heißer Zunge liebkoste. Niemals hätte sie sich träumen lassen… niemals hätte sie sich vorstellen können… Die erregenden Gefühle, die durch die Berührung seines Mundes ausgelöst wurden, waren so gewaltig, so intensiv, daß sie sich aufbäumte, wild an ihren Fesseln riß und laut aufstöhnte.

Yancy war so vertieft in den Traum seiner eigenen Sinne, daß er Saras Stöhnen und die hilflosen Bewegungen ihres Körpers kaum wahrnahm. Sie war so süß, dachte er benommen, so *verdammt* süß! Er war wie trunken von ihrem Duft und ihrem Geschmack und konnte nicht genug von ihr bekommen. Wie berauscht bearbeitete er die intimsten Regionen ihres Körpers mit der Zunge.

Auch Sara hatte die Welt um sich vergessen. Ihr Atem ging stoßweise, und die erregenden Liebkosungen seines Mundes bereiteten ihr eine süße Qual und ließen sie voller Verzweiflung um Erlösung flehen. Plötzlich spürte sie, wie ihr ganzer Körper sich anspannte und sich der Lustpunkt unter seiner Zunge zusammenzog, und dann wurde sie, ohne jede Vorankündigung, von einer mächtigen Woge der Lust davongetragen. Nie zuvor hatte sie etwas ähnlich Erregendes gespürt, und sie schrie ihre ekstatischen Gefühle laut heraus.

Als Sara langsam wieder zu sich kam, lag sie in Yancys Armen. Zärtlich streichelte er über das weiche Haar an ihren Schläfen. Als nach einer Weile die letzten Wonneschauer ihres Höhepunktes abgeebbt waren, registrierte sie andere Dinge – ihre Handgelenke waren immer noch gefesselt, und er hatte sie zum Gespött gemacht, da sie noch kurz zuvor behauptet hatte, ihn nicht zu wollen! Er gewinnt immer, dachte sie erschöpft. *Immer!* Und als sie daran dachte, wie er sie beherrscht hatte, und wie ekstatisch sie auf seine schockierenden, verderbten Zärtlichkeiten reagiert hatte, wurde sie von Schamgefühlen überwältigt. Er selbst trug noch seine *calzoneras*, während er neben ihr auf dem Bett lag, wodurch ihr das, was geschehen war, noch schlimmer vorkam; daß er all diese lüsternen, wundervollen Dinge mit ihr gemacht hatte, durch die sie in seinen Armen zu einer leidenschaftlichen, wollüstigen, halb wahnsinnigen Kreatur geworden war, während cr selbst noch halb angezogen war, beschämte sie tief und machte ihr ihre eigene Nacktheit um so bewußter. Plötzlich wollte sie nur noch weg von ihm, so weit wie möglich. Mit leiser, kraftloser Stimme bat sie: »Du hast meine Behauptung widerlegt... würdest du mich jetzt bitte gehen lassen?«

Yancy richtete sich auf und stützte sich auf dem Ellbogen auf. Forschend blickte er in ihr unglückliches Gesicht. »Ist es das, was ich getan habe: deine Behauptung widerlegen?« fragte er.

Sara mied seinen Blick und nickte. »Bitte, könnte ich jetzt in mein Zimmer gehen?«

Er seufzte. »Sara, ich habe gar nichts widerlegt oder bewiesen, außer vielleicht, daß ich dir schöne Gefühle bereiten kann.«

Sara schüttelte den Kopf. »Nein. Du hast gesagt, daß du mich dazubringen könntest, dich zu wollen, und das hast du auch getan. So, jetzt habe ich es zugegeben. Läßt du mich *jetzt* endlich gehen?«

»Nein«, sagte er sehr bestimmt und legte ihr besitzergreifend die Hand auf die Brust. »Ich werde dich niemals gehen lassen!« Er beugte sich dicht über ihren Mund und knurrte grimmig: *»Niemals!«*

»Und beabsichtigst du etwa, mich für den Rest meines Lebens an dein Bett zu fesseln?« rief Sara empört. »Als Sklavin deiner ekelhaften Gelüste?«

Yancy lächelte. »Nein, meine Süße, obwohl ich zugeben muß, daß die Vorstellung recht verlockend ist!« Er rollte sich von ihr weg und stieg aus dem Bett. Ohne Eile begann er, seine *calzoneras* aufzuknöpfen. »Ich habe jetzt die Absicht, mit meiner frischangetrauten Braut zu schlafen ... und wenn ich das nur dadurch bewerkstelligen kann, daß ich sie an mein Bett fessele, kann ich das auch nicht ändern!«

Als seine *calzoneras* zu Boden glitten, konnte Sara trotz ihrer Wut auf ihn den Blick nicht von seinem dunklen faszinierenden Körper wenden. Er hatte so breite Schultern und einen flachen Bauch, und so starke, muskulöse Beine. Und vor allem, welch steil aufgerichtete, beeindruckende Männlichkeit! Sie mußte schlucken. Wahrhaftig, er war wunderschön! So stolz wie ein heidnischer Gott und sicherlich genauso atemberaubend. Und sie liebte ihn! Haßte ihn! Begehrte ihn ...

Wieder kam er zum Bett und legte sich halb auf sie. Seine muskulöse, behaarte Brust streifte erregend über ihre harten Brustwarzen. Dann setzte er einige aufreizende kleine Küßchen auf ihre Mundwinkel. »Beim letzten Mal habe ich dir einfach nur Wonnen bereitet«, sagte er mit belegter Stimme. »Dieses Mal werde ich dir ganz genau zeigen, wie *sehr* du mich willst.«

Und während der ganzen langen Nacht tat er genau das. Langsam und voller Sinnlichkeit liebte er sie. Endlos verweigerte er ihr jene süße Erlösung, nach der ihr Körper schrie, bis sie alle Hemmungen abstreifte und um Erbarmen bettelte, ihn verzweifelt anflehte, sie zu nehmen. Erst da erhörte er sie, und mit tiefen heftigen Stößen versetzte er sie beide in jene Ekstase, nach der sie sich verzehrten. Sara wußte später nicht mehr, wann Yancy schließlich ihre Fesseln gelöst hatte. Sie wußte nur, daß ihre Hände irgendwann ungehindert über seinen Körper streichen konnten, daß sich ihre Finger in seinem kräftigen Haar festkrallen konnten, daß sie seinen Hals umklammern konnte, während er ihr das Paradies schenkte. Er hatte sie losgebunden, aber da spielte es schon keine Rolle mehr.

18

Wie am Morgen zuvor, jedoch bedeutend später, erwachte Sara in Yancys Bett. Sie war wieder allein, aber anders als gestern verspürte sie keine süße Vorfreude, sondern eine merkwürdige Mischung aus Wohlbehagen und Scham, Hoffnung und Resignation. Zum Teil waren diese Gefühle leicht zu erklären – Yancy war ein äußerst phantasievoller Liebhaber, der ihr höchste Befriedigung verschaffen konnte, gestand sie sich ein, während sie sich behaglich reckte und streckte, selbst wenn er sie mit seiner maßlosen sexuellen Begierde schockiert und beschämt hatte! Sie lächelte versonnen. Sie mochte ihn vielleicht hassen, aber sie konnte nicht leugnen, daß Yancy Cantrell ihr eine Hochzeitsnacht bereitet hatte, die sie niemals vergessen würde – die sie niemals vergessen *wollte*...

Sara konnte auch erklären, warum sie sich mit ihrer Situation abgefunden hatte; was hätte sie sonst fühlen sollen? Voller Leidenschaft liebte sie diesen Mann, der sie zu dieser Ehe gezwungen hatte und der sie wirklich besitzen wollte. Zweifellos übte Yancy eine dunkle Macht auf sie aus. Er brauchte sie nur zu berühren, und schon waren Vernunft, Logik und Verstand vollkommen außer Kraft gesetzt. Aber Hoffnung?

Sie setzte sich im Bett auf und stöhnte überrascht auf, daß ihr Körper an einigen Stellen offensichtlich ziemlich mitgenommen war. Yancy war ein fordernder Liebhaber, und er war nicht gerade sanft mit ihr umgegangen. Seltsamerweise spürte sie plötzlich eine überraschende Zärtlichkeit. Nein, sanft war er nicht gewesen. Aufregend. Sinnlich. Leidenschaftlich. Und doch war da etwas gewesen, ein starkes Gefühl, das sich ihr bei seinen süßen, zärtlichen Küssen flüchtig offenbart hatte, eine tiefe Empfindung, die seinen Körper erzittern ließ, wenn er sich in ihr verströmte und dabei fast verzweifelt ihren Namen rief. Diese kurzen Augenblicke, in denen der Panzer, unter dem er seine geheimsten Gefühle verbarg, zerbarst, ließen sie *hoffen*, daß ihre Ehe nicht allein dazu diente, ein Kind für sein Erbe zu zeugen! Vielleicht liebte er sie doch ... und wenn auch nur ein kleines bißchen?

Da ihr klar war, daß sie mit ihren Grübeleien über die zahlreichen widersprüchlichen Facetten ihres arroganten, provozierenden frischgebackenen Ehemannes nie ein Ende finden und nie zu einem Ergebnis kommen würde, stand Sara schließlich seufzend auf, sammelte ihre zerrissenen Kleidungsstücke vom Boden auf und eilte in ihr eigenes Zimmer. Hastig holte sie ihren alten Morgenmantel aus dem Schrank, streifte ihn über und schnürte sich den Gürtel eng um die Taille. Dann läutete sie nach Maria.

Maria erschien nach wenigen Minuten. In ihren dunklen Augen war ein amüsiertes Blitzen. Sie brachte ein Silbertablett mit Saras Frühstück. Die beiden Frauen begrüßten sich, und Maria sagte, indem sie auf das Tablett deutete: »Es ist so ein wunderschöner Morgen, und ich dachte, Ihr würdet vielleicht gern draußen frühstücken!«

Sara nickte lächelnd und freute sich über den Vorschlag. Erst als sie auf den kleinen Hof vor Yancys Zimmer hinaustraten und ihr Blick auf die unberührten Speisen und Getränke fiel, die Maria und ihre Mutter so liebevoll vorbereitet hatten, wurde sie rot vor Scham.

Maria schien nicht im mindesten beleidigt, daß ihre Speisen verschmäht worden waren. Kichernd sagte sie: »Dieser Yancy! Habe ich Euch nicht gesagt, daß er unsere kleine Überraschung nicht einmal bemerken wird?« Sie warf Sara einen wissenden Blick zu. »Er ist ein richtiger Mann, sí?«

Mit feuerrotem Gesicht mied Sara den Blick der anderen Frau und wünschte, daß Maria nicht ganz so offen über Yancys männliche Vorzüge reden würde. Die Mexikanerin lachte über ihr beschämtes Gesicht und goß ihr eine Tasse heißen Kakao ein. »Bitteschön. Setzt euch her, und trinkt das, und ich räume alles andere weg. Und dann lasse ich Euch ein Bad bereiten.«

Frisch gebadet und in ein sittsames, apfelgrünes Tageskleid gehüllt, fühlte Sara sich eine Stunde später stark genug, sich den wissenden Blicken der anderen Haciendabewohner zu stellen. Während sie einen letzten Blick in den Kristallspiegel warf, fragte sie sich, ob sie vielleicht anders aussah als vorher, ob man ihrem Gesicht all die intimen Dinge ansehen konnte, die Yancy mit ihr gemacht hatte... und die sie mit ihm gemacht hatte. Ihre Wangen nahmen einen bezaubernden roten Schimmer an, und bevor sie der Mut verließ, ging sie entschlossen zur Tür hinaus.

Sie trat auf den verlassenen Bogengang und seufzte erleichtert auf, als niemand zu sehen war. Sie beschloß, die unmittelbare Umgebung der Hacienda zu verlassen und einen Spaziergang zu machen. Trotz der vorgerückten Stunde war es draußen noch recht angenehm, besonders im Schatten. Aber da man sie immer wieder vor der starken texanischen Sonne gewarnt hatte, lief sie noch einmal zurück in ihr Zimmer und holte ihren breitkrempigen Strohhut. Gegen die sengende Sonne gewappnet, verließ sie die Hacienda und spazierte ohne ein bestimmtes Ziel drauflos.

Da sie dachte, daß es an dem kleinen Flüßchen am Rande der Hacienda ein wenig kühler sein würde, schlenderte sie in diese Richtung. Ihre Gedanken waren bei Yancy, was wohl nicht sonderlich überraschend war. Ein verträumtes Lächeln auf den Lippen, ging Sara instinktiv auf die Schatten spendenden Bäume zu, die den Fluß säumten.

Am Ufer des Flusses blieb sie stehen und lehnte sich an einen ausladenden Pecanbaum. Versonnen blickte sie in die Ferne und fragte sich, ob es je einen besser aussehenden, leidenschaftlicheren und aufregenderen Mann gegeben hatte als ihren Ehemann. Natürlich war er gleichzeitig anmaßend, enervierend und wohl der arroganteste Mensch, dem sie jemals begegnet war! Oh, aber mit all diesen beklagenswerten Charaktereigenschaften konnte sie leben, dachte sie bebend, wenn er sie nur liebte!

Welch süßer Wahn, dachte Sara und schnitt eine Grimasse. Was sie sich wünschte, war unerfüllbar! Sie wollte gerade den Schatten des Pecanbaumes verlassen, als sie plötzlich zwischen den Bäumen am Fluß einen Mann und eine Frau entdeckte. Sie waren nur wenige Meter von ihr entfernt und schienen nichts von ihrer Umgebung wahrzunehmen, denn sie lagen sich selbstvergessen in den Armen. Die Hände der Frau strichen sinnlich über das helle Haar des Mannes, und er hatte ihr die Arme um die Taille gelegt.

Peinlich berührt, zog Sara sich wieder in den Schatten des Pecanbaumes zurück, wo sich ihr apfelgrünes Kleid kaum von der Umgebung abhob. Kurz bevor sie sich heimlich davonschleichen wollte, wandte der Mann den Kopf. Mit vor Staunen geöffnetem Mund erkannte sie Hyrum Burnell, dessen Gesicht vor Begierde gerötet war. Und als sie die Frau in seinen Armen erkannte, war sie wie vom Donner gerührt. *Ann Shelldrake hatte Hyrum Burnell geküßt!* Und es war alles andere als ein platonischer Kuß gewesen, dachte sie benommen und konnte kaum glauben, was sie da mit eigenen Augen gesehen hatte.

Sara wünschte sich kilometerweit fort. Aus Angst, bemerkt zu werden, wich sie noch weiter zurück und hoffte, das Paar würde verschwinden, ohne sie zu entdecken. Sie hatte die beiden bei einem heimlichen Schäferstündchen überrascht, soviel war klar. Sara hoffte, daß sie nicht weitergehen würden, und zunächst sah es so aus, als ginge ihr Wunsch in Erfüllung. Dennoch wurde sie Zeugin eines sehr privaten Gesprächs.

»Oh, Hyrum, was sollen wir nur tun? Sie hat ihn geheiratet!« rief Ann verzweifelt. Von ihrem Versteck aus konnte

Sara jedes Wort verstehen. »Womöglich hat dieser geile Bock sie schon geschwängert!«

»Was macht das schon? Dann müssen wir eben unsere Pläne für die Casa Paloma vergessen.« Hyrum küßte Ann, dann redete er leidenschaftlich weiter. »Laß uns zusammen fortgehen, Ann! Noch heute! Ich kann dir zwar nicht das Leben bieten, an das du gewöhnt bist, aber ich werde für dich sorgen – das schwöre ich!«

»Und wie willst du das machen? Der Süden ist zerstört. Es gibt kaum Arbeit.« Ann seufzte. »Oh, ich weiß, du findest eine Lösung, Darling! Du läßt mich nicht im Stich!«

»Vorläufig ist es doch vielleicht gar nicht so schlecht hier auf del Sol«, sagte Hyrum langsam. «Du hast doch gesagt, daß Yancy dir und deinem Mann ein kleines Haus im Dorf versprochen hat. Das ist doch für den Anfang nicht schlecht.«

Ann schmollte. »Wärest du mit dieser Regelung denn zufrieden?«

»Lange wahrscheinlich nicht, aber wir müssen eben abwarten und sehen, wie sich die Dinge entwickeln.«

Wieder küßten sie sich und zogen sich tiefer ins Gebüsch zurück. An der Art, wie sie sich streichelten, war zu erkennen, daß sie miteinander schlafen würden. Lieber sollten die beiden sie jetzt gleich entdecken, als daß sie Zeugin ihrer intimen Vereinigung wurde, dachte Sara. In der Hoffnung, daß sie zu beschäftigt miteinander waren, um ihre Anwesenheit zu bemerken, schlich sie sich an ihnen vorbei. Je weiter sie sich von ihnen entfernte, desto mehr beschleunigte sie ihre Schritte. Als sie den Rand des Orangenhains erreicht hatte, rannte sie beinahe.

Auf dem Hof der Hacienda angekommen, ließ sie sich außer Atem auf den Rand des Springbrunnens fallen. Mit ausdruckslosem Gesicht starrte sie auf die hin und her schwimmenden Goldfische. *Ann und Hyrum waren ein Liebespaar!* Aber wie konnte das sein, fragte sie sich verwirrt, wo Yancy angeblich Anns Liebhaber war? Zumindest hatte Ann das erst gestern angedeutet, bevor sie dafür gesorgt hatte, daß Yancy in einer sehr eindeutigen Situation überrascht wurde. Hatte Ann denn intime Beziehungen zu zwei Männern? Oder sogar zu dreien, wenn man ihren Ehemann Tom Shelldrake mitzählte?

Schockiert von dem, was sie gerade gesehen hatte, versuchte Sara Ordnung in ihre wirren Gedanken zu bringen. Nichts paßte zusammen! Weder Anns angebliche Liebesaffäre mit Yancy noch Hyrums früheres Verhalten. Warum hatte er denn sie gebeten, ihn zu heiraten, wenn er in Ann Shelldrake verliebt war? Wußte er von Yancy und Ann? Oder waren Anns Andeutungen über Yancy vollkommen erlogen? Sara hoffte das aus ganzem Herzen! Und wie lange wollte Ann ihrem Mann wohl noch Hörner aufsetzen? Hatten Ann und Hyrum etwa geplant, daß er sie heiraten sollte, um einen gewissen Anspruch auf die Casa Paloma zu erlangen, während sie und Tom Shelldrake an der Nase herumgeführt wurden? Die ganze Vorstellung behagte Sara ganz und gar nicht.

Anns ehebrecherische Liaison überraschte Sara nicht besonders – schließlich war Ann Margarets Schwester. Aber *Hyrum*? Er hatte behauptet, sie zu *lieben*! Er hatte sie angefleht, ihn zu heiraten! Und sie hatte ihm geglaubt, und er hatte ihr leid getan! Dieser verlogene Bastard!

Sara war immer stolz auf ihre gute Menschenkenntnis gewesen, und jetzt stellte sich heraus, daß sie von zwei Menschen, mit denen sie jahrelang zusammengelebt hatte, vollständig getäuscht worden war. Hätte sie sie nicht zusammen gesehen, wäre sie nie darauf gekommen, daß sie etwas miteinander hatten. Sie hatten sie überzeugend zum Narren gehalten. Saras Selbstvertrauen hatte einen starken Riß bekommen, und sie starrte dumpf vor sich hin. Wen hatte sie wohl sonst noch falsch eingeschätzt, fragte sie sich unbehaglich. Bartholomew? Tansy? Yancy?

»Ach, hier bist du, meine Liebe«, sagte Tom Shelldrake und kam auf sie zu.

Da sie ihre Auseinandersetzung mit Tom noch in allzu guter Erinnerung hatte und genau wußte, was Toms Ehefrau gerade mit Hyrum trieb, fühlte sich Sara bei Toms Begrüßung äußerst unbehaglich. Sie zwang sich zu einem Lächeln und sagte höflich: »Guten Morgen. Wie geht es dir heute?«

Vorsichtig setzte sich Tom auf den Rand des Springbrunnens und rieb seinen verkrüppelten Arm, den er wie immer in einer Schlinge trug. »Ich fühle mich sehr schuldig und habe ein schlechtes Gewissen«, sagte er bedrückt. »Ich hatte kein Recht, so mit dir zu sprechen, wie ich es letztens getan habe. Ich muß mich bei dir entschuldigen.« Er sah sie gequält an. »Durch meine abhängige Stellung bin ich vermutlich immer in Abwehrhaltung und betrachte jede Veränderung mit Argwohn. Ich hätte dir niemals so etwas sagen dürfen, und meine wilden Anschuldigungen sind wirklich unverzeihlich. Du siehst es ganz richtig – jeder hätte Margaret töten können. Ich hätte niemals meinen unbegründeten Verdacht gegen Yancy aussprechen dürfen. Ich hoffe, du wirst mir verzeihen!«

Die Entschuldigung klang aufrichtig, und da sie Tom Shelldrake immer sehr gemocht hatte, war Sara plötzlich froh, nicht mehr mit ihm zerstritten zu sein. Sie schenkte ihm ein warmherziges Lächeln. »Oh, Tom! Ich bin so erleichtert! Wir haben so viel miteinander erlebt, und ich hätte es schrecklich gefunden, wenn sich unsere Wege getrennt hätten.«

Tom lächelte bitter. »Dazu wäre es wohl kaum gekommen, meine Liebe. Ich bin völlig abhängig von dir und deinem Mann und muß euch für jeden Bissen, den ich esse, dankbar sein.«

«Oh, bitte, so darfst du nicht denken! Ich bin mir sicher, daß du im umgekehrten Fall für uns dasselbe tun würdest.«

»Wahrscheinlich. Aber komm, laß uns jetzt nicht länger über so unerfreuliche Dinge reden. Ich möchte dir lieber noch einmal zur Hochzeit gratulieren. Du warst übrigens eine wunderschöne Braut.« Toms Blick wirkte plötzlich ein wenig entrückt. »Weißt du«, sagte er langsam, »ich kann mir nicht helfen, aber ich glaube, daß jetzt genau das eingetroffen ist, was Sam geplant hat. Warum hätte er sonst an das Erbe der Casa Paloma derart merkwürdige Bedingungen knüpfen sollen?«

Sara schnitt eine Grimasse. »*Darüber* würde ich lieber nicht sprechen!«

Tom lachte. »Aber natürlich! Worüber sollen wir dann sprechen? Hat dein Ehemann dir von dem Haus erzählt, das er Ann und mir überlassen will?«

Hätte Sara Hyrum und Ann nicht kurz zuvor in leidenschaftlicher Umarmung gesehen, wäre sie bei der Erwähnung des Hauses für die Shelldrakes schmerzlich berührt gewesen, da sie einen Zusammenhang mit der unerfreulichen Szene in Anns Zimmer gesehen hätte. Aber jetzt war Sara fast sicher, daß Ann sich damals tatsächlich ziemlich überschwenglich bei Yancy für sein großzügiges Angebot bedankt hatte. Daß Sara die Situation anders interpretieren mußte, gehörte wahrscheinlich auch zu Anns gerissenem Plan. Wieder betete Sara, daß es so gewesen war. Sie war immer noch ein wenig empfindlich, wenn es um dieses Thema ging, aber sie freute sich über Toms Versöhnungsversuch und sagte fröhlich: »Nein. Erzähl mir von dem Haus.«

Sie plauderten ein paar Minuten lang miteinander, und als Maria auftauchte, um zu fragen, ob sie das Mittagessen lieber draußen oder im Speisezimmer einnehmen wollten, waren sie bereits wieder die besten Freunde. Kurz darauf gesellte sich Ann im Speisezimmer zu ihnen, und Sara fragte sich, ob sie denn als einzige Anns leicht zerzaustes Haar und ihr zerknittertes Kleid bemerkte. Angeekelt mußte sie mitansehen, wie Ann zärtlich mit ihrem Ehemann herumschäkerte. So schnell wie möglich verabschiedete sie sich von den beiden.

Die Zeit der Siesta war gekommen. Mittlerweile wußte Sara die ruhigen Mußestunden während der größten Hitze des Tages zu schätzen und freute sich schon auf ihr kühles Zimmer. Als sie die Tür hinter sich geschlossen hatte, war sie so tief in Gedanken über die Ereignisse des Morgens versunken, daß sie Yancy erst bemerkte, als sie vor dem Bett stand. Lässig lag er auf dem Rücken, die Hände hinter dem Kopf verschränkt, die nackten Füße gekreuzt, das leuchtendblaue Hemd halb offen. Wie er so dalag, sah er aus wie ein großer, träger Kater. Aber in seinem dunklen gutaussehenden Gesicht lag ein Ausdruck, der Saras Herz schneller schlagen ließ.

«Und? Hast du das Mittagessen mit den Shelldrakes genossen?« fragte er leichthin.

Durch seine unerwartete Anwesenheit war sie ganz verwirrt, denn noch nie zuvor war er mitten am Tag auf die Hacienda zurückgekehrt. »Oh, ja. Es war recht schmackhaft. Marias Mutter ist eine hervorragende Köchin«, sagte sie albern.

Yancy lächelte, und irgend etwas an diesem Lächeln ließ Saras Herz noch schneller schlagen. Während er seinen Blick zärtlich über ihr hübsches Gesicht und ihren schlanken Körper gleiten ließ, murmelte er: »Hast du mich denn heute morgen vermißt, meine süße Braut?«

Hochmütig hielt Sara die Nase in die Luft. »Hätte ich dich heute morgen mehr vermissen sollen als an einem anderen Morgen?« fragte sie geziert und wünschte, er möge nicht so schrecklich anziehend aussehen, wie er dort auf dem Bett lag, das schwarze Haar ein wenig zerzaust und mit diesem gewissen Schimmer in den Augen.

Yancy lachte, und als sie gerade nicht auf der Hut war, packte er sie am Arm und zog sie zu sich aufs Bett. Sie schlug wie wild um sich, aber er zerrte sie einfach halb unter seinen Körper und hielt sie fest. Dann hauchte er ihr einen neckenden Kuß auf die Lippen und fragte sanft: »Hast du vergessen, daß wir erst gestern geheiratet haben? Daß heute unser erster gemeinsamer Tag als Mann und Frau ist?«

»N-n-ein«, stammelte Sara und verfluchte ihren Körper, der so prompt und mit einer solchen Heftigkeit auf den seinen reagierte. Yancy brauchte sie nur zu berühren, und schon wurden ihre Brustwarzen hart, während tief in ihrem Inneren heißes Begehren aufflammte. »Ich hatte dich nicht vor heute abend erwartet.«

Er küßte sie genüßlich und umschloß ihr Gesicht mit den Händen. Als er den Mund schließlich von ihren pulsierenden Lippen löste, lachte er heiser: »Was wäre ich für ein armseliger Bräutigam, wenn ich dich so schnell verlassen würde... aber du hast noch immer nicht auf meine Frage geantwortet. Hast du mich vermißt?«

Sein Mund war zu unwiderstehlich nahe, und Sara ertrank bereits wieder in den erregenden Gefühlen, die er mit seinem verführerischen Kuß entfacht hatte. Sie konnte nicht anders, sie hatte ihm schon die Arme um den Hals gelegt. »Du bist ein arroganter, anmaßender Schurke, und du verdienst es nicht, daß man dich vermißt... aber ich muß zugeben, daß ich dich dennoch vermißt habe!«

»Und ich, *preciosa,* ich habe dich ganz entsetzlich vermißt!« gestand Yancy hitzig und küßte sie wieder mit unverhohlener Begierde. Ungeduldig tasteten seine Hände nach ihren festen Brüsten, während er seinen Körper noch näher an sie drängte. Sara war von denselben fleischlichen Dämonen besessen wie Yancy, und so rissen sie sich gegenseitig die Kleider vom Leib, bis sie sich endlich nackt in den Armen lagen und vor Lust laut aufseufzten. Während der endlosen, schläfrigen Siestastunden liebte Yancy seine Braut immer wieder und lehrte sie, daß einmal erwachte Leidenschaft unersättlich macht...

Erst am späten Nachmittag erhob sich Yancy schließlich

vom Bett. Trotz seiner Nacktheit ging er unbefangen zum Marmorwaschtisch und kehrte mit einer großen Porzellanschüssel mit Wasser und einem weichen Waschlappen zurück. Dann begann er, alle Spuren des leidenschaftlichen Liebesakts von Saras befriedigtem, erschöpftem Körper abzuwaschen. Vor Liebe zu ihm schmolz sie dahin und starrte auf seine dunklen, arroganten Gesichtszüge, während er sich hingebungsvoll seiner Aufgabe widmete. Um seine schön geschwungenen Lippen spielte ein sinnliches Lächeln.

Die zärtliche Waschung schien kein Ende zu nehmen, aber schließlich stand er auf, wusch sich eilig selbst und schlüpfte in seine verstreut umherliegenden Kleider. Dann klemmte er die Daumen hinter seinen Pistolengürtel und warf Sara einen besitzerergreifenden Blick zu. Plötzlich schämte sie sich wegen ihrer Nacktheit und zog das Laken über die Brust.

»Vor dem Herbst habe ich noch viel zu tun. Deshalb kann ich keine traditionelle Hochzeitsreise mit dir machen«, sagte er plötzlich unvermittelt. »Aber ich denke, ich kann es so einrichten, daß es dir vielleicht Spaß macht, mich bei meiner Arbeit zu begleiten. Da du anscheinend ganz vernarrt in die Casa Paloma bist, dachte ich, du würdest vielleicht ganz gerne einige Zeit dort verbringen.«

Sara machte große Augen und öffnete überrascht den Mund. Sie erinnerte sich daran, daß er sie von einer Reise zur Casa Paloma unbedingt hatte abhalten wollen und ihr den wahrscheinlichen Zustand der Gebäude in den tristesten Farben geschildert hatte. »Warum sollte ich?« fragte sie argwöhnisch. »Ich dachte, es bricht mir über dem Kopf zusammen. Das hast du jedenfalls erst vor kurzem behauptet!«

»Nein, ich sagte, die Reparaturen würden eine Menge Geld verschlingen – Geld, das du nicht hattest und das du auch jetzt nicht hast«, sagte er sanft. »*Ich* dagegen verfüge über eine Menge Geld, und ich möchte es dazu benutzen, die Ranch für meine Braut wieder aufzupolieren. Das kann man wohl kaum mit deinen hirnrissigen Plänen vergleichen.«

Wütend preßte sie die Lippen zusammen. »Und woher willst du wissen, daß meine Pläne so hirnrissig waren? Du weißt ja gar nicht, was ich vorhatte!«

Erstaunt zog er die Brauen hoch. »Also gut, *chica,* dann frage ich dich jetzt: Was genau wolltest du tun, damit sich die Ranch bezahlt macht?«

Einen kurzen Moment lang geriet Saras Zuversicht hinsichtlich ihrer ursprünglichen Pläne ins Wanken. Unsicher sah sie zu ihm auf. Wenn er über sie lachte oder sich über ihr Vorhaben lustig machte, würde sie ihn umbringen! Kampflustig hielt sie das Kinn hoch und sagte tapfer: »Ich hatte vor, Rinder zu züchten!« Als Yancy höhnisch grinste, fuhr sie hastig fort: »Nicht irgendwelche mageren Rinder, wie sie hier überall herumlaufen. Ich will Fleisch produzieren! Die Menschen im Osten sind fleischhungrig, und ich hatte geplant, sie mit gutem, preiswertem Rindfleisch zu versorgen.«

Yancys Lächeln war auf einmal nicht mehr ganz so höhnisch wie zuvor, und er sah sie aufmerksam an. »Und wie genau wolltest du das bewerkstelligen?«

Ein wenig ermutigt fing Sara an zu erklären: »Ich hatte vor, einen reinrassigen Durhambullen zu besorgen, vielleicht auch zwei, wenn das Geld gereicht hätte. Dann wollte ich sie mit den wilden Longhorns kreuzen! Und ich hatte außerdem geplant, einen Vollbluthengst zu kaufen, um ihn mit den Mustangpferden zu kreuzen. Ich verspreche mir davon ein größeres Pferd mit mehr Charakter, aber auch mit der Zähigkeit und dem Feuer der Mustangs. Ich hatte das alles durchgeplant, und Hyrum sollte mein Aufseher sein und mir bei der Zuchtauswahl helfen.« Ihre grünen Augen blitzten vor Begeisterung. »Es wäre mir auch gelungen!« sagte sie störrisch. »Ich weiß es! Vielleicht hätte ich nicht sofort ein Vermögen dabei gemacht, aber in vier oder fünf Jahren hätten sich meine Investitionen bestimmt rentiert.« Entschlossen ballte sie die zierlichen Hände zu Fäusten. »Ich hätte *nicht* versagt – ich wäre erfolgreich gewesen!«

Interessiert blickte Yancy sie einige qualvolle Sekunden lang an. Sara ärgerte sich zwar über sich selbst, daß sie sich so verzweifelt nach seiner Zustimmung sehnte, dennoch wollte sie ihn förmlich zwingen, ihren Plan zumindest zu überdenken. Seinem Gesichtsausdruck nach zu urteilen, sah es nicht so aus, als wollte er ihre Ideen vollkommen verwerfen. Offensichtlich hatte er noch nie an etwas Ähnliches gedacht, und es schien, als würde er tatsächlich ernsthaft darüber nachdenken. Sara begann ein wenig Hoffnung zu schöpfen.

Während er sich nachdenklich das Kinn rieb, murmelte Yancy: »Ein Durhambulle ... und ein Vollbluthengst.« In seinem Blick war beinahe etwas wie Respekt zu ahnen. »Gut, gut, es scheint, als hätte ich nicht nur eine süße Bettgespielin bekommen, sondern vielleicht auch eine clevere Geschäftspartnerin.«

Sara strahlte vor Glück und wagte kaum zu glauben, was er mit seinem letzten Satz anzudeuten schien. Yancy lächelte ihr zu und sagte sanft: »Du sollst deine Durhambullen bekommen – ein halbes Dutzend für den Anfang, denke ich, wenn wir die Sache in großem Stil anpacken wollen. Ich lasse von meinen Geschäftspartnern in New Orleans Erkundigungen einziehen, aber du mußt die Wahl treffen, und was den Hengst anbelangt ...« Er grinste über Saras verdutzten Gesichtsausdruck. »Sollen wir mit dreien anfangen? Ich hoffe aber, daß du mir in diesem Fall die Entscheidung überläßt!«

Sara fuhr sich mit der Zunge über die Lippen. »Schwarz«, sagte sie entschlossen. »Sie müssen schwarz sein, aber ansonsten ...«

Yancy machte eine galante Verbeugung und lächelte schief. »Natürlich. Schwarz. Sonst noch was?«

Selig lächelnd schüttelte sie langsam den Kopf. »Nein – aber wir müssen jetzt so viele wilde Bullen wie möglich aussortieren und kastrieren.« Nachdenklich legte sie den Finger an die Lippen. »Und natürlich müssen wir den Viehtreck im Spätsommer vorbereiten. Dann müßten sich genug wilde Rinder verkaufen lassen, um die Kosten für die Durhambullen zumindest teilweise aufzufangen.«

Yancy zog die Brauen hoch und nickte bestätigend. Offensichtlich hatte seine nüchterne Braut an alles gedacht! »Natürlich. Aussortieren und kastrieren. Viehtreck vorbereiten.«

Sara runzelte ein wenig die Stirn. »Und du mußt passende Mustangstuten für die Zucht aussuchen. Wir müssen sie einpferchen, damit sie nicht von den wilden Hengsten gedeckt werden. Im nächsten Frühjahr lassen wir sie dann von den Vollblütern belegen.«

»Natürlich«, stimmte er zu. »Mustangstuten einpferchen.«

Sara schenkte ihrem leicht verwirrten Bräutigam ein sonniges Lächeln. »Ich denke, damit wäre dann fürs erste alles erledigt, meinst du nicht auch?«

Er nickte. »Oh, ja, es sieht so aus, als hättest du wirklich an alles gedacht – willst du mir dann wenigstens die Vorbereitungen für unsere Reise zur Casa Paloma überlassen?« Auf Saras anmutige Zustimmung hin sagte er: »Ich schicke ein paar Männer mit dem Großteil der Ausrüstung voraus. Sie sollen ein paar Zimmer für uns aufräumen und saubermachen.« Er grinste. »Und sie sollen dafür sorgen, daß das Haus dir nicht über deinem hübschen Köpfchen zusammenbricht!«

Einen Moment lang lächelten sie sich an, dann verschwand ihr Lächeln langsam, und zwischen ihnen entflammte erneut ein heftiges, intensives Verlangen. Yancy trat einen Schritt näher auf sie zu; Sara lehnte sich ihm entgegen –

Ein Klopfen an der Tür zerstörte die Intensität des Augenblicks, und Sara fuhr erschreckt zusammen. Yancy schüttelte sich, als müsse er aus einem Meer der Verzückung auftauchen. Ohne den Blick von Sara abzuwenden, rief er: »Wer ist da?«

»Bartholomew«, ertönte die Antwort. Auf Yancys Aufforderung hin kam ihr alter Freund mit einigen zusammengefalteten Kleidungsstücken ins Zimmer.

Als er Sara mit zerzaustem Haar und geröteten Wangen und nur mit einem Laken bedeckt im Bett liegen sah, blieb er unsicher stehen und räusperte sich. »Ah, ich wußte nicht... ich kann die Sachen auch später einräumen.«

Yancy schüttelte den Kopf. »Du hast uns wirklich nicht gestört.« Er lächelte verschlagen, und seine weißen Zähne blitzten in seinem gebräunten Gesicht. »Zumindest nicht dieses Mal.« Offensichtlich amüsierte es ihn ungeheuer, daß Sara vor lauter Scham noch tiefer unter das Laken kroch. Lachend fuhr er fort: »Laß dich von meiner schüchternen Braut nicht stören, und pack die Sachen in den Schrank.«

Bartholomew warf Sara einen mitleidigen Blick zu und sagte mit liebevoller Strenge: »Madam brauchen sich nicht wegen seiner direkten Art zu schämen. Nur allzu bald werden Sie erfahren, daß Mr. Yancy ständig mit Vorliebe die beschämendsten Dinge ausspricht!«

Yancy grinste die beiden nur amüsiert an. »Zumindest spreche ich sie im Moment nur aus!«

Bartholomew sah ihn vorwurfsvoll an und ging auf den riesigen Mahagonischrank zu. Er öffnete die Türen und hängte die Kleidungsstücke sorgfältig an ihren Platz, als sei dies die faszinierendste Tätigkeit der Welt.

Sara sah ihm zu, während ihre Gedanken sich fröhlich überschlugen. Sie würde ihren Durhambullen bekommen. Und den Vollbluthengst. Und Yancy nahm sie mit nach Paloma!

Lächelnd betrachtete Yancy Saras ausdrucksvolles Gesicht und sagte zu Bartholomew: »Ich weiß, Tansy und du, ihr seid gerade erst hier angekommen, aber wir wollen den Sommer über in die Casa Paloma ziehen, und ich wollte fragen, ob ihr Lust habt, uns zu begleiten.« Er warf Sara einen neckenden Blick zu, bevor er sich wieder an Bartholomew wandte und fortfuhr: »Ich muß eine Menge Rinder zusammentreiben und Bullen kastrieren. Dazu will ich noch einige Mustangs einfangen – meine Braut möchte, daß ich in den nächsten Monaten hart arbeite. Morgen früh schicke ich einige von meinen Männern mit ihren Familien zur Casa Paloma. Ihr könntet mit ihnen reiten oder später mit uns.«

Bartholomew schnalzte mißbilligend mit der Zunge. »Das sieht Ihnen mal wieder ähnlich! Ständig ziehen Sie in der Weltgeschichte herum, und jetzt schleppen Sie auch noch Ihre Braut mit! Es ist schockierend!« Plötzlich grinste er. »Tansy hatte schon immer eine Schwäche für Paloma, und auch ich würde gern mal wieder eine Weile dort sein – besonders, wenn Sie die Haushaltsführung anderen überlassen und mir erlauben würden, beim Viehtrieb zu helfen.«

»Genau darum hatte ich dich bitten wollen«, sagte Yancy trocken. »Wenn ich mich recht erinnere, bist du ein hervorragender Reiter. Noch heute loben die alten *vaqueros* meines Großvaters deine Geschicklichkeit mit dem Lasso.«

»Dann werden Tansy und ich Sie mit Freuden nach Paloma begleiten! Ich will noch schnell die Sachen wegräumen, dann erzähle ich ihr von den neuen Plänen.«

Bartholomew hatte es so eilig, daß er sich ein wenig ungeschickt anstellte und einen Gegenstand herunterwarf, der im obersten Fach des Schrankes gelegen hatte. Erschrocken starrte er auf die Stelle, wo der spanische Dolch auf dem Boden gelandet war. Sara erkannte ihn sofort wieder. Es war derselbe Dolch, den sie zwischen Yancys Sachen entdeckt hatte, derselbe Dolch, mit dem Margaret getötet worden war...

Bartholomew hob die Waffe auf und sah zu Yancy hinüber, der merkwürdig still geworden war. Zögernd fragte er: »Wie kommt den der hierher? Es ist derselbe Dolch, nicht wahr?«

»Ja, ich glaube, es ist der Dolch, den mein Großvater dir gegeben hat«, erklärte Yancy.

Bestürzt und ungläubig starrte Sara Bartholomew an und rief: »Bartholomew, der Dolch gehört doch nicht etwa dir?«

Bartholomew zuckte die Schultern. »Doch, es ist meiner. Wie Yancy gerade gesagt hat: Don Armando hat ihn mir gegeben. Vor vielen Jahren. Es ist ein ganz besonderes Stück – ich habe ihn sofort wiedererkannt.« Ein unergründlicher Ausdruck lag in Bartholomews dunklen Augen, als er Yancy mit gepreßter Stimme fragte: »Wie ist er hierhergekommen und in Ihren Besitz gelangt?«

19

Im Zimmer war es merkwürdig still geworden. Alle drei waren wie erstarrt, während Bartholomews Worte noch in der Luft hingen. Wo kurz zuvor noch Fröhlichkeit und Gelächter geherrscht hatten, gab es jetzt nur noch unausgesprochenen Argwohn und häßliche Verdächtigungen.

Sara beschlich ein schreckliches Gefühl von Angst und Zweifel. Sie starrte Bartholomew an und wollte einfach nicht glauben, daß er derjenige sein sollte, der Margaret ermordet hatte. Merkwürdigerweise fiel es ihr jetzt viel schwerer, Bartholomew des Mordes an Margaret zu verdächtigen, als es bei Yancy gewesen war. Trotz der überzeugenderen Beweislage. Margaret hatte Bartholomews Stellung im Cantrellhaushalt bedroht. Sie hatte damit gedroht, sein Leben zu zerstören. Und Bartholomew hatte gerade erst zugegeben, daß der spanische Dolch, der Dolch, mit dem Margaret getötet worden war, *ihm* gehörte!

Es schien eine Ewigkeit zu sein, daß die drei auf die schmale, tödliche Klinge in Bartholomews Hand starrten, obwohl es in Wahrheit nur wenige Sekunden waren. Dann wandte sich Yancy abrupt ab und sagte ruhig: »Ich bin mir nicht ganz sicher, wie er hierhergekommen ist, aber ich glaube, er muß aus Versehen zu meinen Sachen gepackt worden sein, als ich das letzte Mal auf Magnolia Grove zu Besuch war.« Lässig setzte er sich auf die Bettkante. »Ich weiß, wieviel er dir bedeutet, aber ich habe ihn wohl einfach weggepackt, als ich ihn fand. Ich wollte ihn dir eigentlich bei unserem nächsten Treffen zurückgeben.« Er lächelte gequält. »Ich hatte damals nicht die Absicht, so viel Zeit verstreichen zu lassen, aber durch den Krieg war es ziemlich schwierig, Magnolia Grove einen Besuch abzustatten!«

Bartholomew lächelte und schüttelte den Kopf. »Ich habe mich schon gefragt, wo er nur abgeblieben war. Ich habe immer vergessen, Sie danach zu fragen.«

»Am besten nimmst du das verdammte Ding jetzt mit und paßt in Zukunft besser darauf auf – man weiß nie, wo eine solche Waffe wieder auftaucht!«

Bartholomew kicherte, nahm den Dolch an sich und verließ das Zimmer.

Nachdem er gegangen war, wurde es ungemütlich still im Raum. Nach ein paar Sekunden sagte Sara gepreßt: »Du wußtest also die ganze Zeit, daß es sein Dolch war und nicht deiner!«

Yancy streckte sich neben ihr auf dem Bett aus und verschränkte die Arme unter dem Kopf. »Hmmm, ja, ich wußte, daß es Bartholomews Dolch war.« Trocken fügte er hinzu: »Er hat es ja gesagt – es ist ein ganz besonderes Stück, das man nicht so leicht mit einem anderen Messer verwechseln kann.«

In Saras Augen lag ein wütendes Blitzen. »Ist dir nicht in den Sinn gekommen, daß ich so etwas gerne gewußt hätte? Du hast mich angelogen an jenem Morgen, als ich Margarets Leiche fand. Damals hast du behauptet, daß du keinen Dolch gesehen hättest! Du wolltest mir Zweifel daran einreden, was ich überhaupt gesehen hatte!« In ihrer Wut bemerkte sie gar nicht, wie das Laken auf einmal gefährlich nach unten rutschte. »Du hast mich absichtlich irregeführt! Du hast mich absichtlich annehmen lassen, daß es dein Dolch war!

Wie gerissen du doch bist! Nie hast du zugegeben, daß der Dolch nicht dir gehört! Nie hast du angedeutet, daß du wußtest, wem er gehört!« Ein anderer Gedanke schoß ihr plötzlich durch den Kopf. »Sam hat ihn auch wiedererkannt! Deshalb also habt ihr beide so getan, als ob es ihn nie gegeben hätte – damit kein Verdacht auf Bartholomew fallen konnte!«

»So mag es wohl gewesen sein«, sagte Yancy betont ruhig, und Sara hätte ihn am liebsten geohrfeigt , so wütend war sie. Böse starrte sie in sein dunkles Gesicht und sagte gepreßt: »Der Dolch gehört Bartholomew – er *könnte* der Mörder sein, und du und Sam, ihr habt einfach Gott gespielt!«

»Das entspricht wohl nicht ganz der Wahrheit«, murmelte Yancy. »Wir wollten einfach nicht, daß ein Familienmitglied aufgehängt wird. Selbst wenn es sich um ein illegitimes Familienmitglied handelt.«

Einen Augenblick lang sah Sara ihn sprachlos an. »Aber du wußtest doch, daß jeder dich für den Mörder halten würde!« rief sie schließlich ungläubig. »Statt seiner hätte man womöglich dich gehängt, du verdammter Narr!«

Yancy war von ihrer Reaktion offensichtlich entzückt. »Sehr unwahrscheinlich, meine Süße! Sie hätten viel stichhaltigere Beweise haben müssen als meine sprichwörtliche Abneigung gegen Margaret, um mir den Mord nachzuweisen! Ich habe ihr zwar immer damit gedroht, sie eines Tages umzubringen, aber das bedeutet noch lange nicht, daß ich es getan habe! Außerdem war mein Vater ein angesehenes Mitglied der Gemeinde, und wenn man mich auch nicht gerade für einen Heiligen hält, so wäre der Sheriff doch davor zurückgeschreckt, mich einfach zu verhaften, denn er hatte gegen mich lediglich den Hinweis auf ein paar wütende Drohungen in der Hand. Außerdem hatte ich durch Sam ein absolut wasserfestes Alibi.« Doch plötzlich wurde er ernst. »Der Sheriff hätte jedoch keine Sekunde gezögert, Bartholomew festzunehmen, wenn er den Dolch gesehen und herausgefunden hätte, daß er einem Schwarzen gehört. Bartholomews Beziehung zu uns wäre nicht berücksichtigt worden. Der Sheriff hätte sich nur noch mit dem Verdacht gegen einen hochnäsigen Nigger mit einem Messer beschäftigt, und damit wäre die Sache entschieden gewesen! Glaub mir – sie hätten Bartholomew aufgehängt, und das wollten Sam und ich unter allen Umständen vermeiden.«

Yancys Worte klangen einleuchtend, aber Sara mußte die nächstliegende Frage stellen. »Und wenn er es nun getan hat? Was ist, wenn er schuldig ist?«

Yancy sah Sara lange an, und sein Gesichtsausdruck ließ ihr das Blut in den Adern gefrieren. »Sie hatte den Tod verdient«, sagte er trocken. »Und ehrlich gesagt, ist es mir ziemlich einerlei, wer es getan hat. Sie ist tot, und es interessiert mich nicht, wer sie getötet hat und warum er es getan hat. Ich habe das auch nie wissen wollen!«

»Das kann doch wohl nicht dein Ernst sein!« platzte Sara entgeistert heraus. »Dabei halten alle *dich* für den Mörder!«

»Und stört dich das?« fragte er nüchtern.

Plötzlich ahnte Sara, wieviel von ihrer Antwort abhing. Sittsam zog sie das Laken hoch, blickte auf ihre Hände und sagte vorsichtig: »Nicht wirklich. Es beschämt mich nicht, was die Leute sagen oder denken, aber es ist nicht fair, wenn man dich als kaltblütigen Mörder hinstellt ... wenn du es überhaupt nicht getan hast.«

Wieder hatte Sara einen Kloß im Hals. Es lief immer auf dasselbe hinaus: Yancy verteidigte sich nicht, lieferte keine Erklärungen und machte keinerlei Anstalten, die Beweise, die gegen ihn sprachen, zu widerlegen ... und doch erwartete er von ihr, daß sie ihn für unschuldig hielt. Aufmerksam blickte sie in sein geliebtes, dunkles Gesicht, und das Herz tat ihr unendlich weh. Yancy Cantrell war ein widersprüchlicher Mann. Er konnte sowohl grausam als auch gütig sein, arrogant und dann wieder rücksichtsvoll, aber er konnte auch unerbittlich ein Ziel verfolgen und ließ sich von nichts und niemandem davon abhalten, seinen Willen durchzusetzen. Er stellte sich jeder Konfrontation und war daran gewöhnt, sein Leben so einzurichten, wie es ihm am besten paßte. Er war fähig zu töten – im Krieg, um seine Familie zu schützen, um sein Leben zu verteidigen; daran zweifelte sie nicht. Sie zweifelte auch nicht daran, daß er jemanden aus Rache töten würde – aber traute sie ihm einen Mord zu?

»Fällt es dir so schwer, diese Frage zu beantworten, Sara?« fragte er sie leicht irritiert. »Einmal mußt du Farbe bekennen. Glaubst du, daß ich Margaret ermordet habe, oder glaubst du es nicht?«

Sie hatte niemals glauben wollen, daß er Margaret getötet hatte, aber es hatte so viele Hinweise gegeben, die gegen ihn sprachen. Unglücklich und verunsichert sah sie ihn an und versuchte, sich alles zu vergegenwärtigen, was sie über den Mord, über Yancy und über ihre eigenen Instinkte wußte. Plötzlich fiel es ihr wie Schuppen von den Augen, und die Wahrheit war für sie endlich unübersehbar. Sie lächelte nachdenklich. Bei all ihren Überlegungen hatte sie zwei äußerst wichtige Facetten von Yancys Persönlichkeit außer acht gelassen: seine Stärke und seine Intelligenz. Ein intelligenter Mann würde sich *niemals* von einer Frau wie Margaret zu einem Mord hinreißen lassen. Genausowenig wie ein starker Mann. Ein Mann mit einer starken Persönlichkeit war über die lächerlichen Machenschaften einer Margaret Cantrell erhaben. Yancy mochte davon geträumt haben, sie zu töten, aber eine solche Tat war unter seinem Niveau. Sara war sich sicher, daß Yancy meinte, daß es Margaret gar nicht wert gewesen war, ermordet zu werden!

Langsam löste sich das beklemmende Gefühl in ihrer Brust. Natürlich hatte Yancy Margaret nicht ermordet! Er hatte gar keine Veranlassung dazu! Und noch etwas anderes wurde ihr klar, etwas, was sie schon vor Jahren hätte erkennen müssen: Yancy hätte Margaret jederzeit vernichten können. Er war ein kluger Mann; er kannte Margaret und ihre

Affären; und obwohl Sam in seine junge Frau vernarrt gewesen war, und obwohl Vater und Sohn nicht das beste Verhältnis hatten, so hätte Yancy seinem Vater nur zu sagen brauchen, was er über das himmelschreiende, ehebrecherische Verhalten seiner Ehefrau wußte, und Margaret wäre ruiniert gewesen. Und das hatte sie gewußt! Sie hatte es gewußt und hatte alles daran gesetzt, Yancy zu verführen, und als er davon nichts wissen wollte, hatte sie einen anderen Pfad eingeschlagen.

Erst jetzt wurde Sara klar, daß Margaret die ganze Zeit ohne jeden Skrupel mit Yancy gespielt hatte. Verzweifelt hatte sie sich um einen eigenen Einflußbereich bemüht und hatte geglaubt, ihn mit Casa Paloma gefunden zu haben. Yancy hatte die besseren Karten gehabt – er hätte jederzeit zu Sam gehen und ihm von der Untreue seiner Frau berichten können, aber er tat es nicht, weil er seinen Vater liebte. Diese Tatsache hatte Margaret ausnutzen wollen. Sie hatte die Casa Paloma nie gewollt. Ihr einziges Ziel war es gewesen, daß Yancy, um seinem Vater Leid zu ersparen, auf sein Erbteil verzichten würde, statt Sam zu sagen, was er über sie wußte. Margaret war ein hohes Risiko eingegangen; Yancy wäre vielleicht irgendwann doch zu Sam gegangen, dann hätte sie alles verloren, aber wenn sie gewonnen hätte... wenn sie gewonnen hätte, wäre das für sie eine große Genugtuung gewesen. Denn damit hätte sie ihrem erbittertsten Gegner etwas entrissen, was für ihn von allergrößtem Wert war. Dafür wäre sie jedes Risiko eingegangen!

In ihre Grübeleien vertieft, fragte Sara plötzlich laut: »Hättest du es ihm gesagt?«

Yancy runzelte die Stirn. Da er nichts von ihren Gedanken ahnte, hatte er zunächst keine Ahnung, worauf sich ihre Frage bezog, aber dann war er doch scharfsinnig genug, daß ihm bald dämmerte, worauf sie hinauswollte. »Redest du von Margaret und Sam?« fragte er schließlich.

Sara nickte. »Hättest du es ihm gesagt? Hättest du ihm von

ihrer Untreue erzählt, statt dir von ihr Casa Paloma wegnehmen zu lassen?«

Yancy wollte sich nicht in die Vergangenheit verstricken lassen und versuchte, dem Gespräch eine andere Wendung zu geben. »Ich dachte, daß ich derjenige bin, der hier Fragen stellt – und du hast mir immer noch nicht geantwortet.« Yancys Züge verfinsterten sich noch mehr, und er murmelte: »Ich verstehe nicht, was für eine Rolle es spielen soll, ob ich mit Sam geredet hätte oder nicht. Meiner Meinung nach hat das nichts mit dem zu tun, worüber wir gerade gesprochen haben.«

Sara lächelte ihn zärtlich an und umschloß mit den Händen sein Gesicht, ohne darauf zu achten, daß das Laken dabei herunterrutschte und sie von der Taille aufwärts nackt war. Mit den Lippen streifte sie leicht seinen Mund und murmelte: »Du hast recht, es hat nichts mit uns oder mit deiner Frage zu tun.«

Yancy hatte mit unglaublicher Geduld auf ihre Antwort gewartet, aber seine Nerven waren durch das Warten zum Zerreißen gespannt. Für seinen Gemütszustand war es wenig hilfreich, daß er nun mit dem Anblick ihrer verführerischen kleinen Brüste konfrontiert wurde. Er hatte zwar die besten Absichten, aber er konnte ihre Nacktheit nicht einfach ignorieren, und sein Körper reagierte heftig auf ihre Nähe. Aber im Augenblick hatte die Antwort auf seine Frage Vorrang, und tapfer wehrte er sich gegen den Wunsch, sie einfach in die Arme zu schließen und die Vergangenheit zu vergessen. Größer als die Begierde, ihren Körper zu besitzen, war der Wunsch, endlich zu wissen, ob sie ihn tatsächlich für Margarets Mörder hielt. »Was meinst du? Hab' ich es getan oder nicht?« fragte er barsch.

Sara verstand plötzlich, warum er auf eine Antwort drängte. Bis zu diesem Augenblick hatte sie nicht geahnt, wieviel ihre Antwort ihm bedeutete. Ihre smaragdgrünen Augen waren klar und strahlend, und sie schenkte ihm ein bezauberndes, atemraubendes Lächeln. Dann legte sie ihm die Arme um den Hals und gab ihm einen innigen Kuß.

Hilflos erwiderte er ihren Kuß und drückte sie an sich. Er zitterte vor Verlangen, als sie schließlich ihren süßen, verführerischen Mund von seinen Lippen löste. Wie aus weiter Ferne hörte er sie leise sagen: »Natürlich hast du sie nicht getötet! Du bist viel zu klug, um eine derartige Dummheit zu begehen!«

Das Blut rauschte ihm in den Ohren. Ihre Worte waren Balsam für seine gequälte Seele. Mit einer fast gewalttätigen Bewegung riß er sie noch enger an sich, und seine Lippen suchten ihren Mund. Ohne daß sie beide es merkten, sammelten sich unter seinen geschlossenen Lidern Tränen. Sie streichelten und liebkosten sich wie zwei Ertrinkende. Wieder flogen Kleidungsstücke in alle Richtungen, während sie sich der Ekstase hingaben, in die sie ihre Umarmungen trieb. Erst nach einer langen Weile erhob sich Yancy aus den Armen seiner Frau und suchte zum zweiten Mal an diesem Nachmittag nach seinen Kleidern.

Nachdem er sich leise angezogen hatte, stand Yancy noch lange Zeit da und betrachtete seine schlafende Braut. Süß und verletzlich sah sie aus, wie sie so dalag. Ihr schlanker, wohlgeformter Körper zeichnete sich deutlich unter dem Laken ab, und ihre Lippen schimmerten noch rosig von ihrem letzten Liebesakt. Während er reglos dastand und sie anstarrte, spiegelten sich seine innersten Gefühle, die er sonst immer verbarg, in seinen bernsteinbraunen Augen wider. Doch als er dann leise das Zimmer verließ, war es, als ob ein Vorhang fiele, hinter dem die Geheimnisse seines Herzens verschwanden.

Als Sara eine halbe Stunde später wieder erwachte, war sie nicht überrascht, daß Yancy fort war; mittlerweile war sie es schon ein wenig gewöhnt, in den Armen ihres Mannes einzuschlafen und allein aufzuwachen. Leichten Herzens summte sie vor sich hin und läutete nach Maria.

Später, nachdem sie ein Bad genommen hatte, ging sie langsam zum hinteren Innenhof. Sie trug ein neues Kleid aus lindgrünem Musselinstoff mit halblangen, gerafften Ärmeln. Eine Frau aus dem Dorf hatte es für sie genäht.

Mittlerweile war es früher Abend, und es dämmerte bereits. Diese Tageszeit liebte sie besonders. Versonnen schlenderte sie zum Springbrunnen und schaute den Goldfischen zu. Die Laternen, mit denen die Arkaden beleuchtet wurden, waren bereits angezündet worden. Die kühle Abendluft war erfüllt vom Duft der Rosen und der Jasminblüten. Verträumt genoß sie den Duft der Blumen, der sie für immer an die Abende auf del Sol erinnern würde.

Zum ersten Mal, seit sie vor sieben Jahren Margarets Leiche entdeckt hatte, war sie mit sich selbst im reinen. Sie wußte zwar immer noch nicht, wer Sams zweite Frau ermordet hatte, aber in diesem Augenblick war sie sich nicht einmal sicher, ob sie überhaupt wissen wollte, wer der Mörder war. Yancy war es jedenfalls nicht! Nach all ihren Zweifeln war sie jetzt felsenfest von seiner Unschuld überzeugt, und sie fragte sich, wie sie auch nur eine Sekunde lang hatte glauben können, daß Yancy Margaret getötet haben könnte.

Sie mußte aber auch zugeben, daß es sie sehr erschreckt hatte, als sie erfuhr, daß der Dolch, mit dem Margaret getötet worden war, Bartholomew gehörte. Sie wollte nicht, daß Bartholomew ein Mörder war – ob der Mord nun gerechtfertigt war oder nicht! Sie seufzte. Vielleicht hatte Yancy ja recht! Vielleicht wäre es das beste, den Mord zu vergessen. Aber trotz ihrer Gewißheit, daß Yancy das Verbrechen nicht begangen hatte, spürte Sara immer noch ein gewisses Unbehagen. Sie hatte das vage Gefühl, daß keiner von ihnen wirklich in Sicherheit war, bevor Margarets Mörder nicht gefaßt war.

Beim Betreten des Hofs war sie fröhlicher Stimmung gewesen, aber während nun um sie herum die Schatten in der zunehmenden Dämmerung immer dunkler wurden, begann sie zu grübeln. Nichts war zwischen ihr und Yancy geklärt worden. Sie machte ein nachdenkliches Gesicht. Sie wußte nur, daß ihre Körper stürmisch aufeinander reagierten. Sie waren verheiratet und hatten miteinander geschlafen, aber von Liebe hatten sie noch nicht gesprochen. Sara kannte ihr Herz und wünschte sich, er würde ihr sagen, was in ihm vorging. Er mochte sie, dessen war sie sich sicher. Vielleicht liebte er sie nicht, aber sie spürte, daß sie tiefe Gefühle in ihm weckte. Sie verzog das Gesicht. Zu wissen, daß sie ihrem Ehemann viel bedeutete, war längst nicht dasselbe, wie sich von ihm geliebt zu fühlen. Es gab viele Männer, denen ihre Pferde und Hunde viel bedeuteten, aber *lieben* taten sie sie deshalb noch lange nicht!

Sie seufzte. Ihr Leben wäre mit Sicherheit weniger kompliziert gewesen, wenn Sam nicht derart merkwürdige Bedingungen an das Erbe von Casa Paloma geknüpft hätte. Trauer erfaßte ihr Herz, als ihr klar wurde, daß sie immer an Yancys Liebe zweifeln würde, solange der Besitz der Casa Paloma nicht erklärt war. Selbst wenn er ihr ewige Liebe versprach, würde sie sich immer fragen, ob seine Gefühle echt waren, oder ob er sie nur geheiratet hatte, um sich das Land seiner Vorväter zu sichern.

Sie wollte die quälenden Gedanken endlich verscheuchen und beschloß, einen Spaziergang zu machen, aber als sie sich umdrehte, erblickte sie ihren Ehemann, der lässig an eine Säule gelehnt dastand und sie beobachtete.

Er hatte die Arme vor der Brust verschränkt und die Beine gekreuzt. In der zunehmenden Dunkelheit schimmerte sein Hemd indigoblau, wodurch sein dunkler Teint und sein dunkles Haar besonders zur Geltung gebracht wurden. Es war wirklich nicht fair, dachte Sara zärtlich, daß er so gut aussah.

Lächelnd schlenderte Yancy auf sie zu. »Du siehst unglücklich aus«, sagte er heiser. »Bist du traurig?«

Sara lächelte ihn an und schüttelte den Kopf. »Nein, ich bin nicht unglücklich – ich habe nur gerade an Margaret und an die Casa Paloma gedacht.«

»Hör auf damit!« knurrte er und gab ihr einen langen Kuß. »Denk nicht mehr an sie. Erst seit vierundzwanzig Stunden bist du meine Frau – all deine Gedanken sollten sich ausschließlich um deinen Ehemann drehen!«

Sara legte ihm die Arme um den Hals. Ihre smaragdgrünen Augen blitzten. »Und natürlich solltest du an nichts anderes denken als an deine junge Frau!«

Lachend hob er sie vom Boden und wirbelte sie zärtlich herum, so daß ihre Röcke und ihr langes Haar durch die Luft flogen. Seine Zähne blitzten weiß auf, und lachend sagte er: »*Sí*! Was ich auch tue, ich habe immer nur dein bezauberndes Bild vor Augen, und dann vergesse ich, was ich vorhatte!«

Die Antwort war sehr zufriedenstellend, und Sara zeigte ihm, wie sehr sie sich freute. Sie küßte ihn stürmisch. Es war wirklich unglaublich, dachte sie, als seine Zunge ihren Kuß erwiderte, aber ich werde immer verwegener!

Da sie so in ihrer eigenen Welt versunken waren, bemerkten sie gar nicht, daß sie Gesellschaft bekommen hatten. Erst als Esteban diskret hüstelte, kehrten sie in die Gegenwart zurück. Sara löste den Mund von Yancys Lippen und errötete, als sie Marias Ehemann, der seinen großen Sombrero höflich in den Händen drehte, vor sich stehen sah. Als sei es die natürlichste Sache der Welt, von seinem obersten Viehtreiber beim Küssen erwischt zu werden, ließ Yancy seine junge Frau langsam an seinem Körper wieder zu Boden gleiten, als wolle er keinen Zweifel daran aufkommen lassen, wie sehr ihn der letzte Kuß erregt hatte. Als sie wieder sicher stand, küßte er sie und wandte sich dann an Esteban.

»Gut, daß Maria dich gefunden hat!« sagte Yancy lässig. »Ich möchte, daß du ein paar Leute zur Casa Paloma schickst. Meine Frau und ich wollen den Sommer dort verbringen. Laß alles Notwendige zusammenpacken, und schick ein paar Hausdiener mit, damit sie saubermachen und alles für uns vorbereiten. Wir werden irgendwann am Dienstag nachmittag dort eintreffen.« Er grinste Sara an, dann sagte er zu Esteban: »Wir haben einen anstrengenden Sommer vor uns, *mi amigo*. Meine Frau hat beschlossen, Vieh für die hungrigen Mäuler der Gringos zu züchten. Sie kann es kaum erwarten, daß ich Longhornkühe zusammentreibe. Die sollen dann mit reinrassigen Durhambullen gekreuzt werden. Außerdem werden wir Mustangstuten einfangen und einpferchen. Die besten Stuten lassen wir dann von schwarzen Vollbluthengsten decken.» In Yancys bernsteinbraunen Augen war Stolz und noch etwas, was sie nicht benennen konnte. Ohne Esteban zu beachten, zog er Sara an sich und küßte sie noch einmal. Amüsiert beobachtete er, wie ihr das Blut in die Wangen schoß. Dann sagte er sanft: »Mit meiner Braut habe ich doppeltes Glück gehabt, Esteban. Sie ist nicht nur lieb und hübsch, sondern auch gewitzt, wenn's ums Geschäft geht... und sie ist äußerst clever.«

Esteban fragte sich zwar, wozu eine Frau klug sein mußte, aber er freute sich, daß sein Patron so begeistert war. »*Sí*, Senor! Sie ist wirklich *muy bella*! Und für die Casa Paloma werde ich alles Nötige veranlassen!«

Sobald Esteban fort war, begann Sara zu schimpfen. »Was hast du dir dabei gedacht? Mußtest du mich so vor ihm küssen? Hast du denn gar kein Schamgefühl?«

Yancy grinste. Dann gab er ihr einen langen Kuß. Erst als sich alles um sie herum zu drehen begann, murmelte er: »Was dich anbetrifft, *chica*, so habe ich wirklich *keines*!«

Sara sah ihn strafend an und befreite sich aus seinen Armen. »Ist die Casa Paloma wirklich in einem so schlechten Zustand?« fragte sie unvermittelt.

Yancy zuckte die Schultern. »Seit mehr als vierundzwanzig Jahren hat dort niemand mehr gelebt. Ehrlich gesagt, habe ich keine Ahnung, was uns erwartet. Vielleicht nichts weiter als ein Haufen Ziegelsteine, wenn wir Pech haben.

Die Casa Paloma ist eine sehr alte Ranch. Meine Vorfahren haben sie erbaut, als sie vor hundertundfünfzig Jahren nach Texas kamen.«

Sara wirkte überrascht. »Ich dachte, sie hätten zuerst del Sol gebaut!«

Yancy schüttelte den Kopf. »Nein. Die Casa Paloma war zuerst da. Vor etwa achtzig Jahren hat mein Urgroßvater dann del Sol errichtet.«

Plötzlich ertönte Anns perlendes Lachen auf dem stillen Hof, und Sara und Yancy sahen in die Richtung, aus der es kam. Tom und Ann Shelldrake schlenderten auf sie zu. Als sie näher kamen, sagte Ann zwanglos: »Und worüber unterhaltet ihr beiden euch so ernsthaft?« Sie machte ein schelmisches Gesicht. »Oder ist es etwas, das uns nichts angeht? Jungverheiratete haben ja so ihre Geheimnisse!»

Yancy sah, wie Sara sich abwandte und sich auf den Rand des Springbrunnens setzte. »Ganz so aufregend war unser Gespräch leider nicht. Wir haben nur über Casa Paloma gesprochen. Ich habe vor, den Sommer über dort zu bleiben, um Vieh und Wildpferde zusammenzutreiben«, sagte er zu Ann. Er sah Sara an und lächelte. »Sara wird mich begleiten.«

Die Shelldrakes schienen von der Neuigkeit nicht gerade begeistert zu sein. Tom wirkte leicht besorgt, aber Ann war regelrecht entsetzt. »Oh, aber das kannst du doch nicht tun!« rief sie entrüstet. »Warum um alles in der Welt willst du sie in diese baufällige Bruchbude mitnehmen?«

»Und woher willst du wissen, daß die Casa Paloma eine ›baufällige Bruchbude‹ ist?« fragte Yancy in ruhigem Ton, während er Ann forschend ansah.

»Oh, natürlich weiß ich nicht genau, in welchem Zustand die Gebäude sind! Aber ich bin sicher, daß Sara sich hier viel wohler fühlen würde, während du fort bist.«

Yancy zuckte die breiten Schultern. »Ich bin mir sicher, daß man das Haus herrichten kann. Außerdem möchte ich nicht den ganzen Sommer von meiner Frau getrennt sein.«

Rot vor Zorn zischte Ann: »Oh, natürlich! Wie konnte ich das vergessen? Es geht um den Erben für die Casa Paloma – deshalb willst du sie unbedingt mitnehmen!«

Yancy funkelte sie haßerfüllt an und preßte die Lippen zusammen. Aber bevor er etwas erwidern konnte, murmelte Tom: »Ann! Jetzt bist du aber zu weit gegangen! Du hast wohl vergessen, daß wir Yancys Gäste sind und tief in seiner Schuld stehen.«

Trotzig ließ sich Ann in einen schmiedeeisernen Gartenstuhl fallen. Ihr Petticoat und der Rock ihres blauen Seidenkleides bauschten sich um ihre Füße. »Oh, ich weiß! Das hätte ich nicht sagen dürfen. Aber warum sollen wir alle so tun, als wüßten wir nicht, warum die beiden so überstürzt geheiratet haben?« Ohne die gespannte Atmosphäre zu beachten, fuhr Ann streitsüchtig fort: »Jeder weiß doch, daß diese Heirat nur dazu dient, die Bedingungen in Sams Testament zu erfüllen! Sobald Sara schwanger ist, brauchen die beiden sich nicht mehr miteinander abzugeben!«

Anns grausame Worte trafen Sara wie ein Keulenschlag, und verzweifelt wartete sie darauf, daß Yancy Anns Unterstellungen zurückwies. Zu ihrer großen Enttäuschung tat er das nicht. Lässig an eine Säule gelehnt, sagte er kühl: »Erstaunlich! Hast du schon immer dieses Talent gehabt? Die Fähigkeit, meine Gedanken zu lesen und zu wissen, was in mir vorgeht?«

Ann schnitt eine Grimasse. »Oh, hör auf damit! Mach dich nicht über mich lustig! Du weißt, was ich meine, und du weißt, daß ich für Offenheit bin.«

Zur Überraschung der drei anderen sagte Tom plötzlich trocken: »Oh, aber nur, wenn es dir in den Kram paßt, meine Liebe. Nur, wenn es dir paßt.«

Ann blickte unsicher zu ihm auf und lachte nervös. »Nun, da ich anscheinend ins Fettnäpfchen getreten bin, gestattet mir, daß ich mich entschuldige. Es tut mir leid. In Zukunft werde ich versuchen, meine Zunge im Zaum zu halten.« Sie schenkte Yancy ein strahlendes Lächeln. »Ich hoffe, ich habe meinen Fehler wieder gutgemacht!«

Yancy murmelte eine höfliche Bemerkung, und Tom wechselte schnell das Thema, indem er seine Freude über den baldigen Umzug in ein eigenes Haus zum Ausdruck brachte. Vielleicht hatte Ann eingesehen, daß sie zu weit gegangen war, denn für den Rest des Abends hielt sie sich zurück und beteiligte sich liebenswürdig an dem lockeren Gespräch der anderen. Die Gründe für Yancys und Saras Heirat kamen nicht mehr zur Sprache.

Lächelnd ging Sara auf das Gespräch ein, aber sie konnte Anns Worte nicht vergessen. Genauso wenig wie Yancys Antwort. Er mußte ja nicht gleich sagen, daß ihre Ehe *nichts* mit dem Erben, der für Paloma benötigt wurde, zu tun hatte, aber sie wünschte sich, daß er irgend etwas gesagt hätte, was auf seine wahren Gefühle für sie hinwies. In den vierundzwanzig Stunden ihrer Ehe waren sie und Yancy schon sehr weit gekommen, aber Sara war es schmerzlich bewußt, daß sich in Wahrheit noch nicht viel geändert hatte. Sie wußte immer noch nicht, ob er sie nur geheiratet hatte, um an die Casa Paloma zu kommen. Das Herz wurde ihr schwer, und sie begann erneut an ihm zu zweifeln. Nicht wegen des Mordes – was dies anbelangte, würde sie nie wieder an ihm zweifeln –, aber sie fragte sich, ob durch ihre Liebe zu ihm und durch die körperlichen Wonnen, die sie bei seinen Zärtlichkeiten empfand, ihr Blick auf die harte Wirklichkeit verstellt worden war.

Die Tatsache, daß er gut zu ihr war und sie durch eine Berührung in Ekstase versetzen konnte, hatte nicht das geringste zu bedeuten! Obwohl er gut zu ihr war und leidenschaftlich mit ihr schlief, empfand er ja vielleicht nichts weiter als fürsorgliche *Zuneigung* für sie. Bei dieser Vorstellung wurde es Sara beinahe übel, und sie fragte sich, wie ihre fröhliche Stimmung nur so schnell verschwinden konnte.

Saras Schweigsamkeit während des Abendessens konnte

Yancy unmöglich entgangen sein, dennoch sagte er nichts dazu, sondern sah sie nur immer wieder nachdenklich an. Ab und an fiel sein Blick auch auf Ann. Wenn er verhindern wollte, daß sie bleibende Schäden anrichtete, mußte er ihren hinterhältigen Intrigen Einhalt gebieten, sie am besten so weit wie möglich fortschicken. Da er Häuser und Grundbesitz in ganz Texas besaß, würde es ein leichtes sein, ein Haus für die Shelldrakes zu finden, das so weit von del Sol und Casa Paloma entfernt war, daß man Wochen oder besser noch *Monate* brauchte, um dorthin zu gelangen. Die Vorstellung war ihm äußerst angenehm, und er beschloß, gründlicher darüber nachzudenken…

Nachdem Ann und Tom gegangen waren, hatte Sara es plötzlich auch sehr eilig, sich zurückzuziehen, und irgendwie bezweifelte er, daß sie vorhatte, das Ehebett aufzusuchen! Er preßte die Lippen zusammen. Sicherlich hatte sie sich Anns gehässige Worte zu Herzen genommen! Sicher wußte sie, daß er – Er hielt plötzlich inne. Welch ein Gedanke! Daß er sie liebte? Heftig schüttelte er den Kopf. Er hatte Margaret geliebt. In jenen ersten berauschenden Monaten hätte er Margaret alles gegeben, was er besaß, und was hatte ihm das eingebracht? Woher wollte er wissen, daß Sara nicht genauso war? Auch sie hatte schließlich seinen Vater geheiratet! In welcher Beziehung war sie wohl sonst noch genau wie Margaret? Plötzlich wurde er wütend. Auf die Situation und auf seine Gedanken. Mit einem Zug leerte er sein Brandyglas. Frauen! dachte er verächtlich, während er sich auf den Weg zu ihren Zimmern machte. Sie wollten, daß ein Mann sein Innerstes nach außen kehrte, und wenn sie dann sein Herz in Händen hielten, rissen sie es in Stücke! Nun, das war ihm einmal widerfahren, ein zweites Mal durfte es nicht dazu kommen, wie bezaubernd und verführerisch er seine Braut auch finden mochte! Nie wieder würde er sich von einer Frau an der Nase herumführen lassen. Nie wieder!

Vierter Teil

Bei Tageslicht besehen

April 1860

20

Yancys trübe Stimmung verschlechterte sich noch mehr, als er entdeckte, daß seine junge Frau in ihrem eigenen Zimmer schlief und die Verbindungstür zu seinem Schlafzimmer *abgeschlossen* hatte! Wütend starrte er auf die Tür. Dann ließ er sich fluchend aufs Bett fallen – auf sein verdammt leeres Bett! Es wäre ein leichtes gewesen, die Tür, durch die sie getrennt waren, gewaltsam zu öffnen, aber er war nicht in der Stimmung, sich auf eine Konfrontation einzulassen.

Mit grimmigem Gesicht zog er sich schnell aus und ging zu Bett. Nackt lag er zwischen den kühlen Laken, die noch Saras Duft bargen, was ihn unweigerlich an die vergangene Nacht denken ließ. Es überraschte ihn nicht, daß er hart wurde. Er hatte zwar keine Lust auf eine Auseinandersetzung, aber er hatte verdammt große Lust, mit seiner nagelneuen Ehefrau zu schlafen!

Yancy brauchte nicht besonders viel Spürsinn, um sich den Grund für Saras Verhalten zu erklären – diese verdammte, klatschsüchtige, niederträchtige Hexe Ann! Er hätte sie am liebsten erwürgt, als sie versucht hatte, seine Ehe in den Dreck zu ziehen. Zweifellos war es ganz allein ihre Schuld, daß er jetzt hier allein liegen mußte, statt in den Armen seiner Braut. Er verzog das Gesicht. Na ja, vielleicht war es nicht ganz allein Anns Schuld, dachte er. Seine Antwort hatte ihm wohl kaum Saras Sympathie eingebracht, aber was zum Teufel hätte er sonst tun sollen? Hätte er Ann sagen sollen, daß sie die Sache völlig falsch sah – daß die Casa Paloma nicht das geringste mit ihrer Ehe zu tun hatte, daß sie für ihn nichts weiter gewesen war als eine gute Entschuldigung, mit der er sie zwingen konnte, seine Frau zu werden? Daß es ihm vollkommen gleichgültig war, ob Sara ihm Kinder schenken würde oder nicht, solange sie nur seine Frau war und das Bett mit ihm teilte? Nein, zum Teufel, niemals würde er ihr das sagen!

Er lächelte freudlos vor sich hin. Du lieber Gott! Sara hatte ihn längst umgarnt und verzaubert. Er kannte sich fast selbst nicht mehr aus, so hatte sie ihm den Kopf verdreht. Sie durfte nicht noch mehr Macht über ihn erlangen!

Zumindest würden sie auf der Casa Paloma eine Zeitlang allein sein, denn er wollte nur ein paar von seinen eigenen Leuten mitnehmen. Ohne Anns Intrigen würde er sicherlich seine Beziehung zu Sara bereinigen können. Und was Ann anbetraf...

Er machte ein finsteres Gesicht, als er über Ann Shelldrake nachdachte. Die Nachricht von der Affäre zwischen Ann und Hyrum Burnell hatte ihm einen unangenehmen Schock versetzt. Und er war froh, daß Esteban einen seiner Leute abgestellt hatte, ein Auge auf Sara zu haben. Ansonsten hätte er wohl nie von der Affäre erfahren. Er kannte Sara mittlerweile gut genug, um zu wissen, daß sie ihm niemals erzählen würde, was sie unten am Fluß gesehen hatte. Glücklicherweise hatte der Junge, der die Senora bewachen sollte, nicht solche Skrupel, Yancy von der Liebesszene am Fluß in Kenntnis zu setzen. Diese Affäre machte alles noch komplizierter, dachte Yancy seufzend.

Er fragte sich, ob Tom wohl ahnte, was sich da vor seiner Nase abspielte. Wenn er an seinen Kommentar beim Abendessen dachte, schien es ihm fast, als ob er seine Frau sehr gut kennen würde. Ahnte er vielleicht ihre ehebrecherischen Neigungen?

Yancy hatte Tom Shelldrake immer als angenehmen und klugen Gesellschafter geschätzt. Andererseits kannte er den Mann nicht besonders gut. Vielleicht wußte Tom ja von der Affäre und duldete sie stillschweigend. Das erschien zwar unwahrscheinlich, dennoch war es denkbar. Es war ebenfalls möglich, daß der Krieg bei Tom Shelldrake mehr Narben und Wunden hinterlassen hatte als nur seinen kaputten Arm – vielleicht war er nicht mehr in der Lage, seine Frau zu befriedigen, und sah deshalb über ihre diskrete kleine Liaison mit Hyrum hinweg.

Die Situation beunruhigte Yancy. Weniger wegen Anns Untreue, als vielmehr wegen der Gefahr, die möglicherweise daraus entstehen konnte.

Er hatte zu Sara gesagt, daß es ihm einerlei sei, wer Margaret getötet habe, aber das entsprach nicht ganz der Wahrheit. Er wollte sehr wohl wissen, wer zu so einer Gewalttat fähig war, damit er andere schützen konnte. Er hatte zwar nie viel darüber nachgedacht, warum Margaret sterben mußte, aber es war nicht unwahrscheinlich, daß ihre Untreue dabei eine nicht unbedeutende Rolle gespielt hatte. Und wenn Ann es ihrer Schwester jetzt offensichtlich gleichtat... Er runzelte die Stirn. Das letzte, was er gebrauchen konnte, war eine zweite ermordete Frau!

Da er wußte, daß er so bald keinen Schlaf finden würde, stand er auf und zündete die Lampe neben seinem Bett an. Er schlüpfte in seine Hose, zündete sich einen Zigarillo an und schlurfte schlecht gelaunt auf den kleinen Hof.

Draußen setzte er sich auf einen Gartenstuhl und rauchte. Die Stille der Nacht wurde nur vom Quaken der Frösche und dem schrillen Zirpen der Insekten unterbrochen. Die warme Nachtluft war erfüllt von Jasminduft, aber Yancy nahm die nächtlichen Geräusche und Düfte gar nicht richtig wahr.

Er zog an seinem Zigarillo, aber nicht einmal der Tabak mochte ihm schmecken. Was er wollte, war Saras Geschmack auf der Zunge und das erregende Gefühl, in ihr zu versinken! Und da ihm das in dieser Nacht offensichtlich versagt bleiben würde, beschloß er, darüber nachzudenken, was mit Ann und Hyrum zu machen war. Die Situation konnte eskalieren, und er wollte um keinen Preis, daß der Schuß womöglich in seine Richtung losging!

Hyrum würde sie dann eben zur Casa Paloma begleiten müssen, beschloß er mürrisch. Wenn Ann auf del Sol war und Hyrum auf Casa Paloma, dann würde es erst einmal kein intimes Rendezvous mehr geben. Es war nicht die beste Lösung, aber Yancy mochte dem Pärchen noch kein Ultimatum stellen oder ihnen offenbaren, daß er von ihrer Affäre wußte.

Was ihn an der ganzen Angelegenheit besonders beunruhigte, war die Tatsache, daß Hyrum Burnell erst vor wenigen Wochen Sara angefleht hatte, seine Frau zu werden. Wann hatte die Affäre begonnen, und wie lange war sie schon im Gange, fragte Yancy sich voller Unbehagen. Er hatte den Eindruck, als würde mehr dahinter stecken, als man auf den ersten Blick vermuten konnte. Daher war es für ihn nur logisch, daß er soviel wie möglich über die Hintergründe der Liaison herauszufinden versuchte, bevor er einschreiten würde.

Einen Augenblick lang erwog er, Hyrum fortzuschicken, aber das hätte womöglich jene Eskalation zur Folge, die er gerade vermeiden wollte. Er zog ein finsteres Gesicht. Er hatte sich so darauf gefreut, Sara auf der Ranch ganz für sich allein zu haben – besonders nach Anns bösartigen Worten beim Abendessen – und die Vorstellung, daß Hyrum sie begleiten würde, behagte ihm ganz und gar nicht. Yancy lächelte böse. Er würde Hyrum so viel Arbeit aufbürden, daß er darüber hinaus nur noch Zeit zum Essen und Schlafen finden würde – und zwar im Quartier der Viehtreiber, der *vaqueros*! Hyrum Burnell sollte keine Sonderbehandlung erhalten!

Zufrieden, daß er für das Problem Ann und Hyrum eine vorläufige Lösung gefunden hatte, warf Yancy sein Zigarillo zu Boden und trat es aus. Dann ging er langsam zurück ins Haus. Als er sich wieder ins Bett legte, hatte sich seine Laune erheblich gebessert. Jetzt mußte er nur wieder einen Weg zum Herzen seiner Braut finden und vor allem den Weg zurück in ihr Bett. Dann würde er der glücklichste Mensch der Welt sein!

Seine Braut, die genauso schlaflos in ihrem Bett im Nebenzimmer lag, hätte ihn überglücklich zurück in ihre Arme und in ihr Bett gelassen, wenn er ihr nur gesagt hätte, daß ihre Ehe *nichts* mit der Casa Paloma zu tun hatte! Mit brennenden Augen starrte sie unglücklich auf die seidenen Bettvorhänge. Er hätte nicht einmal sagen müssen, daß er sie liebte, dachte sie. Sie wollte nur hören, daß er sie nicht gezwungen hatte, ihn zu heiraten, um sich den Besitz seiner Vorväter zu sichern. Seufzend wälzte sie sich im Bett herum.

Schon vor Stunden hatte Sara gehört, daß Yancy sein Zimmer betreten hatte. Als er auf die verschlossene Tür zuging, hatte sie den Atem angehalten. Hoffnungsvoll hatte sie im Bett gesessen und gespannt beobachtet, wie er auf die abgeschlossene Tür reagieren würde. Kurze Zeit später hatte sie gehört, daß er sich wieder von der Tür entfernte, und sie war erleichtert und zugleich enttäuscht gewesen – erleichtert, weil sie ihm nicht gegenübertreten mußte, und tief enttäuscht, weil er sich so artig mit ihrer Entscheidung abgefunden hatte. Daß er sich so widerstandslos aus ihrem Bett verweisen ließ, war für Sara ein Indiz, daß Anns Worte nicht aus der Luft gegriffen waren. Als sich seine Schritte von der Tür entfernten, vergrub sie daher das Gesicht im Kopfkissen, damit er ihr Weinen nicht hören konnte. Offensichtlich hoffte er, daß er in der vergangenen Nacht und am Nachmittag seine Aufgabe erfüllt hatte und brauchte sich jetzt nicht noch einmal die Mühe zu machen, mit ihr zu schlafen!

Traurig und verbittert saß Sara da und sann vergebens auf Rache. Schließlich wurde ihr klar, daß sie kaum Mittel hatte, Yancy wirklich zu treffen – außer wenn sie sich als unfruchtbar erweisen sollte. Trübsinnig wälzte sie sich hin und her und sehnte sich nach dem Vergessen des Schlafes.

Und irgendwann schlief sie dann tatsächlich ein, aber sie wurde jäh aus dem Schlaf gerissen, als es im Morgengrauen laut an ihrer Tür klopfte. Verschlafen rieb sie sich die Augen, wälzte sich hastig aus dem Bett und stolperte zur Tür. Die Ereignisse des gestrigen Abends hatte sie in diesem Moment vollkommen vergessen. Das laute gebieterische Klopfen schien ihr anzukündigen, daß etwas passiert war, und daher schloß sie mit zitternden Fingern die Tür auf.

In den blassen Strahlen der aufgehenden Sonne erblickte sie ihren Ehemann und verstand zunächst gar nichts. Das harte Glitzern in seinen Augen und seine zusammengepreßten Lippen ließen sie jedoch augenblicklich hellwach werden. Außerdem wurde ihr voller Unbehagen bewußt, warum sie die Tür verschlossen hatte.

Ihre grünen Augen blitzten kampflustig auf, und sie sagte: »Ja? Was gibt's?«

Yancy stand da und starrte sie wütend an. Während er ihretwegen eine einsame, *schlaflose* Nacht verbracht hatte, hatte sie offensichtlich tief und fest geschlafen. Mürrisch mußte er sich eingestehen, daß er sie trotz seiner Wut unwiderstehlich fand. Sie trug ein züchtiges, weichfließendes Musselinnachthemd mit einem zarten Rosenmuster. Ihre grünen Augen glänzten, und das honigblonde Haar war vom Schlaf zerwühlt und fiel auf ihre Schultern hinab. Deutlich zeichneten sich ihre Brüste unter dem dünnen Stoff ab, und Yancy mußte seine ganze Willenskraft aufbieten, um diese festen, kleinen Brüste nicht umgehend zu berühren und zu streicheln.

Während seiner schlaflosen Nacht hatte er jedoch viel Zeit gehabt, darüber nachzudenken, wie er Anns Worten den Stachel nehmen könnte. Er könnte Sara ja versichern, daß er sie nicht wegen der Casa Paloma geheiratet hatte... Aber mit dieser Argumentation würde er sich auf gefährliches Terrain begeben, und er war sich nicht sicher, ob er wirklich bereit war, seine eigenen Beweggründe zu erforschen, geschweige denn, darüber zu reden. Dennoch wollte er die Dinge richtigstellen, aber plötzlich zögerte er, und ihm wurde schmerzlich bewußt, wie verwundbar er sich fühlte. Verzweifelt versuchte er, dieses unerwünschte Gefühl abzuschütteln. *Dios!* Wenn er sich jetzt nicht beherrschte, würde er sich aufführen wie ein liebeskranker Trottel und mit seinen tiefsten Gefühlen herausplatzen!

Um dies zu verhindern, flüchtete er sich in seine Wut. Zynisch sagte er: »Ich will fort und werde den ganzen Tag nicht hier sein. Wahrscheinlich möchtest du genauso wenig wie ich, daß sich die Dienerschaft das Maul über uns zerreißt, deshalb wollte ich, daß du diese verdammte Tür aufschließt, bevor ich gehe.« Da er fürchtete, daß er etwas tun könnte, was ihnen beiden leid tun würde, machte er auf dem Absatz kehrt und eilte aus dem Raum.

Wie am Boden zerstört, starrte Sara ihm traurig nach, sie konnte einfach nicht verstehen, daß er ihr nichts weiter zu sagen hatte. Er wollte nicht einmal wissen, warum sie die Tür verschlossen hatte! Vielleicht war es ihm ja einerlei! Soeben hatte er ihr bewiesen, wie wenig sie ihm bedeutete, und voller Verzweiflung fragte sie sich, wie sich zwischen ihnen alles derart zum Schlechten hatte wenden können.

Deprimiert schlich sie in sein Zimmer. Als könnte sie so dennoch einen Kontakt zu ihm herstellen, legte sie sich auf sein Bett, genau an die Stelle, wo sein Körper einen Abdruck hinterlassen hatte. Zwischen den Laken war noch die Wärme seines Körpers und eine tröstliche Spur seines Geruchs zu ahnen, und Sara klammerte sich daran, obwohl sie sich gleichzeitig selbst ausschimpfte, weil sie eine solche Närrin war. Eine sentimentale, törichte kleine Närrin!

Während der folgenden Tage änderte sich das Verhältnis zwischen Sara und Yancy kaum. Vor den anderen waren sie herzlich und höflich, aber wenn sie allein waren, suchte Sara sofort ihr Zimmer auf und schloß energisch die Tür hinter sich. Yancy unterdrückte seine innersten Wünsche und machte keinen Versuch, die Grenze zu überschreiten, die Sara gezogen hatte. Er fragte sie auch nicht nach den Gründen für ihr Verhalten. Er ignorierte einfach das Problem, als würde es nicht existieren ... oder als würde es ihm nichts bedeuten, dachte Sara traurig.

Sie versuchte, die Situation unparteiisch zu betrachten. War es falsch von ihr gewesen, die Tür abzuschließen? Hätte sie ihn einfach auffordern sollen, Anns Aussagen zu widerlegen? War es ihre Schuld, daß sie sich nun in dieser schrecklichen Sackgasse befanden?

Während sie am Montag nachmittag allein auf dem kleinen Innenhof vor ihren Zimmer saß, fragte sie sich, ob sie sich vielleicht falsch verhalten hatte. Dabei dämmerte ihr langsam, daß sie sich Yancy gegenüber nicht gerade fair benommen hatte – zuerst hatte sie hingebungsvoll in seinen Armen gelegen, und von einer Minute zur anderen hatte sie ihm ohne jede Erklärung die Tür vor der Nase verschlossen. Wehmütig verzog sie den Mund. Vielleicht war ihre Reaktion auf Anns Worte ja zu heftig gewesen.

Oh, *verdammt*! dachte sie unglücklich. Wäre Yancy nicht so ein wortkarger Teufel, dann wäre das alles nicht passiert! Hätte sie sicher gewußt, daß er sie liebte und daß er sie nicht nur geheiratet hatte, um in den Besitz der Ranch zu kommen, dann hätten Anns Worte sie nicht so sehr verletzen können, und sie hätte sich nicht so verhalten, wie sie es getan hatte. Er hatte an der ganzen Sache genausoviel Schuld wie sie, dachte sie störrisch. Und wenn die verdammte, verschlossene Tür ihn störte, konnte er ja etwas sagen! Wenn es ihm etwas bedeutete, konnte er etwas dagegen tun! Und wenn nicht ...

Als hätten ihre Gedanken ihn herbeigezaubert, kam Yancy in diesem Augenblick auf den Hof geschlendert. Seine dunklen Gesichtszüge geben keinen Hinweis darauf, was in seinem Inneren gerade vorging. »Schon alles gepackt?« fragte er kalt und unpersönlich.

Verwirrt starrte Sara ihn an und wünschte, ihr Puls würde nicht schon bei seinem bloßen Anblick anfangen zu rasen. »Gepackt?« fragte sie. »Wovon redest du?«

Ohne sie aus den Augen zu lassen, erklärte er gleichgültig: »Unsere Reise nach Paloma. Hast du das schon vergessen?«

»Oh! Ich halte das nicht mehr für eine so gute Idee, du etwa?« wandte sie unsicher ein. Ihr ausdrucksvolles Gesicht spiegelte ihre Verwirrung wider. Paloma? Unter den gegebenen Umständen konnte er doch unmöglich mit ihr dorthin reisen wollen!

»Warum nicht? Du bist doch immer noch meine Frau, nicht wahr?« antwortete er betont freundlich. »Und wenn ich mich recht entsinne, wollten wir uns morgen auf den Weg machen, oder?«

Sara nickte hilflos und konnte ihren faszinierten Blick nicht von seinen bernsteinbraunen Augen wenden. Auf ihr Nicken hin lächelte er, wenn auch nicht besonders ermutigend. »Gut! Wenn du noch nicht gepackt hast, solltest du jetzt nach Maria läuten, damit sie deine Sachen fertigmacht. Wir wollen gleich nach Sonnenaufgang aufbrechen – ich will nicht, daß du durch die größte Hitze reitest«, sagte er knapp.

Er drehte sich um und wollte gerade den Hof verlassen, aber plötzlich nahm Sara all ihren Mut zusammen und platzte heraus: »Warum hast du mich geheiratet?«

Yancy erstarrte. Langsam wandte er sich um und fixierte sie stumm mit ausdruckslosem Gesicht. Sara verfluchte ihre unvorsichtige Zunge und wünschte sich weit fort von dieser beschämenden Unterhaltung. »Warum ich dich geheiratet habe?« sagte er schließlich. »Aber Darling, ich dachte, das wüßtest du ganz genau!«

Sara fühlte sich zwar von seinem Gesichtsausdruck eingeschüchtert und entmutigt, hielt sich aber dennoch tapfer und erwiderte: »Nein, das weiß ich nicht – deshalb frage ich dich ja! Warum hast du mich geheiratet?«

All seine innere Verzweiflung über ihr schlechtes Verhältnis brach mit einem Mal hervor. Er konnte sich nicht erinnern, jemals so wütend gewesen zu sein. Er packte sie an den Schultern und schüttelte sie. »Warum sagst du mir nicht, warum ich dich geheiratet habe?« knurrte er.

Sara schluckte. »Ich kann nicht! Ich weiß es nicht! Du versteckst deine Gefühle. Nie zeigst du, was in dir vorgeht.«

Sein Gesicht wurde rot vor Zorn. Er umfaßte ihre Hüften und preßte sie gegen seinen Unterkörper. Sara schnappte nach Luft, als sie fühlte, wie erregt er war, und er lächelte grimmig. »Ich glaube nicht, daß ich im Augenblick meine Gefühle verberge, meine Süße. Und wenn du wissen willst, was in mir vorgeht, so würde ich am liebsten da weitermachen, wo wir aufgehört haben, bevor du diese verdammte Tür abgeschlossen hast! Am liebsten würde ich dir die Kleider vom Leibe reißen und fühlen, ob dein Körper noch genauso weich und warm ist, wie ich ihn in Erinnerung habe.«

Wütend entwand sich Sara seinem eisernen Griff und stand ihm auf einmal mit geballten Fäusten gegenüber. »Davon habe ich nicht geredet, und das weißt du doch auch!«

Er verschränkte die Arme vor der Brust und lehnte sich an den Türrahmen. »Aber was gibt es denn sonst zu bereden? Bist du nicht längst zu dem Schluß gekommen, daß ich nur wegen deines hübschen Körpers hinter dir her bin? Oder vielmehr«, fuhr er grausam fort, »hinter dem, was dein weicher, verführerischer Körper mir geben kann? Einen Erben für Paloma? Ist *das* nicht der Grund, aus dem ich dich geheiratet habe? Welchen Grund hätte ich sonst haben sollen?«

Entsetzt starrte Sara ihn an. Ihr bleiches Gesicht wurde von ihren großen, grünen Augen beherrscht. Beinahe hätte Yancy seine häßlichen Worte zurückgenommen, so leid tat sie ihm. Aber er war viel zu wütend und verletzt, um von dem einmal eingeschlagenen Pfad abzuweichen, viel zu zornig, daß sie das, was zwischen ihnen geschehen war, so einfach abtun konnte. Er war unfähig, vernünftig zu denken. Er *wollte* ihr weh tun. Zumindest sollte sie genauso leiden, wie er in den vergangenen Tagen gelitten hatte. Im Grunde seines Herzens schämte er sich zwar seiner primitiven Instinkte, aber er war viel zu störrisch, um sofort zur Besinnung zu kommen.

Zu hören, wie er ihre schlimmsten Befürchtungen laut aussprach, war fast mehr, als sie ertragen konnte. Das Herz krampfte sich ihr zusammen, und voller Bitterkeit mußte sie sich ihre Niederlage eingestehen. Sie senkte den Blick und sagte: »Ich denke, da gibt es nichts mehr zu bereden.« Dann wandte sie sich ab und fügte frostig hinzu: »Wenn du mich jetzt bitte entschuldigen würdest? Da du offensichtlich auf der Reise nach Paloma bestehst, muß ich jetzt nach Maria läuten und mit dem Packen beginnen.«

Mit einer blitzschnellen Bewegung riß er sie plötzlich an sich und küßte sie mit all der angestauten Wut und Verzweiflung in seinem Inneren. Erst als sie beide außer Atem waren, löste er seinen brutalen Mund von ihren Lippen. Seine bernsteinbraunen Augen glitzerten böse, als er leise sagte: »Und wie ich darauf bestehe! Und auf Paloma... da *wirst* du mein Bett teilen, Sara! Zwischen uns wird es nie wieder verschlossene Türen geben – nie wieder!«

Sara funkelte ihn böse an und stieß gepreßt hervor: »Willst du etwa alle Schlüssel konfiszieren?«

»Wenn ich es muß, ja!« zischte er.

»Du wirst es wohl müssen, glaube mir – zumindest in diesem Punkt können wir einer Meinung sein!«

Voller Zorn starrten sie sich an, denn keiner von beiden war bereit einzulenken. Dann stieß Yancy sie grob von sich, drehte sich abrupt um und ging ins Haus zurück.

Wie betäubt sah Sara ihm nach. Als sie langsam wieder zur Besinnung kam, fühlte sie sich merkwürdig entrückt, und eine seltsame Ruhe kam über sie. Jetzt, da sich ihre schlimmsten Befürchtungen bestätigt hatten, wurde sie nicht länger von Unsicherheit gequält. Sie kannte jetzt die Wahrheit – er hatte sie wegen eines Erben für Paloma geheiratet. Nun gut. Trotz ihrer hochmütigen Worte würde sie ihm einen Erben für Paloma geben und sonst *nichts*, schwor sie sich wütend. Sie ging zurück ins Haus und läutete energisch nach Maria. Sie würde mit nach Paloma gehen; sie würde ihm ein Kind schenken, und *bei der erstbesten Gelegenheit würde sie ihm die Leber herausschneiden und sie vor seinen Augen braten!* Plötzlich fühlte Sara sich viel besser und begann entschlossen, Kleider für die Reise aus dem Schrank zu zerren.

Sara war jedoch nicht die einzige, die Yancy Cantrell am liebsten Gewalt angetan hätte. Ann Shelldrake hätte ihm nicht nur gern die Leber herausgeschnitten und gebraten – sie war derart außer sich, daß sie sie sogar an die Hunde verfüttert hätte!

Ann und Hyrum hatten sich in der Abenddämmerung am Fluß bei einem Gebüsch aus Pappeln und Weiden verabredet, ganz in der Nähe des hübschen kleinen Hauses, das Yancy den Shelldrakes zur Verfügung gestellt hatte. Ann blickte sich immer wieder nervös um, als sie zu der verabredeten Stelle eilte.

Erst vor einer Stunde hatte ihr ein junger *vaquero* heimlich Hyrums Nachricht gebracht, in der er ihr bereits mitgeteilt hatte, daß Yancy ihn nach Paloma beordern wollte. Anns schlimmste Wut war zwar mittlerweile schon verraucht, aber noch immer lag ein gefährliches Glitzern in ihren blauen Augen, als sie Hyrum zwischen den Bäumen erspähte. Ohne Umschweife warf sie sich ihm in die Arme, und sie küßten sich heftig. Als sie ihren Mund nach einer Weile von Hyrums Lippen löste, rief sie wütend: »Was sollen wir nur tun? Ich kann es nicht ertragen, wenn du mich hier allein läßt! Dieser *verdammte* Yancy! Warum will er dich bloß mitnehmen?«

Gedankenverloren streichelte Hyrum ihre Schulter und sagte leise: »Ich weiß es nicht, aber ich habe den Verdacht, daß er über uns Bescheid weiß.«

Ann blickte besorgt drein. »Aber wie? Wir waren doch immer so vorsichtig!«

Hyrum zuckte die Schultern. »Das hier ist sein Land, es sind alles seine Leute – ich denke, er ist so ziemlich über alles informiert, was sich hier abspielt. Ich habe mir übrigens Gedanken darüber gemacht, was wir jetzt tun sollen ...« Er hielt inne und ordnete offensichtlich seine Gedanken. Im selben Augenblick knackte ganz in ihrer Nähe ein Zweig. Beide zuckten zusammen und blickten ängstlich in die Richtung, aus der das Geräusch gekommen war. Dort war nichts. Kein weiteres Geräusch. Keine Bewegung. Nur noch die zunehmende Dunkelheit.

Eine Sekunde später knackte etwas weiter entfernt noch ein Zweig, und sie atmeten erleichtert auf, als sie sahen, daß ein Hund aus dem Dorf auf die erleuchteten Häuser zulief. Hyrum wollte etwas sagen, aber Ann legte ihm die Hand auf den Mund und gebot ihm, still zu sein. Obwohl sie den Hund gesehen hatte, konnte sie sich des Eindrucks nicht erwehren, daß irgend jemand in der Nähe war und sie beobachtete. Angespannt wartete sie, und erst als einige Minuten vergangen waren, ohne daß etwas passiert war, entspannte sie sich ein wenig.

Bevor sie zu sprechen begann, lachte sie nervös auf. »Es tut mir leid. Es ist nur so, daß Tom sich in letzter Zeit so merkwürdig verhalten hat. Ich frage mich, ob er ...«

»Meinst du, er ahnt etwas?« fragte Hyrum beunruhigt. Er zögerte einen Moment, dann setzte er leise hinzu: »Meinst du, wir müssen ihn eher loswerden als geplant?«

Entschieden schüttelte Ann den Kopf und schnitt eine Grimasse. »Ich kann mir nicht vorstellen, daß er ahnt, was wirklich los ist, und deshalb gibt es noch keinen Grund, mich zur trauernden kleinen Witwe zu machen. Aber er verhält sich tatsächlich merkwürdig.« Mit einer Handbewegung schob sie den Gedanken beiseite. »Laß uns meinen Ehemann vorläufig vergessen, erzähl mir lieber, wie du Sara Yancy abspenstig machen willst, bevor er sie schwängert und damit all unsere Pläne ruiniert.«

»Vielleicht wird es einerlei sein, ob Yancy der Vater des Kindes ist oder ich«, sagte er langsam.

»Was willst du damit sagen?« fragte Ann wütend. »*Du* mußt Saras Ehemann und der Vater ihres Kindes werden, wenn wir die Casa Paloma in die Finger bekommen wollen!«

Hyrum lächelte unmerklich. »Wenn man es recht bedenkt, brauche ich gar nicht der Vater ihres Kindes zu sein. Hauptsache, ich bin Saras Ehemann.«

Ann runzelte die Stirn und sah ihn ungläubig an. »Aber wenn es kein Kind gibt, was nützt es dir dann, wenn du Saras Ehemann bist? Und außerdem«, fuhr sie gehässig fort, »kannst du niemals Saras Ehemann werden, solange Yancy am Leben ist! Sie muß erst Witwe werden, bevor du sie heiraten kannst!«

Trotz der zunehmenden Dunkelheit sah Hyrum, daß Ann endlich ein Licht aufging. Ihr hübsches Gesicht rötete sich plötzlich, und sie warf ihm einen bewundernden Blick zu. »Aber natürlich! Er hat sie ja *geheiratet* – Sara ist Yancys Erbin!« frohlockte sie fröhlich. »Del Sol, die Silberminen in Mexiko, *alles* würde ihr gehören! Wir würden Paloma gar nicht brauchen!« Sie gab ihm einen leidenschaftlichen Kuß. »Wie klug von dir, mein Liebling! Wie außerordentlich klug!«

»Ich freue mich, daß du es auch so siehst«, murmelte Hyrum und küßte sie noch einmal. »Es dürfte bedeutend einfacher sein, Yancy zu töten, als ihn von Saras Bett fernzuhalten! Und wenn er erst tot ist, dann werde ich dasein und der traurigen, kleinen Witwe tröstend zur Seite stehen!« Er gab Ann noch einen Kuß und wirbelte sie herum. »Stell dir vor, in weniger als einem Jahr bin ich vielleicht schon *patrón* von del Sol, wenn alles so läuft, wie ich es mir vorstelle, und es wird so laufen, verlaß dich darauf!«

Ann kicherte fröhlich, doch dann wurde sie wieder ernst.

In ihren Augen lag ein Ausdruck von Gier, als sie fragte: »Erzähl mir von deinem Plan für Yancy! Wann und wie willst du ihn töten?«

Nachdenklich rieb sich Hyrum die Stirn. »Das hab' ich noch nicht geplant, aber wir brauchen nichts zu überstürzen. Schließlich kann es uns jetzt einerlei sein, ob Yancy Sara schwängert oder nicht. Und deshalb habe ich mehr Zeit, mir in aller Ruhe auszudenken, wie ich sie, ohne Verdacht zu erregen, zur Witwe machen kann.« Er grinste. »Ich glaube, meine Beorderung nach Paloma ist womöglich das Beste, was uns passieren konnte. Während meiner Abwesenheit kannst du dir über Toms vorzeitiges Ableben Gedanken machen. Und ich kann auf Paloma mein Verhältnis zu Sara wieder verbessern.« Seine Lippen wurden schmal. »Und ich kann mir überlegen, wie ich diesen Bastard Yancy Cantrell am besten aus dem Weg schaffe!«

21

Noch vor dem Morgengrauen machten sie sich auf den Weg zur Casa Paloma. Da die Ranch nur einen guten halben Tagesritt von del Sol entfernt war und höchstens ein paar verstreute Indianer zu fürchten waren, hatte sich Yancy auf einen entspannten, angenehmen Ritt mit seiner Braut gefreut. Aber die Spannungen zwischen ihnen sowie Hyrums mürrische Anwesenheit machten jedes Liebesgeplänkel, das Yancy für unterwegs geplant haben mochte, zunichte.

Er saß steif auf einem seiner Lieblingspferde, einem großen schwarzen Hengst, und sah mit grimmigem Gesicht zu Sara hinüber, die geschickt auf Locuelas Rücken stieg. Hyrum hatte sich einen Fuchs mit auffälliger Blesse gesattelt und stand wenig später lächelnd neben der jungen Frau. Am liebsten hätte Yancy ihn vom Pferd gestoßen, aber er murmelte einen leisen Fluch und trieb seinen Hengst an. Bartholomew,

Tansy und einige weitere Diener sollten ihnen in ein paar Stunden mit Saras Gepäck und ein paar anderen Dingen folgen.

Obwohl sie fest entschlossen war, sich an nichts zu freuen, das Yancy geplant hatte, konnte Sara eine gewisse Begeisterung nicht unterdrücken, als sie del Sol hinter sich ließen. Yancy ließ die Pferde gemächlich dahintraben, und während sie sich immer weiter von der Hacienda und dem Dorf entfernten, stieg Abenteuerlust in ihr hoch.

Am Anfang ritten sie schweigend dahin, und nur das Knatschen der Sättel und das gedämpfte Getrappel der Pferdehufe unterbrach die morgendliche Stille. Als sie die Hacienda hinter sich gelassen hatten, verlangsamte Yancy kurz sein Tempo, so daß er nun neben Sara ritt. Obwohl sie ihn nicht beobachtete, spürte sie seine Blicke nur allzu deutlich.

Plötzlich ertönte das jämmerliche Heulen eines Wolfes, und instinktiv schaute sie zu Yancy hinüber. Solange sie lebte, würde sie bei diesem Geräusch immer an jenes schreckliche Erlebnis denken, das ein tragisches Ende genommen hätte, wenn nicht Yancy, ihr schwarzer Reiter, am Horizont aufgetaucht wäre. Während sie ihm in die Augen sah, sehnte sich Sara plötzlich danach, in seinen Armen zu liegen und seinen Mund auf ihren Lippen zu spüren …

Wütend auf sich selbst, riß sie ihren Blick von ihm los und präsentierte ihm ihr wunderhübsches, eisiges Profil. Auch als er leise lachte, war sie ihm nicht freundlicher gesonnen. Entschlossen wandte sie sich an Hyrum und sagte: »Nun, Hyrum, es sieht so aus, als ob wir doch noch zur Casa Paloma reiten würden. Freuen Sie sich auch so sehr darauf wie ich?«

Hyrum lächelte ihr gequält zu. »Wir hatten doch großartige Pläne, nicht wahr? Zusammen wollten wir die alte verfallene Ranch wieder aufbauen und Vieh züchten. Ich hatte so gehofft, daß wir auch auf anderem Gebiet Partner sein würden, daß Sie …« Er sprach nicht weiter, da er Yancys grimmigen Blick auf sich gerichtet sah. »Ich hatte mir unsere Reise nach Paloma zwar anders vorgestellt, aber ich kann es trotzdem kaum erwarten, die Ranch endlich zu sehen.«

Es war ziemlich gewagt von Hyrum, sie an ihre ursprünglichen Pläne zu erinnern, und in Anbetracht ihrer letzten erbitterten Auseinandersetzung kurz vor ihrer Hochzeit mit Yancy war er nicht sicher, wie sie oder ihr Ehemann seine Bemerkung aufnehmen würden. Aber er mußte das Risiko in Kauf nehmen. Er mußte wieder ein gutes Verhältnis zu Sara aufbauen, und dazu schien die Erinnerung an bessere Zeiten, als er und Sara noch gemeinsame Pläne geschmiedet hatten, das geeignete Mittel zu sein.

Sara konnte kaum fassen, daß er es wagte, auf diese Weise von der Vergangenheit zu reden, und sie starrte ihn ungläubig und zornig an. Sie erinnerte sich daran, wie leidenschaftlich er Ann Shelldrake geküßt hatte. Wohl wissend, daß die zärtlichen Gefühle, die er vortäuschte, nichts weiter als skrupellose Berechnung waren, mußte sie sich auf die Zunge beißen, um ihn nicht als charakterlosen Schurken zu beschimpfen. Sie wußte jetzt, wie falsch und unaufrichtig er war, und würde sich nie wieder von seiner liebenswürdigen Art täuschen lassen! Hyrum ahnte nicht, was für ein Glück er hatte – nur weil Sara ihrem gefühllosen, arroganten und anmaßenden Ehemann zeigen wollte, daß er ihr absolut nichts bedeutete, verwies sie Hyrum nicht in seine Schranken.

Heuchlerisch lächelte sie ihn an und sagte: »Ich freue mich, daß Sie der Vergangenheit nicht länger nachtrauern und Paloma trotz Ihrer Enttäuschungen positiv gegenüberstehen.« Dabei warf sie ihrem Ehemann einen finsteren Blick zu. »Das Leben ist viel zu kurz, um über gewisse unangenehme Dinge nachzugrübeln – besonders wenn es sich um Dinge handelt, die wir ohnehin nicht ändern können.«

Mit zusammengebissenen Zähnen knurrte Yancy: »Ich

warne dich, mein Schatz, wenn diese Unterhaltung sich nicht augenblicklich ändert, wird es noch viel mehr ›unangenehme Dinge‹ geben, über die du nachgrübeln kannst!«

Sara war sehr erfreut über Yancys Reaktion, und während der bevorstehende Sonnenaufgang den violetten Horizont in ein rosa-goldenes Licht tauchte, war zumindest einer der drei Reiter sehr zufrieden. Einen Augenblick lang überlegte sie, ob sie noch einen Schritt weiter gehen sollte, aber ein schneller Blick in das Gesicht ihres Ehemannes hielt sie davon ab.

Einige Meilen ritten sie schweigend dahin, aber als die Dunkelheit wich und die Prärie von warmem, goldenem Sonnenlicht beschienen wurde, schien sich auch ihre Stimmung aufzuhellen, und nach einer Weile begannen sie, wieder miteinander zu reden. Yancy konnte sehr charmant sein, und weil er es satt hatte, von seiner Frau die kalte Schulter gezeigt zu bekommen, und weil er Hyrum keine weiteren Vorteile gönnte, ließ er seinen Charme spielen wie noch nie. Während sie zusammen dahinritten, betörte er Sara mit Anekdoten und Geschichten über die Gegend und besonders über die Casa Paloma.

Auf den ersten Blick wirkte das Land flach und endlos. Das beinahe hüfthohe Gras erstreckte sich bis zum Horizont, und nur hier und da wurde die Grasfläche von undurchdringlichem Chaparralgebüsch, Mesquitebäumen und riesigen Feigenkakteen unterbrochen. Sara staunte über die zahlreichen Flüsse, an deren Ufern Pappeln, Johannisbrotbäume und Weiden standen. Ohne Schwierigkeiten durchquerten die Pferde das klare Wasser. Je länger sie unterwegs waren, desto deutlicher konnte sie die sanften Bodenwellen ausmachen, die kleinen Wasserrinnen und die leichten Erhebungen, die sich aus der flachen Landschaft erhoben. Wie überall in Texas gab es Unmengen von Wild – Antilopen, Rehe, Wachteln und wilde Truthähne. Riesige Herden von wilden Longhornrindern und flinken Mustangs stoben davon, wenn die drei Reiter sich ihnen näherten.

Ohne sich dessen bewußt zu sein, genoß Sara die Aufmerksamkeit ihres Ehemannes. Gebannt lauschte sie seinen Erzählungen über die ersten spanischen Ansiedlungen in Texas, während sie die ungezähmte, wilde Schönheit der Landschaft in sich aufnahm. Die Zeit flog nur so dahin, und sie war sehr erstaunt, als Yancy sein Pferd zum Stehen brachte und leise sagte: »Das ist es, meine Süße. Casa Paloma!«

Am Horizont konnte Sara auf einer leichten Anhöhe eine Handvoll Gebäude ausmachen. In dieser Entfernung war noch nicht allzu viel zu sehen, aber je näher sie kamen, desto deutlicher war der heruntergekommene Zustand der Ranch zu erkennen.

Casa Paloma und del Sol ließen sich kaum miteinander vergleichen. Beide Anwesen lagen zwar an einem baumbestandenen Fluß und waren aus Lehmziegeln gebaut, viel weiter ging die Ähnlichkeit jedoch nicht. Wie auf del Sol war das Haupthaus von einer hohen Mauer umgeben, deren Schießscharten Sara daran erinnerten, wie wild und unzivilisiert das Land in Wahrheit noch immer war. Die Komantschen raubten und plünderten weiterhin, und viele Texaner kamen bei Indianerangriffen ums Leben.

Mehr als ein Dutzend kleinerer Gebäude drängten sich um die Mauern der Hacienda. Trotz der frisch gedeckten Dächer waren sie in einem so desolaten Zustand, daß Saras Mut allmählich sank. Hier gab es kein gepflegtes, kultiviertes Land, keine Obstwiesen; Paloma war nichts als ein kleiner einsamer Flecken inmitten der endlosen Prärie. Es war zwar erkennbar, daß Yancys Leute seit ihrer Ankunft überall fleißig Hand angelegt hatten. In den Jahren davor aber war Casa Paloma offensichtlich dem Verfall überlassen worden.

Kakteen und Mesquitebäume hatten sich überall selbst ausgesät. In der Nähe des Hauses hatte man zwar bereits eine Menge dorniges Gestrüpp weggehackt und zum Verbrennen aufgeschichtet, aber Sara fielen unzählige andere Dinge ins Auge, die dringend getan werden mußten – schadhafte Weidezäune, die Trümmer einer alten Scheune und verfallene Schuppen verunstalteten das Gelände. Während sie von den üblichen gackernden Hühnern und meckernden Ziegen umringt wurden, erkannte Sara, daß es Unmengen von Geld kosten würde, wenn man die Hacienda wiederherstellen wollte. Mit Sicherheit weitaus mehr Geld, als sie besaß. Sie lächelte gequält. Zum Teufel mit Yancy, auch in diesem Punkt hatte er recht behalten!

Als sie durch das große Tor geritten waren und den Hof der Hacienda erreicht hatten, wurde Sara klar, daß die Casa Paloma eine sehr alte Ansiedlung war, denn das Haupthaus erinnerte eher an ein Fort als an ein Haus. Yancys Männer und ihre Familien hatten hart gearbeitet, um das Haus präsentabel zu machen. Beim Anblick ihrer erwartungsvollen Gesichter mußte Sara lächeln, und ihre niedergedrückte Stimmung verschwand während der stürmischen Begrüßung. Sie versuchte sich einzureden, daß es ein Glück für sie war, wie sich die Dinge entwickelt hatten. Wäre sie allein hierhergekommen und hätte die heruntergewirtschaftete Hacienda vor der ersten grundlegenden Aufräumaktion gesehen, wäre sie da nicht an der vor ihr liegenden ungeheuren Aufgabe verzweifelt? Einer Aufgabe, die doppelt so schwer gewogen hätte, denn bei einem Mißerfolg hätte sie nicht nur sich selbst, sondern auch alle anderen Haushaltsmitglieder aus Magnolia Grove ins Unglück gestürzt.

Sara schauderte es bei dieser Vorstellung. Plötzlich war sie sehr glücklich, daß sie nicht einfach mit ihren wilden Träumen und mehr nicht hierhergekommen war, und sie lächelte überglücklich.

Als er ihr beim Absitzen half, war Yancy ganz benommen von ihrem wunderschönen Lächeln und legte seine Hände fest um ihre schlanke Taille. »Bist du nicht enttäuscht?« fragte er heiser und ließ sie an seinem Körper entlang zu Boden gleiten.

Sara stockte der Atem, als sich ihre Blicke trafen und sie

das nackte Begehren in seinen Augen sah. Langsam schüttelte sie den Kopf. »Nein«, sagte sie leise. »Ich bin nicht enttäuscht.«

Yancy hatte nur noch Augen für die Frau in seinen Armen und vergaß alles um sich herum. Ohne sich um die Umstehenden zu kümmern, zog er sie sanft an sich und küßte sie.

Erst die fröhlichen Hurrarufe der Zuschauer holten Yancy und Sara zurück in die Wirklichkeit. Als ihm bewußt wurde, wo sie waren und daß sie von einem interessierten Publikum beobachtet wurden, löste er zögernd seine Lippen von ihrem Mund. Lächelnd sagte er: »Willkommen in der Casa Paloma, *mi esposa*... ich hoffe, du wirst hier sehr glücklich sein.«

Dann wurden sie von allen begrüßt, und Yancy wurde über den Fortschritt der anstehenden Arbeiten in Kenntnis gesetzt. Schließlich zerstreuten sich die Leute und gingen wieder ihren verschiedenen Aufgaben nach. Esteban blieb als letzter und bat Yancy um ein Treffen. Doch erst, als Esteban seinen Sombrero aufgesetzt hatte und davonging, erinnerte sich Yancy wieder an Hyrum.

In seinen Augen war ein hartes Glitzern und noch immer hatte er den Arm um Sara gelegt, als sich Yancy langsam umwandte und zu Hyrum hinübersah, der noch immer im Sattel saß. »Esteban«, rief er, *»un momento!«* Esteban kehrte auf Yancys Befehl hin sofort zurück. »Bring Hyrum zu den Männern, die die Weidepferche bauen, und weise ihm Arbeit zu«, befahl Yancy barsch.

Er warf Hyrum einen kalten Blick zu. »Du brauchst nicht auszupacken – du wirst draußen mit den anderen Männern arbeiten, dann kannst du auch genausogut bei ihnen schlafen.« Er lächelte böse. »Es ist ein ziemlich primitives Lager. Ich fürchte, du wirst auf dem Boden schlafen müssen. Aber da es hier nichts für dich zu tun gibt, bin ich mir sicher, daß du meinem Plan zustimmen wirst.«

Wütend preßte Hyrum die Lippen zusammen, aber er nickte nur kurz, wendete wortlos sein Pferd und folgte Esteban. Yancy sah ihm nach und fragte sich, welche Schwierigkeiten Hyrum Burnell ihm womöglich machen würde.

Aber plötzlich wurde er kräftig in den Arm gekniffen und konzentrierte sich auf die weitaus schönere Aufgabe, sich wieder mit seiner Braut zu versöhnen. Die Küsse, die sie bei der Ankunft getauscht hatten, waren sehr ermutigend gewesen, aber als er jenes wohlbekannte kampflustige Blitzen in ihren grünen Augen sah, wurde ihm klar, daß er sich dadurch, wie er Hyrum behandelt hatte, offensichtlich ein paar Minuspunkte eingehandelt hatte.

»Das war nicht recht von dir!« sagte sie verärgert. »Du hättest ihn nicht so rücksichtslos behandeln dürfen! Jahrelang hat er als Aufseher für deinen Vater gearbeitet – er ist sogar mit ihm in den Krieg gezogen! Er verdient mehr Achtung, als du sie ihm bisher erwiesen hast. Ihn wie einen Tagelöhner auf dem Boden schlafen zu lassen! Du solltest dich schämen!« Hitzig fügte sie hinzu: »Hyrum ist nicht irgendein hergelaufener Vagabund, den du gnädig bei dir aufgenommen hast, verdammt noch mal! Er gehört fast zur Familie.«

»Nun, zu *meiner* Familie gehört er jedenfalls nicht! Oder meinst du, ich hätte vergessen, daß er einmal amouröse Absichten bei dir hatte?« Er sah sie unerbittlich an. »Wenn er ständig auf der Hacienda herumlungert, könntest du dich fragen, was du vielleicht versäumt hast!«

Sara schnaubte verächtlich. »Wie *kannst* du es wagen? Als ob ich ...!« Ihr fehlten die Worte. In selbstgerechter Entrüstung warf sie den Kopf in den Nacken und sagte frostig: »Zeige mir jetzt bitte mein Zimmer! Ich habe dir nichts weiter zu sagen!«

Zu ihrem großen Erstaunen erwiderte er sanft: »Es tut mir leid, meine Süße! Ich hätte dir nicht unterstellen dürfen, daß du dein Ehegelübde besudeln könntest – für so etwas bist du viel zu treu und ehrlich!« Seine Augen hatten einen warmen Schimmer, und mit einem seltsamen Lächeln fragte er heiser: »Verzeihst du mir?«

Es ist einfach nicht fair, dachte Sara verzweifelt. Sie war wütend auf ihn. Und doch brauchte er sie nur anzulächeln und sie mit seinen bernsteinbraunen Augen anzusehen, und schon wurden ihre Beine zu Pudding! Zumindest hatte er sich entschuldigt, mußte sie ihm zugute halten. Aber noch klammerte sie sich an ihre Wut und sagte schwach: »Du verdienst es nicht, daß man dir verzeiht.«

Yancy grinste und hob sie auf seine Arme. Er küßte sie heftig, und während Sara noch ganz benommen war, trug er sie schnell ins kühle Innere der Hacienda. Drinnen stellte er sie auf die Füße und sagte mit einer ausladenden Handbewegung: »Dein Zuhause erwartet dich, Madam!«

Von außen war Sara die Hacienda nicht besonders einladend erschienen, nun aber war sie überrascht, wie komfortabel und geräumig alles doch war. Es gab zwar bedeutend weniger Zimmer als auf del Sol, und die meisten Zimmer waren ziemlich klein, dennoch strahlte das Haus einen gewissen herben Charme aus, der Sara sofort gefangennahm. Offensichtlich war das Haus von oben bis unten gründlich geschrubbt worden, und einige geschmackvolle Dekorationsgegenstände, die man aus dem Lagerhaus in del Sol mitgebracht hatte, ließen alles gleich ein wenig gemütlicher erscheinen. Auf dem Steinfußboden im großen Salon lag ein kunstvoll gewebter Teppich mit einem blaugoldenen Muster. An der Wand hing eine wunderschöne, altmodische Gobelinstickerei, und einige bequeme Ledersessel trugen zur Behaglichkeit bei.

Wieder hatte Yancy ihr den Arm um die Taille gelegt und führte sie in ihrem neuen Zuhause herum, das ihr erstaunlich gut gefiel. Die Ausstattung war insgesamt einfacher und rustikaler als auf der Haupthacienda, aber obwohl Sara del Sol sehr bewunderte und liebte, spürte sie, daß die Casa Paloma eine ganz besondere Ausstrahlung hatte ... Hier war alles gemütlicher und nicht so vornehm. Hier fühlte sie sich freier, denn es fehlten die deutlichen Spuren all des Reichtums und der Eleganz der spanischen Granden, die auf del Sol gelebt hatten. Yancys spanische Vorfahren, die sich hier angesiedelt hatten, waren furchtlose Abenteurer, tatkräftige Männer und Frauen gewesen, die ein klares Ziel vor Augen hatten. Sara fühlte eine starke Verbundenheit mit ihnen und mit dem Haus, das als stummer Zeuge für ihren Sieg über die feindlichen Naturgewalten und die kämpferischen Indianerstämme die Jahrhunderte überdauert hatte.

Zu ihrer Freude entdeckte sie einen hübschen, kleinen Innenhof, der von einer großen Trauerweide überschattet wurde. Selbst ein kleiner Springbrunnen fehlte nicht. Eine alte gelbe Kletterrose wand sich an einer Hausecke hoch, und die Luft war erfüllt von ihrem süßen Duft. Sara entdeckte mehrere Tontöpfe, in die man frische rosa und weiße Geranien gepflanzt hatte. Ein kleiner schwarzer schmiedeeiserner Tisch und zwei Stühle mit roten Kissen standen einladend im kühlen Schatten des Baumes, und Sara spürte den Wunsch, zu verweilen und die stille, friedliche Schönheit des Ortes auf sich wirken zu lassen.

Anders als auf del Sol gab es hier keine kunstvollen Bogengänge, und fast jedes Zimmer hatte eine Tür zum mittleren Innenhof. Die meisten spanischen Häuser hatten einen solchen Innenhof, wo sich die Familie an den Abenden versammelte. Sara konnte das gut verstehen, denn der Hof war ganz bezaubernd.

Lächelnd blickte Yancy in ihr ausdrucksvolles Gesicht und fragte: »Und? Findet es deinen Beifall?«

»Oh, ja!« sagte Sara glücklich. »Es ist wie eine Oase der Stille – als ob die Welt draußen einfach verschwunden wäre.«

Yancy lächelte versonnen und ließ den Blick noch einmal über den Hof schweifen. »Ich weiß noch, wie sehr meine Mutter diese Stelle gemocht hat«, sagte er langsam. »Sie und mein Vater haben oft stundenlang an diesem Tisch gesessen und miteinander gelacht und geredet, während ich zu ihren

Füßen spielte. Und wenn er fort war, saß sie da und schrieb ihm lange Briefe. Oder sie las mir seine Briefe vor – zumindest das meiste davon. Ich bin sicher, daß sie ein paar Dinge ausgelassen hat, die nicht für meine unschuldigen Ohren bestimmt waren!«

»Es klingt, als hätten sich deine Mutter und Sam sehr geliebt«, sagte Sara unsicher. Yancy sprach nur selten von seinen Eltern, und sie wollte seine Erinnerungen nicht unterbrechen, aber seine Worte schienen nach einem Kommentar zu verlangen.

Yancy warf ihr einen wehmütigen Blick zu. »Oh, am Anfang haben sie sich wohl sehr geliebt – bevor Andy und mein Großvater sie auseinandergebracht haben.«

»Aber wie konnten deine Großväter so etwas tun?« protestierte Sara. »Wenn sich Sam und deine Mutter wirklich *geliebt* haben.«

Yancy schnaufte verächtlich. »Andy verachtete meine Mutter, und obwohl sie einer weitaus vornehmeren und älteren Familie als er selbst entstammte, war sie für ihn immer nur eine mexikanische Hure, mit der mein Vater Schande über ihn gebracht hatte!« Er blickte grimmig drein. »Eines muß ich dem alten Bastard allerdings zugute halten – er hat nie zu verbergen versucht, was er von meiner Mutter und von der Ehe hielt! Er war deswegen ungemein verbittert, und ich bin sicher, daß er meine Mutter noch auf dem Sterbebett verflucht hat, vielleicht sogar auch mich.«

»Aber warum hat Sam denn nichts getan? Wie konnte er einfach dastehen und zulassen, daß Andy ihn und deine Mutter auseinanderbrachte?«

Yancy seufzte und rieb sich ungeduldig den Nacken. Er sprach ohnehin nicht gerne über seine Eltern oder überhaupt über seine Vergangenheit, und normalerweise hätte er das Gespräch an dieser Stelle abgebrochen. Aber er hatte das Gefühl, daß es für Sara wichtig war, seine Vergangenheit zu verstehen und zu verstehen, wie er zu seinem Vater stand und zur Liebe… Zögernd sagte er: »Sam konnte gegen seinen Vater nichts ausrichten. Andy hatte ihn zu absolutem Gehorsam erzogen, und ich glaube, Sam hat sich nur ein einziges Mal gegen Andy aufgelehnt, und das war, als er mit meiner Mutter durchbrannte. Manchmal frage ich mich, wie er überhaupt den Mut dafür aufbrachte – es widersprach einfach seinem Charakter.« Blicklos starrte Yancy zu dem winzigen Springbrunnen hinüber, dessen sanftes Geplätscher zur ruhigen Atmosphäre des Hofes beitrug. Dann fuhr er fort: »Sam war ein sanfter, leichtlebiger Mensch. Wie du weißt, hatte er keinen besonders starken Willen. So weit ich zurückdenken kann, hat er immer den Weg des geringsten Widerstandes gewählt, und da Andy meine Mutter ständig schlechtmachte und ständig Forderungen an meinen Vater stellte, ist es kein Wunder, daß meine Eltern sich entfremdeten – wie sehr sie sich zu Anfang auch geliebt haben mochten.« Yancy schnitt eine Grimasse und sagte barsch: »Der alte Andy Cantrell war ein selbstsüchtiger, starrsinniger Despot – selbst wenn er mein Großvater war! Und er war es gewohnt, seinen Willen durchzusetzen und andere nach seinen Wünschen zurechtzubiegen. Es hätte eines viel stärkeren Mannes bedurft, als Sam es war, um sich gegen einen so willensstarken, herrischen Alten aufzulehnen. Außerdem war der alte Teufel auch noch clever. Er nutzte Sams Loyalität aus und rief ihn ständig nach Magnolia Grove, indem er behauptete, daß es dort etwas Wichtiges zu tun gebe, was nur Sam tun könne. Nach einer Weile fand Sam es leichter, einfach alles zu tun, was Andy von ihm verlangte.«

Sara starrte Yancy entsetzt an. »Aber hätte deine Mutter nicht vielleicht…?«

»Und was hätte sie denn tun sollen?« fragte Yancy kalt. »Hätte sie mit ihrem Schwiegervater um die Liebe ihres Mannes kämpfen sollen? Wäre Sam ein Mann gewesen, ein *richtiger* Mann, dann hätte er sich nicht von Andy herumkommandieren lassen, und sie hätte nicht um seine Liebe kämpfen müssen!« Seine Gesichtszüge wurden ein wenig weicher, und er räumte ein: »Aber es lag nicht allein an Sam und Andy – auch sie hatte ihre Dämonen. Auch ihr Vater war nicht besonders glücklich über die Ehe. Obwohl er sich irgendwann damit abfand, versuchte er ständig, Sam aus ihrem Herzen zu vertreiben und ihre Gefühle für ihn anzuzweifeln. Sie waren beide schwach, und da Sam fortwährend von Andy bearbeitet wurde und Madelina von Don Armando, hatten sie nie eine Chance. Was zwischen ihnen geschehen ist, war unvermeidbar, und ich bezweifle, daß sich die Dinge jemals verändert hätten, selbst wenn meine Mutter länger als Andy gelebt hätte – die Kluft war einfach zu tief.«

Sara ließ den Blick nachdenklich über den schönen Innenhof schweifen und versuchte sich vorzustellen, was Madelina wohl gefühlt haben mochte. Sie hatte einen Mann geliebt und war sogar mit ihm verheiratet gewesen und hatte dennoch immer wieder den Kampf gegen seinen Vater verloren, während sie von ihrem eigenen Vater belagert wurde. Und was hatte Sam wohl gefühlt? Er hatte Yancys Mutter geliebt, dessen war Sara sich ganz sicher; er hatte Madelina geliebt, wie er keine andere Frau je geliebt hatte... aber Yancy glaubte nicht daran...

Sie sah sich zu ihm um und sagte plötzlich: »Du gibst Sam an allem die Schuld, nicht wahr?«

Yancy legte seinen Hut auf den Gartentisch und strich sich müde durchs Haar. »Nein, ich hasse ihn nicht – ich habe ihn nie gehaßt. Als ich jünger war, habe ich ihn vielleicht *abgelehnt*, weil er nicht stärker war und nicht für mich und meine Mutter einstand, aber gehaßt habe ich ihn auch damals nicht. Auf seine Art hat er mich geliebt, und als ich älter wurde, erkannte ich, daß er an seiner Schwäche nichts ändern konnte.« Er verzog den Mund. »Selbst nach der Sache mit Margaret habe ich ihn nicht gehaßt. Er hat mir sehr weh getan – das kann ich nicht abstreiten –, und es gab eine

Zeit, wo dachte ich, ich müßte ihn hassen, aber ich haßte ihn nicht wirklich. Er war mein Vater, und im Grunde meines Herzens habe ich ihn geliebt.«

Sara sah ihm in die Augen und erkannte, daß er die Wahrheit sagte. Er hatte Sam geliebt. Aber sie mußte es wissen: »Wenn du ihn geliebt hast, warum hast du dann keinen seiner Briefe beantwortet?« Ihre Stimme klang vorwurfsvoll. »Als er im Sterben lag, hat er dich angefleht, zu ihm zu kommen, aber du hast es nicht getan! Du behauptest, du hättest ihn geliebt, aber du hast ihm seinen *einzigen* Wunsch verweigert – dich auf dem Sterbebett an seiner Seite zu haben!«

Yancy runzelte die Stirn. »Wovon, zum Teufel, redest du? Ich habe nur durch den verdammten Botschafter seines Anwalts von seinem Tod erfahren. Davor habe ich nie einen Brief von ihm erhalten – keinen einzigen!«

Sara blickte verwirrt drein. »Aber er hat dir geschrieben – mehrere Male!« Auf Yancys skeptischen Gesichtsausdruck hin setzte sie hitzig hinzu: »Ich habe die Briefe gesehen, sage ich dir! Ich habe sogar einige der Briefe für ihn geschrieben!«

»Nun, ich habe keinen davon erhalten!« Yancy packte sie am Arm und schüttelte sie. »Glaubst du ernsthaft, daß ich ihm eine Bitte abgeschlagen hätte, wenn ich einen Brief von Sam bekommen hätte, wenn ich gewußt hätte, daß er im Sterben lag und mich sehen wollte? Du lieber Gott! Du mußt wirklich eine hohe Meinung von mir haben!«

Sie sah ihn unsicher an. In seinen Worten lag so viel Schmerz und Wut, daß sie nicht mehr wußte, was sie glauben sollte.

Als er hörte, wie sie aufseufzte, hob Yancy ihr Kinn an und starrte in die smaragdgrünen Tiefen ihrer Augen. »Ich habe nie einen Brief von Sam erhalten«, sagte er langsam. »Wenn ich einen Brief von ihm bekommen hätte, dann wäre ich durch die Hölle geritten, um an seiner Seite zu sein. Und bevor wir über etwas anderes reden als über die unerfreuliche Ehe meiner Eltern, kann ich dir versichern, daß ich anders bin als mein Vater. Ich bin weder schwach, noch leicht zu beeinflussen, und ich würde es niemals zulassen, daß jemand einen Keil zwischen uns treibt!«

Wieder mußte Sara an Anns beißende Worte denken. Sie holte tief Luft und erwiderte kalt: »Nein, ich glaube nicht, daß du das zulassen würdest… aber schließlich ist unsere Ehe ja auch in keiner Weise mit der Ehe deiner Eltern zu vergleichen, nicht wahr? Wir sind nicht ineinander verliebt, und du hattest sehr pragmatische Gründe, mich zu heiraten, stimmt's? *Liebe* hatte jedenfalls nichts damit zu tun!«

Yancys Nasenflügel zitterten vor Wut, und seine Augen funkelten böse. »Du bist eine so blinde, kleine Närrin!« sagte er mit gepreßter Stimme. »Frauen sollen in dieser Beziehung doch angeblich so verdammt clever sein, aber du bist so besessen von dieser verdammten Klausel in Sams Testament, daß du nicht siehst, was offenkundig ist.« Er schüttelte sie grob. »Es gibt Momente, da würde ich dir am liebsten den Hals umdrehen! *Praktische Gründe* hatten jedenfalls nicht das geringste mit unserer Ehe zu tun! Wenn ich praktisch gedacht hätte, dann hätte ich dich den Wölfen überlassen und hätte mich gefreut, daß ich so billig davongekommen bin!«

Sara starrte ihn mit offenem Mund an. In seinen Augen und in seinem Tonfall war etwas, das einen berauschenden Hoffnungsschimmer in ihr weckte. Ohne den Blick von seinem dunklen Gesicht zu wenden, nahm sie all ihren Mut zusammen und fragte atemlos: »Willst du damit sagen, daß du mich *nicht wegen* der Casa Paloma geheiratet hast?« Sie schluckte nervös. »Daß es *andere* Gründe gibt, aus denen du mich geheiratet hast?«

Er lächelte und zog sie an sich. Er küßte sie, und erst, als ihr Herz wild zu schlagen begann, als sie nicht mehr klar denken konnte, als all ihre Sinne von ihm erfüllt waren, erst als sie ihm die Arme um den Hals legte und sich an ihn preßte, hob er den Kopf und blickte zufrieden auf ihr benommenes Gesicht hinunter. Während er zärtlich mit den

Lippen ihren Mund streifte, murmelte er: »Was, zum Teufel, glaubst du denn?«

22

Sara war vollkommen verzaubert und wehrte sich nicht, als er sie vom Boden hochhob und in ein nahe gelegenes Zimmer trug. Vage nahm sie weiße Wände wahr, einen farbenfrohen gewebten Wandbehang, ein schweres, dunkles, altmodisches spanisches Bett und ein weiche Matratze, auf die Yancy sie legte. Auch er kam aufs Bett und ließ sich halb auf sie fallen. Während er ihr noch die Kleider abstreifte, liebkoste er schon ihren Körper.

Immer wieder küßte er sie, und es waren gierige, fast brutale Küsse, die ihr den Atem raubten und ihre Sehnsucht nach seinen fordernden Liebeskünsten weckten. Ganz benommen vor Begehren, fummelte sie ungeschickt an seinen Kleidern herum und seufzte befriedigt auf, als sie endlich seinen nackten Körper spürte. Sie konnte nicht genug von ihm bekommen, liebkoste zuerst sein Gesicht, dann seinen breiten Rücken und die schmalen Hüften und schließlich erforschte sie seine muskulöse Brust.

Als sie mit den Fingern leicht über seine Brustwarzen strich, zuckte Yancy zusammen und stöhnte vor Wonne, und seine Hände schlossen sich fester um ihre Hüften. Er verzehrte sich nach ihr, er war so hart und erregt, daß er glaubte sterben zu müssen, wenn er nicht bald Erlösung in ihrem süßen Körper fand. All die heftige Begierde, die er in den vergangenen Tagen unterdrückt hatte, kam plötzlich zum Ausbruch. Ihre seidige Haut zu spüren, ihre Zunge zu schmecken, ihren verführerischen Duft einzuatmen und ihre leisen Wonnelaute zu hören, während er ihren Körper erforschte und liebkoste, das alles raubte ihm fast den Verstand.

Sara stand ihm in nichts nach. Durch die verschlossene Tür waren nicht nur Yancy, sondern auch ihr die ehelichen Freuden versagt geblieben, und seit dem Moment, wo er sie in die Arme genommen und sie zum Bett getragen hatte, war sie erfüllt gewesen von wildem Verlangen. Sie wollte ihn. Wollte spüren, wie er sich in ihr bewegte. Wollte seine Hände auf ihren Brüsten fühlen, seine Zunge in ihrem Mund und seine erregte Männlichkeit tief in ihrem Körper. Sie verzehrte sich nach jener Verzückung, die nur Yancy ihr geben konnte, und als seine Hand zwischen ihre Beine glitt und in jene feuchten, heißen Regionen vordrang, stöhnte sie auf und ließ die Schenkel auseinanderfallen und wand sich unter seinen forschenden Zärtlichkeiten.

Als er sie stöhnen hörte und fühlte, daß sie bereit war, wälzte sich Yancy, erregt wie er war, auf den Rücken und zog Sara mit sich. Halb auf ihm liegend, schaute sie ein wenig überrascht auf ihn hinunter. In seinen Augen war nichts als zügellose Begierde. »Ich möchte, daß du mich reitest, meine Süße – du bestimmst, wie schnell wir im Paradies ankommen ...«

Sara machte große Augen, als er sie hochhob und ihre Schenkel neben seinen Hüften legte. Dann ließ er sie langsam auf seinen erigierten Schaft heruntergleiten. Es war ein wundervolles Gefühl, um so mehr, als sie sein Gesicht beobachtete, während er in ihre enge Spalte glitt. All die Erregung und Wonne, die er fühlte, als sich ihr Körper für sein Eindringen weitete, war deutlich in seinem dunklen, angespannten Gesicht zu sehen. Um ihm zu helfen, bewegte sie sich ihm entgegen und staunte, daß ihr zierlicher Körper seine stattliche Männlichkeit in sich aufnehmen konnte. Ein gutturaler Laut entrang sich Yancys Kehle, als sie sich schließlich ganz auf seinen Schaft hinuntersenkte und er vollkommen eingebettet war in ihrem seidigen Tunnel. Sie war ganz erfüllt von ihm, und er war so groß, so hart und steckte so eng in ihrem Körper, daß sie fast Angst hatte, sich zu bewegen. Vorsichtig rutschte sie ein wenig hin und her und war überrascht über die sanften Wonneschauer, die ihren Körper erfaßten. Als er ihre Hüften umfaßte und sie hoch- und wieder herunterschob, ließen die wollüstigen Gefühle, die durch diese einfachen Bewegungen in ihrem Körper hervorgerufen wurden, sie wild zusammenzucken.

Benommen starrte sie ihn an, und er lächelte sehnsuchtsvoll. »Mach du es jetzt ... laß uns in den Himmel aufsteigen.«

Sara stützte die Hände an beiden Seiten seines kräftigen Körpers auf und tat, um was er sie gebeten hatte. Ihre schlanken Hüften hoben und senkten sich. Immer wieder ließ sie sich tief auf seinen warmen Schaft gleiten. Es war ein unbeschreibliches Gefühl. Sie fühlte sich gleichzeitig stark und verwundbar, und ihre Augen glitzerten vor Erregung, als sie es immer wieder tat, während die Wonneschauer in ihrem Inneren immer intensiver wurden und die Gier nach dem Höhepunkt fast unerträglich war.

Yancy hielt ihre Brüste in seinen Händen und rieb mit den Daumen über ihre harten Brustwarzen, wodurch ihre Bewegungen immer wilder und verzweifelter wurden und sie dem ersehnten Gipfel immer näher brachten. Nicht nur Sara sehnte die Erfüllung verzweifelt herbei; er hob ihr die Hüften entgegen und stöhnte jedesmal laut auf, wenn er in ihre feuchte Hitze vorstieß. Plötzlich setzte er sich auf und suchte ihren Mund. Dann küßte er sie mit wilder Begierde und zog sie auf sich herunter. Ihre Brustwarzen streiften seine behaarte Brust, und er gab ihre Lippen jetzt nicht mehr frei und ahmte mit der Zunge die wilden Bewegungen seines Unterkörpers nach.

Yancy mußte Sara nicht lange bitten, seinen Wünschen nachzukommen. Bereitwillig beugte sie sich hinunter und erwiderte seine fordernden Küsse. Wie lodernde Flammen tanzten ihre Zungen einen wilden Tanz, während ihre Körper miteinander verschmolzen und seine rasenden Stöße sie vor Liebe und Leidenschaft erzittern ließ. Die warme

Berührung seiner Hand, die ihren Rücken hinauf und hinab glitt, das Gefühl seiner harten Hüften zwischen ihren Schenkeln, die berauschende Erfahrung, ihn zu reiten, ließen sie wünschen, daß dieser Augenblick niemals enden möge. Es war eine Qual, diese rasende Jagd nach Erfüllung, es war die süßeste Qual der Welt, und zusammen schwelgten sie in diesen Qualen, bis sie die Erfüllung fanden …

Plötzlich waren Yancys Hände auf ihren Hüften und steuerten ihre Bewegungen, und als die erste mächtige Woge der Erfüllung ihren Körper durchströmte, warf Sara den Kopf zurück, so daß ihre Brüste hin und her schwangen, und stieß einen ekstatischen Schrei aus. Erst dann ließ Yancy die selbstauferlegte Beherrschung fallen und erreichte fast noch im selben Augenblick wie sie einen explosionsartigen Gipfel.

Sara war fast erschrocken über die Gewalt ihres Höhepunkts und ließ sich auf Yancys bebende Brust fallen und hörte seinen rasenden Herzschlag. Minutenlang lagen sie so da, und keiner von beiden wollte die warme Intimität des Augenblicks zerstören. Saras Wange ruhte auf Yancys Brust, und Yancy streichelte zärtlich ihre Hüften. Irgendwann ließ sich Sara jedoch hinuntergleiten und legte sich neben ihn, während sie mit dem dichten Haar auf seiner Brust spielte.

Yancy hielt sie zärtlich im Arm, und obwohl es vieles gab, worüber Sara gern gesprochen hätte, spürte sie plötzlich eine zufriedene Schläfrigkeit und war nach wenigen Minuten fest eingeschlafen.

Als sie schlief, starrte Yancy noch eine Weile auf ihr hübsches Gesicht und war merkwürdigerweise plötzlich froh, daß sein Vater Sara geheiratet hatte. Wenn Sam nicht diesen drastischen Schritt zu ihrem Schutz unternommen hätte, dann wäre ihr Herz vielleicht von einem anderen Mann erobert worden und sie würde jetzt nicht so friedlich an seiner Seite liegen. Aber vielleicht hatte Sam sie ja nicht nur geheiratet, um ihre Zukunft zu sichern, dachte er plötzlich.

Vielleicht hatte Sam noch einen anderen Grund gehabt, sie zu heiraten: Vielleicht wollte er ja dafür sorgen, daß ihr Herz bei der Rückkehr seines Sohnes noch frei war und daß kein anderer Mann sie berührt hatte...

Yancy schnitt eine Grimasse. Diese Vorstellung war hoffnungsvoll verschroben und vollkommen lächerlich. Aber gerade deswegen hätte sie ganz genau zu seinem törichten, romantischen, schuldbewußten Vater gepaßt, dachte er grimmig. Er mußte plötzlich gähnen und zog Sara noch ein wenig enger an sich. Wie lächerlich, dachte er schläfrig, wie vollkommen lächerlich, auch nur eine Sekunde lang zu denken, daß Sam Sara geheiratet hatte, um sie für *ihn* zu bewahren...!

Einige Zeit später erwachte Sara als erste. Eine Weile lag sie einfach nur da und genoß die Nähe und Wärme von Yancys entspanntem Körper. Selbst im Schlaf hielt er sie noch schützend im Arm. Sie lächelte versonnen. Oh, wie sie ihn liebte! Selbst wenn er der anmaßendste Mann auf der ganzen Welt war!

Vom Schlaf erfrischt, die Gedanken klar und ohne Leidenschaft, begann Sara über die aufreizenden Worte nachzugrübeln, die Yancy zuvor geäußert hatte. Am liebsten hätte sie ihn geweckt und zur Rede gestellt, aber sie war unsicher und ein wenig schüchtern. Er hatte ihr gegenüber nicht ein einziges Mal von Liebe gesprochen, hatte nie erklärt, warum er darauf bestanden hatte, sie zu heiraten; und obwohl sie zugeben mußte, daß er sich so verhielt, als hege er tiefere Gefühle für sie, sehnte sie sich verzweifelt danach, die drei einfachen Worte »Ich liebe dich« von ihm zu hören.

Selbst wenn sie vollkommen davon überzeugt gewesen wäre, daß Yancys Gier nach dieser Besitzung nicht der *einzige* Grund für ihre Ehe war, und so weit war sie noch nicht einmal gekommen, so war Sara noch längst nicht zuversichtlich genug zu glauben, daß Yancy in sie verliebt war. Zweifellos begehrte er sie – dafür war das, was vor wenigen

Minuten in diesem Bett passiert war, der beste Beweis. Aber sie war sich nicht sicher, ob er irgendwelche *dauerhaften* Gefühle für sie hegte. Er war gut zu ihr, nachsichtig und beschützend, war besorgt um ihre Sicherheit und um ihr Wohlergehen – aber genauso würde sich auch der Besitzer einer wertvollen Zuchtstute verhalten!

Sara rückte ein wenig von ihm ab und betrachtete sein arrogantes Profil. Sie seufzte. Selbst im Schlaf blieb sein Gesichtsausdruck undurchdringlich. Niemals würde er sich offenbaren, es sei denn, er hielte vielleicht irgendwann den Zeitpunkt für gekommen. Yancy verbarg so viel von seinem Wesen und gab nur ab und zu ein paar verschwommene Hinweise darauf, was er dachte und fühlte. Würde sie jemals wissen, was hinter seinem undurchdringlichen Gesicht vor sich ging, fragte sich Sara traurig. Wieder sah sie ihn an und spürte den verzweifelten Wunsch, ihn wachzurütteln und zu fragen, was er für sie empfand, aber sie zögerte und fürchtete, die Antwort könnte ihr vielleicht nicht gefallen. Sie verzog den Mund. *Wenn* sie überhaupt eine Antwort bekam! Yancy hatte die unangenehme Eigenschaft, all ihre Fragen mit anderen Fragen zu beantworten – zum Teufel mit ihm!

Plötzlich hörte sie eine Uhr dreimal schlagen, und Yancy setzte sich ruckartig auf. »*Cristo!* Ich habe ja nicht geahnt, daß es schon so spät ist!« Er sprang aus dem Bett und zog sich schnell an. Dann gab er Sara einen hastigen Kuß und erklärte: »Ich würde lieber bei dir bleiben, Sweetheart, aber ich habe Esteban versprochen, mich um zwei mit ihm zu treffen. Und ich habe mich schon um eine Stunde verspätet!«

Damit war er auch schon verschwunden, bevor Sara ihn fragen konnte, wann er zurück sein würde. Da sie nicht mehr müde war und es auch sonst keinen Grund mehr gab, im Bett zu bleiben, suchte sie schimpfend nach ihren Kleidern. Sie fand ihre Sachen auf dem Boden, wo Yancy sie hingeworfen hatte. Lächelnd hob sie sie auf und zog sich schnell an.

Da sie zuvor keine Gelegenheit gehabt hatte, sich das Zimmer genauer anzusehen, blickte sich Sara jetzt neugierig um. Es war ein großer Raum mit hübschen Möbeln. Es gab nur eine Tür, und Sara verzog wehmütig den Mund. Dies war zweifellos das Elternschlafzimmer, denn auf Casa Paloma gab es bestimmt weder eine diskrete Suite noch ein zweites Schlafzimmer, in das sich die Herrin der Hacienda zurückziehen konnte – um ihren Ehemann auszusperren!

Auch Yancy sann über diese für ihn erfreuliche Tatsache nach, während er zu seinem Treffen mit Esteban schlenderte. Auf seinem Gesicht lag ein zufriedenes Lächeln. Auch als er den kleinen Salon im hinteren Teil der Hacienda betrat, wo sie sich verabredet hatten, lächelt er noch, und als er sah, daß Esteban trotz seiner Verspätung treu und brav auf ihn gewartet hatte, steigerte sich seine gute Stimmung noch mehr. Die beiden Männer begrüßten sich, und Yancy entschuldigte sich für seine Verspätung. Erst als sie auf den bequemen Lederstühlen am kunstvoll geschnitzten Mahagonitisch Platz genommen hatten, kamen sie auf den Grund ihrer Zusammenkunft zu sprechen.

Estebans Blick ruhte auf Yancys dunklem Gesicht, als er ohne Umschweife erklärte: »Ich habe herausgefunden, wo die Schlange herkam, Senor – zumindest bin ich davon überzeugt, daß es dieselbe Schlange war.«

»*Woher?*« fragte Yancy barsch.

»Ihr kennt doch Guillermo, den Jungen von Marias Cousine Lupe?« begann Esteban ruhig. Auf Yancys kurzes Kopfnicken hin fuhr er fort: »Vor ungefähr zwei Wochen hat Guillermo mit den anderen Jungen draußen gespielt, und sie haben die große Schlange gefunden – wie Ihr Euch bestimmt erinnert, war es ein sehr großes Exemplar, größer als alle, die sie je gesehen hatten, und wie Jungs nun mal sind, haben sie sie gefangen und mit nach Hause gebracht.«

»Es war also Guillermos Schlange?« fragte Yancy ungläubig und konnte sich nicht eine Sekunde lang vorstellen, daß einer seiner Leute Saras Leben in Gefahr gebracht haben sollte. »Hat *Guillermo* etwa das verdammte Ding in Saras Bett versteckt?«

Esteban schüttelte heftig den Kopf. »Senor! Wie könnt Ihr nur so etwas denken! Nein! Nein! Guillermo würde der Senora niemals etwas zuleide tun. Niemals!«

Yancy hatte genug Anstand, um ein beschämtes Gesicht zu machen. »Ich weiß – ich hätte so etwas nicht einmal denken dürfen – vergib mir. Erzähl mir, was passiert ist.«

»Ich weiß nicht genau, was geschehen ist, und ich bin auch nicht augenblicklich zu Guillermo gegangen, um nachzusehen, ob er seine Schlange noch hat, weil ich vergessen hatte, daß er überhaupt eine Schlange besaß, wie Maria mir erzählt hatte. Und ohne an Guillermos Schlange zu denken, stellte ich Nachforschungen an, wie Ihr es mir befohlen hattet. Aber ich habe nichts entdeckt. Ich habe die gesamte Dienerschaft von del Sol befragt und noch einige Leute aus dem Dorf, aber niemand hatte gesehen, daß einer der Gringos das Dorf verlassen hatte, und da ich Guillermos Schlange vergessen hatte, konnte ich Euch nichts berichten.« Esteban seufzte. »Ich dachte, ich müßte Euch enttäuschen. Aber gestern, als ich nach del Sol geritten bin, um noch ein paar Sachen zu holen, habe ich kurz bei Lupe hineingeschaut. Guillermo war zu Hause und hat ziemlich niedergeschlagen ausgesehen. Ich habe ihn gefragt, was los sei, und er hat mir erzählt, daß die Schlange fort sei – daß jemand den Deckel von der Grube genommen habe und die Schlange entweder gestohlen worden wäre oder entkommen sei.« Esteban machte ein gequältes Gesicht. »Vergebt mir, Senor. Ich hätte Guillermos Schlange nicht vergessen dürfen – ich hätte mich daran erinnern und mich vergewissern müssen, ob das Biest noch in der Grube war oder nicht. Aber ich habe es nicht getan.« Er warf Yancy einen bekümmerten Blick zu. »Ich wollte es Euch gestern erzählen, aber Ihr hattet die Hacienda bereits verlassen, und ich mußte zurück nach Paloma. Diese Verzögerung tut mir sehr leid.«

Yancy machte eine beschwichtigende Geste. »Mach dir keine Gedanken – du hast deine Sache sehr gut gemacht. Hast du sonst noch etwas erfahren?«

Esteban zuckte die Schultern. »Nicht viel, Senor. Daß die Schlange verschwunden war, hat Guillermo am Morgen Eurer Hochzeit entdeckt. Er kann sich ganz genau an den Zeitpunkt erinnern, denn er war so aufgeregt wegen des Festes.«

Yancy blickte nachdenklich drein. Dann sagte er mit einem gefährlichen Glitzern in den Augen: »Hast du in Erfahrung bringen können, ob die Gringos von der Schlange gewußt haben?«

Esteban nickte. »Sie wußten davon. Alle drei.« Er zögerte, bevor er hinzufügte: »Einschließlich Bartholomew und Tansy. Kurz nachdem sie angekommen sind, hat man ihnen das Dorf und die Hacienda gezeigt. Und ich habe Guillermo extra gefragt, ob man ihnen auch die Schlange gezeigt hätte. Er sagte, daß sie sich *alle* die Schlange angesehen hätten.« Esteban mußte grinsen. »Er hat gesagt, daß die blonde Gringa geschrien hat und in Panik geraten ist, als er den Deckel aufgemacht hat.«

»Wohnen Lupe und ihre Familie noch immer in demselben Haus direkt neben dem Tor zur Hacienda?«

»*Sí!* Für jeden von ihnen wäre es ein leichtes gewesen, sich durchs Tor zu schleichen, die Schlange zu betäuben, in eine Tasche zu stecken und mit in die Hacienda zu nehmen. Es hätte nur einen kurzen Moment gedauert...«

»Und nicht viel länger hätte es gedauert, sie in Saras Bett zu verstecken!«

Esteban nickte und sagte: »*Sí*, Senor, das Ganze hätte nur wenige Minuten gedauert.«

Yancy fluchte vor sich hin, sprang von seinem Stuhl auf und lief aufgebracht im Zimmer hin und her. Schließlich sagte er: »Ich kann mir überhaupt nicht vorstellen, daß jemand Interesse daran haben könnte, Sara zu töten oder ihr ein Leid anzutun.« Er sah Esteban forschend an. »Hast du auch auf Paloma jemanden zu ihrer Bewachung abgestellt?«

Esteban nickte. »Ein Junge sieht in der Hacienda nach ihr, und zwei Männer bewachen sie, wenn sie die Einzäunung der Hacienda verläßt.«

»*Bueno!* Zumindest sind die Shelldrakes auf del Sol geblieben, und wir müssen uns nur wegen Hyrum Sorgen machen!« sagte Yancy zufrieden und setzte sich wieder.

Esteban wirkte plötzlich sehr unsicher, und Yancy wurde argwöhnisch. »Was gibt's?« fragte er in scharfem Ton.

Esteban rutschte unruhig auf seinem Stuhl hin und her und rieb sich den Nacken. »Ich bedaure, daß Ihr es von mir erfahren müßt, aber die Shelldrakes sind *hier*!« sagte er schließlich nervös.

Mit offenem Mund lauschte Esteban den phantasievollen derben Flüchen, die Yancy auf diese Nachricht hin ausstieß. Es dauerte eine ganze Weile, bis sie Yancy ausgingen, aber irgendwann konnte selbst sein erfindungsreicher Geist keine schmähenden Kommentare mehr über die Herkunft und den Charakter der Shelldrakes und über das schreckliche Schicksal ersinnen, das er ihnen an den Hals wünschte. Als er anfing, sich zu wiederholen, hielt er inne und fragte müde: »Wann sind sie angekommen?«

»Erst vor einer halben Stunde. Mit all den anderen von del Sol. Die blonde Gringa hat gesagt, es wäre so langweilig für sie auf del Sol ohne eine andere weiße Frau zur Unterhaltung. Sie sagte, daß sie Paloma wiedersehen wollte – sie wollte sehen, ob Ihr genauso viele Veränderungen vorgenommen habt wie auf del Sol.« Esteban mußte kurz grinsen. »Es hat sie nicht gerade gefreut, daß die Arbeiten auf Paloma gerade erst angefangen haben und daß man ihr und ihrem Ehemann nur ein kleines einfaches Zimmerchen gegeben hat.« Sein Grinsen wurde breiter. »Tansy hat ihr gesagt, wenn ihr das Zimmer nicht gefiele, könnte sie ja zurück nach del Sol gehen – schließlich hätte niemand sie aufgefordert, hierherzukommen! Tansy mag die Gringa wohl nicht besonders!«

Yancy zog eine bittere Grimasse. »Ich bezweifle, daß irgend jemand Ann Shelldrake wirklich *mag*! Die meisten Leute, und ich möchte mich da nicht ausschließen, würden es begrüßen, wenn sie mit ihrer Schwester in der Hölle schmoren würde!«

Als er ein paar Minuten später in sein Zimmer zurückkehrte, war sich Yancy noch immer nicht ganz sicher, wie er mit dem ungebetenen Auftauchen der Shelldrakes fertig werden sollte. Er war so außer sich, daß er Ann und Tom und am besten auch gleich Hyrum Burnell am liebsten aufs Pferd gesetzt und sie zum Teufel geschickt hätte, aber er wußte nicht, ob ihm das etwas nützen würde.

Tansy war bei Sara, und sie waren damit beschäftigt, ein paar Truhen auszupacken, die mit den Neuankömmlingen eingetroffen waren. Als er das Zimmer betrat, blickte Sara von ihrer Arbeit auf, und ihr Gesichtsausdruck verriet ihm, daß sie die Neuigkeiten bereits erfahren hatte.

Ausnahmsweise konnte auch Sara einmal Yancys Gesichtsausdruck deuten und sagte: »Du hast also schon gehört, daß wir neue Gäste bekommen haben?«

Yancy schnitt eine Grimasse. »Ja, ich habe schon von unseren *Gästen* gehört, und ich weiß nicht, welchen von ihnen ich als ersten erwürgen möchte.«

Tansy kicherte. »Mir würde die Wahl nicht schwerfallen – diese Frau ist die unverschämteste, selbstsüchtigste, habgierigste, intriganteste Kreatur, die mir jemals unter die Augen gekommen ist!« Sie blickte nachdenklich drein. »Bis auf ihre Schwester natürlich! Aber Sir, Tom tut mir so leid – sie tanzt ihm auf der Nase herum, und er kann anscheinend nichts dagegen tun.« Sie sah zu Yancy hinüber. »Er wollte nicht kommen – es hat ihn sehr beschämt, als sie darauf bestand, und er hat versucht, es ihr auszureden. *Ihn* würde ich nicht so sehr verurteilen!«

»Wirst du sie zurückschicken?« fragte Sara und sah ihn erwartungsvoll an.

Die Daumen hinter den Gürtel geklemmt, die Beine leicht gespreizt, stand Yancy da und beobachtete sie neugierig, wie sie mit der Situation fertig werden würde. »Sag mir, was ich tun soll!« bat er sanft.

Sara machte ein ratloses Gesicht. »*Am liebsten* würde ich sie umgehend nach del Sol zurückschicken, aber ich fürchte, das wird nicht so einfach sein. Ich weiß, daß die Reise hierher, wie kurz sie auch sein mag, für Tom wahrscheinlich sehr anstrengend war. Und wie Tansy gesagt hat, hat er lange gezögert, hierherzukommen. Offensichtlich empfindet er die ganze Situation bereits als sehr beschämend – ich möchte ihn jetzt nicht noch mehr demütigen.«

Yancy zog erstaunt die Brauen hoch. »Du willst also, daß sie bleiben?«

Sara schüttelte den Kopf. »Nein. Zumindest nicht für länger.« Sie blickte unglücklich drein. »Vielleicht können wir ein, zwei Tage warten und ihnen dann höflich nahelegen, daß sie sich auf del Sol viel wohler fühlen würden.«

Tansy schnaubte verächtlich, während sie einige Kleidungsstücke zusammensuchte und sie in eine Kommodenschublade legte. Nachdem sie die Schublade mit einem energischen Knall zugeschoben hatte, blickte sie zu Sara hinüber. »Jetzt hören Sie mir mal zu, Missy! Ich weiß nicht, warum sie unbedingt herkommen wollten, aber mit Sicherheit nicht aus lauter Zuneigung zu Ihnen!«

Sara wollte etwas erwidern, aber Yancy kam ihr zuvor. »Ich denke, Tansy hat recht. Ann *hat* etwas im Sinn, und ich meine, wir sollten ihnen erlauben, so lange hierzubleiben, bis wir herausgefunden haben, was es ist.«

»Wie lange?« fragte Sara, der die Vorstellung, die Shelldrakes auf unbestimmte Zeit auf dem Hals zu haben, ganz und gar nicht behagte.

»Nur so lange, bis ich weiß, welche Intrigen Ann zusammenspinnt.« Er zögerte und sagte dann sanft: »Sara, Paloma ist *dein* Haus – wenn du willst, daß sie gehen, können wir sie augenblicklich hinauswerfen.«

Yancys Feststellung schien Sara zu überraschen, und sie mußte plötzlich grinsen. »Ja, es ist mein Haus, nicht wahr? Und wir könnten sie rauswerfen, nicht wahr?» Sie machte ein gequältes Gesicht. »Aber wir werden es nicht tun, nicht wahr?«

»Es ist dein Haus.«

Sie überlegte einen Moment lang und sagte schließlich achselzuckend: »Also gut. Sie können eine Weile hierbleiben.« Dann kam ihr ein angenehmer Gedanke in den Sinn, und sie sagte fröhlich: »Ich kann mich einfach damit trösten, daß ich sie jederzeit hinauswerfen kann!«

Obwohl sie sich über die Aufdringlichkeit der Shelldrakes ärgerte und obwohl ihr Verhältnis zu Yancy noch immer ein wenig in der Schwebe war, fühlte sich Sara während der folgenden Tage sehr glücklich. Sie liebte ihren Ehemann! Sie liebte Paloma! Und sie war hocherfreut über all die Veränderungen und Verbesserungen, die sich vor ihren Augen vollzogen.

Tagsüber war sie überall und nirgends – sah zu, wie eines der Scheunendächer neu gedeckt wurde, inspizierte die Reparatur der Weidezäune, ritt hinaus und beobachtete, wie die Bullen und Mustangs zusammengetrieben wurden, saß in der riesigen, altmodischen Küche, schaute Maria und Tansy beim Kochen zu und lauschte ihren Erzählungen über vergangene Reisen nach Paloma. Wohin Sara auch blickte, überall sah sie, wie die alte Hacienda mit neuem Leben erfüllt wurde. Und vor allem war da Yancy...

Jeden Tag verbrachte sie mehrere Stunden im Sattel und begleitete ihren faszinierenden Ehemann hinaus zu den weiter entfernt liegenden Weiden, wo er die Arbeit seiner *vaqueros* überwachte. Manchmal waren sie fast den ganzen Tag unterwegs und kehrten erst auf die Hacienda zurück, wenn die Abenddämmerung ihre violetten Schatten auf die Landschaft warf. Nachdem die Shelldrakes sich endlich für die Nacht zurückgezogen hatten, saßen sie oft noch lange an dem Gartentisch, wo Yancys Eltern vor vielen Jahren so oft gesessen hatten, und unterhielten sich leise, hauptsächlich über die Ranch und die Arbeit, die noch getan werden mußte. Das Beste waren jedoch die Nächte, mußte Sara errötend zugeben... Nächte, die sie in Yancys Armen verbrachte, während sie lernte, ihrer Sinnlichkeit freien Lauf zu lassen, und begann, die unergründlichen Tiefen von Yancys aufregend phantasievoller Liebeskunst, nach der sie regelrecht süchtig war, zu erforschen.

Saras Herz war so voller Liebe für ihn, daß sie wohl ein dutzendmal am Tag beinahe damit herausgeplatzt wäre. In den Nächten, in jenen ekstatischen Momenten, die er ihr immer wieder bescherte, hätte sie ihre Liebe zu ihm am liebsten laut herausgeschrien, aber die Worte »Ich liebe dich« blieben zwischen ihnen ungesagt. Yancy erwähnte nie das Wort »Liebe«; er sprach nie davon, warum er sie geheiratet hatte, und gab ihr keine weiteren Hinweise auf seine wahren Gefühle für sie. Dennoch war Sara zufrieden.

Was Herzensangelegenheiten anbelangte, war sie vielleicht keine Expertin, aber sie verfügte über gesunden Menschenverstand. Und der sagte ihr, daß Yancy nicht Nacht für Nacht so leidenschaftlich und zärtlich mit ihr schlafen würde, daß er nicht ständig ihre Nähe suchen und ihr fortwährend jene atemberaubenden, feurigen Blicke zuwerfen würde, daß er sie nicht so rücksichtsvoll behandeln und im nächsten Augenblick aufziehen würde, wenn er keine tiefergehenden Gefühle für sie hätte.

Er hatte ihr nicht gesagt, daß er sie liebte, aber sie spürte, daß es nur noch eine Frage der Zeit war. Es wird geschehen, sagte sie sich zuversichtlich. Bald.

Saras Glück war in jenen Tagen fast vollkommen. Bartholomew und Tansy gewöhnten sich schnell an das Leben auf

Paloma, und selbst Ann und Tom Shelldrake bemühten sich offensichtlich, liebenswürdiger zu sein. Selbst Yancy hatte sich erweichen lassen und behandelte Hyrum nun ein wenig freundlicher. Er hatte ihm sogar eines der neuen Häuser zugewiesen, die im Dorf gebaut worden waren. Dort konnte er wohnen, wenn er nicht draußen auf den Weiden war. Zu Saras Verwunderung lud Yancy ihn sogar ein paarmal auf die Hacienda zum Essen ein. Es war eine wundervolle Zeit für Sara, und sie begrüßte jeden Tag mit einem Lächeln und einem erwartungsvollen Glitzern in den Augen. Als sie etwa fünf Wochen auf Paloma verbracht hatte, war sie von allem so begeistert, daß sie wie auf Wolken ging. Ihre Augen leuchteten, und ständig lächelte sie verträumt vor sich hin.

Der Juli war sehr warm gewesen, und als die Augusthitze das Land versengte, sagte Yancy, daß sie ihn nicht mehr begleiten solle, wenn er den ganzen Tag draußen war. Nur morgens konnte sie ihn noch ab und zu begleiten. Dann gab er ihr zum Trost noch einen leidenschaftlichen Kuß und sorgte dafür, daß er nur sehr selten den ganzen Tag unterwegs war.

Jener Mittwoch in der zweiten Augustwoche war zufällig so ein Tag. Nachdem Sara bis zum späten Nachmittag ein wenig mißmutig auf der Hacienda herumgelaufen war, schlenderte sie zu dem hübschen Haus, in das Bartholomew und Tansy gezogen waren. Wie Yancy war auch Bartholomew draußen bei den Herden, und als Sara zur Tür hereinschaute, sah sie Tansy mit einem großen Glas Limonade im Schaukelstuhl sitzen.

Die schwüle Hitze war um diese Tageszeit unerträglich, und nachdem Tansy sie hereingebeten und ihr einen weich gepolsterten Stuhl zugewiesen hatte, bot sie Sara ebenfalls ein Glas Limonade an. Eine Weile saßen die beiden Frauen schweigend da und genossen das süßsaure Getränk und die angenehme Kühle des kleinen Hauses.

Sara mußte an all das denken, was sie in den vergangenen

Jahren miteinander erlebt hatten und sagte: »Dies hier ist ein bißchen anders als Magnolia Grove, nicht wahr?«

Träge vor sich hin schaukelnd murmelte Tansy grinsend: »Oh, ja! Das kann man wohl sagen! Wer hätte vor drei Monaten gedacht, daß sie heute mit Master Yancy verheiratet sind und daß wir alle hier auf Paloma wohnen?« Tansy schüttelte den dunklen Kopf. »Das Leben geht oft seltsame Wege!«

Darauf schwelgten beide Frauen in Erinnerungen. Lachend beschworen sie glückliche Tage auf Magnolia Grove herauf, doch dann kamen ihnen auch weniger schöne Zeiten, von denen es auf der Plantage nur allzu viele gegeben hatte, in den Sinn. Margarets Ermordung. Die langen, entbehrungsreichen Kriegsjahre. Sams schreckliche Verwundung. Sein Tod.

Sara schlürfte ihre Limonade und versuchte, die traurigen Erinnerungen zu verscheuchen, aber plötzlich fragte sie sich, wie ihr Leben wohl verlaufen wäre, wenn Margaret *nicht* gestorben wäre. Unruhig rutschte sie auf ihrem Stuhl hin und her. »Hast du dich jemals gefragt, was wohl passiert wäre, wenn Margaret nicht ermordet worden wäre?« platzte sie impulsiv heraus.

Tansy nahm einen großen Schluck Limonade. »Denken Sie doch gar nicht an diese Frau! Sie hat bekommen, was sie verdiente! Meinen Bartholomew auf die Baumwollfelder schicken zu wollen!« Tansy trank noch einen Schluck. Ihre haselnußbraunen Augen blitzten wütend auf, als sie fortfuhr: »Ihre unruhestiftende Schwester einmal ausgenommen, bin ich in meinem ganzen Leben niemandem begegnet, der solchen Spaß daran hatte, anderen das Leben schwerzumachen! Sie hat es regelrecht genossen, anderen Schmerz und Leid zuzufügen! Ich bin *froh*, daß sie tot ist! Und ihre Schwester steht ihr in nichts nach! Es gibt Zeiten, da wünsche ich mir direkt, jemand würde sich einen ordentlichen spanischen Dolch nehmen und sie ebenfalls damit erstechen! Genau wie es Margaret ergangen ist!«

Sara erstarrte und begann plötzlich zu frieren. Sie wich Tansys Blick aus, und ihr war auf einmal übel und schwindelig. Jeder wußte, daß Margaret erstochen worden war. Jeder. Aber nicht jeder hatte gewußt, daß es sich bei der Waffe, mit der Margaret vor so vielen Jahren getötet worden war, um einen *spanischen* Dolch gehandelt hatte! Ein Dolch, der Bartholomew gehört hatte. Für Tansy wäre es ein leichtes gewesen, diesen Dolch an sich zu bringen... Tansy, die ihren Ehemann anbetete... Hatte sie, so fragte sich Sara voller Unbehagen, ihren Ehemann so sehr angebetet, daß sie für ihn einen Mord begangen hatte?

23

Noch lange nachdem sich Sara höflich verabschiedet hatte und ins Haupthaus zurückgekehrt war, hallten Tansys Worte in ihrem Kopf nach. Sie konnte einfach nicht glauben, daß Tansy Margaret getötet hatte, aber wieso hatte Tansy von dem spanischen Dolch gewußt? Oder hatte sie etwa gesehen, wie Bartholomew Margaret damit ermordet hatte?

Sara mochte sich beides nicht vorstellen, aber ihr war klar, daß sie wegen ihrer großen Zuneigung zu den beiden immer wieder alle Verdachtsmomente auszuräumen versuchte. Bald ist es soweit, dachte sie verdrießlich, und ich bin davon überzeugt, daß irgendein fahrender Vagabund zufälligerweise Bartholomews Dolch stibitzt hat. Danach hatte er dann Margaret zufällig allein im Pavillon angetroffen und erstochen!

Sie seufzte, und ihr hübsches Gesicht wirkte nachdenklich und vergrämt. In diesem Augenblick betrat Yancy den Hof und runzelte argwöhnisch die Stirn. Was war nun schon wieder passiert? Am Morgen hatte er sich von einer lächelnden, glücklichen jungen Frau verabschiedet, und jetzt kehrte er zu ihr zurück, und sie war offensichtlich auf einmal unglücklich. Wenn Ann Shelldrake ihr wieder irgendwelche Verdächtigungen und Lügengeschichten eingeredet hatte...! Im Geist malte er sich schon aus, was für ein grausames Schicksal er der armen Ann bereiten wollte. Er überquerte schnell den Hof und baute sich vor Sara auf.

»Wenn du willst, binde ich sie draußen irgendwo an, damit die Komantschen sie finden«, knurrte er zur Begrüßung.

Sara war so sehr in ihre eigenen Gedanken vertieft, daß sie sein Kommen gar nicht wahrgenommen hatte, und zuckte bei seinen Worten zusammen. Noch immer grübelte sie über Tansys Worte nach, deshalb sah sie Yancy jetzt ziemlich verwirrt an. »Du willst Tansy den Komantschen ausliefern?« fragte sie befremdet.

»Tansy!« rief Yancy erstaunt und sah plötzlich genauso verwirrt aus wie Sara. »Um Gottes willen, nein! Aber was hat Tansy getan, daß du jetzt so unglücklich bist?«

Sara sah keinen Sinn darin, Ausflüchte zu machen, und sagte: »Es ist nichts, was Tansy getan hat.« Sie zögerte. Wenn Tansy Margaret tatsächlich getötet hatte, dann hatte sie sehr wohl etwas getan! Sie begann von neuem. »Nun, mag sein, daß Tansy vielleicht etwas getan hat, aber im Moment beunruhigt mich eher, was sie gesagt hat.« Sie sah Yancy unsicher an, holte tief Luft und fuhr hastig fort. »Tansy weiß, daß Margaret mit Bartholomews Dolch ermordet worden ist!« Aber sie hatte den Satz noch nicht beendet, da erkannte sie, daß ihre Worte nicht ganz der Wahrheit entsprachen. »Ich meine, sie hat nicht gesagt, daß es *Bartholomews* Dolch war, aber sie sprach von einem ›ordentlichen spanischen Dolch‹, damit hat sie doch bestimmt Bartholomews Dolch gemeint!«

Mit unbewegter Miene nahm Yancy Sara gegenüber Platz und streckte die langen Beine von sich. Dann schob er seinen breitkrempigen schwarzen Hut in den Nacken und sagte ruhig: »Wie wär's, wenn du mir alles von Anfang an erzählen würdest? Ich möchte genau wissen, was sie dir erzählt hat.«

Und so erzählte Sara von ihrem Besuch und berichtete ihm, was sie bei Tansy erfahren hatte. Als sie ausgeredet hatte, sah sie Yancy erwartungsvoll an und war enttäuscht, weil er noch genauso ruhig und gelassen dasaß wie zuvor. »Hört sich das alles nicht ziemlich belastend an?« fragte sie gespannt. »Ich meine, wie hätte sie von dem Dolch wissen sollen, wenn sie ihn nicht gesehen hat – in Margarets Brust, wenn ich das hinzufügen dürfte!«

»Daß sie das Messer gesehen hat, muß nicht unbedingt belastend sein«, erwiderte er. Auf Saras ungläubigen Gesichtsausdruck hin fuhr er fort: »Tansy kann das Messer gesehen haben, ohne irgend etwas mit Margarets Ermordung zu tun zu haben. Die Dienerschaft ist doch immer viel früher auf den Beinen als wir. Vielleicht hat sie die Leiche schon eher entdeckt als du und hat einfach den Mund gehalten. Vielleicht wußte sie ja, daß Margaret sich mit ihren heimlichen Liebhabern im Pavillon zu treffen pflegte, und ist deshalb als erste dorthin gegangen, um aufzuräumen und hat dabei die Leiche gesehen.«

Saras Gesichtszüge hellten sich auf. »Oh!« rief sie eifrig. »An diese Möglichkeit habe ich gar nicht gedacht!«

Yancy sah sie vielsagend an. »Und nun, da du daran gedacht hast, schlage ich vor, daß du Tansy und Margarets Ermordung vergißt und nur noch an deinen Ehemann denkst.« Er lächelte anzüglich. »Ist dir eigentlich klar, daß ich dich seit fast zwölf Stunden nicht mehr geküßt habe?«

Fröhlich grinsend stand Sara auf und stellte sich neben ihn. Sie schob ihm den Hut so weit in den Nacken, bis er zu Boden fiel, und gab ihm einen sittsamen Kuß auf die Stirn. »Bist du jetzt zufrieden?« flötete sie.

Yancys Blick verdunkelte sich. Ein paar unverständliche Worte vor sich hin murmelnd zog er sie auf den Schoß. Glücklich legte sie ihm die Arme um den Hals, und seine Lippen fanden ihren Mund. In den folgenden Minuten war auf dem Hof nichts weiter zu hören als das Plätschern des

Springbrunnens und die leisen Seufzer der Liebenden. Yancys Gesicht war voll wilder Begierde, und Saras Lippen waren rosig und geschwollen, als er schließlich aufhörte, sie zu küssen. »Ich werde nie genug von dir bekommen!« stammelte er. »Niemals!« Er legte ihr einen Arm um die Schulter und schob ihr den anderen unter die Knie. Dann stand er auf und wiegte sie in seinen Armen. Plötzlich fragte er offen: »Haben deine Blutungen aufgehört? Es ist schon fünf Tage her... und ich verzehre mich nach dir, Sweetheart!«

Obwohl sie sich mittlerweile sehr gut kannten, und obwohl sie ihm bereits im vorausgegangenen Monat ihren Zustand hatte erklären müssen, war Sara immer noch ein wenig schüchtern. Besonders beschämend empfand sie es, mit ihm über dieses besondere Problem zu reden. Leicht errötend murmelte sie: »Ja, es ist zu Ende. Wir brauchen nicht länger keusch zu sein.«

Yancy grinste über ihre Schamhaftigkeit, küßte sie auf die Nasenspitze und sagte: »*Bueno!* Und bevor uns jemand stört, muß ich dir jetzt unbedingt zeigen, wie sehr ich deinen süßen, aufregenden Körper in den vergangenen endlosen Nächten vermißt habe!« Nachdem er die Schlafzimmertür hinter sich zugezogen hatte, begann er sofort damit, seine Ankündigung zu Saras großer Freude in die Tat umzusetzen...

Einige Zeit später, als sie nackt und befriedigt in den Armen ihres Ehemannes lag und seine dichten Brusthaare kraulte, sagte Sara leise: »Es war heute so einsam hier ohne dich. Meinst du nicht, ich könnte dich wieder zu den Viehherden begleiten?« Sie stützte sich auf den Ellbogen und lächelte. »Ich verspreche dir, daß ich nicht zerfließen werde, und wenn mir von der Hitze elend werden sollte, dann sage ich sofort Bescheid.«

Yancy verzog den Mund. »In letzter Zeit erklärte Bartholomew mehrfach, daß sich meine Konzentrationsfähigkeit erheblich verbessern würde, wenn ich mich mit ganzem Herzen meinen Aufgaben widmen würde, statt ständig von einem gewissen grünäugigen Weibsbild auf der Hacienda zu träumen. In Anbetracht dieser Tatsache wollte ich vorschlagen, daß du mich in Zukunft wieder begleitest, egal, wie heiß es ist oder wie lange ich unterwegs bin.«

Sara strahlte und küßte ihn stürmisch auf den Mund. Da Yancy ihren Kuß voller Begeisterung erwiderte, dauerte es eine Weile, bevor sie ihm antworten konnte. »Bartholomew ist wirklich sehr weise, nicht wahr?« fragte sie schließlich atemlos.

Yancy betrachtete sie mit halb geschlossenen Augen. »Hmm, ja, aber nicht ganz so weise, wie ich es war, als ich dich geheiratet habe!«

Sara schüttelte tadelnd den Kopf, worauf Yancy sie lachend in seine Arme zog und sie küßte. Der Kuß führte zu Zärtlichkeiten, und die Zärtlichkeiten führten zu einer weiteren ekstatischen Reise ihrer Körper.

Daß Yancy und Sara an diesem Abend ihr Zimmer nicht verließen, nicht einmal um zu Abend zu essen, empfanden die Bewohner der Hacienda nicht als sonderlich überraschend, und Ann war regelrecht neidisch. Maria dagegen wirkte fröhlich und zufrieden, während sie die Shelldrakes bediente. Nachdem diese zu Bett gegangen waren, brachte Maria lächelnd ein Tablett mit ausgesuchten Speisen und stellte es vor das eheliche Schlafzimmer. Maria war sich sicher, daß die Hacienda im kommenden Jahr von fröhlichem Babygeschrei erfüllt sein würde. Es würde das erste von vielen Babys sein, wenn sie nicht alles täuschte.

Als Sara am nächsten Morgen zusammen mit Yancy hinaus zu den Viehherden ritt, dachte auch sie an die mögliche Geburt eines Babys – aber sie hatte bei dieser Vorstellung eher gemischte Gefühle und teilte nicht Marias Zuversicht, daß es bald soweit sein würde. Soeben hatte sie zum zweiten Mal nach ihrer Hochzeit ihre monatliche Blutung gehabt, und sie wurde von der dunklen Vorahnung geplagt, daß sie vielleicht unfruchtbar sein könnte. Und dann gab es immer noch die Probleme, die mit Sams Testament zusammenhingen und die Ungewißheit über Yancys Gründe, sie zu heiraten... Die Vorstellung, daß Yancy nur so liebevoll und so häufig mit ihr schlief, weil er sich einen Erben für die Ranch wünschte, belastete sie sehr. Sie liebte ihn und glaubte, daß er sie auch liebte – obwohl er sich zu diesem Thema immer noch ausschwieg. Sie mußte glauben, daß er sie liebte und daß er ihr seine Liebe bald gestehen würde. Aber würde er es ihr sagen, bevor sie schwanger wurde? *Wenn* sie überhaupt jemals schwanger wurde!

Sara hatte wohl ein leises Geräusch gemacht, denn Yancy blickte fragend zu ihr herüber. Sie lächelte ihm zu, verscheuchte ihre trüben Gedanken und sagte fröhlich: »Ein wunderschöner Morgen, nicht wahr? Ich liebe diese Tageszeit, wenn es noch so herrlich frisch und kühl ist und der ganze Tag noch vor einem liegt!«

»Ach, und deshalb hast du gerade so sorgenvoll geseufzt?« sagte er trocken.

Sara schnitt eine Grimasse. Natürlich hatte ihr scharfsichtiger Ehemann sie wieder einmal durchschaut. Sie wich seinem Blick aus und murmelte: »Aber nein! Ich hatte gerade an etwas anderes gedacht.«

»An was?«

Sie spürte Unmut in sich aufsteigen. Sie war zwar mit ihm verheiratet, wodurch er natürlich gewisse Rechte hatte, aber ihrer Meinung nach mußte sie ihn deswegen nicht in alle ihre Gedanken einweihen. Ein kleines bißchen Privatsphäre sollte er ihr schon gönnen! Säuerlich erwiderte sie: »Es kann nichts Wichtiges gewesen sein, denn ich habe es schon vergessen!«

Yancy warf ihr einen seltsamen Blick zu. »Hast du Geheimnisse vor mir, Sara?« fragte er schließlich nach einer kleinen Pause.

Sie wollte gerade zornig erklären, daß sie keine Geheimnisse habe – daß er derjenige sei, der seine Gedanken und Gefühle für sich behalte – aber dann kamen ihr plötzlich Ann und Hyrum in den Sinn. Seit Wochen schon hatte sie mit sich gekämpft und nicht gewußt, ob sie ihm erzählen sollte, was sie gesehen hatte, oder nicht. Jetzt holte sie tief Luft und sagte hastig: »Ich weiß, es geht mich nichts an, es geht *uns* nichts an, aber wußtest du, daß Hyrum in Ann Shelldrake verliebt ist? Daß sie eine Affäre haben?«

Zu Saras Überraschung schien sich Yancy über ihre Worte zu freuen. Er hatte verzweifelt gehofft, daß sie ihm von Ann und Hyrum erzählen würde, hatte sich bedingungsloses Vertrauen von ihr gewünscht. Er war die Geheimniskrämerei zwischen ihnen so leid! Ihre Worte vertrieben seine nagenden Zweifel, und er spürte, wie sein Herz vor Freude schneller schlug. »Ich habe mich schon gefragt, wann du mir endlich von der Affäre erzählen würdest«, sagte er.

»Du hast davon gewußt?« rief Sara ungläubig.

Yancy ahnte plötzlich, daß die nächsten Minuten ein wenig schwierig werden würden – besonders, wenn Sara Anstoß daran nahm, daß er seit der Sache mit der Klapperschlange jemanden zu ihrer Bewachung abgestellt hatte. Hoffentlich würde sie die Bewachung nicht als Nachspionieren empfinden.

Er räusperte sich betreten und murmelte: »Also, seit diese verdammte Klapperschlange in deinem Bett gefunden wurde, habe ich Esteban jemanden ...« Er räusperte sich noch einmal. »Ich meine, eigentlich waren es mehrere Leute, die ein Auge auf dich haben sollten. Ich wollte dir einfach weitere unangenehme *Überraschungen* ersparen. Und während deiner Bewachung kam eben auch die Affäre von Ann und Hyrum ans Licht.«

»Du hast mir nachspionieren lassen!« rief sie außer sich vor Zorn.

»Sie haben dir nicht nachspioniert, sondern auf dich aufgepaßt«, stellte Yancy nachdrücklich richtig.

»Nun, das sehe ich aber ganz anders!« zischte sie und ihre grünen Augen blitzten vor Wut. Bevor sie Locuela zu einem flotten Galopp antrieb, stieß sie zornig hervor: »Wenn jemand ›bewacht‹ werden soll, dann muß er darüber informiert werden – alles andere ist nichts weiter als *spionieren*!«

Nachdenklich sah Yancy ihr nach, wie sie auf das Lager der Viehtreiber zu galoppierte, das gerade in Sicht gekommen war. Verdrießlich gestand er sich ein, daß Sara mit ihrem Vorwurf recht hatte. Es sah aus, als müsse er sich bei seiner Braut entschuldigen. Um wieder in ihrer Gunst zu steigen, würde er vor ihr zu Kreuze kriechen und sich gehörig bei ihr einschmeicheln müssen, fürchtete er. Aber er grinste. Er mußte zwar zu Kreuze kriechen, aber auf das Einschmeicheln freute er sich schon. Alles wollte er in Kauf nehmen, nur damit seine Sara wieder lächelte und glücklich mit ihm war!

Trotz der zahlreichen Chaparralbüsche war das Lager schon aus großer Entfernung leicht auszumachen. Man hatte die Stelle nicht nur wegen des baumbestandenen Flusses, der sich durch die Ebene schlängelte, gewählt, sondern auch wegen der zahlreichen tiefen Wasserrinnen, die sich über die Prärie zogen. Wenn man das Wasser staute, bildeten diese Rinnen natürliche Zäune. Gnadenlos wurden die arglosen Rinder und Mustangs von den *vaqueros* auf die Felder zwischen den gestauten Wasserrinnen getrieben, und bevor die verzweifelten Tiere sahen, daß ihnen der Fluchtweg versperrt war, wurde hinter ihnen das Gatter geschlossen, wodurch sie in der Falle saßen. Hinter den Pferchen gab es noch einige kleinere Koppeln, die mit stabilen groben Holzzäunen versehen worden waren. Dort wurde das Vieh aussortiert und kastriert. Im Schatten der Weiden und Johannisbrotbäume standen am Fluß mehrere Wagen und Zelte. Nicht weit davon entfernt hatte man zwischen zwei Bäumen einen dicken Strick gespannt, an dem etwa ein Dutzend Reitpferde festgebunden waren.

Als Sara auf das Camp zuritt, strömte eine Vielzahl von Gerüchen und Eindrücken auf sie ein. Männer liefen schnell hin und her und riefen sich Befehle zu, Rinder brüllten und Pferde wieherten, und die frische Morgenluft duftete nach Rauch, frisch aufgebrühtem Kaffee und gebratenem Speck.

Sara atmete tief ein. Sie liebte das Viehtreibercamp! Während sie absaß und Locuela neben den anderen Pferden festmachte, beschloß sie, sich ihre Freude nicht von Yancy verderben zu lassen. Ihr nachzuspionieren! Eine Frechheit!

Ohne ihren Ehemann, der sie mittlerweile eingeholt hatte, zu beachten, schaute Sara sich um und entdeckte Hyrum bei einem der Feuer. Nachdem sie Yancy einen grimmigen Blick zugeworfen hatte, ging sie lächelnd auf Hyrum zu, der mit einer Tasse Kaffee am Feuer saß.

Wenn er überrascht war, daß ihm Sara ein so bezauberndes Lächeln schenkte, nachdem sie sich in letzter Zeit ihm gegenüber eher kühl verhalten hatte, so ließ er sich dies nicht anmerken, sondern grinste ihr nur fröhlich zu, als sie auf ihn zukam.

»Guten Morgen, Hyrum«, sagte Sara herzlich. »Wie geht es dir heute?«

Hyrum erwiderte ihren Gruß und deutete auf eine große Blechkanne mit Kaffee, die auf den heißen Kohlen stand. »Möchtest du eine Tasse?« fragte er. »Er ist stark, aber frisch.«

Eine Tasse mit dampfendem, schwarzem Kaffee in der Hand stand Sara lässig da und sagte: »In letzter Zeit hatten wir nicht viel Zeit zum Reden – wie gefällt dir deine Arbeit hier auf Paloma denn mittlerweile?«

»Sie gefällt mir viel besser, als ich mir vorgestellt hatte«, erwiderte Hyrum ernsthaft. »Es ist etwas ganz anderes, als Baumwolle anzubauen, und ich bin überrascht, wieviel Spaß mir all die verschiedenen Arbeiten machen.«

Sara nickte eifrig. »Oh, ich weiß, was du meinst! Es schien alles so einfach, wenn wir damals davon sprachen, nicht wahr? Ich glaube, wir hatten beide keine Vorstellung davon, wieviel harte Knochenarbeit zur Verwirklichung unserer Pläne notwendig sein würde.«

Sara sah aus dem Augenwinkel ihren Ehemann näher kommen, deshalb schenkte sie Hyrum ihr charmantestes Lächeln. »Aber alles hat sich ganz wunderbar entwickelt, findest du nicht auch?« schwärmte sie. »Genauso, wie wir es auf Magnolia Grove geplant hatten!«

Hyrum war von ihrem charmanten Lächeln wie geblendet. Was zum Teufel ging hier eigentlich vor sich? fragte er sich argwöhnisch. In letzter Zeit hatte ihn Sara immer behandelt, als hätte er die Pest, aber heute morgen... Er sah Yancy kommen und bemerkte sofort dessen grimmigen Gesichtsausdruck. Im Augenblick schien der Himmel der beiden Liebenden offensichtlich nicht so voller Geigen zu hängen. Gut, gut. Vielleicht wendete sich ja jetzt sein Glück, und Sara war ihm wieder besser gesonnen. Und vielleicht... Hyrum erwiderte Saras Lächeln und sagte beiläufig: »Wir wollen gleich hinausreiten, um noch mehr Vieh zusammenzutreiben. Hast du Lust, mich zu begleiten?«

Yancy war in der Zwischenzeit nahe genug gekommen, um Hyrums Einladung zu hören, und seine Miene verfinsterte sich noch ein wenig mehr. Für seinen Geschmack lächelte Sara diesen verdammten Bastard Burnell ein wenig zu freundlich zu und reagierte ein wenig zu begeistert auf seine Einladung. Die beiden standen etwas abseits von den anderen Männern und waren offensichtlich sehr vertieft in ihre Unterhaltung, was Yancy ganz und gar nicht behagte.

Es gefiel ihm überhaupt nicht, daß Sara und Hyrum so vertraulich miteinander redeten. Vor allem nicht, weil Sara so wütend auf ihn war. Er war schlicht und einfach eifersüchtig, mußte er sich eingestehen. Sie war schließlich *seine* Frau! Und er würde auf keinen Fall tatenlos dastehen, während sie einem anderen Mann schöne Augen machte! Besonders, wenn dieser andere Mann Hyrum Burnell hieß!

Bevor Sara auf Hyrums Einladung eingehen konnte, sagte Yancy säuerlich: »Sie sind wirklich sehr freundlich, Burnell. Meine Frau würde auch bestimmt gern mit Ihnen eine Herde Rindviecher zusammentreiben, aber wenn sie die Wahl hätte, würde sie meine Gesellschaft mit Sicherheit der Ihren vorziehen! Ich hatte vor, sie in ein paar Minuten mitzunehmen, deshalb wird sie Ihre freundliche Einladung leider ablehnen müssen.«

Yancy schenkte Saras zornigem Blick keinerlei Beachtung und goß sich eine Tasse Kaffee ein. Über den Tassenrand hinaus starrte er sie grimmig an und sagte dann: »Habe ich nicht recht, Sweetheart?«

Am liebsten hätte Sara ihm ihre volle Kaffeetasse in sein arrogantes Gesicht geworfen und ihn eines Besseren belehrt, aber plötzlich bemerkte sie, wie mehrere *vaqueros* die Szene gespannt beobachteten, und ihr war klar, daß sie sich ihrem Ehemann nicht in der Öffentlichkeit widersetzen konnte. Also schluckte sie ihren Ärger hinunter und stammelte: »Ja, du hast recht, *Darling*!« Aber weil er auf keinen Fall das letzte Wort haben sollte, schenkte sie Hyrum ein strahlendes Lächeln und setzte heiser hinzu: »Aber das bedeutet nicht, daß wir nicht ein anderes Mal miteinander ausreiten können! Vielleicht, wenn ich das nächste Mal zum Camp komme?«

Hyrum lächelte zustimmend, aber als er das gefährliche Glitzern in Yancys Augen sah, setzte er seine Tasse ab und sagte hastig: »Wie Sie wünschen, Madam. Es wird mir eine Freude sein, aber jetzt muß ich gehen.« Er hätte Sara zwar gern noch mehr ermutigt, aber es war ihm zu riskant, Yancy zu sehr zu reizen! Also machte er sich schleunigst von dannen.

Über den Rand seiner Kaffeetasse hinweg sah Yancy, wie Hyrum eines der Pferde bestieg und zusammen mit einigen anderen *vaqueros* das Camp verließ. Er und Sara blieben allein zurück, und er sah sie finster an und knurrte: »An deiner Stelle würde ich nicht zuviel Zeit in diese Beziehung investieren. Denk dran, er unterhält bereits eine ehebrecherische Beziehung, und ich bezweifle, daß er genug Feuer für zwei hat!«

Sara schnappte entrüstet nach Luft. Sie funkelte ihn böse an und zischte: »Du bist mit Abstand der unverschämteste, arroganteste und anmaßendste Mann, der mir je unter die Augen gekommen ist!« Wütend fuhr sie fort: »Du ahnst nicht, wie oft ich mir schon gewünscht habe, ich hätte dich nie getroffen, geschweige denn dich geheiratet! Manchmal frage ich mich, warum ich dich überhaupt geheiratet habe!«

Ihre Worte taten ihm weh, und er versuchte, sie ihr heimzuzahlen. »Wenn ich mich recht entsinne, hattest du wohl kaum eine andere Wahl!« Noch bevor er den Satz beendet hatte, wußte Yancy, daß er einen Fehler gemacht hatte. Es war nicht der richtige Augenblick, Sara daran zu erinnern, wie er sie gezwungen hatte, ihn zu heiraten. Er verfluchte sein loses Mundwerk und ärgerte sich über sich selbst.

Saras smaragdgrüne Augen blitzten auch wirklich vor Zorn, und sie schrie wutentbrannt: »Vielen Dank, daß du mich an diese unerfreuliche Tatsache erinnert hast! Stell dir vor, ich hatte fast vergessen, was für ein skrupelloses, gefühlskaltes Biest du sein kannst! Diesen Fehler werde ich so schnell nicht wieder begehen!«

Die liebevolle Vertrautheit der letzten Wochen war auf einmal wie weggeblasen, und Yancy versuchte verzweifelt, die glücklichen Zeiten wieder heraufzubeschwören, bevor die unselige Affäre zwischen Hyrum und Ann zur Sprache kam – besonders die Art und Weise, wie er davon erfahren hatte. Hilflos stammelte er: »Sara! Was ist bloß mit uns geschehen? Ich wollte nie… ich…«

»Was geschehen ist, sollte uns beide nicht überraschen. Schließlich wissen wir beide nur allzu gut, warum du mich gezwungen hast, dich zu heiraten.« Saras Stimme klang tränenerstickt. »Ich habe nur den Fehler gemacht, es eine Weile zu vergessen!«

Ihre Worte schnitten ihm ins Herz, und am liebsten hätte er sie in die Arme genommen und sie davon überzeugt, daß sie sich irrte. Aber inzwischen war Bartholomew aufgetaucht und verhinderte sein Vorhaben. Ohne etwas von der spannungsgeladenen Atmosphäre zu spüren, rief er fröhlich: »Oh, hallo! Ich habe euch beide gar nicht kommen sehen! Wir wollten gerade mit den Bullen anfangen, dabei könnten wir Ihre Hilfe wirklich gut gebrauchen, Yancy!«

Mit seinen Reithosen, den Stiefeln und dem staubigen schwarzen Hut sah Bartholomew ganz anders aus als sonst. Amüsiert lächelte er Sara zu und sagte: »Sind Sie heute hergekommen, um Ihrem feschen Ehemann bei der Arbeit zuzusehen, Sara?«

Yancy und Sara funkelten ihn zornig an und sagten fast gleichzeitig: *»Nein!«*

Augenblicklich erkannte Bartholomew, daß er offensichtlich in ein Wespennest gestochen hatte, und er murmelte: »Ist ja schon gut! Es tut mir leid!« Dann machte er auf dem Absatz kehrt und eilte zu einem der größeren Pferche, in dem jetzt zahlreiche Rinder brüllten.

Sara war immer noch wütend und verletzt und fauchte Yancy haßerfüllt an: »Laß dich bitte von *mir* nicht aufhalten! Ich bin sicher, sie können deine Hilfe gut gebrauchen – was mich betrifft, so ist es mir einerlei, ob ich dich jemals wiedersehe oder nicht!«

Offensichtlich wollte sie sich im Augenblick nicht beschwichtigen lassen. In der Hoffnung, daß ihre Wut im Laufe des Tages verrauchen würde, sagte sich Yancy, daß es vielleicht das beste war, sie eine Weile allein zu lassen. »Na schön! Dann gehe ich jetzt! Du kannst dich ja allein amüsieren!«

Mit Tränen in den Augen sah Sara, daß er in dieselbe Richtung verschwand wie Bartholomew. Sie unterdrückte einen

Schluchzer und wünschte verzweifelt, daß sie sich nicht dazu hätte hinreißen lassen, ihm derart häßliche Dinge zu sagen. Jetzt, wo alles zu spät war, hätte sie alles getan, um ihre verletzenden Worte zurückzunehmen, aber es war zu spät. Schweren Herzens trottete sie langsam hinter Yancy her.

Das Viehtreibercamp lag jetzt fast völlig verlassen da, nur ein paar alte Männer, die für das Essen sorgten, waren geblieben. Alle anderen waren entweder bei den Pferchen oder trieben draußen noch mehr Vieh zusammen. So blieb ihr fast keine andere Wahl, als zu den Pferchen zu gehen und den Männern bei der Arbeit zuzusehen.

Sara nahm die gefährliche, blutige und schmutzige Arbeit, die in den Pferchen getan wurde, kaum wahr, denn in Gedanken war sie immer noch bei ihrem Streit mit Yancy. Im nachhinein war ihr klar, daß sie übertrieben reagiert hatte. Yancy hatte sie bewachen lassen, na und? Eigentlich hätte sie sich über seine Fürsorge freuen sollen. Natürlich wäre sie gern über ihre Bewachung informiert gewesen, aber Yancy war es eben gewohnt zu handeln, ohne jemanden zu Rate zu ziehen! Ihr Flirt mit Hyrum war der Sache auch nicht gerade dienlich gewesen, dachte sie trübsinnig. Als sie Hyrum schöne Augen machte, hätte sie sich Yancys Reaktion schon vorher an fünf Fingern ausrechnen können! Sie hatte ihn mit voller Absicht gereizt, und seine Worte hätten sie nicht überraschen dürfen. Aber seine Worte hatten ihr weh getan, und sie hatte wieder jene alte Ablehnung und ihre eigene Hilflosigkeit gespürt. Kein Wunder, daß sie ihn angegriffen hatte!

Einen Fuß auf die untere Verstrebung der Umzäunung gestützt, starrte sie mit ausdruckslosem Gesicht in die Ferne und seufzte. Sie hatte sich aufs hohe Roß gesetzt, und jetzt war sie sich ziemlich sicher, daß sie ganz allein wieder herunterklettern mußte. Sie seufzte noch einmal. Wann werde ich endlich lernen, meinen verdammten Mund zu halten, dachte sie traurig.

Es war ein schrecklicher Tag für Yancy und Sara. Beide fühlten sich gleichzeitig verletzt und schuldig. Sie gingen sich aus dem Weg – obwohl es das letzte war, was sie wollten. Sie beobachteten sich gegenseitig, aber keiner von beiden mochte den ersten Schritt tun, obwohl beide verzweifelt eine Aussöhnung herbeisehnten.

Am späten Nachmittag beschloß Yancy, hinauszureiten und noch ein paar Langhornrinder aus dem Chaparral zu treiben. Nur mit Mühe konnte er sich davon abhalten, sie um einen Kuß für gutes Gelingen zu bitten. Sara sah ihm nach und hätte ihm beinahe nachgerufen, er solle vorsichtig sein.

Noch eine ganze Weile beobachtete sie die Arbeit der Männer in den Pferchen, aber da Yancy nicht mehr bei ihnen war, wurde ihr das langweilig. Deprimiert wanderte sie im fast verlassenen Camp umher und grübelte darüber nach, in welche Sackgasse sie und Yancy geraten waren. Wehmütig verzog sie den Mund. Yancy würde mit Sicherheit nicht einlenken, und da sie die Beherrschung verloren und all die verletzenden Dinge gesagt hatte, war es nun an ihr, den Willen zur Versöhnung zu bekunden – in der Hoffnung, daß er darauf eingehen würde.

Die Sonne stand bereits ziemlich tief, und Sara wartete nervös auf Yancys Rückkehr. Sie lächelte schelmisch. Heute nacht, wenn sie allein mit ihm war, würde sie ihm beweisen, wie zerknirscht sie war! Dieser Gedanke ließ sie wohlig erschaudern, und sie beschloß, ihm entgegenzureiten. Schnell bestieg sie Locuela und ritt hinaus bis zu einem kleinen Gebüsch, wo sie auf Yancy warten wollte. Sie brauchte nicht lange zu warten. Keine fünf Minuten später hörte sie die lauten Rufe der Männer und das donnernde Stampfen von Rinderhufen. Nervös umklammerte sie Locuelas Zügel.

Einen Augenblick später schnappte Sara nach Luft, als mehr als ein Dutzend der unberechenbaren Longhornrinder keine zwanzig Meter von ihr entfernt durchs Gebüsch brachen. Es waren riesige, furchterregende Viecher, die meisten graubraun, aber es waren auch einige schwarze darunter. Ihre langen, gebogenen, tödlichen Hörner glänzten in der Sonne, als sie hinaus auf die Ebene donnerten. Sofort ritt sie los, um den Treibern zu helfen. Sie schaute sich nach Yancy um, der der Herde dicht auf den Fersen war und sein Lasso über die Rücken der Tiere sausen ließ. Bartholomew und Esteban ritten ihm voraus und keilten die Herde von beiden Seiten ein, aber sie schenkte ihnen keine Beachtung, denn ihre ganze Aufmerksamkeit war auf den großen schwarzen Reiter gerichtet, der auf seinem schwarzen Pferd dahinjagte.

Eine Sekunde lang trafen sich ihre Blicke, und als er ihr ein atemberaubendes Grinsen schenkte, machte Saras Herz einen Freudensprung. Sie schöpfte neuen Mut und lächelte töricht vor sich hin, dann konzentrierte sie sich wieder auf ihre Aufgabe. Sie liebte diese Phase des Viehtriebs, liebte es, in rasendem Tempo über die Prärie zu jagen, während das Vieh brüllend dahinstob und gnadenlos in die Falle getrieben wurde.

Plötzlich brach ein gigantischer schwarzer Stier aus der Herde aus und raste zum Gebüsch. Yancy riß sein Pferd herum und setzte dem Abtrünnigen nach; offenbar war er fest entschlossen, ihn nicht ins Chaparralgebüsch entkommen zu lassen.

Erschrocken brachte Sara Locuela zum Stehen und beobachtete, wie der große schwarze Wallach und der schwarze Bulle wie wild über das unebene Gelände donnerten. Yancy schien mit seinem Pferd eins zu sein und ließ erneut sein Lasso durch die Luft sausen. Er hatte gut gezielt, denn die Schlinge glitt über die langen gebogenen Hörner des Stiers.

Abrupt brachte Yancy den schwarzen Wallach zum Stehen, und das Lasso spannte sich. Der flüchtende Stier sackte in die Knie. Verzweifelt versuchte er sich zu befreien und warf seinen Kopf hin und her, dann rappelte er sich schnell wieder hoch und wollte sich wutschnaubend auf seinen Peiniger stürzen. Aber Yancy hatte seinem Pferd schon die Sporen gegeben, und als der große schwarze Wallach davongaloppierte, stob der wütende Stier hinter ihm her. Entsetzt blickte Sara auf die schrecklichen gebogenen Hörner.

Sie hatte weder einen Strick noch eine klare Vorstellung, was sie tun konnte, ritt aber verzweifelt hinter Yancy her. Dabei sah sie, wie er versuchte, den Lassogurt vom Sattelhorn zu lösen, während der Stier seine tödliche Verfolgungsjagd fortsetzte.

Esteban und Bartholomew hatten die Gefahr erkannt, aber sie waren zu weit entfernt, um den Stier abzulenken, daher trieb Sara Locuela zu einem halsbrecherischen Galopp an. Der große Wallach raste wie der Wind dahin und war deutlich schneller als der Stier, aber plötzlich vernahm Sara ein schrilles Wiehern, und dann sah sie zu ihrem Entsetzen, wie Yancys Pferd stolperte und zu Boden ging. Staub wirbelte auf und nahm ihr die Sicht. Als er sich aber wieder gesetzt hatte, bot sich ihr ein schrecklicher Anblick: Yancy lag hilflos unter seinem gestürzten Pferd.

Verzweifelt hieb Yancy dem Wallach mit seinem freien Bein in die Seiten, aber seltsamerweise rührte sich das Tier nicht. Der Stier hielt einen Moment lang inne und blieb nicht weit entfernt von Yancy stehen. Angriffslustig scharrte er mit den Hufen und stieß ein wütendes Schnauben aus. Bartholomew und Esteban, deren Pferde schneller waren als Locuela, waren in rasendem Tempo an ihr vorbei galoppiert und näherten sich dem Tier. Aber sie kamen zu spät.

Als Sara einen Protestschrei ausstieß und Locuela voller Verzweiflung noch mehr antrieb, senkte der Stier plötzlich seinen Kopf und griff Yancy an. Sara wollte fortsehen, wollte nicht mit ansehen, was geschah, aber sie konnte den Blick nicht von Yancys eingeklemmtem Körper und von der riesigen schwarzen Bestie abwenden, die unerbittlich auf ihn zustürzte. Oh, mein Gott! betete sie fieberhaft, während sie weiterritt. Lieber Gott, laß ihn nicht sterben!

Yancy konnte nichts tun, dachte sie voller Verzweiflung.

Hilflos lag er halb unter seinem Pferd, begraben am Boden und konnte sich nicht verteidigen. Er konnte nur daliegen und darauf warten, daß die todbringenden Hörner des Stiers ihn in Stücke rissen. Es wird nicht passieren, schwor sich Sara entschlossen. *Auf diese Weise darf Yancy einfach nicht sterben!*

Weder Saras Gebete noch Schwüre, noch Locuelas rasender Galopp über die Prärie konnten den tödlichen Angriff des Stiers aufhalten. Aber Yancys Pistole konnte es, die Pistole, die er immer bei sich trug... Sara stieß einen erstickten Freudenschrei aus, als sie sah, wie Yancy plötzlich nach der Waffe an seiner Hüfte griff, als hätte er sich erst jetzt an sie erinnert, und auf den wutschnaubenden Stier zielte. Ein Schuß löste sich, und obwohl die Bestie offensichtlich davon getroffen worden war, schüttelte sie nur den mächtigen Kopf und setzte ihren Angriff fort. Ein weiterer Schuß. Wieder warf der Stier wütend den Kopf hin und her. Und dann, als der Stier nur noch zwei Meter entfernt war und Sara beinahe davon überzeugt war, daß er über magische Kräfte verfügte, schoß Yancy ein drittes Mal. Der Stier stieß ein wütendes Brüllen aus und rammte mit einem letzten Aufbäumen Pferd und Reiter mit seinen langen Hörnern.

Alles war so schnell gegangen – seit der Stier aus der Herde ausgebrochen war, waren nur wenige Minuten vergangen –, und jetzt schien es Sara eine Ewigkeit zu dauern, bis sie endlich an Yancys Seite war. Esteban und Bartholomew hatten ihn zuerst erreicht. Sie hockten bereits auf dem Boden und beugten sich über Yancys reglosen Körper, als Sara ihr Pferd neben ihnen abrupt zum Stehen brachte. Mit einem Satz war sie von Locuelas Rücken gesprungen und wollte zu Yancy eilen, aber Esteban hielt sie auf. »Senora! Nein – wartet!«

Die Trauer und der Schmerz in seinen Augen ließen ihr Herz stillstehen. Aber dann riß sie sich entschlossen von ihm los. »Nein!« schrie sie. »Nein! *Er* ist nicht tot!«

Ohne die Hörner des toten Stiers zu beachten, kniete sich

Sara neben Yancy und wiegte zärtlich seinen Kopf in ihrem Schoß. Mit zitternden Händen liebkoste sie das geliebte Gesicht; sie küßte seine Brauen, aber er reagierte nicht. Mit Mühe hielt sie die Tränen zurück und blickte in sein dunkles Gesicht, und dann starrte sie benommen auf die dünne Blutspur, die seine Schläfe hinablief, wo ihn der Stier noch im Todeskampf mit den Hörnern getroffen hatte.

24

»Wage ja nicht, mir jetzt zu sterben!« platzte sie wütend heraus. Sie preßte ihre zitternden Lippen auf seine Wange und stöhnte mit heiserer Stimme: »Du verdienst es nicht, du arroganter Teufel, aber ich liebe dich. Du mußt leben, du kannst nicht sterben!« Doch ihre Worte fielen auf taube Ohren, und Yancy blieb erschreckend ruhig in ihren Armen liegen. Verrückt vor Angst schüttelte sie ihn heftig, und halb unter Tränen, halb wutentbrannt, schrie sie: »Oh, Yancy, du *darfst* einfach nicht sterben! Ich liebe dich! *Ich liebe dich!* Oh, Gott, bitte, bitte, laß ihn nicht tot sein!« Ohne Bartholomew und Esteban überhaupt noch wahrzunehmen, die hilflos neben ihr standen, küßte sie Yancys bleiches Gesicht. »Oh, Yancy, bitte, *bitte,* sei nicht tot! Ich liebe dich! Ich liebe dich!« Diese letzten Worte wurden zu einer Litanei, denn sie konnte nicht aufhören, sie ständig zu wiederholen. Immer und immer wieder hörte man sie ausrufen: »Ich liebe dich! Ich liebe dich!« – als ob diese Worte allein Zauberkraft hatten, um dem reglosen Körper in ihren Armen wieder Kraft und Leben einzuflößen. Weder Esteban noch Bartholomew wagten es, sie in ihrem Schmerz zu stören, und so standen sie neben ihr und warteten beide so fassungslos und erschüttert über das, was so plötzlich geschehen war, daß keiner von ihnen sprechen oder sich bewegen konnte.

Es war Bartholomew, der als erster ein Zucken der langen Wimpern bemerkte, während er schmerzerfüllt und fassungslos auf Yancys bleiches Gesicht starrte. Der Atem stockte ihm, und mit eisernem Griff umklammerte er plötzlich Estebans Arm. Auf dessen erschreckten Blick hin zeigte er auf das, was er sah, aber kaum glauben konnte. Die Wimpern zuckten wieder, und dieses Mal bewegten sie sich schon stärker.

Gefangen in einem schrecklichen Alptraum, nahm Sara überhaupt nicht wahr, was um sie herum geschah. Sie hörte nicht auf, Yancy zu schütteln und zärtlich sein geliebtes Gesicht zu küssen, während sie wieder und wieder ihre leidenschaftlichen Beschwörungsworte hervorstieß: »Ich liebe dich! Ich liebe dich! Ich liebe dich!«

Sara war vor Angst und Trauer so benommen, daß sie nicht bemerkte, daß Yancys Augen sich öffneten und eine Hand langsam nach oben griff, um eine Strähne ihres honiggoldenen Haares zu berühren, die sich aus ihrer hochgesteckten Flechte gelöst hatte und nun auf ihre Brust herunterhing. Erst als er sanft an ihre Haarsträhne zupfte, sah sie nach unten, und ihr Blick fiel auf das bernsteingoldene Strahlen seiner Augen, die, von einem tiefen Gefühl ergriffen, hell leuchteten.

Er lächelte etwas schief und murmelte: »Schatz, wenn ich gewußt hätte, daß ich mich nur von einem wilden Stier halb umbringen lassen muß, damit du zugibst, daß du mich liebst, dann hätte ich das bestimmt schon viel früher getan!«

Saras Körper, der immer noch von dem Schock zitterte, durchfuhr eine unbändige Freude, die sich jedoch plötzlich, entgegen aller Vernunft, in eine furchtbare Wut auf Yancy verwandelte. Sie stieß ihn von sich und sprang auf ihre Füße.

Yancy, der nicht damit gerechnet hatte, daß sein weiches, sanftes Kissen so schnell verschwinden würde, fiel mit einem dumpfen Aufprall zu Boden, d. h. sein Kopf sackte hinunter. »Aua!« jaulte er auf und rieb sich vorsichtig die schmerzende Stelle, nachdem er sich wieder halb aufgesetzt hatte. »Was ist los mit dir?«

»Du hast mich zu Tode erschreckt!« rief sie aus. Ihre smaragdgrünen Augen blitzten auf, und ihre Hände ballten sich zu Fäusten, während sie auf ihn hinunterschaute. »Ich dachte, du wärst tot! Mach das nie wieder mit mir! Hörst du mich? Nie wieder! Wenn du so etwas noch einmal mit mir machst, dann bringe ich dich um, das schwöre ich dir!«

Anscheinend völlig unbeeindruckt von diesen nicht besonders liebevollen Beschimpfungen, nickte Yancy nur und sagte lammfromm: »*Sí, querida*, du hast mein Wort. Ich werde nie wieder versuchen, mich töten zu lassen.«

Tränen stiegen Sara in die Augen, und sie sank auf den Boden zurück. »Oh, Yancy«, klagte sie und küßte ihn verzweifelt, »ich hatte so schreckliche Angst. Ich würde es nie verwinden können, wenn dir etwas zustoßen würde. Ich *liebe dich*, du gräßliches Scheusal.«

Yancy wurde plötzlich schwindelig, und während er sich wieder auf den Boden legte, murmelte er: »Und ich dich, Liebes, mehr als du glaubst...« Und nachdem er dieses Geständnis gemacht hatte, verlor er prompt das Bewußtsein.

Sara schrie vor Schreck auf und griff nach ihm. Dieses Mal jedoch bemerkte sie gleich, als sie seinen Körper besorgt an sich drückte, daß er nicht tot, sondern nur bewußtlos war. Doch das beruhigte sie wenig, und sie schaute die beiden Männer neben ihr mit großen besorgten Augen an.

Schnell kniete sich auch Bartholomew neben Yancy und untersuchte ihn gründlich. Dann sagte er leise: »Keine Angst, meine Liebe, ich nehme an, es ist nur eine kleine Gehirnerschütterung. Der Stier hat ihn nur gestreift – er wird sicher bald wieder wohlauf sein, wenn wir ihn erst nach Hause gebracht und es ihm bequem gemacht haben.« Er lächelte in ihr besorgtes Gesicht: »Er wird furchtbare Kopfschmerzen haben, dessen bin ich mir sicher, aber ich glaube nicht, daß Sie in nächster Zeit Witwe werden.«

Die Männer im Camp hatten inzwischen erfahren, daß etwas Schlimmes geschehen war, und kamen mit ernsten und besorgten Mienen herübergeritten. Zufällig erschien plötzlich auch die Gruppe der Reiter, mit denen Hyrum unterwegs war, und trieb einige Stiere vor sich her. Als sie die anderen Treiber am Rande des Busches zusammenstehen sahen, verließen sie das Vieh sofort und galoppierten ebenfalls herüber. Auf ihren Gesichtern spiegelte sich Betroffenheit. Hyrum kam einen kleinen Augenblick später aus dem Gebüsch geritten und schloß sich schnell der um Yancy und Sara versammelten Gruppe an. Der Ausdruck seines Gesichts war schwer zu bestimmen. Nachdem die Männer sicher waren, daß der *patrón* sich wieder erholen würde, machten sie sich daran, Yancy vom Gewicht des Bullen und des gestürzten Pferdes zu befreien. Und dabei entdeckten sie auch den Grund für den unvermittelten Sturz des Wallachs.

Mit bitterbösem Gesicht erhob sich Bartholomew von der Stelle, wo er vor dem Pferd gehockt hatte, und knurrte drohend: »Das war kein Unfall! Das Pferd wurde erschossen! Jemand hat dem Schwarzen eine Kugel mitten in den Kopf verpaßt!«

Sara wurde totenbleich, und ein entsetztes und empörtes Raunen ging durch die Reihen der versammelten Männer. »Wer könnte so etwas tun? El Patrón wurde von uns allen geliebt! Niemand würde ihm ein Haar krümmen wollen!«

Mit immer noch böser Miene murmelte Bartholomew: »Geliebt oder nicht, es ist verdammt noch mal sicher, daß irgend jemand wollte, daß Yancy einen schweren Unfall hat! Einen *tödlichen* Unfall, allem Anschein nach.«

Mit gespannten Gesichtszügen wandte Sara ihren Blick auf Bartholomew und fragte angstvoll: »Aber wer? Wer will seinen Tod? Und warum?«

Bartholomews Blick schweifte über die Gesichter der Männer in nächster Nähe und schien bei Hyrum anzuhalten. Dann zuckte er mit den Schultern und murmelte: »Es ist jetzt nicht die Zeit, darüber zu reden. Zuerst müssen wir ihn nach Hause bringen.«

Sara hatte nichts dagegen. Hastig bauten sie aus dem herumliegenden Material eine einfache Trage, legten Yancy vorsichtig darauf, und schon begann die Reise nach Paloma. Sara war sicher, daß dies die längste Reise zur Hazienda war, die sie jemals zurückgelegt hatte. Jeder Meter, den sie vorankamen, kam ihr vor wie ein Kilometer. Da niemand Yancy unnötige Schmerzen bereiten wollte, ließen sie das Pferd, das die Trage zog, im Schritt gehen, während sie über den unebenen Boden ruckelten und holperten.

Sara war zu sehr um Yancy besorgt, als daß sie auch nur einen Augenblick länger über seine letzten, liebevollen Worte nachdenken konnte. Sie starrte weiter voller Angst auf seine ruhigen Gesichtszüge. Ihre Stimmung wurde überschwenglich, wenn sie sich vorstellte, er könnte aufwachen und alles rundum wie selbstverständlich anstarren, und ihr Herz erstarrte zu einem Eisklumpen in ihrer Brust, wenn sie daran dachte, daß er die Augen schließen könnte, um wie ein Toter auf der Trage zu liegen.

Sara hatte den Eindruck, daß Stunden vergangen wären, bis sie endlich die Hacienda erblickten. Bald darauf lag Yancy unbekleidet unter seinen Bettlaken. Seine Wunde war frisch versorgt worden, und um den Kopf hatte er einen dicken Verband aus sauberem Leinenstoff. Er schien jetzt zu schlafen, und Sara saß in einem Sessel an seiner Seite und schaute ihn besorgt an. Er war einmal wach gewesen und war während der ganzen Zeit, in der sie versucht hatten, ihn zu versorgen und es ihm bequem zu machen, ziemlich laut geworden. Sara lächelte, als sie an seine markigen Bemerkungen dachte, die er von sich gegeben hatte, als Bartholomew und Esteban ihn ausgezogen und ins Bett gesteckt hatten, und er war erst stiller geworden, als Maria und Tansy seine Wunde behandelten. Es hatte ihrem starken, arroganten Ehemann überhaupt nicht gefallen, so hilflos zu sein!

Seine Müdigkeit beunruhigte Sara. Aber es schien, daß er öfter wach war, als daß er schlief. Und wenn er wach war, war sein Blick klar und vernünftig. Ihre Angst, daß er sterben würde, war zum Großteil verflogen, aber sie würde erst wirklich erleichtert sein, wenn er sein so überschäumendes und geliebtes Selbst wiedererlangt hatte, selbst wenn es sie immer wieder so wütend machte. Sie wußte schon seit langem, daß sie ihn liebte, aber sie war sich der Tiefe ihrer Gefühle für ihn erst so richtig bewußt geworden, als er so ruhig und unbeweglich vor ihr auf dem Boden gelegen hatte. Sie würde diesen furchtbaren Augenblick nie vergessen. Niemals! Ohne daß sie selbst wußte, warum, streckte sie ihre Hand aus und berührte zärtlich seine Stirn an jener Stelle, wo der Leinenverband seine Wunde verdeckte.

Plötzlich griff Yancy nach ihrer Hand. Er führte ihre Finger zum Mund und küßte sie. Mit immer noch geschlossenen Augen murmelte er: »Sind sie alle fort? Kann ich es jetzt wagen, endlich aufzuwachen?«

Mit einem schockierten Gesichtsausdruck starrte Sara ihn an, als er seine Augen langsam öffnete. Er grinste sie an, und in seinen bernsteinbraunen Augen spiegelte sich ein zärtliches Vergnügen, als er sanft sagte: »Liebling, wie sonst sollten wir einmal einen Moment allein sein können? Dadurch, daß ich so tat, als ob ich noch sehr schwach wäre, konnte ich sichergehen, daß sie uns allein lassen würden.«

Trotz des erfreuten Pochens ihres Herzens, schimpfte Sara schon wieder: »Sie haben sich um dich gesorgt! Du hast alle hier in Angst und Schrecken versetzt! Einfach so zu tun, als ob du schwerer verletzt wärst, als du es wirklich bist! Schäm dich!«

Seine Augen glitzerten spöttisch unter den dichten, schwarzen Wimpern, als er in beleidigtem Ton fragte: »Willst du damit sagen, daß du nicht mit mir allein sein möchtest? Daß du mich nicht liebst?«

»Ja! Nein!« rief sie bezaubernd verwirrt aus. Sie entriß ihm ihre Hand und starrte ihn zornig an. Wutentbrannt sagte sie: »Du verdienst es gar nicht, geliebt zu werden! Ich werde bestimmt nie verstehen, wie du es schaffst, bei deinen Leuten soviel Ergebenheit und Loyalität zu bewirken! Sie haben keine Vorstellung davon, was für ein arrogantes Scheusal du bist!«

Ihre Worte beeindruckten ihn nicht im geringsten. Mit einem etwas schiefen Lächeln streckte er seine Hand aus und umschloß fest ihre Oberarme. Mit einem schnellen Ruck zog er sie dann nach unten, und Sara landete auf seiner Brust. Sein Mund war nur Millimeter von ihrem entfernt, und er murmelte: »Sara, du kleine Närrin! Ich liebe dich über alles – selbst wenn du dich wie eine Xanthippe aufführst!« Dann küßte er sie fordernd und leidenschaftlich, und alles um sie herum versank. Das Universum wirbelte davon, und für Sara gab es nur noch Yancy. Yancys warme Lippen auf ihren, Yancys Hand auf ihrem Körper und Yancys Herz, das rhythmisch unter dem ihrem schlug. Sie gab sich seinen Küssen und seinen Berührungen völlig hin, und als sich ihre Lippen schließlich trennten, flüsterte sie: »Oh, Yancy, ich liebe dich!«

Er strich ihr eine Haarlocke, die ihr in die Stirn gerutscht war, aus dem Gesicht und sagte mit einem zärtlichen Lächeln: »Weißt du, daß es Zeiten gegeben hat, in denen ich fürchtete, daß ich diese Worte niemals von dir hören würde? Zeiten, in denen ich mich für den größten Dummkopf auf Erden gehalten habe, weil ich damals, in jener ersten Nacht meiner Rückkehr nach Magnolia Grove, einmal zu oft in dein süßes kleines Gesicht geschaut, und mich unsterblich in dich verliebt hatte! Du hast mir ganz schön eingeheizt, meine Süße – kein einziges Mal hast du gezeigt, was du fühlst, statt dessen hast du mir ständig Paloma vorgehalten. Du hast dich sogar geweigert, mich zu heiraten... und mich zu Maßnahmen gezwungen, die ich selbst zutiefst verachtenswert fand. Doch du hast mir auch keine Chance gegeben, anders zu handeln.« Er warf ihr einen scharfen Blick zu, der im krassen Unterschied zu der Zärtlichkeit in seinen Augen stand. »Du hast eine Menge zu verantworten, meine liebe Ehefrau!«

Sara lächelte verträumt. Mit dem Finger zeichnete sie die harten Umrisse seines Mundes nach und murmelte: »Und was ist mit dir? Du hast dich auch nie erklärt! Du hast mich nur herumkommandiert und mich ausgenutzt!«

Er küßte sie leicht und grinste. »Ach, habe ich das wirklich?« Sein Grinsen verflog, und seine Augen suchten ihren Blick. »Bereust du es etwa? Schließlich ist doch alles zu einem guten Ende gekommen, oder?«

Seine plötzliche Unsicherheit rührte sie. Sie machte es sich neben ihm auf dem Bett etwas bequemer, kuschelte sich näher an ihn heran und sagte ganz nah an seinem Mund: »Ich werde es nie bereuen, dich geheiratet zu haben. *Niemals!* Genausowenig wie ich jemals bereuen werde, dich zu lieben!«

»Sweetheart!« sagte er bewegt. »Ich liebe dich über alles!«

Yancys Arme schlossen sich um sie, und sein Mund suchte begehrend ihre Lippen. Die folgende Stille wurde nur hin und wieder durch leise Seufzer und zärtliches Gemurmel unterbrochen, und die wenigen Worte, die gesprochen wurden, machten nur Sinn für zwei Liebende. Es waren süße, kostbare Augenblicke, und obgleich sie ein starkes, ja zügelloses Verlangen spürten, gaben sie diesem Gefühl nicht nach und genossen statt dessen das unbeschreibliche Vergnügen, zu wissen, daß sie liebten und geliebt wurden. Sie tauschten fast keusche Küsse und Zärtlichkeiten aus, und Sara lag vollkommen bekleidet auf dem Bettlaken, das Yancys nackten Körper bedeckte. Ihre Gefühle füreinander waren so tief, daß alles andere gleichgültig war. Gedankenverloren stellte Sara fest, daß es unheimlich schön war, in den eigenen Ehemann verliebt zu sein und, vor allem, von ihm wiedergeliebt zu werden.

Saras Wange ruhte an Yancys Herzen, und besitzergreifend drückte er sie fest gegen seinen langen Körper. So blieben sie lange Zeit liegen und genossen den magischen Augenblick völliger Zufriedenheit; diesen seltenen und wunderbaren Augenblick, in dem alles in ihrer Welt in Ordnung war und vollkommene Harmonie zwischen ihnen herrschte. Alle Zweifel, Mißverständnisse und Ärgernisse waren vertrieben worden, und sie sonnten sich bedenkenlos im mystischen Wunder ihrer Liebe. Doch schließlich holte sie die Welt wieder ein, und ein leises Klopfen an der Tür brachte sie zurück in die Wirklichkeit.

Bartholomews Kopf erschien in der Tür, und er lächelte, als er die beiden zusammen auf dem Bett liegen sah, und besonders, als er Yancys wundersame Heilung bemerkte. Augenzwinkernd trat er ein und ging auf das Bett zu. »Ich habe mich schon gefragt«, sagte er statt einer Begrüßung, »wie schwer die Verletzung wirklich war, und in welchem Maße Sie nur unverfroren simuliert haben.«

Yancy grinste. »Es tut mir leid, wenn ich dir irgendwie Sorgen bereitet habe, aber…«, er schaute hinunter auf Sara, die sich nicht bewegt hatte, »ich wollte etwas mit meiner Braut allein sein.« Ein Strahlen erleuchtete seine bernsteinbraunen Augen. »Wir hatten uns viel zu erzählen.«

Mit offener Zuneigung auf seinem Gesicht schaute Bartholomew von einem zum anderen und erkannte, daß sie beide überglücklich aussahen. »Kann ich davon ausgehen, daß Sie beide nun endlich entdeckt haben, was für uns andere schon seit Monaten offensichtlich war?«

Sara kicherte. Sie setzte sich auf und sagte frech: »Weißt du, wir hätten diese faszinierende Tatsache vielleicht schon viel eher entdeckt, wenn uns jemand freundlicherweise darauf aufmerksam gemacht hätte!«

»Hätten wir dann aber auch das Vergnügen gehabt, zu beobachten, wie ihr beide es selbst herausfindet?« fragte Bartholomew neckend.

Dieses Geplänkel ging noch einige Minuten lang weiter, doch dann wurde Bartholomews Gesicht wieder ernst, und er fragte Yancy: »Wie schlimm ist Ihre Verletzung nun wirklich?«

Bei Bartholomews Frage zeigten sich wieder Sorgenfalten auf Saras hübschem Gesicht. Sie war inzwischen auf den Sessel neben Yancys Bett gerutscht, aber ihre Hand war immer noch mit seiner verschlungen – keiner konnte ohne die Berührung des anderen sein – und Yancys Finger streichelten sie beruhigend. »Keine Sorge, Liebling, ich bin wirklich in Ordnung«, sagte er zärtlich. Er blickte zu Bartholomew hinüber. »Und das ist auch an dich gerichtet. Mir wurde ein furchtbarer Stoß versetzt, aber mir geht es gut. Ich habe etwas Kopfschmerzen, aber das ist schon alles.«

Bartholomew nickte, als hätten Yancys Worte seine eigene Diagnose bestätigt. Er griff nach einem anderen Sessel, rückte ihn näher ans Bett und setzte sich mit besorgter und gespannter Miene. »Das war kein Unfall heute«, sagte er geradeheraus. »Ihr Pferd ist absichtlich unter Ihnen weggeschossen worden. Irgend jemand wollte, daß Sie sterben, oder zumindest, daß Sie einen schweren Unfall haben.«

Yancy war bewußtlos gewesen, als der Grund für den Sturz seines Pferdes entdeckt worden war, aber er schien nicht im geringsten erstaunt darüber zu sein, was Bartholomew gerade berichtet hatte. »Ich habe mich schon gefragt«, sagte er nachdenklich, »warum er einfach so zusammengebrochen war – ich hatte nicht das Gefühl, als ob er in das Loch eines Präriehundes getreten war. Es war, als wäre er einfach stehengeblieben und dann zusammengesackt.«

Bartholomew zog eine Grimasse. »Eine Kugel im Kopf bewirkt genau das – sie wirft ein Tier im Nu um!«

»Aber wer?« fragte Sara besorgt, und ihre großen, grünen Augen wanderten von einem Gesicht zum anderen. »Und warum?«

Bartholomew und Yancy tauschten einen schnellen Blick aus. »Ich denke«, sagte Yancy langsam, »die Antwort hierauf ist ziemlich klar...«

Sara starrte ihren Mann an und fragte sich, was er wußte und sie nicht. Sicherlich nahm er nicht an, daß einer seiner Männer es getan hatte! Es stand außer Frage, daß die *vaqueros* – und in diesem Fall auch Bartholomew – mit Freude für ihn durchs Feuer gehen würden. Sie würden mit Sicherheit nie sein Leben in Gefahr bringen. Und außer Hyrum war niemand sonst dagewesen. Außer Hyrum. Sara schnappte nach Luft, als ihr bewußt wurde, was das bedeutete, und platzte gleich damit heraus: »Ihr denkt, Hyrum hat es getan!«

Keiner der beiden Männer machte irgendwelche Anstalten, ihre Feststellung abzustreiten, und Sara wurde übel. Sie hatte Hyrum gemocht, hatte ihn zu ihren Freunden gezählt, und es hatte eine Zeit gegeben, in der es für sie unvorstellbar gewesen wäre, ihn eines kaltblütigen Mordes zu verdächtigen, andererseits war das so gewesen, bevor sie entdeckt hatte, daß er eine heiße und heimliche Affäre mit Ann Shelldrake hatte, während er zur gleichen Zeit vorgab, er würde sie lieben! Sie wollte nicht glauben, daß er an diesem Nachmittag versucht hatte, ihren Ehemann zu ermorden, aber sie traute ihm nicht mehr, und man konnte nicht bestreiten, daß er der Hauptverdächtige war.

Es herrschte eine große Stille, in die hinein Sara plötzlich fragte: »Aber warum? Ich dachte, ihr würdet euch gut verstehen. Du hast ihn jetzt doch ziemlich fair behandelt – du hast ihn nicht hinausgeworfen, wie du es hättest tun können, du hast ihm einen Job gegeben, und zwar so ziemlich den gleichen, den er bekommen hätte, wenn es bei meinen ursprünglichen Plänen geblieben wäre. Er hatte keinen Grund, sich zu beschweren, und er schien sich mit seiner Rolle hier abgefunden zu haben, und wirkte doch ganz zufrieden. Was könnte er gewinnen, wenn er dich töten würde?«

Bartholomew schaute auf den Boden, und Yancy antwortete ruhig: »Was er schon seit langem haben will – dich!«

»Mich!« stieß sie hervor. Offensichtlich hatte die Antwort sie überrascht. »Was, zum Teufel, willst du damit sagen?«

Yancys Blick traf den ihren. »Nur, daß du, wenn ich tot wäre, eine sehr hübsche und sehr wohlhabende junge Witwe abgeben würdest. Wenn ich tot wäre, würdest du alles, was ich besitze, erben – die weiten Flächen der Rancho del Sol, die zahllosen Rinder- und Mustangherden, die Silberminen in Mexiko, alles.« Er lächelte unfroh. »Dein hübsches Gesicht und dein süßer Körper allein würden schon viele Männer in Versuchung bringen, aber das alles zusammen mit einem riesigen Vermögen...« Yancy machte eine Pause und beobachtete, wie sich bei dieser Vorstellung Entsetzen auf Saras Gesicht breitmachte. Ruhig fuhr er fort: »Zusammen mit einem riesigen Vermögen würdest du unwiderstehlich werden – vor allem für einen Mann, der nichts besitzt.«

»Aber ich würde nie... Ich habe seinen Heiratsantrag bereits abgelehnt. Und darüber hinaus«, sagte sie verzweifelt, »ist er in Ann Shelldrake verliebt. Selbst wenn er mich überzeugen könnte, ihn zu heiraten, wollte er sich doch sicherlich nicht sein Leben lang an mich binden.«

Yancys Augenlider wurden schwer. »Wer sagt denn, daß es ein langes, gemeinsames Leben sein würde? Wenn er zu einem Mord fähig ist, kannst ja auch du nach einer gewissen Zeit einen tödlichen Unfall haben? Er würde als reicher Mann zurückbleiben und könnte heiraten, wen immer er will.«

»Um Himmels willen! Glaubst du wirklich, daß er so niederträchtig ist? Nicht nur deinen Mord zu planen, sondern meinen auch gleich dazu?«

Anstelle von Yancy antwortete diesmal Bartholomew: »Ich weiß nicht, ob er Ihr Hinscheiden auch schon geplant hat, aber es gibt für mich keinen Zweifel daran, daß er heute nachmittag versucht hat, Yancy umzubringen, um Sie zur Witwe zu machen. Eine Witwe, die er selbst dann heiraten wollte. Sie können mich nicht vom Gegenteil überzeugen.«

Er blickte Sara bedauernd an. »Ich weiß, daß Sie ihn mochten, aber nach Sams Tod.war Tansy und mir klar, daß er Sie nur hofierte und um Sie herumscharwenzelte, um dieses Ziel zu erreichen. Vielleicht haben Sie es ja gar nicht bemerkt, aber wir haben es bemerkt, und wir waren deshalb sehr in Sorge. Er betrachtete Sie als seine Hoffnung für die Zukunft, und ich glaube nicht einmal, daß Ihre Heirat seine Meinung geändert hat. Sie stellt für ihn nur ein weiteres Hindernis auf seinem Weg dar.«

Das alles machte auf erschreckende Weise Sinn, und mit einem immer stärker werdenden Gefühl von Übelkeit in der Magengegend, mußte Sara Bartholomews Einschätzung der Situation zustimmen. Sie war zwar noch nicht bereit, alles zu glauben, was Yancy anfangs gesagt hatte, nämlich, daß Hyrum auch ihren Tod über kurz oder lang geplant hatte, doch sie konnte es auch nicht völlig von der Hand weisen.

»Glaubt ihr, daß er auch Margaret auf dem Gewissen hat?« fragte Sara plötzlich.

Bartholomew zuckte die Achseln, und Yancy sagte langsam: »Ich weiß es nicht. Er könnte es getan haben – genausogut wie ein halbes Dutzend anderer Leute.«

Sara rieb sich die Schläfe. »Es wäre sicherlich einfacher, wenn er es getan hätte! Es ist beunruhigend zu denken, daß sich in unserem Haus nicht nur Margarets Mörder aufhält, sondern auch noch jemand anders, der deine Ermordung für heute nachmittag geplant hatte, obwohl du bekanntermaßen ein hervorragender Schütze bist!«

Yancy grinste sie an. »Keine Angst, Liebling – ich bin wesentlich schwerer zu töten als Margaret.«

Sara starrte ihn zornig an. »Das ist überhaupt nicht komisch! Er hat doch versucht, dich umzubringen.«

Yancy zog eine Grimasse und küßte ihre Fingerspitzen. Die ganze Zeit hatte er ihre Hand gehalten. »Ich weiß, Liebling, ich weiß, aber ich glaube nicht, daß wir befürchten müssen, daß er schon bald einen neuen Versuch machen wird. Er will sicherlich keinen Verdacht erwecken oder irgendwelche Hinweise hinterlassen, die in seine Richtung weisen. Ich glaube nicht, daß der Anschlag heute nachmittag geplant war – er hat einfach die Gelegenheit genutzt. Wenn es geklappt hätte, hätte er Erfolg gehabt, als es scheiterte, hatte er dadurch erst einmal nichts verloren. So sehe ich die Sache zumindest.«

Bartholomew nickte. »Esteban und ich haben auch schon darüber gesprochen, und wir würden dieser Einschätzung zustimmen. Hyrum konnte nicht wissen, daß Sie an diesem bestimmten Ort sein würden oder daß es Schwierigkeiten mit dem Stier geben würde. Wir gehen davon aus, daß er weit genug vor den anderen geritten ist, um sich hinter dem Busch zu verstecken und zu beobachten, was passierte. Als er erkannte, daß niemand ihn sehen konnte, nutzte er die Gelegenheit. Wahrscheinlich dachte er, daß Sie sich beim Sturz des Pferdes das Genick brechen könnten, und wenn nicht, war da ja auch noch der Stier... Er hatte bei einem Versuch nichts zu verlieren.«

Sara schluckte. »Was machen wir nun? Alles, was wir mit Sicherheit wissen, ist, daß jemand das Pferd erschossen hat. Alles andere sind nur Vermutungen unsererseits. Wir haben keinen Beweis, daß Hyrum es getan hat, und wissen noch nicht einmal, ob er überhaupt daran gedacht hat, es zu tun! Also, was machen wir – schicken wir ihn fort?«

»Ich weiß es nicht«, begann Yancy langsam. »Mir gefällt die Vorstellung überhaupt nicht, daß Hyrum irgendwo frei herumläuft und mich umbringen will, und sei es auch nur in Gedanken. Ich würde ihn lieber hierbehalten, wo wir ein Auge auf ihn haben können, jedenfalls so lange, bis wir eine bessere Lösung gefunden haben – oder einen Hinweis dafür, was er vorhat.«

Sara nickte widerwillig; doch sie konnte auch keinen besseren Vorschlag machen.

Mit hochgezogenen Brauen schaute Yancy zu Bartholomew hinüber. »Einverstanden? Oder hast du eine bessere Idee?«

Bartholomew schüttelte mürrisch den Kopf. »Nein, leider nicht. Mir gefällt die Vorstellung nicht, daß dieser Bastard glaubt, so davongekommen zu sein, aber ich weiß auch nichts Besseres. Sara hat recht. Wir haben nur Vermutungen.« Und grimmig fügte er hinzu: »Aber in der Zwischenzeit werden Esteban und ich dafür sorgen, daß er streng bewacht wird. Sehr streng!«

Sara versuchte in Bartholomews Worten Trost zu finden, doch es war nur ein schwacher Trost. Allein schon, Hyrum in Yancys Nähe zu wissen, schickte ihr kalte Angstschauer den Rücken hinunter. Und so wartete sie gerade noch, bis Bartholomew die Tür hinter sich geschlossen hatte, bevor sie ihre Arme um Yancys Hals schlang und mit fester Stimme sagte: »*Wage* es nicht, dich von ihm umbringen zu lassen! Hörst du mich? Wage es nicht!«

Yancy lächelte und zog sie näher an sich heran. Er küßte sie auf die Wange und erwiderte sanft: »Sara, ich liebe dich mehr, als ich je für möglich gehalten hätte, jemanden lieben zu können. Du bist meine Frau, und ich habe nicht die Absicht, mich von Hyrum Burnell töten zu lassen. Ich beabsichtige, mit dir eine lange und glückliche Ehe zu führen, und ich freue mich jetzt schon darauf, dich für den Rest meines Lebens in meinen Armen und in meinem Bett zu haben! Eben erst habe ich wunderbarerweise entdeckt, daß du mich liebst, und ich werde diese Liebe genießen. Oder glaubst du etwa, ich würde zulassen, daß mich irgend etwas oder irgend jemand daran hindert? Ich habe zu lange gewartet und zu viele Ängste wegen deiner Gefühle für mich ausgestanden, als daß ich jetzt Hyrum erlauben würde, die *Jahrzehnte* der Liebe, die vor uns liegen, zu verkürzen!«

Was konnte sie nach diesen Worten anderes tun, als ihn zu küssen? Sie tat dies hingebungsvoll und entdeckte schnell, wie wenig seine Verletzung ihn doch wirklich behinderte. Sie wußte gar nicht genau, wie es passierte, aber in Sekundenschnelle lag sie nackt mit ihm im Bett. Ihre Kleider lagen wild verstreut auf dem Boden, und sein warmer, starker Körper preßte sich eng an ihren. Er hatte es schon immer vermocht, sie durcheinanderzubringen, hatte sie schon immer mit einem Blick, einer Berührung oder einem Kuß erregen können, aber dies hier war anders; dieses Mal wußte sie, daß jede Zärtlichkeit, jede Berührung seiner Lippen und jedes Wort, das er murmelte, als er ihren Körper erforschte, aus Liebe geschah. Und ihr Herz jubelte. *Er liebte sie!*

Wie unter einem inneren Zwang ließ sie ihre Hände über seinen geschmeidigen Körper wandern, und sie lächelte in sich hinein, als sie sein lustvolles Stöhnen vernahm, weil ihre Finger einen besonders empfindsamen Teil seines Körpers erreicht hatten. Sie empfand eine neue, wunderbare Freude an ihm. Freude an seinem muskulösen Körper, Freude an seinen drängenden Küssen. Sie wußte, daß er, wenn er sie begehrte und schließlich tief in ihren Körper eindrang, um sie beide so heftig in Ekstase zu bringen, von den gleichen Gefühlen geleitet wurde wie sie. Dies war nicht nur Begehren, dies war *Liebe*!

Und danach, wenn die Leidenschaft verflogen war, folgte noch dieses unbeschreibliche Glücksgefühl, neben ihm zu liegen, die süße Erschöpfung mit ihm zu teilen und ihn zärtlich flüstern zu hören: »Ich liebe dich, *querida*. Zweifle nie daran. Du bist mein Herzblatt!«

Es gab nur eine kleine, winzig kleine Wolke an ihrem leuchtend hellen Horizont. Und obwohl sie wußte, daß es dumm war, daß sie diese Frage beantwortet haben mußte, um den letzten Zweifel für immer auszuräumen, setzte Sara sich neben ihm auf und blickte ihm ins Gesicht. »Und Paloma? Wieviel hat die Hacienda mit unserer Heirat zu tun?« murmelte sie mit zitternder Stimme.

Yancys Augen wurden dunkel, und er preßte seinen Mund zu einem Strich zusammen. »Ich weiß, ich hätte diese verdammte Klausel in Sams Testament nie aufgreifen dürfen, damit du mich heiratest, aber damals kam es mir so ungemein praktisch vor«, gestand er unumwunden. »Es war eine vorgefertigte Entschuldigung, hinter der ich mich verstecken konnte, ein Grund, den jeder verstehen konnte und mit dem ich verhüllen konnte...« Sein Blick war auf ihr Gesicht gerichtet, und während er geistesabwesend die Umrisse ihrer Lippen nachzeichnete, sagte er mit belegter Stimme: »Sara, ich wollte dich, aber ich wollte mich nicht in dich verlieben, das kann ich nicht bestreiten. Ich wollte auf keinen Fall zugeben, selbst nicht mir selbst gegenüber, daß mein Herz beteiligt war.« Er schluckte unruhig. »Nach der Erfahrung mit Margaret hatte ich mir geschworen, daß keine Frau jemals meine tiefsten Gefühle berühren sollte, daß ich mir nie wieder erlauben würde, innige Gefühle für eine Frau zu entwickeln – oder ihr größere Beachtung zu schenken!«

Mit unglaublicher Zärtlichkeit lächelte er sie an. »Und dann kamst du... und nach einem einzigen Blick in dein hübsches, kleines Gesicht waren alle meine grimmigen Schwüre verflogen. Ich wollte dich auf schlechte Weise – ich konnte an nichts anderes denken –, aber ich war nicht besorgt, denn fleischliche Begierde ist ja nur ein vorübergehendes Gefühl – bis ich feststellte, daß ich nicht *nur* deinen Körper wollte, sondern dich! Ich *liebte* dich.« Er hielt einen Moment inne und betrachtete zärtlich ihr hübsches Gesicht. »Nachdem ich erst einmal nach Magnolia Grove zurückgekehrt war und dich in jener ersten Nacht in Sams Büro sah, war mir, als ob wir nie getrennt gewesen wären, als ob wir da hätten weitermachen können, wo wir uns auf der Treppe geküßt hatten, an jenem Abend, bevor Margaret ermordet wurde. Ich war von der gleichen Hochstimmung erfüllt, von dem Wunsch, dich zu besitzen und zu beschützen, und das machte mich wütend und jagte mir Angst ein. Ich war außerdem unheimlich wütend auf dich, weil du Sam geheiratet – und nicht auf mich gewartet hattest!« Yancy verzog reumütig seinen Mund. »Es tut mir leid, daß ich von jenem Moment an nicht mehr unbedingt vernünftig gehandelt habe – du wurdest alles für mich, und nichts anderes war mehr wichtig. Und sicherlich auch nicht Paloma. Dies hier hatte nichts zu tun mit unserer Heirat, Liebling, *nichts* mit dem, was mit uns beiden geschehen ist...« Er grinste spöttisch. »Außer daß es verdammt praktisch war, um sich dahinter zu verstecken! Ohne diese Erbklausel hätte ich dir auf traditionelle Art und Weise den Hof machen und dir meine Liebe viel eher gestehen müssen.«

»Du solltest dich vor dir selber schämen – du hast mich ziemlich gemein behandelt! Mich erst zu verführen und mich dann zu zwingen, dich zu heiraten. Sie, Sir, haben sich benommen wie ein übler, hinterhältiger Schurke!« sagte Sara streng, doch ihre lieblich geschwungenen Lippen und der verträumte Blick ihrer smaragdgrünen Augen nahmen ihren Worten jede Schärfe.

Yancy lächelte selbstzufrieden und zog ihren willigen Körper näher an sich heran. »Aber du liebst mich doch, Liebling, nicht wahr?« murmelte er. »Du liebst mich und wirst mich lieben, bis in den Tod...«

Sara erwiderte seinen Kuß mit der gleichen Leidenschaft, mit der er sie geküßt hatte, und sie gab sich ganz dem Zauber hin, den Yancy verbreitete. Ihr Herz wurde emporgetragen, und ein Gefühl von Glückseligkeit durchströmte ihren Körper. »Oh, ja, das tue ich wirklich«, flüsterte sie einige Minuten später, als sie wieder dazu fähig war. »Ich liebe dich mehr als mein Leben selbst – du schreckliches Ekel!«

25

Nach Yancys flüchtiger Berührung mit dem Tod folgte eine Zeit des Glücks für Sara, und niemand, der die beiden Liebenden sah, hatte irgendwelche Zweifel an der Stärke und Dauerhaftigkeit der innigen Gefühle, die die beiden verbanden. Die Liebe zwischen ihnen war schon fast greifbar, und man mußte nur sehen, wie Yancy Sara anschaute oder wie ihr Gesicht weich wurde, allein schon, wenn nur sein Name fiel, um zu erkennen, wie tief und beständig ihre Liebe war.

Es war eine glückliche Zeit für sie, und ihr Glück wurde noch größer, als Sara ihrem Ehemann an einem Tag im späten September schüchtern erzählen konnte, daß es nun wirklich bald einen Erben für Paloma geben werde. Mit einem lauten Aufschrei hob er sie auf seine Arme, und seine Freude darüber, bald Vater zu werden, war von seinem dunklen Gesicht deutlich abzulesen.

Die Neuigkeit verbreitete sich natürlich wie ein Lauffeuer in dem kleinen Dorf bei Paloma, und es herrschte Freude und Jubel unter den Bewohnern. Doch nicht alle, die die Nachricht von Saras bevorstehender Mutterschaft hörten, waren begeistert...

In einer der neuaufgebauten Scheunen in einiger Entfernung der Hacienda riskierte Ann ein Treffen mit Hyrum. »Hast du schon gehört?« fragte sie Hyrum mürrisch und mit gespanntem Gesichtsausdruck, als dieser durch das große Tor hereinschlüpfte und ihr in den kalten, finsteren Raum folgte. »Das kleine Miststück ist schwanger!«

Hyrum nickte kurz. »Es macht nichts. Das sagte ich dir doch schon! Laß ihr Kind ruhig Paloma erben. Wir werden dafür del Sol bekommen!«

Ann prustete los. »Und wann? Du hast die einzige Gelegenheit, Yancy zu töten, verpaßt, und außerdem wirst du von seinen Männern bewacht. Das hast du doch gesagt, oder? Wir können uns nicht einmal mehr ohne großes Risiko treffen – und ich bin sicher, daß es jedesmal, wenn du deinen Bewachern entkommst, sofort an diesen Bastard Yancy weitergemeldet wird!« Wütend drehte sie sich in der Mitte der Scheune um. »Ich fühle mich wie eine Gefangene! Es muß bald etwas geschehen, oder ich werde noch verrückt, das sage ich dir! Ich hasse diesen elenden Ort! Ich habe niemanden, mit dem ich sprechen kann, und außer den Abendessen für Verliebte« – sie gab dem Wort einen verächtlichen Klang – »gibt es keine gesellschaftlichen Veranstaltungen, keine Läden, nichts für mich zu tun, außer den Tag irgendwie herumzubringen. Ich langweile mich ungeheuer!« Sie warf ihm einen wütenden Blick zu. »Stell dir vor, ich war so verzweifelt bemüht, diese tägliche Monotonie zu durchbrechen, daß ich Sara sogar zu diesen schrecklichen Viehkoppeln begleitet habe.« Sie erschauderte und blickte ihn dann mit einem verwirrenden Augenaufschlag an. »Seit fast jeder deiner Schritte bewacht wird, komme ich nicht einmal mehr in den Genuß, mit dir zu schlafen, was mich vielleicht etwas von dem Ärger ablenken würde. Wenn ich hier noch lange bleiben muß, fange ich vielleicht noch damit an, meinen Ehemann begehrenswert zu finden!«

Alles, was sie sagte, war wahr. Sie hatten in den letzten Wochen nur sehr wenige Augenblicke zusammen verbracht. Aber trotz der bestehenden Gefahr verzehrte er sich nach ihr. Er griff nach ihr, drückte sie hinunter in einen Heuhaufen und murmelte: »Laß mich einmal sehen, was ich dagegen tun kann.«

Sie kamen gleich, ohne große Umschweife, zur Sache. Kleider flogen zur Seite, gerade genug, damit sich ihre beiden Körper vereinigen konnten. Verzweiflung und Gefahr, gekoppelt mit Sinneslust, war eine starke Mischung und brachte sie innerhalb kürzester Zeit in einen Zustand erloster Erschöpfung. Ein letztes lustvolles Zucken durchfuhr noch einmal ihre Körper, und dann lagen sie noch einige Minuten im Heu, schwer atmend mit noch immer aneinandergeketteten Körpern.

Ann schlang ihre Arme um Hyrums Hals und fragte traurig: »Oh, Hyrum, was sollen wir tun? Wenn Yancy wirklich seine Männer auf dich angesetzt hat, wird er deine Pläne kennen – du wirst nie wieder eine Chance bekommen, ihn zu töten! Und was Tom angeht…« Sie biß sich auf die Lippe. »Ich glaube, er ahnt etwas. Er beobachtet mich, wenn er denkt, daß ich gerade nicht hinschaue, und er befragt mich über alles, was ich tue. Er ist neuerdings so seltsam und sonderbar. Ich hasse ihn! Ich kann es nicht mehr erwarten, daß er tot ist.«

Plötzlich war da ein leises, verdächtiges Geräusch, und Hyrum wurde ganz starr und lauschte konzentriert.

»Um Himmels willen«, murmelte Ann leise. »Bist du sicher, daß dir niemand gefolgt ist?«

Hyrum nickte nur kurz. »Und du?« fragte er knapp.

»Tom war in seinem Zimmer, als ich fortging, wahrscheinlich weiß er nicht einmal, daß ich das Haus verlassen habe.«

»Bist du sicher? Du hast doch eben erst gesagt, daß er dich in letzter Zeit beobachtet hat.«

»Ich war vorsichtig. Das habe ich dir doch schon gesagt.«

Doch das Geräusch hatte sie aufgeschreckt, und sie lagen wie erstarrt da und lauschten, aber außer dem nächtlichen Refrain der Insekten drang nichts zu ihnen herein. Die Minuten vergingen in qualvoller Stille, und als nichts Außergewöhnliches mehr geschah, atmete Ann erleichtert auf und räkelte sich. Auch wenn alles normal zu sein schien, fühlte Hyrum sich weiterhin beklommen. Er löste sich behutsam von Ann und stand im Dunkeln auf. Kein ungewöhnliches Geräusch war in der kühlen Luft zu vernehmen, und langsam entspannte auch er sich wieder.

Wenig später half er Ann beim Aufstehen, und während er ein paar kleine Büschel Heu aus ihrem Haar entfernte, sagte er vorsichtig: »Vielleicht ist es Zeit, daß wir etwas wegen deinem Ehemann unternehmen. Wenn er tot ist, wäre zumindest ein Hindernis aus dem Weg geräumt.«

Ann lächelte strahlend, und ihre blauen Augen funkelten. »Oh, Hyrum, ich habe gehofft, daß du das sagen würdest! Wie sollen wir es machen? Und wann? Bitte, mache es bald!«

Er schaute sie stirnrunzelnd an. »Sobald ich kann, aber vergiß nicht, daß ich zur Zeit einiges nicht so kann, wie ich will. Ich kann mich nicht frei bewegen, und es muß wie ein Unfall aussehen – wir können Yancy doch nicht noch mißtrauischer werden lassen, als er bereits ist.«

Ann nickte, und sie verbrachten noch einige Minuten damit, ihre Lage zu besprechen. Doch schließlich mußten sie beide wieder aufbrechen.

Noch nicht einmal fünf Minuten später stand Juan Mendoza, der von Rogerio Duran bei der Wache abgelöst worden war, im kleinen Salon der Hacienda von Yancy und berichtete.

»Er traf die blonde Frau in der großen Scheune, dort jenseits der Pferdekoppel. Ich habe sie nicht kommen sehen – sie war schon drinnen und wartete auf ihn.« Unsicher drehte Juan seinen großen Sombrero in der Hand herum und sagte dann mit ernster Stimme: »Senor, ich glaube, es wird bald großen Ärger geben. Der Ehemann der blonden Frau war ebenfalls dort und hat alles gehört und beobachtet.«

»Was?« fragte Yancy erschreckt. »Tom Shelldrake war auch dort?«

»Sí, Senor! Ich hatte ihn zuerst nicht gesehen, doch er hatte sich im Schuppen versteckt, der sich an die Scheune anschließt, und ich habe ihn auch nur entdeckt, weil ich mich selbst dort verstecken wollte, um näher an sie heranzukommen und besser verstehen zu können, was sie sagen. Sein Gesicht war gegen eine der Spalten in der Bretterwand gepreßt...«

»Hat er dich gesehen?« fragte Yancy in scharfem Ton.

Juan lächelte, und seine schwarzen Augen blitzten in seinem weichen, jungen Gesicht. »Nein, Senor, ich war sehr vorsichtig!« Sein Lächeln verschwand wieder, und er fügte hinzu: »Es ist nicht gut, daß der Ehemann der blonden Gringa weiß, was sie macht, nicht wahr?«

»Nein, verdammt noch mal, das ist es nicht!« sagte Yancy energisch. Mit gerunzelter Stirn starrte er einige Minuten auf den Boden und sagte dann grimmig: »Nun, heute abend kann ich wohl nichts mehr tun, aber ich glaube, es wird Zeit, daß wir diese Schlangenbrut loswerden.« Er lächelte Juan an. »Du hast gute Arbeit geleistet. Ich bin mit euch allen sehr zufrieden. Wenn Diego und Gil dich und Rogerio abgelöst haben, könnt ihr nach Hause gehen.«

Nachdem Juan gegangen war, ging Yancy nachdenklich im Salon auf und ab. Die Situation gefiel ihm überhaupt nicht, und die Nachricht, daß Tom Ann und Hyrum nachspioniert hatte, bereitete ihm starkes Unbehagen.

Im selben Augenblick öffnete sich die Tür, und Sara kam herein. Als sie seine gerunzelte Stirn sah, fragte sie: »Was ist los? Du siehst aus, als ob du jemanden erwürgen willst.«

Yancy zog eine schmerzliche Grimasse, lehnte sich gegen den Tisch und zog sie einfach in seine Arme. Während er sie küßte, murmelte er: »Ach, das war, bevor du den Raum betreten hast. Nun möchte ich eigentlich viel lieber mit meiner hübschen Frau schlafen.«

Sara lächelte ernst und lehnte sich an seinen warmen, starken Körper. Während sie seinen Kuß erwiderte, sagte sie zärtlich: »Was du gerne tun kannst, sobald du mir verraten hast, warum du so grimmig dreingeschaut hast.«

Er verzog wieder das Gesicht und hielt sie weiter in den Armen. Dann erzählte er ihr schnell von Juans unerfreulichem Bericht.

»Tom weiß von ihnen?« Sara schnappte nach Luft. »Er spioniert ihnen nach? Wie entsetzlich! Was willst du tun?«

Yancy ließ sie los, langte über den Tisch und nahm ein

Blatt Papier in die Hand. Er reichte es ihr und sagte: »Das ist heute angekommen. Ich denke, es ist eine Teillösung für unser Problem.«

Hastig überflog Sara den Brief, und als sie damit fertig war, schaute sie zu Yancy hoch und fragte: »Wie lange hast du das schon geplant? Du mußt deinem Freund doch schon vor Wochen geschrieben haben, um so bald eine Antwort zu erhalten.«

Yancy nickte. »Ich habe John am Tag nach dem Unfall mit dem Stier geschrieben. Und dann habe ich die ganze Zeit auf eine Nachricht gewartet.«

Sara las den Brief noch einmal sorgfältig durch. »Kalifornien«, sagte sie nachdenklich. »Ja, das müßte klappen. Es ist weit genug von uns, und die Arbeit und das Geld werden Hyrum vielleicht locken.« Sie schaute Yancy an. »Du weißt, daß er nicht begeistert sein wird. Er könnte sich weigern, dein Angebot anzunehmen.«

»Er könnte... aber wenn er es tut, brauche ich ihm nur zu erklären, daß ich nicht beabsichtige, ihn länger für mich arbeiten zu lassen. Das bedeutet, daß er entweder die Stelle in Kalifornien bekommt oder gar nichts. Hyrum ist ein cleverer Mann. Ich denke, er wird darauf eingehen. Ganz besonders, wenn ich ihm sage, daß ich Briefe an den zuständigen Sheriff und an meine beiden Anwälte hier und in Mexiko geschrieben habe, in denen ich festgelegt habe, daß im Falle meines plötzlichen Todes Hyrum Burnell intensiv über seinen Aufenthaltsort und seine Tätigkeit während meines Hinscheidens verhört werden soll.«

Saras Gesicht verdunkelte sich, und sie hielt ihn fest umklammert. »Oh, Yancy! Sprich nicht übers Sterben – ich kann es nicht ertragen!«

Tröstend umarmte er sie und sagte zärtlich: »Ich werde nicht sterben, Liebling, zumindest nicht so bald. Ich habe vor, hier zu sein, wenn unser Baby geboren wird, und alle anderen, mit denen wir hoffentlich gesegnet werden. Und deren Kinder! Und die Kindeskinder! Du wirst mich über viele Jahre nicht loswerden.«

Sie küßten sich zärtlich, und erst einige Zeit später setzten sie ihr Gespräch im Salon fort. Da dieses unliebsame Thema nun einmal besprochen werden mußte, fragte Sara schließlich, während sie ihren Kopf an seine Brust lehnte: »Was ist mit Ann und Tom? Hast du schon entschieden, was mit ihnen geschehen soll?«

Yancy nickte. »Ich bin zu dem Entschluß gekommen, daß die Shelldrakes, solange sie auf meine Kosten leben, dies genauso gut in der Ferne tun können. Sie müssen nicht in meiner Nähe sein! Es dauerte etwas, bis ich die Idee hatte. Sie ist mir ganz plötzlich eingefallen. Ich besitze eine kleine Ranch außerhalb von San Antonio, die einer alten Tante von mir gehört hat. In der Vergangenheit habe ich von Zeit zu Zeit überlegt, was ich mit dem Anwesen machen soll. Und ich glaube, daß es perfekt zu Tom und Ann passen würde. Die Hacienda müßte in einem annehmbaren Zustand sein, und einige Hundert Hektar Land gehören auch noch dazu. Tom kann Vieh oder Pferde züchten, oder tun, wozu er Lust hat.« Yancy grinste Sara an. »Und um sicherzugehen, daß sie nie wieder vor meiner Tür landen, werde ich für Tom genug Geld treuhänderisch festlegen, daß er und Ann auf der Rancho Domingo für den Rest ihrer Zeit ein angenehmes Leben führen können. Es ist zwar kein riesiges Anwesen, aber soweit ich mich erinnere, ist es doch recht ansehnlich. Tom wird wohl nur den zehnten Teil seines ehemaligen Reichtums haben, aber er wird wieder sein eigener Herr sein und braucht mich nicht weiter um Essen oder Kleidung zu bitten.«

»Was für eine ausgezeichnete Idee!« rief Sara glücklich aus. »Und wenn Hyrum in Kalifornien ist und Tom nicht länger von deiner Freundlichkeit abhängt, vielleicht wird Ann dann einsehen, daß Tom im Grunde kein so schlechter Ehemann ist!«

Yancy blickte sie an. »Und ein Kamel geht durchs Nadelöhr!«

Sara verzog das Gesicht. »Nun, man weiß ja nie ... ich hoffe einfach nur, daß sie alle mit dem zufrieden sind, was du für sie tust!«

Zufrieden war nicht genau das Wort, das Yancy benutzt hätte, um zu beschreiben, wie die einzelnen Personen, die in den Genuß seiner Großzügigkeit kommen sollten, reagiert hatten. Hyrum war ausgesprochen mürrisch, doch er merkte, daß ihm die Hände gebunden waren und er keine andere Möglichkeit hatte, als das Arbeitsangebot auf der kalifornischen Ranch zu akzeptieren und das Geld anzunehmen, das Yancy ihm zur Deckung der Reisekosten angeboten hatte. Yancy ließ einige Goldmünzen auf den Tisch fallen und sagte ruhig: »Ich möchte, daß Sie bis morgen früh hier verschwunden sind – in aller Frühe! Hier gibt es für Sie nichts mehr zu tun, und je eher Sie John Westlunds Anwesen bei Chico erreichen, desto eher können Sie sich ein neues Leben aufbauen.«

»Sie kommen sich wohl verdammt clever vor, nicht wahr?« sagte Hyrum mürrisch.

»Nur, wenn ich mich auf der Siegerseite fühle! Und denken Sie daran: Stößt mir irgend etwas zu, wird der Sheriff sich sehr für Sie interessieren – und falls Sie denken, Sie könnten meine trauernde Witwe heiraten, vergessen Sie es!« Yancy lächelte grimmig. »Wenn ich sterbe, beten Sie lieber, daß der Sheriff eher da ist als Sara!«

Hyrum packte die Münzen und stürmte aus dem Zimmer. Yancy zuckte mit den Schultern. Und nun zu den Shelldrakes, dachte er. Er hatte lange gegrübelt und sich mit Sara beraten, und sie waren zu dem Schluß gekommen, daß es besser war, wenn er Tom allein traf. Yancy legte wirklich keinen Wert darauf, daß Ann dabei war. Sie würde nur irgendwelche Szenen machen und für Unruhe sorgen, während er dem anderen Mann seine Pläne erklärte.

Yancy hatte keine besondere Reaktion von Tom erwartet, als er ihm seine Pläne unterbreitete, und er behielt mit dieser Einschätzung recht. Einige Sekunden lang saß Tom da und starrte Yancy verblüfft an. Doch schließlich rief er mit bebender Stimme: »Vielen Dank! Ich habe immer gewußt, daß du ein guter Mensch bist, Yancy. Sam wäre stolz auf dich gewesen!« Er beugte seinen Kopf vor und spielte mit der Schlinge herum, die seinen verletzten Arm hielt. »Ich kann dir gar nicht sagen«, murmelte er mit heiserer Stimme, »was deine unerwartete Großzügigkeit für mich bedeutet. Ich verdanke dir so viel.«

Ausgesprochen unangenehm berührt, knurrte Yancy: »Sie verdanken mir nichts, Tom. Ich brauche die verdammte Ranch nicht. Und was das Geld angeht… Wenn Sam noch leben würde, würde er sicherlich das gleiche tun.«

Tom schaute den jüngeren Mann an, doch seine braunen Augen waren merkwürdig abwesend. »Du hast mit sehr viel fertig werden müssen, seit du nach Magnolia Grove zurückgekehrt bist, nicht wahr? Es dürfte nicht so einfach für dich gewesen sein, plötzlich ein Haus voller Leute am Hals zu haben, die alle von dir erwarten, daß du für ihr Wohl sorgst. Ich frage mich, ob ich, wenn ich an deiner Stelle gewesen wäre, nicht…« Tom seufzte. «Ach, es ist wirklich nicht so wichtig, oder? Du und Sara, ihr wart so außerordentlich freundlich zu mir, und es ist einfach eine Schande, daß ich…« Tom hielt inne und schüttelte traurig seinen Kopf. »Weißt du, die Dinge gehen eben nie so aus, wie man es gedacht hat. Es gibt immer etwas zu bedauern… Zeiten, in denen man alle Hindernisse aus dem Weg räumen muß…«

Yancy räusperte sich unsicher, und da er die leicht gedrückte Stimmung aufheitern wollte, sagte er leichthin: »Natürlich hat man immer etwas zu bedauern, aber es ist doch nutzlos, mit etwas zu hadern, was man nicht ändern kann.« Er lächelte ein wenig. »Ich werde es immer bedauern, daß ich Sara nicht gleich, nachdem Sam sie nach Magnolia Grove gebracht hatte, geheiratet habe. Aber am Ende ist ja doch noch alles gut ausgegangen.«

Tom lächelte. »Ja, am Ende geht vieles gut aus, nicht wahr? Und das ist alles, was zählt, oder? Daß alles zu einem guten Ende kommt. Gleich, was getan werden muß...«

Yancy schaute ihn scharf an und fragte: »Sind Sie in Ordnung? Sie wirken so... zerstreut.«

»Du hast recht! Ich bin wohl ein bißchen zerstreut. Ich habe noch so viel zu planen...« Tom schien sich zu schütteln, erhob sich dann von dem Sessel, in dem er gesessen hatte, und sagte herzlich: »Na, dann werde ich dich nicht länger aufhalten. Ich bin sicher, du hast noch mehr zu tun.« Er zögerte noch einen Augenblick und blickte Yancy dann grüblerisch an. »Ich nehme an, du möchtest, daß Ann und ich ziemlich bald aufbrechen – noch in dieser Woche?«

Yancy sah keinen Grund, nicht zuzustimmen. »Sobald es Ihnen paßt. Ich kann Tansy und Maria schicken, damit sie euch beim Packen helfen, und es versteht sich von selbst, daß einige meiner Leute euch nach Domingo begleiten und euch beim Einrichten helfen.«

Sie sprachen noch einige Minuten miteinander, und dann verließ Tom den Raum. Yancy war überraschenderweise froh, den älteren Mann von hinten zu sehen, aber er hätte nicht sagen können, warum das so war. Voller Ungeduld, Sara die Ergebnisse der Arbeit dieses Morgens zu berichten, verdrängte er dieses merkwürdige Gefühl von Beklommenheit und eilte davon, um seine Frau zu suchen.

Er fand sie im Schatten der großen Weide im Hof. Auf dem Tisch befanden sich ein Sangriakrug, ein paar Gläser und etwas Obst. Nachdem er Sara mit einem Kuß begrüßt hatte, goß er sich etwas Sangria ein, setzte sich auf einen Sessel ihr gegenüber und streckte seine langen Beine vor sich aus. Dann grinste er sie über den Rand seines Glases an und sagte: »Du kannst dich freuen, wir werden schon vor dem Ende dieser Woche unsere, äh, Gäste, los sein!«

Sie blickte ihn liebevoll an und fragte: »Dann ist also alles gutgegangen?«

Er nickte. »So gut, wie ich es erwartet habe. Doch irgend etwas war mit Tom...« Er zuckte die Schultern und sagte dann: »Genug davon – erzähl mir von deinem Morgen.« Und Sara fing an zu berichten.

Als Yancy einige Stunden später allein im Hof saß und auf das Ende von Saras Nachmittagssiesta wartete, ging ihm Toms seltsames Benehmen immer noch im Kopf herum. Es hatte ihn unsicher gemacht, aber er konnte sich nicht erklären, was ihn beunruhigte. Der Briefumschlag, den Maria ihm dann einige Minuten später brachte, verstärkte nur noch das Gefühl, daß etwas im Gange war... etwas, das ihm sicherlich überhaupt nicht gefiel.

Mit einem finsteren Gesichtsausdruck blickte er auf das schmale Blatt Papier, das im Umschlag gesteckt hatte. Warum, zum Teufel, wollte Ann ihn heute abend heimlich in der kleinen Scheune treffen? Er dachte intensiv über den einen Satz in ihrer Nachricht nach: »Du darfst niemandem etwas davon erzählen, es ist zu gefährlich!« Was, verdammt noch einmal, meinte sie damit? Er las die Nachricht noch einmal. Sein Kopf raste. War Ann nur etwas melodramatisch, oder hatte sie ihm wirklich etwas äußerst Wichtiges zu erzählen? Yancys Gesicht wurde noch düsterer. Was sollte er bloß mit der Nachricht anfangen? Aber letztendlich gab es nur zwei Möglichkeiten: Er konnte das Blatt Papier wegwerfen und ignorieren, oder er konnte diese verfluchte Frau treffen und herausfinden, was so furchtbar wichtig war, daß sie damit nicht zu ihm ins Haus kommen konnte, um es ihm zu erzählen. Er war zwar versucht, die erste Möglichkeit zu wählen, doch dann seufzte er resigniert. Er wußte, was er tun würde. Wie ein Lamm zur Schlachtbank würde er zur angegebenen Zeit am Treffpunkt erscheinen. Doch im Gegensatz zum Lamm, dachte Yancy und lächelte gefährlich, würde er nicht blind in die Falle laufen!

Als er kurz darauf Sara in ihrem gemeinsamen Schlafzimmer ausfindig machte und ihr von seinem Plan, Anns Aufforderung zu folgen, erzählte, wurde Sara wieder entsetzlich wütend auf ihn. »Wie kannst du nur so dumm sein?« fragte sie und sprang von ihrem Platz vor der Frisierkommode auf, wo sie gesessen hatte, um ihr Haar zu bürsten. »Es kann doch nur eine Falle sein! Sie und Hyrum werden versuchen, dich umzubringen. Wahrscheinlich sind sie wütend über die Art und Weise, wie du sie voneinander getrennt hast! Sie wird kaum glücklich darüber sein, daß Hyrum nach Kalifornien aufbricht, während sie mit Tom nach San Antonio gehen muß. Sie will dir etwas antun, ich weiß das.«

»Ich meinte, dich sagen gehört zu haben, Ann könnte zu der Ansicht kommen, daß Tom doch kein so schlechter Ehemann ist, und sie könnte sich bessern«, erwiderte Yancy mit Unschuldsmiene, und seine bernsteinbraunen Augen funkelten vor unterdrücktem Lachen.

»Und ein Kamel geht durchs Nadelöhr!« gab Sara wutentbrannt zurück. Ihre grünen Augen blitzten, als sie ihn zornig anstarrte. Ihre Hände hatte sie entschlossen in die Hüfte gestemmt. »Du wirst diese schreckliche Frau nicht allein treffen! Ich verbiete es!«

Das Lachen verschwand aus seinem Blick, und während er sie mit den Armen vom Boden hochhob, flüsterte er ihr ins Ohr: »*Querida*, ich muß sie treffen! Stell dir einmal vor, die Nachricht ist ernstgemeint? Stell dir einmal vor, sie weiß etwas von äußerster Wichtigkeit? Etwas, das so gefährlich ist, daß sie sich nicht traut, mich direkt anzusprechen. Was dann?«

Sara machte eine Faust und schlug ihm damit auf die Schulter. Mit einer Spur von Tränen in der Stimme flüsterte sie: »Es ist mir gleich! Ich will nur nicht, daß dir irgend etwas passiert.«

Er streichelte ihr Haar. »Mir wird nichts passieren! Es ist doch nicht so, daß ich blind in ihr Spinnennetz renne.«

Mit entschlossener Miene schaute Sara zu ihm auf. »Ich werde mit dir gehen!«

»Nein, das wirst du nicht«, sagte er zärtlich. »Du wirst hier auf mich warten. Wenn es eine Falle ist, möchte ich mich nicht auch noch um die Rettung deines hübschen Halses Sorgen machen müssen!«

Sara widersprach noch einige Zeit sehr heftig, doch am Ende blieb sie dort, wo sie war, und wenig später verließ Yancy die Hacienda und verschwand in den Schatten der Abenddämmerung. Ein Messer im Stiefel versteckt, die Pistole wie gewohnt am Gurt, alle Nerven auf Gefahr eingestellt, verfolgte er verstohlen den Weg zu der Scheune, in der Ann auf ihn warten sollte. Die Scheune war klein und lag ein Stück von den restlichen Nebengebäuden entfernt, zwischen einigen wildwuchernden Hickory- und Weidenbäumen. Als Yancy sich dem Gebäude näherte, schaute er sich noch einmal vorsichtig um. Aber da er nichts Alarmierendes bemerkte, öffnete er langsam eines der Tore und ging leise in das Gebäude hinein. Sein Blick traf nur auf düstere Schatten, und so setzte er mit einer Hand am Abzug seinen Weg fort. Es war bereits vollkommen dunkel geworden, und in der Scheune war es sogar noch düsterer, doch es war gerade noch so viel Licht vorhanden, daß er auf dem Boden neben der Leiter, über die man auf den etwa sechs Meter höher liegenden Speicher gelangte, eine leblose Gestalt erkennen konnte.

Er fluchte vor sich hin, doch bevor er der vor ihm liegenden Gestalt zu Hilfe kam, inspizierte er seine Umgebung noch einmal gründlich. Die Scheune wurde dazu genutzt, allerlei Krimskrams zu lagern, und sein Blick fiel auf ein Durcheinander von kaum erkennbaren Formen. Wieder bemerkte er nichts Alarmierendes, doch er fühlte sich äußerst unbehaglich. Er lauschte gespannt auf irgendwelche ungewöhnliche Geräusche, aber immer noch blieb alles still.

Die Situation gefiel ihm überhaupt nicht, aber er hatte

keine andere Wahl, als die, das Spiel nach den vorgegebenen Regeln zu spielen. Vorsichtig näherte er sich daher der dunklen Gestalt auf dem Scheunenboden und stellte erstaunt fest, daß es Hyrum war, der dort lag. Die Leiche von Hyrum, wie er kurz darauf feststellen mußte, als er sich zu ihm hinunterbeugte, um seinen Puls zu suchen. Als er seine Hand zurückzog, war sie naß und klebrig, und obwohl er die Farbe nicht erkennen konnte, wußte er, daß es Blut war, und nachdem er die Leiche eilig untersucht hatte, war ihm klar, daß irgend jemand Hyrum einen tödlichen Schlag auf den Hinterkopf versetzt hatte.

Ein heftiger Luftzug hinter ihm war die einzige Warnung für Yancy, und er wollte gerade aufstehen und sich umdrehen, als er einen kräftigen Schlag an der Schläfe verspürte. Mit einem leisen Stöhnen fiel er neben Hyrum auf den Boden. Nur seine schnelle Reaktion hatte ihn davor bewahrt, Hyrums Schicksal zu teilen, aber der Schlag war stark genug gewesen, ihn einige kostbare Minuten lang bewußtlos werden zu lassen – Minuten, in denen seine Hände und Füße schnell gefesselt wurden.

Als er das Bewußtsein wiedererlangte, stieg ihm der schwache, tödliche Geruch von Rauch in die Nase, und erst in diesem Moment wurde ihm seine hilflose und gefährliche Lage bewußt. Er rollte sich schnell auf den Rücken und starrte auf die dunkle Gestalt, die emsig dabei war, kleine Holzstöckchen und Strohbündel auf das schon flackernde Feuer an der Leiter zu werfen. Mit jeder Sekunde wurde das Feuer heller und größer. Yancy durchfuhr eine panische Angst, und als die Gestalt sich in dem flackernden Licht der rotgelben Flammen umdrehte, erkannte er Tom Shelldrake.

»*Por Dios!*« rief er aus. »Was zum Teufel geht hier vor? Was machen Sie da?«

Im rotglühenden Licht warf Tom ihm einen seltsamen Blick zu. Der Ausdruck in seinen braunen Augen ließ Yancy erschaudern. »Oh, tut mir leid«, sagte der ältere Mann bedauernd. »Ich hatte gehofft, daß der Schlag hart genug gewesen ist, daß du nicht leiden mußt. Du bist ja trotz allem sehr nett zu mir gewesen.« Tom seufzte. »Ich bedaure dies alles hier wirklich, weißt du, aber eine kleine Farm außerhalb von San Antonio ist einfach nicht genug – wenn ich del Sol und das Silber aus deinen Minen haben kann.« Einen kurzen Augenblick achtete er nicht auf die Flammen und fuhr leise fort: »Eigentlich war es Hyrum, der mich auf die Idee gebracht hat – wußtest du eigentlich, daß er vorhatte, dich zu töten und dann deine Witwe zu heiraten? Und natürlich beabsichtigten er und Ann, diese liederliche Schlampe, auch, mich zu töten. Ich habe sie belauscht, als sie das alles eines Nachts auf del Sol planten. Sie hielten sich für so verdammt clever. Doch sie waren nicht so clever wie ich!« Ein schrilles Kichern war von Tom zu vernehmen, ein klirrender Ton, der Yancy erkennen ließ, daß er sich in der Gewalt eines Verrückten befand. Vorsichtig begann er, die Stärke der Stricke zu testen, die ihn gefesselt hielten. »Es wird nichts nützen«, sagte Tom, als er Yancys Bemühungen bemerkte. »Ich habe sie sehr fest zusammengebunden... Natürlich, denn um Hyrum brauchte ich mir ja keine Sorgen mehr zu machen.« Er kicherte wieder. »Und um meine süße Frau auch nicht mehr, fällt mir gerade wieder ein.«

Yancy wurde bei dieser Bemerkung aufmerksam und fragte: »Was, zum Teufel, wollen Sie damit sagen? Wo ist Ann?«

Tom lächelte und blickte nach oben. »Meine liebe, liebe Frau ist dort oben – was hätte es gebracht, euch loszuwerden, wenn ich dann immer noch an diese kleine Schlampe gekettet wäre! Übrigens«, fuhr er im Plauderton fort, »verdiente sie es zu sterben! Mit ihrem Geliebten meinen Tod zu planen! Was für eine haarsträubende Idee!«

In der Hoffnung, ihn abzulenken und Zeit zu schinden, fragte Yancy: »Warum mußte Hyrum sterben? Er wollte uns doch morgen früh verlassen.«

Tom faßte sich geistesabwesend ans Kinn. »Dieser Scheißkerl wollte mich umbringen. Das dürfte doch schon Grund genug sein. Und vergiß nicht, daß er auch noch meine Frau beglückt hat. Willst du mir etwa Vorwürfe machen?« Er schaute Yancy anklagend an. »Du weißt doch, daß du dies alles vorangetrieben hast, oder? Du hast es dir selbst zuzuschreiben. Wenn du nicht beschlossen hättest, uns alle loszuwerden, hättest du sicherlich viel länger leben können! Aber nachdem Hyrum erst einmal seinen Marschbefehl bekommen hatte und du klargestellt hattest, daß Ann und ich auch aus deinem Haushalt geworfen werden sollten, änderte sich alles.«

»Wie?« fragte Yancy knapp. »Ich fand, daß ich euch allen gegenüber sehr großzügig gewesen bin.«

»Oh, warst du auch, mein lieber Junge. Sehr großzügig! Aber verglichen mit deinem Vermögen verblaßt diese Großzügigkeit zu einem Nichts. Warum soll ich nach Domingo umziehen, wenn ich alles haben kann – natürlich muß ich dazu erst einmal deine Witwe heiraten.« Tom sah zufrieden aus. »Sara scheint ältere Männer zu mögen, nicht wahr? Sie hat Sam geheiratet, oder? Wenn Hyrum fort ist und du auch, wird es mir wohl nicht sehr schwerfallen, sie zu überzeugen, daß sie mich heiratet. Zudem werde ich ja ebenfalls ein trauernder Ehemann sein – überleg einmal, wie gut wir uns gegenseitig trösten können!«

Mit zusammengebissenen Zähnen machte sich Yancy die Schatten der Dunkelheit, die den größten Teil seines Körpers vor Toms Blick verdeckten, zunutze und versuchte verzweifelt, seine Finger langsam zu dem Messer hingleiten zu lassen, das er in seinem Stiefel versteckt hatte. Während sein Blick vorsichtig zwischen Tom und dem leuchtenden Feuer hin und herwanderte, sagte er trocken: »Es sieht aus, als hätten Sie an alles gedacht.«

»Na ja, es ist wirklich nicht alles mein Verdienst – ich sagte ja schon, daß Hyrum und Ann zuerst auf die Idee gekommen sind. Ich habe sie nur verfeinert und zu meinen Gunsten umgeformt.« Er blickte auf Hyrums leblose Gestalt. »Es hat mir Spaß gemacht, ihn zu töten, weißt du. Ach ja, hattest du nicht Männer zu seiner Bewachung geschickt? Es wird dich freuen, daß ich sie nicht getötet habe. Man wird sie bestimmt irgendwann gefesselt in Hyrums Haus finden – ich war vorsichtig, und sie haben mich nicht gesehen. Es wird nur noch ein weiteres Geheimnis für die anderen sein, über das sie nachdenken können.«

Plötzlich fiel Yancy ein, was ihn unbewußt beschäftigt hatte. »Ihr Arm«, sagte er langsam, »Sie können ihn benutzen.«

Tom lächelte verschmitzt. »O ja. Schon seit einiger Zeit. Aber es kam mir so praktisch vor, daß jeder mich für einen Krüppel hielt. Die Leute sehen dich mit anderen Augen, wenn du verkrüppelt bist – sie halten dich für harmlos.« Er blickte kurz zum Speicher hinauf. »Es ließ meine Frau unvorsichtig werden und erlaubte mir, ihr und ihrem Liebhaber nachzuspionieren, wann immer es mir paßte. Ich wußte über alles Bescheid, was sie planten. Über alles! Sie waren so dumm! Sie verhielten sich so, als ob ein verkrüppelter Arm mich gleichzeitig zu einem vertrottelten Idioten gemacht hätte. Sie ist zuletzt etwas dreist gewesen und zeigte ihre wahren Gefühle etwas zu offen. Doch zum Schluß habe ich sie ausgetrickst!« Toms Mund war verzerrt. »Sie und ihre Schwester haben geglaubt, mich so manipulieren zu können, wie sie es wollten. Nun, ich habe Margaret gezeigt, wie verrückt ihr Tun war, und nun habe ich auch Ann gezeigt, daß ich nicht der kleine Schoßhund bin, für den sie mich immer gehalten hat.«

»Margaret?« fragte Yancy vorsichtig mit angespannter Miene. »Was meinen Sie damit? Was haben Sie Margaret gezeigt?«

Wieder erklang jenes gespenstische Kichern in der von beißendem Qualm erfüllten Scheune. »Wie? Ach nur, daß dieses kleine Miststück dachte, sie könne mich dazu zwingen, mich von Ann scheiden zu lassen, um sie zu heiraten!« Tom schaute pikiert drein. »Sie wußte, daß ich der nächste Richter werden wollte – und versuchte mir weiszumachen, daß der Skandal keinen Einfluß darauf haben würde. Dumme Schlampe! Als ob ich noch gewählt worden wäre, wenn ich so etwas Geschmackloses getan hätte. Mich von meiner Frau scheiden zu lassen, um deren Schwester zu heiraten – die sich wiederum von ihrem Ehemann hätte scheiden lassen müssen, um mich zu heiraten. Es war grotesk! Es war nicht daran zu denken, nicht einen Moment lang! Ich versuchte, ihr das alles zu erklären, aber sie wollte einfach nicht zuhören.« Tom drehte sich zum Feuer, warf noch ein paar Holzstücke in die Flammen und sagte dann träge: »Sie war so schön. Ich habe nie zuvor in meinem Leben jemanden wie sie getroffen. Sie hat mich vollkommen geblendet. Ich war verrückt nach ihr, auch wenn ich annehmen muß, daß es nur mein Geld war, das sie wollte.«

Er schaute zu Yancy hinüber. »Ich war damals viel reicher als Sam, vielleicht sogar reicher, als du es bist! Sehr viel wohlhabender und gesellschaftlich anerkannter als dein Vater! Margaret hatte daher beschlossen, daß ich die bessere Partie wäre, selbst wenn sie erst einen furchtbaren Skandal verursachen mußte, um zu bekommen, was sie wollte. Sie war entschlossen, sich nichts in den Weg stellen zu lassen.« Er kicherte wieder. »Ich habe mir auch nichts in den Weg stellen lassen. Als sie merkte, daß ich nicht vorhatte, ihr Vorhaben mitzumachen, drohte sie, Sam zu erzählen, daß ich der Vater ihres Babys wäre, und auf jeden Fall einen Skandal zu verursachen, nur um mir zu schaden. Ich konnte das nicht zulassen. Darum habe ich Bartholomews Dolch gestohlen und sie getötet.«

Während er Toms unbekümmertem Geständnis zuhörte, beobachtete Yancy, wie sich die Scheune immer mehr mit Rauch füllte, und daß das Feuer nun schon von allein brannte. Die Flammen schlugen hoch und erfaßten gierig alles, womit sie in Berührung kamen. Die Luft war immer noch ziemlich frisch dort unten am Boden, wo er lag, aber das würde nicht mehr lange so bleiben, denn das Feuer breitete sich rasend schnell aus. Er prüfte noch einmal erfolglos die Fesseln und mühte sich mit einem aufmerksamen Auge auf seinen Bewacher ab, mit den Fingern das Messer im oberen Teil seines Stiefels zu erreichen.

In diesem Augenblick beobachtete Tom ihn jedoch nicht, denn er war zu sehr damit beschäftigt, das Feuer zu beobachten und mit seinen Heldentaten zu prahlen, und Yancy betete, daß er lange genug so bleiben würde, damit er an das Messer herankommen konnte. Plötzlich drehte Tom sich um und schaute ihm direkt ins Gesicht. Yancy erstarrte.

Mit einem gewissen Stolz sagte Tom: »Ich war übrigens derjenige, der die Schlange in Saras Bett gelegt hat. Ich habe geglaubt, sie wüßte, daß ich Margaret getötet hatte, und ich wollte sie davon abhalten, etwas zu sagen.« Er schüttelte den Kopf. »Was für ein Fehler das gewesen wäre! Ich wäre fast selbst von der Schlange gebissen worden, als ich sie in das Zimmer gebracht habe. Erst später habe ich erkannt, daß Sara nicht wußte, was das Gespräch zwischen Ann und Margaret in jener Nacht zu bedeuten hatte.« Mit einem verdrossenen Ausdruck auf dem Gesicht sprach er leise weiter, aber er sprach offenbar mehr zu sich selbst: »Ich hatte zunächst so große Angst, daß ich an nichts anderes denken konnte, als Sara den Mund zu schließen, und die Schlange schien eine gute Idee zu sein. Ich merke jetzt, wie furchtbar es gewesen wäre, wenn mein Plan gelungen und sie gestorben wäre.« Er lächelte. »Wenn ich Sara nicht heirate, wie kann ich dann wohl sonst an dein Vermögen kommen?«

»Ja, wie wohl sonst«, erwiderte Yancy trocken und wunderte sich, daß niemand zuvor bemerkt hatte, wie gefährlich krank Tom geworden war. Wahrscheinlich hatte jeder in ihm einen gebrochenen, bedauernswerten Mann gesehen, ohne zu erkennen, was unter der Oberfläche lauerte.

»Es tut mir leid, weißt du, daß du auf diese Weise sterben mußt«, murmelte Tom. »Ich hatte dich immer gern, Yancy. Du bist ein feiner Mensch, und auch Sam war gut zu mir, als ich alles verloren hatte. Nachdem ich ihm im Krieg das Leben gerettet hatte, mußte er es selbstverständlich sein, aber dennoch ...«

»Sie müssen mich nicht umbringen, Sie könnten mich gehen lassen«, schlug Yancy einschmeichelnd vor.

»Oh, nein. Jetzt kann ich meine Pläne nicht mehr ändern«, erwiderte Tom ernst. »Ich habe Hyrum und Ann schon umgebracht, und du weißt alles von Margaret. Darum habe ich keine andere Wahl, weil du jetzt alles weißt, muß ich auch deinen Tod arrangieren.«

Tom schaute sich um und war anscheinend zufrieden mit dem, wie sich die Dinge entwickelten. Yancy nutzte die Gelegenheit und kämpfte sich vom Feuer weg auf das Scheunentor zu. Die Flammen begannen bedrohlich zu prasseln, der Qualm wurde dichter und beißender, und gierige goldfarbene und scharlachrote Zungen umschlangen die Pfosten des Speichers. Der Innenraum der Scheune war von den Flammen bereits vollkommen erleuchtet. In wenigen Augenblicken würde der Ort ein einziges Inferno sein: Niemand würde lebend herauskommen ...

Plötzlich schaute Tom zu Yancy herüber. Als er sah, daß Yancy sich zum Scheunentor hin bewegte, schimpfte er los: »Nein, nein, du darfst nicht fliehen!« Er stürzte hinter ihm her, schnappte sich Yancys Füße und schleifte seinen widerstrebenden Körper zurück zum Feuer. Von der Anstrengung fast außer Atem, klagte er: »Ich habe das zu gut geplant, als daß du mir jetzt alles zerstören darfst! Es wird so tragisch sein – ihr alle drei vom Feuer getötet!« Er gab noch einmal jenes gespenstische Kichern von sich. »Ich muß es dir sagen – leider habe ich noch einen anderen Plan von Hyrum geklaut. Er und Ann hatten ein äußerst interessantes Treffen an diesem Nachmittag, und bedauerlicherweise sollten wir beide im Feuer sterben! Deshalb hat Ann dir auch die paar Zeilen geschrieben – sie sollten dich hierherlocken und Hyrum sollte dich dann umbringen. Ann wollte mit mir einen Spaziergang in diese Richtung unternehmen, wo Hyrum mich dann erwarten würde. Wäre ich erst einmal tot oder bewußtlos gewesen, hätte Hyrum das Feuer entzündet, das alle Spuren des Verbrechens verbrannt hätte.«

Ohne viel Notiz von Toms Geschwätz zu nehmen, riskierte Yancy einen Blick auf das Feuer, und sein Blut stockte ihm in den Adern. Es loderte jetzt wild zur Decke empor, und rote und goldene Flammen peitschten in alle Richtungen. Die Hitze wurde unerträglich, und Yancys Haut fühlte sich wie verbrannt an; der Rauch brannte in Augen und Lunge, und er wußte, daß keine Zeit mehr zu verlieren war. Wenn er nicht in den nächsten Sekunden fliehen konnte, dann würde er überhaupt nicht mehr hinauskommen!

In seine eigenen Gedanken versunken, schien Tom Shelldrake die zunehmende Gefahr überhaupt nicht wahrzunehmen. Er schien beinahe um Yancys Zustimmung zu betteln, als er erklärte: »Ich konnte das doch nicht zulassen, oder? Findest du nicht auch, daß ich mir einen cleveren Weg ausgedacht habe, um euch alle drei auf einmal loszuwerden?«

»Nicht ganz so clever, wie Sie gedacht haben, Sie verrückter Hurensohn!« knurrte Yancy und bäumte sich mit aller Kraft, deren er fähig war, auf und stieß mit beiden Füßen gegen Toms Brust. Mit einem überraschten Ächzen ging der zu Boden. Yancy richtete seine ganze Energie noch einmal darauf, Tom und dem Feuer zu entkommen. Er schlängelte und rollte sich schnell zu den Scheunentoren. Ein Seufzer der Erleichterung entfuhr ihm, als er schließlich gegen die mächtigen, stabilen Tore stieß. Völlig außer sich, jetzt endlich hinauszukommen und mit der schrecklichen Angst, Sara nie wiederzusehen, die Geburt seines Kindes nicht zu erleben, bemühte er sich unbeholfen, die Tore mit seinen Füßen zu öffnen. Doch schon nach wenigen Sekunden erkannte er, daß es sinnlos war, da Tom die Tore offensichtlich verriegelt hatte. Yancy sog die frische Luft, die durch die Spalten zwischen den rohen Planken hereinströmte, tief ein und preßte seinen Körper eng gegen die hölzernen Latten. Noch einmal streckte er sich, um mit den Händen an das Messer zu kommen.

Ein Laut, ein Schrei, ein Stöhnen, er wußte nicht genau, was es war, ließ seinen Kopf herumfahren, und zu seinem Entsetzen sah er plötzlich inmitten der auflodernden Flammen auf dem Speicher Ann auftauchen, die unbeholfen zur Leiter hin stolperte. Um sie herum war überall Feuer, und ihre Gestalt hob sich deutlich von den Flammen ab. Sie schien jedoch noch unversehrt zu sein, als sie am Rande des Speichers entlangtaumelte und verzweifelt zu entkommen versuchte.

Ihr Schrei hatte Yancy auf sie aufmerksam werden lassen und hatte auch Tom alarmiert, der sich gerade vom Boden neben der Leiter erhoben hatte. Einen Augenblick verharrte er dort unsicher, und sein wahnsinniger Blick irrte unentschlossen zwischen Ann und Yancy hin und her. Doch dann kämpfte er sich entschlossen bis zur Leiter vor und brüllte: »*Nein!* Nein! Du wirst nicht entkommen!« Hastig stieg er hinauf.

Starr vor Entsetzen über die grauenhafte Szene, die sich vor ihm abspielte, lag Yancy bewegungslos auf dem Boden vor den Scheunentoren. Der Rauch wirbelte in gespenstischen Schwaden an ihm vorbei, doch er sah wie gebannt auf die zwei vom Feuer erleuchteten Gestalten. Nur undeutlich nahm er Saras Stimme wahr, und die Stimmen von Bartholomew und Esteban und den anderen, die durch die Nacht getragen wurden, und er wußte, daß Hilfe unterwegs war... für ihn, aber nicht für Ann und Tom... für Ann und Tom kam jede Hilfe zu spät...

Tom verfluchte Ann, und als er seine Frau schließlich erreichte, stieß er sie zurück in die Flammen. Die Todesangst verlieh ihr jedoch ungeheure Kräfte, und sie setzte sich verzweifelt gegen ihren Mann zur Wehr. Ihre beiden Körper waren fest umschlungen in einem Kampf auf Leben und Tod. Sie schwankten hin und her und nahmen ihre Umgebung überhaupt nicht mehr wahr. Das hintere Drittel der Scheune stand bereits in Flammen, und die Pfähle, die den Speicher abstützten, begannen gefährlich zu knacken, als das gierige Feuer sie angriff und verzehrte. Auch als der Boden des Speichers schwankend auseinanderbrach und Pfahl für Pfahl nachgab und in die wütenden Flammen unter ihnen stürzte, blieben Ann und Tom immer noch in ihrem Todeskampf zusammengekettet, und keiner von ihnen war in der Lage, den anderen zu bezwingen. Plötzlich brach der Speicher mit einem gewaltigen Krachen zusammen und stürzte hinunter in das erbarmungslose Inferno. Riesige Flammen schossen in die Höhe, leuchtende Glutteile verteilten sich in alle Himmelsrichtungen, und die beiden Gestalten wurden nicht mehr gesehen.

Noch immer völlig gebannt von der grauenhafte Szene, starrte Yancy wie benommen auf die Stelle, an der die Shelldrakes verschwunden waren, und nahm die von draußen kommenden Stimmen kaum wahr. Erst als die Tore unter einem starken Stoß von außen erbebten, bemerkte Yancy, was vor sich ging. Er hatte gerade noch genug Zeit, zur Seite zu rollen, als die Tore mit einem lauten Krachen aufbrachen und wunderbare, kühle, lebensrettende Luft in die Scheune strömte. Yancy, der von dem Schlag auf den Kopf und dem Rauch noch ganz benommen war, nahm nur undeutlich wahr, was um ihn herum geschah. Doch fast gleichzeitig hörte er Saras Stimme, es war ein Klang, den er über alles in der Welt liebte, und schon verspürte er ihren süßen Duft. Und dann kamen Hände, viele Hände, fleißige Hände, die ihn aus der Scheune holten, ihn vom Tod zurück ins Leben holten – in ein Leben, das mit Sara an seiner Seite noch viel kostbarer war. Seine Wange ruhte nun an ihrer Brust, und ihre Lippen berührten seine Stirn.

Epilog

Leichtigkeit der Herzen

26

Trotz der Kette mit Wassereimern, die von Bartholomew organisiert worden war, nachdem feststand, daß Yancy sein Martyrium überleben würde, konnte die Scheune nicht gerettet werden, und der nächtliche Himmel wurde erleuchtet von scharlachroten Flammensäulen. Yancy hatte seinen Kopf an Saras warme Brust gelehnt. Er lag auf dem Boden unter einem der großen Hickorybäume in sicherer Entfernung vom Feuer und beobachtete grimmig die hochschlagenden Flammen. Jene Flammen, die sein Feuerbegräbnis hätten werden sollen.

Sara hatte die Arme eng um ihn geschlungen und beobachtete ebenfalls den Brand, wobei ihr noch einmal jene schrecklichen Augenblicke in den Sinn kamen, als sie feststellen mußten, daß die Scheunentore von innen fest verriegelt worden waren und daß Yancy mitten in diesem leuchtenden Inferno gefangen war. Sie wußten bis dahin nicht, ob er tot oder lebendig war. Doch sie würde ihr Leben lang jene überglücklichen Sekunden nicht vergessen, als sie ihn fanden und ihn hustend und keuchend aus der Scheune trugen und dem Feuer sein Opfer entreißen konnten.

Yancy bewegte sich in ihren Armen, nahm eine ihrer Hände und drückte einen leidenschaftlichen Kuß auf die Handfläche. »Du hast nicht getan, was ich dir gesagt habe, Liebling, nicht wahr?«

Sara lächelte ein wenig. Ihr Blick haftete weiter am Feuer, doch ihre Finger bewegten sich sanft an seinem Mund. »Nein, ich fürchte nicht. Du warst noch keine Minute von der Hacienda fort, als ich zu Bartholomew und Esteban gerannt bin und ihnen die Situation erklärt habe. Ich war fest davon überzeugt, daß du in großer Gefahr warst, und daß, ganz gleich wie gut du vorbereitet warst, immer noch etwas schiefgehen konnte. Ich konnte einfach nicht zulassen, daß dein Leben aufs Spiel gesetzt wurde.«

Seinen Blick immer noch auf die brennende Scheune gerichtet, deren Dach unter starkem Funkenregen in ein riesiges Flammenmeer stürzte, murmelte Yancy: »Ich bin froh, daß wenigstens einer von uns noch klar denken konnte. Ansonsten ...«

Sara schlang ihre Arme fester um ihn. »Sag es nicht! Mein Gott, Yancy, ich hatte so große Angst – ich wußte doch, daß Hyrum und Ann planten, dich umzubringen, und daß keine Zeit zu verlieren war.« Ihre Stimme bebte noch immer vor Angst. »Esteban und ich haben kostbare Zeit damit vergeudet, herauszufinden, wo sich Hyrum aufhielt, und als wir Juan und Rogerio gefesselt und eingesperrt in seinem Haus fanden, konnte ich gar nicht schnell genug zur Scheune kommen!« Sara zögerte und fragte dann mit harter Stimme: »Waren *sie* dort drin?«

Yancy nickte langsam. »Sie alle. Sie sind alle tot.«

»Was meinst du mit *alle*?«

Müde sagte er: »Hyrum und Ann wollten mich umbringen, aber Tom durchkreuzte ihre Pläne und beschloß, Hyrums ursprünglichen Plan, mich zu töten und dich zu heiraten, auf sich umzumünzen. Er war mit ihnen dort drinnen.«

Sara schnappte nach Luft und schob ihn weg, um ihm direkt ins Gesicht sehen zu können. »Willst du mir etwa erzählen, daß Tom hinter allem gesteckt hat?«

Yancy sah, daß Bartholomew und Esteban sich auf den Heimweg machten, und da er sich schon wieder besser fühlte, erhob er sich langsam und streckte die Hand nach Sara aus. »Ja, so war es. Er hat Hyrum getötet – und Ann und ich sollte im Scheunenfeuer sterben. So wollte er mehrere Fliegen mit einer Klappe schlagen.«

Während Sara ihn voller Staunen und Entsetzen anstarrte, drehte Yancy sich zu den beiden Männern um und sagte ungerührt: »Meine Herren, wie es aussieht, gibt es eine Scheune weniger zu reparieren, nicht wahr?«

Im Licht des verlöschenden Feuers nickten sie, und ihre finsteren Gesichter erhellten sich etwas bei Yancys lockerem Tonfall. Dann sagte Bartholomew: »So habe ich das Ganze zwar noch nicht betrachtet, aber ich glaube, Sie haben recht.« Er warf Yancy einen langen Blick zu und fragte ruhig: »Ist alles in Ordnung mit Ihnen?«

Yancy nickte und erwiderte, nachdem er zuvor einen Arm um Saras Taille gelegt hatte: »Mir geht's gut. Schickt jemanden hierher, damit er sich um alles kümmern kann. Du und Esteban, ihr kommt dann beide zur Hacienda. Ich habe euch eine komplizierte Geschichte zu erzählen.«

Eine halbe Stunde später waren sie alle im Hof der Hacienda versammelt. Der Geruch von Rauch hing noch in ihren Kleidern, und ihre Gesichter waren noch geschwärzt vom Ruß. Sara und Yancy, Bartholomew und Tansy, und Maria und Esteban saßen bequem um den Tisch herum und lauschten mit Entsetzen alldem, was Yancy von Tom in jenen gefährlichen Augenblicken in der Scheune erfahren hatte. Als Yancy fertig war, herrschte eine betroffene und fassungslose Stille.

»Hat Tom Shelldrake dann auch die Klapperschlange in mein Bett gelegt?« fragte Sara schließlich ungläubig.

Yancy nickte. »Du hast ihm gegenüber offensichtlich erwähnt, daß du in der Nacht, bevor Margaret starb, ein Gespräch belauscht hast, und aus einer deiner Bemerkungen meinte er herausgehört zu haben, daß du wußtest, daß er Margaret getötet hatte. Sein erster Gedanke war also, dir so schnell wie möglich das Maul zu stopfen, ohne daß der Verdacht auf ihn gefallen wäre. Erst als der Versuch scheiterte und er Zeit zum Nachdenken hatte, erkannte er, daß dein Tod das letzte war, was er wollte. Und ich vermute, in der

Zwischenzeit hatte dein Verhalten ihn dahingehend beruhigt, daß du dir der Bedeutung dessen, was du gehört hattest, nicht bewußt warst.«

»Und der Vorfall mit dem Bullen?« fragte Bartholomew grimmig. »Wer war dafür verantwortlich? Mit Sicherheit doch nicht Shelldrake?«

Yancy machte eine Grimasse. »Nein, ich denke, wir können ruhig davon ausgehen, daß Hyrum mein Pferd unter mir weggeschossen hat. Es ist möglich, daß Tom, da er nicht der Krüppel war, für den wir ihn alle hielten, sich im Busch verborgen gehalten und die Situation ausgenutzt hat, aber ich bezweifle es – und er hat es auch nicht erwähnt, obwohl er doch so begierig war, mir alles zu erzählen.«

In den frühen Morgenstunden löste sich die kleine Gruppe schließlich auf, und als alle ihre Betten aufsuchten, waren Anns und Hyrums niederträchtige Verschwörungen sowie Tom Shelldrakes Geständnis, Margaret ermordet zu haben, und seine mörderischen Pläne bis ins kleinste Detail auseinandergenommen und genauestens besprochen worden. Trotz der festen Absicht, diese unangenehmen Vorfälle schnellstens zu vergessen, brauchten sie doch Tage, bis sie aufhören konnten, darüber zu sprechen, und Wochen, bis Sara nicht mehr plötzlich mitten in der Nacht aufwachte und die Hand verzweifelt nach Yancy ausstreckte, um ihn zu berühren und sich zu vergewissern, daß er lebte, daß es ihm gutging und er neben ihr lag. Doch es blieb noch eine unangenehme Aufgabe zu erledigen, bis man das ganze Thema für immer vergessen konnte – jemand mußte Hyrums persönliches Eigentum und auch das der Shelldrakes durchsehen und darüber verfügen.

Yancy übernahm es freiwillig, Hyrums weniges Hab und Gut sowie Toms persönlichen Besitz durchzusehen, während Sara sich um Anns Sachen kümmern wollte. Obwohl ihr erster Gedanke war, die unangenehme Aufgabe einem der Dienstboten zu überlassen, schnitt sie ihrem Ehemann eine

Grimasse und willigte widerwillig ein. Und so kam es, daß Yancy eines Morgens Sara in Ann und Toms Haus antraf. Sie saß da und hatte ein kleines, verschlossenes Kästchen auf dem Schoß.

»Was ist da drin?« fragte Yancy und ging auf sie zu.

»Ich weiß es nicht«, antwortete Sara mit einem Stirnrunzeln. »Ich habe schon überall gesucht, aber ich kann keinen passenden Schlüssel bei ihren Sachen finden.« Sie schaute zu ihrem Ehemann hinüber. »Warum hat sie es überhaupt verschlossen?«

Yancy runzelte die Stirn. »Vielleicht Liebesbriefe von Hyrum?«

Sara rümpfte die Nase. »Vermutlich.«

Nachdem Yancy mit dem Schloß kurzen Prozeß gemacht hatte, schien die Vermutung zunächst bestätigt zu werden – mehrere Briefe in ordentlich gefalteten Umschlägen waren in das Kästchen hineingestopft worden. Mit deutlichem Widerwillen im Gesicht nahm Sara einen der Briefumschläge auf, und während sie ihn in der Hand wendete, sagte sie: »Ich habe nicht die Absicht, das hier zu lesen.« Sie beschloß, die anstößigen Schriftstücke in die Feuerstelle zu werfen, um sie später zu verbrennen. Doch plötzlich erregte die Schrift ihre Aufmerksamkeit. Verwirrt schaute sie sich den Umschlag an und schnappte dann nach Luft. »Dies hier ist einer von Sams Briefen an dich! Wie, um alles in der Welt …?« Ihre Augen weiteten sich, und schockiert verstand sie alles und starrte Yancy an. »Oh! Natürlich! Ann und Hyrum müssen sie abgefangen haben, weil sie nicht wollten, daß du erscheinst und ihren ursprünglichen Plan durchkreuzt. Hyrum mußte sich meiner erst sicher sein.«

Yancy zog die Augenbrauen zusammen und nahm Sara den Umschlag wortlos ab. Auf dessen Vorderseite war sein Name von der Hand seines Vaters geschrieben worden.

»Es ist mehr als unwahrscheinlich, daß es sich so abgespielt hat«, murmelte Yancy, und mit unbewegtem Gesicht nahm er den Brief aus dem Umschlag und begann ihn zu lesen. Als er fertig war, schaute er an Sara vorbei und erklärte barsch: »Du hast recht. Es ist einer von Sams Briefen an mich.«

Sara starrte erschüttert auf das halbe Dutzend Briefumschläge hinunter, die in ihrem Schoß lagen. »Du hast keinen einzigen davon bekommen, nicht wahr?« fragte sie leise mit reumütiger Stimme.

Yancy schüttelte den Kopf. Schon wieder Herr seiner Gefühle, blickte er zu ihr herüber und sagte trocken: »Du wirst dich vielleicht erinnern, daß ich dir das bereits erzählt habe.«

Sara wirkte bedrückt und gab unglücklich zu: »Ich habe dir nicht geglaubt – ich dachte, du würdest aus Eigennutz lügen.«

»Wenn man deine entsetzliche Meinung über mich betrachtet, dann frage ich mich, warum du mich überhaupt geheiratet hast«, erwiderte er in leicht schneidendem Tonfall.

Sara sprang von ihrem Sessel auf, so daß die Briefe herunterflogen, schlang ihm die Arme um den Hals und küßte ihn auf die Mundwinkel. Mit einem betörenden Funkeln in ihren grünen Augen sagte sie zärtlich: »Das war, bevor du mir meine Unschuld geraubt hast, mich erpreßt hast, dich zu heiraten, und mir beigebracht hast, dich zu lieben!«

Yancy lächelte widerwillig und zog sie näher zu sich heran. »Ich denke«, gestand er mit heiserer Stimme, »daß wir uns beide zuweilen schlecht verhalten haben.«

»Mmm, das stimmt«, sagte Sara ganz nah an seinem Mund. »Aber das ist nun alles vorbei, nicht wahr?«

»*Por Dios,* ja!« sagte Yancy bestimmt, und seine Lippen fanden ihren Mund. Der Brief fiel ihm aus der Hand, als er sich dem Zauber hingab, der sie beide so fest verband.

Anfang Oktober bereiteten Yancy und Sara zusammen mit Esteban und Maria die Rückkehr nach del Sol vor. Die Casa Paloma blieb in Bartholomews bewährter Obhut. Der Viehtrieb zum neuen Bahnhof in Abilene, Kansas, sollte die Woche darauf beginnen, und Sara war ungeheuer zufrieden damit, wie Yancy ihre Pläne ausgeführt hatte. Als sie von Paloma nach del Sol ritten, war sie überrascht, als sie feststellte, daß sie es kaum bedauerte, Paloma zu verlassen; und wie sehr sie darauf brannte, nach del Sol zurückzukehren; wie wenig sie es noch erwarten konnte, einen ersten Blick auf diese majestätische, von Mauern umgebene Hacienda mit ihren wunderbaren Ländereien zu werfen; wie sehr sie sich danach sehnte, nach Hause zu kommen! Sie wußte nicht mehr, wann es begonnen hatte, wann sie damit aufgehört hatte, an Paloma als einzige Sache zu denken, die wirklich ihr gehörte, wann sie aufgehört hatte, es als einen Zufluchtsort zu betrachten, und wann sie begonnen hatte, an del Sol als ihr Zuhause zu denken... So viel hatte sich verändert in den wenigen Monaten, in denen sie auf Paloma gewesen waren; heute liebte sie ihren großen, faszinierenden Ehemann über alles und wußte ohne Zweifel, daß er ihre Gefühle erwiderte; ihre Befürchtungen, daß er sie nur geheiratet hatte, um Paloma zu bekommen, waren völlig vertrieben; und sie konnte nun der Geburt ihres ersten Kindes im Mai mit Vorfreude entgegensehen, ohne daß Zweifel oder Verdächtigungen dieses langersehnte Ereignis überschatteten.

Als einige Stunden später del Sol in Sicht kam, lächelte Sara still vor sich hin, und Yancy, der zu ihr herüberschaute, bemerkte leichthin: »Und warum siehst du plötzlich aus wie ein sattes, zufriedenes Kätzchen?«

Sie schenkte ihm einen derart strahlenden Blick, daß ihm fast der Atem stockte. »Oh, ich bin nur so glücklich, nach Hause zu kommen!«

Fast gleichzeitig brachten sie ihre Pferde zum Stehen und ließen die anderen voranreiten. Den Blick auf ihr hübsches Gesicht gerichtet, fragte Yancy ganz ruhig: »Bist du wirklich glücklich? Ist del Sol wirklich dein Zuhause? Bedauerst du nichts?«

Sie lehnte sich zu ihm hinüber und streifte mit den Lippen seinen Mund. »Wo immer du bist, da ist mein Zuhause, und zu bedauern ... habe ich nichts, mein geliebter Ehemann. Nicht das geringste!«

Ohne sich um die unruhig werdenden Pferde zu kümmern, zog Yancy sie in seine Arme und hob sie von Locuela hinüber auf seinen Hengst. Von seinen starken Armen sicher gehalten, erwiderte Sara seinen sehnsuchtsvollen Kuß. Sie preßte sich fest an seinen Körper und legte ihm die Arme um den Hals. Als jene berauschenden, leidenschaftlichen Gefühle, die er so mühelos in ihr wachrufen konnte, in ihrem Körper aufstiegen, dankte sie nochmals ihrem Schicksal, daß es diesen arroganten, unverschämten und dennoch so geliebten schwarzen Reiter in ihr Leben gebracht hatte.

Schließlich waren beide errötet und ganz außer Atem, als Yancy schließlich seinen Kopf hob. In seinem goldenen Blick funkelte das Versprechen unendlich vieler wonnevoller Augenblicke, und zärtlich sagte er: »Laß uns nach Hause reiten, mein Herz!«